um pequeno gesto de *gentileza*

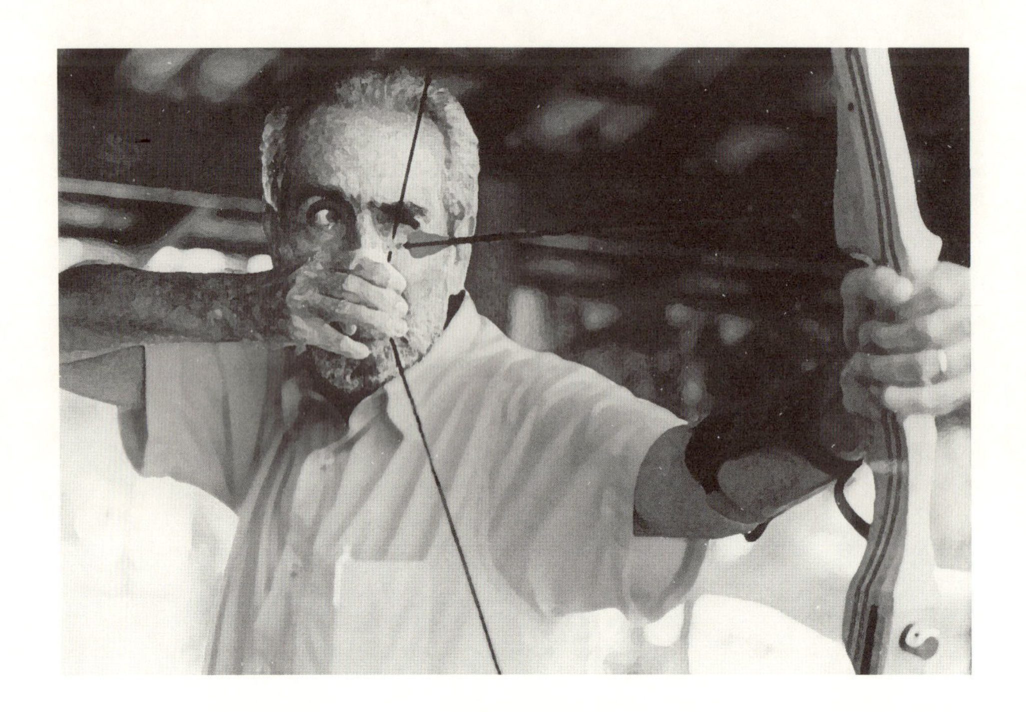

O Arqueiro

Geraldo Jordão Pereira (1938-2008) começou sua carreira aos 17 anos, quando foi trabalhar com seu pai, o célebre editor José Olympio, publicando obras marcantes como *O menino do dedo verde*, de Maurice Druon, e *Minha vida*, de Charles Chaplin.

Em 1976, fundou a Editora Salamandra com o propósito de formar uma nova geração de leitores e acabou criando um dos catálogos infantis mais premiados do Brasil. Em 1992, fugindo de sua linha editorial, lançou *Muitas vidas, muitos mestres*, de Brian Weiss, livro que deu origem à Editora Sextante.

Fã de histórias de suspense, Geraldo descobriu *O Código Da Vinci* antes mesmo de ele ser lançado nos Estados Unidos. A aposta em ficção, que não era o foco da Sextante, foi certeira: o título se transformou em um dos maiores fenômenos editoriais de todos os tempos.

Mas não foi só aos livros que se dedicou. Com seu desejo de ajudar o próximo, Geraldo desenvolveu diversos projetos sociais que se tornaram sua grande paixão.

Com a missão de publicar histórias empolgantes, tornar os livros cada vez mais acessíveis e despertar o amor pela leitura, a Editora Arqueiro é uma homenagem a esta figura extraordinária, capaz de enxergar mais além, mirar nas coisas verdadeiramente importantes e não perder o idealismo e a esperança diante dos desafios e contratempos da vida.

Lucy Dillon

um pequeno gesto de *gentileza*

... pode fazer do mundo um lugar melhor

Título original: *One Small Act of Kindness*

tradução: Roberta Clapp

preparo de originais: Emanoelle Veloso

revisão: Priscila Cerqueira e Suelen Lopes

projeto gráfico e diagramação: Ana Paula Daudt Brandão

capa: Renata Vidal

imagem de capa: Adobe Stock | a7880ss

impressão e acabamento: Bartira Gráfica

CIP-BRASIL. CATALOGAÇÃO NA PUBLICAÇÃO
SINDICATO NACIONAL DOS EDITORES DE LIVROS, RJ

D574p
Dillon, Lucy
Um pequeno gesto de gentileza / Lucy Dillon ; tradução Roberta Clapp. - 1. ed. - São Paulo : Arqueiro, 2022.
416 p. ; 23 cm.

Tradução de: One small act of kindness
ISBN 978-65-5565-317-5

1. Ficção inglesa. I. Clapp, Roberta. II. Título.

22-76980 CDD: 823
CDU: 82-3(410.1)

Meri Gleice Rodrigues de Souza - Bibliotecária - CRB-7/6439

Editora Arqueiro Ltda.
Rua Funchal, 538 – conjuntos 52 e 54 – Vila Olímpia
04551-060 – São Paulo – SP
Tel.: (11) 3868-4492 – Fax: (11) 3862-5818
E-mail: atendimento@editoraarqueiro.com.br
www.editoraarqueiro.com.br

Para Jan e James Wood,
os melhores e mais gentis vizinhos que alguém poderia querer.
Principalmente se esse alguém é uma escritora dispersa
que está sempre perdendo as chaves de casa.

Capítulo 1

Arthur ergueu a cabeça para Libby, os olhinhos redondos expressando o que seus tutores já idosos eram educados demais para dizer: "Você não fez a nossa reserva, né?"

Do outro lado do balcão de carvalho polido da recepção, Libby sentiu a mão gelar enquanto percorria o sistema de check-in no computador do hotel Swan. Olhando para Arthur, ela pensou: *Ele sabe. Ele sabe que não temos registro da reserva, que no momento não há nenhum quarto em condições de receber hóspedes e que eu secretamente acho que cães não deveriam sequer ser permitidos em hotéis, muito menos em cima de camas.*

O dachshund abanava o rabo de um lado para outro, como um chicote, e inclinou a cabeça como se confirmasse que ela tinha razão. Particularmente quanto a cachorros em cima de camas.

Libby piscou com força. *É só um salsicha*, lembrou a si mesma, *não um fiscal.*

Se bem que, segundo os fóruns de hotelaria, nunca se sabe...

– São duas noites, está em nome de Harold – repetiu a Sra. Harold, passando a bolsa para o outro braço. – Algum problema? Nós saímos de casa às oito para chegar aqui.

– Viemos de Carlisle – explicou o Sr. Harold. – Foram três baldeações de trem, mais um ônibus. Precisamos de uma boa xícara de chá.

– Sinto muito.

Finalmente desviando o olhar de Arthur, Libby forçou um sorriso caloroso na esperança de disfarçar seu pânico enquanto via os quartos passarem diante de seus olhos em flashes. Ela dera início à Operação Limpeza

Profunda duas horas antes, *justamente* porque o hotel estava vazio, e naquele momento nenhum dos quartos estava com uma cama no lugar, muito menos um conjunto de travesseiros impecavelmente afofados. Ela e Dawn, a faxineira, haviam movido todos os móveis para dar um jeito no carpete, já que, como Dawn apontara, era tanto pelo de cachorro acumulado sob as camas que daria para tricotar vários cobertores. Libby afastou esse pensamento.

– Meu marido e eu assumimos o hotel no mês passado e ainda estamos nos acertando com o sistema de reservas – explicou ela.

O Sr. Harold tossiu e passou a mão no cabelo grisalho com um ar desconfortável, confirmando a suspeita que vinha lentamente se formando na mente de Libby desde que ela descera as escadas correndo para atender o sininho da recepção.

– Eu não gostaria de... – começou ele. – Acho que tem alguma coisa no seu cabelo.

Libby passou a mão casualmente no cabelo loiro. Sim. Era *mesmo* uma teia de aranha. Das grandes.

– É que estamos no meio de uma reforma – explicou ela, tentando discretamente tirar a teia dos dedos. Se Dawn colocasse uma cama de volta no lugar e fechasse todas as portas, quem sabe não conseguiriam preparar um quarto... – Muito bem, onde estávamos? – Se ao menos o computador colaborasse... – Vocês têm certeza de que era para *24 de abril*?

– Sim! Eu passei um tempão falando com a recepcionista ao telefone. Uma senhora mais velha.

Uma senhora mais velha. Agora tudo fazia sentido.

– Aaaaah, sim...

Libby esticou o braço por baixo do balcão para pegar o livro de reservas caindo aos pedaços, inclinando-o de modo que os Harolds não vissem as colunas de sexta e sábado em branco. Não havia nenhuma outra reserva, nem a lápis, nem em post-its, nem em qualquer outro tipo de registro improvisado que sua sogra, Margaret, costumava utilizar – isso porque antes ela sequer deixava algo escrito. "Donald e eu nunca anotamos nada", insistia Margaret. "Quando o hotel é seu, você simplesmente *sabe* quem vem." O problema, pensou Libby enquanto examinava o livro em vão, era que o hotel de Margaret não era mais o hotel de Margaret. Agora era o hotel *deles*: Libby, Jason e Margaret. E já não vinha quase ninguém.

A planilha de reservas foi apenas uma das ideias que Jason apresentou quando ele e Libby foram morar no hotel para ajudar Margaret após a morte repentina de Donald. Só que, assim como acontecia diante da maioria dos esforços do casal para facilitar a vida de Margaret, ela encarou aquilo como uma crítica pessoal. A sugestão de criar um site também não foi bem recebida ("Seu pai não estava nem um pouco convencido em relação à internet, Jason..."), nem as ideias de separar alguns quartos para hóspedes sem cachorro ou incluir croissants no café da manhã.

Praticamente todos os dias Libby sentia um aperto no peito ao pensar em Margaret, que de repente parecia sem cor e perdida na ausência do alegre e sensato Donald, que ela havia atazanado e amado por 35 anos. Mas o hotel Swan precisava urgentemente de atenção. Tanto em termos financeiros quanto no que se referia a higiene. Para que pudessem dar início à limpeza geral sem uma Margaret de coração partido argumentando que os hóspedes não eram como eles, de ficar "paranoicos por causa de um pelinho ou outro", Jason teve que levar a mãe ao hipermercado Waitrose para uma divertida manhã de compras, deixando Libby encarregada do hotel *e* da operação de guerrilha que seria limpar o local. Sem falar no presunçoso basset hound de Margaret, Bob, que estava trancado no escritório em segurança. Libby não queria nem pensar no que ele poderia estar fazendo lá dentro.

– Que diferença isso faz? Não é possível que não tenha um quarto disponível – disse o Sr. Harold, olhando a recepção deserta.

Ele fez contato visual com algo pendurado acima da porta do saguão, desviou o olhar e, ao se dar conta do que se tratava, olhou novamente: uma cabeça de veado toda comida por traças.

Libby suspirou. Margaret estava relutante quanto ao livro de reservas, mas isso não era nada comparado à resistência que tinha em relação aos planos de modernizar a decoração. Jason tinha crescido no Swan e não se importava com os cardos que iam de uma parede à outra nas áreas comuns, e Libby até gostava de seu charme sombrio quando eles vinham de Londres algumas vezes por ano, mas, agora que todo o resto de suas economias estava atrelado àquele ambiente velho e infestado de veados, ela estava com os nervos à flor da pele. Libby adoraria descobrir como convencer Margaret a deixá-los prosseguir com a reforma que haviam combinado quando venderam tudo e se instalaram lá, para que eles mesmos pudessem recomeçar.

Assim, graças à relutância de Margaret e ao meticuloso planejamento financeiro de Libby e Jason, os dois vinham cuidando de um cômodo por vez, sozinhos, à noite. Os quartos tinham um estilo mais casa da vovó do que *Coração valente*, e eles haviam passado o mês anterior arrancando o papel de parede cor-de-rosa todo estampado do quarto 4, substituindo-o por camadas de tinta cinza-claras e por roupa de cama mais suave. Libby havia reunido inúmeras referências do visual luxuoso do qual, segundo eles, o hotel precisava, caso a intenção fosse atrair uma clientela com poder aquisitivo mais alto. Ou qualquer clientela, na verdade. As economias de Jason e Libby tinham sido suficientes para resgatar Margaret das garras do banco, mas não havia sobrado muito para salvar o hotel da devastação do tempo.

Nenhum dos dois tinha experiência com trabalhos manuais – Jason era corretor da bolsa de valores e Libby, pesquisadora de conteúdo para TV –, mas mesmo assim o quarto 4 tinha ficado muito bom. E ela havia gostado bastante de ver Jason empunhando uma lixadeira, com as mangas arregaçadas e o cabelo loiro escurecido pelo suor. Antes, ele estava sempre de terno ou com suas roupas velhas de fim de semana. Além do mais, assim eles tinham um tempo a sós para conversar. E para não conversar também, às vezes; apenas trabalhar lado a lado, com uma exaustão satisfeita, sabendo que cada tábua esfregada ou cada peitoril de janela lixado era um passo à frente. O quarto 4 era o começo de algo precioso, Libby se forçou a lembrar. A prova de que recomeços às vezes vinham disfarçados de finais infelizes.

Como se pudesse ler a mente de Libby, a Sra. Harold disse:

– A senhora com quem falamos ao telefone informou que nos daria um quarto reformado. Quarto 4, eu acho. O Arthur gosta de colchão firme, por conta das costas, e eu fiquei sabendo que o 4 tem um de espuma novinho.

– É verdade! O quarto 4 é... – Libby começou a dirigir sua resposta ao Sr. Harold, mas rapidamente se deu conta de que Arthur não era ele, e sim o outro hóspede que naquele momento farejava o cesto de roupa suja e... *Ah, que ótimo. Agora ele está levantando a pata traseira.* – O quarto 4 talvez... hã... talvez ainda precise de um ou dois dias para arejar. Tinta fresca – concluiu ela, da maneira mais convincente que conseguiu.

Arthur abanou o rabo para ela, mas Libby não se comoveu. Pelos de cachorro não faziam parte do plano, apesar da insistência obstinada de Margaret de que os quartos para cães eram sua marca registrada.

– Posso dar a vocês um quarto lindo no térreo – continuou ela. – Com vista para o jardim…

– O que foi isso? – O Sr. Harold ergueu o dedo no ar e inclinou a cabeça em direção à porta.

– Pode ter sido a nossa faxineira, lá em cima – esclareceu Libby.

Dawn estava tirando o máximo proveito do limpador de carpete alugado. A água cor de piche que saía do aparelho as deixava hipnotizadas.

– É só agora na parte da manhã. Não vamos incomodá-los mais tarde – continuou ela.

– Não, com certeza foi algo lá fora – disse ele. – A menos que eu esteja ouvindo coisas.

– Às vezes você bem que podia ouvir o que eu digo… – murmurou a Sra. Harold.

Libby parou e prestou atenção. Nada além do som do limpador de Dawn. E alguns ruídos ameaçadores vindos do escritório. Ela lembrou, tarde demais, que havia deixado biscoitos deliciosos lá dentro. Os mesmos que deveriam estar no saguão, para os hóspedes.

– Isso foi uma freada de carro? – perguntou o Sr. Harold.

Então todos ouviram: um inegável grito de mulher. Um ganido fino e decrescente que rasgou o ar. Libby sentiu um nó na garganta. O hotel ficava em uma curva e a entrada para o estacionamento não era muito aparente, então os carros que diminuíam a velocidade para tentar encontrá-la corriam o risco de serem atingidos por alguém vindo na direção contrária. Os habitantes locais, é claro, conheciam a rua e por isso não precisariam (Margaret lhes havia garantido) do espelho de segurança que Libby achava que deveriam instalar urgentemente.

– É melhor eu ir ver se está tudo bem. Vocês poderiam aguardar no saguão enquanto isso?

Ela saiu de trás do balcão, pegando o celular no caminho, e cruzou a recepção para abrir a porta que dava para o saguão. Mais xadrez, mais sofás molengos, mas pelo menos Dawn já tinha limpado aquela área e Libby havia substituído os exemplares da *Country Life* do século anterior por algumas revistas mais recentes.

– Se vocês e... hã... o Arthur quiserem relaxar um pouquinho aqui e tomar chá ou café, fiquem à vontade, eu não demoro.

Os Harolds lançaram um olhar nervoso em direção à cabeça do veado e seguiram sob o seu olhar vítreo rumo ao conforto do saguão cafona.

Lá fora, o brilho do sol irradiando através das árvores fez Libby estreitar os olhos, mas estava bem claro o que havia acontecido na estrada principal.

Uma caminhonete 4x4 e um Mini vermelho estavam parados em ângulos estranhos, como carrinhos de brinquedo abandonados por uma criança entediada: a caminhonete no meio da pista, sem sinal de motorista, enquanto o Mini estava inclinado para cima em direção à mureta de pedra. Um homem saía do Mini, aparentemente em choque.

Foi sua expressão de culpa que provocou um calafrio em Libby. O que quer de terrível que tivesse acontecido estava claramente refletido no rosto dele.

– Você está bem? – gritou ela. – Quer que eu chame uma ambulância?

O homem fez que não com a cabeça. Tinha cabelo escuro, a barba por fazer e provavelmente uns 30 anos. Libby procurou memorizar detalhes, para o caso de ser chamada a depor como testemunha – e foi quando viu o que ele estava olhando.

Pés descalços no asfalto, parcialmente escondidos pelas rodas da caminhonete. Libby avistou um chinelo preto do outro lado da estrada.

Sentiu um aperto no peito. Os pés eram compridos e muito brancos, pés femininos, e as panturrilhas estavam salpicadas de pequenas gotas de sangue.

– Eu não a vi – dizia o motorista do Mini, esfregando o rosto em incredulidade. – O sol estava batendo nos meus olhos. Ela estava no meio da pista...

Libby deu a volta na caminhonete, onde o motorista estava curvado sobre o corpo de uma jovem. Um homem mais velho, notou, prestando atenção nele para não olhar para baixo. Cabelos grisalhos, na faixa dos 50 anos, camisa xadrez e calça de veludo cotelê. Provavelmente era um fazendeiro. Ótimo. Ele saberia o que fazer. Não teria medo de sangue.

Diferente de Libby, que ficava completamente nauseada. A mudança para o interior não tinha ajudado. Parecia haver uma quantidade absurda de atropelamentos de animais em Longhampton.

Não seja tão covarde, disse a si mesma. *Quem mais vai ajudar?*

– Ela está respirando? – Libby se aproximou. – Ela... está bem?

– O Mini foi em cheio nela, e por pouco eu não a peguei também – disse o homem, fazendo careta. – Passou por cima do capô dele e caiu direto na pista. Deu uma pancada forte com a cabeça. Não sei se quebrou alguma coisa, mas está apagada, pobrezinha.

A mulher estava encolhida como se cochilasse, o cabelo castanho-escuro espalhado ao redor da cabeça e a saia jeans subindo pelas coxas e deixando os joelhos à mostra. As unhas dos pés estavam pintadas de rosa-chiclete, a única cor forte nela. Todo o resto era apagado: saia escura, cabelo escuro, camiseta preta de manga comprida, embora fosse um dia ensolarado.

Um pensamento alarmante passou pela cabeça de Libby: *Ela parece a Sarah.* De repente lhe veio um instinto de proteção. Sabia que não era sua irmã mais nova, pois Sarah estava em Hong Kong, mas algo vulnerável no rosto da jovem mexeu com ela. A suavidade da pele, as sardas castanhas, os cílios longos como os de uma boneca. Libby se inclinou para a frente, ignorando a sensibilidade ao sangue, e tocou de leve o pescoço pálido da mulher.

A pele estava fria, mas ela sentiu pulsação. Libby deixou escapar um suspiro e se deu conta de que seu coração batia acelerado.

– Está tudo bem, ela tem pulso. Vocês chamaram a polícia? E uma ambulância?

– Vou fazer isso agora – disse o homem, que então se afastou e voltou para o carro.

Libby não conseguia tirar os olhos da mulher, mas sua mente estava a toda, lançando informações práticas para distraí-la do pânico. Libby havia feito um curso de primeiros socorros de um dia, por conta do hotel (para seu alívio, as aulas foram quase inteiramente teóricas, sem envolver sangue), e aprendido o básico. *Não a mova, pode haver lesão na coluna. Via aérea: desobstruída. Ótimo.* Não parecia haver sangue, embora seu braço esfolado estivesse em um ângulo esquisito, muito pálido em comparação com o asfalto escuro e áspero, cruzando a faixa branca.

A faixa branca. Libby se levantou de um salto, gesticulando para o motorista do Mini.

– Precisamos parar o tráfego antes da curva. Você tem um triângulo de sinalização, não tem?

Ele não se mexeu, continuou olhando para o corpo imóvel, hipnotizado pelo que havia acontecido de forma tão repentina, naquela manhã que até então tinha sido como todas as outras. Libby também teria olhado, mas estava ciente da importância de cada segundo para a vítima no chão. Um caroço do tamanho de um ovo de pato começava a surgir na têmpora da mulher e a pele ao redor de seus olhos estava ficando arroxeada. Libby tratou de não pensar nos possíveis ferimentos internos.

– O triângulo! Pega logo! Você quer que outra pessoa se machuque batendo no seu carro?

Ele abriu a boca para falar, mas logo desistiu e foi correndo até o porta-malas. Libby se abaixou para tentar esconder o próprio choque.

– Está tudo bem – murmurou, colocando a mão no ombro da mulher. Era uma das coisas que o professor de primeiros socorros dissera: "Continue falando, mantenha contato, mesmo que você ache que a pessoa não pode te ouvir." – Não se preocupe, a ambulância está a caminho. Você vai ficar bem. Vai ficar tudo bem.

Fez-se novamente silêncio, exceto pela conversa do fazendeiro com a polícia ao telefone e pelo canto dos pássaros nas árvores ao redor. Algo tão dramático não deveria estar acontecendo em um ambiente tão tranquilo, pensou Libby. Em Londres, já haveria sirenes, aglomeração, palpites, gente se aproximando para ajudar ou para olhar. Em Longhampton, havia apenas muitos pássaros. Talvez uma ovelha ao longe.

Aquilo fez com que se sentisse responsável pelo incidente.

– Aguenta firme – murmurou ela, tentando não enxergar a irmã mais nova no rosto da moça. – Você vai ficar bem. Eu não vou sair daqui enquanto você não estiver dentro da ambulância. Prometo. Estou aqui.

O que mais podia fazer? Então olhou para os pés descalços da mulher e tirou seu casaquinho de caxemira azul para cobri-los. Era estranho que ela estivesse passando a pé por ali, ainda mais de chinelo. Não havia calçada naquele lado da pista e o hotel ficava a uma longa caminhada da cidade. O máximo que Libby via, às vezes, era gente passeando com o cachorro. Uma trilha atravessava o terreno, uma das rotas que compunham a Longhampton Apple Trail, mas a mulher com certeza não estava indo para lá, senão estaria de galochas. Afinal, as trilhas ainda estavam bem lamacentas, como Libby bem sabia por causa de suas caminhadas com o cachorro de Margaret.

Será que ela estava indo para o hotel? Libby não viu nenhuma bolsa. E definitivamente não havia reserva para uma mulher solteira no hotel naquele dia – a não ser que tivesse sido feita por Margaret...

Ela olhou o relógio: quase dez para uma da tarde. Jason não tinha dito a que horas ele e a mãe voltariam. Margaret gostava de prolongar seus passeios pelo Waitrose: não só preferia os produtos de melhor qualidade como aquilo também lhe dava a chance de exibir Jason, seu filho bem-sucedido e especialista em finanças, para as inúmeras amigas que também gostavam de passar a manhã fazendo compras. Libby não queria que Margaret ficasse assustada com o acidente, mas ao mesmo tempo não queria que os Harolds saíssem explorando o hotel sem supervisão, não com o caos que reinava no segundo andar. Tinha sido uma ideia idiota mexer em todos os quartos de uma vez, pensou, se martirizando. Erro de principiante: pensar como a dona de uma casa, não de um hotel.

Libby se agachou, constrangida por estar obcecada pela logística de limpeza enquanto a desconhecida inconsciente poderia estar gravemente ferida.

– Está tudo bem – sussurrou ela, torcendo para que a mulher a ouvisse e soubesse que alguém estava tentando ajudá-la. – Não vou deixar você sozinha.

Ela cantarolou desafinada, um pouco para conter o próprio pânico que só crescia, até que ouviu passos se aproximando. Libby ergueu a cabeça bruscamente, na expectativa de que houvesse uma tranquilizadora figura de uniforme ou ao menos o fazendeiro de volta com alguma atualização. Em vez disso, viu o corpo largo de Jason caminhando na direção delas e o alívio a invadiu como o sol saindo de trás das nuvens.

Jason parecia apreensivo, mas não preocupado – não era seu estilo. No entanto, ao se aproximar, franziu a testa e passou a mão pelo cabelo loiro – cabelo de palha de garoto da fazenda, como Libby costumava dizer para provocá-lo quando os dois se conheceram. As madeixas grossas e rebeldes nunca combinaram com seu terno de risca de giz. Agora, com a camisa xadrez e a calça jeans, ornavam muito bem. Ele havia se encaixado novamente naquele local como se nunca tivesse saído de lá.

– Aconteceu algum acidente? Eu vi o triângulo pouco antes da curva que dá para o estacionamento, aí saímos do carro e... – Ele arregalou os olhos ao ver a mulher no chão. – Meu Deus! O que houve? Você está bem, amor?

– Não. – Libby se levantou cambaleante. Sentia-se tonta. – Quer dizer, eu estou bem, mas acho que ela, não.

– Ei, vem cá. Você está branca feito papel.

Jason a abraçou, dando beijos tranquilizadores na sua cabeça enquanto acariciava suas costas, e Libby sentiu os ombros relaxarem. O toque dele era reconfortante; seus corpos se encaixavam perfeitamente, o topo da cabeça dela batia exatamente na altura do queixo dele. *Ainda bem que Jason chegou*, pensou, e se deu conta de como isso fazia sentido de tantas maneiras.

Então, quando estava prestes a perguntar se Margaret tinha ido direto para o hotel, Libby viu a sogra carregando duas sacolas de compras. De início, parecia a Margaret de sempre – exigente, roupas impecáveis, andando de lá para cá –, mas o sorriso que havia começado a se abrir em seu rosto redondo desapareceu quando ela viu a cena. De uma hora para outra, ela pareceu mais velha, mais perto dos 70 anos do que dos 60. Colocou as sacolas no chão e cobriu a boca. Seus olhos, de um azul-claro raro como os de Jason, estavam repletos de horror.

– Ai, meu Deus! – A voz dela saiu como um lamento. – O que aconteceu?

Libby desejou que a sogra não tivesse visto aquilo. Fazia apenas seis meses desde que Donald havia desmaiado na recepção e morrido de um infarto fulminante antes que a ambulância chegasse. Margaret estava sozinha. Da noite para o dia, sua confiança havia desaparecido, deixando em seu lugar um nervosismo que poderia facilmente se transformar em lágrimas de medo. Libby se soltou do abraço de Jason e deu um passo em direção a Margaret, bloqueando sua visão.

– Não sei. Eu não vi. Cheguei aqui e encontrei os dois carros e essa moça no chão. Não se preocupe, nós chamamos uma ambulância e a polícia está vindo. – Libby baixou os olhos enquanto falava. Era estranho falar por cima do corpo da mulher como se ela não estivesse ali. – Com certeza ela vai ficar bem – acrescentou, caso a mulher pudesse ouvir.

– Parece que você fez tudo o que podia.

Jason pairava entre a esposa e a mãe, sem saber quem confortar primeiro.

Libby deu uma cotovelada nele e murmurou, olhando para Margaret:

– Leva sua mãe pra dentro. Tem um casal esperando no saguão... Você pode resolver a situação deles? São os Harolds. Eles insistem que reservaram para o fim de semana, mas não tem nenhum registro no computador.

Jason deu um suspiro de irritação.

– Não – disse Libby –, não cria caso com isso. Só precisamos alojá-los em algum lugar. Vê se a Dawn já terminou algum quarto. Ou então tenta o 7: ainda não tínhamos começado a mexer no carpete.

– Tem alguma coisa que a gente possa fazer? – perguntou Margaret num tom corajoso, mas com uma ponta de lamento.

– Não, eles estão a caminho, Margaret. Vai lá pra dentro. Vai logo, Jason, antes que a sua mãe os leve para o quarto 4. Eles têm um *cachorro*.

Jason arregalou os olhos à menção do quarto 4.

– Não precisa dizer mais nada. – Ele apertou o ombro dela. – Mas você não quer mesmo que eu fique aqui até a polícia chegar? Você já fez o que podia.

Libby queria aceitar a oferta, mas sentia uma estranha relutância.

– Não, tudo bem. Eu disse que ia ficar aqui com ela e é isso que vou fazer.

– Como ela se chama?

– Hum... Não sei.

– Cadê a bolsa dela?

Eles olharam ao redor: não havia nenhuma à vista.

– Vou ver ali perto da mureta – disse Jason.

– Não, eu faço isso assim que a polícia chegar. Você resolve a situação dos hóspedes. E fique de olho na sua mãe, para que ela não deixe o Bob entrar no saguão de novo. Passei a manhã inteira aspirando aquele sofá. Esse cachorro já era para estar *careca*, de tanto pelo que solta por aí.

Jason abriu a boca para responder, mas naquele momento Libby ouviu as sirenes rasgando o ar ao longe, e a angústia latente no rosto de Margaret acabou com qualquer incômodo que ainda persistisse em relação ao sistema de reservas.

Os paramédicos trabalharam depressa para atender a mulher ferida e, enquanto preparavam a maca, uma viatura da polícia chegou. Dois policiais começaram a entrevistar os motoristas, isolando a área e transmitindo instruções pelo rádio.

Toda aquela atividade tão bem organizada era tranquilizadora depois da sensação de impotência. Libby foi e voltou pela rua em busca da bolsa da mulher, mas não a encontrou. Em seguida, não sabia ao certo o que fazer. Não estava envolvida no acidente, mas não queria sair de lá sem saber o que aconteceria com a moça. Os paramédicos envolveram a vítima em um cobertor e puseram uma máscara de oxigênio sobre seu rosto pálido. Ela parecia muito menor debaixo da manta.

– A senhora presenciou o acidente?

Libby deu um pulo de susto. Um jovem policial estava bem ao lado dela. Ele tinha um sotaque local, com as vogais arrastadas que faziam Libby pensar em tratores, campos e pomares de maçã. O sotaque de Jason, amenizado pelos anos vivendo em Londres, já havia começado a se mostrar novamente, graças principalmente a toda a conversa que vinha colocando em dia no Bells com seus antigos colegas. Nenhum deles já havia conseguido ficar mais de dois anos fora de Longhampton.

– Não, eu ouvi o barulho lá de dentro do hotel – explicou ela, apontando para a construção. – Meu nome é Libby Corcoran, somos os proprietários do hotel Swan. Quando eu cheguei aqui, tudo estava exatamente como você está vendo agora.

– Então a senhora não conhece essa mulher?

– Não, nunca a vi.

– A senhora pegou a bolsa dela?

– Eu não encontrei. Dei uma olhada perto da mureta, mas parece que não tem nada. Pode ter rolado na direção do campo.

O policial pareceu frustrado.

– Eu estava torcendo para que a senhora tivesse encontrado a bolsa. Isso vai dificultar bastante as coisas. Ela não tem identificação.

Libby ficou surpresa.

– Nada? Nem celular? Você olhou embaixo dos carros?

– Já vasculhamos o local, não tem nada. E a senhora está me dizendo que com certeza nunca viu essa mulher antes, certo?

– Com certeza – repetiu Libby. – Por que a pergunta?

Ele franziu a testa.

– Porque a única coisa que os rapazes da ambulância encontraram foi o seu endereço, no bolso dela. Estava anotado num papel.

– O *meu* endereço?

A conexão inesperada entre elas a assustou. Por que aquela desconhecida teria o endereço deles? Estavam a quilômetros de distância de Wandsworth.

– Sim. – O policial pareceu surpreso com a reação de Libby. – A senhora disse que é proprietária do hotel, não é?

– Ah, sim, claro, o hotel. – O que ela estava pensando? A casa não era mais dela. Alguém estava usando sua bela cozinha naquele exato momento. Outro alguém estava mergulhado em sua banheira. Ela balançou a cabeça, afastando aqueles pensamentos. – Desculpa, ainda estou me acostumando com o novo trabalho. Estamos aqui faz só alguns meses.

O policial deu um sorriso educado.

– Bem que eu achei que a senhora não parecia ser daqui.

– Se eu ganhasse cinco pratas toda vez que me dizem isso… – começou Libby, mas parou antes de completar com: *… teria o suficiente para pagar algumas contas.*

Mas o frisson causado pela conexão ainda estava lá: aquela desconhecida de cabelos escuros e pernas à mostra tinha escrito o nome do hotel em um papel, havia pesquisado sobre o local. Estava indo até eles. Mais dois minutos e estaria cruzando a porta e nada daquilo seria um mistério. Ela era uma estranha para Libby, mas sabia seu nome e o de Jason. Os pelos dos braços de Libby se arrepiaram.

– Não temos nenhuma reserva para hoje – disse ela.

– Talvez ela estivesse vindo atrás de trabalho. Vocês anunciaram alguma vaga recentemente? Para faxineira? Cozinheira?

– Não, nada. Não vamos contratar ninguém.

Longe disso. Quando Jason examinou os cadernos de contabilidade, não deu para definir se teriam dinheiro para manter as duas faxineiras de meio período.

– Vai ver ela estava indo encontrar alguém no hotel. – O policial franziu as sobrancelhas. – Um amigo? Namorado?

– Fique sabendo – disse Libby em tom jocoso – que aqui não é *esse* tipo de estabelecimento. – Ao perceber que as orelhas do policial ficaram vermelhas, ela se deu conta de que tinha ido longe demais. Aquele tipo de piada era coisa da cidade. – Não recebemos hóspedes inesperados e não servimos almoço nem jantar, então não há muitas visitas imprevistas. – Ela se apressou em acrescentar. – Mas com certeza vou ficar de olho caso alguém apareça procurando por ela.

– Se puder nos ligar, eu agradeceria.

O policial começou a anotar o contato dela, e, com o canto do olho, Libby viu a maca sendo colocada na traseira da ambulância. Ela notou a mulher quase invisível sob os cobertores, a não ser pela cascata de cabelos castanhos que fazia Libby se lembrar da franja da irmã, sempre caindo nos olhos, e sentiu uma pontada de culpa: havia prometido que ficaria com ela.

– Será que eu deveria ir com ela? Até o hospital? – perguntou. – Ela vai ficar bem sozinha?

– É muito gentil da sua parte se oferecer, mas não há muito espaço nessas ambulâncias, e eles vão querer encaminhá-la direto para uma tomografia. – O rádio do policial chiou. Antes de se virar para atender, ele disse: – Eu tenho seus dados... E, se descobrir mais alguma coisa, me ligue.

– Está bem. – Libby viu as luzes azuis da ambulância se acenderem novamente e sentiu um frio por dentro, pensando nas pernas esfoladas, nas unhas cor-de-rosa da mulher. Os flashes de cor em sua pele tão pálida. – Eu só queria... poder fazer mais alguma coisa.

– Você fez bastante só de ficar com ela aqui e nos chamar o mais rápido que pôde... – Ele verificou suas anotações e concluiu: – Sra. Corcoran.

– Libby – corrigiu ela. – Não foi nada. O que mais eu poderia fazer? – O outro policial olhava para ela agora, de pé ao lado do motorista carrancudo do Mini, que segurava um bafômetro e tentava não chorar.

– Muita gente não faz nada, acredite. A senhora nem imagina. Muito bem, então. Peça para alguém lhe preparar uma xícara de chá bem docinho, hein? – acrescentou ele, tocando-a de leve no braço. – O choque provavelmente vai atingi-la quando se sentar. Nem sempre vem na hora. Mas a senhora agiu muito bem.

Libby esboçou um sorriso. A bondade dele, não o choque, estava fazendo seus olhos se encherem d'água.

A sirene da ambulância soou, sobressaltando Libby enquanto o veículo acelerava. Ela ficou observando até que eles desaparecessem, então abraçou com força o próprio corpo.

– Entraremos em contato se houver algum... desdobramento – disse o policial.

E, com um aceno de cabeça na palavra "desdobramento", a realidade do que havia acontecido finalmente a atingiu, bem no peito, provocando um calafrio que percorreu seu corpo inteiro.

Capítulo 2

A primeira coisa que ela notou ao acordar foi o cheiro de antisséptico e de café.

Havia alguém no cômodo com ela. Uma mulher. Uma enfermeira de uniforme azul, verificando o prontuário ao pé da cama, franzindo a testa. Quando ela se mexeu, a enfermeira, sem interromper o que fazia, transformou a cara amarrada em um sorriso e disse:

– Bom dia!

Ela abriu a boca para perguntar que lugar era aquele, mas sua garganta estava muito seca e dolorida e não saiu nada além de um ganido.

– Não se mexa – instruiu a enfermeira. – Deixa eu pegar um copo d'água pra você.

Foi no tempo entre a saída da enfermeira e seu retorno com um copo plástico cheio de água extremamente gelada que ela processou onde estava: sozinha, em um quarto de hospital com vista para um estacionamento meio cheio, lençóis pesados prendendo-a à cama. Seu cérebro estava processando tudo muito devagar.

Como eu vim parar aqui?, pensou, mas, em vez de encontrar uma resposta, sentiu a cabeça pesada, como se uma nuvem escura tivesse ocupado o local onde a resposta deveria estar. Teve a sensação de que deveria estar mais preocupada do que de fato estava.

– Pronto. Bebe devagar. Você ainda deve estar um pouco grogue. Passou um tempinho fora do ar, hein? – A enfermeira guiou o copo até a mão dela.

A mulher automaticamente sorriu de volta, mas sentiu algo impedindo seus músculos faciais de se mexerem. Ergueu a mão e sentiu bandagens. Ataduras elásticas ásperas cobriam sua bochecha.

Havia outras ao redor da cabeça. Como aquilo tinha acontecido? O que ela havia feito? Esticou a mão para sentir até onde iam as bandagens, mas havia um frasco de soro pendurado atrás dela e o tubo fino ficou preso no cobertor.

A enfermeira a impediu de se mover, de maneira gentil porém firme.

– Não toque nos curativos. Eu sei que deve estar coçando. – Ela enfiou a braçadeira do medidor de pressão no braço dela e ligou a máquina. – Você teve um traumatismo bem sério. Provavelmente sua sensação agora é a de estar tendo a pior ressaca da sua vida!

Ressaca pesada. Era mais ou menos isso mesmo. A cabeça latejava com a dor de cabeça mais forte que já tivera, como se seu cérebro fosse grande demais para o tamanho do crânio, e seus olhos estavam ásperos e doloridos, bem como o interior da boca... Grossa. Mas tinha mais alguma coisa. Algo que escapava nas bordas de sua mente, algo que continuava escorrendo pelos lados, que estava fora de seu alcance.

Ela estava em um hospital, mas não fazia ideia de como ou por que tinha chegado ali. Estava tudo bem, mas de um jeito estranhamente artificial. Como se tudo estivesse um pouco lento. Um pouco distante, como uma gravação ruim.

Por que não estou em pânico?, perguntou-se, e, antes que pudesse falar, a enfermeira disse:

– E você ainda vai se sentir um pouco tonta por causa dos analgésicos. – Ela tirou a braçadeira. – Sua pressão está boa. Muito bem. Deixa eu dar uma olhada nas suas pupilas. Olha pra cá... Agora pra cá...

Ela piscava enquanto tentava se concentrar no dedo da enfermeira movendo-se lentamente para a frente e para trás, de um lado para outro. A mulher usava um crachá: Karen Holister. Tinha cabelos grisalhos curtos, óculos de armação preta. Seu rosto não lhe era familiar, mas sua voz, sim. E, conforme seguia o dedo da enfermeira, o movimento de seus olhos lhe parecia familiar também. Não sabia por quê. Um alvoroço de medo percorreu o fundo de sua mente como o vento ondulando a superfície de um lago profundo.

– O que aconteceu? – Não soava como a voz dela. Era áspera e fraca. Doía para falar, não apenas sua garganta, mas sua cabeça e seu peito também.

– Você sofreu um acidente. Chegou ao pronto-socorro inconsciente e está em observação há dois dias. Não se preocupe, uma pessoa ficou aqui com você o tempo todo.

Dois dias? Estava lá fazia *dois dias*?

Ela tomou um gole para tentar se distrair. A água gelada descia machucando sua garganta ressecada, e suas têmporas começaram a latejar ainda mais. Ressaca. Aquilo era ressaca? Tinha ficado bêbada a ponto de apagar? Havia sido encontrada em algum lugar? Nada fazia sentido.

– Foi por isso que eu sofri o acidente? – As palavras saíam com dor.

A enfermeira pegou o copo de plástico da mão dela.

– Como assim?

– Eu estava... bêbada?

Ela investigou os detalhes em sua mente, mas não havia nada, apenas escuridão. Um espaço em branco. Como colocar as mãos na água e se conectar com o nada.

– Não, você não estava bêbada. Você foi atropelada por um carro.

Atropelada? Mais uma vez, nada. Nada na memória. Ambulância, dor, pânico... Não, nada.

– Onde eu estou?

– No Hospital de Longhampton. Colocamos você em um quarto separado porque é muito barulhento lá fora. – A enfermeira verificou suas anotações, depois o relógio pendurado de cabeça para baixo na camisa azul do uniforme. – O especialista em traumatismo craniano vai voltar em breve para ver como você está.

– Longhampton?

Aquilo não fazia sentido. Ou fazia?

A enfermeira pegou as anotações da prancheta de plástico pendurada ao pé da cama e clicou na caneta. Ela sorriu.

– Agora que você acordou, talvez possa ajudar a gente a resolver alguns mistérios. Que tal começarmos com seu nome?

Ela abriu a boca para falar, mas então parou como se de repente tivesse levado um balde de água fria.

Não sabia.

O neurologista chegou pouco depois das onze horas, seguido pela mesma enfermeira.

O nome da enfermeira era Karen, ela se lembrava. Karen Holister. Conseguia se lembrar das coisas *agora*. O *agora* não era um problema. O problema era tudo que vinha antes disso.

– Muito bem, bom dia. – Ele sorriu e em seguida encaixou os óculos no nariz para analisar as anotações na ficha dela. – Meu nome é Jonathan Reynolds. Sou do Departamento de Lesões Intracranianas. Você é...?

– Eu falei para a Karen – disse ela, tentando soar mais calma do que se sentia. – Não lembro.

A sensação de que sua cabeça estava sendo tomada por uma neblina escura se intensificou e, sob a calma artificial dos analgésicos, ela sentiu uma pontada de pânico ao longe. Ouvir tornou aquilo tudo real e não provocou uma enxurrada repentina de informações, como ela percebeu que secretamente esperava que acontecesse.

Jonathan Reynolds cochichou algo com a enfermeira, que foi fechar a porta. Em seguida, ele se sentou em uma cadeira ao lado da cama. Deu um leve sorriso e cruzou as pernas.

– Deve ser angustiante, mas, por favor, não se preocupe. Você sofreu um traumatismo craniano em decorrência do acidente e parece que isso provocou uma amnésia retrógrada. Em outras palavras, perda de memória. É algo bastante comum, na verdade. As coisas geralmente voltam ao normal em um curto espaço de tempo. Você fez uma tomografia quando chegou aqui e não apresentou nenhum dano neurológico significativo, o que é um ponto muito positivo.

O médico tinha um jeito tranquilo, mas ela percebia que ele a analisava, seus olhos castanhos penetrantes se mexendo por trás dos óculos. Ela estava lá fazia dois dias. Eles a vinham monitorando fazia dois dias. E ela não tinha nenhuma lembrança disso.

– Isso significa que eu sofri algum dano cerebral? – perguntou ela lentamente. – Ou não?

– Sim e não. O cérebro é uma coisa curiosa. Não sei o quanto você sabe sobre como a memória funciona – prosseguiu ele, como se estivessem conversando sobre a previsão do tempo –, mas armazenamos lembranças recentes e remotas em diferentes áreas do cérebro. Se você bate a cabeça, ou, por exemplo, passa por uma experiência muito traumática, as conexões se rompem e você não consegue acessar coisas que aconteceram num passado recente, mas ainda é capaz de se lembrar de coisas que aconteceram quando você era criança. Ou coisas que você aprendeu por conta de muita repetição, como andar ou dirigir. Até agora aparentemente você está bem em relação a esse tipo de coisa. Você consegue falar, tem coordenação motora. A gente só precisa descobrir quais partes da sua memória foram afetadas e depois ver se aos poucos consegue trazer o restante de volta. É muito raro alguém perder completamente a memória. Não se preocupe.

– Eu não me lembro do acidente.

– Bem, isso não me surpreende. A boa notícia é que, fora algumas fissuras nas costelas e uns arranhões bem feios, você conseguiu sair dessa sem quebrar nada. Mas está com uns hematomas impressionantes, fique sabendo.

Ela o encarou, fria sob o amparo de analgésicos. Ele prosseguiu, usando expressões como "boa notícia" e "ponto positivo", mas como isso poderia ser verdade se ela nem sequer sabia quem era?

– Mas eu não sei nem o meu nome. – Dizer aquilo lhe causou um mal-estar físico, como se estivesse no ponto mais alto de uma montanha-russa e o carrinho de repente despencasse. Ela se sentiu flutuando, equilibrando-se no limite de cada segundo. – Eu não sei quem eu sou. Como *você* não sabe quem eu sou? Não tem nenhum... registro?

O médico (Jonathan Reynolds) se virou para passar a pergunta à enfermeira (Karen Holister). Ela balançou a cabeça brevemente, desculpando-se.

– Ainda não chegamos a esse estágio junto à delegacia. Você não tinha nenhuma identificação quando foi trazida. Estávamos esperando você acordar e nos dizer o seu nome.

Aquilo não fazia sentido.

– Eu não tinha nenhuma identificação? Mas e a minha bolsa?

– Você não estava de bolsa. Ou melhor, a polícia não encontrou nenhuma bolsa no local.

– E celular? Eu não tinha um *celular* comigo?

– Não é inacreditável? – Ele sorriu. – Você também não estava com celular. A polícia está vasculhando os achados e perdidos, caso alguém tenha entregado alguma coisa em algum lugar.

– Mas ninguém ligou procurando por mim?

Outra sensação estranha percorreu seu corpo: veloz e cintilante, rápida demais para definir. Toda a sua identidade dependia de outra pessoa, alguém que a encontrasse, alguém que lhe desse um nome. Que a trouxesse de volta.

– Até agora, não. Estamos verificando os comunicados de pessoas desaparecidas, obviamente. Mas, na verdade, temos uma informação, sim – disse a enfermeira Karen. – A polícia encontrou isto no seu bolso. Tem algum significado para você? Até onde eu sei as pessoas no endereço não sabiam quem você era.

A enfermeira lhe entregou um saquinho plástico com um pedaço de papel dentro.

Uma evidência policial, pensou ela, *como nas séries de TV. Estou em uma série de TV. Eu sou a mulher misteriosa.* Parecia que eles estavam falando de outra pessoa.

O papel era uma página arrancada de um caderno, e nele estava escrito:

Jason e Libby Corcoran, hotel Swan, Rosehill Road, Longhampton.

Havia um número de telefone anotado embaixo.

Ela sentiu a decepção subindo pelo peito, cravejada de pânico. Aquilo não significava nada. Não era nem de longe uma pista – parecia mais o verso de um pedaço de papel com alguma coisa mais importante anotada do outro lado.

Essa é a minha letra?, ponderou ela. Maiúsculas perfeitas, muito claras e precisas.

– Não. Isso não... não me lembra nada.

– Não? Sem problemas – disse o Dr. Reynolds. Se *ele* ficou decepcionado, não demonstrou. – O que vamos fazer agora é tentar descobrir em que ponto a sua memória termina e começa, repassando algumas perguntas. Tudo bem por você? Você se sente bem para fazer isso?

Ela assentiu. Que escolha tinha?

– Não pense muito nas respostas. Basta dizer o que vier à sua cabeça.

Ele clicou a caneta e olhou para suas anotações, mas um pensamento escapou dela antes que ele fizesse a primeira pergunta.

– Do que vocês têm me chamado durante esse tempo que eu estou aqui? Qual é o meu nome na ficha?

Ela se sentia vulnerável, completamente à mercê daqueles desconhecidos. As enfermeiras não conheciam a fundo nenhum dos pacientes naquela ala, mas eles tinham nomes. Tinham identidade, o ponto de partida de uma conversa. Pistas de quem eram: uma Elsie, uma Camilla, uma Natalie.

– A gente tem te chamado de Mary – disse a enfermeira gentilmente. – Estávamos esperando que acordasse para poder perguntar o seu nome.

Ela arregalou os olhos. Um nome qualquer. *Meu nome não é Mary. Mas essa é quem eu sou agora. É quem eles decidiram que eu sou.*

– Ou, se você não lembrasse, para saber como você gostaria que a gente te chamasse – prosseguiu a enfermeira Karen, como se fosse muito natural.

Os dois a olhavam, esperando que ela dissesse como gostaria de ser chamada. Quem queria ser.

– Hmm, eu não sei como quero que vocês me chamem.

Ela se sentia em meio ao conflito de querer ajudá-los e, ao mesmo tempo, não se sentir capaz de tomar uma decisão tão importante.

– Podemos ver isso depois. Até lá você pensa. – O Dr. Jonathan Reynolds sorriu. – Então, onde você mora?

– Não sei.

– E seus pais? Onde eles moram?

– Em lugar nenhum. – A informação saiu automaticamente. Era um fato, não algo que sentisse. – Os dois já morreram.

– Sinto muito. Há quanto tempo?

Era um bate-papo corriqueiro, mas ela sabia que ele estava direcionando as perguntas com cuidado, pescando informações técnicas e médicas da suave trama de emoções da vida dela.

Ela fechou os olhos com força. A dor na cabeça aumentava e os detalhes da memória lhe escapavam. Estava tudo lá, mas ela não conseguia acessar.

– Não sei.

– A gente volta a esse assunto depois – disse ele com tranquilidade. – Estar aí já é um bom sinal. E você, onde mora?

Ela abriu a boca, mas… não saiu nada. Em resposta, apenas balançou a cabeça.

– Você mora aqui? Mora em Longhampton? Ou nos arredores? Martley? Rosehill? Headley?

Ela balançou a cabeça novamente. Nenhum daqueles lugares lhe soava familiar.

– Não pense em um nome. Pense só na sua casa. Que cheiro você sente? O que ouve?

A escuridão atrás de suas pálpebras aumentou. Ela entrou em pânico e, de repente, algo fez seus lábios ressecados se moverem.

– Acho que... em Londres?

Havia uma vaga sensação de janelas altas, de contar os ônibus vermelhos que passavam. O cheiro de frango frito, ruas quentes e um parque com grama alta. Barulho.

– Londres! Ótimo. Bom, nesse caso você está bem longe de casa.

– Não recentemente – disse ela, sem abrir os olhos, sondando cuidadosamente a memória, tentando se aproximar de algo que estivesse desprevenido e saltasse de sua boca como um fato. – Acho que foi quando eu era mais jovem.

– Mas é um começo. Você mora com alguém? É casada?

Ela abriu os olhos e observou as próprias mãos, mas elas não a ajudaram. Nenhum anel. Nenhuma marca mais clara na pele onde poderia haver uma aliança. As unhas não estavam roídas nem pintadas. Mãos comuns.

É surreal, pensou ela, a cabeça doendo em razão do esforço, *que eu esteja olhando para o meu corpo em busca de pistas sobre a minha vida.* O que mais seu corpo diria aos médicos que ela não era capaz de dizer? Seria possível que ela fosse mãe e tivesse uma cicatriz de cesariana? Será que as enfermeiras já tinham olhado, vasculhando seu corpo em busca de pistas enquanto ela estava inconsciente? Será que sabiam algo que ela própria não sabia sobre si?

Novamente a vertigem de estar à beira de um penhasco.

Quem sou eu?

– Não sei. Acho que não.

– Quantos anos você tinha no seu último aniversário? – perguntou o Dr. Reynolds.

Ela se ouviu dizer "30" sem nem pensar.

– Ótimo – disse ele, satisfeito.

O cérebro dela estava começando a funcionar.

– Mas como eu posso saber se é isso mesmo? E se for só o último aniversário do qual eu me lembro?

– É possível. Mas sabemos que você tem pelo menos 30 anos – respondeu ele com a mesma naturalidade, olhando por cima dos óculos. – Acho que ninguém imagina que já fez 30 anos antes de a hora chegar, concorda?

Ela olhou para a enfermeira atrás dele. *Karen*, obrigou-se a memorizar.

– Ninguém ligou mesmo? Nesses dois dias?

Com certeza depois de dois dias alguém teria notado seu desaparecimento, não? Se não um marido, colegas de trabalho, talvez?

Seu peito estava cada vez mais apertado. Que tipo de pessoa não tinha ninguém que sentisse sua falta? E se alguém estivesse sentindo sua falta mas não conseguisse encontrá-la?

– Bem, não podemos afirmar que não tem ninguém ligando. Você pode estar muito longe de casa. Eles podem estar tentando hospitais locais primeiro. – Os olhos castanhos da enfermeira Karen se mostravam solidários. – Não se preocupe, a rede de investigação de pessoas desaparecidas é muito boa. A polícia está ciente. *Eles* ligaram várias vezes para saber de você… foi bom pra dar uma variada, já que estão o tempo todo atrás de tratores desaparecidos e ladrões de lojas.

A mulher olhou para as mãos novamente. Havia um longo arranhão no pulso e um curativo em uma palma, aparentemente por ter ralado no asfalto. As perguntas surgiam agora como pássaros vindo do fundo da mente, libertados à medida que a sonolência passava. *E se ninguém aparecer? E se minha memória não voltar? Para onde irei?*

– Você lembra onde estava no último Natal? – perguntou o Dr. Jonathan Reynolds.

Sem aviso, uma tristeza profunda a invadiu.

– Não.

Lágrimas de exaustão correram pelo seu pescoço, inflando sua cabeça, inundando seus olhos ásperos, e a mulher viu um movimento – a enfermeira olhando para o médico, uma breve contração de sobrancelhas indicando que já era o suficiente. Que alívio. O médico estava curioso e queria resolver o problema que tinha diante de si, mas ela ainda estava tendo dificuldade para aceitar que *era* o problema. Por mais interessado que Jonathan Reynolds estivesse em descobrir sua identidade, isso não era nada comparado com o quanto ela queria saber.

– Desculpa. Eu não… Minha cabeça… está doendo.

– Claro. Acho que é o bastante por enquanto – disse ele. – Descansar vai ser crucial. Vamos deixar papel e caneta aqui e, se algo vier à sua mente, é só anotar ou chamar uma das enfermeiras e avisar. Mais tarde eu dou um pulinho aqui de novo.

Isso também é um teste?, pensou ela. *Para saber se eu ainda sei escrever?*

Ela pegou a caneta com cuidado. Quando seus dedos a envolveram, sentiu um enjoo de alívio.

– E, por favor, não se preocupe – continuou ele. – Na maioria dos casos de amnésia retrógrada, tudo volta depois de um ou dois dias. É como reiniciar um computador.

Ela se viu espelhando o sorriso tranquilizador do médico. Mas não se sentia nem um pouco tranquila.

Capítulo 3

Antes de se mudar para Longhampton e dar início à sua nova carreira como cozinheira semiprofissional de cafés da manhã, Libby não fazia ideia de que existia um jeito certo e outro errado de preparar bacon. Ou melhor, havia "um" jeito e havia o jeito "de Donald".

– Isso aí – incentivava Margaret, empoleirada na mesa da cozinha.

Apesar de Jason insistir para que ele e Libby ficassem responsáveis pelas tarefas matinais dali em diante, quase todo dia Margaret ainda se levantava para introduzir a nora na arte de preparar o café da manhã.

– Agora o prensador – instruía ela.

Margaret assentia com ar de aprovação enquanto Libby obedientemente pressionava o bacon, fazendo a frigideira chiar. Debaixo da mesa (onde, de acordo com as diretrizes de saúde e segurança que Libby vinha lendo, definitivamente não deveria haver um cachorro), Bob batia com o rabo na perna da cadeira. Parecia uma mensagem em código Morse: *Duas porções para mim, por favor. Sem ketchup.*

– Você sabia que o Donald mandou trazer esse prensador especialmente dos Estados Unidos? – acrescentou Margaret. – Depois daquela viagem maravilhosa para Boston que Jason organizou para o nosso aniversário de casamento. Ah, o bacon que nós comemos lá estava *fenomenal*!

– É mesmo? – disse Libby enquanto verificava a torrada.

Ela já sabia. Tinha ouvido aquela história tantas vezes que em alguns momentos esquecia que ela e Jason não tinham estado com eles no luxuoso Winnebago, mas relembrar a situação parecia trazer de volta um lampejo da velha Margaret, então Libby ficava feliz em ouvir. Libby ainda estava tentando descobrir a melhor maneira de lidar com o luto da sogra (os Corcorans eram do tipo "Bola pra frente") e aquilo era o mais perto que Margaret chegava de falar sobre a perda. Libby estava dando o melhor de si, mas, como muitas pessoas que estão acostumadas a cuidar das outras, Margaret não podia, ou não queria, deixá-la se aproximar o suficiente para ajudar. Então, se ela queria falar, Libby não se importava em ouvir.

Ela repassou mentalmente as tarefas de segunda-feira enquanto Margaret discorria efusivamente sobre *brunches*, as magníficas folhas de outono, as ligações diárias de Donald para o hotel a fim de verificar se não tinha havido um incêndio durante a primeira ausência prolongada dos dois. O planejado era começarem o quarto 6 naquela noite, e Libby estava ansiosa para ver Jason empunhando o vaporizador para tirar papel de parede. Havia uma grande vantagem na recusa de Margaret em participar da reforma, Libby lembrou a si mesma, sufocando um bocejo exausto. A privacidade. E o vapor.

– ... eu senti muita falta do Bob. Você e o Jason foram tão generosos! – exclamou Margaret com um sorriso triste. – Jamais vou esquecer aquelas duas semanas. Tenho as melhores lembranças.

– Fico feliz por isso. Vocês mereciam mesmo umas férias. – Libby se concentrou em despejar o ovo no aro, outro elemento do café da manhã perfeito do hotel Swan, e acrescentou: – Mas você sabe que o Luke dividiu com a gente os custos da viagem, né? – Ela se incomodava com isso sempre que Margaret falava sobre a aventura.

Luke era o irmão mais velho de Jason. Raramente aparecia. Era o desgarrado da família, embora Libby não conseguisse entender bem o porquê – ele tivera uma adolescência complicada, de acordo com um relato um tanto admirado de Jason, depois se alistou no Exército, mas agora tinha a própria empresa de alarmes contra roubo e sistemas de segurança residenciais. Luke teria pagado por tudo se o irmão não tivesse insistido que os gastos fossem divididos igualmente, então seus pais acabaram ganhando um upgrade nos voos, champanhe nos quartos de hotel e muitas outras regalias – e a viagem acabou custando mais do que os quinze dias que Jason e Libby passaram em Bali.

Libby tentou não pensar em Bali. Os dias de férias caras no exterior tinham realmente chegado ao fim; o pouco dinheiro que ainda restava era para transformar o hotel em uma espécie de refúgio aconchegante que ficava a duas horas e meia de carro de Londres. A vida deles agora girava em torno das férias de outras pessoas. O que não era um problema, lembrou a si mesma. Aquele recomeço tinha o potencial de se transformar em uma vida melhor do que a que eles haviam precisado deixar para trás.

– Mas foi ideia do Jason, não foi? – insistiu Margaret. – Foi ele que planejou tudo. Ele sempre foi *extremamente* organizado. Puxou ao pai.

– Bem, para ser honesta, Margaret, nós três planejamos tudo juntos. Foi um trabalho em equipe. – A mão de Libby pairou sobre a torradeira. O Sr. Brayfield, do quarto 2, tinha pedido pão branco ou integral? – Eu estava fazendo uma pesquisa para um documentário sobre a Festa do Chá de Boston para a BBC Four, então preparei o roteiro. Luke escolheu os voos. A assistente do Jason ajudou bastante também... passou horas na internet procurando os hotéis perfeitos pra vocês! Você lembra se era branco ou integral? – Ao erguer o olhar, ela viu que Margaret estava de cara amarrada.

– Eu sei, querida, e nós ficamos muito gratos, mas Jason tinha um trabalho que exigia tanto dele... Donald e eu ficamos comovidos por ele ter arranjado tempo pra nós dois.

Libby pegou seu café duplo. Ficava feliz em paparicar Margaret o dia inteiro quando se tratava de Donald, mas, por mais que amasse Jason (que naquele momento estava roncando na cama enquanto ela e Margaret preparavam o café da manhã), ele estava longe de ser o filho perfeito das fantasias afetuosas de Margaret. Havia um *motivo* para eles estarem em Longhampton naquele momento, e não planejando sua próxima longa viagem. Além disso, Jason não era o único que vivia sob pressão no trabalho: Luke estava tão ocupado quanto ele na época e ainda assim resolveu o problema de um dos voos mesmo estando em Dubai a trabalho.

O favoritismo descarado de Margaret sempre fora uma piada recorrente, mas Donald não estava mais lá para gentilmente repreender a esposa. E agora... Bem, Libby nunca achou justo que Luke fosse deixado de lado.

– Nós *todos* queríamos que vocês se divertissem.

Margaret percebeu o incômodo de Libby.

– Imagino. E nós nos divertimos *mesmo*. – Ela deu um sorriso triste. – Ele pediu pão integral. E será que você pode cortar em triângulos desta vez, Elizabeth? Desculpe ser tão fresca.

– Não é frescura – mentiu Libby. – Olha, se quiser levar o Bob para passear, eu posso terminar aqui…

– Ah, bem, eu estava esperando Jason descer para perguntar sobre isso. – Margaret pegou mais um pouco de chá. – Hoje é dia de o Bob ir até o hospital ajudar na pet terapia e eu queria saber se Jason poderia levar a gente lá. A visita do Bob é o ponto alto da semana daqueles velhinhos queridos.

Naquele exato momento, Bob deixou escapar um longo gemido debaixo da mesa, acompanhado de um odor tóxico, e Libby teve que se virar para a geladeira para esconder seu sorriso de descrença.

Bob (ou Bobby Dazzler Patas Largas, de acordo com o registro do pedigree de cinco gerações pendurado no banheiro do térreo) governava o hotel Swan sob uma espécie de autocracia encantadora que lembrava a Libby o rei Carlos II depois que o sucesso realmente lhe subiu à cabeça. Ele tinha sido Bob quando chegou lá filhote, todo enrugado, mas seus modos imperiais e o pescoço manchado como o de um arminho sob um manto grosso de pelo preto brilhante e sobrancelhas ruivas expressivas levaram Jason a condecorá-lo Sir Bob, e, em questão de meses, Lorde Bob. Agora estava a apenas um passo de se tornar o Rei Bob. Apesar de ignorar a maioria das regras da casa, dormir em todos os lugares onde não deveria e ser muito pouco confiável próximo à manteiga, ele tinha Margaret em sua enorme pata, assim como a maioria dos hóspedes, que deixavam elogios emocionados ao "anfitrião canino" no livro de visitas.

No entanto, como várias pessoas teimosas e fedorentas, o que redimia Lorde Bob era seu incansável serviço à caridade. Suas visitas ao asilo local e à ala infantil do hospital como o "cão-terapeuta" mais conhecido de Longhampton eram documentadas com carinho nos cartões de Natal de Margaret e Donald, que muitas vezes estampavam Lorde Bob em sua fantasia de Papai Noel. Não importava o que fazia em casa, em público Bob era um exemplo de charme e obediência, e era capaz de receber uma quantidade infinita de afagos, carícias e brincadeiras enquanto mantinha aquele olhar trágico que apenas um basset hound é capaz de sustentar.

Libby tirou o leite da geladeira e olhou para ele embaixo da mesa. As rugas ondulantes em sua cabeça sugeriam que ele estava comendo alguma coisa. Provavelmente uma fatia de bacon, já que Margaret também se mostrava culpada.

– Aonde ele vai hoje? – perguntou.

– Ao centro de cuidados diurnos para idosos. – A expressão de Margaret estava quase tão melancólica quanto a de Bob. – É o único carinho que alguns deles recebem, aconchegar-se com Bob. Eu iria sozinha, mas o estacionamento é muito apertado. Eu não confio em mim para isso.

– Ah, Margaret, não fale assim. Você é uma ótima motorista! – Libby largou o leite e foi abraçá-la.

Era muito difícil lidar com a súbita falta de confiança de Margaret. Uma das coisas que ela mais amava em visitar a família de Jason era a agitação que rodeava sua mãe. Telefones tocando, listas sendo zeradas, pessoas chegando, ordens sendo dadas. Até os famosos arranjos de flores de Margaret eram uma profusão de cores e energia, seus alegres lenços de pescoço amarrados perfeitamente. Ela era tão diferente de Diane, a mãe de Libby (ansiosa, germofóbica, atualmente morando com o segundo marido em Nova Jersey), que Libby sempre dizia a Jason que o único motivo pelo qual havia se casado com ele eram os sogros. Mas agora Margaret tinha até parado de dirigir e, por conta disso, obrigava Jason a carregá-la para cima e para baixo. Libby sabia que não tinha a ver só com o estacionamento, e não ficava chateada de Margaret passar algum tempo com o filho, mas aquele não era um bom dia para Jason ficar horas na rua. Além de começar o quarto 6, ele também deveria fechar as contas, que haviam sido deixadas em um estado preocupante: os contadores ficavam pedindo que Jason lhes enviasse os recibos pendentes, o que ele vinha adiando por semanas enquanto tentava encontrá-los.

Margaret se entregou ao abraço com um suspiro, enquanto por cima de sua cabeça encaracolada Libby mantinha um olhar hesitante no ovo, agora com uma borda crocante e rendada marrom-dourada. Pelo menos seus ovos fritos estavam quase no padrão aprovado.

– Deixa eu te falar uma coisa – disse ela, com um aperto final. – Por que *eu* não levo você até o hospital? Tenho pensado na mulher que foi atropelada sexta-feira, coitada. Se ela ainda estiver internada, eu adoraria poder visitá-la, ver se ela está se recuperando.

O policial encarregado havia telefonado no fim de semana para perguntar se tinha surgido alguma novidade que pudesse ajudá-los a identificar a mulher; aparentemente ela ainda estava inconsciente, e não se encaixava em nenhum comunicado de pessoa desaparecida. A ideia dela deitada lá, sem nome e desorientada, vinha assombrando Libby desde então.

– Ah, isso seria muito gentil da sua parte, Elizabeth. – O rosto de Margaret se iluminou. – Mas talvez o Jason devesse vir e...

– Eu estaciono muito bem, até o Jason diz isso. Aprendi a dirigir no centro de Londres. E é a vez dele de cuidar da recepção. Vamos torcer para que nada grave aconteça enquanto *ele* estiver aqui sozinho.

Quando Margaret e Libby chegaram à recepção do hospital com Bob, Libby teve um vislumbre de como devia ser a vida de uma das damas de companhia da rainha. Ou talvez a sensação de usar uma capa de invisibilidade.

– Bom dia, Bob, seu lindão! – arrulhou Sônia, a irmã responsável pela ala. Depois disse, em um reflexo tardio: – E pra você também, Margaret, é claro! Muito obrigada por trazê-lo até aqui. Eu não deveria ter favoritos, mas ele é o nosso cão-terapeuta preferido. Não é, Bob? – acrescentou ela, enquanto o cachorro soltava um gemido, se sentava e depois se deitava, a imagem da tranquilidade régia, o focinho comprido e salpicado apoiado entre as patas.

– Bob! – Mais duas enfermeiras apareceram do nada. – Estávamos esperando por você! Ele é uma graça – acrescentou uma delas para Margaret. – A gente sempre diz que ele parece um cachorrinho de propaganda!

– Sim, ele é parente do cachorro dos biscoitos Bonio! – disse Margaret.

Ela sorriu. Bob estava usando sua roupinha oficial do projeto Terapia Assistida por Animais e abanava o rabo afavelmente enquanto sua plateia se aproximava. Libby pensou que ele não tinha parecido tão afável assim quando ela tentou tomar a última fatia de torrada dele antes de saírem.

– Senhoras, esta aqui é a minha nora, Elizabeth.

Libby sorriu e apertou a mão de todas enquanto a irmã preparava os crachás.

– Prontinho. Agora você faz parte do Time do Bob! – disse Margaret, passando um cordão pela cabeça; de um lado, havia uma foto de Bob, e do outro, "Visitante Oficial".

– Vamos? – perguntou a irmã. – Venham até o salão. A procura por ele é alta!

E, como uma assistente que acompanha um astro do rock muito importante, Libby seguiu Lorde Bob enquanto ele se levantava e saía rebolando pelo corredor, mantendo-se ao lado de Margaret sem qualquer necessidade de ser subornado com um pedaço de queijo. Como se ele sempre saísse para passear assim.

Depois de seus dez minutos de glória por tabela, Libby conseguiu se retirar da festinha de Bob e saiu em busca de alguém que pudesse levá-la até a desconhecida misteriosa. Já havia atravessado dois corredores, sem sucesso, quando avistou a famosa Árvore da Gentileza, suas folhas verdes espalhadas na parede entre duas máquinas de venda.

Observou-a com atenção.

Margaret falava bastante sobre a Árvore da Gentileza. Ela a descrevia como algo "cem por cento Longhampton", uma árvore pintada na parede, do chão ao teto, coberta de mãos verdes no lugar das folhas e post-its no formato de pássaros em pleno voo, nos quais as pessoas escreviam seus agradecimentos a desconhecidos por pequenas coisas que eles tinham feito para ajudá-las. O objetivo era celebrar pequenas atitudes que haviam contribuído para a vida de alguém e inspirar outras pessoas – enviando os "pássaros" da bondade para toda a comunidade. Margaret dizia que a árvore resumia da melhor maneira o espírito da cidade. *Aqui as pessoas se importam*, dizia a Libby pelo menos quatro vezes por semana. *Elas cuidam umas das outras.*

Era realmente tocante, Libby precisava admitir, inclinando a cabeça para decifrar algumas das mensagens.

Agradeço aos jovens que subiram dois lances de escada com o meu carrinho quando o elevador da estação quebrou – vocês são uma honra para a Escola de Ensino Médio de Longhampton!

Agradeço às enfermeiras que cuidaram do meu pai durante a cirurgia cardíaca, principalmente à Karen, que foi até a loteria fazer o joguinho dele.

Agradeço ao grupo de tricô por se revezar para me levar ao salão da igreja quando eu quebrei a perna.

Surpreendentemente, havia bem poucas pessoas se vangloriando por alguma coisa, ainda que de maneira disfarçada. Libby procurou em vão quaisquer referências a indivíduos generosos que emprestaram suas casas de veraneio, ou alguém se gabando por ter feito trabalhos de caridade. Eram majoritariamente pequenos problemas da vida cotidiana, suavizados pela atitude prestativa de um desconhecido. Adorável mesmo. Adorável por ser essencialmente a coisa certa a se fazer. E era adorável pensar que dar vinte centavos a um desconhecido que está sem dinheiro trocado para pagar o parquímetro pode, de verdade, transformar o dia daquela pessoa.

– Precisa de ajuda? – perguntou uma voz atrás dela.

Libby se virou. Havia duas recepcionistas no balcão de informações. Uma estava ao telefone e a outra usava um crachá que dizia: SEJA PACIENTE. ESTOU EM TREINAMENTO!

– Sim! – respondeu ela. – Estou procurando uma pessoa, mas não sei em que ala ela está.

A recepcionista moveu os dedos sobre o teclado.

– Isso não é problema. Você sabe o nome dela?

– Não. Ela sofreu um acidente de trânsito na frente da minha casa, e a polícia entrou em contato comigo para tentar identificá-la.

Os olhos da recepcionista se iluminaram.

– Ah, a atropelada misteriosa da Emergência?

– Paula! – murmurou sua colega, em censura. – Não, desculpa… eu não estava falando com você – acrescentou ela ao telefone.

Libby baixou o olhar e se deu conta de que ainda estava usando o crachá. Ela o moveu para que ficasse parcialmente visível do balcão e, como que por mágica, os dedos de Paula começaram a percorrer o teclado.

– É só seguir até a ala Loughborough, ela está em um quarto perto da enfermaria Dean. Pergunta a alguém na recepção quando chegar lá.

Ela olhou para Libby mais atentamente, mas Libby concluiu que seria melhor ir logo e, antes que a colega de Paula desligasse o telefone e começasse a fazer perguntas, ela já estava atravessando os corredores brancos.

A "atropelada misteriosa" estava em um quarto em frente ao balcão vazio da recepção da enfermaria Dean, e a porta tinha sido deixada aberta o suficiente para que Libby conseguisse vê-la sentada na cama.

Seu rosto estava quase tão branco como nos momentos em que ficara caída inconsciente na rua, e as ataduras em sua cabeça fizeram Libby estremecer, perguntando-se o que haveria por baixo. Havia hematomas roxos muito escuros nos braços sob a camiseta cinza, e suas pernas cruzadas ganhavam a forma de um donut embaixo dos cobertores conforme ela se inclinava para a frente, o queixo pontudo apoiado nas mãos.

Libby se perguntou o que a mulher estava olhando com tanta concentração. Ela franzia a testa como se estivesse pensando muito. Então, de repente, esfregou o rosto e piscou, e seus olhos castanhos foram tomados por uma tristeza profunda.

Libby hesitou. Será que estava incomodando? Mas não havia nada no quarto vazio – nem flores, nem cartões, nem itens pessoais levados pela família para entretê-la.

Quando Libby tirou a vesícula, seu quarto parecia o de um florista, com buquês de Jason, de suas amigas, de Margaret e Donald, de sua irmã, do antigo chefe. Havia passado apenas três dias lá, e no final tinha sido quase constrangedor, flores extravagantes chegando sem parar, como se ela estivesse à beira da morte, e não se recuperando de uma simples cirurgia. Dois buquês chegaram depois que ela recebeu alta.

Será que era horário de visita? A mulher estaria disposta a receber pessoas?

Libby recuou mais um passo para ver se havia alguém por perto para perguntar, mas, pelo tumulto vindo de outro quarto, aparentemente a equipe inteira de enfermagem estava ocupada com alguém que parecia muito ansioso para receber alta. Duas enfermeiras passaram correndo naquela direção e nem sequer estranharam sua presença ali.

Quando ela olhou para trás, percebeu que seu movimento havia atraído a atenção da mulher, que tinha virado a cabeça para ver quem estava na porta de seu quarto e agora olhava diretamente para Libby com uma curiosidade desconfiada.

– Olá! – disse Libby. Ela pensou nos agradecimentos da Árvore da Gentileza; havia pelo menos *um* a visitas no hospital. – Desculpa, espero não estar incomodando. Meu nome é Libby. Libby Corcoran. Eu trabalho no hotel Swan. Fui testemunha do seu acidente. Eu queria ter vindo com você, mas não tinha espaço...

A mulher franziu a testa.

– Obrigada. Desculpa... eu não me lembro de nada do acidente. Estou com amnésia retrógrada. E muitos hematomas. – Ela se mexeu e em seguida se encolheu de dor. – Além de três costelas machucadas.

– Ah, não! Isso não parece nada bom. Mas você não sofreu...? – Libby se deteve, fazendo um gesto vago ao redor da cabeça, subitamente insegura sobre ser ou não apropriado perguntar se alguém teve uma lesão cerebral.

– Não, nenhum dano neurológico. Quer dizer, tirando a amnésia. Aparentemente eu tive sorte. As ataduras são por causa de algumas escoriações. Eles tiveram que raspar minha cabeça para limpar. Vou ficar com um visual bem ousado quando elas forem retiradas. – A mulher fez uma careta.

Ela era bonita, pensou Libby, apesar da palidez causada pelo hospital – nariz marcante, cílios longos e escuros, boca pequena, as sardas que a faziam se lembrar de Sarah. Uma pele de porcelana que ficava roxa e corava em uma questão de segundos.

A desconhecida percebeu que Libby tentava fingir que não havia notado seu olho roxo, e o tocou timidamente.

– Parece bem mais dramático do que é. Eu levei um choque na primeira vez que fui ao banheiro.

Libby não esperava que ela estivesse comunicativa. Talvez fosse o efeito dos medicamentos. Ficou perto da porta, sem saber o que fazer.

– Desculpa... eu nem perguntei se você gostaria de receber visitas. Você deve estar cansada. É melhor eu...

– Não, por favor. Entre. Eu queria mesmo saber mais sobre o acidente, se você não se importar. – Ela apontou para a cadeira ao lado da cama e Libby notou que havia algo em cima dos cobertores: um caderno e uma caneta. A mulher começou a escrever, e ela viu seu nome, *Libby Corcoran*, aparecer em uma bela caligrafia. Depois, *Testemunha do acidente no hotel Swan.*

– Desculpa – disse a mulher, ainda rabiscando o papel. – Estou anotando tudo. Pelo que me disseram, esse tipo de amnésia não afeta as habilidades básicas, só a memória recente. E, no meu caso, detalhes aleatoriamente importantes como o meu nome. Não tenho nem como me apresentar.

– Quando ela ergueu o olhar, Libby viu uma dolorosa vulnerabilidade em seu rosto.

– Ah... Então como eu devo chamá-la? – Ela tentou processar como seria sentir aquilo, não saber qual era o próprio nome; não conseguiu.

– As enfermeiras estão me chamando de Mary. Um nome genérico para uma pessoa que não é ninguém.

Ela disse aquilo em um tom tão impassível que Libby riu.

A mulher deu um esboço de sorriso, que de repente se dissolveu em uma expressão assustada.

– É tão estranho não saber quem eu sou... Ou onde eu *moro*. Ou qual é o meu número de telefone, para ligar pra alguém. Nem a polícia sabe. Ninguém informou o meu desaparecimento.

– Sério? – Era difícil para Libby imaginar aquilo tudo. – Você não consegue se lembrar de nada? Nadinha mesmo?

Ela apertou os lábios.

– Eu sei que meus pais já morreram. Sei que tenho pelo menos 30 anos... deve ter sido uma festa inesquecível, mas não sei *por quê*. Eu cresci em Londres. Mas o resto... é uma página em branco. O médico acredita que basta uma única coisa familiar para que tudo volte em pouco tempo. Cheiros geralmente ajudam, segundo ele. Música também. Coisas aleatórias. Esse tipo de amnésia normalmente não dura mais do que alguns dias. – Ela abriu um pequeno sorriso que não alcançou seus olhos tristes. – Então é isso, vamos cruzar os dedos.

Libby levantou os dedos cruzados.

– Bom, talvez eu possa tentar refrescar sua memória enquanto estou aqui... Devo te chamar de Mary?

A mulher franziu o nariz sardento.

– Para ser sincera, esse nome não parece ter muito a ver comigo.

– Então você não tem cara de Mary – concluiu Libby. – Que tal Jenny? Catherine? Louise?

– Nenhum desses.

– Charlie? Jessica? Erin? Becky? – Ela fez uma pausa. Aqueles eram os nomes das suas amigas de longa data de Londres; ela estava mentalmente percorrendo sua lista do Facebook. Aquilo lhe causou uma sensação esquisita sobre a qual não quis pensar naquele momento.

– Eu tenho cara de Becky? – A mulher ergueu as sobrancelhas em um reconhecimento irônico do quanto aquela conversa era estranha. – Eu sempre imagino que Beckys são loiras. Você poderia se chamar Becky.

– Ha, ha! Obrigada – disse Libby. – Eu não me importaria nem um pouco de trocar meu nome por outro mais interessante. Na minha turma havia *quatro* Elizabeths. Quando eu tinha 9 anos, passei um ano insistindo que todo mundo me chamasse de Philomena.

– Jura? Por quê? Você não tem cara de Philomena.

– Acho que essa é a questão.

Libby passou a mão por seu cabelo loiro, já um pouco mais comprido do que o corte na altura do queixo que proporcionava aos fios o movimento perfeito, agora caído em ondas desgrenhadas. Ela não ia ao cabeleireiro desde que eles tinham se mudado. Jason havia prometido que no aniversário dela a presentearia com um corte no salão que ela costumava frequentar; agora parecia loucura gastar tudo aquilo em um corte de cabelo (na verdade, Libby sempre achara aquilo uma loucura), mas havia algo constrangedoramente viciante em sair do salão toda exuberante e no mesmo nível das esposas dos subúrbios, em seus coletes felpudos e suas calças jeans skinny. É engraçado como queremos sempre ser diferentes quando somos crianças, e, depois, exatamente iguais a todo mundo quando crescemos.

– Naquela época, eu queria ser uma irlandesa sedutora de cabelos escuros e olhos verdes. Não uma boa menina de Petersfield.

– Se serve de consolo, você tem cara de Elizabeth.

– E o que é ter cara de Elizabeth?

– Confiável. Sensata. Extremamente inglesa. – A mulher semicerrou os olhos castanhos e Libby se sentiu avaliada. – Mas você também tem cara de Libby. A Libby usa sandálias interessantes e estampas dos anos 1970. Seus pais te deram um segundo nome meio diferentão?

Libby riu.

– Não, quem me dera. O meu segundo nome é Clair. Sem o "e". Meus pais achavam que estavam sendo muito ousados tirando o "e" do final.

A mulher ergueu os olhos do caderno e lançou um sorriso cauteloso, o eco do que talvez poderia ser uma expressão maliciosa se ela estivesse bem, pensou Libby. Se fosse ela mesma novamente e soubesse que tipo de senso de humor tinha. De alguma maneira, aquele pensamento fez com que ela parecesse precisar de ainda mais proteção do que quando Libby a encontrara inconsciente na rua.

– Escolher um nome que você goste pode ajudar com a memória – sugeriu ela. – Um que você sinta que tem a ver contigo. Não pense muito a respeito... só ouvir as pessoas te chamando pode trazer alguma coisa à tona.

A mulher dava batidinhas com a caneta na boca e pensava.

– Sabe de uma coisa? – disse ela. – O nome Pippa acabou de me vir à cabeça. Pippa. Mas não tem como eu ser Pippa na vida real, né?

– Talvez você seja.

Ela franziu a testa.

– Acho que não.

– Vai em frente, ué. É melhor que Mary.

– É verdade! Sim... Você se importaria de me passar essa água aí atrás? Minha garganta fica muito seca. – Mais uma vez, houve um breve lampejo do tal sorriso cauteloso.

Libby passou o copo d'água pela metade que estava na mesinha de cabeceira para a mulher – Pippa, ela achava que era como deveria chamá-la agora. Havia mesmo algo de Pippa nela. As sobrancelhas, claras para seu cabelo castanho-escuro, formavam um arco à moda antiga. Suas maçãs do rosto e seu nariz eram bem acentuados.

– Desculpa – disse ela. – Você se importa se eu anotar isso?

– De jeito nenhum – respondeu Libby. – Vai em frente.

A conversa parecia ter trazido um pouco de cor à pele de Pippa, e agora havia um rubor em suas bochechas. Ela mordeu o lábio enquanto escrevia, coçando a cabeça distraidamente por baixo do curativo, absorta em cada detalhe que cruzava sua mente.

Libby se perguntou o que mais poderia fazer para ajudar. Era engraçado como uma completa desconhecida havia acertado na mosca o quanto o nome Libby era apropriado para ela, pensou. *Libby usa sandálias interessantes*. Ela não tinha dito nada, mas havia experimentado todas as outras versões curtas de Elizabeth – Beth, Lizzy, Eliza –, mas Libby foi a única de que gostou. Porque era mais a cara dela. Um pouco mais interessante do que a Elizabeth Clair que seus pais aparentemente queriam que ela fosse.

Ela observou Pippa virar uma nova página do caderno e pensou como era fácil conversar com ela, apesar de a mulher ter sofrido uma concussão e não ter nenhuma lembrança dos seus últimos anos de vida. Libby não achava difícil falar com as pessoas, mas para a maioria de seus vizinhos em Londres haviam sido necessárias uma quantidade imensa de informações sobre seu passado e pequenas doses de interesses em comum para que as amizades começassem a florescer. Jason conseguia bater papo tranquilamente com os homens sobre o Chelsea e o mercado de ações, mas quando se tratava das esposas Libby tinha a impressão de que precisava ter determinadas opiniões sobre escolas, bolsas, dietas e férias antes que se pudesse ter uma verdadeira troca interpessoal. Ou talvez o problema fosse ela. Jason tinha dito que ela estava exagerando e recomendou "uma grande noite de bebedeira" para aprofundarem a amizade. Só que nenhuma delas bebia.

Libby esperava que a vida no interior fosse diferente, mas, apesar da Árvore da Gentileza de Margaret, às vezes parecia que em Longhampton a história era a mesma, só mudavam os assuntos – o novo shopping, cães em cima da cama, caça, coletes térmicos –, e dessa vez ela estava ainda mais perdida quanto às respostas certas.

Philomena. Não pensava naquilo havia muito tempo. Philomena trouxe de volta a lembrança de refrigerante Ribena quente, da sua jardineira de veludo cotelê vermelho, do cheiro de protetor solar. Libby se deu conta de que não tinha contado aquilo a ninguém desde que Kirsty Little lhe arrancara aquela informação nos tempos da faculdade.

Pippa havia parado de escrever e agora olhava para ela, a testa novamente franzida pela concentração. Quando o olhar de Libby cruzou com o dela, Pippa sorriu se desculpando.

– Desculpa. É que... Eu tenho a sensação de que conheço você de algum lugar. A gente se conhece? Você não me é estranha.

– Acho que não, mas entendo o que quer dizer – respondeu Libby. – Você também não me é estranha. Por acaso estudou na Universidade de Bristol uns quinze anos atrás? História? Trabalhou na BBC? Eu era pesquisadora para documentários de TV. Depois, trabalhei como freelancer para a Thimble Productions.

Pippa começou a balançar a cabeça, então revirou os olhos.

– Bom, vai saber. Eu não consigo me lembrar, né?

– Você sabe que pode passar anos dando essa desculpa, né? – disse Libby, impassível. – Nunca mais vai precisar se preocupar em lembrar o nome de alguém em uma festa. Ah – acrescentou ela, batendo na testa –, você tinha o endereço do meu hotel no bolso. Eles te contaram?

– Sim. Mas isso não me lembra nada. Eu já me hospedei no seu hotel?

– Talvez. Meu marido e eu chegamos no mês passado, então pode ser que você tenha ficado lá antes, mas não teríamos nos encontrado. – Libby fazia força para se lembrar. – Vai ver o seu subconsciente reconhece a minha voz do dia do acidente. Ele fica se apegando a isso achando que é algo familiar e fazendo você achar que me conhece.

– Você falou muito?

– Ah, sim. Não há nada que eu goste mais do que um público cativo. Eu praticamente não parei. Até cantei quando fiquei sem assunto, depois de contar sobre nossos planos de criar um hotel butique, sobre onde eu e Jason morávamos em Londres, sobre como nos conhecemos em um trem… Eu achei até que você tinha fingido acordar em determinado momento. Por puro tédio.

Pippa sorriu, e então uma sombra cruzou o seu rosto.

– Eu nem agradeci.

– O quê? Ah, não, não seja boba. Eu só fiz o que qualquer um teria feito. – Libby ergueu as mãos e as deixou cair. – Eu nem fiz muita coisa de fato, só…

– Não só no acidente. Obrigada por ter vindo me ver. Sinto como se… como se eu tivesse me aproximado mais de quem eu sou enquanto você está aqui. Isso é estranho?

– Tão estranho quanto qualquer outra coisa. Não consigo imaginar como deve ser.

Pippa enfiou o dedo por baixo do curativo, bem na raiz do cabelo, e coçou a testa.

– Quando eu tento pensar nos detalhes… no meu nome, de onde eu venho… me dá um branco. Isso me deixa em pânico, então fica tudo ainda mais confuso. Além disso, tem sempre um médico ou uma enfermeira aqui, então é mais pressão. Quanto mais eu quero me lembrar das coisas, mais pressionada minha cabeça se sente. Mas enquanto a gente estava aqui conversando… – Ela torceu o nariz, tentando encontrar as palavras certas. – Eu sinto como se tudo estivesse *aí*, do lado *de fora* da minha cabeça, não dentro. Mas é reconfortante. Sinto como se ainda estivesse em algum lugar.

– Que bom – disse Libby, porque não sabia mais o que dizer.

Pippa sorriu e Libby ficou comovida com a doçura daquele sorriso: a mulher confiava nela, apesar de estar naquela terrível situação.

– É muito gentil da sua parte vir conversar com alguém que não conhece.

– Fico feliz em ajudar. Mas tenho certeza de que a polícia vai aparecer aqui a qualquer momento com alguém para te buscar. Seu marido, louco de preocupação!

Pippa estendeu as mãos.

– Não tenho aliança. Acho que não tenho um marido.

– Um namorado, então – disse Libby, mas se deu conta de que essa não era a única possibilidade. *Que gafe, Libby*, repreendeu a si mesma. – Ou namorada – acrescentou rapidamente. – Ou amigos. Enfim, quem sabe? Quem será que vai entrar por aquela porta procurando por você? Pode ser uma pessoa famosa! Pode ser... qualquer um!

Elas se encararam e Libby suspeitou ter captado um indício de medo no rosto de Pippa. Ou talvez fosse apenas a luz.

– Quem sabe? – disse Pippa, e sorriu.

O sorriso, percebeu Libby, não estava tão confiante.

Capítulo 4

O quarto 6 era um quarto duplo com uma janela guilhotina de proporções perfeitas que emoldurava uma vista de contos de fadas, voltada para o jardim dos fundos, com seus lilases e macieiras. O jardim era praticamente a única parte do hotel que não precisava de reparos, graças à obsessão de Margaret por bordaduras. A grama aveludada era cercada por um leque caleidoscópico de centenas de flores que Libby não conhecia e que tampouco podia colher sem a supervisão da sogra.

Para Margaret, a jardinagem era uma terapia silenciosa, tal como eram todas aquelas atividades manuais eram para Jason e Libby. Inicialmente, quando ainda estavam aos tropeços em meio à fumaça e aos escombros decorrentes do pedido de demissão de Jason e da morte de Donald, Libby achava que, mesmo que não conseguissem falar a respeito, estariam juntos e isso bastaria, apenas trabalhando em prol de um novo objetivo em comum; depois de um começo instável, porém, eles finalmente começaram a conversar. Conversavam como nunca tinham feito desde que começaram a namorar, em Londres, quando Jason era um trainee recém-formado e Libby tinha um cargo de assistente, ganhando menos por mês do que ele por semana. Algo sobre a inevitabilidade de estarem naquela situação os uniu. Discutiam pintura, ideias para o site, a impossibilidade de adestrar Lorde Bob, as lembranças que Jason tinha do pai, de Longhampton. Só não tocavam no único assunto realmente necessário: a infeliz cadeia de acontecimentos que os havia levado de Wandsworth a removedores de papel de parede.

Libby se afastou da porção da parede que havia conseguido despir e massageou a lateral do pescoço com os nós dos dedos lanhados. Jason tinha feito bastante coisa, mas eram inúmeras camadas de papel para remover: uma estampa floral sem graça dava lugar a listras estilo Laura Ashley, da década de 1980, depois a uma padronagem de girassol psicodélica que nos anos 1970 devia mandar os hóspedes para a cama com a certeza de terem ingerido um cogumelo mágico.

Ela fechou os olhos e visualizou as imagens da coleção do Pinterest que havia feito para o quarto 6, tentando projetá-las no espaço vazio. Nada de papel de parede gasto, nem de carpete com estampa em espiral. Apenas paredes cinza-esverdeadas, lisas e tranquilas. Um tapete grosso em uma cor marcante – turquesa ou mostarda –, macio sob pés descalços e sonolentos. Cortinas generosas, forradas com blecaute, em linho cru, amarradas com argolas pesadas e douradas. Uma cama Vispring novinha, coberta com um edredom e travesseiros de penas, e também uma colcha de veludo.

Um sentimento acolhedor tomou conta de Libby: Jason tinha razão, ficaria mais do que bom. O orçamento deles era limitado, mas Libby havia insistido que guardassem uma quantia suficiente do dinheiro da venda da casa para os últimos retoques. Era neles que as pessoas reparavam. Eram os detalhes certos que fariam com que aquele hotel negligenciado deixasse de ser agradável para se tornar especial.

Ela abriu os olhos e encarou a parede esfarrapada do quarto, com alguns pedaços de papel de parede ainda obstinadamente grudados, e a sensação se dissipou. Tudo levaria muito tempo – mas eles já sabiam disso. Libby havia gerenciado o projeto da obra de ampliação da casa deles em Londres (Jason sugeriu que ela tirasse seis meses de folga para isso depois de ter sido demitida da produtora, em uma rodada de cortes) e estava começando a perceber o quão bom fora o trabalho de Marek e sua equipe. E que coordenador brilhante Marek havia sido. E o quão rápido seus homens trabalharam. E, mesmo sendo uma pesquisadora muito competente, quão pouco tivera que fazer naquele projeto.

Os devaneios nostálgicos de Libby com sua cozinha arejada com claraboias projetadas por arquitetos e paredes cobertas de armários marfim foram interrompidos pelo toque de seu celular.

A foto sorridente de sua amiga Erin surgiu na tela: a engraçada e efusiva Erin, sua vizinha na St. Mary's Road, consumidora de moda, com seu sotaque de Boston, sua imensa geladeira americana e os filhos gêmeos.

Libby estremeceu. Àquela hora, já deveria ter ligado para Erin. A amiga tinha postado algumas vezes no Facebook de Libby, pedindo para ver fotos do hotel - pedindo não, *exigindo* -, mas Libby teve uma sensação estranha e deu uma desculpa qualquer para não mostrar nada a ela. Não estava orgulhosa de si mesma, mas, como eles não tinham um site, Libby deixou seus amigos de Londres presumirem que o Swan era basicamente a mansão magnífica Babington House, só que mais perto do País de Gales. Todo mundo ficou impressionado. Libby nunca tinha estado na Babington House, mas aparentemente todos iam lá a cada dois finais de semana. Agora, ela não queria que eles vissem o que o lugar era de fato até que montasse três quartos do zero.

Não que ela tivesse vergonha do Swan, mas, como o choque da demissão de Jason ainda era recente, ela vinha tentando enxergar a venda da casa e a redução do poder aquisitivo deles, assim como a perda da boa vida que levavam, como uma decisão deliberada. Assim se sentia melhor. E seu círculo de amigos era... Libby procurou a palavra certa para descrever seu círculo de amigos. "Arrogante" soava péssimo. Não eram más pessoas. Eles eram generosos, cultos, sociáveis. Mas... Bem, para falar a verdade, eram arrogantes, sim. Viviam julgando todo mundo.

Felizmente, Erin não era assim. Ela alegava que, sendo americana, não fazia a menor ideia do que exatamente deveria julgar, e que era bom demais ter Libby ao seu lado para lhe explicar a diferença social entre um lounge e uma sala de estar. Ela era estilosa, mas de um jeito simples, e ao mesmo tempo comprava de modo consciente, sem se preocupar com marcas. Uma vez, lá no começo, enquanto dividiam uma garrafa de vinho e falavam sobre as diversas rixas da vizinhança, Libby confessou que, desde que ela e Jason haviam se mudado para lá, nunca sabia o que vestir. Libby não ligava muito para roupas, enquanto todo mundo que ela conhecia do grupo-de-leitura-e-churrasco falava muito sobre o assunto - uma das pessoas até tinha um blog sobre os melhores looks da escola. Erin prontamente largou tudo para conduzi-la por uma reformulação de estilo e persuadiu Libby a entrar e sair de cabines até que ela deixasse de parecer, ou ao menos de se sentir, uma pesquisadora de conteúdo desempregada. Uma tarde com Erin dera a Libby uma confiança que era muito mais valiosa do que o valor gasto no cartão de crédito, além de uma boa amizade. Como disse a Jason mais tarde, depois que alguém vê você aprisionada em um vestido todo colado no corpo, não há muito mais o que esconder.

Conhecer Erin tinha sido um momento marcante para Libby naquela nova casa. Foi ela quem lhe deu a dica de que, se ela comprasse uma bolsa por ano, sempre teria algum assunto para conversar com Rebecca, Marian e Helena. E a partir daquela sementinha da Burberry haviam nascido amizades. Ou quase. Libby agarrou o celular antes que mudasse de ideia. Não era uma chamada de vídeo, então a amiga não veria o estado caótico do papel de parede.

– Erin! Que bom falar com você!

– Oi, sumida! – Erin parecia contente. – Você me ligou enquanto estávamos de férias? Faz *semanas*! Você não costuma ficar tanto tempo sem dar notícias!

Libby podia ouvir a risada estridente dos gêmeos ao fundo e sabia exatamente onde ela estava: no espaço que ficava no canto do parque, com os balanços vermelhos em forma de joaninha e a cafeteria que servia bolo de café com nozes. O antigo refúgio delas.

– Desculpa. Tá tudo uma loucura. – Libby se afastou da parede, forçando um sorriso, uma sensação de nostalgia em relação àquela vida perdida, que seguia sem ela, atravessando seu peito. – Eu já pensei em ligar várias vezes, mas nunca tenho tempo para sentar e conversar direito.

– Claro, as coisas devem estar uma doideira mesmo! Desculpa... estou sendo egoísta *e* intrometida. Estamos com saudade, só isso. Você está muito ocupada? Tobias, solta isso, filho! É perigoso... Estamos no meio da crise babá-de-férias por aqui. Você tem que me dar umas dicas de como gerenciar pessoas!

Libby tentou se lembrar do que havia dito a Erin em relação à equipe. Ela provavelmente não tinha mencionado que eram apenas ela e Jason, a mãe de Jason quando ela se sentia disposta, e Dawn e Peggy alternando os dias de faxina.

– Então, me conta, eu quero saber de tudo! – disse Erin. – Você está redecorando? Pesquisou as referências? Como estão os planos para o spa?

No almoço de despedida, depois de três taças de vinho e uma conversa tensa com Rebecca Hamilton sobre suas quatro semanas de férias em Mustique, Libby havia, do nada, inventado um spa holístico que ela e Jason construiriam atrás do hotel. *Todo mundo* quis conhecer o hotel depois disso. Pelo menos foi o que disseram.

– Acho que precisamos sentir a energia do lugar por um tempo antes de começar qualquer investimento tão grande.

Era muito tentador desabafar com Erin, mas Libby sabia que não podia fazer isso. Ela e Jason tinham combinado que manteriam entre eles todas as adversidades enfrentadas nesse momento inicial do projeto. Positivo, lembrou a si mesma. Um novo começo.

– Andem logo, viu? Estou louca para fazer uma visita. Você vai deixar isso aí um *espetáculo*. Aliás, eu estava conversando com a minha amiga Katie sobre você. Lembra da Katie? Diretora de conteúdo da *Inside Home*. Falei que ela devia mandar uma das freelancers que escreve sobre viagens, a Tara, para fazer uma resenha do Swan depois que estivesse pronto. Fiz todo aquele discurso: hotel butique, um pedaço de Londres no campo, toda a história fofinha sobre ser um negócio de família... Ela *adorou* a ideia de você e Jason embarcarem juntos nessa aventura!

Libby não sabia se ficava empolgada ou apavorada. Uma jornalista. Chegando ao hotel. Uma jornalista. Da *Inside Home*.

– Ah, é? Obrigada, Erin. Foi muito gentil da sua parte.

– Imagina! Achei que ia ajudar a promover o hotel, sabe? Para quando você planeja a reinauguração? Não era só uma reforma, além do spa?

Um calafrio de empolgação e pânico percorreu Libby.

– Pode ser que leve alguns meses...

– Perfeito! Edição de Natal! Escapadinhas românticas no inverno do Reino Unido. Vocês têm lareira, não têm? – Erin fez um ruído de inveja extrema. – Eu *adoro* hotéis no interior. Acho que é uma das coisas que eu mais amo no Reino Unido. Isso e John Lewis.

Libby não conseguia se concentrar: ao se virar para a janela tinha visto uma rachadura, antes escondida pelo papel de parede, que parecia subir até o teto. Aquilo já estava lá na noite anterior? Jason havia descartado a sugestão dela de pedir que alguém desse uma olhada no local antes que eles assumissem ("Minha mãe saberia se estivesse caindo aos pedaços"), mas, desde que tinham começado o trabalho, ela havia identificado alguns problemas que reconhecia da última casa onde eles tinham morado: manchas de umidade, rachaduras, piso rangendo.

– Então eu posso passar seu contato para a Katie – continuou Erin, inconsciente da expressão preocupada de Libby – e vocês combinam quando for melhor?

– Hã... sim!

A ideia de uma jornalista de viagens fazer check-in no hotel úmido e cheio de pelos de cachorro do jeito que estava fez o sangue de Libby gelar, mas o que Erin estava oferecendo era uma tábua de salvação. Uma tábua de salvação *das grandes*. Uma matéria de revista exatamente no mercado que ela e Jason precisavam atrair se quisessem promover mudanças no hotel... Não dava para pagar por uma publicidade como aquela. Bem, até dava, mas eles não tinham recursos.

Era uma meta, disse ela a si mesma, com o batimento acelerado. Uma meta traria um foco para eles. Começariam a pensar como confiantes donos de hotel. Ninguém precisaria saber que essa confiança só chegou no meio do processo.

– Erin, você é maravilhosa – disse ela, agradecida. – Seria fantástico. Podemos fazer um Natal em setembro para ela... Nós temos uma lareira a lenha *maravilhosa*! – Libby reformulou o saguão em sua cabeça, despido do carpete xadrez, decorado com piso de sisal e generosos sofás Harris Tweed em volta da lareira. Uma lareira melhor. Restaurada de algum lugar. Velas, azevinho, vinho quente em taças. – Estamos planejando fazer degustações de vinhos e chás de inverno, uísque quente e bolo de frutas, que é uma receita de família da minha sogra. Tem uns passeios encantadores por aqui...

Libby não fazia a menor ideia se havia de fato passeios encantadores em Longhampton – ela só tinha feito um que levava até a cidade, indo por trás do hotel –, mas eles estavam no campo e era esse o objetivo de se estar no campo, não era? Espaços abertos onde você passa o dia inteiro convivendo com o frio e a umidade e, depois, entra para se recuperar com uma taça de vinho.

– Ah, sabe de uma coisa, Libby? Eu tenho inveja de você. – Erin suspirou. – Eu estava falando com o Pete sobre isso... Estamos pensando em seguir o seu exemplo.

Aquilo deixou Libby em uma hesitação culpada.

– Sério?

– O que vocês estão fazendo... é um sonho. Sair da cidade, abrir um negócio... Não conta pra ninguém, mas tenho procurado hotéis no interior do estado de Nova York que estejam precisando de reforma. É a minha nova coleção secreta no Pinterest.

– Meu Deus, Erin, por que você faria isso? – perguntou Libby. – O Pete acabou de ser promovido!

O marido de Erin era diretor de uma agência de design. Comparados aos outros casais que eles conheciam (a maioria banqueiros), os Douglas eram bem padrão, pois só viajavam para fora duas vezes por ano, e também sempre esquiavam na Páscoa, e Pete era de Wolverhampton.

– Eu sei, mas a gente mal se vê hoje em dia. Quando ele chega do trabalho, os gêmeos estão na cama e eu estou um caco... Sim, nossas férias são sempre boas, mas é o tempo que a gente passa junto que é precioso. Você e o Jason estão certos em colocar o relacionamento em primeiro lugar. Eu acho incrível que ele tenha largado um emprego na cidade para se dedicar a esse hotel com você e a mãe. É a cara dele! Bem, é a sua cara também.

Libby tentou colocar um sorriso no rosto para que Erin não percebesse que ela fechara os olhos com força.

– Aham!

Erin não sabia sobre a "demissão" de Jason nem o que ele tinha feito para deixar os chefes sem saída. Ela não sabia que o dinheiro da venda da bela casa da St. Mary's Road número 24 tinha servido primeiro para quitar algumas dívidas, depois para as hipotecas atrasadas de Margaret. E só então eles conseguiram depositar o que havia sobrado na conta da reforma.

Jason e Libby tinham um ótimo relacionamento, sim, mas Erin definitivamente não sabia sobre as discussões que haviam feito Libby dizer coisas que a deixaram horrorizada assim que saíram da própria boca. As coisas que Jason, o marido favorito de todo mundo, o mais querido de todos, havia jogado na cara dela ainda faziam Libby se arrepiar no meio da noite. Aquelas palavras tinham sido ditas com raiva, e ambos choraram e pediram desculpas, mas aquilo havia arruinado a felicidade leve do relacionamento deles, a tranquilidade descomplicada que tinham vivido até então. Uma pequena parcela de Libby quase se sentiu aliviada quando o desastre atropelou a vida deles; ninguém, ela acreditava, merecia ser tão inequivocamente feliz quanto eles vinham sendo. Era possível ter *tanta* sorte assim? Será que eles dois haviam tido todos os seus momentos de sorte de uma vez só, naqueles primeiros anos cheios de amor e que passaram tão depressa, quando dinheiro e oportunidades iam e vinham feito água, e viver em Londres era como viver em um filme, uma combinação de champanhe até tarde da noite, táxis pretos e passeios de domingo?

Libby olhou para a rachadura na parede. Ela odiava não ser completamente honesta com Erin, mas ninguém sabia de toda a verdade. Nem Margaret, nem seus pais (Deus do céu, definitivamente, nem seus pais), nem sua irmã. Apenas ela e Jason. Era parte da punição deles, lidar com aquilo, exilados de tudo que lhes era familiar.

Bem, de tudo o que era familiar para ela. Aquele era o lar de Jason.

– Mas a questão é a seguinte – prosseguiu Erin, ainda entusiasmada –, quando *nós* poderemos visitar? Falei para o Pete que precisamos passar um fim de semana em Longhampton o quanto antes. E, quando eu voltar, darei início a uma grande missão de marketing pra vocês! Depois que eu falar de vocês pra todo mundo, as reservas vão explodir! – concluiu, com o sotaque americano de desenho animado que sempre usava quando estava debochando de si mesma.

– Claro – murmurou Libby. – Nós só... Que tal quando a gente terminar mais alguns quartos?

– É só avisar quando eu vou poder colocar meu vestido de festa na mala! – disse ela. – Ah, meu Deus, isso me lembrou uma coisa. Você viu no Instagram as fotos da festa de aniversário que a Rebecca fez para o Otis?

Libby tinha visto. Não conseguia parar de se atormentar com as redes sociais de seus antigos amigos, "curtindo" até altas horas da noite enquanto se perguntava se eles ao menos haviam notado a sua ausência.

– O que foi, amiga?

Libby percebeu que tinha deixado escapar um gemido.

– Desculpa, não foi nada. Eu só... estava só falando com o cachorro.

– Vocês têm um cachorro? Ai, que legal! Todo hotel no campo precisa de um cachorro. Qual é a raça?

Bem nessa hora, Lorde Bob saiu furtivamente de um quarto onde não deveria estar e, quando viu Libby olhando para ele, suas sobrancelhas ruivas espicharam em direção às dobras ao redor de suas orelhas.

– Um basset hound – disse ela, ainda olhando feio para Lorde Bob. Ela se recusava a cair no truque da carinha de "me ame" que ele fazia para todo mundo. Uma vez que ela cedesse, sua batalha contra pelos de cachorro nos quartos estaria perdida. Era o limite. – É da minha sogra. É um baita inconveniente.

– Ah! Eu amo basset hounds!

– Você não ia amar este aqui – rebateu Libby sombriamente, enquanto Lorde Bob lhe dava uma última olhada, antes de sair rebolando em direção à escada e começar a descer suavemente. Seu rabo de ponta branca balançou até gradualmente sair de vista. – Ele é absurdamente mimado e pesa uns trinta quilos, então não dá pra discutir com ele. Ele finge que está dormindo, aí você abre um saco de batatas chips em outro cômodo e de repente ele está lá. E ele fede. Eu passo metade do tempo aspirando pelo de cachorro e a outra metade correndo atrás dele com um aromatizador de ambientes.

Erin riu, como se Libby estivesse brincando.

– Ei, eu aposto que ele é tão bagunceiro quanto os meus filhos, e a creche é mais barata, certo? Mas escuta, me conta da sua sogra, pobrezinha. Já tem o quê, seis meses agora? Como ela está...? – Havia um ruído distante de choro ao fundo, uma criança, depois duas. Erin suspirou. – Tobias! *Tobias!* Eu avisei o que ia acontecer, não foi? Desculpa, Libby, eu preciso ir. Houve um incidente aqui.

– Tudo bem. – Libby tentou não transparecer a decepção na voz. Tinha acabado de começar a relaxar na conversa e agora sentia como se uma porta estivesse se fechando, deixando-a sozinha em algum lugar silencioso demais.

– Eu te ligo depois – prometeu Erin. – Tobias, eu não estou brincando, mocinho... A gente tem muita coisa pra conversar. Tipo, você entrou em algum clube de leitura novo?

– Ah! Não! Aparentemente eu preciso ir a uma entrevista pra isso, e nem a Margaret consegue... – começou Libby, mas Erin já estava se despedindo.

– Vou te mandar mensagem – dizia ela. – Vamos marcar um horário para falar com calma e... Tobias! Desculpa. Tchau, Libby!

Então ela desligou.

Libby se deu conta de que não havia contado sobre o acidente ou sobre a desconhecida que estava indo para o hotel.

Típico, pensou ela, sondando a rachadura com a ponta dos dedos. De todas as coisas que ela *poderia* ter contado a Erin, foi a porcaria do Lorde Bob que ganhou mais atenção.

O telefonema de Erin (e o fato de seu raspador de papel de parede ter quebrado) fez com que Libby passasse o resto da tarde no escritório do hotel, tentando elaborar um cronograma que os colocaria no caminho certo para a visita de uma jornalista e uma reinauguração no final do verão.

Fazer a decoração sem ajuda profissional era barato e surpreendentemente agradável, mas, se continuassem no mesmo ritmo, não terminariam naquele ano. Libby girava a caneta nos dedos enquanto olhava para o calendário no laptop. Não ia dar certo. E ela não conseguia parar de pensar na rachadura. O hotel precisava resolver aquilo *apropriadamente*. Os hóspedes notavam coisas como rachaduras e rangidos. Depois, escreviam comentários cruéis no TripAdvisor.

– Ei, amor, o que você está fazendo?

Jason entrou no escritório com algumas sacolas da loja de construção e decoração e uma edição do jornal da tarde. Ele tinha saído na hora do almoço "para dar uma olhada em umas portas novas".

– Por onde você andou? – Libby franziu a testa, pronta para reclamar sobre o desaparecimento, mas então ele teatralmente enfiou a mão dentro de uma das sacolas e deixou cair na frente um saco de papel da padaria local. Um bolinho Eccles. Seu novo doce favorito.

– Eu nunca paro de pensar em você – declarou Jason em um tom solene. – Nem no corredor das lixas. O que você ficou fazendo enquanto eu estava na rua?

Antes que ela pudesse responder, ele deu a volta na mesa, colocando os braços ao redor dela e acariciando a lateral de seu pescoço, e Libby se derreteu por dentro, tanto pela consideração que ele teve em levar o doce quanto pelo fato de Jason saber de maneira instintiva exatamente onde beijá-la. Ele estava tentando, disse a si mesma. E ele a amava, quer ela comesse carboidratos ou não, ao contrário do marido de Rebecca Hamilton.

– Estou tentando fazer um planejamento – disse ela. – Aonde você foi?

– Fui na B&Q comprar mais material para a reforma. E na cidade. – Ele tirou um pedaço do bolinho e o comeu por cima do ombro dela. – Impressionante como muitas lojas antigas ainda estão lá. E tem umas novas boas também. Duas delicatessens! Quem poderia imaginar? Se alguém me dissesse que Longhampton teria azeitonas recheadas quando eu era criança, eu teria rido. E teria perguntado o que é azeitona.

– A Erin ligou – contou Libby. – Ela nos conseguiu um contato maravilhoso, mas vamos ter que cair dentro do nosso cronograma de redecoração. Ei! – Ela deu um tapa na mão de Jason ao vê-lo pegar mais um pedaço do doce. – Podemos falar sobre isso hoje à noite? Com a sua mãe. Acho que vamos precisar tomar alguma decisão e gastar um dinheiro contratando um decorador de verdade.

Jason partiu um grande pedaço de massa e o colocou na boca de Libby enquanto dizia:

– A gente pode fazer isso amanhã? Vou sair hoje.

– O quê? – balbuciou Libby, mastigando. – Hoje é o seu dia de ficar na recepção. Está na escala! Aquela que prometemos cumprir, lembra?

Jason fez sua cara de "me perdoe", aquela que deixa seus olhos azuis pidões como os de um garotinho. De modo geral, ele não aparentava ter 35 anos. A expressão de "me perdoe" fazia com que parecesse ter 10.

– Desculpa, eu esqueci. O Lenhador me convidou para tomar uma cerveja no pub.

– Lenhador?

– Mike Prosser. – Ele fez uma espécie de mímica que evidentemente deveria refrescar sua memória. – Você conhece o Lenhador. Mike! O Lenhador!

– O único Mike que conheço é Mike Adams – disse Libby. – Nosso dentista. E ele seria mais um... obturador.

– Engraçadinha. Você não conhece o Lenhador? Já deve ter encontrado com ele. O cara é uma lenda.

– Eu nunca vi o Lenhador. E duvido que eu esquecesse alguém com essa descrição.

– É, bom, talvez você não conheça mesmo. Jogamos rúgbi juntos. Ele era um ano acima de mim na escola, o primeiro cara que eu conheci que conseguia virar meio litro de cerveja num gole só. O pai dele tinha uma fazenda perto de Hartley, e a gente costumava ir lá para...

– Cortar madeira?

– Exatamente. – Jason sorriu com prazer. – Enfim, eu o encontrei no centro hoje à tarde. E ele me convidou para tomar alguma coisa. Não consegui dizer não.

Mas poderia ter dito. Libby sentiu um aperto no peito e precisou se concentrar para não deixar o sentimento se espalhar. *O que esta sensação está querendo me dizer?*, perguntou-se ela, como o terapeuta deles orientava. Ou tinha orientado, nas duas sessões às quais conseguiram ir antes que a casa fosse vendida e eles tivessem que parar.

Estou aborrecida porque Jason já está quebrando nosso acordo sobre a divisão de tarefas?

Estou com inveja porque ele tem amigos aqui e os meus estão todos em Londres?

Ou será que o Lenhador é algum tipo de idiota inconsequente do rúgbi que vai acabar embebedando o Jason e aí amanhã ele vai passar o dia inteiro sem conseguir fazer nada, além de não trabalhar hoje à noite? Isso quando eu esperava que ele me ajudasse a vaporizar o papel de parede...

Libby olhou para suas mãos no teclado do laptop. O esmalte das unhas estava lascado de arrancar papel de parede e ela não tivera tempo de ajeitar. Havia um pedacinho de tinta tangerina incrustado sob o diamante de seu anel de noivado, uma joia eduardiana de uma loja de antiguidades em Brighton que ainda lhe lembrava um Jason desgrenhado pedindo sua mão em casamento na London Eye no meio da chuva, porque ele tinha emprestado para ela sua capa quando o céu desabou. Não era um diamante imenso. O anel era anterior a suas promoções no trabalho. Ela nunca quisera trocar por outro, apesar da pressão de seus novos amigos.

– Ah, Libs, você ficou chateada? – Ele a abraçou. – Não fica assim. Eu não vou chegar tarde. É só uma cerveja... Ele agora é advogado, deve ser um cara legal de conhecer.

Com esforço, ela reorganizou os pensamentos. Talvez o Lenhador tivesse uma esposa. Talvez a Sra. Lenhador fosse uma mulher legal para tomar um café. Uma mulher que lhe diria onde cortar o cabelo por ali ou qual oficina não cobraria os olhos da cara porque seu sotaque denunciava que ela não era da cidade.

– O que acha de eu ir também? – perguntou ela, animada, girando na cadeira. – Só por uma meia hora mais ou menos, dar um oi. Eu vou gostar de conhecer seus amigos. Por que a gente não reserva uma mesa em algum lugar legal e aproveita para descobrir se é um bom lugar para indicar aos nossos hóspedes?

– Ah. – A expressão de Jason mudou. – A questão é que eu vou para o treino e depois vou para o bar.

– Treino? Que *treino*?

– No clube – disse ele, muito casualmente. – Eles estão com alguns homens a menos para a próxima temporada. O Mike perguntou se eu não ajudaria a fechar o time. Para ver como eu me saio.

Ela arregalou os olhos em descrença.

– Time de quê? De rúgbi?

– Não, de arranjos de flores. Ha, ha! Claro que é o time de rúgbi.

– Mas você não joga rúgbi desde... – Libby tentou se lembrar. – Desde antes de a gente se casar. Esqueceu como foi? Você jurou que nunca mais ia jogar depois que ficou com aquele olho roxo antes do casamento da minha irmã.

Jason fez um gesto de desdém.

– Não tinha nenhum lugar para eu jogar em Londres. Além do mais, é diferente quando a gente joga com os amigos.

– Mas isso tem quinze anos, Jase. Quanto papel de parede você vai conseguir descascar com as costas machucadas?

– Você fala como se eu não estivesse fazendo nada – retrucou Jason, mostrando-se ofendido. – Eu não estou fora de forma, Libby. Eu corri aqueles 10 quilômetros.

Libby engoliu as palavras que quase saíram de sua boca. Aquela corrida quase o tinha matado, considerando que a dieta londrina de Jason consistia em café forte, álcool, estresse e noites mal dormidas. Ele tinha corrido com a maior ressaca do planeta, e foi pura obstinação (mais o prêmio em dinheiro e os outros competidores fora de forma de seu escritório) que o fez cruzar a linha de chegada. Uma das coisas que ela amava em Jason era que ele se recusava a desfazer uma promessa, a menos que os prejuízos individuais fossem muito altos.

– O que foi? Você está com aquela cara, Libby.

Ele olhava para ela de um jeito que nunca tinha olhado em Londres, nem mesmo quando eles estavam quebrando o pau depois que Jason foi demitido. Na defensiva. Libby o encarou de volta e sentiu o mal-estar crescer. Ela odiava como aquilo surgia do nada. Aquela espiral da qual ultimamente não conseguiam sair depois que caíam. Sempre levava à beira de um lugar muito ruim e, embora nunca mergulhassem de fato no que estavam pensando, chegavam perto o suficiente para ver. O silêncio era pior que a briga. Dizia a ambos que estavam com medo do que havia do outro lado.

– Então você está dizendo que depois de trabalhar duro o dia inteiro eu não posso nem sair para tomar *uma cerveja* – começou ele, com uma expressão martirizada que fez Libby lembrar demais de Margaret, mas ela não estava com energia para uma grande discussão. Sentia dor em lugares que nem sabia que existiam.

– Beleza – disse ela, levantando as mãos –, mas, pelo amor de Deus, não quebre nada.

– Claro, não até que todos os quartos estejam prontos – respondeu ele. – *Senhora.*

Libby não tinha certeza do quanto aquilo era brincadeira ou não. Ela se levantou para abrir a janela, não porque estivesse particularmente quente, mas porque precisava mudar o próprio humor.

– O que foi? Está com cheiro de cachorro aqui – disse ela, quando ele a olhou interrogativamente.

– O que está rolando? Fala. – Jason cruzou os braços.

– *Eu* não conheço ninguém aqui, não tenho com quem sair para beber, Jason. E estou exausta.

Libby tentou manter seu tom de voz, mas, agora que a euforia do telefonema de Erin passara e ela se dava conta de tudo que eles precisavam fazer, sentiu-se mole. Vinha dormindo pouco, limpando, esfregando e sorrindo o dia inteiro, sofrendo com os números, absorvendo o luto de Margaret: aquilo estava consumindo cada grama de sua energia.

– Como eu vou conhecer alguém se eu trabalho aqui e todas as pessoas da nossa idade ou estão ocupadas demais para fazer novos amigos ou estão levando os filhos para a escola? E não há chance de eu fazer parte *disso* tão cedo, né? – Sua voz falhou no final. Ela não pretendia ter ido tão longe.

A hostilidade desapareceu do rosto de Jason.

– Ah, Lib. – Ele se aproximou dela, estendendo os braços com um murmúrio de desculpas. – Vem aqui, amor.

Libby resistiu por um instante, então deixou que ele a abraçasse, balançando-a de um lado para outro. Seu toque sempre a fazia se sentir melhor, seu cheiro, seu calor.

– Eu sinto muito – disse ele baixinho. – Você parece sempre lidar tão bem com tudo...

Ela não disse nada. Tinha medo do que poderia sair de sua boca.

– Que tal eu sugerir uma festinha? – continuou ele, a respiração no cabelo dela. – Mas eu não sei exatamente qual é a situação do Lenhador em casa. Ele casou com a Steff Taylor enquanto eu estava na faculdade, mas não sei se eles ainda estão juntos. Não quero perguntar "Que tal jantar com a minha adorável esposa?" se ele não for casado também. Entende o que eu quero dizer? É melhor ir com calma até entender a situação.

– Acho que sim.

– Eu vou descobrir – continuou ele. – Hoje à noite. Vou sondar o terreno. Aí quem sabe eu marco alguma coisa para a semana que vem?

– Eu preciso fazer amigos também, Jase. Para você é fácil... você já tem amigos aqui. Eu sinto falta... de *ser* amiga de alguém.

– Eu sei. Eu quero que você seja feliz. Quero mesmo.

Eles se olharam. *Se formos apenas nós dois*, disse Libby a si mesma, decidida, *não será um problema. Eu e ele. Nós nos conhecemos há muito tempo, não somos como aqueles casais apressados que se casam e têm dois filhos no espaço de um ano e acordam um dia e percebem que há um completo desconhecido deitado ao seu lado.*

Mas se ele voltasse a ser um homem que ela não conhecia, um homem que ele tinha sido antes...

– A gente conversa quando eu voltar – afirmou ele. – Prometo.

Então ele a beijou na testa e foi buscar sua roupa de treino. Assobiando.

Libby não se lembrava de Jason já ter assobiado em Londres.

Capítulo 5

No quinto dia, ao acordar, Pippa imediatamente tentou se lembrar do último sonho. Estava em algum lugar... Perto do mar? Com amigos? Um cachorro? Ventava. Ela se sentia feliz. Aquela sensação de felicidade perdurou em sua mente como um som ecoando, fazendo-a levitar. Sentia-se extremamente leve, a pele estava quente e nuvens dançavam dentro de seus olhos fechados.

Estendeu a mão em direção à caneta, mas, quanto mais tentava recordar os detalhes, mais rápido o sonho lhe escapava, deixando-a imóvel encarando os primeiros raios de sol que delineavam o contorno do blecaute da janela.

Aquela era a primeira manhã em que não pensava ao acordar: "Que estranho, sonhei que tinha perdido a memória." Era a primeira manhã em que acordava ciente de que a versão atual de si mesma, Pippa, havia começado e se encerrado naquele quarto de hospital. *Tinha havido* um antes, mas a ponte entre ela e esse passado havia desaparecido, e, até que alguém aparecesse para conduzi-la de volta, o antes poderia muito bem não existir.

Uma sensação úmida e pegajosa percorreu sua pele enquanto a memória se desvanecia e a realidade da manhã tomava seu lugar. Se ninguém aparecesse, tudo o que ela tinha eram as roupas do corpo. Não tinha dinheiro, casa, telefone, qualificações, currículo nem a mais vaga ideia de quem era além daquele exato momento. Nada.

Estremeceu de pânico, reprimindo a vontade de chorar que involuntariamente lhe subiu pela garganta, e concentrou-se na respiração, mantendo-a superficial por causa das costelas doloridas, contando de um a quatro sem parar, até que os primeiros ruídos da enfermaria acordando fizeram com que se sentisse menos sozinha. Enquanto respirava, repassou tudo mentalmente, na esperança de capturar algum fato perdido que tivesse passado despercebido em meio ao vazio da memória, como um gato voltando silenciosamente de um passeio noturno.

Sua cabeça doía... menos que antes? O soro fora retirado, a agulha tinha deixado em sua mão um hematoma esverdeado parecido com um amor-perfeito. As costelas doíam mais. Talvez porque o efeito dos analgésicos tivesse passado.

Pippa sabia que três de suas costelas estavam fissuradas, do lado esquerdo, acima do coração. Provavelmente, o médico dissera, apontando para os traços finos como fios de cabelo nos ossos, era o local do impacto inicial. Talvez no espelho retrovisor, sugeriu ele, e ela assentiu, tentando puxar a cena em sua memória, e fracassando. Talvez tivesse sido o retrovisor. Mais tarde, ele havia mostrado a ela uma imagem multicolorida de seu cérebro, e Pippa pensou como era estranho que o médico pudesse ver dentro de sua cabeça, mas não fosse capaz de extrair nada de útil dela, nem fazer com que cooperasse.

Quatro semanas para as costelas sararem, calculou ele. Até lá, muito analgésico e repouso.

E o nome dele era, incitou uma voz em sua cabeça. *O nome dele era...*

O nome dele era Dr. Shah. Doutor Suveer Shah. Ela estava na enfermaria Dean, da ala Loughborough. As enfermeiras do dia eram Bernie e Karen, e as da noite, Sue e Yolanda. O especialista em traumatismo craniano chamava-se Jonathan Reynolds. Ele tinha ido vê-la todos os dias desde que ela acordara (três), repetiu as mesmas perguntas, fazendo uma ou outra diferente e tentando descobrir onde suas lembranças se interrompiam, mas não conseguira pressionar qualquer que fosse o botão mágico de "reiniciar a memória" para poder acessar o resto.

– Não se preocupe – dizia ele, dando-lhe o mesmo sorriso otimista toda vez que ia embora. – Você está processando bem as novas informações, e não há nada em seus exames que sugira uma perda de memória permanente. Pode ser que você nunca se lembre do acidente em si, mas, quando seu cérebro estiver pronto, estou muito confiante de que o restante vai voltar.

"Muito" confiante. Pippa percebeu que ele nunca dizia "cem por cento".

O policial Canning também havia estado lá para "atualizá-la da investigação", mas os fatos de que ela conseguia se lembrar não eram suficientes para prosseguir, e ninguém tinha se manifestado após a breve menção ao acidente na edição daquela semana do jornal local. Canning era educado, mas Pippa se agarrou a cada minúscula pista disponível, e percebia-se que ele também estava curioso para saber por que ninguém tinha ido buscá-la. A compaixão do policial fazia com que ela se sentisse envergonhada e assustada. Claramente aquilo tudo não era normal. Ela não era normal, algo na situação dela não era normal e ela nem sequer sabia por quê.

Enquanto isso, Pippa anotava tudo, em parte por medo de acordar e descobrir que os últimos dias haviam sido apagados de sua memória, em parte para passar o tempo. Tinha perguntado a Bernie, uma das enfermeiras do dia, se havia alguma revista ou um livro que ela pudesse pegar emprestado. Bernie deu um suspiro e disse que iria verificar, mas provavelmente não era uma boa ideia forçar os olhos, e não seria melhor se ela fosse com calma e apenas repousasse? Como se ler fosse algum tipo de tarefa doméstica.

Pippa olhou para seu caderno e anotou: "Eu gosto de ler."

Ela era aquilo. O que estivesse escrito no caderno.

Noventa minutos e dois cafés da manhã ingleses completos quase perfeitos depois, Libby e Margaret seguiam para o hospital com Lorde Bob recém--escovado no banco traseiro do carro, pronto para levar consolo, carinho e bafo de carne à vida dos idosos do Hospital de Longhampton.

Jason, que ainda pisava em ovos depois do treino de rúgbi, tinha ficado no hotel para acompanhar o check-out dos dois hóspedes do quarto 4, com instruções para oferecer-lhes um voucher de café da manhã de cortesia se eles mencionassem o ovo *poché*. Os ovos *poché* de Libby não eram tão confiáveis quanto os fritos, e os Pattersons tinham cara de que gostavam de escrever críticas mordazes na internet sempre que ficavam decepcionados com ovos de hotel.

Assim que saiu do estacionamento do Swan, Libby se viu presa atrás de dois cavalos cujos condutores pareciam ter uma conversa descontraída. Claramente não estavam, pensou Libby, falando sobre a enorme pressa que tinham em chegar à cidade.

Ao lado dela, Margaret se mexia no banco, o que imediatamente colocou Libby em alerta máximo. Margaret gostava de guardar conversas difíceis para quando Libby estava tentando se concentrar em outra coisa, como cortar cebolas ou manter uma velocidade constante de 15 quilômetros por hora atrás de dois cavalos imensos. Um deles balançava o rabo de um jeito que deixou Libby preocupada com o capô do carro.

– O Jason me contou que você convidou uma jornalista para colocar a gente numa revista – disse ela.

Ah. Só isso? Bem, não era tão ruim assim. Libby relaxou.

– Sim! Bom, eu não a convidei, exatamente. Uma amiga recomendou que ela viesse conhecer o hotel. Quando terminarmos de decorá-lo, é claro.

Margaret fez o barulho que sempre fazia, aquele que indicava que ela entendia a necessidade de redecorar o hotel, mas não estava plenamente de acordo com isso.

– Uma amiga de Londres?

Libby conduziu o carro para o lado para ver à frente dos cavalos, mas não havia como passar.

– Sim. A Erin. Ela é americana, tem muitos contatos com estilistas e revistas. Nossa faxineira era a mesma que limpa a casa dela. Ela é um amor.

– Você precisa fazer amigos por aqui – disse Margaret, como se por algum motivo Libby fosse contra a ideia. – Por que você não se inscreve como voluntária no grupo de pet terapia? É uma boa maneira de conhecer gente. Quer dizer, para o Jason é mais fácil... Ele tem amigos antigos com quem pode retomar contato. Você precisa ter as suas próprias amigas. – Ela fez uma pausa, então acrescentou, timidamente: – Se você tivesse um filho, ou dois, poderia conhecer pessoas todos os dias quando fosse até a escola.

Ah, então era *ali* que ela queria chegar. Libby segurou o volante com mais força. Margaret nunca tinha sido uma daquelas sogras que viviam fazendo insinuações sobre ter netos, mas ultimamente Libby havia notado alguns comentários se manifestando. Mais suspiros diante de propagandas de fraldas, mais observações melancólicas sobre como Jason era adorável quando criança. Sobre como ela estaria por perto para ajudar, agora que estavam todos morando juntos. Ou sobre como suas amigas adoravam ser avós, como aquilo tinha trazido um novo sentido para a vida delas.

Libby se posicionou antes que a irritação tomasse conta. Sabia que estava sensível demais. Ela e Jason *queriam* ter um bebê. Mas, em meio a tantas coisas, qualquer plano nesse sentido havia descido na lista de prioridades, estando abaixo do hotel, das finanças, do apoio a Margaret em seu luto... Libby precisava que as coisas estivessem estáveis. Ela não queria impor aos *seus* filhos uma infância problemática como a dela. E mais do que de dinheiro, ela e Jason precisavam recuperar a confiança.

– Isso é algo que podemos esperar que aconteça em breve? – perguntou Margaret.

– *Por enquanto*, não – respondeu Libby, ainda tentando ver à frente dos cavalos. – Temos que arrumar o hotel primeiro, não acha?

– Ah. – Margaret deu uma risadinha. – Eu achei que, com o ar do campo, mais espaço e menos estresse, você e Jason talvez...

– Uau, muita informação, Margaret! – disse Libby.

Além disso, menos estresse? *Menos estresse?* Às vezes ela gostaria que Jason tivesse compartilhado mais alguns detalhes sobre o real motivo de eles estarem lá com a mãe dele.

– Desculpa. – Margaret imediatamente cruzou as mãos no colo, uma barreira empertigada. – Eu só pensei.

– Eu e o Jason adoraríamos começar uma família em breve, mas queremos que seja da maneira certa. – A rua estava finalmente livre. Libby acionou a seta, indicando que ia ultrapassar os cavalos. Lentamente. – Você sabe como dá trabalho administrar o hotel. Precisamos implantar um sistema novo, dar início a mais alguns negócios. Essa é uma mudança importante para nós dois, e ainda estamos aprendendo. – Ela olhou para o outro lado, tentando encontrar a maneira mais generosa de dizer: – Precisamos que você nos passe tudo o que sabe sobre administrar um hotel, Margaret, não que se preocupe com crianças!

– Ah, vocês parecem estar se saindo muito bem. Não sei se faço alguma diferença. Eu não estou mais no comando, concorda?

Libby sabia que no fundo aquilo era verdade; ela sabia que Margaret também sabia. Era constrangedor.

– Tenho certeza de que isso vai acontecer em breve – disse ela, sem querer deixar Margaret chateada *nem* prometer nada. – E você terá uma infinidade de bons conselhos para nos dar nesse momento também.

As mãos de Margaret se desdobraram e dobraram novamente, fazendo sua aliança brilhar.

– Parece que os jovens de hoje em dia precisam que tudo seja perfeito.

– Havia uma ponta de rabugice em sua voz. – Quando eu e Donald nos mudamos para cá, Luke era bebê e Jason estava a caminho, e nós só seguimos adiante.

– Sim, bem… eu e Jason tivemos um ano difícil. Primeiro eu gostaria de deixar isso pra trás.

– Mais difícil do que o meu? – Margaret virou a cabeça; seus olhos azul-claros estavam prateados por conta das lágrimas. – Uma boa notícia. Eu diria que é exatamente disso que essa família precisa.

Libby foi arrebatada pela culpa.

– Desculpa, Margaret. Você teve um ano *terrível*. Mas, sinceramente, essa indicação da Erin é uma boa notícia. – Ela vasculhou a mente em busca de mais algumas boas notícias, então se lembrou de algo que Jason lhe contara na noite anterior. – E o Luke? Jason não estava dizendo que ele ganhou um prêmio por causa da empresa? Uma espécie de reconhecimento no mundo empresarial?

Margaret entrelaçou os dedos.

– É, eu soube. Claro que é uma boa notícia. Mas trabalho não é tudo. Se Luke tivesse passado menos tempo envolvido com a empresa e mais tempo com Suzanne ao longo dos anos, talvez agora ele tivesse alguém com quem dividir o sucesso. Coitada da Suzanne.

– Eu sei, é uma pena que não tenha dado certo. – Libby não achava que Suzanne fosse tão coitada assim. Não pelo pouco que tinha visto. A ex-esposa de Luke era médica do Exército, uma mulher durona com títulos para comprovar, e o casamento não havia durado muito. Ela e Jason tinham esbarrado com eles do lado de fora do cartório discutindo sobre quem dirigiria até a recepção. – Mas se eles não tinham nada a ver um com o outro, melhor assim. Pelo menos têm a chance de conhecer outra pessoa…

– Suzanne era a chance do Luke de amadurecer. E ele jogou essa chance fora – afirmou Margaret, com uma segurança que Libby não se sentiu capaz de rebater. – Mas então, você disse que ia ver a moça do acidente? – prosseguiu ela, em um tom de quem quer mudar o rumo da conversa.

– Sim, eu vou. – Ela deveria ter pensado melhor antes de tentar mudar o assunto para Luke. – Viu? Estou conhecendo gente nova. Tenho uma nova amiga lá.

Então ela se afastou dos cavalos enquanto um deles largava uma série de bolas de esterco na estrada sinuosa.

Pippa fazia uma lista de nomes começando com "L", na tentativa de refrescar sua memória, quando a simpática enfermeira do turno da manhã, Bernie, colocou a cabeça pela porta, as sobrancelhas ruivo-claras erguidas de animação.

– Tem visita pra você, pode entrar?

– Sim! Quem?

Finalmente, pensou ela, o estômago palpitando de ansiedade, *alguém apareceu!* A sensação vinha acompanhada de perto por uma vibração mais pesada. E se fosse um namorado, ou um marido, mas ela não o reconhecesse? Como ela saberia se era mesmo um amigo?

Não importava. Alguém tinha ido vê-la! Alguém que talvez tivesse respostas.

A expressão no rosto de Bernie mudou ao ver sua empolgação.

– Lamento, querida, não é um... É a moça que presenciou o acidente. Lizzy?

– Libby – corrigiu Pippa.

– Estava só te testando – disse Bernie com uma piscadela.

– Olá! – Libby olhou em volta. – Eu estava passando por perto e pensei em aparecer para dar um oi! Lamento muito que você ainda esteja aqui...

– Ainda estou. Dando voltas e mais voltas, como uma mala esquecida na esteira de bagagem.

– Ah, eu sempre acho que essas são as malas mais fascinantes – comentou Bernie. – Elas são... misteriosas! Bom, vocês gostariam de uma xícara de chá?

Pippa sabia que ela estava tentando compensar a decepção. A enfermaria estava com falta de pessoal e Bernie raramente tinha tempo para fazer um chá para si mesma, muito menos para as visitas. Bernie era meio assim; isso estava no caderno de Pippa também. Ela planejava pendurar um agradecimento pelos chás extras de Bernie na Árvore da Gentileza quando saísse do hospital. As enfermeiras tinham permitido que ela caminhasse até lá no dia anterior para fazer exercícios, e as mensagens de gratidão a haviam deixado bastante chorosa. Embora *ainda* estivesse tomando analgésicos bastante fortes.

– Ah, sim. Seria ótimo – respondeu Libby antes que Pippa pudesse dizer "Não, tudo bem, não se preocupe". – Então, como está se sentindo hoje? – Libby se acomodou na cadeira ao lado da cama. – Alguma novidade?

– Não. A menos que os hematomas novos contem.

Pippa mostrou a ela os círculos roxos no braço.

– Ai. – Libby estremeceu. – Bem, para distrair um pouco sua cabeça... Achei que você podia estar precisando de algum material de leitura. – Ela remexeu dentro da bolsa pendurada no ombro.

Era uma bolsa cara, observou Pippa: couro macio cor de ameixa com detalhes em latão e uma etiquetinha. O tipo de etiqueta que dizia algo sobre a dona da bolsa, embora ela não reconhecesse a marca e, portanto, não soubesse o que deveria dizer. No entanto, Libby parecia o tipo de pessoa que teria a bolsa "certa": elegante, mas não muito chamativa, não absurdamente cara. Pippa pegou a caneta para escrever no caderno, mas se conteve. Libby já tinha uma página: *Libby Corcoran: hotel Swan, casada, acabou de se mudar para cá, 30 e poucos anos, sem filhos.* Levando em consideração o leve sotaque de Libby, suas luzes cor de mel e douradas nos cabelos, suas sapatilhas de couro e, agora, a bolsa, Pippa chutava que o hotel devia ser muito chique.

Então o que *ela* estava fazendo ali? Será que tinha ido encontrar alguém? Uma silhueta se formou no fundo de sua mente, escura e definida, mas imediatamente deslizou para longe.

– Aqui está. Você pode deixar na sala de espera se não tiver nada que te agrade. – Libby ofereceu a ela uma pilha de revistas. – Achei que poderiam trazer alguma lembrança... quem sabe se você vir um vestido que comprou ou se deparar com uma matéria que um dia leu no salão?

– É muito gentil da sua parte. Obrigada.

– Ah, imagina. Eu compro essas revistas para o saguão do hotel. – Ela folheou a pilha. – *Vogue*, *Red*, *Vanity Fair*, *Cosmo*, *Country Life*. Eu não sabia quais você gosta de ler, mas...

– Eu também não. Então tudo bem.

Libby começou a se desculpar, então viu que Pippa estava brincando. Ela sorriu, e seu rosto de repente pareceu muito menos adulto. Menos adulto do que a bolsa elegante e as sapatilhas, pelo menos. Mais Libby. Mais sandálias interessantes.

– Bom, eu acho que não leio a *Country Life*.

Pippa olhou para as capas espalhadas no cobertor e reconheceu, para seu alívio, alguns rostos famosos (Judi Dench na *The Lady*, Kate Moss na *Vogue*), mas outras mulheres lhe pareciam anônimas. Apenas sorriam, loiras, bonitas. Foi assolada pelo pânico. Quanto de sua memória havia perdido? Quantos anos?

– Eu deveria saber quem é esta aqui? – perguntou ela, apontando para a estrela da capa da *Heat*, uma mulher de cabelos escuros em um biquíni de lacinho, examinando meticulosamente as dobras da barriga.

– Hmm. – Libby franziu o cenho e balançou a cabeça. – Não. Não faço ideia de quem seja... Ah, ela está naquele reality show *Made in Chelsea*. Você assiste? Eu não. Ha, ha! Talvez isso não seja uma boa ideia. Desse jeito vou ficar achando que perdi minha memória também.

Pippa riu enquanto Libby estalava a língua em autocensura.

– Desculpa – disse ela. – Isso foi de muito mau gosto.

– Deixa disso. Pelo menos significa que tenho senso de humor.

Pippa encontrou o olhar de Libby e sorriu até que ela parecesse menos envergonhada. Ela achava que Libby tinha um rosto simpático e expressivo, que revelava todas as emoções que sentia. Seus olhos se arregalavam e enrugavam quando ela sorria ou franzia a testa, e suas mãos se moviam constantemente enquanto ela falava, cobrindo a boca, enfiando o cabelo atrás das pequenas orelhas.

Levando em consideração o que Pippa tinha visto até aquele momento – duas visitas, um presente atencioso, uma conversa amigável –, Libby parecia uma boa pessoa. Ela exalava uma espécie de disponibilidade para ajudar, mas de maneira saudável.

– Será que a gente faz um teste? – sugeriu Libby, examinando as revistas. – Atividades físicas... – Ela olhou para a capa de uma delas. – "Comédias românticas: qual é o seu estilo de relacionamento?"

– Qual é o meu o *quê*?

– Não, sério. Olha só... – Libby mostrou a ela uma foto de alguns atores que Pippa não tinha certeza se reconhecia.

De repente todas as capas de revista pareciam salpicadas de perguntas urgentes, e Pippa não sabia responder a nenhuma delas. *Você é obcecada por controle? Qual é a sua idade nos relacionamentos? Você é sua melhor amiga?*

Se houvesse alguém que me conhecesse aqui, pensou ela, *provavelmente diria "Sim, você é totalmente obcecada por controle. Lembra quantas cores diferentes você usou para pintar a sala de estar antes de chegar ao verde certo?"* Talvez a pessoa risse e a lembrasse de como ela sempre precisava ligar para todas as amigas antes de ser capaz de decidir o que vestiria em um encontro.

Era assim que alguém sabia quem era. Uma vida inteira de episódios, anedotas, testes e momentos confirmados e catalogados por amigos. E, se eles desapareciam – os amigos e as memórias –, como era possível saber quem você era sem ter que começar tudo de novo?

– Não sei se consigo fazer isso – disse ela, e desta vez sua voz falhou.

– Ah, consegue, sim – incentivou Libby. – Não é um teste de QI. – Ela começou a folhear as páginas. – Eu faço junto com você. Adoro quando me dizem que tipo de personalidade eu tenho. Ninguém nunca diz "Meu Deus, você é uma psicopata". São sempre variações de "legal".

Pippa se recostou nos travesseiros. Havia algo de relaxante no jeito "mandona de bom coração" de Libby.

– Primeira pergunta. "O que é essencial em um relacionamento? A, romance, B, confiança, C, humor, ou D, paixão?

– Todos esses quatro não deveriam ser essenciais?

– Hmm. Sim, provavelmente. Mas qual é o mais importante para você? Não pensa muito. Acho que quem escreveu isso não pensou.

Pippa pesou as opções mentalmente.

– Eu diria... confiança. Acho que a gente precisa saber exatamente com quem está. Precisa confiar no outro pra poder ser a gente mesmo.

– Ah, gostei. – Libby circulou a resposta. – Muito bem, eu vou de... romance. Se você não tem romance, é melhor ter um colega de quarto.

– Como você conheceu o seu marido? Foi romântico?

Libby sorriu e revirou os olhos.

– Sim, na verdade foi. A gente pegava o mesmo trem até Londres todos os dias para ir ao trabalho, e eu tinha notado Jason, e Jason tinha me notado, mas sabe como é... nenhum dos dois puxava assunto. Eu gostava tanto dele que tinha certeza de que ele percebia isso lá do outro lado do vagão. Então, um dia, ele entrou por uma porta diferente e ficamos espremidos juntos. O trem parou de repente e ele derramou o café na roupa. Eu o enxuguei com o meu cachecol *novinho em folha* para não manchar o terno dele. – Pippa notou que as bochechas de Libby estavam corando enquanto ela falava, e um sorriso nostálgico erguia os cantos de sua boca, como se ela não fosse capaz de pensar sobre aquilo sem reviver a cena. – Estragou meu cachecol, é claro. Ele insistiu em levá-lo para lavar e depois me mandou um novo, junto com flores... E meio que começou aí.

O rosto dela tinha ficado extremamente rosado e ganhara uma aparência jovem. Cor-de-rosa.

– Isso é muito fofo – disse Pippa, mas seu cérebro estava zumbindo, como sempre acontecia quando lhe davam novas informações.

O que aquilo dizia sobre eles? Libby era espontânea? Jason era desajeitado? Ambos eram muito tímidos? Não importava o que acontecesse no futuro, aquela lembrança sempre os conectaria, um laço de ouro ao redor daquele momento compartilhado, unindo suas vidas a partir daquele ponto. E agora ela estava naquela lembrança também. Era o que unia todo mundo: recordações. Lembranças de conversas.

Pippa sentiu o coração apertar. Outras pessoas tinham lembranças dela e ela, não. Estava à deriva, existindo apenas em mentes alheias, não na dela.

– Há quanto tempo vocês estão juntos? – perguntou rapidamente, para não pensar mais.

– Nove anos. Nosso aniversário de cinco anos de casamento está chegando! – Parecia que Libby ia dizer outra coisa, mas então parou, corando. – Chega de falar de mim. Pergunta número dois! "Seu herói ideal viveria: A, em um castelo, B, em um apartamento em Manhattan, C, em uma casa de fazenda georgiana, ou D, em um sótão parisiense?" Não pense muito.

– Casa de fazenda georgiana.

Libby ergueu a sobrancelha.

– Está tentando fisgar o Sr. Darcy, é?

– Não, só não me vejo em uma cobertura em Manhattan nem em um sótão francês. Nem em um castelo.

Então isso descartava um determinado estilo de vida, raciocinou consigo mesma. *Sou uma pessoa tradicional. Não sou uma viajante, aventureira.*

– Eu vou ficar com a casa da fazenda também. – Libby circulou a resposta, completando habilmente um O em volta da letra. – Tem algo de muito romântico em lareiras, homens aquecendo suas bombachas perto delas. Aliás, eu quero, sim, fisgar o Sr. Darcy.

– Ele é o seu homem ideal?

– Aham. Gosto de homens de caráter, que se responsabilizam, que são honrados. Eu fiz Jason usar camisas brancas enormes em festas à fantasia até que ele pegasse a dica. Mas infelizmente ele se recusa a aprender a montar cavalo.

Elas continuaram respondendo às perguntas. Pippa sentiu que estava aprendendo mais sobre Libby do que sobre si mesma: Libby alegremente contava detalhes de sua vida, de Jason, do que gostava e do que não gostava, e Pippa percebeu que a invejava por saber as respostas, por ter essas lembranças para compartilhar.

Por fim, Libby concluiu a última pergunta e começou a somar as pontuações. Seu resultado foi, como havia previsto, o Sr. Darcy, e ela pareceu satisfeita por ter sua personalidade confirmada.

– E o seu herói ideal é... – Libby virou a página. – Jack Dawson, de *Titanic*. Você quer alguém com quem possa rir e se apaixonar. Alguém leal e fiel em quem possa confiar, mas que tenha senso de humor.

– Mas o que isso diz sobre mim?

Libby ponderou.

– Diz que você é o tipo de pessoa independente, mas que gosta de ter um parceiro com quem se relacione de igual pra igual. Você não é facilmente influenciável. E, como é de se presumir, se surgir a oportunidade, você ficará feliz em tirar a roupa e posar "como uma das francesas" dele.

– Muito obrigada – disse ela. – Parece perfeito.

– Então agora a gente já sabe quem vem te buscar – brincou Libby, com um sorriso encorajador. – Só precisamos esperar até que ele apareça.

– Como você sabe que vai vir alguém? – perguntou Pippa.

– Eu tenho *certeza* de que tem alguém procurando por você agora mesmo – disse Libby, e seu rosto solar refletia sua certeza. – Eu sinto. E, se ainda não tem, terá em breve.

Pippa sorriu de volta, mas algo não tão solar tremeluziu dentro dela.

Capítulo 6

A amiga jornalista de Erin, Katie, ligou na manhã de quarta-feira, profundamente entusiasmada com o hotel "encantador" e com a aventura romântica descrita por Erin. Libby, fervilhando de empolgação, havia concordado que Tara, a freelancer, deveria se hospedar lá no início de setembro.

Ou seja, dali a exatos quatro meses. Dezesseis semanas. Ou, como disse a Jason:

– *Dezesseis semanas!*

A resposta de Jason foi sucinta:

– Você é incrível, a rainha dos contatos! – disse ele, e em seguida a beijou com tanta força que ambos ignoraram o telefone da recepção que tocou por muito tempo.

Em seguida, ele comentou:

– Precisamos ligar para o Marek. Chegou a hora de os profissionais assumirem o caso.

Apesar de ter sugerido contratar um decorador, Libby não pôde deixar de se sentir um pouco decepcionada.

– Precisamos, é? Eu falei para a Katie que foi super-romântica aquela noite em que nós ficamos acordados até as três da manhã arrancando papel de parede e ouvindo rádio.

Descrever para Katie a sequência de trabalhos manuais deles dois havia lembrado a Libby como tinha sido divertido. As risadas, a sensação de conquista ao ver o quarto voltar à vida. E, acrescentou calmamente, estariam muito ocupados dali em diante, então quando teriam tempo um para o outro? Passariam todas as noites "fazendo companhia a Margaret", assistindo às reprises de *Poirot* e assentindo quando ela lhes contasse mais uma vez que Donald havia lido todos os romances de Agatha Christie?

Jason a puxou para perto.

– Foi *uma* experiência romântica – disse ele de forma objetiva, beijando a ponta do nariz dela. – Tivemos essa experiência e podemos guardá-la para nós dois ou conversar com a tal jornalista a respeito. Se você quiser se juntar aos operários para finalizar o trabalho, por mim tudo bem. Só não me peça para arrancar mais papel de parede. É só uma questão de tempo até eu arrancar o olho de alguém.

Um sorriso abriu caminho em meio à decepção de Libby.

– Vamos ser realistas. Não levamos muito jeito para botar a mão na massa, né? – prosseguiu ele. – Nem ouse discordar de mim. Eu vi você lendo as instruções na lata de tinta. É *tinta.* Não tem muito mistério.

– Mas a gente tem como pagar o Marek? – Marek era o melhor, ela sabia disso, mas era caro. Libby se preocupava com dinheiro. Ela não conseguia evitar. – Será que não deveríamos pesquisar algumas empresas locais?

Jason ficou muito sério.

– Acho que a essa altura o que você deveria estar dizendo é "Podemos nos dar ao luxo de *não* ter o Marek?".

E assim sua resistência desmoronou. Libby já podia ver a versão suave e profissionalmente aprimorada do hotel surgindo ao seu redor e um peso tirado de seus ombros. Ficou surpresa com o alívio.

Jason a beijou novamente e, antes que ela tivesse tempo de dizer "Você esqueceu quanto o Marek custou no final das contas?", Jason já estava ligando para ele.

Libby não sabia o que Jason havia dito, ou quanto tinha prometido pagar, mas no dia seguinte, pouco antes do almoço, a familiar van preta chegou pela estrada de cascalho que levava até o hotel.

Margaret tinha acabado de sair para acompanhar Bob em seu passeio, e Libby se sentia aliviada por ela não estar por perto para a visita do empreiteiro – Marek tinha um jeito bastante pragmático de falar sobre casas, que com certeza faria Margaret sair em defesa de seus cenários escoceses e das paredes texturizadas do escritório. Ele tinha sido bastante impiedoso com a cozinha dela, da qual Libby nem gostava tanto assim.

Ela correu para o saguão, onde Jason estava no alto de uma escada trocando as lâmpadas empoeiradas do imenso lustre; tinha apenas cinco lâmpadas agora, o que favorecia as teias de aranha, mas não a leitura.

– O Marek chegou – avisou ela. – Você fez a lista?

– Que lista?

Jason começou a descer e Libby amparou com firmeza seus passos vacilantes.

– Você disse que ia preparar uma lista das coisas que a gente precisa fazer. Para ele poder propor o orçamento.

– Ah, não, desculpa. Não cheguei a fazer... estava resolvendo o problema do telefone da minha mãe. – Jason afastou o cabelo do rosto. – Precisamos de uma lista? Marek sabe o que está fazendo.

– Você chegou a calcular o novo orçamento?

Libby olhou para Jason com uma expressão calma que escondia um lampejo de irritação. Era ali que ela precisava mostrar que confiava nele. Um recomeço. Honestidade total. Sem perguntas capciosas.

– Sim – respondeu Jason, igualmente calmo. – Eu calculei o orçamento.

– Incluindo as suítes novas?

– Incluindo as suítes novas.

Eles se encararam, e Libby fez a pergunta que preferia não ter feito, mas que sabia que precisava fazer.

– E temos dinheiro suficiente na conta?

– Sim – confirmou Jason, seus olhos azuis fixos nos dela. – Temos dinheiro suficiente. Mas então, você disse que eles já chegaram?

Eles foram até a varanda da frente para dar as boas-vindas a Marek, que seguia pelo caminho de cascalho acompanhado de Jan, o ajudante eletricista, ambos de óculos escuros e camisas polo pretas, uma imagem completamente londrina em meio ao cenário floral das hortênsias do hotel. O peito de Libby borbulhou de empolgação. O papel de parede esdrúxulo e o saguão deplorável estavam desaparecendo diante de seus olhos, sem mais nenhuma farpa no dedo nem queimadura de lixa.

Quando Margaret visse como eles trabalhavam bem, nem ela se importaria com as mudanças, disse Libby a si mesma. Estaria tudo pronto e lindo antes mesmo que ela tivesse tempo de fazer sua cara de decepção – e Donald não era um apreciador de acabamentos de qualidade? Ele ia gostar de ver seu hotel em pleno funcionamento, exatamente como em seu auge.

– Muito bem, os *Cães de aluguel* estão de volta – disse Jason, baixinho.

– Não os chame assim – murmurou Libby. – Aposto que não é esse o visual que estão buscando.

– Eu não tenho tanta certeza... Bom dia, pessoal! Espero que a viagem não tenha sido tão ruim – disse Jason, estendendo a mão.

– Oi, Jason, oi, Libby – cumprimentou Marek.

E então ela foi assolada pelas lembranças: o longo e quente verão ouvindo a Rádio 1 das oito às cinco, encontrando canecas de café quase apodrecidas, e o cheiro de poeira e pastéis de forno congelados. Seis meses que ela havia passado acampada em um quarto enquanto Marek e seus homens contentes derrubavam metade da casa e a montavam de novo, aparentemente com cinquenta por cento mais luz e ventilação. Depois de terminada a obra, ninguém jamais havia entrado naquela casa sem se maravilhar com o quão linda ela era, como se uma luz imaculada se infiltrasse por janelas invisíveis. E agora ele iria trazer sua magia para aquele lugar.

– Olá, Marek! – respondeu ela, e parou antes de acrescentar um beijo.

Jan, o caladão, esboçou um sorriso, e Libby sentiu uma ternura em relação a eles que jamais teria acreditado que poderia sentir no auge da obra de sua casa.

– Querem comer ou beber alguma coisa? – perguntou ela. – Uma xícara de chá?

– É muito gentil da sua parte, Libby – disse Marek, tirando os óculos escuros para esfregar os olhos vermelhos. Ele trabalhava um volume insano de horas e conduzia uma quantidade não revelada de equipes de construção supereficientes, todas ostentando camisas polo com o logotipo de sua empresa. – Mas podemos começar? Preciso voltar para fazer o orçamento de um trabalho na cidade hoje à tarde. Aqui é bem mais distante de Londres do que a gente pensava...

– Ha, ha! E não só no que diz respeito à distância física! – brincou Libby. – O que foi? – acrescentou ela, vendo Jason lhe dar um olhar de reprovação.

– São três horas, no máximo – disse ele.

– E cerca de vinte anos!

– Libby...

– Só quero que Marek saiba que, embora estejamos bem longe de Londres, não usamos galochas verdes nem bordaduras de flores – disse ela alegremente. – Queremos que o hotel Swan tenha um padrão elevado, exatamente o mesmo dos melhores hotéis de qualquer lugar. Esse vai ser o melhor hotel do condado.

– Estou sentindo um cheiro aqui. – Marek levantou um dedo e fungou analiticamente. – É umidade?

– Ou algum vazamento – disse Jan, o caladão, em uma manifestação atípica.

Libby estremeceu: ele devia achar aquilo revoltante.

Jason suspirou.

– Não – disse ele, com um olhar de "Não diga que me avisou" para Libby. – É o cachorro.

– Vocês têm cachorros? Dentro do hotel? – Marek parecia ainda mais horrorizado.

– Por enquanto. É outra coisa que precisamos debater. – Libby sorriu. – Agora, vamos começar lá por cima e então vir descendo?

– Então... – disse Jason, quando a van preta de Marek desapareceu na esquina várias horas depois.

Ele deixou a palavra pairar entre eles como a fumaça de uma pistola de largada. De repente, o hotel pareceu silencioso sem o ruído constante de trenas estridentes, rajadas curtas de intensas discussões em polonês, o telefone de Marek tocando a cada três minutos e o *hmmm* cada vez mais ansioso de Jan toda vez que encontrava provas do gosto de Donald por engenharia elétrica amadora.

– Então – ecoou Libby.

Ela queria que Jason falasse primeiro, caso ela tivesse interpretado a situação de maneira equivocada e a imagem reluzente que havia vislumbrado estivesse apenas em sua mente. Marek fez aquilo tudo parecer muito possível, transformando suas coleções de inspiração do Pinterest em realidade, bem ali na frente dela, apenas com alguns minutos de averiguação e uma ou duas sugestões radicais e onerosas relativas ao encanamento.

Eles estavam de pé na varanda do hotel, emoldurados pelos pilares de pedra como os proprietários georgianos originais, posando para um retrato em frente à sua propriedade rural.

– Esta seria uma boa foto para o site, nós nos degraus da frente – acrescentou ela. – Talvez com o Bob. Se ele conseguisse ficar parado.

Jason olhou para ela com um sorriso irônico.

– Para o site? Será que não deveríamos resolver a questão da umidade primeiro?

– Não, precisamos pensar em outras coisas. Elabore o discurso perfeito e depois o construa.

Libby respirou fundo, saboreando o ar fresco após passar um bom tempo dentro do hotel atravancado e abafado. Era o primeiro dia de primavera com um toque de verão, e o ar tinha um cheiro verde, de folhas e grama.

Jason passou um braço ao redor da esposa e ela relaxou em seu peito.

Eles ficaram assim por alguns minutos, apreciando os salpicos de luz brilhando na fonte coberta de musgo que preenchia a entrada de carros circular na frente do hotel; Libby imaginou os Austins e Fords reluzentes que na década de 1930 deviam ter levado até lá convidados para as festas. Antes de ser um hotel, quando ainda era a casa de uma próspera família do interior. Ela virou a cabeça para enterrar o nariz na camisa azul limpa de Jason, inalando seu odor peculiar: Hugo Boss, sabão em pó e a masculinidade quente e apimentada de sua pele dourada, a combinação de sexy e confortante que havia disparado algo em seu cérebro desde a primeira vez que ela conseguiu se aproximar dele no trem. Havia passado semanas imaginando como era o cheiro dele, do outro lado do vagão, como seria a sensação de sua pele sob a ponta dos dedos. Agora ela sabia. E era exatamente como tinha imaginado.

– Parece mais real agora, né? – disse ele, e ela sentiu o zumbido da voz no fundo de seu peito. – O hotel, quero dizer.

– Como assim? Sempre pareceu real. Você só não tem se levantado cedo para fazer o café da manhã como eu.

– Não, real porque eu consigo ver Marek dando conta disso. – Ele balançou a cabeça, como se não pudesse acreditar na própria estupidez. – Devíamos ter feito isso desde o início. Quatro semanas para decorar, mais ou menos uma semana para as outras coisas... Precisamos estar prontos para reabrir no início de julho, no máximo. Pegar um pouco de prática para estarmos craques quando a jornalista chegar.

Estamos mesmo *com as mesmas coisas na cabeça*, pensou Libby, aliviada.

– Será que é um bom sinal que o Marek possa começar tão cedo? Ele não deveria estar com a agenda cheia por meses?

– Bem... é ele que manda, né? Tem várias equipes trabalhando para ele. – Jason se recostou no pilar de pedra e soprou o ar. – Marek não é o mais barato, mas já trabalhamos com ele e não conhecemos nenhum empreiteiro por aqui. E precisamos de um cara bom e rápido.

Ele falava de um jeito despreocupado, mas Libby sabia que Jason estava deixando pequenos avisos no ar. Aquilo não sairia barato. Aumentaria as suas expectativas e os levaria de volta a uma situação em que precisariam falar de dinheiro, grandes somas de dinheiro que eles não tinham mais. Não dispunham mais da rede de segurança do excelente salário de Jason e da confiança intacta um no outro.

Será que a gente tem como fazer isso?, pensou ela, e seu otimismo vacilou por um segundo. Não seria mais fácil reduzir suas ambições, manter os banheiros cor de abacate das suítes, aprender a viver de maneira mais simples, tranquila? Margaret ficaria mais feliz desse jeito.

Então ela olhou para Jason, que observava sua reação com uma esperança vigilante no olhar, e ela entendeu que ele não ficaria. Ela também não. Eles precisavam alcançar algo novo, melhor. E trabalhar visando a um objetivo comum – será que aquilo não reconstruiria o casamento deles?

Jason queria provar que ela podia confiar nele. Ela queria provar que estava disposta a isso. Havia *muitas* boas razões para se arriscar.

Libby respirou fundo.

– Quanto o Marek calcula que vai custar?

Jason não respondeu. Olhou para os carros estacionados ao lado dos arbustos de rododendros e mordeu o lábio. Ele fazia isso quando não queria dizer alguma coisa; era um tique que Libby tinha aprendido a identificar em festas. Ele quase nunca havia feito aquilo com ela.

– Quanto, Jason?

– Sempre dissemos que, se fôssemos fazer isso, deveríamos fazer do jeito certo. – Ele falava devagar. – Se temos um projeto, para algo que é nosso...

– Então devemos ir com tudo. – A respiração de Libby acelerou. – Seria uma falsa economia deixar metade do hotel realmente bacana e o restante em mau estado... as pessoas notariam. E nós vamos recuperar o dinheiro investido quando estivermos com o hotel cheio.

– Com certeza. Quando seu incrível site atrair muita gente. – Ele deslizou os braços ao redor da cintura dela. – E seus incríveis cafés da manhã. E seus quartos luxuosos. E você na recepção, fazendo com que todos se sintam especiais.

Os inconvenientes da tarefa à frente espreitavam sob a euforia: o quanto ainda haveria para fazer, depois que Marek terminasse e fosse embora. O hotel ficaria fabuloso, mas *eles* teriam que administrá-lo, cada toalha dobrada, cada ideia de promoção, cada sorriso para um novo hóspede mesmo estando exaustos. Aquelas críticas cruéis no TripAdvisor seriam sobre *ela*.

– O que foi? – Jason se afastou para olhá-la com atenção. – Você parece assustada. Você não vai fazer tudo sozinha, eu vou ajudar.

– Ah, mas isso com certeza. Não, eu só acabei de me dar conta do que temos à nossa frente. Eu nunca fiz uma coisa assim, em que tudo é tão... – Ela procurou as palavras certas, querendo soar realista, não pessimista. – Em que tudo o que fazemos está tão exposto e evidente. Se nos saímos bem, se nos esforçamos o suficiente... Não tem como esconder nada disso. Sempre fui mais uma pessoa dos bastidores.

Jason ergueu o queixo da esposa para que ela pudesse ver seu rosto. Seus olhos estavam brilhantes e ele parecia motivado pela primeira vez em meses.

– Mas é isso que eu *quero*, Libby. Passei os últimos dez anos movimentando um dinheiro que nunca via, negociando coisas que nem existiam. Isso aqui é real. Será algo que vamos poder olhar e pensar: "nós fizemos isso". Quando todos os nossos hóspedes estiverem saindo daqui em êxtase porque temos as melhores camas do condado, ou quando alguém vier de Londres e fizer uma reserva para voltar porque terá sido a melhor experiência que eles já tiveram... *nós* teremos feito isso tudo.

– Eu sei – disse ela.

– E *vou* fazer isso funcionar, Libby – disse ele, resoluto. – Prometo. Essa vai ser a melhor coisa que poderia ter acontecido pra nós dois.

Ele parecia tão esperançoso que Libby esqueceu as perguntas que tinha sobre finanças, hipoteca, funcionários. Jason tinha perdido muitas coisas quando foi demitido, mas o que ela mais sentia falta era de seu senso de propósito, aquele entusiasmo que ela admirava tanto nele quando se conheceram. Agora que ele parecia mais o Jason de sempre, Libby sentia que também tinha mais nitidez e segurança. Ela odiava importuná-lo, repreendendo-o sobre as escalas de serviço; isso lembrava a ambos os dias que se seguiram à demissão, quando ela literalmente precisava forçá-lo a se levantar pela manhã.

– Sim – disse ela, abraçando o pescoço dele. – Um dia vamos nos lembrar deste momento, quando teve início o império dos hotéis butique dos Corcorans.

Ele sorriu.

– Maravilha. Agora só precisamos contar para a minha mãe.

Libby tentou dar um toque aconchegante à reunião no escritório bagunçado levando bolo e chá, mas Margaret se sentou à mesa pesada como se estivesse diante de um pelotão de fuzilamento. Bob estava deitado a seus pés, ocasionalmente farejando o ar caso algum farelo do bolo chegasse ao chão.

Jason fez um resumo do projeto revisado da obra e Libby mostrou a ela as referências que reunira, os catálogos com sugestões de banheiros que Marek havia deixado para eles escolherem, e as cores de que haviam gostado; tudo foi recebido com um leve sorriso e um murmúrio – "Adorável".

A principal mudança nos planos, explicou Jason, era que eles fariam novos banheiros, em vez de repintar os que já existiam.

– Mas eu não vejo por que fazer isso – protestou Margaret. – O que há de errado com os que temos agora?

– Não tem nada de errado, mas eles precisam ser modernizados – disse Libby, com tato. – Hóspedes gostam de um pouco de luxo... banheiras brancas, torneiras bonitas e brilhantes, um chuveiro potente.

Margaret olhou para Jason em busca de apoio.

– Desde que tudo esteja limpo, o que importa se os banheiros estão na moda ou não?

– Eles precisam ser modernizados, mãe – afirmou ele. – Eu li alguns comentários no livro de visitas sobre manchas nas banheiras e, quando Libby conversou com Dawn, ela disse que *não conseguiam* deixá-las mais limpas do que estavam.

– Então precisamos procurar produtos de limpeza melhores. – Margaret cerrou a mandíbula. – Essas banheiras são top de linha… foram caríssimas.

– Sim, claro. Mas quando, em 1983? Isso tem mais de trinta anos.

– Não, foi em… É. Acho que foi isso mesmo. – Ela parou, reflexiva. – Trinta anos. Caramba.

Jason aproveitou a distração dela para continuar:

– A questão, mãe, é que os hóspedes esperam coisas diferentes agora, e precisamos de novos clientes. Essa é uma ótima oportunidade de ter alguma exposição nacional. Isso nos dá um objetivo para alcançar.

– Não gosto da insinuação de que o que temos atualmente está *abaixo* das expectativas das pessoas. – O queixo de Margaret se elevou, para surpresa de Libby. Ela não tinha presenciado Margaret se posicionar de forma tão dura contra a decoração antes. – Eu entendo que as coisas não estão à altura… dos padrões de Londres, mas tem anos que vamos muito bem, do nosso jeito, *sem ambições…*

– Ah, mãe, não foi uma crítica. – Jason se deteve e Libby percebeu que ele murchou, o entusiasmo de antes se dissipando sob o olhar reprovador da mãe.

– Claro que não é uma crítica. O que o Jason quer dizer – acrescentou Libby rapidamente – é que você sempre disse que o hotel precisa de um carinho a mais, e essa é uma boa oportunidade de gastar dinheiro *uma vez* e resolver tudo. Decoração, consertos, manutenção… o Marek pode resolver tudo de uma vez só. Parece muita coisa, mas, na verdade, depois que você vir, vai ser como… – Ela tentou encontrar uma boa comparação, porque, na verdade, ela *queria* realizar uma grande mudança. Libby queria que o lugar ficasse irreconhecível, começando pela cabeça do veado sarnento. – Vai ser como quando você compra óculos novos e leva um dia ou dois para se acostumar com eles – disse ela. – E então você se pergunta por que não escolheu esse modelo anos atrás.

Houve uma longa pausa. Ela sentiu a pressão do pé de Jason cutucando seu tornozelo debaixo da mesa, um silencioso "Obrigado".

Por fim, a rebeldia de Margaret se dissipou.

– Bom, é claro que vocês já pensaram muito sobre esse projeto. Não há realmente muita coisa que eu possa acrescentar. Tenho certeza de que vocês sabem o que estão fazendo.

– Mas nós *queremos* a sua opinião, Margaret – insistiu Libby. – O hotel é seu também.

Um pouco tarde demais, ela se perguntou se aquele "também" tinha sido um erro. Margaret soltou o ar longamente pelas narinas. *Putz*, pensou Libby. *Sim, foi.*

Capítulo 7

Ninguém vem me buscar.

Os olhos de Pippa se abriram. As palavras eram tão claras que por um sonolento milésimo de segundo ela teve a impressão de que alguém as havia soprado em seu ouvido. *Ninguém vem me buscar.* Havia dias aquela verdade avassaladora flutuava em seus pensamentos; ela conseguira escondê-la em meio a outras coisas, mas naquele momento era só isso que passava em sua cabeça. Nenhum sonho. Nenhuma memória à deriva, fora de foco, saindo de fininho. Apenas um medo gelado, do qual não podia se defender.

Ninguém vem me buscar. Eu não tenho nome. Não tenho casa. Não tenho para onde ir, nem por onde começar.

A cabeça de Pippa foi inundada por ruído branco, que a prendeu na cama e fez seu coração espancar dolorosamente o peito que ficava cada vez mais apertado, enquanto sua mente corria de um lado para outro feito um rato desesperado preso em uma armadilha. Ela olhou para o teto, tentando dar conta da rotina de explorar a memória em busca de novos fragmentos, mas o medo bloqueou todos os seus pensamentos. Sete dias. Sete dias e ninguém havia sentido sua falta. Certo, então não havia um namorado morto de preocupação. Tudo bem. Ela poderia estar solteira, entre um relacionamento e outro. Mas não tinha família? Nenhum colega de trabalho? Alguém com quem dividisse o apartamento? Ninguém?

Aquilo deixou Pippa profundamente assustada. *Quem era ela?* Não *sentia* que era uma pessoa reclusa, indesejada nem impopular de algum jeito estranho. Ela se dava bem com as enfermeiras, e até deu boas risadas com Libby Corcoran – Libby, uma completa desconhecida que já tinha ido vê-la duas vezes, e passado mais de uma hora lá com ela em cada uma. Onde estavam seus amigos? Será que ela era uma pessoa tímida fora daquele quarto? Ou tivera uma briga épica com todo mundo que conhecia? Havia abandonado alguém? Tinha acabado de sair da prisão? Fugiu com o marido de alguém? Era por isso que estava indo para um hotel – havia saído de casa?

Ela olhou para a faixa brilhante de luz do sol ao redor das cortinas, enquanto o som das portas vaivém anunciava a chegada do primeiro turno, e o ruído familiar fez seu pânico diminuir um pouco. Talvez prisão fosse um pouco demais. E ela não se *sentia* uma criminosa, nem uma adúltera. Mas quem sabe? Era difícil dar conta de tantas possibilidades. Ela poderia literalmente ser qualquer coisa. Sem um passado, sem memórias, como era possível alguém saber quem era? As revistas que Libby tinha deixado estavam cheias de matérias que encorajavam as leitoras a começar de novo – "Reinvente seu guarda-roupa!", "Transforme sua história de amor!" –, mas isso tudo só é divertido quando se sabe *de que ponto* parte a mudança. Pippa se sentiu enjoada.

As enfermeiras haviam sugerido diversos motivos pelos quais ninguém tinha vindo procurá-la, todos muito plausíveis, mas que mesmo assim não eram tão reconfortantes quanto elas provavelmente esperavam.

"Ah, eles devem estar viajando" era o favorito de Bernie. Ela adorava folgas, férias – Pippa anotou em seu caderno –, monitorava o tempo livre de todos como um falcão. "Vão aparecer aqui bronzeados, trazendo presentes para você e se sentindo mal por terem passado todo esse tempo sob o sol!"

Karen, a outra enfermeira do turno da manhã, morava sozinha, a quilômetros de sua família na Escócia, então sua teoria era de que Pippa provavelmente tinha um estilo de vida independente e invejável, do qual não deveria se envergonhar.

– Eu passaria um mês no hospital até que alguém da minha família se desse conta de que eu havia sumido – disse ela, socando os travesseiros com força enquanto os ajeitava atrás das costelas doloridas de Pippa. – Só iam sentir minha falta no Natal. E aqui eles só comunicariam o meu desaparecimento se a equipe estivesse desfalcada.

Era gentil da parte delas serem tão rápidas com as explicações, pensava Pippa, mas e se ela realmente fosse uma pessoa tão sem amigos quanto parecia? Teria que encarar esse fato quando sua memória voltasse. Quando o sol da manhã ficou mais forte do lado de fora, ela finalmente se permitiu mergulhar no pensamento que de fato estava tentando ignorar. A cada aferição satisfatória de sua pressão arterial, a cada redução de seus remédios para dor, a cada conversa inconclusiva com o especialista em traumatismo craniano, que dizia que ela estava perfeitamente bem, sem contar a perda de memória, ela chegava cada vez mais perto do recomeço.

Para onde iria quando lhe dessem alta, se ela nem sabia quem era?

Pippa se recostou nos travesseiros e fechou os olhos com força, desejando que a manhã parasse. Queria cair novamente em sono profundo e acordar com todas as suas memórias recuperadas.

Na hora do almoço, a escocesa Karen enfiou a cabeça pela porta.

– Você tem visita. – Ela sorriu encorajadoramente e Pippa torceu para que fosse Libby, mas não era.

A mulher atrás de Karen não era alguém que ela reconhecia, mas parecia uma pessoa agradável: uma mulher de meia-idade em um vestido florido de verão, com uma jaqueta azul-marinho de manga curta por cima e sandálias confortáveis que sugeriam que ela passava a maior parte do dia de pé. Seu cabelo era loiro e ralo, puxado para trás em um pequeno coque que revelava os lóbulos de suas orelhas, com uma argola de ouro de cada lado.

Pippa examinou seu rosto em busca de algum traço familiar – aqueles olhos pareciam com os dela? Quem sabe era uma tia? Uma velha amiga? A proprietária do apartamento onde morava? Ela ficou surpresa ao sentir um lampejo de nervosismo, não de alívio.

– Olá... Pippa – disse ela, e, quando a mulher cerrou os olhos em direção à pasta para verificar suas informações, o coração de Pippa apertou também.

A mulher não sabia quem era ela. Era outra desconhecida, sendo legal porque *era* legal, e também porque aquele era seu trabalho.

Pippa esboçou um sorriso esperançoso.

– Olá.

– Meu nome é Márcia e sou do serviço social – explicou ela, sentando-se na cadeira ao lado da cama, sem pedir licença. – A polícia me passou o seu caso, já que você não é uma pessoa desaparecida e não existe nenhum registro do seu DNA no sistema deles. – Ela fez uma pausa e sorriu. – O que é uma boa coisa!

Enquanto falava, Márcia abriu a pasta sobre o joelho; era fina e tinha apenas alguns pedaços de papel dentro.

Isso sou eu?, pensou Pippa. *Só aquilo? Mas é claro. Estou começando do zero. Tenho apenas sete dias de vida.*

– Serviço social? – repetiu ela.

Márcia viu o pânico no rosto dela e a tranquilizou.

– Dada a natureza do ferimento que você teve na cabeça, alguém precisa ficar de olho em você depois que receber alta da equipe médica. Normalmente, o hospital liberaria você para um membro da família, mas, como isso não vai ser possível até que você recupere a memória e a gente *encontre* um familiar seu, o caso passa para a competência do serviço social.

– Ah – disse Pippa com uma voz fraca.

– Com certeza é só uma medida temporária – afirmou Karen. – Você pode melhorar hoje à tarde, e nesse caso...

Elas deixaram aquela ideia pairar no ar. E se ela não melhorasse?

– Vou deixar vocês aí. – Karen foi em direção à porta. – Se precisar de mim, é só apertar a campainha.

– Bem... – Márcia destampou a caneta e olhou para o relógio.

Pippa notou que ela nem sequer tinha tirado a jaqueta. Aquela obviamente não seria uma visita longa.

– Fui informada pelo seu médico de que, na opinião dele, você está fisicamente pronta para receber alta. Ele quer que você mantenha contato regularmente até recuperar totalmente a memória, mas isso pode ser feito por meio de consultas. Você vai receber uma pasta com todas as informações.

– Eu não posso ficar aqui? – perguntou Pippa. Sua voz parecia mais desesperada do que ela gostaria.

Márcia fez uma rápida e simpática cara de "Não, sinto muito".

– Infelizmente, não. Como você pode imaginar, há muita pressão para que o leito seja liberado. Aqui e na ala psiquiátrica.

Na ala psiquiátrica. Ela se encolheu.

– Claro, claro.

– Então, o que eu vou fazer – prosseguiu Márcia, pegando um panfleto e circulando alguns números de telefone – é te passar o nosso protocolo de alta para pessoas desabrigadas...

– Eu não sou sem-teto! – interrompeu Pippa, chocada.

Para todos os efeitos, ela era. Onde ficava sua casa? Ela não sabia. E, de qualquer maneira, só porque uma pessoa não se *sentia* sem-teto isso não significava que não poderia ser. Ela podia ser qualquer coisa. Sem-teto. Divorciada. Mãe. Que buraco ela havia deixado na vida de alguém? Ou não tinha deixado nenhum?

Todas aquelas perguntas sem respostas invadiram sua mente mais uma vez, e uma sensação esmagadora de estar à mercê de completos desconhecidos embrulhou seu estômago. Ela tossiu e engasgou ao mesmo tempo.

Márcia pegou a água ao lado da cama, preocupada.

– Você precisa de uma pausa? Gostaria que eu chamasse a enfermeira?

– Desculpa. – Pippa tentou se recompor. – É só... Desculpa, pode continuar.

– Eu consegui um quarto para você em um alojamento de emergência em um abrigo para mulheres próximo a Hartley. É um arranjo temporário porque, como eu disse, estamos precisando de espaço agora, mas o Dr. Reynolds parece confiante de que não deve demorar mais do que alguns dias para sua memória voltar, então você não vai passar muito tempo lá.

Abrigo. A palavra evocava imagens de viciados em drogas, mulheres assustadas se escondendo de parceiros abusivos, portas trancadas, pessoas chorando à noite. Pessoas perdidas.

– Não é tão ruim quanto parece. – Márcia a tranquilizou. – Você teria contato com outras pessoas no dia a dia. Para o caso de a sua condição médica mudar repentinamente.

Houve um barulho perto da porta e as duas ergueram os olhos, esperando ver um dos médicos com um bando de estudantes de medicina (Pippa era uma espécie de atração para os neurologistas) ou uma faxineira. Mas na porta, em sua jaqueta preta, estava Libby. E estava praticamente saltitante, tentando se conter.

– Desculpa interromper – disse ela –, mas você não vai mandar a Pippa sozinha para algum lugar, vai?

Pippa sentiu uma onda de alívio ao ver o rosto de Libby. A jaqueta lisa, arregaçada até os cotovelos. A enorme bolsa cor de ameixa. Ela se agarrava a cada pequena coisa que lhe fosse familiar como se aquilo pudesse ancorá-la.

– Você é da família? – Márcia pareceu esperançosa.

– Hmm, não...

– A Libby foi testemunha do acidente – disse Pippa depressa. – Ela tem vindo me visitar.

Será que ela poderia pedir abrigo para Libby? Seria demais? Será que aquilo extrapolaria a bondade?

Libby deu um passo confiante para dentro do quarto e se sentou na cadeira extra com um sorriso, ignorando a maneira desconfiada como Márcia cobriu a papelada referente ao caso de Pippa.

– Eu sei que isso não é comum, mas este é um conjunto nada comum de circunstâncias… – Pippa notou que o sotaque de Libby de repente se tornou mais londrino, mais seguro, como se ela estivesse acostumada a convencer as pessoas e chegar a acordos. – Gostaria de sugerir que a Pippa ficasse no nosso hotel, desde que seja um acordo de curto prazo. Ela estava indo para lá no momento do acidente. Pode ser que algo a respeito do local traga alguma lembrança. Não estamos cheios, e em vez de ela ir para um abrigo…

Ela olhou para Pippa, e Pippa percebeu pelos olhos dela que a palavra "abrigo" tinha lhe dado o mesmo calafrio.

– É uma opção – afirmou Márcia. – Embora, obviamente, não haja fundos para cobrir os custos do hotel…

– Isso não é problema – disse Libby com firmeza. – E a minha sogra faz parte da comissão de voluntários do hospital há anos, então podemos providenciar transporte para as consultas também. Ela vem ao hospital algumas vezes por semana. Assim como eu. Com nosso cão, que participa do projeto de Terapia Assistida por Animais. Talvez você conheça ela. Margaret Corcoran.

O rosto de Márcia se iluminou.

– Você é a dona do Bob?

Pippa achava que jamais havia sido tão grata a alguém na vida. Aquilo fez até com que ela se sentisse um pouco infantil. A sensação de ter sido salva de uma queda assustadora, arrebatada no último minuto por alguém em um trapézio, a deixou tonta de alívio.

– Nesse caso… se você tem certeza de que não tem problema… – Os ombros de Márcia se ergueram com o ar de alguém cuja carga de trabalho havia acabado de cair pela metade.

– De jeito nenhum. É o que gostaria que alguém fizesse por mim – respondeu Libby. – Se eu levasse uma pancada na cabeça e não soubesse meu nome, nem onde estava, gostaria que alguém tivesse o mínimo de decência para cuidar de mim até eu me situar.

– Essa é uma atitude muito nobre. Você tem dez minutinhos? Vou precisar dar entrada na papelada – disse Márcia.

Pippa podia ver sua caneta se movendo pela página, e entendeu que a assistente social já estava pensando no próximo sem-teto desconhecido, no leito recém-liberado. Ela olhou para Libby e murmurou:

– Obrigada.

– Imagina – murmurou Libby de volta, e abriu um sorriso generoso e despreocupado.

– Jason, sou eu. Escuta, eu preciso falar com você sobre uma coisa. É rápido.

Libby olhou ao redor do saguão, mas não havia sinal de Margaret nem de Lorde Bob. Avaliou que seria capaz de sentir o cheiro do cão antes de ele aparecer, ou perceber sua chegada a partir da onda de adoração pública vinda de longe. E ela queria tratar do assunto com Jason antes de dar a notícia para Margaret, só para ter certeza de que ficaria tudo bem.

– Se você está ligando para falar sobre o Marek – disse ele –, eu tenho boas notícias...

– Eu não estou ligando por causa do Marek. – Libby fez malabarismos com os fatos em sua cabeça, tentando descobrir a melhor forma de explicá-los, mas percebeu que não havia um jeito certo ou errado. Era o que era. O que mais deveria ser feito? – É a Pippa – disse ela. – O hospital quer liberá-la, mas eles não têm como mandá-la para casa porque ela ainda não sabe onde mora. E ninguém veio buscá-la. Eu cheguei bem na hora em que a assistente social ia mandá-la para um *abrigo*.

Fez-se um silêncio do outro lado. Libby achou que estava ouvindo o clique de um mouse. Será que Jason estava navegando na internet enquanto falava com ela?

– Para um *abrigo*, Jason – repetiu ela, caso não tivesse ficado claro. – Para onde o serviço social manda mulheres espancadas fugindo de seus parceiros, viciados em drogas e todo esse tipo de gente.

– Eu sei o que é um abrigo – disse ele suavemente. – E, só pra constar, não sei se Longhampton é exatamente um poço de violência doméstica e de viciados em crack, mas prossiga.

– Prossiga? Bem, o que você acha que eu fiz?

– Você falou que ela podia vir pra cá.

– Claro. Ela não conhece mais ninguém. A expressão no rosto dela quando eu disse que ela podia ficar... – Libby mordeu o lábio, pensando naquilo.

De alguma maneira, o alívio indisfarçável de Pippa tornou tudo muito mais real, a absoluta sensação de desamparo de se ter que confiar no que as pessoas dizem porque no fundo não há opção. Pippa foi a primeira pessoa com quem ela de fato se conectou em Longhampton, mas, mesmo que isso não tivesse acontecido, ainda assim ela ia querer ajudar, certo?

– Bom, acho que devemos uma cama a ela, já que estava vindo pra cá – disse ele. – Dá pra saber quanto tempo isso deve durar?

– O quê, a amnésia? Não muito, espero. Mas os médicos querem que ela fique perto de outras pessoas, o que, mais uma vez, é ideal, porque passamos o dia todo aí.

– E você tem certeza de que ela não é uma dessas vigaristas que não vão embora nunca mais?

– O quê? – Libby percebeu que, sem se dar conta, tinha caminhado em direção à Árvore da Gentileza. Uma rápida olhada ao longo de seus galhos a lembrou de que hospedar uma pessoa necessitada por algumas noites não era muita coisa, nem de longe. Havia dois novos pássaros agradecendo aos voluntários por doarem medula óssea a uma criança e por lerem *Um conto de duas cidades* para a mãe de alguém em seu leito de morte. Ela sentiu um nó na garganta. – Jason, ela está com amnésia e fraturou as costelas! Seria ir um pouco longe demais só para passar umas noites grátis num hotel.

– Eu não quis dizer...

– E espaço não está faltando. Se é com o dinheiro que você está preocupado, aposto que ela vai ficar feliz em resolver isso assim que recuperar a memória. – Libby nem se importava com aquilo, mas algo a incitou a dizer. – Ou podemos mandar a fatura para o serviço social – acrescentou. – Mas eles provavelmente não vão deixar uma avaliação no TripAdvisor.

Por que ele estava sendo tão cruel? Jason não costumava ser daquele jeito, pensou. Normalmente ele teria se oferecido para ir de carro até lá e buscá-las antes que Libby pedisse.

– Você está bem? – perguntou ela. – Você parece mal-humorado. A máquina de Nespresso está quebrada?

– Eu só... – Ela ouviu um gemido e pôde imaginá-lo passando a mão pelo cabelo. – Desculpa, eu estava olhando as contas. O Marek vai mandar uma equipe para começar os trabalhos na segunda-feira, mas ele precisa de uma entrada até o final do dia e eu estou tentando ver o que consigo fazer. A conta não fecha, a menos que eu... – O telefone da recepção começou a tocar, um repique estridente e antiquado. – Ai, meu Deus, eu odeio esse telefone maldito – resmungou Jason, e ele *de fato* não soava como ele mesmo.

– Vai lá atender – disse ela. – Logo, logo eu volto... preciso pegar algumas roupas pra Pippa. Ela só tem o que estava vestindo quando chegou.

– Você já contou pra minha mãe?

– Ainda não. Estou esperando o Lorde Bob terminar a apresentação de hoje à tarde.

Enquanto falava, Libby ouviu o ruído de garras deslizando no piso do corredor, e Margaret e Lorde Bob apareceram ao longe. Bob desfilava, as bochechas balançando adoravelmente, e o traseiro em formato de maçã sacudindo de um lado para outro. Uma enfermeira estava claramente encantada, inclinando a cabeça para compensar a diferença de altura de um metro e meio entre eles.

Libby observou enquanto eles se aproximavam e começou a reunir suas sacolas.

– Ela chegou. Até daqui a pouco – disse, e desligou.

Margaret não precisou ser convencida de hospedar Pippa por alguns dias. Na verdade, ela pareceu surpresa por Libby sentir que deveria lhe pedir permissão.

– Mas é claro que ela deve ficar com a gente – respondeu antes que Libby chegasse à explicação sobre o abrigo. – Que pergunta! Aquela pobre coitada, sozinha. Horrível. *Horrível!* Espero que você tenha dito "sim" imediatamente.

– Sim, foi o que eu fiz.

Libby deu uma olhada nos retrovisores antes de sair do estacionamento e deu um pulo, como sempre fazia, ao ver a cabeça de Lorde Bob aparecendo no vão entre os bancos traseiros e o porta-malas. Sua língua estava pendurada e ele estava ofegante com o esforço de passar uma hora entretendo as pessoas. Se ele fosse um astro do rock, pensou Libby, teria uma toalha branca e úmida enrolada no pescoço grosso. E óculos escuros, possivelmente. O cachorro estava compensando o tempo perdido liberando toda a flatulência que segurou enquanto os pacientes acariciavam suas orelhas aveludadas.

– Eu andei pensando nela, imaginando por que ela estava indo para o hotel – continuou Margaret, soando mais como ela mesma, como havia muito não acontecia, agora que tinha algo para organizar. *Alguém* para organizar. – E, claro, ela deve ficar conosco até recuperar a memória. Donald não pensaria duas vezes. Precisamos cuidar dela. Você pegou os documentos da alta? E as consultas?

Libby olhou enviesado para Margaret, sob o pretexto de sair do estacionamento do hospital.

– Sim – disse ela. – Estou feliz que não seja um problema. Estava torcendo para que você não achasse uma intrusão.

As mãos de Margaret – que Libby usava como uma espécie de barômetro visual – pararam de se mover em seu colo.

– Às vezes é bom lembrar que há pessoas em uma situação pior do que a nossa. Só porque eu ainda... ainda sinto muita falta do Donald, isso não significa que eu não possa me compadecer com os problemas de outras pessoas.

– Claro que não! – Mas, na verdade, era exatamente isso que Libby vinha pensando. Ela ficou vermelha.

Margaret olhava para a frente, para as paisagens de Longhampton passando diante delas.

– De todo modo, isso vai me manter ocupada enquanto vocês estiverem lidando com o pessoal da obra. Deveríamos colocá-la no quarto de hóspedes... vai ser mais silencioso lá. Longe de toda a confusão.

– Bem, você é a melhor enfermeira que eu já tive – elogiou Libby. – Eu não queria ir embora nunca mais quando você cuidou de mim e da minha perna quebrada.

Duas semanas de repouso no quarto de hóspedes e sopa de tomate suficiente para encher uma banheira. Sua própria mãe jamais teria cuidado tão bem de Libby, nem permitido que ela tivesse um sino ao lado da cama para tocar quando precisasse de algo.

Talvez aquilo fosse uma coisa boa, pensou ela. Alguém com quem Margaret poderia se preocupar, além de Jason ou Bob.

– Devo admitir que estou bastante intrigada com esse mistério. – Margaret se recostou no banco. – Algumas pessoas me perguntaram sobre o acidente... se a gente sabe o que aconteceu. Ah, olha lá, Norman Jeffreys. Olá! – Ela se inclinou para a frente e acenou de volta para alguém indo em direção ao estacionamento, empurrando um homem idoso em uma cadeira de rodas. – Olá! – Ela suspirou. – Coitadinho. Não, aparentemente era o sobrinho da Veronica Parker que estava dirigindo o Mini. Callum. Parece que ele já foi pego dirigindo perigosamente, e a esposa já o largou duas vezes. Não que a gente tenha mencionado qualquer coisa no grupo de mães da igreja, mas nos preocupamos com a Veronica. Você conheceu Veronica?

– Hmm, Veronica, a bibliotecária? – Libby tentou lembrar quem era Veronica Parker e onde ela se encaixava no complexo quadro social de Margaret. Mesmo em Londres, nunca lhe havia passado pela cabeça que era possível julgar as pessoas pelo que elas cultivavam em seus jardins. (Rosas: boas. Lírios-tocha: ruins. Gnomos: além da conta.)

– Não! Essa é a Wanessa. Veronica era aquela que tocava órgão na igreja e que foi *convidada a se retirar.*

– É possível a gente manter algum segredo neste lugar? – perguntou Libby, meio que de brincadeira.

– Na verdade, não. – Margaret acenou para outra pessoa indo em direção ao hospital. – A vigária – acrescentou ela, antes que Libby pudesse perguntar. – Reverenda Jackie. Uma senhora muito simpática. Você viu como uma pessoa anônima (Janet Harvey, acredito eu) agradeceu à reverenda na Árvore por ficar com o gato dela quando precisou ir para o asilo? Coração de ouro.

Libby murmurou, concordando com ela, e virou na rua principal em direção ao hotel. Ela nem sequer precisava que seu ato de bondade fosse pendurado na Árvore: estaria por toda a cidade antes que a pobre Pippa passasse pela porta deles. Junto com a misteriosa situação da coitada, sem dúvida.

Capítulo 8

A residência dos Corcorans tinha dois quartos vagos: o antigo quarto de Luke no sótão e o quarto de hóspedes oficial, onde Libby havia se recuperado da perna quebrada enquanto devorava as obras de Georgette Heyer que faziam parte da biblioteca de Margaret. Apesar de ser minúsculo, conseguia abrigar uma cama de casal, uma cômoda, acima dela um pequeno espelho com moldura, um guarda-roupa e um cabideiro, tudo feito em pinho, bem como uma vasta coleção de pinturas de veados das Terras Altas. Toda vez que Libby entrava no quarto de hóspedes, sentia um desejo urgente de pintar tudo de branco. E de tomar sopa de tomate.

Jason era indiferente ao pinho e não parecia se importar que o quarto deles – o quarto *dele* – fosse exatamente o mesmo desde o dia em que o deixou, incluindo os pôsteres de futebol. Libby tinha quase certeza de que dentro da cômoda que Margaret esvaziara antes de eles chegarem ainda estavam suas cuecas organizadas em fileiras azuis e brancas.

– Com certeza ela estaria melhor no sótão do que aqui – disse Libby em voz baixa enquanto Jason tirava a velha capa de edredom e ela, as fronhas. – Vai acordar todo dia achando que está no Mundo do Pinho.

– Não dá pra colocar uma hóspede no sótão. – Ele sacudiu as fronhas do pacote que Margaret havia lhe entregado (roupa de cama em linho branco liso, amarrada com uma fita vermelha indicando que era um conjunto de casal; os de solteiro eram amarelos, os azuis, *king size*). – Está cheio de lixo.

Libby parou por um segundo, com as mãos nos quadris.

– Por que o seu quarto foi preservado criogenicamente em seu estado original, mas o sótão que era do Luke agora é um depósito para um monte de tralhas?

– Porque às vezes eu vinha pra casa, e o Luke, não – retrucou Jason. – E tem muita tralha para guardar, como você deve ter notado. – Ele terminou de forrar os travesseiros e jogou um edredom limpo sobre a cama. – O edredom, vamos!

Eles começaram a esticar as pontas do edredom com uma velocidade que só a prática traz; Libby sempre gostava quando eles arrumavam a cama. Era uma tarefa que ela odiara por anos, então Jason a desafiava a ver o quão rapidamente eram capazes de concluí-la, como mecânicos de Fórmula 1 durante um pit stop; agora, centenas de edredons depois, eles tinham um ritmo próprio, para a frente e para trás, sacudindo e esticando. Era ótimo trabalhar em equipe, e ver a concentração no rosto de Jason fazia Libby sentir vontade de rir e beijá-lo ao mesmo tempo.

Libby nunca tinha contado a nenhum de seus amigos de Londres sobre a rotina do edredom, nem mesmo a Erin. Sabia o quanto *ela mesma* reviraria os olhos se alguém lhe dissesse que havia transformado a arrumação da cama em uma coisa de casal. Era absurdamente meloso. Mas era fofo. Libby temia que os hábitos fofos e melosos que ela e Jason tinham criado desaparecessem quando as coisas desmoronassem; aquilo tinha mais significado para ela do que Libby era capaz de expressar.

Ela prendeu a pontinha do edredom no canto da cama, puxou-o para baixo no mesmo compasso de Jason, e em seguida ergueu os olhos e viu que ele sorria triunfantemente para ela.

– Você está ficando devagar – provocou ele.

– Seus braços são mais compridos.

– Não, eu só tenho um dom natural – respondeu ele, alegremente. – Além disso, papai nos dava uma moeda de cinquenta centavos a cada edredom que eu e Luke trocássemos quando ele estava responsável por cuidar da roupa suja. A gente trabalha rápido quando há quatro libras em jogo.

– Você nunca me contou isso.

– Eu tinha esquecido até voltar para cá. Correu tudo bem até que mamãe descobriu. A partir daí ela passou a pagar uma quantia fixa. – Ele franziu o nariz, lembrando. – Ela disse que queria que fosse um valor justo, mas acho que pensava que Luke era mais rápido que eu. Não era

– acrescentou. – Mas ele costumava levar todo o meu dinheiro no pôquer depois. Safado.

Libby alisou a cama e se endireitou.

– Qual é o *problema* da sua mãe com o Luke? – perguntou ela. – Eu mencionei o tal prêmio outro dia e ela conseguiu entrar num papo sobre ele e Suzanne. Tipo, eu entendo que ele é um cara difícil, mas o que ele fez de fato? Ateou fogo na casinha de cachorro?

Jason passou a mão pelo cabelo grosso.

– Nada parecido com isso. Acho que a questão era papai. Mamãe culpa Luke pela pressão alta do meu pai.

– Sério? Mas quando foi que ele saiu de casa? Quase vinte anos atrás?

– É, eu sei... isso não tem nada a ver com Luke. Papai trabalhava dezesseis horas por dia para manter este lugar funcionando, não abria mão do queijinho dele, nunca fez atividade física... era por isso que ele tinha pressão alta. Mamãe só não quer aceitar que seja esse o motivo.

– Certo, mas o que ele *fez*?

Libby não gostava de forçar Jason a falar sobre assuntos incômodos (ela sabia que a morte de Donald o afetara muito, embora ele tivesse insistido que "O papai ia querer que fôssemos fortes pela mamãe, e não que ficássemos sentados por aí lamentando"), mas, agora que morava na casa deles, ela estava começando a se sentir desconfortável com o fato de não saber algumas coisas a respeito da família do marido.

– Eu preciso saber, Jase – continuou ela. – Fico com medo de falar alguma besteira na frente da sua mãe. Eu não quero aborrecê-la, principalmente não com... você sabe.

Ele suspirou.

– Luke não era má pessoa, mas tinha uns amigos meio esquisitos. Nada sério... brigavam de vez em quando, davam cobertura para os caras mais velhos. Atearam fogo em algumas coisas. Ele colocou papai em algumas situações constrangedoras quando a gente era garoto. Papai trabalhou na prefeitura, presidiu vários comitês de caridade, foi juiz leigo... Luke não dava a mínima. Chegou num ponto em que papai não conseguiu livrar a cara dele de uma acusação, e foi quando ele se alistou no Exército.

– Mas depois que Luke entrou para o Exército ele se ajeitou, não foi?

Libby tentava juntar as peças a partir do Luke que havia conhecido:

voz tranquila, olhos atentos, ossos bem-marcados, rodeado por uma energia de quem foi profundamente ferido. Como Margaret, o que era no mínimo curioso.

– Sim, ele se saiu muito bem. Mas não é sobre isso que as pessoas gostam de fofocar, né? Tipo, "Ah, eu ouvi dizer que Luke Corcoran foi nomeado capitão". É sempre "Ah, quem poderia imaginar que o filho de Donald Corcoran seria preso por dirigir um carro roubado". Longhampton é ótimo, mas não tem muito mais sobre o que falar. Mamãe provavelmente acha que o papai nunca foi eleito prefeito, grão-mestre ou seja lá o que ela acha que ele deveria ter sido, por causa de Luke.

– Donald como prefeito? Ele queria isso?

As lembranças que Libby tinha de Donald eram de sua calma e simpatia, não de suas ambições políticas. Ele havia cortado o peru de Natal em fatias exatamente iguais, enquanto Margaret se ocupava das extravagâncias que envolviam pudins em chamas.

– Não consigo imaginar seu pai envolvido nesse lance todo de dever cívico. Embora eu totalmente consiga imaginar… – Ela parou, sem saber se aquilo sairia da maneira correta.

– Mamãe como prefeita? Sim, eu também. – Jason fez uma cara irônica. – A maior parte do guarda-roupa dela foi planejado para combinar com uma imensa corrente de ouro com uma insígnia.

– Você precisa vê-la no hospital com Bob. Ela sabe o nome de todo mundo, teria sido uma ótima prefeita – disse Libby. – Quer dizer, ela ainda *pode ser*. Ela acabou de fazer 60 anos. Por que não corre atrás disso agora? Será que ela já pensou em se candidatar à prefeitura? Eu sei que ela ainda está se acostumando à ideia de ficar sozinha, mas ela tem muito a oferecer por ser quem é, não só enquanto esposa do Donald. Acho que ela não percebe o quanto as pessoas a admiram por aqui.

Ela não acrescentou "E isso reduziria seu incômodo com o hotel", mas podia ver que Jason já estava pensando nisso também.

– Não… Mamãe é uma mulher antiquada. Acho que ela gostava da ideia de ser ela e papai.

– Eu sei. – Libby viu Jason olhar para baixo, desorientado pela memória, e segurou a mão dele. – Desculpa, Jase. Eu também sinto saudades. – E sentia mesmo: o hotel era diferente sem Donald. Ele não pareceria deslocado em um time de críquete do pré-guerra, com seu cabelo perfeitamente repartido de lado e seu olhar confiante. Um milhão de vezes mais legal do que o pai dela, um manipulador temperamental. – Eu só casei com você porque sabia que você acabaria como seu pai.

– Obrigado. Algo pelo que aspirar, eu acho.

– O que ele achava do Luke?

– Como assim?

– Bem, seu pai nunca fez isso de revirar os olhos e estar sempre com o pé atrás como a sua mãe. Eu nem me lembro dele falando qualquer coisa ruim sobre o Luke.

Jason apertou a mão dela e soltou, reunindo os lençóis usados.

– Não, papai sempre foi muito mais tranquilo com o Luke. Talvez ele considerasse que tudo que o Luke aprontava era "coisa de garoto".

– Ele achava que isso ia passar conforme o Luke fosse crescendo?

– Isso. Quer dizer, parecia um escândalo na época, mas, olhando para trás, era só o comportamento de um adolescente bêbado como qualquer outro. Acho que eles ficavam preocupados com onde isso poderia chegar, não com o que acontecia de fato.

– É compreensível, na verdade, quando você leva em consideração o irmão mais novo perfeito com as melhores notas e seu belo cabelo, atleta do time de rúgbi.

Ela esperava que Jason mordesse a isca, mas isso não aconteceu. Ele olhou fixamente para a cama limpa, como se estivesse reconsiderando a resposta àquele comentário.

– Na verdade, o Luke poderia ter jogado pelo condado, mas... – Jason deu de ombros. – Ele não teve permissão para participar dos testes, porque estava de castigo na escola. E depois ele faltou aos jogos.

– Talvez ele não quisesse ser comparado a você.

– Sei não... Ele era muito melhor do que eu. Eu era só bom. Eu estava em forma. E ia aos treinos. Já o Luke jogava como se não tivesse medo de ninguém. Ele tinha uma técnica incrível para derrubar... especialmente não sendo um cara grande. – Jason levantou a cabeça com um brilho no olhar. – Curiosamente, o Lenhador estava me contando uma história sobre o Luke outro dia. Foi algum jogo do time aqui da cidade uns anos atrás... tipo, o time de Longhampton mesmo, não o da escola. Eles tinham perdido alguns jogadores em uma despedida de solteiro. O Luke estava no bar do clube antes da partida com os amigos dele, e conhecia todo mundo, então Mickey Giles, o capitão, entrou e perguntou se ele calçava 42, de brincadeira. Ele disse que sim, aí Mickey jogou um par de chuteiras para o Luke e perguntou se ele queria ficar no banco para completar o time.

– Daí ele entrou e marcou o *try* da vitória.

– Não só o da vitória, mais dois além desse. – Jason ergueu os ombros, depois relaxou. – Eu nunca tinha ouvido essa história até outro dia. Luke nunca me contou. Mamãe provavelmente nem sabia. Mas é uma história muito boa, né? Calçou as chuteiras e foi jogar. E depois saiu sorrateiramente no meio da noite.

– Na moto dele.

– Ele não tinha uma moto, tinha um Vauxhall Nova.

Eles olharam um para o outro por cima do edredom branco e macio. A cena se desenrolava na imaginação de Libby, uma colagem das fotos de família e das informações que obtinha atualmente a partir da leitura do jornal local às quintas-feiras de manhã, com a intenção de aprender sobre sua nova cidade adotiva. Ela imaginou Luke esguio, uma figura longilínea em um short manchado de lama, os berros vindos do gramado de rúgbi desmazelado ao lado da estação, placas fazendo propaganda de oficinas de carros e ferros-velhos, a camaradagem entre os homens depois do jogo e o falatório. Lucas Corcoran. Um garoto-problema que jogava rúgbi como um homem com o dobro do seu tamanho.

Libby não via Luke desde seu fracassado casamento com Suzanne. Se Jason tinha a boa aparência de um fazendeiro loiro e saudável, Luke era o oposto: mais baixo, com o cabelo mais escuro, bochechas encovadas, bonito de um jeito observador e taciturno. Se Jason tivesse dito a ela que Luke e Suzanne tinham se conhecido nas Forças Especiais, não no Regimento da Mércia, ela não teria ficado surpresa. Talvez eles tivessem.

– Sabe, é estranho – disse Libby. – Estamos casados há quase cinco anos e eu ainda sinto como se não soubesse nada sobre o Luke.

– Bem-vinda à família Corcoran – ironizou Jason, e jogou a roupa de cama usada para ela.

Quando o Dr. Reynolds chegou ao hospital para ver Pippa, já eram quase cinco da tarde e ela estava começando a achar que ele tinha mudado de ideia em relação à alta.

Libby também não tinha voltado, e isso preocupou Pippa ainda mais. Tudo dependia de decisões alheias, o que deixava as coisas muito frágeis; isso fazia seu estômago revirar toda vez que ouvia alguém vindo pelo corredor em direção ao seu quarto. No final, os dois chegaram ao mesmo tempo, Libby com uma sacola de roupas e Jonathan Reynolds com alguns formulários e folhetos, e uma enfermeira carregando uma sacola com os medicamentos prescritos.

– A gente se vê na semana que vem – disse ele, depois de repassar o procedimento da alta e os exercícios que queria que ela fizesse com o intuito de recuperar a memória. Ele bateu nos formulários com a caneta. – As coisas vão se ajeitar, mesmo que você não consiga perceber. É sempre fascinante ver como são diferentes os processos de recuperação dos pacientes. Espero que essas memórias soltas que conseguimos acessar se juntem lentamente com outras ao longo dos próximos dias. Mas, caso você jamais se lembre do acidente, não fique preocupada.

– Fico feliz por ser fascinante – respondeu Pippa –, mas estou ansiosa para ser normal de novo.

– Certamente não vai demorar. – Ele olhou em volta. – Ah, sua amiga está aqui. Muito bom. Vou deixar vocês se ajeitarem.

Assim que ele e a enfermeira saíram, Libby entrou, trazendo uma sacola. Mais uma vez, Pippa achou que a bolsa falava mais sobre Libby do que as roupas dentro dela: era uma sacola grande e amarela da Selfridges, feita de um papel duro que obviamente já havia guardado um par de botas ou uma bolsa enorme. O interessante era que ela a havia guardado, não jogado fora.

– Trouxe algumas coisas pra você – disse ela. – Acho que vestimos mais ou menos o mesmo tamanho.

– Não sei, não. – Pippa riu. – Você é muito mais magra do que eu.

– Você acha? Eu diria que você é menor, isso se for. Temos quase a mesma altura, mas… – Libby não parecia estar sendo modesta demais.

Pippa olhou para os próprios pulsos. Eles eram magros, ossudos. E seus braços também eram mais finos do que sentia que eram em sua cabeça. Ela se sentia maior do que aquilo.

Será que era possível? Era possível que todos aqueles filmes ridículos de Hollywood tivessem um fundo de verdade – perder a consciência e acordar no cérebro de outra pessoa? Às vezes seus sonhos pareciam ser de outra pessoa, mas não enquanto ela os estava tendo, apenas durante o dia, quando eles lhe vinham rapidamente à cabeça. Eram dela e mesmo assim não eram.

Pippa fechou os olhos com força. As coisas definitivamente estavam começando a se mover atrás da cortina escura em sua cabeça, como se seu cérebro estivesse tentando encaixar as peças em seus lugares. Lentamente, uma a uma. E ainda não era nada concreto. Nada a que ela pudesse se apegar.

– Trouxe só umas roupas larguinhas de ioga – prosseguiu Libby –, para não machucar suas costelas. Tem uma regata e uma blusa, e mais outras coisas. – Ela puxou algumas peças em jérsei cinza da sacola e as colocou na cama. – Aqui. Vê se cabe. Está bem quente lá fora. O verão está chegando!

– Tão gentil da sua parte – disse ela, tocando o tecido macio.

Ao puxar a blusa, ela viu que Libby tinha discretamente escondido peças íntimas na roupa dobrada: uma calcinha e uma regata com bojo. Bem pensado.

Libby sorriu, satisfeita.

– Imagina. Mais cedo eu lembrei que a única coisa que me fazia sentir parcialmente humana quando tirei a vesícula era meu pijama de caxemira. Enfim, vou deixar você se trocar e acho que depois podemos ir. Se você estiver pronta, claro.

– Sim, está tudo resolvido. – Pippa apontou para a pilha de papéis em sua mesa de cabeceira.

Elas se entreolharam, conscientes da estranheza da situação.

Por que sinto que posso confiar em Libby?, pensou Pippa. *O que ela tem que me faz relaxar, como se ela me conhecesse? É porque ela parece confiar em mim, seja lá quem eu for?*

Espero que ela possa confiar em você, disse uma voz em sua cabeça, antes de Pippa afastar esse pensamento.

Libby dirigia exatamente como falava: depressa e com entusiasmo, sem se importar com os sinais amarelos.

– ... então, se tudo der certo, os operários vão chegar no início da semana. Vou tentar não fazer muito barulho.

– Por favor, não se preocupe. – Pippa olhava para a paisagem enquanto elas passavam por Longhampton; nada daquilo era familiar. – Eu não quero atrapalhar.

– Você não vai atrapalhar, de verdade. No momento não temos hóspedes suficientes para que ninguém atrapalhe nada.

Elas estavam saindo da cidade, afastando-se de seus tijolos vermelhos e dos bazares de caridade, indo em direção aos campos e às árvores do interior, mas, antes que pudessem ir muito mais longe, Libby ficou quieta e diminuiu a velocidade.

– Você...? – começou ela. – Quer dizer, foi aqui que...

Pippa viu a placa pintada indicando que o hotel Swan estava adiante e percebeu que provavelmente o acidente havia acontecido ali. A curva, a rua larga, as grandes árvores pendendo na via, o muro de pedra à esquerda...

Ela vasculhou seu cérebro em busca de alguma lembrança, mas não havia nada. Nem mesmo um branco preocupante, apenas nada. Sem pronunciar uma palavra, ela balançou a cabeça.

– Provavelmente é uma coisa boa – disse Libby, e acionou a seta para entrar no estacionamento.

O hotel Swan era bom, mas um pouco menor do que Pippa tinha imaginado pela bolsa de Libby, pelo sotaque e por sua aparência de modo geral; era uma casa georgiana de três andares, imponente, coberta de hera, com quatro grandes janelas de guilhotina no térreo, duas de cada lado da porta de entrada.

Não menor, ela se corrigiu ao sair do carro, mas mais caloroso. Mais amigável. Era rústico e aconchegante, em vez do lugar elegante estilo butique londrina que ela achava que seria.

– Está tudo meio bagunçado – continuou Libby, escoltando-a pelo caminho de cascalho. – E já vou avisar logo... aparentemente a minha sogra tem essa fantasia de que o hotel fica de fato nas Terras Altas escocesas, então se você é alérgica a xadrez, é melhor prender a respiração.

Alguém aguardava na porta, de pé entre os pilares: uma mulher baixinha de cabelos castanhos com uma saia de tweed e casaquinho bege. Ao se aproximarem, ela ergueu a mão em sinal de boas-vindas e sorriu.

– Olá, Margaret! – gritou Libby, acrescentando: – Ah, cuidado, Pippa, ele tem mania de lamber...

Um cachorro baixinho apareceu trotando por trás de Margaret e foi diretamente até elas, um basset hound preto com orelhas que quase tocavam o chão. Ele foi na direção de Pippa, mas ela não sentiu medo; uma estranha sensação de conforto tomou conta dela, e ela se abaixou cautelosamente em razão das costelas doloridas, e deixou que ele cheirasse sua mão com seu nariz escorregadio. Ela podia sentir o ar se movendo a cada fungada poderosa; era uma sensação curiosamente íntima, o cachorro a analisava de maneiras que ela não seria capaz de dizer quais eram, tirando suas próprias e complexas conclusões a cada inspiração.

– Olá – disse ela, enquanto o enorme nariz preto inspecionava seus dedos e em seguida o braço. A cauda de ponta branca se agitava de um lado para outro alegremente. – Quem é você?

– Lorde Bob Corcoran, mas você pode chamá-lo de Bob – apresentou Libby. – Ou Seu Animal Maldito, que é como eu o chamo. Somos grandes amigos.

Pippa acariciou a cabeça majestosa de Bob e fitou seu rosto engraçado e triste.

– Você é um rapaz muito bonito – elogiou ela, e os profundos olhos castanhos do cão pareceram sorrir.

– Caramba, eu nunca o vi tão calmo fora do hospital – comentou Libby. – Você deve ter o cheiro da ala onde os cães-terapeutas trabalham. Ele está automaticamente fazendo terapia em você.

– Não, eu me dou bem com cachorros – disse Pippa, sem pensar. Ao notar o silêncio, ela olhou para cima e viu Libby com o indicador erguido, o rosto coberto de sorrisos. – O que foi?

– Você se dá bem com cachorros. Isso é uma lembrança, certo? Uma lembrança!

– Ah, sim. – Pippa parou, a mão moldada na curva do crânio de Bob. – É, sim. – Ela tentou entender melhor (Qual cachorro? Quando? Um cachorro da infância? De algum amigo? Um cão recente?), mas o sentimento escapou. Libby parecia satisfeita.

– Margaret vai adorar isso... Bob ajudando você a recuperar a memória. Ela já está convencida de que ele é um terapeuta melhor do que a maioria das enfermeiras. Margaret! Essa é a Pippa. Pippa, essa é a Margaret.

Margaret vinha se aproximando pelo cascalho e agora tinha a mão estendida.

– Olá, Pippa. Estou muito feliz por você finalmente estar aqui. Apenas uma semana de atraso, hein?

Havia um brilho em seus olhos que surpreendeu Pippa; ela não esperava aquilo, depois da maneira como Libby havia falado sobre a sogra. Por alguma razão, ela estava esperando uma mulher mais velha, mais triste. Aquela senhora era bastante ativa e amigável, com roupas adequadas acompanhadas de um lenço.

– Muito obrigada por me deixar ficar – disse ela. – Fico muito agradecida.

– Imagina! De nada, Pippa. Entre. Eu fiz um chá.

Margaret apontou para a entrada com um gesto gracioso e Pippa se viu sendo atraída para dentro.

O cachorro, Bob, seguiu Margaret, com Libby e Pippa logo atrás. As primeiras impressões de Pippa sobre o lugar se confirmaram quando ela entrou: tinha cheiro de casa de vó. O ar cheirava a mofo e pot-pourri, os móveis escuros e polidos, os tapetes empoeirados e os sofás ligeiramente flácidos onde os cães dormiam quando não deviam. O tipo de hotel que você reservaria para um casamento, que servia um enorme café da manhã tradicional inglês e tinha exemplares antigos da revista *Country Life* dos anos 1980.

A recepção estava escura – o xadrez desenfreado sobre o qual Libby a havia alertado não era tão ruim quanto ela esperava, limitando-se ao tapete azul e verde estilo escocês –, mas era aconchegante e tradicional. Um homem bonito de camisa xadrez azul estava atrás de um balcão de carvalho polido, falando com alguém ao telefone – um velho telefone preto, que combinava com o estilo de uma casa de campo. Ele estava com a cabeça apoiada na mão, cotovelo na bancada e batia com uma caneta na lateral da cabeça. Quando elas entraram, ele se levantou e fez um gesto como quem pede desculpas, sem sair do telefone.

– Com certeza, Marek... Não, não vai ser um problema. Oito horas... Tá bem, escuta, eu tenho que ir...

Pippa imaginou que aquele fosse Jason: ele era exatamente o que ela esperava do marido de Libby, tanto que chegou a se perguntar se talvez já *tivesse estado* ali antes. Era um homem loiro, alto, bonito, com ombros largos, rosto levemente bronzeado e um sorriso branco uniforme que sugeria que tinha usado aparelho na adolescência.

A área da recepção pareceu receber um grande zoom enquanto Pippa olhava para ele, tentando entender a estranha sensação de já tê-lo visto antes, até que precisou desviar o olhar quando o sorriso dele ficou um pouco forçado. Ele *era* familiar, pensou ela, o coração disparando.

Não era? Aquele rosto estava em algum lugar nos arquivos desordenados e trancados em sua memória, mas ela não sabia onde, nem como, nem...

A exaustão a alcançou e ela sentiu o braço de Libby ao redor de sua cintura. Firmando-a.

– Chá! – disse Libby, e levou Pippa até o saguão.

Capítulo 9

Os operários chegaram na segunda-feira de manhã às oito em ponto, enquanto Libby preparava dois ovos *poché* e torradas para o simpático casal irlandês do quarto 4 (sem cachorro), e Jason organizava a louça na lavadora do jeito dele, enquanto tentava impedir que Lorde Bob fizesse a pré-limpeza dos pratos.

– A cavalaria chegou – anunciou Jason, espiando pela janela da cozinha. – Caramba, Marek mandou um departamento inteiro.

– Deixa eu ver. – Libby apoiou o temporizador no peitoril da janela e foi olhar.

Eles observaram a equipe de Marek desembarcar da van preta estacionada ao lado do carro alugado de seus hóspedes irlandeses – o único no estacionamento além do deles. Libby sentiu um arrepio de empolgação misturado com um calafrio de temor. Era algo relacionado ao fato de que aqueles homens eram capazes de reduzir um cômodo a paredes de tijolos nus em minutos, de deixá-lo exposto e vulnerável por semanas a fio e depois restaurá-lo aparentemente da noite para o dia, além do frisson extra, já que poderiam largar tudo a qualquer momento para um "serviço urgente em Beckenham".

– Como coube tanta gente ali dentro? – perguntou Jason admirado, à medida que, um após o outro, vários homens saíam pela traseira do veículo, todos vestindo as camisas polo pretas de Marek. – Parece uma van de circo.

– Quantos funcionários ele mandou? Sete, oito, nove... Caramba.

Jason pegou a lista, dividida por cômodos, com os serviços que eles haviam combinado.

– Espero que pelo menos um deles fale inglês. Este seria um bom momento para Pippa lembrar que é tradutora. – Ele tomou um último gole de café. – Ela já acordou?

– Não, está dormindo.

Pippa tinha dormido a maior parte do fim de semana, o que Libby achou que devia ser bom sinal: ainda parecia exausta, com olheiras e grandes hematomas (que agora ganhavam um esquisito tom meio verde, meio amarelado) na pele pálida. Apesar de sentir um pouco de dor nas costelas, ela vinha sendo uma hóspede modelo, tendo conversas intermináveis com uma Margaret agradavelmente animada sobre seu jardim (e seu cachorro e Longhampton e Donald e todas as outras coisas que Jason e Libby já tinham ouvido bastante) e se oferecendo para ajudar Libby e Jason a tirar os móveis dos quartos durante a preparação para a chegada dos trabalhadores.

Libby havia negado a ajuda, é claro.

– Mas você deveria passear por aí – disse a Pippa. – Ver se alguma coisa volta à sua mente.

Mais tarde, indo preparar um chá para todos depois de uma tarde pesada tirando camas velhas do lugar, Libby tinha visto Pippa encolhida em um sofá no saguão do hotel, ocupada escrevendo coisas em seu caderno. Sua cabeça parecia curvada e as pernas estavam enroladas embaixo do corpo. Lorde Bob estava esparramado junto a suas panturrilhas esguias, usando-as como apoio de braço. Pippa não parecia se importar, e de vez em quando esticava a mão e distraidamente acariciava as imensas orelhas do cão.

O que será que ela está escrevendo?, perguntou-se Libby. *O que ela está percebendo em nós? E no hotel? No que está reparando?* Libby esperava que estivesse passando a imagem de uma gerente confiante, mas, quando Pippa a encarava com seus penetrantes olhos castanhos, ela temia que fosse possível enxergar a verdadeira Libby: a esposa da região de Wandsworth que não se encaixava muito bem com as outras, a dona do hotel que não entendia perfeitamente como funcionava o imposto sobre valor agregado. Algo relacionado à expressão concentrada de Pippa, a sua necessidade de extrair a menor pista de qualquer coisa para descobrir quem *ela* era, ao mesmo tempo tornou Libby mais consciente de si mesma.

Ela não está escrevendo sobre você, pensou Libby bruscamente. *Está escrevendo sobre si mesma, sobre quem ela é.*

Então abriu um sorriso e virou a cabeça para oferecer um pouco de chá a Pippa.

– Eu falei que vou ver como estão os operários – repetiu Jason, como se estivesse falando com uma pessoa muito velha ou muito surda.

– Como? Desculpa, eu estava a quilômetros de distância.

– Eu sei. Estava sonhando com seus banheiros novos e lindos? – Ele lhe entregou uma caneca para que ela a colocasse na lava-louças (uma caneca desbotada do time de Longhampton). – Ou tentando calcular quantas caixas de chá vai precisar comprar?

– Por aí – disse Libby. Ela sorriu, incapaz de conter sua animação. – Está acontecendo mesmo, né?

Jason agarrou os braços dela e lhe deu um beijo rápido e suave na testa enquanto se afastava.

– Momentos de pura emoção, Sra. Corcoran! Nosso hotel! – Libby sorriu, e sua apreensão anterior desapareceu sob o entusiasmo contagiante de Jason. *Nosso hotel.*

Libby passou a manhã no escritório, revirando uma gaveta cheia de papéis desconhecidos que tinham vindo à tona no fim de semana enquanto Jason mexia na contabilidade, e às onze Pippa bateu no batente da porta, seu cabelo castanho ainda úmido do banho.

– Não – disse Libby antes que Pippa pudesse falar qualquer coisa –, não tem nada que você possa fazer para ajudar. Além de sentar naquela cadeira ali e me trazer uma xícara de café a cada meia hora. Se de vez em quando você quiser me dizer que não consegue ouvir nada no andar de cima, eu ia adorar.

– Tem certeza que eu não posso...?

– Senta aí – insistiu ela. – Por favor.

– Deixa eu fazer um café fresquinho – disse Pippa, vendo a caneca vazia de Libby em meio à pilha de impostos em atraso e a calculadora sobre o arquivo. – Acho que você está precisando.

Elas mal tinham se acomodado novamente (Libby com a papelada, Pippa com seu caderno) quando Jason entrou, e algo no jeito dele deixou Libby com os nervos à flor da pele. Não havia sorriso em seu olhar, e seus lábios estavam rígidos. A exuberância daquela manhã havia desaparecido atrás de uma nuvem de tensão cinzenta.

– Libby, posso dar uma palavrinha com você? – pediu ele. – Preciso perguntar uma coisa. – Ele olhou para ela e em seguida para Pippa. – Hmm, é sobre a obra. – Ele gesticulou com a cabeça em direção à porta e ao interior do hotel.

– Como assim? Agora? Neste minuto?

– Sim, agora – disse Jason. – Se você não se importar.

Libby empurrou a cadeira para trás.

– Não vou demorar, Pippa – avisou ela. – Se o telefone tocar, você pode atender e anotar o recado?

Ela seguiu Jason até a recepção, mas ele continuou andando em direção ao saguão vazio.

– O que foi? – perguntou ela. – O Bob está redecorando o andar de cima de novo?

– Não.

Jason verificou se não havia mais ninguém no saguão e se sentou no braço de um grande sofá Chesterfield. Libby hesitou, depois se sentou na frente dele.

– Jason? Você está bem? Está tudo bem?

– Sim, tudo bem. – Ele sorriu, mas não parecia completamente relaxado. Então ele passou a mão no cabelo e seu coração ficou apertado. – Amor, eu preciso que você faça um favor pra gente.

– Tudo bem – disse Libby lentamente. – Prossiga.

– Lembra quando você disse que a gente poderia pedir ao seu pai para que ele investisse algum dinheiro no nosso negócio?

Diante das palavras "seu pai" e "dinheiro", o coração de Libby apertou ainda mais.

– Em uma emergência, talvez. Mas não como uma escolha. Prefiro vender um rim. Daria menos trabalho.

– Mesmo? Ainda que fosse um bom investimento? Agora que ele sabe que vamos aparecer numa revista e que seremos *o* hotel butique da região daqui a seis meses? – Ele franziu a testa. – Você é filha dele. Esse é um negócio de família.

– E isso – respondeu Libby – mostra o quanto você conhece o meu pai.

Para um casal que estava junto havia tanto tempo quanto ela e Jason, eles ainda tinham muito a aprender sobre as famílias um do outro. Ou quem sabe até aquele momento tivessem sido capazes de se manter a uma boa distância deles.

– Estamos falando do homem que ainda "brinca" – disse ela fazendo aspas com os dedos – que minha irmã deveria pagar as mensalidades da faculdade depois de ter abandonado o curso por conta de um distúrbio alimentar que ela desenvolveu após o conturbado divórcio dos pais. Sarah não mora em Hong Kong à toa.

– Certo, tudo bem, então. – Jason pareceu se sentir repreendido: ele gostava de Sarah. Eles inclusive tinham passado parte da lua de mel em Hong Kong. – Mas depende do quanto você quer reformar as suítes.

Aquilo fez Libby gelar.

– Como assim? Você não disse que a gente tinha dinheiro suficiente para fazer tudo?

– Eu disse. – Jason esfregou o queixo. – E nós temos. Mas a estimativa de repente subiu mais quinze mil. Acabei de falar com o mestre de obras do Marek e ele disse que a gente precisa refazer o encanamento se quiser que os novos chuveiros funcionem direito... aquele cheiro de umidade que o Marek sentiu está vindo dos canos velhos que estão vazando. Encontrar esse vazamento e fazer o conserto vai ser no mínimo mais uma semana de trabalho, além do material. Além disso, falei com os fornecedores e eles precisam de um depósito antes de seguir com o pedido das banheiras. – Ele virou as mãos, impotente. – Você sabe o quão pouco a gente vem ganhando, então tem havido alguns gastos com as despesas do dia a dia, e a maior parte do capital da casa está vinculada a outras contas. Precisamos de dinheiro *agora*. Esta semana.

– Ah. – Libby sentiu uma pontada de culpa: havia exagerado um pouco nas banheiras, mas elas seriam uma atração, algo que venderia todo o hotel. – Será que a gente não pode ver com o banco? Eles podem fazer um empréstimo de curto prazo?

– Prefiro não recorrer ao banco. Acabamos de zerar as dívidas com eles.

E não tenho certeza se eles emprestariam o valor que a gente precisa tão rápido assim. Eles viram os cadernos de contabilidade. – Jason passou os dedos por um botão seco de cardo em um dos arranjos de flores, então olhou para ela. – Eles não gostam de assumir riscos por aqui.

– Eu sei. Eu estava naquela reunião. – O gerente do banco era um velho amigo de Donald. Ele não os chamou exatamente de idiotas por quererem reformar o Swan, mas foram muitas as sobrancelhas erguidas e os resmungos sobre londrinos ambiciosos que, pelo que ele sabia, haviam perdido tudo, investindo demais em pubs numa cidade do interior. Jason e Libby tinham lhe garantido que não cometeriam esses erros de jeito algum, não mesmo.

– No entanto... – Ele fez uma pausa e, quando voltou a falar, sua voz estava diferente. Mais cautelosa, mas ao mesmo tempo mais confiante. – Tem uma outra opção.

– Qual seria?

Os olhos de Jason pediam que ela não se desesperasse.

– Darren me ligou semana passada.

– Darren, da Harris Hebden? Eu achava que você não tinha mais contato com esses caras.

Jason não tinha exatamente sido acompanhado pelo escritório com o conteúdo de sua mesa dentro de uma caixa, mas a ausência de uma típica despedida regada a álcool não havia passado despercebida. Ele tinha feito muitos amigos no trabalho. Todo mundo adorava Jason na Harris Hebden. Até certo ponto.

– É claro que ainda tenho contato com o Darren. E com o Tim. Eu trabalhei com *esses caras* por sete anos. – Ele cruzou os braços na defensiva. – Enfim, Darren me ligou outro dia para me avisar sobre um negócio que ele está começando em uns campos de petróleo. Retorno rápido, baixo...

Libby não queria ouvir mais nada. Ergueu a mão para detê-lo antes mesmo de saber exatamente o que estava fazendo.

– Não, Jason, por favor. Não. Você prometeu. Isso aqui é o nosso futuro. O futuro da sua *mãe.*

– Não precisa ser tão dramática – disse ele, irritado. – Darren queria me ajudar, só isso. Não é um negócio arriscado... ele mesmo está investindo. E ele tem quatro filhos.

– Mas você *prometeu.*

Naquele momento, ela ouviu em sua mente: Darren, um cara legal, mas que ao mesmo tempo vivia metido em mutretas e se orgulhava disso, oferecendo um gostinho da velha empolgação, a fácil multiplicação de dinheiro imaginário, tudo feito com um clique do mouse na hora certa. E ela sabia que para Jason provavelmente tinha sido difícil dizer não. Aquela havia sido sua reputação no trabalho: seu instinto para uma oportunidade.

Libby adorava o fato de Jason ser bom em seu trabalho: ele combinava perfeitamente pragmatismo, diligência, destreza com os clientes e pura sorte. Ao longo de todo esse tempo juntos, ele havia crescido, começando como um ávido trainee até se tornar um investidor experiente e confiante, seu bronzeado do interior se transformando em um brilho conquistado em Verbier e nas Maldivas. Ele costumava explicar o que fazia, mas ela nunca tinha entendido plenamente como funcionavam os mercados: o cérebro de Libby trabalhava com pessoas, rostos, histórias, não números. De início suas recompensas e impactos sempre mutáveis, subindo e descendo como uma poderosa maré internacional, a empolgaram, e depois a assustaram; por fim, ela passou a achar normal.

E agora a maré tocava seus pés novamente. No lugar para onde eles tinham ido para tentar escapar de seu sedutor vaivém.

Jason revirou os olhos, um gesto impaciente que Libby não notava havia algum tempo e, sem aviso, ela foi invadida por sensações físicas do dia em que ele perdeu o emprego: o cheiro de tinta fresca da cozinha nova, Jason à mesa, seu rosto inchado, olhos assustados, a gravata chamativa com o nó na altura do peito, deploravelmente parecendo um lenço da Hermès, o sabor amargo do vinho que havia tomado no almoço com Erin subindo em sua garganta enquanto ela se esforçava para entender o discurso picotado do marido. A verdade sobre a negociação que ele havia feito escapuliu de maneira dolorosa. Foi só quando Libby entrou no site do banco e viu que sua modesta poupança tinha sido zerada, que ela por fim compreendeu o quão longe tinham ido as apostas de Jason. Sem emprego, não havia salário. Sem salário, não dava para pagar a hipoteca. Sem a hipoteca, não poderiam ter a casa... E então as marolas haviam se espalhado desde o laptop de Jason até sua casa, seu escritório. E depois, finalmente, até seu mundo feliz e sem preocupações, carregando tudo.

Tinham passado de um apartamento em Acton para um casarão em Wandsworth praticamente da noite para o dia, e Libby temia que seu novo mundo pudesse desaparecer de modo igualmente repentino; então, bem na hora em que ela parou de se preocupar, isso aconteceu.

Jason abriu a boca para falar, e aquele pensamento preencheu a cabeça de Libby como um grito. Não. Não tem como voltar para aquela vida.

– Você prometeu – repetiu ela. *Não grite, papai gritava.* – Foi a única coisa que eu pedi, que você não corresse mais nenhum risco financeiro.

– Eu entendo, mas acho que você está exagerando. Não é muito dinheiro, Libby. E eu sei o que estou fazendo... Não sou um cara que passa o dia na frente do computador com um exemplar de *Investimentos para iniciantes*, fazendo isso por hobby.

– Não importa o valor. O risco é totalmente diferente agora! A gente não pode se dar ao luxo de perder nada. – Ela fixou o olhar nele, desejando que Jason fosse capaz de compreender que não tinha só a ver com o dinheiro. – Eu preciso saber exatamente onde estou pisando. Com as nossas finanças, com o hotel... com você.

Desde que eles saíram de Londres, aquela era a primeira vez que ela mencionava a demissão dele e as dívidas. Depois daquela tarde surreal, eles haviam lidado com os efeitos colaterais imediatos em uma espécie de transe de eficiência, não muito diferente da abrupta lista de tarefas que Jason havia encarado com a morte de Donald alguns meses antes. O que eles não tinham conversado, não apropriadamente, era sobre o que a traição provocara no relacionamento deles, assim que as enchentes diminuíram e eles ficaram lá, exaustos e desconfiados, cercados de destroços, com tudo ao redor completamente diferente. Jason estava pálido de vergonha; Libby não quis repreendê-lo em um momento em que ele estava tão abatido.

Mas, para o nosso casamento poder dar certo, precisamos ser capazes de falar sobre esse tipo de coisa, pensou ela. Jason sempre havia sido tão sensível aos sentimentos dela; por que ele não conseguia ver como aquilo a incomodava? Libby sabia que, em alguma medida, ele tinha razão – o acordo provavelmente daria certo –, mas aquilo tinha a ver com Jason ser capaz de ouvi-la, com ela reconquistar sua confiança, ou então Libby jamais conseguiria parar de se preocupar, uma vez que esta nova vida, com seus riscos, também poderia desmoronar completamente.

– Então, o que você me diz? – perguntou ele sem rodeios. – Você não quer pedir para o seu pai. Você não me deixa falar com Darren. Não podemos ir ao banco. Sua mãe não tem dinheiro, nem a minha. A gente *precisa* pagar esse encanamento, não é uma opção. E precisamos do dinheiro *agora*. Essa semana.

– Por que a gente não pede ao Luke?

Jason ficou nervoso.

– Você sabe por quê. Mamãe deixou bem claro que queria trabalhar só com a gente no hotel. Ela não quer o Luke envolvido nisso. E não temos tempo para a dolorosa conversa de família que isso implicaria…

Libby respirou fundo e tentou organizar os pensamentos. Ela já se sentia mal por desafiar Jason na única área de seu casamento que ele sempre havia administrado tão bem. Pelo menos, durante a maior parte do casamento. *Talvez eu esteja piorando tudo isso*, pensou ela tristemente. *Eu o proibi de mexer com ações, a única maneira que ele tinha de ganhar dinheiro. Não tenho como nos bancar, e precisamos do dinheiro para o hotel, para nosso recomeço juntos.*

– Tá bem. – Ela se preparou. – Vou falar com o meu pai. Você acha que a gente deve mandar uma proposta para ele por e-mail primeiro?

O rosto de Jason mostrou surpresa e, em seguida, alívio. Libby não queria olhar muito de perto para o alívio.

– Acho que não dá tempo. Marek quer o sinal ainda hoje, e eu preciso pagar os fornecedores do material dos banheiros.

Houve outra longa pausa, e Libby sentiu como se o hotel estivesse pairando sobre os dois, com sua mão pesada em seus ombros. O tique-taque do relógio, o cheiro do carpete velho, a infinita madeira empoeirada para onde quer que ela olhasse.

Libby ajeitou o cabelo atrás das orelhas.

– Tá bem. Mas devolver o dinheiro para ele deve ser prioridade, mesmo que isso signifique só comer mingau pelo próximo ano.

Jason esticou o braço na direção dela. Libby deixou que ele pegasse sua mão e ele lentamente a levou aos lábios e beijou as costas de seus dedos, mantendo o olhar fixo na esposa.

– O que foi? – perguntou.

– Obrigado – disse ele. – Eu sei que não é algo fácil pra você. Agradeço muito por estar fazendo isso.

– Se é o que a gente precisa fazer…

Libby não esperava a agitação que a percorreu, como se ambos estivessem à beira de um penhasco. Seria assim de agora em diante. Toda vez que eles tomavam uma decisão, os riscos pareciam sempre um pouco maiores. Mas valeria a pena, disse a si mesma. Aquele era um futuro construído sobre bases sólidas.

Ela apertou os dedos dele.

– Só vai lá e prepara um café bem forte pra mim. Na verdade, não: prepara um gim-tônica.

– Bom – disse Colin Davies ao atender o telefone no segundo toque –, não é meu aniversário, e não é seu aniversário, então de quanto você precisa?

Libby lembrou a si mesma que seu pai sempre iniciava ligações assim – seus amigos sempre faziam piada sobre o quanto ele era "franco". Normalmente, ela só ligava uma vez por mês para saber como iam as coisas, mas, agora que tinha um favor a pedir, sentia-se em mais desvantagem ainda. Quando era uma adolescente precisando de um dinheirinho adiantado, ele fazia com que ela se sentisse como um de seus inúteis advogados juniores pedindo um aumento; agora que era adulta, ele a fazia se sentir como uma adolescente.

Mas, se ele queria ser franco, ela também poderia ser.

– Oi, pai – respondeu ela. – Podemos conversar? Eu queria perguntar uma coisa sobre o hotel.

– Ah, então você quer alguma coisa. Bom, então fala logo. Eu estava indo jogar o lixo fora.

– Está bem.

Parecia que ele tinha acabado de discutir com Sophie, a madrasta dela. As discussões na casa dos Davies eram muitas vezes pontuadas pela obsessão por reciclagem, um dos motivos pelos quais a mãe dela finalmente havia pedido o divórcio: o descarte de seus álbuns de casamento. Isso e a demanda por recibos, e o reaproveitamento dos saquinhos de chá e as brigas escandalosas.

– Vou direto ao ponto: eu e Jason vamos fazer algumas melhorias substanciais no hotel nos próximos meses e…

– Você quer que papai pague por elas – interrompeu ele.

– Não, de jeito nenhum. – Libby agarrou a caneta e olhou para os números que Jason lhe havia passado e para algumas frases que ela anotara e que poderiam vir a calhar. Sua mente dava branco durante as conversas com o pai. – A gente só precisa de um pequeno empréstimo para dar início a alguns serviços da reforma. Obviamente, pagaríamos com juros e mediante um prazo fixo para quitação.

Libby esperava que ele não a pressionasse muito acerca dos detalhes. Não que não quisesse pagar a porcaria dos juros, mas ela não duvidava da capacidade dele de "testá-la" em relação àquelas minúcias. Desde que se aposentou, com sua generosa pensão de servidor público, ele tinha investido ainda mais; essa era uma das razões pelas quais ele e Jason costumavam se dar tão bem, e o pai descaradamente forçava Jason a lhe dar dicas. Não que eles tivessem tido muitas conversas desse tipo nos últimos tempos.

– Parece bastante formal – disse ele. – Não é mais fácil eu falar com o Jason sobre isso? Sem querer ser grosseiro, Libby, o seu cérebro é igual ao da sua mãe quando se trata de números.

– Não, Jason está lidando com os operários agora. Eu posso muito bem discutir esse assunto com você. Também sou sócia nesse negócio. – Além de ser uma mulher pós-graduada, que até dois anos atrás tinha um emprego invejável e que havia conseguido quitar a dívida que todo estudante acumula no cartão de crédito...

Colin achou graça e emitiu um ruído que fez Libby se sentir constrangida, embora, com muita raiva, dissesse a si mesma para não reagir.

– De quanto estamos falando, então?

Ela olhou para as anotações de Jason e disse o valor a ele. A inspiração profunda teria sido a mesma se ela tivesse dito vinte libras ou dois milhões.

– É uma quantia substancial, Elizabeth. O que vocês estão fazendo, banhando as torneiras a ouro?

– Não, só algumas remodelações atrasadas. Estamos ajustando o hotel às expectativas mais modernas para podermos começar a ampliar a clientela. Quando estiver tudo pronto, estamos pensando em fazer degustações de vinhos, pequenos casamentos, quem sabe montar um spa...

– Não é meu tipo de lugar, então.

– É claro que vai ser o seu tipo de lugar! – *Basta estar interessado. Por favor. Pare de tentar sair por cima.*

Ele riu.

– Duvido muito, mesmo fazendo o maior esforço do mundo. E tem algum motivo para você estar recorrendo ao Banco do Papai, e não ao banco de verdade? Tem certeza de que isso é para o hotel, e não para alguma dívida pessoal que você prefere não comentar?

– Claro que é para o hotel. – As unhas de Libby estavam cravadas em sua outra palma. – Eu achei que talvez você pudesse gostar de estar envolvido no nosso novo projeto.

Isso é loucura, pensou ela. Será que o rumo normal daquela conversa não seria o pai telefonar para a *filha* se oferecendo para ajudá-la a sair da crise financeira em que seu marido imprudente a colocou? *Deixe-nos ajudar você. Deixe-nos ajudá-la a se reerguer. Você está sendo muito corajosa e estamos orgulhosos da sua disposição para lutar.*

É claro que isso dependia de o pai saber que a filha passava por uma crise financeira. Colin era mais um que tinha a impressão de que ela e Jason haviam mudado de vida pelo amor à hotelaria. Libby sabia que teria de passar por aquilo já que ele não conhecia toda a história, e de alguma maneira, assim que a triste verdade viesse à tona, provavelmente acabaria sendo culpa dela – a idiota da Libby que escondeu a fatura do cartão de crédito dez anos atrás.

Depois de uma longa pausa que havia aprendido nos shows de talentos da televisão, Colin pigarreou e disse:

– Muito bem. Deixa eu ver quanto posso adiantar para vocês. Mas pelo amor de Deus, Libby, não fica achando que você pode fazer disso um hábito. Se você vai ter um negócio, precisa ser rigorosa com dinheiro. Rigorosa e honesta. Estou surpreso que Jason não tenha ensinado isso a você.

– Ele me ensinou – disse Libby, com os dentes cerrados. – E obrigada, pai. Eu agradeço de verdade.

Quando ela desligou, ainda arrepiada de vergonha por implorar pela ajuda do próprio pai, Jason apareceu na porta. Estava carregando outro enorme gim-tônica e, quando viu que ela havia terminado a conversa, ele entrou e lhe entregou o copo.

Jason não disse nada, mas levantou as sobrancelhas.

– Ele vai nos emprestar algum dinheiro – contou ela e, antes que Jason pudesse comemorar, acrescentou: – E só pra você saber, eu nunca, nunca, *nunca* mais vou fazer isso. Então, por favor, gaste esse dinheiro com muita sabedoria.

– Pode deixar – disse Jason. – Você foi ótima.

Libby afundou o nariz no copo e tomou um longo gole. Agora ela entendia totalmente por que a mãe havia desenvolvido um relacionamento tão próximo com o armário de bebidas.

Capítulo 10

– Bem, isso é o que eu chamo de eficiência – disse Margaret alegremente, acomodando-se no banco da frente do carro de Libby enquanto Pippa e a nora colocavam Lorde Bob e seus diversos acessórios no porta-malas. – Os horários casaram bem, não é mesmo? A consulta da Pippa no hospital, a sessão de terapia do Bob e a entrevista da Elizabeth com a Gina para o projeto.

Libby concentrou-se em dar ré no carro, contornando a van dos operários que estava estacionada no lugar mais inconveniente possível. Ela estava feliz por sair, mesmo que fosse para levar todo mundo ao hospital. Depois de apenas três dias, o hotel estava completamente tomado pelo exército de polo preta de Marek. Todos os quartos, com exceção do que eles haviam reformado, tiveram os móveis retirados e foram cobertos por lençóis; carrinhos de mão cheios de pedaços de papel de parede, lençóis empoeirados e pilhas de detritos cruzavam o corredor forrado com plástico o tempo todo, passando pela recepção e indo diretamente para uma caçamba de lixo que tinha chegado durante a noite.

Jason estava animado com a caçamba. Ele mesmo já tinha jogado alguns sacos de lixo dentro dela, só porque podia.

– Pensa só – disse Jason a Libby enquanto colocavam a louça do café da manhã na lavadora –, se a gente estivesse em Londres, essa caçamba já estaria quase transbordando com o lixo de todo mundo.

– Chegamos a esse ponto? – perguntou Libby. – Comemorar o fato de termos uma caçamba de lixo só nossa?

– Temos que aproveitar o que dá, querida – respondeu Jason com um sorriso radiante.

Assim como Margaret havia se animado agora que tinha Pippa para alimentar com sopa e atenção, Jason estava com um humor muito melhor desde que Colin transferira vinte mil libras para a conta bancária do hotel na noite anterior. Ele se enfiou no escritório e começou a fazer uma série de cálculos, voltando muito mais tarde com um cronograma revisado e uma garrafa de vinho da adega do hotel para comemorar.

Libby não estava tão segura de que ele deveria estar comemorando. Tinha a sensação de que haveria um preço a pagar pela generosidade de seu pai. Alguma coisa naquilo a deixava nervosa.

– Ah, não seja tão mal-humorada. Pense nas banheiras. Elas estão a caminho! – Ele sorriu, e Libby refletiu que, enquanto ela se sentia mais acabada a cada dia, o bronzeado, as mangas arregaçadas e as duas noites por semana (pelo menos) que Jason ia ao treino ou ao pub com os amigos davam a ele a aparência de um homem de férias.

– O que acham de nos premiarmos com um café e uma fatia de bolo depois? – prosseguiu Margaret. – Tem uma cafeteria na High Street que é uma gracinha e aceita cachorros... Acho que você não deve conhecer, né, Pippa? – acrescentou por cima do ombro.

– Ainda não – respondeu ela, educadamente.

– Você já foi lá, Elizabeth?

– Não tenho tido muito tempo para conhecer cafeterias – disse ela. Em seguida, por não querer que Pippa pensasse que ela estava se martirizando, acrescentou: – Mas eu estava pensando em experimentar alguns dos lugares na cidade. Estou atualizando o pacote de boas-vindas dos hóspedes... Você sabia que alguns dos pubs e das cafeterias que a gente recomenda já fecharam?

O simpático casal irlandês havia dito isso a ela. Ou seja, um casal bacana a menos no TripAdvisor.

– Jura? Ah. Que pena. Então *precisamos* ir ao Wild Dog – disse Margaret. – Eu insisto. O Bob paga.

– Vocês podiam fazer um guia especial no site para os hóspedes caninos – sugeriu Pippa no banco de trás. – Aonde levar seu dono para passear enquanto estiver hospedado no hotel, encerrando o passeio em uma cafeteria onde os dois possam tomar alguma coisa.

– Que ideia maravilhosa! – exclamou Margaret. – Você ouviu isso, Bob?

– Quem sabe o Bob possa escrever o guia? – disse Pippa. – "Guia do Lorde Bob para Longhampton".

O quê? Aquilo já era *demais*. Libby olhou para Pippa pelo retrovisor para tentar chamar sua atenção e viu um brilho inocente na expressão dela. Pippa estava encurvada no pequeno banco traseiro, com a cabeça de Lorde Bob presa nos encostos de cabeça ao seu lado. Bob não parecia mancomunado com ela. Ele babava despreocupadamente no encosto do banco de Margaret. Libby ficou muito feliz por Jason não estar ali para ver aquilo.

Pippa levantou os olhos como quem pergunta "O que foi?". Nos cinco dias que esteve hospedada no hotel, a mulher havia começado a se parecer mais com como Libby imaginava que ela fosse normalmente: bochechas rosadas, alegre, até mesmo um pouco travessa. Pippa parecia determinada a ajudar, de todas as formas que pudesse. Servia chá, atendia o telefone e anotava mensagens, fazia algum comentário oportuno em situações delicadas.

Isso fazia com que Libby ficasse ainda mais desconcertada por não haver hordas de amigos procurando por ela – mas aparentemente a polícia ainda não tinha conseguido encontrar nenhum comunicado de pessoa desaparecida que tivesse relação com Pippa.

Ela devolveu o sorriso.

– Que consulta é essa com o médico hoje?

– Não é com o médico, é com outra terapeuta – replicou Pippa. – Ela vai tentar hipnoterapia, para ver se me ajuda. – Ela parecia cética. – Pode ser que funcione. Eu sinto que as coisas estão amolecendo... tipo quando um dente vai cair, sabe? Uma boa sessão pode resolver o problema.

– Dedos cruzados, querida – disse Margaret, e Libby murmurou concordando com ela; embora não estivesse com pressa de perder a companhia dela, Libby obviamente queria que a vida de Pippa recomeçasse como deveria.

Libby estacionou em uma vaga reservada para visitantes e começou a colocar em Bob o coletinho oficial do Terapia Assistida por Animais. Para agradar Margaret, ela havia concordado em se submeter a uma entrevista para ser acompanhante de cães do projeto, de forma que poderia levar Bob até lá quando Margaret estivesse indisposta. O que Libby secretamente esperava que nunca acontecesse.

Bob fitava o nada nobremente enquanto Libby ajustava as correias e se permitiu uma flatulência pré-performance terrivelmente pungente, que as três fingiram não notar.

– Você será um bom menino com a Libby, não é? – instruiu Margaret. – Nada de puxar a guia nem fazer bagunça. Não que você faça esse tipo de coisa.

– Sim, fala pra ele, Margaret – disse Libby. – Nada de birra, Bob.

– Você pegou o queijinho de emergência? Caso ele precise de distração?

Margaret teimava que Bob entendia inglês. Libby sabia que ele só falava a língua do queijo. Ela deu um tapinha no bolso.

– Cheddar *e* Stilton.

– E eu vou estar lá, é claro. Nos bastidores. Mas não o deixe chegar muito perto do Bert Carter. Ele cheira a gatos. – Margaret baixou a voz. – Ainda.

Libby assentiu e tentou se lembrar quem era Bert Carter. A ideia era que Margaret a apresentasse a Gina, a voluntária responsável pela organização do projeto, que então observaria a interação entre Libby e Lorde Bob enquanto ele ficava à disposição dos pacientes para conversar, receber cafunés e carinhos, e verificaria se ela era capaz de mantê-lo totalmente sob controle o tempo inteiro. Era Libby que estava sendo avaliada. As credenciais de Bob eram impecáveis.

Pippa deu uma coçadinha rápida na orelha de Bob, depois se levantou.

– Onde eu encontro vocês depois? – perguntou ela. – Minha consulta é meio-dia e meia e acho que deve levar mais ou menos uma hora. – Ao dizer isso, uma sombra passou por seu rosto, e Libby tocou levemente o braço dela.

– Não se preocupe, a gente espera. Você tem o número do meu celular. Se a consulta terminar cedo ou passar um pouco da hora, é só me ligar. E me liga se precisar de mim lá. Eu não me importo.

– Tudo bem. – Pippa deu um sorriso fraco. – Eu não quero atrapalhar sua diversão com o Bob.

Libby olhou para Margaret e Bob, agora ambos prontos para partir.

– Impossível – respondeu ela.

Gina, a coordenadora do Terapia Assistida por Animais, não era a velha louca dos cachorros vestindo um cardigã velho que Libby supôs. Pelo contrário, ela se deparou com uma mulher alguns anos mais velha do que ela, com cabelos escuros curtíssimos, afetuosos olhos castanhos e um galgo imponente com manchas brancas espalhadas delicadamente por suas ancas cinzentas feito flocos de neve. Como Bob, ele usava um coletinho amarelo brilhante do projeto, mas por baixo Libby podia ver uma coleira ricamente bordada em seu pescoço largo.

Eles formavam uma dupla elegante, pensou ela. Talvez *fosse possível* ter um cão e não ser condenado a uma vida de cardigãs.

Lorde Bob cumprimentou Gina e o galgo como se estivessem em um elegante coquetel canino: fungadas delicadas, o rabo balançando casualmente... Toda aquela coisa de "Senta... Não, senta" a que o galgo se rendeu ao se sentar primeiro, com um suspiro elegante.

Gina apertou a mão de Libby e um sorriso bondoso iluminou seu rosto.

– Muito obrigada por se voluntariar – disse ela. – É inacreditável a diferença que a visita de um cão-terapeuta faz para os pacientes... parece levá-los a outro lugar. E Bob é um dos favoritos. Eles vão adorar se ele tiver uma ajudante extra!

Elas olharam na direção de Margaret e Bob, que agora conversavam com um homem idoso com as mãos cobertas de manchas senis e olhos úmidos. Quando Bob se aproximou, Libby viu o rosto do homem se iluminar de repente, e ele se inclinou para tocar o focinho manchado de marrom, murmurando animadamente para Bob, embora as palavras não fossem claras. Bob olhou solenemente para o homem, o rabo balançando em um arco gentil e amigável como se respondesse ao balbucio de seu paciente.

– As enfermeiras me falaram que o Ernest mal se mexe a maior parte do dia – contou Gina. – Ele só fica sentado e olha pela janela. Mas quando o Bob ou os outros cães-terapeutas chegam é como se ligassem um interruptor. Ele fala sobre o cachorro que tinha quando era criança. Surgem umas histórias maravilhosas.

Libby pousou a mão na cabeça estreita do galgo. Ele estava completamente imóvel, mas deixou que ela acariciasse a pele macia atrás de suas orelhas. Ela notou que uma das orelhas aveludadas era mais curta que a outra, como se tivesse um pedaço faltando.

– E quem é este aqui? – perguntou ela.

– Este é o Buzz. – Gina tocou seu pescoço e ele se recostou nela sem virar a cabeça. – O Buzz na verdade é o meu cão-terapeuta pessoal. Eu o adotei faz uns dois anos, numa época em que eu estava passando por um momento difícil. Bem, nós dois estávamos passando por um momento difícil, não é? – Ela coçou atrás da orelha mais curta. – Passamos por isso juntos. Os cães têm uma coisa... eles vivem o momento presente, então você acaba diminuindo o ritmo também e aprecia as pequenas coisas. E eles são uma companhia adorável.

– É o que a Margaret diz. O Bob foi um grande conforto quando meu sogro morreu. Eu só o perdoo por isso – confessou Libby em voz baixa. – O Bob estava lá quando o meu marido e eu não pudemos estar. Acho que aquelas orelhas gigantes provavelmente enxugaram uma boa quantidade de lágrimas.

Gina assentiu, como se entendesse.

– Eles ouvem de uma forma que os humanos não conseguem. E eles nunca tentam dar conselhos. O Buzz ouve algumas das crianças na escola primária. Ele é um cão-leitor.

– Ele sabe ler?

Ela riu.

– Não, as crianças leem para ele. Os mais tímidos adoram... ele coloca a pata na página que eles estão lendo. E Buzz também adora. É por isso que esse projeto é tão incrível: todo mundo parece tirar algum proveito dele. O começo da vida do Buzz foi horrível, mas agora ele está feliz. É como se quisesse fazer o mesmo por alguém, retribuir. Eu o ajudei e agora ele está ajudando outras pessoas. E o hospital tem sido muito bom pra mim também, então nós dois estamos retribuindo. Enfim, vamos começar? Margaret? Você pode trazer o Bob aqui para a Libby tomar as rédeas?

– Claro! – Margaret se aproximou com Bob ao seu lado e passou a guia para Libby, como se estivesse entregando um bastão cerimonial.

Bob olhou para ela e, por um segundo, Libby achou que ele estava prestes a fazer algo impertinente, apenas para testá-la. Mas, em vez disso, ele abanou o rabo e olhou para uma senhorinha em uma cadeira próxima, que parecia ansiosa para acariciá-lo.

– Então, Libby, vou puxar algum assunto chato aqui enquanto você segura o Bob – disse Gina. – Só pra ver se você consegue mantê-lo sob controle quando nada de interessante estiver acontecendo. Tudo bem?

Isso não é nem um pouco estranho, pensou Libby ironicamente, sentindo que vários olhinhos enrugados se voltavam para ela e Bob. Mas abriu um sorriso radiante e falou:

– Sobre o que você gostaria de falar comigo? Eu sou ótima em assuntos chatos. Nesse momento o hotel está cheio de operários. Quer que eu fale com você sobre os lençóis que eles usam para proteger o chão? Sobre chá?

– Ah, sou especialista nesse assunto – comentou Gina, marcando algo em sua prancheta. – Não há literalmente nada que você possa me dizer sobre operários que eu não tenha aprendido por experiência própria.

– Você também está fazendo obra?

– Não, eu sou gerente de projetos... Passo o dia inteiro tentando fazer contato com eles. Os encanadores são os piores. Se houver qualquer coisa que você precise perguntar sobre empreiteiros e operários, incluindo minha controversa lista dos dez melhores caubóis locais a serem evitados, é só me avisar.

– O Jason não contratou nenhum caubói. – Margaret se inclinou para a frente. – Meu filho está gerenciando o projeto das reformas e contratou uma equipe que já trabalhou em várias propriedades do Ducado em Londres.

Gina olhou para Margaret e depois para Libby.

– Ah, é? Que chique.

– Muito chique. – Para alguém que até uma semana atrás não queria as reformas, naquele momento Margaret parecia surpreendentemente orgulhosa delas, pensou Libby. Claro, já que foi *Jason* quem os contratou...

– Não acho que o Marek tenha enviado a equipe do Ducado para arrancar o nosso papel de parede – disse ela.

– Margaret, acho que para testar a Libby e o Bob direito seria melhor se você os deixasse sozinhos por uns dez minutos – sugeriu Gina com firmeza. – Por que você não vai tomar um café?

– Tem certeza?

– Se você não se importar... – complementou Gina. – Precisamos nos concentrar. Agora, Libby – disse ela, assim que Margaret se retirou, com apenas alguns olhares para trás e acenos –, quem seria uma boa pessoa para conversar com você? – Ela olhou ao redor da sala. – Ah! Você conhece a Doris?

– Ela é a senhora que trabalhava como governanta no Swan? – perguntou Libby. – A Margaret já falou dela algumas vezes, sim.

– Ela é uma figura. – Gina ergueu as sobrancelhas finamente modeladas. – Acho que Margaret e o marido herdaram a governanta junto com o hotel. Ela tem muitas histórias sobre o que os hóspedes costumavam aprontar nos velhos tempos. Vem conversar com ela um pouquinho. Ela gosta do Bob. E ela vai adorar saber o que você anda fazendo por lá, tenho certeza.

Libby conduziu Bob pelo salão rumo a uma poltrona estampada perto da janela. Foi só quando estavam quase ao lado dela que Libby percebeu que a poltrona estava ocupada por uma mulher minúscula de rosto pálido, enrugado feito uma noz e coroado com um redemoinho de cabelos brancos. Ela usava um vestido azul-turquesa e sapatos de cadarço muito pequenos, e olhava absorta para o nada.

– Olá, Doris – cumprimentou Gina. – Como você está hoje? Gostaria de bater um papinho com a gente?

A senhora virou o rosto na direção delas e Libby acompanhou os olhos verdes muito aguçados se fixarem nela, e em seguida olharem para Bob. O olhar suavizou visivelmente quando o alcançou.

– Estou mais ou menos, Gina. É o que dá para esperar com esses meus pulmões. Oi, Bob. Quem é essa que você trouxe hoje?

– Meu nome é Libby Corcoran – respondeu ela, estendendo a mão para cumprimentá-la.

Doris havia começado a se inclinar para fazer um carinho na cabeça de Bob, mas ao ouvir o nome de Libby ela se endireitou para dar-lhe uma boa olhada.

– Corcoran? Então você é casada com um dos filhos da Margaret e do Donald?

– Isso. – Libby sorriu.

A mulher a analisou.

– Jason, eu espero.

– Sim. Como a senhora sabe?

Doris franziu os lábios rosados.

– Você está tomando conta do precioso cachorro da Margaret. Só a esposa do Jason faria isso.

– Sim, eu sei que é uma grande honra – concordou Libby.

– A Libby e o marido vieram para ajudar a Margaret – explicou Gina. – Eu falei pra ela que você tem umas histórias sobre o Swan que vão deixá-la de cabelo em pé!

– Eu tenho mesmo!

Mas antes que Doris pudesse começar a falar – e ela parecia estar empolgada para começar – uma enfermeira apareceu empurrando uma cadeira de rodas vazia.

– Desculpe interromper, mas eu preciso roubar a Doris um pouquinho... Está na hora de ir ao cabeleireiro! Você está pronta?

– Ah, que pena! Bem que eu avisei que era de ficar de cabelo em pé. Fica para uma outra hora, então – disse Gina. – Bom, que tal falar com o Gordon?

Relutantemente – porque ela preferia ouvir o que Doris tinha a dizer sobre o hotel e sobre Margaret –, Libby alterou seu curso e direcionou seu sorriso caloroso para o próximo idoso precisando da presença serena de Bob.

Pippa sentou-se na cadeira da sala de espera com um copo plástico cheio d'água e tentou processar a última hora.

Ela não conseguia se lembrar muito sobre a hipnose – que ironia! –, mas Kim, a terapeuta, havia lhe dito para não se preocupar com isso. Sua voz gentil tinha sido encorajadora, e Pippa havia conseguido desligar o cérebro até as imagens começarem a flutuar em sua mente por vontade própria. Era como caminhar lentamente por um caminho que lhe era familiar, embora um pouco embaçado; em alguns momentos, quando ela tentou ser mais específica, o chão desabou sob seus pés, deixando-a rastejando apavorada. Então a voz de Kim a trouxe de volta, dando-lhe sólidos corrimãos: o hotel, Libby e Jason, os nomes das enfermeiras que cuidaram dela. Fatos em que ela podia confiar.

Elas conversaram sobre a escola, seus amigos, seus pais, outras coisas de que ela não conseguia se lembrar, mas sobre as quais aparentemente tinha falado. Foi só quando Kim tentou acessar memórias mais recentes que o vazio surgiu novamente como cortinas se fechando.

– Você consegue se lembrar do último aniversário que comemorou? Talvez você estivesse em Londres. Talvez com amigos... ou com um namorado?

A cortina se fechou na mente de Pippa, uma sensação de que havia algo ali se esforçando para ser visto, mas, quando ela tentou identificar o que era, fugiu de seu alcance.

– Relaxe – disse Kim, mas, quanto mais ela tentava, mais vazio seu cérebro parecia. Isso fez com que Pippa entrasse em pânico. Então a sessão foi encerrada e ela retornou ao consultório escuro.

Pippa tomou um gole de água gelada, tão gelada que fez suas têmporas doerem. Aquilo tinha sido um progresso? As conexões invisíveis dentro de seu cérebro estavam começando a se religar? Kim havia anotado muitas coisas, e assegurou a ela que tudo poderia voltar de repente quando acordasse um belo dia, ou se ela tivesse uma lembrança reveladora, mas, quando Pippa tentou pensar sobre o que se recordava, sentiu-se muito, muito cansada.

Cansada e desconfiada. Mesmo com Kim tendo sido tão encorajadora, Pippa não conseguia compartilhar daquela positividade. A escuridão parecia diminuir, mas algo nela fazia seu coração palpitar, forte e rápido. Para ser honesta, talvez Pippa não tivesse tanta certeza se queria saber o que havia por trás daquela cortina. Fosse lá o que fosse, seu corpo não parecia querer que ela lembrasse. E aquilo devia significar alguma coisa.

Quando voltaram para casa, uma paz agradável havia tomado conta do hotel. Os operários já tinham ido embora. A noite estava quente e tranquila, e Margaret saiu para cuidar do jardim enquanto Jason se acomodava no sofá para assistir a uma partida de futebol.

Pippa e Libby estavam sentadas na cozinha com uma taça de vinho para comemorar o novo status de Libby: voluntária da Terapia Assistida por Animais. Conversavam e folheavam revistas de decoração, discutindo algumas ideias para o hotel, até que às oito horas Jason apareceu na porta.

– Alguém pode levar o Bob para passear? Não quero perder o segundo tempo… – disse ele já recuando.

– Eu vou – respondeu Pippa, afastando a cadeira da mesa.

– Ah, eu vou com você – afirmou Libby. – Agora eu sou a cuidadora oficial dele. Vamos – disse para chamar Lorde Bob, que fingia dormir no sofá da cozinha. – Lá pra fora.

Nenhuma resposta.

– Vamos – insistiu Libby. – Ele está me ignorando? Quer dizer, esse sono é fingimento?

– Olha só isso – disse Pippa, e partiu um pedaço de biscoito ao meio. Ela não disse nada, mas o colocou no chão ao lado do sofá onde Bob estava.

Elas observaram por um minuto, depois outro; então a ponta do focinho de Bob se contraiu no ar. Sem abrir os olhos, ele moveu a cabeça, localizando o biscoito; então, como uma omelete sendo retirada da frigideira, ele deslizou para fora do sofá, devorando o biscoito no processo e terminou aos pés de Pippa, onde ele se sacudiu para acordar. O tremor percorreu seu corpo comprido, terminando com um movimento rápido da cauda. As orelhas foram as últimas a parar de balançar.

– Você tem um talento especial – disse Jason, admirado. – Deve ter tido um cachorro em outra vida.

– Ou quem sabe até nessa aqui – refletiu Pippa, e sentiu um estranho tremor dentro de si.

Elas saíram e Libby estava prestes a cruzar o portão em direção à trilha que seguia por trás do hotel quando Pippa sentiu um impulso de se virar para o outro lado. Ela havia passado pelo local do acidente, mas na verdade não tinha ido até lá desde então, e de repente sentiu essa necessidade.

– Podemos ir? – perguntou ela. – Fiquei com vontade de ir até lá.

Libby parou de tentar arrastar Lorde Bob para fora de um canteiro de urtigas e pareceu preocupada.

– Acha mesmo que não vai ser um problema?

Pippa fez que não com a cabeça.

– Eu quero ver. Sinto como se alguma coisa... como se alguma coisa estivesse começando a se encaixar. Não sei explicar.

Não havia calçada, apenas um acostamento gramado, e elas caminharam lentamente por ele, ouvindo os carros, até chegarem ao local em que Libby disse que a havia encontrado. Pippa tentava prestar atenção em seus próprios instintos, sentir se algo aconteceria dentro dela, mas nada aconteceu até que ela ouviu Libby gritar:

– Espera!

Ela havia parado alguns metros antes e estava estendendo a mão. Algo brilhava em sua palma: era um objeto de prata, um pingente em forma de "A", ainda preso a uma correntinha de prata arrebentada.

– Olha! – disse ela, animada. – Isso é seu? Será que caiu quando o carro te atropelou?

Pippa voltou até ela e pegou o "A". Ao tocar o metal frio, um pensamento disforme surgiu no fundo de sua mente e foi crescendo e crescendo, enquanto uma memória intensa surgia, não em sua mente, mas em algum lugar em seu peito. Os dois sentimentos se espalharam e se fundiram até se tratarem não de uma memória visual, mas de ter novamente uma sensação que inundou o seu corpo inteiro: de ser amada, de receber algo precioso. Ela fechou os olhos e os sentiu se encherem de lágrimas quentes enquanto ela deixava a sensação submergi-la.

De se sentir extremamente feliz entre a mãe e o pai, na mesa de uma pizzaria. O melhor aniversário de todos.

– Meu aniversário. – Sua voz soava como se estivesse a quilômetros de distância; ela não sabia de onde vinha. – Minha mãe e meu pai me deram um colar especial.

Ela sentiu o cheiro da pizza, do casaco de lã do pai (que cheirava ao terrier da família, que às vezes viajava no bolso dele), do perfume que a mãe usava para sair. Um primeiro almoço de aniversário de gente grande, só ela, a mãe e o pai. *Nada de lavar louça!* Um sundae com duas velas soltando faísca e a caixa mais emocionante do mundo, com uma fita branca em volta.

– Pippa? – Ela ouviu a voz de Libby e balançou a cabeça.

Algo emergia lentamente de seu cérebro, subindo e subindo, ganhando foco, palavras forçando seus lábios.

– *Píppi* – disse ela. – Papai costumava me chamar de pequena Píppi. Não Pippa. Píppi Meialonga. Eu usava tranças como as da personagem sueca. Mamãe costumava trançar o meu cabelo antes de dormir.

Ela quase não conseguia suportar; em algum lugar em seu peito, em algum lugar no fundo de sua mente, ela se sentiu sonolenta, o peso morno do pai sentado na ponta da cama lendo para ela, sua voz diminuindo, diminuindo enquanto ela caía no sono, amada e protegida. Sua voz baixa e nítida como se estivesse falando com ela naquele momento.

Boa noite, Alice.

Não era uma voz; era um sentimento dentro de seu coração. Lágrimas escorriam pelo seu rosto enquanto um poderoso desejo a assolava como um vendaval, agitando seu peito, seu estômago. Era absolutamente real, físico. O desejo de entrar em sua própria cabeça e viver aquele momento novamente, com o pai, com a mãe do outro lado da porta, esperando para apagar a luz.

Deus te abençoe, Alice.

As imagens se misturavam agora, uma deslizando para dentro da outra enquanto sua memória as disparava em sua mente. Mamãe dando risadinhas enquanto Incy Wincy, a aranha das historinhas, subia pelo braço sardento de Alice, o sol quente em sua pele, suas unhas vermelhas e curtas como joaninhas brilhantes. Alice ansiava por esticar as mãos e tocá-la mais uma vez, um desejo tão forte que a deixou sem fôlego.

Alice. Alice. Ela era alguém. Ela existia. Tinha uma âncora no mundo, um passado, uma história. Seu nome era Alice Robinson.

Não estou perdida, pensou. *Eu sou Alice.* Mas o alívio durou apenas um segundo antes que as imagens desaparecessem, presas naquele curto loop, e a dor a atingisse. O pai se fora. A mãe se fora. Uma dor fria e aguda envolveu seu coração, espalhando-se por sua cabeça, enquanto ela os perdia novamente. A memória era tudo que tinha, aquela expressão de amor, aquele sentimento de ternura e pertencimento – ela jamais iria tocá-los, ou contar seus segredos a eles, ou ter novas memórias para substituir aquelas.

Alice fechou os olhos, desesperada para continuar naquela memória, para não ver a cerca viva áspera, o acostamento da estrada do presente. Não lembrar era melhor do que a dor de lembrar?

Ela era alguém, mas não era de ninguém. Não havia *ninguém* tentando encontrá-la. Ninguém. Ela não tinha percebido até então o quanto esperava que houvesse.

Alice olhou para cima e percebeu o sorriso entusiasmado de Libby se transformar em horror ao ver seu rosto contraído e desolado.

– Pippa? – chamou Libby. – Pippa!

– Alice – revelou com dificuldade.

Então, de repente, viu-se junto ao peito de Libby, abraçada com força. Ela desmoronou e chorou pelos pais que jamais viriam buscá-la.

Capítulo 11

Alice e Libby ficaram paradas à beira da estrada por um tempo, em silêncio, até que Alice conseguiu sorrir em meio aos soluços. Libby passou o braço ao redor da cintura dela e as duas caminharam lentamente de volta para o hotel. Dessa vez, Bob as acompanhou obedientemente preso à guia.

A preocupação de Libby estava envolta em uma empolgação mal contida.

– Agora que tem um nome, a gente pode te levar pra casa logo de manhã! – disse ela, em seu reconfortante discurso de "vai ficar tudo bem". – Dez minutos na internet e aposto que vamos conseguir descobrir tudo sobre você.

Alice assentiu, mas não sabia o que dizer. As emoções cruzavam seus pensamentos rápido demais para conseguir explicar como se sentia. Estava aliviada com o fato de sua memória estar obviamente começando a melhorar, mesmo que se lembrar de seus pais e perdê-los daquela maneira partisse seu coração, mas, por trás do alívio, havia outras perguntas bem mais sombrias.

Por que não voltou *tudo*?

Será que seu cérebro estava priorizando memórias? Ele era capaz de escolher o que trazer de volta, ou era algo aleatório?

E se apenas metade de suas lembranças estivesse lá? Teria perdido metade de si mesma, metade de suas experiências, metade de sua vida? E se encontrasse pessoas que se lembrassem de coisas a seu respeito das quais ela mesma não era capaz de recordar?

E por que não conseguia se lembrar de nada mais recente, como o motivo de estar ali? Com aquelas pessoas que, embora fossem desconhecidas, lhe eram familiares?

Alice balançou a cabeça que latejava sem parar. *Pare com isso*, disse a si mesma. *Pare de pensar.*

Mas ela não conseguia. A ideia de que sua mente estivesse se recuperando a assustou: impulsos elétricos invisíveis indo e voltando, reconstruindo as pontes, trazendo de volta flashes de informação? Como poderia saber o que era incapaz de lembrar... se não conseguia se lembrar?

Alice tinha a sensação de que recuperar seu nome não era o suficiente. Estava desequilibrada, em parte ainda vivendo aquele momento doloroso, meio ansiosa pelo próximo e inesperado salto.

Libby estava entusiasmada demais para notar o silêncio de Alice quando elas abriram as portas da recepção, os móveis escuros envoltos em lençóis. Ela tirou a coleira de Lorde Bob, enxotou-o e depois levou Alice direto para o escritório.

– Você começa a pesquisar – instruiu ela, abrindo seu laptop. – Vou preparar alguma coisa para beber e contar ao Jason a boa notícia. – Ela bateu palmas. – Ah, meu Deus, estou tão feliz por você, Pip... Alice! – Ela fez uma cara estranha. – *Alice*. Preciso me acostumar com isso! Você acha que a gente devia ligar para o hospital?

– São nove e dez. – Alice não tinha condições de encarar mais perguntas. Mais exames. – Acho que pode esperar até amanhã de manhã.

– Sim, claro. Nunca se sabe... agora que isso começou, pode ser que amanhã você tenha muito mais coisas para contar a eles!

Ela acha isso divertido, pensou Alice, sorrindo de volta de modo automático.

A última parte de uma novela, o final feliz.

Libby saiu, e ela encarou o laptop, a tela apagada que poderia lhe dizer coisas sobre si mesma que ela não sabia. Seu estômago revirou. *Vamos, Alice*, disse a si mesma. *Seja corajosa. O que pode ser pior do que lembrar que seus pais estão mortos?*

Os dedos de Alice pairaram sobre as teclas, mas ela não conseguiu fazer com que se movessem. Depois do que lhe pareceu um segundo, Libby voltou com Jason, e, juntos, eles começaram a pesquisar a vida de Alice na internet, enquanto ela assistia, suas mãos trêmulas agarradas a uma caneca de chá quente e doce. Mas logo ficou claro que não seria tão fácil.

Para começar, havia quase duzentos mil resultados para "Alice Robinson" no Google. Nenhum deles, notou ela, correspondia a matérias de jornal em busca de uma pessoa desaparecida.

– É você, no LinkedIn? – perguntou Libby, apontando para o primeiro resultado.

Aquela Alice Robinson tinha mais ou menos a idade dela, mas era uma analista política que ganhara vários prêmios no setor e tinha qualificações para dar e vender. Por um momento, Alice desejou que aquela *fosse* ela, mas sabia que não era.

– Acho que não. Acho que eu me lembraria de ser uma pessoa tão dinâmica.

– Você também estaria muito longe de casa. – Jason chamou a atenção para a imagem com Nova York ao fundo.

– Ah! Sim, sim. Estou feliz que essa não seja você, na verdade. Ela não parece ter muitos chinelos no guarda-roupa. – Libby olhou para cima. – Você estava de chinelos quando foi atropelada. Não se lembra? Na bolsa do hospital?

Alice piscou.

– É verdade.

Ela estava totalmente acostumada a usar as roupas de Libby; as peças cabiam nela e, mais precisamente, lhe caíam tão bem que Alice quase se esqueceu de que não lhe pertenciam. Suas roupas estavam em outro lugar. Aguardavam por ela, em um guarda-roupa, cada item uma pista de sua personalidade.

Libby continuava clicando sem parar.

– Não se preocupe. Existem várias outras Alice Robinson. Você consegue se lembrar de que tipo de trabalho fazia? Trabalhava em um escritório? Consegue se lembrar do que estudou na faculdade?

Será que ela frequentara uma universidade? Alice obedientemente fechou os olhos e tentou se imaginar trabalhando. Imagens estranhas lhe vieram, como se nunca tivessem ido embora, mas com pedaços faltando – não havia som, e um borrão ocupava o lugar dos nomes. Era como se um fato concreto tivesse levado a outro, e a mais outro, dando a cada um deles um ponto de apoio em sua mente de onde haviam escapado antes. Um vagão de metrô abarrotado na hora do rush. Pés doloridos em sapatos de salto alto. O cheiro úmido de Londres à noite, pessoas saindo de um pub carregando cervejas e indo para a calçada em uma noite de verão, luzes amarelas de táxi brilhando no crepúsculo.

– Eu trabalhava em Londres – disse ela lentamente. – Em um escritório, talvez? Não consigo lembrar qual era a empresa.

– Esquece o trabalho... começa pelo Facebook – sugeriu Jason. – Com certeza você vai estar lá. Aposto que o seu perfil vai estar cheio de amigos perguntando onde você está.

Eles rolaram páginas e páginas de resultados no Facebook, mas o rosto de Alice não apareceu em nenhuma delas. Conforme eles passavam de uma lista para outra, tentando fazer piada com a ideia de que ela *com certeza* estaria na página seguinte, Alice percebeu que Libby estava ficando mais nervosa e constrangida.

– É, isso é bem curioso – comentou Jason quando chegaram ao fim das Alice Robinson. – Você não está no Facebook. Tem certeza de que não faz parte de algum programa de proteção a testemunhas? Ou suas configurações de privacidade são muito, muito restritas por algum motivo?

– Será que eu me lembraria se fosse do MI5? – perguntou Alice. Não era totalmente uma piada.

– Isso não significa nada necessariamente – disse Libby depressa, lançando um olhar para Jason. – Muitas pessoas não estão no Facebook. Professores, policiais... Eu mesma não tenho entrado muito ultimamente – acrescentou. – As pessoas se tornam muito competitivas nas redes, né?

– Tem certeza de que o seu sobrenome é Robinson? – Jason batia uma caneta contra os dentes. – Será que você esqueceu que se casou? Ou que mudou de nome?

– Não. – Sua mente parecia comprimida e escura novamente. – Sei lá. Quanto mais eu penso em alguma coisa, mais difícil fica entender se estou lembrando ou se apenas quero lembrar.

Libby ergueu os olhos do laptop e o fechou com um clique firme.

– Desculpa, Alice. Estamos sendo egoístas. Você teve um grande choque... lembrando do seu pai e da sua mãe. Quer encerrar por hoje? Pode ser que o seu cérebro se recupere melhor enquanto você estiver no modo repouso. Por assim dizer.

Alice conseguiu dar um sorriso. Dava para perceber que Libby estava morrendo de vontade de continuar, mas o dia havia sido longo e ela não sabia ao certo se tinha forças para pensar *e lidar* com o que poderia surgir naquele momento. Fragmentos piscavam no fundo de sua mente como vaga-lumes, brilhantes o bastante para lhe dar uma sacudida, mas não permanecendo por tempo suficiente para que ela pudesse examiná-los de maneira adequada.

O casaco pesado de lã de seu pai. Azul-escuro. Com apliques de veludo nos cotovelos.

A bolsa de couro vermelha da mãe que tinha um fecho que parecia um barril e os bolsos de zíper cheios de doces.

Papai, pensou ela. *Mamãe*. Era como se aquele amor intenso estivesse iluminando a escuridão, destacando aquelas memórias preciosas. Outra onda de tristeza fez com que ela se sentisse dolorosamente solitária.

Libby percebeu e pousou a mão em seu ombro.

– Hora de dormir. Amanhã é outro dia.

E quem sabe quem serei quando acordar?, pensou Alice.

Na sexta-feira, depois de resolver questões administrativas do hotel, levar Bob para passear e depois ter uma conversa desagradável com Margaret sobre o "volume um tanto invasivo" do rádio dos operários, Libby se acomodou no escritório com Alice e finalmente conseguiu usar suas habilidades enferrujadas de pesquisadora. Ela tentou ser discreta, vendo a inquietação de Alice cada vez que descobriam uma nova informação, mas era bom poder usar o cérebro novamente – Libby não havia percebido o quanto sentia falta de seu antigo emprego.

No final da tarde, elas haviam encontrado o boletim de Alice em uma escola de ensino médio para meninas em Bromley, e a localização, no Google Earth, de dois apartamentos onde ela havia morado depois de concluir a faculdade, mas nenhuma fotografia ou qualquer coisa mais recente do que cinco anos atrás, quando ela ajudou a financiar o sonho de alguém que queria pular de um avião vestido de Super-Homem. A partir disso, concluíram que ela talvez tivesse trabalhado como assistente pessoal em vários escritórios de advocacia em Londres.

– É um começo, não é? – disse Libby com um tom encorajador. – Talvez você possa entrar em contato com o... Opa, olá!

– Olá, moças! – Jason entrou vestindo calça jeans e uma camisa de rúgbi, com uma bolsa esportiva no ombro. Ele parecia de muito bom humor. – Só para vocês saberem que não vou estar em casa para o jantar hoje à noite, então não se preocupem em preparar nada pra mim.

– Ah… – Libby ficou desapontada. – Eu ia fazer uma torta de peixe para comemorar as descobertas da Alice. Sua mãe vai me ensinar o jeito "certo" de fazer.

Jason franziu o cenho.

– Mas a sua torta de peixe é ótima.

– Eu sei – disse Libby. – Mas acho que ela gosta de me ensinar a fazer as coisas do jeito dela.

Alice olhou para ele, depois para ela, novamente para Jason, sentindo o clima.

– Não se preocupe comigo, Libby. Você já fez muita coisa. Vou levar Bob lá para cima e servir o jantar dele, pode ser? – Ela se levantou e saiu, Bob indo atrás dela, com a cauda erguida.

Jason e Libby observaram surpresos.

– Ele não parecia tão bem adestrado assim quando eu precisei arrastá-lo do meio dos arbustos mais cedo – comentou Libby, impressionada. – Enfim, aonde você vai hoje à noite?

– Ela disse a palavra mágica, "jantar". – Ele colocou a bolsa no outro ombro. – É só um treino de rúgbi. Eu tenho as chaves da porta da frente, então você pode trancar quando quiser.

– Que horas é o treino? – Ela olhou para o relógio. – São só cinco horas.

– É das seis às oito, mas provavelmente vamos tomar alguma coisa depois no bar do clube. Eu te contei sobre esse bar? – Jason agitou as mãos para transmitir sua empolgação. – É novo! Tem cervejas artesanais de vários produtores, e Stella também! Eles têm um chef que só faz tortas! E, veja só, um banheiro feminino que realmente foi feito para mulheres!

– Que maravilha! – Libby não sabia por que sentia inveja; ela nem gostava de rúgbi tanto assim. Talvez fosse porque um banheiro novo fosse mais importante que sua torta de peixe. – Então, quando é a noite das mulheres?

– Oi? – Ele baixou as mãos e pareceu desconfiado.

– Agora que o clube de rúgbi tem instalações para mulheres, quando vai rolar alguma noite em que elas possam ir também? Eu ia gostar de sair à noite. Conhecer outras viúvas do rúgbi, talvez?

– Para ser sincero, Lib, eu acho que eles só construíram aquele banheiro por uma exigência legal de igualdade de direitos. – Jason fingiu estar horrorizado. – A maioria das esposas se mantém longe. Eles ainda têm atrás do bar aqueles calendários com mulheres seminuas estilo anos 1970.

Libby forçou um sorriso.

– Eu posso lidar com calendários machistas, se isso significa sair à noite com você. Eu sinto falta das nossas noites românticas com o vaporizador de papel de parede. E aparentemente Longhampton oferece uma série de opções de entretenimento.

– Eu sei, querida. Mas você com certeza não ia querer ir ao clube. Por que você e a Alice não vão a algum lugar?

Algo no jeito casual de Jason dizer aquilo extrapolou o limite da sua paciência. Embora o hotel estivesse praticamente vazio, alguém precisava estar por perto durante a noite para lidar com os poucos hóspedes ou tirar uma dúvida ou outra; Libby havia defendido que Margaret deveria ser dispensada dos turnos da noite para que pudesse estar com os amigos tanto quanto possível, mas isso não significava que Jason poderia deixá-la responsável por tudo agora que sua vida social estava melhorando.

– Quando? – Libby colocou as mãos nos quadris. – Eu não posso planejar nada se você simplesmente sai quando quer.

– Eu não coloquei lá no cronograma? – Aquilo não a convenceu. – Eu preciso estar lá para o treino... é um clube pequeno, você tem que se mostrar disposto. Além disso, bem, metade do time trabalha na prefeitura ou tem negócios por aqui. Algumas cervejas valem uma série de telefonemas... Estamos lubrificando as engrenagens dos negócios.

– Está bem. Só não... – Nesse momento Libby hesitou, já que o clima agora estava nitidamente pesado, sensível. Jason havia entrado em casa cambaleando depois da última noite com os amigos, mas ela não dissera nada, considerando que poderia ter sido um evento isolado. – Só não exagera dessa vez.

– E isso significa...?

– Significa que, da última vez que você decidiu "lubrificar as engrenagens dos negócios", você só apareceu aqui depois das dez e eu tive que cuidar do café da manhã e da troca da roupa de cama sozinha. Não é como era no escritório... Não dá para postergar as tarefas do dia até a sua ressaca passar. A gente precisa ir ao atacado amanhã, o mais cedo possível. Não quero encher o saco – acrescentou ela, bem ciente de que *estava* enchendo o saco –, mas...

Jason fez gestos apaziguadores.

– Pode deixar. Eu não vou chegar tarde. Vou só tomar umas cervejas e volto. O que foi? Por que você está me olhando desse jeito?

A frase saiu da boca de Libby antes que ela pudesse detê-la.

– Só não exagera nas rodadas que você vai bancar também. Eu recebi as faturas dos cartões de crédito hoje de manhã e estamos quase no limite.

Ah, meu Deus, por que você disse isso?, perguntou-se Libby, irritada. Mas ela já sabia a resposta: não conseguia tirar da cabeça a conversa que tivera com seu pai, tampouco o fato de ter encontrado o recibo da última noite de Jason no bar no bolso de trás da calça jeans dele quando lavava a roupa. Jason tinha, ao que parecia, deixado seu cartão no caixa e bancado o porre do time inteiro. E eles eram jogadores de rúgbi. Gostavam de desafios.

Libby sempre tinha adorado a generosidade de Jason. Ele era o oposto de seu pai de muitas maneiras. Mas naquele momento não podiam se dar ao luxo de ser tão mão-aberta assim, e ela odiava ter que interferir no jeito dele – mais do que isso, ela odiava ter que ser a pessoa a lembrá-lo. Ele deveria *saber*.

– Mais alguma coisa? – perguntou Jason. – Não volte tarde, não fique bêbado, não gaste muito dinheiro. Não, peraí. Você se esqueceu de "não se divirta".

Eles olharam um para o outro e o ar entre os dois trovejou com a briga que poderiam ter, ou evitar.

É assim que casamentos sólidos se fortalecem, lembrou Libby a si mesma. Atravessando percursos difíceis.

– Eu não gosto de me sentir sua mãe – disse ela baixinho. – Mas a situação já é ruim o suficiente, a gente não precisa piorar, né?

Apenas peça desculpas. Apenas reconheça que eu tenho motivo para estar magoada. Reconheça como é humilhante para mim não poder confiar em você.

Jason suspirou e largou a bolsa.

– Desculpa, Lib – disse ele. – Eu entendo o que você está dizendo. Tira a noite de folga. Você também precisa relaxar.

Ela não respondeu.

Jason se aproximou e deslizou os braços ao seu redor, descansando sua bochecha na dela. Ele pressionou os lábios contra a pele macia atrás de sua orelha; aquilo sempre fazia Libby derreter por dentro, e, naquele exato momento, foi isso que sentiu. Ela olhou para os braços fortes do marido ao redor de seus ombros e, apesar da tensão, relaxou no abraço dele.

Pelo menos ainda temos isso, pensou. *Pelo menos isso não evaporou com todo o resto.*

– Você não pode imaginar o quanto eu fico feliz de você estar nessa comigo – murmurou ele. – Mas você tem que confiar em mim... dinheiro entra e sai. Às vezes a gente precisa gastar para poder ganhar depois. É como funciona no mundo dos negócios.

Libby queria acreditar naquilo mais que em qualquer outra coisa. Ela pousou o nariz no braço de Jason e respirou fundo sentindo o cheiro de sua pele. O conforto daquele abraço bloqueava todas as vozes irritantes em sua mente.

– Não quero parar de tentar fazer *a gente* funcionar porque estamos fazendo o hotel funcionar. – Pronto, tinha conseguido desabafar.

– Nem eu, querida. O hotel vai funcionar *porque* a gente está funcionando. – Jason a apertou. – Eu não vou chegar tarde. Se você prometer que vai estar na banheira exatamente às dez e meia...

Libby se afastou.

– Chegue às dez – disse ela em um murmúrio sedutor. – Sua mãe vai ficar fora até as dez e meia. Parece que hoje é a festa de primavera do Soroptimist.

Jason parou na porta, depois franziu as sobrancelhas duas vezes, insinuante.

– Nesse caso, estarei de volta às nove e meia. Vejo você mais tarde, linda.

Libby soprou-lhe um beijo e o ouviu assobiar alegremente enquanto saía pela recepção infestada de veados, voltando ao silêncio quando a porta da frente se fechou.

Com Margaret e Jason fora de casa, Libby passou a noite no escritório com Alice, onde podiam ouvir o telefone, mas ao mesmo tempo fazer alguma coisa útil.

A "coisa útil" foi um *brainstorming* de ideias de marketing retiradas de um dos diversos manuais que Libby havia comprado sobre o mercado de hotelaria. Tinha que escondê-los em um arquivo, já que Margaret parecia considerar a pilha de livros um desrespeito aos seus 35 anos de experiência, mas Libby precisava da garantia que as listas e metas podiam lhe oferecer. Ela e Jason não entendiam nada sobre gestão de negócios, e todas as perguntas que fazia a Margaret eram respondidas com "O Donald costumava...", o que era compreensível, mas não muito útil.

Alice era uma pessoa fácil de se trocar ideias e, depois de encherem as páginas do caderno de Libby com promoções e fins de semana especiais, elas pararam às oito e meia para comer alguma coisa. Como havia abandonado a torta de peixe, Libby pediu uma pizza na nova pizzaria da cidade, sob o pretexto de conhecer o local para poder indicá-lo aos hóspedes. Afinal, ela e Alice haviam trabalhado muito mais em duas horas do que Jason e Margaret ao longo do dia inteiro.

– Alguma dessas informações que a gente descobriu hoje reavivou a sua memória? – perguntou ela, passando a Alice um pouco de papel-toalha para que ela limpasse os dedos.

– Nada que tenha me ajudado muito. – Ela parecia triste. – Eu fico me perguntando por que não estou no Facebook. Do contrário pelo menos eu poderia perguntar aos meus amigos que tipo de pessoa eu sou.

– Eu não sei se *dá* pra descobrir quem você é pelos seus amigos do Facebook – disse Libby. – Ele só diz quem você conhece.

O Facebook era um assunto delicado para Libby. Erin e seus outros amigos postavam frequentemente em sua página – muitos "Oi, querida!" e marcações em fotos de festas às quais ela não tinha ido –, mas ela não conseguia se forçar a responder, considerando que suas vidas continuavam agitadas, com direito a ioga para crianças e férias em Goa, enquanto a dela... não. Libby verificava a página todos os dias, muitas vezes tarde da noite para que ninguém a visse on-line, mas só havia postado duas fotos do jardim de Margaret, a parte inequivocamente boa do hotel. Mesmo assim, teve que esperar a garoa diminuir.

Jason achava que aquilo não tinha sentido nenhum, mas o Facebook fazia Libby se sentir estranhamente na defensiva. Não, na verdade, pensou ela, não era *nada* estranho. O problema era seu feed: olhar para ele a fazia pensar o quanto ela e as "garotas" de Wandsworth realmente tinham em comum. Erin era um amor, mas as outras, embora legais, nunca foram o tipo de gente a quem Libby achava que podia contar um segredo, não com confiança. Se tivesse tido filhos, pensava ela às vezes, quem sabe pudesse ter havido alguma conexão real entre elas, um vínculo criado por confissões privadas, constrangedoras, menos-que-perfeitas, mas a única vez que ela, um pouco embriagada, admitiu que seu aperitivo para a festinha que faziam na rua durante o verão, o *lemon curd*, não era uma centenária receita de família que Margaret Corcoran havia lhe ensinado, e sim um *lemon curd* do supermercado que ela colocava em um vidro qualquer, o silêncio constrangedor que se seguiu dera a entender que Libby deveria pensar duas vezes antes de abrir seu coração. (Erin, felizmente, caiu na gargalhada.)

Ai, o Caso *Lemon Curd*. O rosto de Libby pegava fogo, como sempre acontecia quando ela se lembrava daquilo, e ela percebeu que Alice a estava olhando com curiosidade. Alice não costumava julgar as pessoas, então era mais fácil para ela dizer o que sentia.

– Eu tento me convencer de que o Facebook é uma edição dos melhores momentos, mas quando você trabalha arduamente e com um orçamento apertado... nem sempre quer ver como a vida de outras pessoas é incrível, né?

– Tem razão.

– E amigos de verdade são de verdade – continuou ela. – Não são pessoas que clicaram no seu perfil e te adicionaram só para ter mais amigos.

– Eu sei. Mas é tipo um registro, né? De quem você é. O que me assusta é... – disse Alice lentamente – e se eu nunca mais encontrar alguém que me conheça? Esses anos dos quais não consigo me lembrar, eles vão simplesmente... desaparecer. Mesmo se eu rastrear todas as minhas antigas colegas de escola, elas estão em Londres. O que eu estou fazendo aqui? Será que eu... perdi a pessoa que fui nos últimos anos? – Ela piscou, perdida, e Libby se sentiu mal por seu próprio egoísmo.

– Não! A sua memória vai voltar. E é *claro* que você tem amigos, e é óbvio que eles vão te encontrar. Mas você pode começar de novo, se for necessário. Pode fazer novos amigos... quer dizer, você já fez dois novos amigos, eu e o Jason. Todo mundo precisa se reinventar quando se muda. O seu caso é só um pouco mais... extremo.

Ao dizer isso, Libby percebeu que não tinha exatamente seguido seu próprio conselho. Dois meses ali e a única nova amiga que fez foi literalmente levada até sua porta por um motorista imprudente.

Alice pegou sua pizza.

– Eu sou muito grata a vocês dois, mas não posso ficar aqui para sempre. Como vou conseguir um emprego sem nenhuma referência e sem uma conta bancária? Sem registro na previdência social? Vai parecer suspeito.

– A gente pode começar a rastrear tudo isso agora. E você pode ter um emprego aqui quando quiser.

– Mesmo? Você não precisa fazer isso.

– Claro! Você já é uma recepcionista melhor do que a última que a Margaret teve. No caso, eu.

Alice sorriu para Libby, e a garganta de Libby se apertou com o quão aliviada ela parecia.

– Obrigada, Libby. Você tem sido tão gentil...

Houve um estrondo na recepção e as duas deram um pulo. Escutaram por um tempo. Parecia algo sendo derrubado.

Libby largou a pizza.

– Provavelmente é o Jason, voltou cedo. Eu não acho que a Margaret entraria em casa desse jeito. A menos que ela tenha caído em cima do cachorro.

– *Cadê* o Bob quando a gente precisa dele? – disse Alice. – Que péssimo cão de guarda ele é.

– Quem está no quarto 4? O Sr. Harrington? Acho que ele pode ter tentado entrar no saguão para pegar o jornal. – Libby enfiou os pés de volta nos sapatos. – Vou lá dar uma olhada.

Quando entrou na recepção, viu um movimento perto da porta e ouviu uma voz masculina sussurrar "Shhhhhh!" muito alto.

Era Jason. Ele sempre perdia a noção do barulho quando bebia. Libby se preparou para a demonstração de afeto cheia de fofuras que vinha em sua direção. A tolerância de Jason para a bebida era de cerca de quatro canecas, embora ele fosse capaz de entornar uma quantidade consideravelmente maior do que essa.

Por um lado, ele tinha voltado a tempo do encontro na banheira, mas por outro, pensou ela, irritada, aparentemente ele acabaria dormindo mergulhado nela. Ainda assim, pelo menos Libby não tinha desperdiçado seu último restinho de óleo de banho preferido com ele.

Jason estava agarrado ao batente da porta e sorria feito bobo. As luzes ainda estavam acesas, e os lençóis que cobriam os móveis deixavam o cômodo ainda mais claro. Seu cabelo loiro estava grudado na cabeça, como se tivessem derramado muita cerveja em cima dele. Havia mais alguém com ele – um de seus amigos, com um moletom de capuz vermelho sob uma jaqueta de couro apoiando Jason, impedindo que ele caísse.

Só podia ser alguém do time de rúgbi, pensou Libby; ele era uns bons quinze centímetros mais baixo que Jason, mas era forte o suficiente para manter os 82 quilos daquele bêbado idiota de pé.

Ela estava prestes a livrá-lo de seu prisioneiro cambaleante quando Jason de repente se inclinou sobre o suporte de guarda-chuva de bronze e começou a fazer os mesmos ruídos dramáticos de ânsia de vômito que Lorde Bob gostava de fazer depois de comer alguma porcaria no parque.

Ah, só pode ser brincadeira, pensou ela. *Como a Margaret nunca vê isso?*

– Cara, eu tô me sentindo muito... – disse Jason, com um forte sotaque de Longhampton, e depois vomitou ruidosamente no suporte de guarda-chuvas.

Enquanto Libby ainda o observava boquiaberta junto ao balcão, Jason se endireitou, limpando o rosto com o dorso da mão. Ele sorriu sem graça para o amigo, que não disse nada, mas soltou um longo suspiro.

– Melhor aí dentro do que no tapete – acrescentou Jason. – E pelo menos não foi no táxi.

– Aquilo não era um táxi, seu imbecil, era a minha van – disse o amigo, abaixando o capuz com a mão cansada. Enquanto o homem falava, Libby se deu conta, minutos depois, de quem ele era de fato: Luke.

Luke sempre lembrara a Libby os guitarristas mal-humorados das bandas indie que ela ouvia na adolescência – era magro, tinha bochechas encovadas, e parecia ser capaz de nocautear um daqueles sujeitos que tentavam pular no palco sem perder o ritmo. Seus olhos eram a primeira coisa que alguém notava nele, não porque fossem lindos e azuis como os de Jason, mas porque tinham uma intensidade que frequentemente fazia Libby olhar para trás para ver se alguém mais interessante havia entrado de repente.

– Luke?

Ele se virou e, quando a viu, deu um gemido.

– Ah, merda, quer dizer, oi, Libby. Eu ia tentar subir com o Jase e colocá-lo na cama sem incomodar você.

– Não na minha cama, espero. Esse não é o tipo de surpresa que uma mulher gosta de encontrar tarde da noite.

Ele levantou as mãos em reconhecimento.

– Faz sentido. O plano B era enfiá-lo no banho. É mais fácil metê-lo lá dentro.

Ambos olharam para Jason, que tinha caído de joelhos e estava pendurado no suporte de guarda-chuva como se fosse um bote salva-vidas.

– Quantas cervejas ele tomou?

– Dez canecas! – Jason levantou a mão totalmente instável. – D...ez! Ou doze!

– Quatro, imagino – disse Libby. – No máximo.

Luke passou a mão pelo cabelo escuro; estava mais longo do que da última vez que ela o vira. Depois ele havia cortado bem curto, estilo militar, mas agora estava longo o suficiente para uma espécie de topete se formar em sua testa.

– Seis, eu acho – respondeu ele.

– Bem, obrigada por rebocá-lo até em casa – disse ela. Luke nunca falava muito, e Libby se pegou tagarelando para preencher os vazios. – Como você o achou?

– Eu fui até o bar do clube para conversar com uma pessoa sobre um trabalho e ele estava lá. – Luke cutucou Jason com a ponta do tênis e Jason soltou um gemido. – Ele já estava bem bêbado quando eu cheguei. Você está fora de forma, parceiro – acrescentou para reforçar.

– Você não manda em mim – murmurou Jason. – Se eu quiser beber com os meus amigos, não preciso do meu irmão mais velho me falando para...

O que quer que ele fosse dizer se perdeu em outro acesso de ânsia de vômito.

– O jogo foi bom – disse Libby ironicamente.

– Enfim, já que eu estava lá, achei melhor trazê-lo para casa. Você está um pouco velho pra mamãe ir te buscar, né? – Ele dirigiu o comentário para o irmão.

Jason murmurou alguma coisa ininteligível.

– Bom, obrigada por arriscar sua própria van só por isso. Eu não sabia que você estava por aqui – disse Libby. – Onde está hospedado? Sabia que a gente tá aqui desde o início de março?

– Fiquei sabendo. Estou sempre indo e vindo, pensei em dar uma ligada, mas sabe como é, a mamãe... – Luke deu de ombros. – Escuta, eu não quero parecer grosseiro, mas acho melhor a gente subir com esse garotão antes que... Ah, olá.

Por um segundo, Libby se perguntou se Margaret havia voltado; Luke se endireitou e sorria confuso em direção ao escritório. *Bom*, pensou ela. *Agora Margaret vai ver como Jason realmente fica depois de tomar umas, em vez de insinuar que eu sempre reclamo por nada.*

Mas o sorriso de Luke estava diferente. Ele parecia feliz, mas confuso. Surpreso, até.

Libby se virou e viu que Alice tinha aparecido e olhava para eles com a mesma expressão ambígua em seu rosto. Era uma expressão que Libby vira muito nos últimos dias, enquanto Alice lia revistas, enquanto faziam testes, enquanto conversavam. Alice estava tentando se lembrar de algo. Tentando muito.

Por fim, Luke falou:

– Alice!

E então sorriu. Como se a conhecesse.

Capítulo 12

Alice encarou o homem que segurava Jason do outro lado da recepção e um pensamento disforme pressionou sua cabeça de dentro para fora, tentando atravessar aquela parede de vazio.

Ela não o *conhecia*, mas ele... não lhe era estranho. Libby o havia chamado de Luke, e algo como "Claro, é o Luke" atravessou sua mente, mas nada além disso.

Ele a conhecia. Tinha dito o nome dela, sim, mas a confirmação veio do jeito que ele a olhava. Luke foi a primeira pessoa que de fato sabia quem ela era, e Alice o tinha encontrado bem ali no hotel para onde estava indo no dia do acidente.

A garganta dela ficou seca.

Ele deu um passo se aproximando, franzindo a testa diante da falta de resposta dela, e o movimento rápido dos seus olhos sobre o rosto dela também era familiar: olhos penetrantes e atraentes, quase pretos, sob sobrancelhas retas e bem marcadas. Uma mecha de cabelo castanho lhe caiu sobre a testa, e ele a afastou para poder ver Alice melhor, revelando uma pequena tatuagem no pulso: uma maçã.

Luke.

Alice sentiu um nó na garganta. *Ele parece muito feliz em me ver, mas está confuso*, pensou ela, lendo seu rosto anguloso. *E ele me conhece. Ele sabe quem eu sou.*

– Alice? – repetiu ele. – É *você*, não é?

– Sim. Sou eu – disse ela. – Mas...

Luke se aproximou, mas de repente parou, confuso. Magoado, talvez?

– Você tá bem?

– Luke. Você é irmão do Jason – disse Alice lentamente, concentrando-se nos fatos em que podia confiar. *Fatos recentes, não memórias antigas*, lembrou a si mesma.

O rosto dele se contraiu ainda mais, e sua expressão se tornou dura de repente.

– Sim. Não é por isso que você tá aqui? – Ele a encarou, seus olhos castanho-escuros vendo uma pessoa que ela não conhecia, e Alice sentiu uma necessidade de dizer a coisa certa, mesmo sem saber exatamente o que poderia ser.

– Vocês dois se conhecem? – indagou Libby.

Luke parecia esperar que Alice respondesse e, como ela não falou nada, ele respondeu:

– Sim, a gente se conhece.

– Bem, *como*? – Libby fez um ruído impaciente. – Fala logo! Isso aqui não é romance da Agatha Christie! Não precisa fazer suspense.

– Eu conheço a Alice daquela pousada... A White Horse, em Embersley. – Ele olhou para Libby, depois para Alice, surpreso por ela não estar respondendo às perguntas. – Por quê? O que aconteceu? Alice?

Ela não conseguia falar. Luke parecia magoado. Por que ele parecia magoado? O que ela havia feito? Como ele a conhecia? Ele era amigo dela? Mais do que amigo? Ela sentiu seu estômago dar um nó.

– A Alice sofreu um acidente aqui na frente do hotel, uns quinze dias atrás. Ela perdeu a memória, então a gente a trouxe para cá até que ela conseguisse lembrar onde mora – disse Libby. – Desculpa, Alice – acrescentou por cima do ombro –, estou falando por você. Está tudo bem? Você ficou muito pálida.

Enquanto Libby falava, Alice viu o choque se espalhar pelo rosto de Luke e logo em seguida desaparecer completamente. Ele era bom em controlar suas expressões, ao contrário de Libby. Desde que havia perdido a memória, Alice mantinha os olhos bem abertos, atenta a quaisquer reações, por menores que fossem, pistas de coisas que ela não sabia, e à menção do acidente o rosto dele havia ganhado uma expressão impassível, como se pensamentos diferentes estivessem cruzando a mente dele, e não a reação "Ah, meu Deus!" que outras pessoas haviam tido.

Ele sabe alguma coisa a meu respeito, concluiu ela, e sentiu outro pensamento disforme ir e vir, invisível e fora de seu alcance.

– Você está bem agora? – perguntou ele, afastando-se de Jason, que balançava de um lado para outro. – Que tipo de acidente? Você se machucou?

– Eu fui atropelada por um carro. Dois carros. Não sei o que aconteceu. É tudo... – Os joelhos de Alice de repente vacilaram, e manchas brancas apareceram diante de seus olhos. Ela cambaleou e estendeu a mão em direção à beirada do balcão. Antes que ela pudesse perceber, Libby estava lá, com o braço ao redor de sua cintura.

– Cuidado! – disse ela. – Acho que a gente deveria levar a Alice lá pra cima. Ela ainda está tomando vários remédios. – Libby olhou para Jason, caído sobre o suporte de guarda-chuva, a cabeça descansando pacificamente contra a borda. – Luke, você traz o bêbado? Use uma pá se for preciso.

Alice tentou caminhar, mas Libby era mais forte do que parecia, e ela, agradecida, deixou-se guiar escada acima até a cozinha.

Do outro lado do corredor, no banheiro, era possível ouvir Jason gemendo enquanto Luke o empurrava para dentro da banheira, e Alice se sentiu grata pela pausa momentânea. Ela colocou a cabeça entre os joelhos, e sua mente rodopiou com a escuridão; nada de útil apareceu. Nenhuma lembrança de Luke, apenas uma sensação de ansiedade. Libby pôs a chaleira no fogo e se agachou diante dela.

– Você está bem? – perguntou em tom preocupado. – Você ficou muito pálida mesmo.

– Sim. – Alice tocou as costelas. Estavam doloridas no ponto onde Libby segurara para ajudá-la a subir as escadas. – É só... esquisito, quando as pessoas conhecem você, mas você não as conhece.

– Esquisito? – Libby percebeu que ela estava brincando e revirou os olhos. – O Luke é seu amigo? Você consegue se lembrar da última vez que o viu?

– Sei lá – disse Alice. – Eu... Não, eu não sei. – Ela estava vasculhando em sua mente, mas o que quer que estivesse lá dentro havia saído de alcance. – Ele já tinha falado a meu respeito? Você acha que foi *ele* que me disse para vir até aqui?

– Ele nunca mencionou você, mas não somos tão próximos. Ele não vem aqui há meses. Literalmente, meses. Acho que eu te falei, ele e a Margaret não se dão bem. A última vez que vi Luke foi… dois anos atrás? No casamento dele, talvez?

No casamento dele. Luke era casado. Alice sentiu um brilho estranho tremeluzir por dentro dela. Não era uma memória, mas uma reação mais profunda.

– Meu Deus, o que diabos está acontecendo? – O deslizar de unhas nos ladrilhos indicava que Margaret e Bob haviam voltado da festa do Soroptimist. Margaret estava muito elegante com suas pérolas e seu vestido floral esvoaçante; a expressão de satisfação de Bob sugeria que ele havia comido muitos *vol-au-vent* escondido. – A recepção está com um cheiro horroroso, eu achei que… Alice? Você tá bem, querida?

– Ela tá bem – disse Libby, enquanto os ruídos de alguém vomitando ecoavam do banheiro. – Infelizmente não posso dizer o mesmo do Jason.

– O Jason está passando mal? – O rosto de Margaret se contraiu de ansiedade. – Ele comeu algo que não fez bem? Ele nunca se deu bem com cogumelos…

– Ele está bêbado, na verdade. – A chaleira ferveu e Libby se levantou para fazer o chá. – Não se preocupe, o Luke está lá com ele.

– O *Luke*? – Alice viu a ansiedade de Margaret transformar-se em irritação e percebeu os ombros de Libby se curvarem em resposta. Ela tentou compreender a dinâmica que havia sido instaurada: tanto Libby quanto Margaret tinham se tornado levemente polidas. – Eu não sabia que o Luke vinha.

– Nem a gente. Mas o Luke resgatou o Jason e o trouxe para casa. Ele não está passando mal. Está completamente bêbado – acrescentou ela. – Mas a boa notícia é que…

– É melhor eu ir ver se ele está bem. – Margaret colocou a bolsa em cima da mesa. – O Jason não bebe! Você acha que algum desses amigos batizou a bebida dele? A gente vê essas coisas por aí…

– Sim – disse Libby, inexpressiva. – Eu acho que eles batizaram a bebida dele… com muito álcool. E o coitadinho bebeu.

– Você acha? Ah. – Margaret fez uma careta, entendendo a piada. – Não sei se deveríamos fazer pouco caso dessa situação, Elizabeth. As pessoas podem ter reações sérias ao excesso de álcool.

Assistindo ao diálogo, Alice percebeu certa irritação nos olhos de Libby, e que ela estava se contendo para não dizer nada.

– Ele vai ficar bem, Margaret – disse Libby. – Já o vi muito pior do que isso. Mas, como eu estava dizendo, a *boa* notícia é que o Luke...

– O Luke o quê?

Elas viraram a cabeça e viram Luke na porta, secando as mãos em uma toalha de rosto. A toalha era rosa e parecia deslocada em suas mãos fortes.

– Oi, mãe – cumprimentou ele. – Você tá bonita... foi passear?

Alice observou enquanto ele tentava manter sua atenção apenas na mãe, mas, quando seus olhos deslizaram na direção dela, os olhares se encontraram e ela sentiu um arrepio. Como, porém, não tinha nenhuma lembrança que pudesse lhe servir de referência, Alice não sabia se aquele arrepio era um bom ou mau presságio.

– Estava na festa do Soroptimist – respondeu ela, tirando a toalha das mãos dele e se inclinando enquanto ele beijava sua bochecha de um jeito mecânico. Não era o abraço de urso afetuoso que Jason costumava dar em Margaret; ambos estavam rígidos e desconfiados, como se não fossem fazer aquilo se não houvesse uma plateia. – Que surpresa. Você deveria ter ligado.

– Não foi planejado... Eu ia dar uma passada aqui amanhã. Bom, eu já coloquei o Jason na cama no quarto de hóspedes – acrescentou ele se direcionando a Libby, enquanto ela lhe entregava uma caneca de chá. – Deixei a porta aberta caso ele precise da gente, mas acho que ele apagou.

– Ah. – Margaret saiu em direção à porta para ver como Jason estava. – A Alice está hospedada no quarto de hóspedes.

Alice corou quando eles se viraram para ela.

– Tudo bem – respondeu ela de pronto. – Eu durmo no sofá essa noite. Não tem problema.

– Não, Alice, de jeito nenhum. Você não pode fazer isso, querida. – Margaret parecia preocupada. – As suas costelas... A Libby pode dormir no hotel e você fica com a cama dela, só essa noite. Pode ser?

– Imagina, está tudo bem – disse Alice, vendo as sobrancelhas de Libby se erguerem atrás de Margaret. – De verdade.

– Nós vamos dar um jeito – afirmou Libby. – Isso aqui é um hotel, quarto não falta. Agora, Luke, sente-se... *Muito* mais importante do que isso é você nos contar como conhece a Alice!

Margaret estava a meio caminho da porta e de repente congelou.

– Como é que é?

– O Luke conhece a Alice – repetiu Libby. – Não é?

– Como?

Luke girou a caneca de chá nas mãos.

– Eu me hospedei em uma pousada em Embersley umas semanas atrás, enquanto a gente fazia uns serviços na região, e a Alice trabalhava lá.

– Uma pousada! Em Embersley! Você consegue se lembrar? – Libby olhou para ela, ansiosa.

Alice balançou a cabeça.

– Na verdade, não.

– Eu vou ver como o Jason está – anunciou Margaret, como se eles não tivessem dado atenção suficiente ao estado dele. – Ver se ele precisa de alguma coisa.

– Boa sorte, Margaret, mas eu acho que ele já deve estar roncando – disse Libby sem se virar.

Ela colocou alguns torrões de açúcar em uma caneca de chá e passou para Alice.

Luke puxou uma cadeira e se sentou. Ele havia tirado o moletom com capuz e Alice automaticamente notou sua calça jeans surrada, as coxas delineadas por baixo dela, a linha suave em seu bíceps musculoso, em um ponto em que seus braços iam de um marrom pálido a um bronzeado mais intenso. E a maçã, pintada de verde em seu pulso. Aquilo era familiar? Ou não era?

– Então – prosseguiu Libby. – Fale desse lugar. É legal?

– Sim, é muito bacana. É uma pousadinha com quartos no andar de cima e eles servem também um belo assado aos fins de semana. Fica perto de um rio, com patos no jardim. – O vislumbre de um sorriso cintilou em seu rosto. – Patos malditos, muito barulhentos.

Ao dizer isso, Luke olhou para Alice e pareceu decepcionado quando seu rosto não demonstrou nenhum sentimento. Será que aquilo era uma piada interna deles?

– E… eu trabalhei lá por muito tempo? – perguntou ela, desejando não ter de fazê-lo.

Ele a encarou, depois olhou para baixo; ela não conseguia ver seus olhos.

– Um ano, talvez? Não falamos sobre esse assunto exatamente.

– Detalhes! – exigiu Libby. – Qualquer coisa! Quanto mais aleatório melhor!

– Ah… o que eu posso dizer…? Você é boa nos dardos, melhor do que os meus amigos, pelo menos. Você ia se candidatar a um emprego melhor do que servir cerveja num bar de hotel. Aliás, você era muito boa em servir cervejas. Quer dizer, é. – Ele se corrigiu, constrangido. – Você é muito boa em servir cervejas.

– Aposto que ainda sou. O médico disse que esse tipo de habilidade não desaparece com um acidente de carro – contou Alice, e Luke finalmente olhou diretamente para ela e sorriu.

De repente ele pareceu mais jovem, menos sério. Ele a encarou com um olhar direto e honesto que parecia capaz de enxergar dentro de sua mente.

Então disse:

– E você mora com o seu namorado em algum lugar em Stratton.

O coração de Alice falhou.

Ela tinha um namorado. Não era Luke.

Idiota, pensou ela. *Se ele fosse seu namorado, teria lhe dado um beijo*. Ela o teria reconhecido. Ele teria vindo buscá-la antes, a teria encontrado, procurado. Confusa, Alice lutou para desfazer os nós que se formaram naquele momento, mas não conseguiu. Ela nem sequer sabia por onde começar.

– Você tem um namorado… eu sabia! – disse Libby, encantada, e Alice assentiu.

Isso é bom, disse Alice a si mesma. *Havia* alguém que se importava com ela. Não estava completamente sozinha. Não era absolutamente detestável, nem tinha saído da prisão, de uma clínica de reabilitação ou algo do tipo. Era uma pessoa completamente comum.

– E como, é… como ele se chama? – perguntou ela. E imediatamente pensou que não era nem um pouco comum ter que perguntar a um desconhecido o nome do seu próprio namorado.

– Gethin. Não sei o sobrenome.

– Gethin – repetiu ela lentamente, tentando ouvir qualquer eco que fosse produzido em sua mente.

– Uau! De onde é esse nome? – perguntou Libby. – Gethin?

– Galês, aparentemente – respondeu Luke. – Você tentou me ensinar um pouco de galês em algum momento, mas acho que esqueci. – Ele deu um sorriso breve. – Acho que não posso colocar a culpa em nenhum acidente.

Gethin.

Alice tentou evocar alguma memória de sua voz chamando aquele nome. Sua boca repetiu o nome dele em silêncio, e ela se imaginou sussurrando-o em seu ouvido, falando ao telefone, escrevendo-o em um cartão, mas nada vinha. Mas ele estava dizendo que ela havia feito tudo isso. Ela devia ter feito.

– Essa é uma ótima notícia! – O rosto de Libby estava radiante de empolgação do outro lado da mesa. – Eu *sabia* que você tinha um namorado. Não imaginei que ele seria galês, mas...

– Como você imaginou que o meu namorado seria? – perguntou Alice. – Tipo o Jack de *Titanic*?

– Sei lá! Achei que ele seria um cara legal, daqui mesmo, chamado Jamie ou Ryan, algo assim. – Libby gesticulou vagamente. – Eu via você com um policial, por algum motivo. Lá se vai a minha carreira como vidente, né? Você não sabe *mesmo* o sobrenome dele, Luke? – Ela pegou o celular. – A gente pode procurar no Google. Quantos Gethins devem existir por aqui? Podemos descobrir um endereço! Alice, pode ser que você volte para casa hoje à noite!

Luke não respondeu; ele estava brincando com a caneca de chá, girando-a sem parar em suas mãos.

– O que ele faz? O Gethin? – perguntou Alice.

Os fatos começavam a se acumular, mas não formavam uma ponte para nenhum lugar dentro de sua cabeça nem despertavam qualquer lembrança. Será que ela estava forçando a barra? De todas as coisas que queria lembrar, aquele era o rosto de alguém que a amava. Que a conhecia.

Luke deu de ombros.

– Não sei se você chegou a me falar. Eu presumi que ele trabalhava com TI ou algo do tipo. Mas, na verdade – acrescentou ele –, não perguntei. Eu não estava entrevistando você para uma vaga de emprego. A gente estava apenas conversando no bar.

Apenas conversando, pensou Alice. *Será mesmo?*

Libby inclinou-se sobre a mesa e colocou a mão no braço de Alice, pedindo uma interrupção.

– Desculpa, mas preciso perguntar... isso tá martelando na minha cabeça. Você descobriu tudo isso durante uma rodada de bebidas, Luke?

– Não, eu estava hospedado lá. Estava instalando alguns sistemas de segurança na região. Eram dois serviços diferentes, uma casa e um prédio comercial. A minha equipe trabalhava junto com o pessoal da obra, então a gente estava sempre em um local ou no outro, e a pousada ficava mais ou menos na metade do caminho. A gente jantava lá praticamente todo dia. A Alice fez os turnos da noite algumas vezes... Você sabe como funciona, você acaba batendo papo com os hóspedes.

– Então Stratton deve ficar lá por perto, imagino – disse Alice devagar. – Perto de Embersley.

Onde quer que fosse.

– Acho que sim.

Luke envolveu a caneca com as mãos. Ele tinha dedos longos, com cascas de feridas em algumas articulações, provavelmente provocadas por algum trabalho manual, presumiu Alice. Sem relógio. Sem aliança. O que aquilo dizia a respeito dele? Deveria dizer alguma coisa? Luke não oferecia tantas pistas quanto a sincera e amigável Libby e seu marido Jason. Ele era fechado.

– Você costumava ser a última a ir embora na maioria das noites – acrescentou ele. – A gente prendia você lá, eu acho. Eu e o pessoal. Jogando dardos. Falando besteira. Desculpa. Você não está perdendo grande coisa por não conseguir se lembrar.

Alice respirou fundo e tentou fazer parecer que eles estavam falando sobre *ela* e não sobre um desconhecido. Gethin. O namorado dela. O hotel com patos. Uma vida que aguardava por ela, uma vida de verdade da qual ela fazia parte, que esperava seu retorno para poder recomeçar, e mesmo assim...

E se ainda assim as lembranças não voltassem, mesmo depois de ser conduzida de volta a elas? E se ela tivesse que aceitar amizades, relacionamentos, que fossem completamente unilaterais? Seu estômago embrulhou. E se as memórias não voltassem e o ano anterior tivesse ido por água abaixo? Todas as suas lembranças e experiências, se apaixonar, tudo perdido como um celular que teve os dados apagados.

Vai ficar tudo bem, disse a si mesma. Assim que visse Gethin.

– Alice? – chamou Libby. – Você tá bem?

– Sim. – Ela tentou sorrir. – É muita coisa para absorver. Pelo menos você não está me dizendo que tenho três filhos e um gato morrendo de fome em uma casa em algum lugar.

– Bom, o Gethin deve estar enlouquecido – disse Libby –, se perguntando onde diabos você se meteu.

– Você não entrou em contato? – Luke pareceu surpreso.

Alice balançou a cabeça.

– Eu nem sabia que ele existia até você me contar. Eu literalmente não sabia meu próprio nome até alguns dias atrás. Estava sem identificação. A minha bolsa sumiu. Bolsa, celular, tudo... Devo ter sido roubada, acho. É por isso que o hospital não teve como me mandar pra casa.

– A polícia acha que a Alice foi assaltada antes do acidente – disse Libby, enchendo a caneca de chá de Alice. – Não encontraram nada, eu tenho estado em contato com eles.

– Muito improvável, no entanto. – Margaret reapareceu na porta. – Quer dizer, se qualquer um tivesse sido assaltado na cidade, alguém teria denunciado. Ou impedido, para início de conversa! Certamente ficaríamos sabendo... Todo mundo sabe que a Alice está aqui com a gente.

– Coisas ruins acontecem em todos os lugares, mãe – disse Luke.

– Não. – Ela balançou a cabeça. – Não em Longhampton. Seu pai trabalhou anos na prefeitura e nós nunca...

– Eu sei, é um mistério – interveio Libby apressadamente. – Mas agora que temos algumas pistas, vamos ao telefone! Pobre Gethin... aposto que sei o que aconteceu – acrescentou se dirigindo a Alice. – Provavelmente alguma mensagem se perdeu lá no hospital. A gente sabe como eles são ocupados por lá. Não é que ele não tenha *tentado* encontrar você. Pode ser que o recado tenha ficado preso no prontuário de outra pessoa ou...

– Olha, Elizabeth – disse Margaret –, o pessoal do hospital tem sido *extremamente* solícito com a Alice, e se alguém ligou... – Ela parou ao ver a expressão no rosto de Alice. – Ah, desculpa, Alice. Não quis dizer que o seu namorado não está tentando te encontrar. Aposto que existe uma explicação muito boa para tudo isso. – Ela fez uma pausa, como se estivesse quebrando a cabeça. – Talvez ele... esteja viajando a trabalho.

Um silêncio breve e desconfortável invadiu a cozinha, quebrado apenas pelo som distante de um ronco.

Jason, presumiu Alice. Ou talvez Lorde Bob.

– Onde fica Embersley? – perguntou ela. – É no País de Gales? – *Não é possível que eu estivesse lá há muito tempo*, pensou ela. *Se não me lembro onde fica*.

– Não, fica a uns cinquenta quilômetros daqui – disse Luke. – Do outro lado do condado.

– O quê? *Deste* condado? – Libby se voltou para ele. – Você estava trabalhando aqui perto e estava hospedado em uma pousada, e não aqui? Por que diabos você não veio pra cá?

– Sim – repetiu Margaret. – Por que você não falou nada?

Libby fez uma cara irônica de tristeza, mas novamente o olhar aguçado de Alice captou algo de genuíno naquilo. Ela *estava* chateada, pensou.

– Ah... Eu achei que vocês já tinham coisa suficiente para fazer – disse Luke. – Estão se estabelecendo aqui com o emprego novo, se familiarizando com as questões do hotel. Achei que a minha presença aqui não ia acrescentar nada, e que a mamãe ia gostar de ter você e o Jason aqui só pra ela.

Alice olhou para Margaret, depois de volta para Luke, tentando captar as vibrações no ar. Margaret tentava disfarçar sua indignação, mas não estava se saindo muito bem.

– Que coisa horrível de se dizer. Isso não é verdade – argumentou sem muita convicção.

– Bem, você podia ter ligado – disse Libby suavemente. – Enfim, desculpa... Já chega de falar da gente! Tem coisa mais importante que isso... – Ela se virou para Alice. – Então! O que você quer fazer? Quer ir até Stratton e ver se conseguimos encontrar a sua casa?

– Agora? – Margaret pareceu surpresa. – Não é melhor esperar até amanhã de manhã?

– Por quê? Não há momento melhor que o presente! – Os olhos de Libby brilharam, como havia acontecido no hospital quando ela chegou e decidiu que Alice não iria para o abrigo de Márcia. – A Alice está recuperando a *vida* dela!

– A gente pode começar pela pousada... ainda vai estar aberta – sugeriu Luke. – Você tem muita coisa pra arrumar? Eu posso te levar, se quiser.

– Não, eu não tenho *nada* pra arrumar – disse Alice, e de repente percebeu que seu tempo no Swan havia acabado. A outra vida, sua própria vida, estava se abrindo para ela, embora Alice ainda não conseguisse se lembrar de nada e, em vez de se sentir animada, era como se estivesse entrando em um quarto estranho com os olhos vendados.

Aquilo era o que ela conhecia, ali, o Swan. Libby, Jason e Lorde Bob, e a rotina do hotel. Ela não tinha certeza se queria ir embora ainda, não até saber exatamente para onde estava voltando.

Mas como isso vai acontecer se você não for e descobrir?

– Por que a gente não liga para a White Horse? – sugeriu Luke, vendo a hesitação dela. – Se eles pagam seu salário em uma conta bancária, devem ter algum endereço, certo? E eles provavelmente vão ter algum contato de emergência para que a gente possa falar com o Gethin, avisar que você está a caminho.

– Imagino que sim. – Alice se recompôs. – Sim. Vamos fazer isso.

– Maravilha. – Libby deu um tapa nos joelhos. – Vocês ficam aí; eu vou encontrar o número.

Alice levantou a cabeça e viu que Luke olhava para ela com aquela expressão ambígua, e algo mudou quando seus olhos se encontraram.

Quem é você?, ela se perguntou. *E quem sou eu?*

Capítulo 13

Alice discou o número que Libby havia encontrado no site da pousada e ouviu o telefone tocar do outro lado. Tentou não pensar no que aconteceria se eles jamais tivessem ouvido falar dela.

– Alô, White Horse Embersley, como posso ajudar?

A voz da mulher, que denunciava um sotaque do norte e tinha um tom entediado, era familiar, e o estômago de Alice se revirou. Ao fundo havia o som de um bar movimentado: pessoas conversando, copos tilintando, música. Então ela percebeu: não era a mulher que era familiar, e sim a cadência daquela frase, algo que ela provavelmente tinha repetido mil vezes. Normalmente teria sido Alice a atender a ligação.

Ela foi subitamente tomada pelo pânico desconcertante de que outra mulher havia se encaixado perfeitamente no espaço que ela havia deixado para trás, preenchendo seu lugar, não deixando brecha para ela retornar.

– Alô? – repetiu a mulher, impaciente.

Do outro lado da mesa, Libby ergueu as sobrancelhas, ansiosa por novos detalhes.

– Alô. Hmm, aqui é a Alice.

Ela prendeu a respiração por um momento. Se a mulher não a reconhecesse, se Luke tivesse entendido errado…

– Desculpa… Alice? Eu não conheço nenhuma Alice.

– Eu trabalho aí. Posso falar com…? – Quem eram mesmo os gerentes? A informação pairou vagamente no fundo de sua mente e então deslizou para longe quando Alice tentou alcançá-la. Ela sentiu seu rosto se contrair.

Alguém a cutucou e, ao abrir os olhos, ela viu Libby ao seu lado, gesticulando em direção ao laptop. Libby havia encontrado o site da pousada, que estava aberto na seção "Quem somos": *Tony e Jillian McNamara são seus anfitriões na White Horse...*, dizia a legenda sob a foto de um casal bronzeado com camisas brancas e calça jeans azul-escura combinando.

– Eu posso falar com a Jillian? – perguntou Alice, no tom mais confiante que conseguiu. – Ou com o Tony?

Libby fez um sinal de positivo.

– A Jillian não está. Deixa eu ver se o Tony pode atender. Quem quer falar com ele?

– É a Alice.

– Alice de quê?

– Alice Robinson. – A conversa começava a parecer mais natural.

– Só um minuto. – Ela pousou o telefone ruidosamente.

– Bom trabalho. – Libby acariciou de leve o braço dela.

Em questão de segundos, alguém atendeu o telefone novamente.

– Alice?

– Alô?

– Bem-vinda de volta! Então, como foi? – A voz era grave e amigável. O sotaque era de Essex.

– Como foi o quê?

– Como foram as férias-surpresa ensolaradas com o namorado? Vocês sobreviveram?

Férias? Alice não esperava por aquilo. Ela olhou para Libby, que tentava fingir que não estava ouvindo. Ela estava boquiaberta.

– Então, quando você voltou? – prosseguiu Tony alegremente. – Não estávamos esperando você até o final do mês. O Gethin pediu que ficássemos de bico calado... A Jillian quase enlouqueceu por não poder te contar.

Alice olhou para o site para ter certeza de que não erraria os nomes.

– Tony, eu não me lembro de ter saído de férias. Eu sofri um acidente... ainda estou sofrendo alguns efeitos colaterais da concussão. Eu tive uma perda de memória grave.

Houve uma pausa.

– Você tá falando sério?

– Sim, estou. Você pode ligar para o hospital se quiser.

– Ah, meu Deus, Alice. – Ele parecia chocado. – Quando foi isso? Não ficamos sabendo! Por que você não disse antes? E eu aqui divagando... Estou me sentindo um idiota. Você está bem?

– Fisicamente, estou bem, sim, só um pouco dolorida ainda, mas eu não... – As palavras entalaram em sua garganta. Dizer aquilo para outro desconhecido fazia tudo parecer muito improvável, ao mesmo tempo que a névoa branca que lentamente ocupava sua mente era totalmente real. – Eu não tenho nenhuma memória do último ano. Não sei onde eu moro nem o que fiz, nem nada.

– Você não se lembra de trabalhar aqui? Então por que você ligou pra cá? – Tony pareceu desconfiado. – Tem certeza...?

– Por uma coincidência maluca eu esbarrei com alguém que me conhece do hotel. Você pode... pode me ajudar? – Era tão ridículo que ela riu de nervoso. – Eu tenho a esperança de que você tenha o meu endereço, os meus dados bancários e outras informações no sistema.

Libby gesticulou como se estivesse dirigindo um carro.

– Eu posso ir até aí – continuou Alice. – Aí você pode ver que sou eu e não vai estar dando detalhes pessoais de uma funcionária por telefone para uma total desconhecida.

– Não seja boba, querida. É claro que eu sei que é você. Eu reconheceria sua voz em qualquer lugar. Meu Deus, como é horrível pensar em você envolvida em um acidente. E a gente achando que você estava pegando sol com o Gethin!

O remorso na voz de Tony fez seus olhos marejarem. *Se ele está sendo tão gentil, se está preocupado comigo, então eu devo ser uma boa pessoa*, pensou ela.

– Estão cuidando bem de você aí? – prosseguiu Tony. – Você precisa de algum lugar para...? O que eu estou dizendo? O Gethin vai cuidar bem de você, não vai?

– Não. – Aquilo saiu como um meio soluço. – Eu não consigo me lembrar onde ele mora. Onde *nós* moramos. Ele não veio ao hospital quando eu estava internada, não tentou me encontrar... A polícia não recebeu nenhum comunicado de *ninguém*.

– Você tá brincando. – Tony parecia chocado. – Deve haver uma boa explicação para isso. O Gethin não deixaria você no hospital depois de um acidente... eu apostaria o meu bar nisso! De jeito nenhum.

– Mesmo? – Alice sabia que soava confusa, mas era como se eles estivessem falando sobre um completo desconhecido. Que explicação possível poderia haver para alguém que você ama se ausentar por mais de quinze dias e você nem sequer ligar para a polícia?

Eles tinham brigado? Será que o Tony saberia se isso tivesse acontecido?

– Então, onde você *está*? – perguntou Tony. – Eles já te deram alta? Você precisa vir pra cá? A gente pode preparar um quarto…

– Não, eu estou sendo bem amparada. Estou em Longhampton. Tive muita sorte.

Do outro lado da mesa, os olhos redondos de Libby estavam cheios de lágrimas, e seu sorriso, contraído. Ela parecia alguém assistindo ao final feliz de um filme romântico. Triste, mas de um jeito alegre, indulgente, "vai ficar tudo bem".

– Eu tive muita sorte – repetiu ela. – Pessoas que eu nem conhecia… foram muito gentis comigo.

– Ah, Alice. – Ela ouviu um ruído do outro lado da linha. – Você vem aqui e a gente dá um jeito nisso. Eu não vou fechar o hotel até você chegar.

Alice estava cansada, confusa e nem um pouco pronta para lidar com aquela mudança abrupta, com a torrente repentina de fatos e detalhes. Eram muitos avanços naquele momento, demais para ela processar.

– Você tá bem? – Libby gentilmente tirou o telefone da mão dela. – Precisa de mais chá? Ou dos seus analgésicos? Um conhaque?

Alice balançou a cabeça.

– Está todo mundo sendo tão gentil – disse ela. – Eu nem consigo acreditar no quanto. Com uma total desconhecida.

– Você é uma pessoa bacana. Por que não seríamos gentis com você?

– Como? – disparou Alice. – Como você pode dizer isso sem saber nada a meu respeito? Nem *eu* sei!

Libby olhou para ela. Sua expressão era firme; aquilo deixou Alice um pouco nervosa por não saber se merecia aquele grau de confiança. Por achar que poderia decepcionar Libby de alguma maneira.

– Eu sei quem você é agora – disse Libby. – Você é a primeira amiga que eu fiz aqui. Vamos lá, vamos levar você de volta pra casa.

Luke estava na sala de estar, encostado na lareira folheando uma das revistas de Libby, esperando que elas terminassem. Quando as duas entraram, ele levantou a cabeça e olhou para elas, mas não disse nada.

– Luke, você pode levar a Alice até Embersley? – perguntou Libby. – Já que o seu irmão não vai ser capaz de levar ninguém a lugar nenhum pelos próximos dois dias pelo menos.

– Claro. – Ele olhou para Alice. – Se você quiser ir agora, tudo bem. Quer dizer, já está bem tarde...

Alice respirou fundo.

– Não – respondeu. – O Tony está esperando.

– A Libby pode vir também, claro – acrescentou ele, e foi só no momento em que ele disse isso que ela notou a expressão desconfortável de Luke. Ele tinha intimidade suficiente com ela para que fosse apenas os dois e para que aquilo fosse normal; só que Alice não o conhecia.

– Libby? Você quer vir também? – Alice teve a nítida sensação de que Libby estava ansiosa para ver o grande final. O que, num mundo ideal, incluía um reencontro emocionante com Gethin.

Ela olhou em direção à porta; Margaret e Lorde Bob não estavam à vista.

– Não, é melhor eu ficar aqui com o Jason... não sei se a Margaret está pronta para viver essa experiência de cuidar de um filho bêbado. – Ela fez uma careta. – Embora seja tentador... Bom, é melhor eu me despedir agora.

– Espero que não seja um adeus – disse Alice, ainda que de repente soasse como se fosse.

Luke vestiu novamente sua jaqueta de couro.

– A gente pode ir e conseguir alguns detalhes. Se você não se sentir à vontade para ficar lá, podemos voltar de manhã – sugeriu ele.

– Por que ela não iria querer dormir na própria casa? – Libby pareceu surpresa.

– E se eu não me sentir em casa? – O pânico jorrava de Alice. – Eu não reconheço o Luke, mas ele me conhece. E se eu não reconhecer o Gethin? E por que ele não veio me buscar? Será que a gente terminou? Talvez fosse por isso que eu estava vindo pra cá.

A expressão de Libby se desfez.

– Ah. Eu não tinha pensado nisso.

– Com certeza vai haver uma boa explicação para tudo – disse Luke, impaciente. – Mas já que estamos indo, é melhor que seja agora. Vamos levar quase uma hora para chegar lá.

– Vem cá – disse Libby, e envolveu Alice em um grande abraço. – Vou sentir sua falta.

– Eu ainda não fui embora – respondeu Alice, em seu ombro. – Talvez eu ainda volte.

Ela estava brincando, mas enquanto falava uma memória real flutuou pela sua mente: a sensação de ansiedade e agitação de ser deixada na escola pela primeira vez – sabia o que estava por vir, mas ao mesmo tempo não sabia de nada.

A estrada que saía de Longhampton estava tranquila. Luke era um motorista confiante, dirigia depressa, e logo eles estavam na rodovia principal a oeste; não conversaram, mas uma sensação de calma preencheu o interior escuro da van de Luke e Alice afundou no banco do carona, observando as placas de trânsito com nomes desconhecidos que brilhavam sob o luar.

Ela tentava se concentrar no agora para fazer seu cérebro parar de zumbir. A van estava extremamente limpa, o painel, os bancos e os tapetes todos pretos e impecáveis. Ela inspirou fundo... Cheirava a carro novo. Nenhum jornal velho, nenhum pacote de biscoito, nem camisetas sujas ou funcionários. Luke, ela podia dizer com segurança, era um profissional bastante limpo. Com o que ele trabalhava mesmo? Segurança? Fazia todo sentido.

Alice se esforçava para não olhar para ele, mas acabou virando em sua direção por um segundo. Os olhos de Luke estavam fixos na estrada, as mãos segurando o volante simetricamente, as sombras de suas maçãs do rosto se fundindo com a barba por fazer ao longo da mandíbula.

Ela se perguntou em que momento ele iria dizer alguma coisa, ou se ele estava esperando que Alice falasse primeiro. O silêncio não era desconfortável, e, embora Luke não fosse tão amigável quanto Libby ou Jason, havia uma determinação nele que Alice achava reconfortante. *Por quê?*, ela se perguntou. Por que sentia isso? É possível confiar nos nossos instintos quando não conhecemos as pessoas? Ou os instintos são apenas uma reação às coisas que as pessoas nos contam? Libby parecia gostar dele, ponderou. E ela confiava em Libby.

– Desculpa, você quer que eu ligue o rádio? – perguntou Luke. Ele não se virou ao falar, e ela se perguntou se ele também estaria tentando não olhar para ela.

– Não! Não, mesmo, tá tudo bem. Faz dias que eu não fico em silêncio assim, na verdade – disse ela. – E com os operários no hotel, o telefone tocando, as pessoas entrando e saindo...

– Não é o lugar ideal para se recuperar de um acidente, então – comentou ele. A voz de Luke era neutra; se por um lado Jason recuperava o sotaque a cada cerveja no Bells, Luke tinha perdido o seu completamente.

– Eu não quis dizer... Acabei parecendo ingrata. Os operários têm passado a maior parte do dia raspando papel de parede e tirando prateleiras... O que faz mais barulho na verdade é o rádio. A Margaret está na cola deles com isso.

– Lamento não ter ficado sabendo do acidente. – Luke mordeu o lábio e finalmente olhou para o lado. A pele de Alice formigou quando seus olhos se encontraram. – Eu estava na Espanha... decidi aceitar aquele emprego que comentei, o cara com... – Ele parou de falar. – Bem, o trabalho que mencionei da última vez que a gente se viu.

– Quando foi isso?

– Há um mês, mais ou menos? Três semanas? – Ele fez uma pausa. – Você *realmente* não lembra?

Ela balançou a cabeça. Ele não acreditava nela?

– E deu tudo... certo? – Ela não sabia por que estava perguntando aquilo.

– Deu tudo certo – repetiu Luke, voltando-se para a estrada, e Alice percebeu que não sabia o que significava dar tudo certo.

Ela olhou para a estrada, a pista de mão dupla que se estendia em direção à sua antiga vida. Passavam por vilarejos; quilômetros iam sendo consumidos; Gethin, o hotel, e a casa dela ficavam mais perto a cada minuto. Eram muitas as perguntas que ela queria fazer a Luke antes que ele a deixasse lá.

– Por que eu tinha o endereço do hotel no bolso? – perguntou ela. – Você disse que eu estava atrás de um emprego melhor... Eu fui até lá em busca de trabalho? Você por acaso me falou que o Jason e a Libby estavam contratando?

Luke não respondeu de imediato.

– Talvez – respondeu ele. – Nós conversamos sobre o hotel, os negócios da família, sobre Jason assumindo a administração do local. Mas eu provavelmente não descrevi o hotel de maneira que justificasse você querer fazer uma visita.

– Jura?

– Aham. – Ele hesitou, então disse: – Nós falamos um pouco sobre família... Você me contou que seus pais tinham morrido antes de você fazer 20 anos e como isso fazia com que se sentisse sem raízes, e eu estava tentando te animar, eu acho, dizendo que ter pais vivos não necessariamente era sinônimo de um lar, um refúgio. Eu provavelmente disse que tinha que avisar a minha mãe com alguns dias de antecedência antes de fazer uma visita, embora ela administrasse um hotel onde os cães podiam fazer check-in a qualquer momento.

– Ah. – Aquilo foi o máximo que ele dissera desde que se encontraram, e Alice percebeu que Luke estava achando mais fácil estar ali, na escuridão da van e concentrado na direção, do que sob as luzes brilhantes do hotel. – Eu fui solidária?

Ele meio que riu.

– Você é uma ouvinte muito boa.

– Sou?

– O que você quer dizer com "sou?"? Você não sabe?

– Não – disse Alice. – Você esquece que nas últimas duas semanas ninguém sabia quem eu era. Eu venho me fazendo um monte de perguntas. Há algumas coisas que você não sabe sobre si mesmo até que outras pessoas lhe digam.

– Um pouco profundo isso.

– Pode ser. Hmm. Eu sou profunda?

Ele riu novamente e Alice pensou que aquilo lhe era familiar. Não o som da risada dele, mas a sensação confortável de afundar no assento, de relaxar em uma conversa com alguém de quem se gosta.

Alice se esforçou para vincular aquela sensação a uma memória, a uma noite, a uma conversa em particular, mas ela escapou e desapareceu completamente.

Será que esse tipo de prova era necessária?, pensou ela. A prova de que era uma lembrança? Ela tinha fatos suficientes: onde aconteceu, sobre o que conversaram, como ela se sentiu. Não era isso uma memória?

Eles diminuíram a velocidade e pararam, esperando para entrar à direita. Três, quatro carros passaram; então Luke se virou para ela. Ele parecia estar fazendo um esforço para manter uma expressão neutra, mas não estava tendo muito sucesso; os olhos dele procuravam algo no rosto dela.

– Você realmente não… – começou ele, então parou, sem jeito.

– O quê? – Alice prendeu a respiração.

– Embersley, oito quilômetros – disse Luke apontando para a placa e, sem aviso, o conforto mais uma vez deu lugar à ansiedade esvoaçante.

A White Horse estava praticamente vazio quando eles entraram, exceto por uns poucos clientes, e os patos barulhentos não estavam à vista. Tony quase pulou por cima do balcão do bar ao ver Alice, que naquele segundo se parabenizava por se lembrar do bronzeado e do nariz de lutador do sujeito, até lhe ocorrer que Libby havia mostrado uma foto deles no site da pousada.

– Alice! Graças a Deus você está bem. Eu estava imaginando você toda coberta de ataduras – confessou Tony, que a teria abraçado se ela não o tivesse avisado sobre suas costelas quebradas.

Ele reconheceu Luke e apertou sua mão, e fez algumas piadas sobre os dardos; Alice observou os dois em busca de pistas e não viu nada fora do comum. Luke obviamente tinha sido um bom cliente; Tony era o clássico dono de bar que se lembra dos nomes de todos e sabe exatamente quais são suas cervejas favoritas.

Depois de repassar a história do acidente mais uma vez, um pouco mais constrangida agora que Luke estava ouvindo, Alice pediu quaisquer informações de contato que ela havia deixado, e Tony deu a ela números de celular – o dela e o de Gethin – e um endereço em Stratton, que segundo ele ficava a uns oito quilômetros voltando pelo caminho de onde eles tinham vindo.

– Vai dar tudo certo – disse ele, encorajando-a. – O Gethin vai ficar muito feliz de vê-la sã e salva. Ele deve ter ficado muito preocupado.

– Ele não esteve aqui procurando por mim?

Tony balançou a cabeça.

– Não, querida. Mas, de novo, eu estava achando que vocês dois estavam de férias. – O rosto estava enrugado, confuso. Como o de Lorde Bob quando Libby passava o trinco na porta vaivém.

– Com certeza há uma explicação – afirmou Luke com tranquilidade. – Vamos, Alice, a gente liga para o Gethin do carro e avisa que está a caminho.

Tony os seguiu até o lado de fora e, quando Alice se virou para se despedir, ele deu a ela algumas notas dobradas.

– Considere isso um adiantamento do seu salário do mês que vem – murmurou ele. – Você não vai voltar correndo para o trabalho, não depois de uma pancada na cabeça. Alguns amigos meus tiveram concussões ao longo dos anos, lutadores de boxe. Pode ser bem desagradável. Vê se pega leve, querida.

– Ah! Obrigada – disse Alice, surpresa com a generosidade.

Tony fechou sua grande mão sobre as dela. Ele usava dois anéis de sinete de ouro, um em cada mão.

– Só fique bem, só isso. A gente quer você aqui de volta, está bem? Manda um abraço para o seu garotão.

– Pode deixar. – Alice sorriu, mas com a estranha sensação de que estava desempenhando um papel, não falando por si mesma.

Luke estava esperando na van, o motor já ligado.

– O Tony me deu duzentas libras – disse ela. – Legal da parte dele, né?

– Você é a melhor funcionária dele.

Luke passou o braço pela parte de trás do encosto de cabeça do banco dela para poder dar ré e fazer a manobra em volta de uma árvore, e Alice pôde sentir aquela energia que emanava dele: limpa, quente, musculosa. Ele fez uma pausa e olhou para ela, seu braço ainda descansando nas costas do assento.

– Anota aí na sua lista. Você é boa com pessoas.

– Acho que sei disso – disse ela enquanto saíam do estacionamento. – A Libby me deixava na recepção quando precisava lidar com os operários. Eu não fico tão estressada quanto ela.

– Provavelmente porque não é problema seu. E aposto que você decifrou o programa de reservas do computador mais rápido do que a mamãe, mesmo com a concussão. Ela já ofereceu um emprego para você?

– A Libby ofereceu, na verdade – respondeu Alice. – Eu não sei se ela estava falando sério. Eles não estão com muito movimento agora, mas os planos dela são realmente ambiciosos. Ela contou sobre as reformas?

– Não. Como eu disse, não tenho muito contato com o lugar. Eu nem sequer fui consultado sobre eles assumirem o hotel. Você quer ligar para o Gethin? – perguntou ele, oferecendo o celular.

Alice hesitou.

– Hmm… – Ela queria e não queria. Era tarde, estava cansada, nem perto de sua melhor forma, mas seria estranho não querer ver o namorado, e eles tinham vindo de tão longe…

Ela abriu a boca para perguntar a Luke se Gethin era o tipo de namorado que gostava de bastante maquiagem e sapatos bonitos, mas depois fechou novamente. Instintivamente sentia que poderia perguntar qualquer coisa a ele, mas a linguagem corporal de Luke parecia oscilar entre sentir a confiança tranquila que ela também sentia e se fechar abruptamente.

– Obrigada – disse ela. – Eu vou, sim.

Ela começou a digitar o número que Tony lhe dera. Seus dedos tremiam, e ela precisou apagar e voltar a digitar o número algumas vezes.

– Desculpa, a estrada está esburacada – disse Luke, sem olhar para ela.

Por fim, Alice conseguiu digitar o número, pressionou o botão de discagem e prendeu a respiração. *É isso. Eu vou falar com o meu namorado.*

Um toque e a chamada foi direto para a caixa postal. Em seguida, uma mensagem genérica, nem sequer gravada com a voz de Gethin. Alice percebeu que estava aliviada.

– Ninguém atendeu?

Ela balançou a cabeça.

– Tudo bem. A gente está quase lá.

Ele parou do lado de fora de uma casa, mas, exceto por uma luz fraca no andar de cima, o local parecia estar na escuridão.

– Tem certeza de que é aqui? – Alice se inclinou para a frente.

– Sim. Bom, foi o endereço que o Tony escreveu: Hazels Avenue, número 25.

Luke desligou o motor e eles ficaram sentados em silêncio por um momento, enquanto Alice observava tudo ao redor. Era uma pequena casa geminada dos anos 1930, atrás de um portão de metal que na parte de cima tinha o formato de raios de sol, e um caminho pavimentado de um jeito maluco que levava à bela porta de entrada, com um 25 posicionado de maneira elegante bem acima da caixa de correio feita de latão.

Ela olhou fixamente para a casa modesta, tingida de amarelo pela luz da rua. *Vou tocar a campainha e o Gethin vai abrir a porta, então estarei em casa*, pensou ela. *E aí tudo vai voltar.*

Alice percebeu que estava agarrada ao cinto de segurança. Seu coração disparava, apesar de sua respiração estar cadenciada. Ela havia esperado muito pelo momento que o Dr. Reynolds disse que chegaria – o clique exato quando as coisas se encaixassem, ou a súbita abertura das cortinas que cobriam suas memórias antigas – e, agora que estava ali, não sabia se estava preparada para isso.

– Não é familiar? – perguntou Luke.

– Não. Nada é. – Ela tinha certeza de que nunca vira aquela casa antes na vida.

– Quer tocar a campainha? Ele pode ter ido dormir. – Luke acenou com a cabeça em direção à casa. – Já passou das onze. É um pouco tarde.

– Não somos notívagos então – disse ela com um sorriso constrangido. – Mais uma coisa pra lista. – Ela estava tentando ganhar tempo.

– Vamos. Eu vou com você – incentivou Luke, abrindo a porta em seguida.

As pernas de Alice pareciam gelatinosas de novo quando ela pisou na calçada. Ela notou os outros carros estacionados ao redor: carros simples, nada muito chique, nada muito velho. Ela morava em uma rua muito comum e muito bonita.

Luke segurou o portão aberto para ela, que caminhou até a porta da frente. Metade dela era de vidro fosco, mas Alice não conseguia perceber nenhuma luz do outro lado, ou atrás das cortinas fechadas na janela da frente.

Alice tocou a campainha mesmo assim, e a ouviu ressoar no corredor. Luke ficou alguns passos atrás dela, e ela se perguntou se ele a teria acompanhado até ali se as luzes estivessem acesas do lado de dentro.

Sua mente entrou em um ritmo acelerado. O que Gethin diria quando abrisse a porta? O que ela deveria dizer?

Surpresa!

Olá!

Desculpa.

Alice ponderou. Desculpa? Pelo quê?

Por desaparecer por mais de duas semanas.

Duas semanas durante as quais ele não conseguiu encontrá-la. Nem uma palavra para a polícia, nem mesmo um comunicado no jornal, ou na internet.

– Toca de novo – instruiu Luke. – Talvez ele esteja no banho.

Eles aguardaram por um minuto, depois outro, até ficar claro que não havia ninguém dentro do número 25 da Hazels Avenue.

Alice espiou pelo vidro, tentando distinguir qualquer detalhe que pudesse desencadear uma memória, mas o vidro era fosco demais e ela não conseguia identificar nada no hall. Nem mesmo se havia correspondências no tapete.

– Ou talvez ele tenha saído para procurar você – disse Luke. – Quer deixar um bilhete?

– Tudo bem – respondeu ela, e seguiu Luke até a van, onde ele lhe entregou uma elegante pasta de couro.

– É o caderno que eu uso – explicou ele, passando uma caneta para ela. – Para fazer uns desenhos e explicar algumas coisas aos clientes. É importante causar a impressão certa quando você vende segurança. As pessoas não gostam de ver seus caros sistemas de alarme anotados no verso de um envelope.

– Faz sentido.

Alice não estava de fato ouvindo; ela olhava para o papel, e seu cérebro embaralhava tudo. Como começar um bilhete para seu namorado aflito, cujo rosto preocupado você nem sequer conseguia lembrar?

Por fim, ela escreveu: *Sofri um acidente. Perdi meu celular, perdi a memória há algumas semanas – tem sido um pesadelo. Estou hospedada no hotel Swan em Longhampton. Por favor, me ligue assim que receber isso.* Acrescentou o telefone do hotel e, depois de verificar com Luke, o código postal e o e-mail. Então hesitou.

Com amor, Alice.

Beijos?

Ela franziu a testa. Aquilo era ridículo.

Alice olhou para cima e encontrou os olhos de Luke. Ele fingiu olhar para fora do para-brisa por um segundo, então desistiu de fingir.

– Está ótimo – disse ele. – Não tenta explicar tudo agora... Você está cansada. Coloca na caixa de correio e vamos para casa.

Era reconfortante ter todas as suas preocupações reduzidas a isso.

Alice sorriu e foi até a porta.

Quando a caixa de correio se fechou em seus dedos, ela teve a sensação de que as coisas estavam indo para o próximo estágio. Ela havia começado algo novo. Tinha começado a despertar o passado.

Capítulo 14

Quando Libby se encaminhou para a cozinha do hotel na manhã seguinte, sua cabeça zumbia com todas as perguntas que queria fazer a Alice. Ela encontrou Margaret zanzando de um lado para outro, limpando novamente as superfícies que Libby havia limpado na noite anterior enquanto esperava por Luke e Alice ligarem com notícias.

O bacon estava na frigideira, e ela podia sentir o cheiro de café fresco e torradas.

Que gentil, pensou ela, surpresa. *E como é bom ver Margaret tão ativa novamente.* Libby decidiu que a perdoaria mesmo se ela lhe desse outra aula sobre como preparar o bacon.

– Bom dia! – Margaret se virou e abriu um grande sorriso. Ela usava luvas de borracha amarelas e um de seus velhos lenços de seda que sempre haviam sido sua marca registrada. Lorde Bob dormia debaixo da mesa e, pela aparência de seu focinho, já tinha desfrutado de seus ovos mexidos de café da manhã. – Como estamos?

Libby decidiu ignorar a presença ilegal de Bob na cozinha do hotel por enquanto, uma vez que Margaret já tinha dado conta de pelo menos metade do serviço do café da manhã em seu lugar. Na verdade, aparentemente a sogra estava quase terminando.

– Muito bem, obrigada, Margaret – disse ela. – Eu pensei que era a minha vez de cuidar do café da manhã hoje. Que horas você acordou?

– Ah, eu não consigo dormir quando meus bebês estão doentes. – Ela agitou a mão e disse: – Ah, torrada! – Então quatro fatias de pão pularam na torradeira.

– Isso é para o quarto 4? – Libby verificou a bandeja que estava sobre a bancada, já posta com um copo limpo e talheres. – Não percebi que ele tinha pedido serviço de quarto. Achei que fosse comer aqui embaixo hoje de manhã. Ele deixou algum recado?

– O quê? Ah, desculpa. Não, Elizabeth, isso aqui é para o Jason. Não para o quarto 4.

– Para o *Jason*?

Margaret colocou as quatro fatias de pão em um prato, depois voltou para a frigideira, onde o bacon ganhava crocância sob a prensa de Donald.

– Dei uma passadinha no quarto dele há uns dez minutos e ele disse que talvez conseguisse comer alguma coisinha.

– Tem certeza? – Libby olhou para o bacon um pouco em dúvida. Ela passara cinco minutos antes no quarto e Jason estava apagado. O máximo que ele conseguiria encarar depois de uma noite daquelas era um expresso quádruplo. – Ele geralmente só toma um café e duas cápsulas de multivitamínicos...

– Talvez em Londres. – Margaret tirou o bacon da frigideira e começou a montar dois sanduíches com as fatias. – Mas acho que isso aqui vai ajudá-lo a voltar ao normal bem mais rápido. Ele pediu um Especial da Mamãe!

Libby a observou tirar a casca do pão, algo que ela não fazia nem para os hóspedes. *Não importa*, disse a si mesma. *De verdade, não importa.*

Mas importava, sim.

Não tanto a insistência de Margaret em tratar Jason como um adolescente, mas o fato de que ele preferia devorar um prato de sanduíches de bacon gordurosos do que dizer à mãe que não queria que ela lhe levasse café na cama.

Além do fato de Margaret ter se levantado cedo para fazer o café da manhã do pobre Jason, vítima de bebidas batizadas, enquanto deixava para ela toda a trabalheira do verdadeiro café da manhã "destinado aos hóspedes que avaliam o hotel".

Sem mencionar o fato de Margaret ter ignorado completamente a maneira como Luke havia resgatado Jason na noite anterior, depois dirigido até Embersley, em seguida para Stratton e voltado, só para ajudar Alice, sem nem mesmo um "Ele não é um ótimo rapaz?".

Libby percebeu que estava sendo ranzinza e tratou de calar aquela voz interior. Não fazia sentido Margaret transformá-la em uma adolescente mal-humorada também.

– Um dos sanduíches de bacon pode ficar para o Luke? – perguntou. – Ele foi um verdadeiro herói ontem à noite... Acho que merece um café da manhã na cama.

– Luke? – Margaret ergueu as sobrancelhas. – Ah, até poderia, mas... Eu acho que o Jason precisa de dois, e esses aqui vão acabar ficando frios. A frigideira ainda está quente, se você quiser colocar umas fatias de bacon... E não se esqueça do quarto 4, querida! Acho que eles deveriam ser servidos primeiro, antes da família.

Libby cerrou os dentes, lembrou a si mesma que aquilo era provavelmente apenas mais uma estratégia para lidar com a perda de Donald e vestiu o avental branco liso que havia comprado para os afazeres oficiais da cozinha.

Ela tinha acabado de anotar o pedido do Sr. "Quarto 4" Harrington no salão de café da manhã e expulsado Bob de sua cozinha sob resmungos quando Luke entrou, com os cabelos úmidos e vestindo as roupas da noite anterior.

– Bom dia – disse ele, esfregando a mão no rosto não barbeado. – Isso aí é para Sua Senhoria?

– Bob ou Jason? Nenhum dos dois. É para o nosso único e solitário hóspede. – Libby apontou na direção do quarto de hóspedes com uma espátula. – Sua Senhoria está desfrutando de um café na cama. Cortesia da mamãe.

– Ah! Eu queria muito poder vê-lo botar aquilo tudo pra dentro depois do estado em que estava ontem à noite – disse Luke.

– Bem feito pra ele. Você é o próximo na minha lista de café da manhã. O que você quer que eu prepare?

Luke balançou a cabeça.

– Não precisa. Eu normalmente não ligo para café da manhã. Não tinha me dado conta de que vocês *tinham* hóspedes no momento. – Ele se encostou no batente da porta, bem fora do caminho dela. – Eles não se importam de ficar hospedados durante a obra?

– Felizmente, para o nosso fluxo de caixa, tem um centro comercial na periferia da cidade e algumas pessoas precisam passar a noite em Longhampton, esteja a recepção coberta de plástico ou não. Chá?

– Sim, por favor. – Ele sorriu quando ela lhe entregou uma caneca e, instantaneamente, parecia menos mal-humorado. A expressão natural de Luke, concluiu Libby, era muito séria e fechada.

– Então o Gethin não estava em casa ontem à noite? – perguntou ela, incapaz de conter a curiosidade. – Que pena. Vocês vão voltar lá hoje?

– Não, eu vou sair assim que terminar isso aqui. Tenho que encontrar uma pessoa em Birmingham para falar sobre um contrato.

– Trabalho? Em pleno sábado?

– É um cliente estrangeiro. Eles não costumam se importar muito com o dia da semana. – Ele soou evasivo, e Libby se perguntou se era uma questão de segurança ou se ele apenas queria uma desculpa para sair dali. – A Alice deixou um bilhete, então provavelmente o Gethin vai ligar em algum momento. Você pode levá-la até lá, não pode? Eu deixaria o Jason longe do volante por um tempo. A polícia está de olho em quem pega o carro depois de encher a cara na véspera.

– Claro. Você é bem-vindo para jantar aqui hoje à noite, depois do trabalho.

– É muito gentil da sua parte, mas… – Ele fez uma cara que claramente significava "mamãe". – Acho que é melhor não.

– Tudo bem – disse Libby, desejando saber o que poderia fazer para dar um jeito naquela situação. – Se por acaso você mudar de ideia…

Era curioso, pensou ela enquanto ele esvaziava a caneca rápido demais, que Luke não quisesse nem mesmo ficar o suficiente para se despedir de Alice. Porém, se ficar um pouco mais significava aguentar a mãe torcendo o nariz para seu divórcio enquanto Jason ganhava um café da manhã na cama, ela não podia culpá-lo.

O hotel como Alice havia conhecido quando entrou lá pela primeira vez havia desaparecido sob um mar de lençóis, mas a mente de Libby estava claramente focada nos quartos já concluídos. Para Alice, parecia um pouco precipitado testar cores de tinta nos quartos do primeiro andar enquanto metade das paredes ainda não havia sido sequer rebocada, mas ela conseguia entender que aquilo manteria Libby sã em meio à loucura.

– Gosto desse cinza-amarronzado – comentou Libby, afastando-se para avaliar as cores à luz do sol. – Mas talvez esse puxado para o bege seja mais neutro. O que você acha?

– Para ser honesta, eu nem percebo a diferença. Os dois são bonitos. – Alice estava pensando na casa de Gethin em Stratton na noite anterior. A casa deles. Será que ela havia feito a decoração? Será que Gethin era um cara que gostava de trabalhos manuais?

Sua mente deslizou em direção à única pessoa que poderia lhe dar a resposta.

– O Luke está por aí?

– Não, ele foi embora mais ou menos umas nove. – Libby se virou e Alice pôde ver que ela não queria parecer intrometida demais, mas não estava dando certo. – Ele tinha uma reunião em Birmingham. Você quer falar com ele? Eu tenho o número.

– Não. Não, o Gethin deve ligar em breve. – Ela mordeu o lábio. – Mas talvez seja útil ter o número do Luke. No caso de eu precisar.

– Precisar de quê?

Os olhos de Alice encontraram a expressão inocente de Libby.

– Sei lá. Só no caso de precisar mesmo.

– Essa provavelmente vai ser a última vez que vamos vê-lo nos próximos meses. – Libby suspirou e tampou uma lata de tinta. – É uma pena. Eu queria muito conhecer melhor o Luke.

– Ele é legal?

– Legal, *legal*, não. Interessante. Ele já viajou muito. Provavelmente não é muito caseiro. Às vezes eu me pergunto se esse negócio de segurança em que ele está não é meio suspeito: aparentemente ele trabalha para algumas pessoas bem reservadas, nunca fala muito... – Ela parecia pensativa. – Acho que Jason e Margaret ainda enxergam Luke como um adolescente idiota, mas eu nunca vi esse lado dele. Quer dizer, ele é um cara de poucas palavras, mas não é do tipo que sai por aí de moto arrumando confusão. Ele tem 36 anos, pelo amor de Deus. Paga as contas dele.

– Ele tem uma jaqueta de couro.

– Eu também. Não significa que ele ande por aí com um canivete também. – Libby olhou para ela, achando graça. – Aposto que você sabe mais sobre ele do que a gente, quer dizer, ou sabia antes do acidente. Pelo que ele estava dizendo ontem à noite, eu fiquei com a sensação de que vocês dois já tinham conversado. Não?

– Ele parecia um pouco… incomodado por eu não me lembrar das coisas – disse ela cautelosa. – Você se sentiria assim se a gente tivesse falado só sobre dardos e patos?

– Bem, eu devo uma bebida a ele por trazer o Jason para casa. – Libby deu um gemido e passou a mão pelo cabelo; Alice notou alguns fios prateados brilhando em meio aos loiros. – Eu amo o Jason, mas não quando ele bebe. Só espero que ele não tenha pagado a conta toda de novo. Argh! – Ela olhou ao redor do cômodo de paredes descascadas e seus ombros desabaram. – Tanta coisa pra fazer…

– Você vai me dizer, não vai, se eu puder ajudar em alguma coisa? – disse Alice.

Ela percebeu que seria uma pena deixar o Swan antes que a transformação idealizada por Libby se concretizasse.

Libby sorriu.

– Tudo o que eu quero que você faça é estar ao lado desse telefone quando o Gethin ligar para vir buscá-la. E quem sabe me ajudar a testar mais algumas tintas?

Havia uma caixa inteira de pequenas latas de teste. Alice nem sabia que existiam tantos tons de cinza.

Mas Gethin não ligou no sábado à tarde. Nem sábado à noite. Nem domingo bem cedo.

Alice estava sentada no escritório na tarde de domingo, digitando informações de hóspedes antigos para montar um banco de dados para Libby, quando ouviu uma voz conhecida na recepção. Duas vozes conhecidas.

– Olha só quem voltou! – Libby conduziu Luke ao escritório.

Ele estava segurando um porta-garrafas metálico extravagante como se fosse explodir a qualquer momento, e Libby indicou a jaqueta de couro dele com os olhos arregalados. Parecia adorar a ideia de ela e Alice terem uma piada interna.

– Olá de novo – disse Alice educadamente, embora seu estômago estivesse revirado. – Você ganhou uma rifa?

– Não. Presente de agradecimento. – Ele olhou de lado para Libby. – A Libby me ligou, eu estava por aqui, e ela não aceitou um não como resposta. Não precisava – acrescentou ele. – De verdade, não precisava.

– Você merece uma *caixa* só pelo que fez sexta à noite. – Ela apertou o braço dele. – Vamos ter que adiar as outras garrafas até que o hotel esteja funcionando a todo vapor.

– Sem problemas – respondeu ele em um tom rouco. Parecia constrangido, em especial por conta da afetuosidade natural de Libby. – Fala para o Jase não transformar isso num hábito.

– Acredite, ele não vai. Só agora ele está recuperando a capacidade de falar. Eu o deixei lá em cima com… – Ela levou a mão à boca, como se tivesse acabado de lembrar por que Jason talvez precisasse de supervisão. – Ah, caramba. Só um minutinho. Eu só preciso ir lá e…

Libby correu de volta escada acima e Alice e Luke ficaram sozinhos. O silêncio se estendeu, deixando o ar entre eles pesado. Alice se apressou em preenchê-lo.

– E obrigada por me levar para casa. – Ela deveria ter lhe dado um presente também? – No final acabou sendo uma perda de tempo.

Luke balançou a cabeça.

– Por favor, não diga isso. O Gethin já ligou?

– Não. Mas quando a gente fica vigiando o telefone ele nunca toca, né?

Alice olhou para Lorde Bob dormindo todo espremido em uma cadeira pequena demais para ele. Sua pata traseira estava quase enfiada na orelha, e o traseiro transbordava de uma das laterais em uma sequência de dobras aveludadas. Ele havia perdido seu passeio matinal, já que Margaret se ocupava com Jason, e Libby estava extremamente ocupada, mas ele não parecia muito preocupado.

– Talvez você devesse levar o cachorro para passear – sugeriu Luke, lendo sua mente. – Deixa o telefone pra lá.

– Sim, ele precisa de um passeio. Pode ser a minha boa ação do dia.

Alice procurou seus sapatos. Não *seus* exatamente, lembrou a si mesma, os sapatos de Libby. Seus sapatos estavam atrás daquela porta trancada, naquela casa desconhecida. Que tipo de sapatos ela tinha? De salto alto? Tênis? Botas?

Ela teve um súbito lampejo de um par de sapatos de salto alto verde-escuro metálico. Verde, com solado dourado. A sensação de comprá-los inundou sua mente: uma empolgação borbulhante e indulgente, sensação de sexta à noite.

Eram sapatos de festa glamourosos e chamativos. Ela se lembrava de dar uma volta na loja e pensar: *sim*. E da vendedora dizendo: “Eles são a sua cara.”

Luke estava olhando para ela. Alice piscou. As memórias estavam começando a voltar ao lugar: pedaços brilhantes de experiência, um pouco brilhantes demais, mas reconfortantes.

– Sua boa ação? – perguntou ele.

– Ah. É, eu tenho tentado fazer uma boa ação aleatória todos os dias – continuou ela. – No hospital tinha um quadro… pequenas coisas que você pode fazer para tornar o mundo melhor para todos. Passear com o Bob é moleza. Vamos, Bob.

Ao ouvir seu nome e a palavra “passear”, Bob deslizou graciosamente da cadeira e caminhou até ela, balançando o rabo de um lado para outro. Alice, acariciando sua cabeça, pensou que ele não abanava o rabo como um cachorro normal. Abanava como se fosse um cão da realeza.

Luke parecia preocupado.

– Tem certeza de que você consegue lidar com ele? As suas costelas…

– Estão se recuperando. Estou tomando uns analgésicos bons. Ele não me incomoda. Não sei por que todo mundo faz tanto alarde. De qualquer maneira – acrescentou erguendo os olhos –, você pode me ajudar a arrastá-lo das lixeiras, se for necessário. Você vem comigo, né? Para uma volta?

Ele retribuiu o olhar sem se esquivar da pergunta contida nos olhos de Alice.

Era por isso que ele tinha ido até lá, Alice sabia. O presente de Libby tinha sido mero acaso. Na verdade, Luke voltou para saber se Gethin havia ligado. Para verificar se ela estava bem. Por quê? Com o que ele poderia estar preocupado?

Será que ele queria vê-la? A pele dela pinicava com outra coisa que não conseguia identificar, mas não era uma lembrança. Era novo. Incerteza.

Então Luke deu seu sorriso rápido e um pouco relutante.

– Claro. O que mais há para fazer em Longhampton num domingo além de dar uma volta?

Eles não conversaram muito enquanto seguiam o traseiro bamboleante de Bob pela trilha atrás do hotel, evitando os buquês volumosos de cicuta que despontavam dos arbustos altos. Era uma manhã agradável banhada pelo sol de maio, o calor começando a se espalhar no ar, e as ondulações leves dos campos eram tranquilizantes em seus suaves verdes e dourados, pontilhados de ovelhas.

Era bom estar ao ar livre. Alice percebeu que um peso havia sido retirado de seus ombros a partir do momento em que não estava mais prestando atenção ao telefone. O ritmo da caminhada era um bom substituto para a conversa; embora ela se sentisse confortável ao lado de Luke, não conseguia pensar em uma maneira natural de tocar em um assunto tão estranho, mas ainda assim não parecia importar que não estivessem conversando.

Em determinado momento, depois de passar Lorde Bob por cima de uma cerca (enquanto Bob olhava serenamente para o vazio, como se nada estivesse acontecendo), Luke perguntou:

- Então, como é perder a memória?

Alice não respondeu de imediato. Ela queria dar a ele uma resposta adequada.

- Não tenho certeza se é um sentimento específico. É mais... uma consciência de estar no momento presente o tempo todo. Você não tem como fazer referência a nada; só dá para lidar com o que está ali. O que você sabe de fato. Tipo, você sabe que *com certeza* existe algo no seu passado, mas isso não ajuda em nada. Você tem que confiar muito mais, porque não tem nenhum ponto de referência.

Ela olhou para ele timidamente.

- Quanto mais eu penso sobre isso, mais assustador é, na verdade. Poderia ter sido tão diferente. Libby, Jason, a sua mãe... eles são boas pessoas. Eu tive sorte. - Luke não respondeu. Ela se perguntou se por acaso tinha dito algo de errado. - Não é tão ruim agora que a minha memória está voltando - prosseguiu. - Mas nos primeiros dias, quando eu não sabia nem o meu nome, isso sim foi assustador. Eu sentia... sentia como se todas as pessoas com quem eu me encontrava soubessem mais a meu respeito do que eu mesma. Na verdade, eu não conseguia nem pensar muito nessas coisas porque isso tudo me deixava em pânico. Aposto que eles me deram algum remédio para me ajudar a não pensar muito sobre o assunto.

Ela estremeceu, lembrando. Duas semanas atrás. Parecia muito mais tempo.

– Ha! – disse ela em voz alta.

Luke virou a cabeça.

– O que foi?

– Isso foi uma lembrança. – Alice sorriu. – Novinha em folha.

Ele sorriu também, e Alice conseguia acreditar que eles haviam tido longas conversas; alguma coisa era diferente com ele, as palavras fluíam sem esforço.

– Então... – Ele puxou um longo caule com botões de ranúnculos dos arbustos. – Quando você diz memórias de longo prazo...?

– Bem, o quanto você consegue se lembrar de quando tinha 7 anos? Algumas coisas estão voltando, mas acontece que não posso confirmar com o meu pai ou a minha mãe, não é? Acho que não saberei até não conseguir me lembrar de algo. Mas é estranho... eu continuo tendo flashbacks aleatórios. Como se a minha memória estivesse reenviando e-mails por engano enquanto reinicia.

– Tipo o quê? Os patos da pousada? Eu não consigo acreditar que você não se lembra dos patos. Eles me deixaram maluco e eu só fiquei lá algumas semanas. – Embora ele tivesse dito isso com naturalidade, Alice ficou em dúvida se aquele comentário não era um teste para ver se ela conseguia se lembrar das conversas deles, talvez.

– Não, nada recente. – Alice sondou em sua mente, tentando detalhar um instante: os sapatos verdes, digamos. Quando tivera dinheiro para gastar em sapatos daqueles? Cinco anos atrás? Antes? – O médico acredita que eu talvez nunca me lembre do acidente. Isso pode acontecer tanto por uma reação ao trauma quanto por uma lesão física. Eles nem sempre conseguem dizer a diferença, clinicamente.

– Jura?

– Sim. Já teria sido ruim o bastante... o atropelamento, no caso. Havia dois carros... A Libby disse que todos ficaram surpresos de eu não ter me ferido mais gravemente.

– *Dois* carros? – A voz de Luke estava preocupada e ela percebeu que ele havia parado de andar. Tocou o braço dela. – Sério, você podia ter morrido, Alice.

Ela parou também. Seu braço formigava onde os dedos dele encontravam a sua pele. Depois de um segundo, Luke retirou os dedos e ela se perguntou se ele sentia o formigamento também. Eles se encararam e o silêncio foi tão intenso que Alice conseguia ouvir as ovelhas em algum campo do outro lado dos arbustos.

– Parece que você quer que eu diga alguma coisa – deixou escapar, e Luke parecia prestes a falar, mas então parou e balançou a cabeça.

– Eu só quero... eu só espero que a sua memória volte. – Ele manteve os olhos castanho-escuros fixos nos dela, lendo seu rosto. – Deve ser... Bem, eu não consigo imaginar como deve ser.

– É como perder a si mesmo – resumiu Alice, e alguma coisa reagiu nos olhos de Luke, embora ele não tivesse dito nada.

O momento foi interrompido por Lorde Bob puxando sua guia extensível, indo em direção a um buraco na cerca viva.

– Coitadinho – disse Luke enquanto o cão se enfiava no buraco, deixando metade do corpo compacto na trilha, o rabo curvado sobre as costas em uma contemplação feliz. – Ele deve ficar muito entediado lá em cima, perambulando pelo hotel o dia inteiro. Não, deixa ele cheirar aí. Não estamos com pressa, estamos?

– Não – respondeu Alice.

Ela se sentia melhor com o exercício; o ar puro e o sol faziam com que se sentisse renovada. *Eu deveria perguntar sobre o Gethin*, pensou ela, *enquanto estou falando com a única pessoa que o conhece.*

Ela ignorou a sensação de que estava estudando o próprio namorado para fazer uma prova.

– Há quanto tempo você disse que eu estava com... com o Gethin?

A expressão de Luke pareceu vazia.

– Hmm, não sei exatamente. Um ano? Um pouco mais?

– É porque eu não tenho nenhuma lembrança dele. Devo ter perdido os últimos dezoito meses.

– Você não estava trabalhando na pousada há tanto tempo assim. Eu me lembro do Tony dizendo que você tinha pegado tudo muito rápido.

– Não é muito animador, né? Eu nem sequer conseguir me lembrar de como ele é.

Sem se virar, Luke disse um "aham" amigável. Ele observava Bob, que ainda estava concentrado, todo o foco no enorme focinho de basset detectando e processando a complexa mistura de aromas na terra, como se fosse um experiente degustador de vinhos.

– Você não sabe por que eu estava indo para o hotel, sabe? – Era mais fácil fazer uma pergunta direta a Luke quando ele não estava olhando para ela.

– A gente não estava planejando se encontrar lá, se é isso que você está pensando.

– Eu não estava pensando isso! – Alice corou. – Isso nem mesmo... passou pela minha cabeça.

– Ótimo. – O sorriso novamente. Rápido, mas cauteloso. – Vamos, Bob, já chega.

Bob recuou sem reclamar e começou a descer a colina novamente. Eles estavam quase no bosque agora; Alice tinha feito aquele passeio uma vez com Libby – até o bosque, que por sua vez levava ao parque da cidade, onde havia uma barraquinha que vendia café e donuts. Ótimos donuts. Se você fosse o Bob, donuts grátis.

– E, até onde você sabe, não existe nenhum motivo para o Gethin não tentar me encontrar, né? – perguntou Alice. Ela não quis fazer aquela pergunta na frente de Libby; algo na expectativa de Libby por um final feliz a deixava muito constrangida de revelar suas preocupações mais obscuras.

– Não que eu saiba.

– É só que... duas semanas? – Ela começou a colocar tudo para fora. – E eu nem estou tão longe assim. Eu achava que tinha vindo de Londres ou coisa do tipo. *Quantos* hospitais existem por aqui?

– Desculpa, Alice. Eu não sei por que ele não te procurou. Talvez tenham discutido?

– A gente discutia muito?

– Todo casal discute, não?

– Eu não sei.

Ele suspirou.

– Nós não falamos detalhadamente sobre o Gethin. Sempre havia um milhão de outras coisas para a gente conversar.

– Desculpa.

Alice lembrou que Libby havia mencionado o casamento de Luke. Dois anos antes. Ah. Talvez ele tivesse se aberto com ela sobre o casamento *dele* e ela havia esquecido. Talvez por isso estivesse tão ansioso para descobrir do que ela se lembrava. Sentiu um aperto no peito.

Luke passou a mão pelo cabelo, que caiu de volta em sua testa.

– Você e o Gethin eram… Você disse que ele era um cara legal. Sensível. Você tinha algumas amigas que não estavam tão felizes com os namorados, pediram nossa opinião sobre isso, uma ou duas vezes. Uma colega sua tinha um namorado um pouco possessivo. Para ser sincero, não tenho certeza se dávamos bons conselhos.

– Ah. – Alice não sabia ao certo como aquilo a fazia se sentir. Satisfeita? Aliviada? Culpada? Mais amigas que não tinham ido ao seu encontro.

Ela olhou para Luke novamente; seu rosto não revelava muita coisa, e o clima entre eles havia mudado.

– Desculpa ter que perguntar – disse ela –, mas você é a única pessoa até agora que pode me dizer quem eu realmente sou. Até eu me lembrar.

Luke soltou um longo suspiro que se transformou em um grunhido baixo.

– Não é saudável que outras pessoas digam como você é. Eu sei bem como é isso. Imagino que a minha reputação tenha chegado até você antes de mim, não?

– Eu não sei do que você está falando.

– Eu acho que sabe, sim. Como a Libby vai descobrir quando tentar abrir seu hotel butique, Longhampton é um lugar onde as coisas não têm permissão para mudar muito. – Alice teve a sensação de que os olhos observadores de Luke eram capazes de enxergar mais da mente dela do que ele deixava transparecer. Era inquietante. – Mas enfim… café? Estou vendo o quiosque lá embaixo.

– Café seria ótimo – respondeu Alice.

Eles desceram em direção ao parque e pegaram uma das trilhas ao redor dos canteiros de flores até a barraquinha de café, onde Luke pediu dois *lattes* e Bob se serviu de água. Eles estavam conversando sobre o parque, Luke lhe contava uma história surpreendentemente detalhada sobre a cidade, quando ela o viu adicionar casualmente um sachê de açúcar em um copo e mais dois no outro. Ele mexeu os cafés, recolocou as tampas e entregou a ela o copo com duas porções de açúcar. Algo naquele gesto parecia alarmantemente íntimo.

– É assim que eu tomo meu café? – perguntou olhando para o copo.

Luke assentiu.

– Sim. Não é?

– É, sim. – Mas ela teve que tomar alguns cafés no hotel para se lembrar. *Quantos cafés tomamos juntos?*, queria perguntar. *Por que você se lembrava disso?*

– Alice, eu trabalho com segurança – disse ele, vendo a expressão dela. – Eu presto atenção nas coisas. Se você me disser um número de telefone, eu nunca mais vou esquecer. Meu cérebro se apega às coisas. Toda noite, nós éramos os últimos a sair do bar; muitas vezes tomávamos um café enquanto você fechava o caixa.

– Tudo bem – disse ela, e esperou a imagem chegar: o bar superiluminado, o fim da noite, cheiro de máquina de café, o caixa... Nada lhe veio à mente.

Então Bob deu um latido a plenos pulmões e ela deu um pulo, derramando espuma na mão.

Uma saraivada de latidos mais curtos e mais barulhentos veio de uns canteiros mais adiante. Do outro lado do parque havia dois passeadores de cães, cada um lutando contra quatro cães, dois em cada mão. Alice não conseguia ver os cães menores soltando os latidos mais altos, pois estavam escondidos atrás das flores espalhafatosas, mas os dois golden retrievers e o collie deixavam bem claro como se sentiam em relação a Bob.

– Pobre Bob, ele é sempre o culpado – disse ela, enquanto Luke se colocava entre Bob e os passeadores de cães. – Só porque tem a voz mais alta.

– Latido – corrigiu Luke. – O latido mais alto. Trate-o como um cachorro e ele vai se comportar como um cachorro. Ele nunca vai chegar a ser um pequeno ser humano. Não é justo com ninguém.

– Isso é profundo? – Alice ergueu uma sobrancelha.

– Não – disse Luke. – Eu só digo o que vejo. As pessoas são o que são, e os cães também. Quando você trabalha com cães de segurança, não os trata como se fossem o Sherlock Holmes. Vamos, vamos voltar. Me dá a guia do Bob... a *minha* boa ação – acrescentou ele –, para você poder tomar o seu café.

Alice sorriu. *Ele ouve*, pensou ela, anotando em seu caderno mental particular. Luke ouve e presta atenção. Ele sabia mais do que estava deixando transparecer.

Ele conciliou seu copo de café, a guia de Bob e o troco com um controle impressionante.

– Aposto que haverá um recado à sua espera.

– Dedos cruzados.

Ela acenou para os passeadores de cães, assim como Luke, e o seguiu de volta pela trilha. Uma hora antes, ela queria aquele recado mais do que tudo. Agora já não tinha tanta certeza.

Capítulo 15

No início da segunda semana de obra no hotel Swan, a mudança já se mostrava tão drástica que, ao subir para dizer a Libby o que achava das tintas que haviam sido testadas, Margaret só conseguiu se conter por dois minutos antes de cair no choro.

Todo mundo sabia que aquilo era uma bomba prestes a explodir: os funcionários de Marek haviam quebrado oito suítes, vaporizado mais de trinta anos de papel de parede, removido os rodapés lascados e esvaziado tudo em um piscar de olhos. Libby achava que na verdade o hotel tinha ganhado um estilo rústico e chique – as grossas tábuas originais que formavam o piso e as paredes sólidas ainda estavam visíveis.

Margaret enxergava tudo aquilo de um jeito bem diferente. Conforme o rosto dela se contorcia, Libby percebeu, tarde demais, que a sogra estava vendo mais de trinta anos de trabalho escoando pelo ralo. Ela se sentiu culpada. Como o humor de Margaret havia melhorado ao ter Alice para cuidar, Libby acabou achando que ela estava melhor do que realmente estava.

– Tudo vai ficar lindo de novo quando os decoradores chegarem, prometo. – Libby acariciou o braço da sogra. – Olha, de qual dessas cores você gosta?

– Tanto faz. A que você achar melhor. Eu não vou voltar a olhar para nada até que esteja tudo pronto. – Margaret engoliu em seco e desceu as escadas às pressas.

Jason teve que levá-la ao Waitrose para que a mãe pudesse recuperar o equilíbrio. Ele não disse isso, mas Libby tinha certeza de que ele havia pagado pelas cinco sacolas de alimentos artesanais que mais tarde se materializaram na geladeira. Margaret definitivamente não tinha dinheiro para comprar um tiramisù orgânico, mas eles também não.

– É ótimo que eles tenham feito tanta coisa – apontou Libby, enquanto Alice e ela checavam a última entrega de banheiras e pias na quarta-feira de manhã. As caixas estavam empilhadas no saguão, preenchendo quase todo o cômodo. – Os encanadores vêm amanhã, e, quando isso tudo estiver instalado, vai ficar muito melhor.

Ela passou a mão pela borda curva de uma das banheiras com tampo de correr. Era enorme e mais parecia uma obra de arte. Uma página inteira do novo site seria dedicada aos banheiros do hotel Swan, a assinatura do local. Taça de vinho, grandes velas brancas, Wi-Fi em todo o edifício para que o hóspede possa ouvir música enquanto está mergulhado na banheira. Quem seria capaz de resistir a tudo isso?

Quem sabe em algum momento não teremos nossa própria linha de produtos de higiene pessoal?, pensou ela, imaginando as fotografias. Com um cisne branco como logotipo, em referência ao nome do hotel.

– Isto aqui é uma banheira Chatsworth? – Alice folheava a nota fiscal da entrega.

– É, sim. Vai ficar na suíte nupcial – disse ela, orgulhosa. – Com um varão circular acima, e essa cortina rendada deslumbrante que eu encontrei.

Alice analisou a cortina.

– Que quarto é esse? Será que vai caber?

– Estamos transformando o quarto 5 em uma suíte nupcial e vamos tomar o espaço do quarto 6 para fazer o banheiro – explicou Libby. – O quarto 6 sempre foi pequeno. Vai ser melhor ter uma suíte romântica belíssima pela qual vamos poder cobrar mais.

– Entendi – respondeu Alice. – E as torneiras da banheira… são essas? – Ela apontou para uma caixa grande, cheia de plástico bolha.

– Sim, elas são incríveis, olha só. – Libby fez força para levantar os pesados acessórios. – Essa banheira pede a combinação de uma enorme torneira dupla e um chuveiro eduardiano. – Quando ela finalmente conseguiu tirá-las do embrulho de espuma, notou que eram do tamanho de uma tuba.

Alice e Libby olharam para a majestosa engenhoca prateada.

– Uau – disse Alice. – E isso fica separado? No alto da banheira? Será que eu quero mesmo saber quanto custou?

– Nem pergunta. – Jason insistia que havia negociado um bom preço e, depois da discussão sobre a tal história com Darren, Libby sentiu que precisava mostrar que confiava nele e em sua perspicácia financeira. – Mas vai valer a pena. Eu tenho na cabeça a imagem de como tudo vai ficar no final, e sei que as pessoas vão implorar para se hospedarem aqui. Se eu imploraria, elas também vão. Por quê? Algum problema?

Alice bateu com a caneta no papel.

– De acordo com essa nota e com o seu pedido, aqui só tem metade das coisas. Faltam três banheiras, três chuveiros, quatro vasos sanitários e mais uns suportes. – Ela comparou as listas. – Isso é o que o Jason pediu... Isso é o que eles mandaram.

Libby revirou os olhos.

– Que ótimo. Isso sempre acontece, né? Se a gente não verifica as coisas... Que bom que descobrimos antes dos encanadores. O Jason pode falar com os fornecedores ainda hoje. Você o viu hoje de manhã?

– Estava indo para a cidade. – Alice fez um olhar malicioso. – Ele disse que, se você ficasse chateada por ele ter saído, eu deveria dizer que foi comprar seu presente de aniversário de casamento.

– Eita. – Ela cobriu a boca com a mão. – Obrigada por me lembrar. Cinco anos. É sexta-feira.

– Eu sei – disse Alice. – A Margaret me perguntou se eu não me importaria de cobrir vocês, então você e o Jason poderiam, como ela disse, "curtir a noite".

Libby notou que Margaret não havia se oferecido para cobri-los, mas ficou tocada pela sogra ter se lembrado. Não devia ser fácil para ela.

Ou para Alice, pensou culpada, vendo seus olhos caírem momentaneamente sobre as faturas. Gethin ainda não tinha ligado. Àquela altura, elas nem pulavam mais quando o telefone tocava.

– Escuta, eu aposto qualquer coisa que ele vai aparecer na sexta à noite – disparou ela em um impulso. Não precisava dizer quem. – Ele passou a semana toda trabalhando, vai voltar na sexta-feira, ver o seu bilhete... Bum. Chega aqui, buquê de rosas, desculpas, lágrimas, final feliz.

Alice forçou um sorriso.

– Sim. Geralmente é assim que funciona em Hollywood.

– E em Longhampton. – Libby fingiu parecer indignada. – Como Margaret gosta de me lembrar sempre, nada de ruim acontece por aqui. Eles só deixam a delegacia aberta porque a polícia local tem um belo coral de vozes masculinas.

A julgar por várias "refeições especiais" do passado, Libby sabia que o Ferrari's era considerado o restaurante de formatura/aniversário/bodas de Longhampton, e isso desde que havia sido inaugurado, no início dos anos 1980. Eles serviam uma variedade de pratos italianos, e alguns deles já entraram e saíram de moda pelo menos duas vezes desde que surgiram no cardápio.

Quando Libby e Jason chegaram lá na sexta-feira à noite, o maître se aproximou para pegar seus casacos e fez um grande alvoroço diante da presença de Jason, que ele conhecia desde criança, e depois de Libby, cuja mão ele beijou.

– Como está a sua mãe? – perguntou a Jason educadamente. – E o adorável cãozinho dela?

– Ambos muito bem, Gianni – disse Jason. – E a Sra. Ferrari?

Aquela era obviamente uma piada de longa data, e Gianni gargalhou alto, uma risada metade italiana, metade de Longhampton.

Ao longo daquela encenação, os olhos de Jason mantiveram-se nos de Libby, como se pedissem que ela fosse paciente, dançasse conforme a música, mas os sorrisos de Libby eram genuínos. Ela gostava do estilo kitsch do lugar e do jeito doce com que Jason fazia sua parte. Aquilo lhe lembrou dos velhos tempos: o Ferrari's não era diferente de alguns dos jantares baratos para os quais ele a convidava antes de ter bastante dinheiro para gastar ou de saber onde gastar.

Eles foram conduzidos à mesa – uma bem no canto, perfeita para encontros, com duas rosas vermelhas no centro – e Jason puxou a cadeira para ela.

– Que gentil – disse ela, sentando-se.

– Champanhe! – anunciou o garçom, apresentando a garrafa gelada a Jason com um floreio. – Senhor?

– É melhor você mostrar para a madame, ela é a especialista – disse ele, acenando na direção dela.

Libby sorriu.

– Parece perfeito – avisou ao garçom. – Por favor, pode servir.

O champanhe foi servido com o máximo de cuidado e atenção. Um casal de meia-idade jantando logo ao lado abriu um sorriso benevolente para eles e, após acender de maneira solene a única vela em cima da mesa, o garçom se afastou.

– Enfim, sós – disse ele. – Bem, tão sós quanto é possível por aqui.

– Então – começou Libby, erguendo a taça.

Ele tocou a taça dela com a sua.

– Tim-tim. Feliz aniversário.

– Feliz aniversário, querido. – Ela tomou um gole de champanhe, saboreando o formigamento causado pelas bolhas em seus lábios, e instantaneamente o sabor maltado trouxe de volta as lembranças de várias outras noites, que se aglomeraram em sua mente.

– Aos próximos cinco anos. – Jason deu um gole mais generoso e fez uma cara de "assim é melhor". – Nada mau, hein? – Ele verificou o rótulo e pareceu impressionado.

Era como nos velhos tempos, pensou Libby, velhos tempos mais felizes. Ver Jason no comando de uma situação, lendo rótulos de vinho, fingindo que sabia o que estava procurando, embora ambos soubessem que não sabia. Ela tinha esquecido o quão sexy Jason ficava de terno, e sentiu um zumbido baixo e libidinoso ao pensar em como seria mais tarde: sem abotoaduras, as mangas da camisa arregaçadas, seus antebraços bronzeados à mostra. Ela adorava a intimidade da pele revelada sob a roupa de alfaiataria. Manhã após manhã, antes de saber o nome dele, o olhar de Libby cruzou o vagão lotado em direção à delicada brecha entre o colarinho branco e rígido da camisa do belo desconhecido e o cacho louro rebelde em sua nuca, e pensava em sair empurrando todos os passageiros para poder pressionar seus lábios na pele dele.

Quando o hotel ficasse pronto, Jason poderia usar terno às sextas-feiras, pensou ela. Sextas de gala. Para que ela pudesse prendê-lo no escritório, atirá-lo na mesa e...

– No que você está pensando? – A expressão dele também era sedutora naquele momento. – Você tá com aquela cara.

Libby deixou que um sorriso sensual se espalhasse de sua boca até seus olhos.

– Que cara?

– Aquela cara de "pra onde a gente vai depois?" – disse Jason. – Não, já sei. Você está se perguntando o que eu comprei para você de presente?

– Não! Já que perguntou, eu estava pensando em como tudo isso começou. Naquele trem das 6h53. Você tomando um banho de café.

– Ah! – Ele ergueu as sobrancelhas. – Nisso.

– Meu cachecol belíssimo. – Ela suspirou. – Ainda sinto falta dele.

– E eu não sei? Quantos cachecóis eu comprei para você desde então, para compensar aquele?

Quando a prometida lavagem a seco não funcionou – para o tormento de Jason –, um cachecol de caxemira novinho em folha chegou à mesa dela. Libby ficou deslumbrada. Tinha custado o valor referente a dois meses de salário dela. Era lindo demais para usar.

– Você não precisa comprar nada pra mim – disse Libby. – É *você* que eu quero. – Ela tomou outro gole de champanhe e olhou para ele por cima da taça. – É tudo que eu sempre quis. Você.

– Ah, então você não quer isso aqui? – Ele pegou algo debaixo da mesa e deslizou uma pequena caixa na frente dela. – Feliz aniversário. Agora, cadê o meu?

Libby pousou a taça e colocou a bolsa sobre o joelho. A embalagem embrulhada com uma fita tinha conseguido chegar a tempo. *Deus abençoe as compras pela internet*, pensou ela.

– Abrimos juntos?

– Tá bem. Já!

Como sempre, rasgaram os papéis de maneira teatral e, quando acabaram, Libby se viu segurando uma caixa da Tanners, a joalheria da cidade.

– Ah, isso é constrangedor – disse ela, olhando para a caixa de Jason. – O meu presente é meio que uma brincadeira, por questões de orçamento.

– Isso é… perfeito. – Ele ergueu a caneca do Longhampton United, o time de futebol da cidade, personalizada com o nome dele de um lado.

– A sua antiga estava nas últimas – explicou ela. – E eles mudaram o logotipo duas vezes desde então. Era isso ou um uniforme do time, mas não acho que preto e vermelho sejam as suas cores.

– Não. E não tenho nem onde usar hoje em dia. O time de rúgbi não costuma curtir muito quem aparece usando uniforme de futebol.

– A propósito, claro que eu sei que você joga rúgbi – acrescentou Libby, para o caso de ele achar que ela havia se confundido –, mas reparei na sua caneca de café e, você sabe, novo começo, novo time, de volta para casa...

– Não, eu entendi. – Jason sorriu.

Ela esperava que ele tivesse gostado. Não tivera tempo suficiente para pensar no presente de aniversário dele; aquele tinha sido um lampejo de inspiração enquanto tirava a louça da lavadora, mas agora não tinha tanta certeza assim de que era um bom presente.

– Vai em frente – disse ele, apontando para a caixa.

Com uma pequena pontada de apreensão, ela levantou a tampa. A caixa era acolchoada com veludo vermelho, e pousado nele havia um par de brincos de diamante. Eram minúsculos – não os brilhantes que ele tinha dado a ela no passado –, mas eram bonitos e legítimos. O tipo de coisa que ele costumava comprar para ela porque todas as outras esposas tinham listas de desejos na Asprey, e ele não achava que Libby estava falando sério quando dizia que preferia livros ou alguma joia que pudesse usar sem ficar com medo de perdê-la.

– Jason! – exclamou sentindo-se ridiculamente grosseira. – Eles são lindos! Mas...

– Não diz isso.

– Eu preciso. – Libby engoliu em seco. – Eu amei. Mas você não precisa me comprar diamantes quando estamos com o orçamento apertado.

Ela não disse "*não deveria*". Não queria tirar a espontaneidade por trás daquilo. A generosidade que ela sempre amou.

Jason encontrou o olhar dela.

– Eu estava no centro, passei pela Tanners, e me lembrei de como a mamãe sempre me fazia parar lá enquanto estávamos fazendo compras, para ela poder olhar a vitrine. E eu costumava pensar: "Quando eu crescer e tiver uma esposa, vou comprar coisas legais para ela na Tanners." E agora tenho a sorte de ter uma esposa, uma esposa melhor do que eu jamais pensei que poderia ter quando era criança, e me senti muito bem saindo da loja com aquela sacolinha.

– Jason...

Ele estendeu as mãos por cima da mesa e segurou as dela.

– Eu sei que o ano passado foi difícil e que você teve que aceitar muita coisa para recomeçar desse jeito. Preparar cafés da manhã, o cachorro, e a minha...

a minha mãe. Mas eu prometo, Lib, que vou fazer com que essa seja a melhor decisão que já tomamos. – Jason olhou para ela e Libby sentiu o coração pular diante da esperança que havia na expressão dele. – Eu não poderia fazer nada disso sem você – disse ele. – Eu não *ia querer* fazer isso sem você.

– Jason, eu não sei o que dizer.

– Não precisa dizer nada. Coloca os brincos. Vamos ver se ficam bonitos?

– É claro que vão ficar lindos. Diamantes sempre caem bem. É por isso que eles são os melhores amigos das mulheres. – Libby sorriu e cuidadosamente tirou suas pequenas argolas douradas.

Ele observou enquanto ela deslizava os brincos.

– *Você* é a minha melhor amiga. E é mais bonita do que os brincos também.

Libby virou a cabeça de um lado para outro à luz das velas, fazendo os diamantes brilharem, como se fosse uma modelo. Eles eram ótimos, mas ela não conseguia apreciá-los. A lembrança da conversa com o pai ainda fazia com que ela se sentisse mal. E de onde Jason de fato havia tirado o dinheiro? Da conta da reforma? Tinha passado no cartão?

Ela pegou Jason olhando para ela, tão orgulhoso e satisfeito com os olhares que eles estavam recebendo das outras mesas, que disse a si mesma para relaxar, só por aquela noite. Aquela noite não tinha a ver com o hotel; tinha a ver com *eles*. Com o casamento deles. Eles podiam ter perdido coisas materiais, mas ainda tinham um ao outro. Não tinham muito quando se conheceram, mas havia sido mais do que suficiente. Aceitar isso mostraria que, mesmo que ele tivesse pagado os brincos no cartão de crédito, ela acreditava que eles ganhariam o suficiente para conseguir pagar juntos.

Libby esticou o braço sobre a mesa para alcançar a mão de Jason.

– Eu não *aceitei* nada para administrar o hotel com você, seu tonto – disse ela, dedilhando sua aliança. – Eu *quero* fazer isso. Eu quero que a gente possa construir algo concreto juntos. Vai ser incrível.

– Vai ser, agora que não dependemos mais da minha habilidade com a lixadeira...

– Você era ótimo com a lixadeira. Você não faz ideia do quanto eu gostava de vê-lo usando os óculos de proteção. Mas tinha razão em trazer o Marek... Está tudo se encaixando bem mais rápido agora. Vai ficar incrível.

– Você precisa aceitar o crédito por isso. O Marek diz que você tem um ótimo olho. – Jason acariciou a palma da mão dela, seguindo sua linha da vida. – Até a mamãe vai gostar daquelas banheiras, assim que as vir instaladas.

Libby não tinha tanta certeza. Um leve desconforto pairava ao redor de Margaret desde o fim de semana; ela parecia achar que Libby não havia prestado atenção o suficiente à "intoxicação por álcool" sofrida por Jason e vinha expressando sua reprovação com uma série de comentários passivo--agressivos sobre as banheiras. Aparentemente, era "ostentação".

Na verdade, Libby percebeu, aquilo não era *nada* passivo-agressivo.

– No fim das contas, aquelas idas ao spa com as meninas acabaram sendo uma boa pesquisa. – Ele sorriu. – Aposto que a Erin está ansiosa para a inauguração, né?

– É o que ela diz. – Libby hesitou. – Ela pode estar só sendo educada. Eles costumam ir para uns lugares bem bacanas...

– E o Swan não vai ser? Fala sério! Assim que o site estiver no ar e ela ler sobre seus *boudoirs* românticos, a rua inteira vai tentar reservar ao mesmo tempo. E quanto aos lençóis? Têm mil fios? Dez mil? São parecidos com os edredons? Quantos fios têm os edredons?

Jason fingiu parecer confuso e Libby riu dele.

– Quatrocentos já está ótimo. Mas a gente não precisa...

Ele levantou um dedo de advertência e tocou os lábios dela, ciente do que ela estava prestes a dizer, então o afastou antes que pudesse parecer indelicado.

– Não. Só confia em mim, tá bem?

– Eu confio. – Libby fitou seus belos olhos azuis pálidos, esperando que ele pudesse enxergar no coração dela a maneira como ela se sentia quando olhava dentro do dele. – Mas nada disso é mais importante do que nós dois. Você sabe disso, não sabe? É melhor não ter nada e ter você do que ser dona de um hotel de luxo e... e estar onde estávamos antes.

– Eu quero lhe dar tudo – disse ele. – Você não pode me culpar por isso, pode?

– Os brincos são mais que suficientes – afirmou Libby. – Mais. Que. Suficientes. Olha. Lá vem o Gianni pegar o nosso pedido. Você já sabe o que vai querer?

– Sim – disse Jason, e o olhar ardente e faminto que ele dirigiu a ela por cima das velas sobre a mesa lhe causou um arrepio.

Depois do champanhe, eles mataram uma garrafa de vinho tinto, ravióli artesanal, e dividiram um sundae – que Gianni levou junto com duas colheres compridas, dando uma piscadela. Quando estavam terminando, chegaram dois *brandies*, um presente, explicou Gianni, do casal mais velho que eles viram ao entrar.

– Stan e Rosemary. Eles me contaram que ganharam champanhe na lua de mel – explicou Gianni enquanto levava as bebidas em uma bandeja de prata – e quiseram repetir o gesto com um jovem casal apaixonado em seu aniversário de casamento.

– Que romântico – disse Libby.

Perto da porta, Stan gentilmente ajudava Rosemary a vestir seu elegante casaco cor-de-rosa, a imagem da felicidade conjugal. Libby sorriu e lhes soprou um beijo embriagado em agradecimento. Eles sorriram de volta.

– A gente devia sair mais vezes – comentou Jason, voltando-se para a mesa. – Acho que é a primeira vez que alguém me paga uma bebida aqui.

– Vou colocar isso na Árvore da Gentileza lá do hospital. – Libby estava muito emocionada. Ou "emocevada", como Jason chamava qualquer humanitarismo motivado por álcool. – *Obrigada, Stan e Rosemary, por proporcionarem a mim e ao meu marido algo pelo que almejar em nosso aniversário de casamento.*

– O quê? Ainda sair para jantar quando estivermos na faixa dos 50?

– Não! – Ela deu um tapinha nele de brincadeira. – Por nos mostrar que o romance não precisa acabar depois que a gente se casa.

Jason pegou a mão dela e beijou a parte de dentro de seu punho.

– Eu posso mostrar isso para você.

– A gente devia ir para casa – disse ela de repente. – Ou para algum outro lugar.

Libby olhou para o lado de fora. Ainda estava bastante claro, eram nove e dez, e a noite estava quente. A High Street não era exatamente a Piccadilly Circus, mas não estava tão morta quanto ela esperava. Uma cordialidade de sexta-feira à noite parecia ter se espalhado por Longhampton – embora ela estivesse pronta para aceitar que poderia ser só o vinho falando mais alto.

– Aquele coreto no parque – lembrou de repente. – Você voltou lá desde que era adolescente?

– Não sei do que você está falando – disse Jason com uma expressão séria. – Eu nunca fui ao coreto. É no meu irmão que você está pensando.

– Nunca é tarde demais para ser rebelde – afirmou Libby. – Vamos pedir a conta?

Jason não precisava que lhe pedissem duas vezes. Fez sinal para o garçom mais próximo, rabiscando o ar. Tantos jantares, pensou Libby, lembrando-se de quantas vezes o vira fazer aquele gesto. Tantos drinques, tantos táxis de volta para casa – Jason sempre quis pagar a conta, cuidar dela.

Não poder fazer isso, ela se deu conta, devia magoá-lo. Quando os números não respeitavam mais a vontade dele, e ela não confiava nele o suficiente para que ele tentasse.

Ela sentiu a bolsa vibrar e olhou para baixo.

– Estão me ligando do hotel – informou ela. – Será que eu atendo?

– Melhor atender. – Jason suspirou. – Provavelmente é a mamãe tentando mudar de canal e não conseguindo.

– Alô? – Libby pressionou o celular no ouvido. O restaurante havia enchido desde que eles chegaram e estava meio difícil ouvir.

– Libby? É a Alice.

Alice, murmurou Libby para Jason.

Ele sorriu e roçou o pé na lateral da panturrilha dela.

– Desculpa incomodar no meio do seu jantar de aniversário – prosseguiu Alice –, mas eu achei que devia avisar... O Gethin acabou de ligar. Ele está vindo para cá.

– O Gethin ligou? Meu Deus! Alice! Você quer que a gente volte? – Ela arregalou os olhos para Jason para transmitir a notícia emocionante. As ideias envolvendo o coreto fugiram de sua mente, substituídas pelo misterioso Gethin.

Libby se perguntou muito sobre quem era o homem que viria buscar Alice. Alto? Moreno? Loiro? Bonito e temperamental, como Luke? Não, alguém de confiança, um professor ou um fazendeiro...

– Hmm, não... Não, vocês não precisam voltar. Eu só quis avisar no caso de... – Alice parecia ansiosa.

– Nós vamos voltar – disse Libby. – Vejo você daqui a pouco. Não, não atrapalha em nada. Tchau, tchau! – Ela desligou. – O Gethin acabou de ligar. Ele está indo para o hotel.

Houve um momento de hesitação.

– O que aconteceu com o coreto? – perguntou Jason.

– Bem, e se rolar alguma confusão? – A imaginação de Libby estava a toda. – E se ela não o reconhecer? E se…

– Admita, você só está curiosa – alfinetou Jason. – Tudo bem, essa é a Libby com quem eu me casei. – O canto da sua boca se contraiu. – Preciso admitir que também estou um pouco curioso. Vamos pegar um táxi.

Libby sorriu. Gethin tinha voltado. Ela e Jason haviam sobrevivido ao pior ano de suas vidas. Havia, *sim*, finais felizes em Longhampton.

Margaret estava certa. Ia ficar tudo bem.

Capítulo 16

Tudo tinha acontecido muito rápido, e então, quando terminou, Alice sentou atordoada, esforçando-se para separar o que *sentia* do que *sabia*. Antes do acidente, ela nunca havia percebido que eram coisas diferentes.

Havia passado a noite atrás do balcão da recepção, transformando o velho livro de hóspedes em um banco de dados para Libby. As planilhas de Excel obviamente tinham sido uma grande parte de sua vida profissional errante, porque o ritmo dos movimentos de clicar e digitar havia voltado rapidamente aos seus dedos. Ela gostava de inserir os dados ali, de vê-los se acumularem e se costurarem formando padrões e gráficos.

Quais condados concentravam a maior parte dos hóspedes. Qual era o sobrenome mais comum. Quem se hospedara lá mais vezes. Quem eram os hóspedes mais antigos e os mais novos. Quem voltara acompanhado de pessoas diferentes. A mente de Alice estava ávida por informações e gostava da sensação de contribuir com a organização do hotel. Ela clicava em "Salvar" com frequência.

O telefone não havia tocado a noite inteira, e ela quase se esquecera de que ele estava lá quando de repente o ouviu. Alice estava no meio de decifrar uma ficha com os dados de um hóspede com uma péssima caligrafia e estendeu a mão direita para pegar o fone, sem sequer olhar.

– Boa noite. Hotel Swan, Longhampton. Como posso ajudar?

– Quem fala, é…? Alice, é você?

A voz era calma, suave. O sotaque, galês.

Alice congelou. Era ele. Gethin. Mas será que aquilo era uma lembrança, ou era só porque ela sabia que ele ia ligar, e também que ele era galês? A nuvem cinza em sua cabeça se expandiu novamente, escondendo todos os detalhes que ela queria tanto alcançar.

– Alô? – repetiu ele, incerto.

– É a Alice. – Sua boca estava seca. – Gethin?

– Sim! Alice. Ah, meu Deus, Alice, que alívio! – Ele parecia emocionado. – Acabei de entrar em casa neste segundo e encontrei seu bilhete no tapete. Eu não... Não estou conseguindo entender o que aconteceu. O que você está fazendo em um hotel? Cadê as suas chaves? Por que você não voltou para casa?

Eu conheço essa voz? Alice sentiu como se estivesse flutuando, tentando analisar cada detalhe de sua reação. Ela tinha praticamente parado de se perguntar quando Gethin ligaria e aquilo a pegou desprevenida.

– Estou indo aí agora mesmo – continuou ele. – Vou chegar o mais rápido que puder. Você precisa de alguma coisa? Quer que eu leve alguma coisa sua?

– Não, eu estou bem. – *Meu namorado está vindo me buscar*, disse a si mesma. *Ele parece chateado, preocupado e confuso*. Alice sentiu vontade de agarrar o próprio coração, indiferente ao que estava acontecendo, e sacudi-lo, mas isso não ia funcionar.

Talvez fosse a medicação. O Dr. Reynolds lhe dissera que demorava um pouco para que os medicamentos fossem eliminados do organismo. Afinal, fazia apenas três semanas.

– Não saia daí – disse Gethin, como se ela estivesse falando da beira de um penhasco. – E não se preocupe, coelhinha. Eu estou a caminho.

Ele desligou.

Coelhinha. Alice passou longos segundos olhando para o telefone em sua mão. Suas pernas estavam trêmulas mesmo estando sentada, como se quisessem se levantar, sair correndo e não parar mais.

É aqui que minha vida recomeça. Como se o botão "play" tivesse sido pressionado novamente.

Então, com as mãos tremendo, ela ligou para Libby.

Quando Libby e Jason chegaram em um táxi quinze minutos depois, Alice achou que de alguma maneira Gethin havia conseguido chegar lá ainda mais rápido do que ela esperava e só então seu estômago revirou completamente.

Mas foi Libby que entrou apressada em seu vestido vermelho especial para encontros românticos, os sapatos de salto alto raspando no tapete xadrez. Ela não teve nem tempo de vestir o casaco; estava pendurado em um braço, junto com sua pequena bolsa. Seu rosto estava vermelho de animação, e seu batom estava manchado onde ela havia tentado retocar no banco de trás do táxi.

Alice notou os pequenos diamantes novos em suas orelhas. Eles brilhavam quase tanto quanto os olhos de Libby.

– Ele já chegou? – perguntou ela sem fôlego, examinando a recepção.

– Não, ainda não.

Jason não havia entrado atrás dela – ele enfiou a cabeça pela porta da frente.

– Lib, você tem dinheiro para o táxi?

– O quê? – Libby franziu o cenho e em seguida abriu a bolsa com alguma dificuldade.

Alice podia ver que ela estava um pouco pior do que parecia. Era muito encantador ver Libby tentando fingir que não estava bêbada.

– Aqui tem dinheiro – disse Alice, e abriu a gaveta onde ficava o caixa e entregou a Libby uma nota de vinte libras. – Me dá o recibo depois. Vocês voltaram correndo para resolver questões do hotel.

– Você tem mesmo um trabalho aqui. – Libby apontou para ela, cambaleando um pouco, e deu um passo vacilante para trás para entregar o dinheiro a Jason.

Alice respirou fundo e se serviu de um copo de água gelada. Libby voltou com Jason e os três ficaram parados ao lado do balcão, meio sem jeito. O alto relógio de chão tiquetaqueava sob seu lençol de proteção.

– Então... – disse Jason depois de alguns segundos. – Dá tempo de eu subir e me trocar? Que horas ele ligou?

– Uns vinte minutos atrás.

– Ah, temos *séculos* ainda. – Ele afrouxou a gravata e desabotoou o colarinho. – Ele está vindo de Stratton. Vou me trocar.

– Você precisa se trocar? – Libby pareceu desapontada. – Você fica tão bonito com esse terno. – Ela acariciou o braço dele. – Você pode tirar o paletó se quiser. Arregaçar as mangas...

– Você está elegante mesmo – elogiou Alice. – Vocês dois. – Havia um brilho diferente neles naquela noite, um sopro de uma confiança urbana que os tornava pouco familiares. Aquilo a deixava um pouco sem graça.

– É sexta à noite – argumentou Jason.

– Eu sei. É disso que eu estou falaaaaaando. – Libby deslizou os braços ao redor da cintura dele e sussurrou em seu ouvido. – Fica com esse terno lindo, vai?

Alice nunca tinha visto Libby tão saidinha. O vestido decotado e sem mangas mostrava muito mais de sua pele macia do que o normal, e seus modos normalmente contidos haviam sido substituídos por uma manha sedutora. Mais sedutora ainda por ser tão inesperada. Alice percebeu que jamais ligaria aquela Libby à Libby que fazia listas para os operários e se preocupava com o que podia ter esquecido.

Jason riu e a beijou. Ele parecia diferente também, pensou Alice. Era assim que eles eram em Londres?

– E achando que era de mim que você gostava, não do meu alfaiate. – Ele se desvencilhou dos braços dela. – Não vou demorar nem um minuto. Vou contar para a mamãe o que está rolando… Aposto que ela também vai querer vir dar oi.

Quando ele se retirou, apesar dos protestos, Libby afundou atrás da mesa, na cadeira ao lado de Alice, e suspirou satisfeita.

– Foi boa a noite?

– Muito. – Libby se inclinou para trás e examinou a recepção, sorrindo por conta de algo que só ela via. Então ela se virou para Alice, ansiosa. – E aí, voltou tudo? Quando você ouviu a voz dele?

– Na verdade, não.

– Ah. Bem, talvez quando você o vir. Eu fico me perguntando como ele é. – Libby girou na cadeira. – Eu vejo você com um cara… bem alto. Moreno. De óculos. Sensível, mas forte.

– Clark Kent.

– Não! Um cara legal, normal.

– Na verdade, não acho que seja muito útil tentar adivinhar como ele vai ser. E se eu imaginar algo que ele não é? Não quero me decepcionar.

Libby lhe lançou um olhar expressivo. Seu delineador apontava para cima nos cantos dos olhos, um gatinho perfeito. Ela obviamente havia dedicado muito tempo a sua aparência naquela noite.

– Ele parecia estar sentindo a sua falta?

– Sim.

– Então isso é tudo que importa. – Alice não tinha como discordar.

Alguns minutos depois, Jason voltou. Ele parecia mais casual usando uma calça jeans e uma camisa azul, mas aquele ar diferente ainda pairava em torno dele, como um filtro do Instagram. Mais relaxado, com cores mais intensas.

Era a conexão com Libby, percebeu Alice, observando-o passar os dedos pelos ombros dela. Aquilo tornava os dois mais vívidos. Amor. O amor fazia aquilo. Quando dava certo.

– Não me olha desse jeito, Lib. Eu coloquei a calça que você gosta – protestou ele, e eles trocaram um olhar tão íntimo que Alice se levantou e foi ligar a máquina de café no escritório.

Os três ainda estavam sentados atrás do balcão da recepção, sem falar muito, quando viram os faróis de um carro se aproximando.

– É ele – disse Libby desnecessariamente.

Alice se levantou e depois se sentou de novo. Suas pernas pareciam estar desmanchando. Será que dava tempo de ir ao banheiro? Ela precisava ir ao banheiro? Queria estar sentada ou de pé?

Libby estendeu a mão e tocou seu ombro.

– Vai ficar tudo bem – disse ela. – Fica tranquila.

Jason levantou de um salto.

– Um de nós precisa se levantar ou ele vai achar que entrou em uma audição do *The X Factor*. – Ele pigarreou e se dirigiu à porta.

Libby esticou o braço e agarrou a mão de Alice. Sua pulsação disparou. O tempo que levou entre o som do motor parando, a porta do carro se fechando, os passos no cascalho e depois a porta se abrindo pareceu uma eternidade. Alice se levantou, sentindo como se sua cabeça mal estivesse conectada ao corpo, e ouviu a voz de Jason, alegre e acolhedora.

– Gethin? Prazer em conhecê-lo. Eu sou Jason Corcoran. Entra, entra...

E então ele estava lá. Gethin. Seu namorado. De pé ao lado do armário cheio de geleias locais e bonequinhos de palha, procurando por ela. Os olhos de Alice, treinados para os detalhes ao longo das últimas semanas, o examinaram. Ele era o que ela esperava? Gethin era mais baixo que Jason, e mais atarracado, com cabelos castanhos espessos que se enrolavam por cima das orelhas e caíam sobre seus grandes olhos castanhos, que lembravam os de um cachorrinho. Ele tinha um rosto expressivo, nublado de preocupação até que viu Alice – nesse momento, ele abriu um sorriso que mais parecia o sol saindo de trás das nuvens. Dentes brancos e pequenos, uma boca bonita. Lindo. Gentil.

Ele parece um cara legal, mas eu não o conheço, pensou Alice, e sentiu um medo gelado percorrer suas costas. Se a memória dela não reiniciasse quando seu namorado de mais de um ano aparecesse, será que voltaria algum dia? Mas ele a conhecia. E parecia tão aliviado e *feliz* em vê-la que ela se convenceu de que aquilo era tão bom quanto. Ele lhe mostraria quem ela era.

– Alice! – Seu sorriso era tão feliz que ela sentiu sua boca sorrir de volta automaticamente. – Vem cá!

Ele estendeu as mãos e, quando ela caminhou em sua direção, Gethin atirou os braços ao redor dela em um abraço de urso. Por cima de seu ombro, ela podia ver Jason trocando um olhar emocionado com Libby. Alice notou que Gethin usava uma camisa polo branca e tênis preto e branco, e cheirava a roupa limpa e café. Ele tinha um furo no lóbulo da orelha, mas não usava brinco.

– Eu estava tão preocupado – disse ele, apertando-a novamente. Ela estremeceu de dor.

– Cuidado! As minhas costelas!

– Ah, não! Desculpa, coelhinha! – Ele se afastou dela imediatamente, como se Alice estivesse pegando fogo. – O que aconteceu? Meu Deus, desculpa, desculpa. O que mais está dolorido?

– Só as costelas. É uma fratura. Eles acham que eu bati no retrovisor do carro – acrescentou automaticamente.

– No retrovisor... Ai, meu Deus, o que aconteceu? Você disse que sofreu um acidente... Foi um acidente de carro? – Ele parecia horrorizado.

– Vocês têm muito assunto para colocar em dia – disse Libby, e Alice se sentiu aliviada por ver que a Libby de sempre havia voltado, assumindo o controle da situação, conduzindo todos para onde precisavam ir. – Vamos lá pra cima tomar um chá.

Mesmo com todo aquele alvoroço em torno *dela*, Alice ainda sentia como se estivesse pairando sobre aquela situação. Teria sido mais apropriado que eles se reunissem na sala de estar para o grande desfecho, pensou ela, em vez de em volta da mesa da cozinha, onde Margaret agora servia chá e dava suspiros maravilhados.

Ela havia deixado claro que aprovava Gethin – ele a chamara de "Sra. Corcoran" e tinha apertado a mão dela –, e então começou a discorrer sobre alguns dos "adoráveis" hóspedes galeses, partindo do princípio de que Gethin talvez os conhecesse. Ele educadamente chegou a considerar tal possibilidade antes de responder que não, o que era digno de nota, pensou Alice.

– ... já os Pritchards, acho que eram de Llangollen – disse Margaret em uma tentativa embolada de sotaque galês.

– Muito boa pronúncia – elogiou Gethin, e tomou um gole de chá, lançando um olhar para Alice por cima da mesa. Seus olhos brilhavam como se ele não fosse capaz de conter seu alívio ao vê-la, e ela sorriu de volta, acrescentando "senso de humor" e "simpático com mães" à lista que ia construindo em sua mente. Era um hábito que ela não conseguia abandonar, fazer listas. Construir referências para si mesma.

Ela repassou a história do acidente da forma menos dramática possível, agora com o detalhe adicional de que a polícia não estava investigando nenhum dos motoristas, pois parecia que ela havia causado o acidente, embora não conseguisse se lembrar de como tudo aconteceu.

– Melhor assim – concordou Margaret. – Seguir em frente.

– Mas você podia ter sido *morta*! – Os grandes olhos de Gethin estavam arregalados de horror.

Alice teve uma sensação curiosa de *déjà-vu* que pensou ser uma memória até perceber que se tratava de algo que Luke dissera. Quando eles estavam descendo a colina no último fim de semana. O olhar de lado e pensativo que ele lançara brilhou em sua mente e ela piscou tentando afastá-lo, concentrando-se em Gethin.

Era engraçado que ele a chamasse de "coelhinha", pensou ela, quando era ele que parecia um coelho: olhos grandes, cabelos castanhos macios e pele lisa. Mas bonito mesmo assim. Seus braços e pernas exalavam força.

– Mas eu não fui – disse ela. – Nem sequer me feri gravemente. Só não tenho nenhuma lembrança do último ano.

– Então você não se lembra de mim? – Ele ergueu as sobrancelhas sob a franja pesada, obviamente esperando que ela dissesse: "Claro que sim!"

Alice hesitou. Como ela poderia mentir? Mesmo que quisesse, Libby e Jason saberiam. Constrangida, ela balançou a cabeça e dessa vez o viu estremecer. Ela se sentiu péssima.

Ela se agarrou àquela sensação. *Isso deve me dizer alguma coisa*, pensou. *Que há uma conexão, os restos de algo, como o brilho de Libby e Jason.*

Libby aproveitou a brecha.

– Tenho certeza de que está tudo aí – disse ela. – Muita coisa voltou no fim de semana passado, não foi? Nunca se sabe. Talvez quando chegar em casa e vestir suas próprias roupas, se acomodar no seu espaço...

Gethin parecia atordoado, então sorriu corajosamente.

– Claro.

Eu moro com esse homem, pensou Alice. A sensação terrível aumentou. *Eu durmo com ele. Nós nos vimos nus; contamos segredos um ao outro; choramos e rimos, e nos tocamos, e provamos o gosto um do outro...*

Nada.

– Desculpa, se não estiver sendo muito intrometido da minha parte, como vocês dois se conheceram? – perguntou Margaret.

– Ah, é... – Gethin olhou para Alice. – Eu não sei se eu devo dizer, já que você não se lembra...

– Vai em frente – disse ela. – A menos que tenha sido em alguma casa de fetiches ou algo assim...

Margaret cuspiu o chá e Gethin reprimiu um sorriso.

Ótimo, pensou Alice. *Fazemos um ao outro rir.*

– Não, nada disso. A gente se conheceu em um retiro na Itália. Era para... – Ele torceu a boca como se quisesse se desculpar. – Para pessoas que precisavam de uma pausa? Mudar um pouco de perspectiva, sabe? Foi uma experiência realmente incrível. Muito espiritual e renovadora. Mantivemos contato depois disso e nos encontramos em Londres, e, bem, uma coisa levou à outra. – O sotaque dele era doce, a entonação subindo e descendo, melódico.

Uma leve lembrança surgiu em meio à escuridão da mente de Alice: uma piscina refletindo a lua cheia. Flutuando, flutuando para longe. De repente se foi. Ela piscou novamente, motivada.

– Aí eu me mudei para Stratton?

– Você queria uma mudança de ritmo. – Gethin olhou ao redor da mesa com um sorriso irônico. – Você precisava mesmo mudar de ritmo depois de

Londres. Eu fui visitá-la algumas vezes quando você morava em Archway. Londres é muito emocionante, mas não é para mim, não para períodos longos.

– O Jason e a Elizabeth fizeram quase a mesma coisa. – Margaret empurrou os biscoitos na direção dele. Ela os havia servido em um prato, Alice notou. – Decidiram simplificar a vida para uma melhor qualidade de vida. Eu acho uma excelente ideia. Então, você trabalha com o quê, Gethin?

Ele bagunçou o cabelo de um jeito tímido.

– Sou gerente de projetos artísticos comunitários. Eu mesmo não sou ator... participei de algumas montagens na faculdade, mas agora deixo isso para os profissionais. Eu cuido da arrecadação de fundos e da introdução do teatro nas escolas. Organizo passeios e exposições, esse tipo de coisa. Cada dia é diferente! E é ótimo trabalhar com crianças, elas estão sempre muito entusiasmadas.

Alice tomou um gole de chá. Um sentimento de ternura se espalhou por ela. Ele trabalhava com projetos artísticos comunitários. Isso era legal. Ela conseguia admitir agora que parte dela temia que Gethin se mostrasse um cara chato ou desagradável. Mas projetos artísticos comunitários...

– E o que eu fazia? – perguntou ela.

– Você trabalhava na pousada – disse Libby, surpresa. – Você já sabia disso.

– Não, antes disso. Imagino que eu não tenha largado um bom emprego em Londres para trabalhar em uma pousada, certo?

– Bem, não. Você estava fazendo um trabalho temporário em uma agência em Birmingham, mas não deu certo, então a White Horse era algo para você se ocupar enquanto colocava a cabeça no lugar. Planejar os próximos passos, esse tipo de coisa. – Gethin serviu-se de outro biscoito, por insistência de Margaret. – Mas é legal... significa que a gente se vê mais. E o Tony diz que você é muito boa nisso.

– Eu acredito – disse Libby. – Em poucos dias ela se tornou indispensável aqui!

Mas a atenção de Alice havia ficado presa em outra coisa. *Colocar a cabeça no lugar?* Gethin notou o deslize porque um rubor se espalhou pelas bochechas dele e, quando seus olhos se encontraram, ele pareceu arrependido, como se tivesse revelado algo sem querer.

Ele agarrou a mão dela.

– A Alice é assim – comentou fitando os olhos dela.

Assim como?, ela quis perguntar, mas se concentrou na sensação da pele dele tocando a dela. Sentiu um alívio quando Margaret se ofereceu para servi-la de mais chá e ela então pôde puxar a mão de volta para passar sua caneca.

– A gente vai sentir muito a sua falta por aqui. – Libby parecia genuinamente desamparada. – Você tem ajudado muito. Cuidando da papelada, levando o Bob para passear e ajudando na recepção. Como vamos nos virar?

– Vocês vão conseguir. – Alice trouxe a atenção de volta para o que sabia. Enquanto conversavam, Libby tinha colocado um casaquinho por cima do vestido e um pouco do batom vermelho havia manchado a caneca. A radiante Libby de Londres estava voltando a ser a Libby normal; Alice estava secretamente aliviada.

Gethin terminou seu chá e balançou a cabeça quando Margaret lhe ofereceu mais um pouco.

– Não quero parecer grosseiro, quando vocês foram tão gentis, mas precisamos ir. Eu passei a semana toda fora em uma excursão de escola e desde o último fim de semana devo ter dormido só umas nove horas.

– Claro, e vocês ainda têm um longo percurso de volta – disse Margaret, estremecendo. – Já está escuro...

– Vocês podem ficar aqui – ofereceu Libby. – Ah, vamos! Façam isso! Fiquem... Não precisam cruzar o condado inteiro de carro a esta hora da noite.

Alice olhou para sua caneca, uma teimosia infantil se acumulando em seu íntimo. Agora que o momento havia chegado, ela não queria ir embora.

Não seja boba, disse a si mesma. Haveria uma primeira vez para muitas coisas a partir de agora. O que havia para temer? Ela ergueu os olhos e – assim como temia – Gethin parecia magoado diante de sua óbvia falta de entusiasmo para ir embora.

Ela sorriu, sem jeito, e ele sorriu de volta depois de um segundo de hesitação.

– Vamos, Libby, seja razoável... Eu sei que você não quer que a sua nova melhor amiga vá embora, mas a Alice provavelmente quer voltar para a cama dela – apontou Jason. – Depois de três semanas longe. E do namorado!

– Eu sei. Eu sei! Desculpa. Estou sendo egoísta. Eu ajudo você a arrumar as coisas, Alice.

– Que coisas? – Alice apontou para sua roupa: eram todas de Libby.

Sim, tudo bem, ela queria dizer, *vamos ficar. Deixe que eu e Gethin nos conheçamos aqui, onde me sinto segura.*

Mas Gethin estava se levantando, Margaret recolhia as canecas, e Jason praguejava contra Lorde Bob, que estava deitado exatamente onde alguém poderia tropeçar em cima dele. E, antes que Alice de fato tivesse tempo para pensar no que estava acontecendo, já se encontrava parada na escada na frente do hotel, dando um abraço de despedida em todos eles, atordoada com a rapidez com que tudo estava acontecendo.

– Ligue sempre que quiser, e vê se não some. – Lágrimas brilhavam nos olhos de Libby. – Volte quando quiser.

– Pode deixar. – Alice fez uma pausa. Eles não tinham falado sobre a oferta de emprego. Parecia inapropriado, agora que ela estava voltando para Stratton, para seu trabalho na White Horse, o antigo normal. – E vocês vão contar para o Luke o que aconteceu, né?

Libby pareceu surpresa.

– Se você quiser. Mas você não tem o número dele? Por que você mesma não conta?

Não posso, pensou Alice. Ela não sabia por quê, mas algo lhe dizia que aquilo não seria apropriado. Que a conexão entre ela e Luke não era... errada, porque parecia sincera, como sua conexão com Libby, mas tinha a sensação de que não deveria falar sobre isso com Gethin. Para aqueles grandes olhos castanhos confiantes.

Ela teve um súbito lampejo de Luke despejando os dois sachês de açúcar em seu café. Mas ele trabalhava com segurança. Reparava nos detalhes. Aquilo era um detalhe, nada além disso.

– Vai lá – disse Libby. – Me liga amanhã de manhã? – Então ela baixou a voz: – Ele é uma *gracinha*. É exatamente como eu esperava que fosse! Eu *sabia* que você tinha um namorado fofo...

Gethin estava ao lado de seu carro, um sedan vermelho. Ele sorria, mais inseguro agora, e o coração de Alice disparou. Ele era uma gracinha. Quando ela se aproximou, ele contornou o carro e abriu a porta para ela.

– Obrigada – disse, enquanto escorregava para o banco do carona.

E então, com um aceno, eles estavam voltando para casa. Para a verdadeira casa de Alice.

Capítulo 17

A casa estava às escuras quando Gethin estacionou do lado de fora e Alice quase não se dera conta de que haviam chegado até que ele desligou o motor e disse:

– Bem, chegamos.

A viagem tinha sido cansativa. A conversa não havia fluído muito. Assim que Alice se distanciou da atmosfera familiar do hotel, sua mente foi invadida por diversas perguntas, mas ela achou que seria grosseiro de sua parte fazê-las de pronto quando Gethin estava tão feliz em vê-la. Por exemplo, por que ele não tinha ido atrás dela? Por que ela largara o trabalho temporário em Birmingham? Para início de conversa, como ela foi parar em um retiro destinado a pessoas estressadas? Em vez disso, eles educadamente falaram sobre assuntos aleatórios, como a turnê de *Sonho de uma Noite de Verão* que ele estava realizando com a escola e o que ela tinha feito esse tempo todo no hotel.

Agora, ao olhar para a imagem escura e vazia de sua casa, Alice percebeu que o rumo da conversa não poderia ser outro, a não ser eles mesmos.

– Ah, Deus! Estamos sem leite! Desculpa, eu tinha pensado em passar no Tesco. – Gethin, que já havia começado a soltar o cinto de segurança, bateu na testa com a palma da mão. – Eu literalmente entrei e saí quando vi o seu bilhete… não tem comida em casa.

– Não se preocupa com isso – disse Alice imediatamente. – Eu não estou com fome.

– Você quer entrar e eu dou uma saída? – Ele parecia ansioso. – Não vou demorar. Acho que aquele posto na estrada ainda está aberto…

– Não tem problema. De verdade. – Alice tocou a mão de Gethin para impedir que ele se desesperasse; ela fez aquilo sem pensar, mas a conexão parou os dois. Ela se obrigou a deixar os dedos onde estavam por alguns segundos, então o acariciou afetuosamente. – Vamos entrar.

Ela tirou o cinto, pegando a pequena bolsa entre seus pés, e mal ergueu o corpo ele já estava ao seu lado abrindo a porta do carro para ela.

– Mesmo, você não precisa... Eu não estou machucada – disse saindo.

– Eu sei, mas... Não consigo tirar isso da cabeça. – A expressão dele era de remorso. – Você estava no hospital, sozinha! E eu não sabia! Tem como me julgar por eu querer cuidar melhor de você agora?

– De verdade, eu estou bem. Só... – Alice fez um gesto de "vamos logo". Ele começou a procurar a chave e em seguida a deixou entrar.

O hall de entrada cheirava a poeira, como uma casa que não era habitada há algumas semanas. Alice fungou discretamente; o cheiro não lhe parecia estranho. As paredes eram pintadas de azul-claro, e havia uma escada em frente à porta que levava aos quartos, acarpetada com uma impressionante passadeira vermelha e dourada. O aquecedor ficava protegido por um móvel, e em cima dele havia uma cesta de vime com correspondências e algumas fotografias emolduradas.

Ela pegou a mais próxima: uma selfie dela e Gethin em uma praia de seixos, seus rostos pressionados um contra o outro para se manterem no enquadramento. Um céu tempestuoso e pesado assomava atrás deles, fundindo-se com o mar cinza-escuro, enquanto eles riam para a lente da câmera, o vento soprando os sorrisos emoldurados pelos capuzes peludos dos casacos.

Essa sou eu, pensou ela. *Eu estava lá, naquele momento. Há um negativo dessa foto em algum lugar na minha cabeça. A original, com todas as palavras, emoções, sensações anexadas.*

– Onde foi isso? – perguntou Alice.

– Ah, foi em Aberystwyth. Esse fim de semana foi ótimo. Meu aniversário. – Gethin fez uma pausa, torcendo para que ela fosse capaz de se lembrar. – Em outubro – acrescentou ao ver que ela não reagia. – Dia 21. Sou libriano. – Seus olhos examinavam o rosto dela a cada informação, e pela primeira vez eles compartilharam o pesar de que as coisas seriam daquele jeito. – A gente se hospedou em um hotel na beira da praia, e você foi particularmente cativada pelo café da manhã galês completo.

– Jura?

– Juro. *Laverbread* e todos os acompanhamentos. Você comeu até a minha parte, o que foi uma novidade. – Ele sorriu.

– Uma novidade? Por quê?

Por um segundo, o sorriso de Gethin congelou, e em seguida ele voltou a si.

– Porque você normalmente não come nada de manhã, costuma tomar só um café. As calorias. Eu sempre digo que você é absolutamente perfeita do jeito que é, mas... Deve ter sido o ar da praia!

Sério? Alice havia passado a semana inteira se fartando de cafés da manhã ingleses completos sem problema nenhum; Libby vinha treinando seus ovos *poché* com ela. Será que ela e Gethin ainda estavam naquela fase de lua de mel "apaixonados demais para comer"? Ou ela só tinha fingido que comia pouco? Obrigou-se a afastar esses pensamentos.

– Eu te dei um presente legal? De aniversário?

– Você organizou as miniférias. Foi uma surpresa... Vínhamos falando sobre as férias que tivemos quando éramos crianças, e eu contei que tinha ido para Aber com a minha família. Eu não fazia ideia de que você havia feito a reserva. Foi muito atencioso da sua parte.

Ela sorriu, satisfeita por ter feito algo de bom. E ela gostava do jeito poético de Gethin falar, os floreios em certas palavras, a maneira expressiva como suas sobrancelhas se movimentavam.

– Parece que a gente se divertiu.

– Ah, tivemos um fim de semana fabuloso. Caminhamos pela orla até a chuva começar; depois sentamos em uma cafeteria e comemos *fish and chips*, e falamos sobre qual dos apartamentos compraríamos se ganhássemos na loteria. Dissemos que voltaríamos este ano. – Ele fez uma pausa. – A gente consegue se divertir em lugares simples, gosto disso. Foi algo que se encaixou desde o início.

Ele olhava para ela com uma expressão amorosa, mas Alice não conseguia encará-lo; era muito íntimo, muito cedo. Ela fingiu estar absorta procurando pistas em seu próprio rosto na fotografia. Seus olhos estavam parcialmente escondidos atrás dos pelos falsos de sua parka, mas seu sorriso era largo e feliz. Será que aquela parka estava lá em cima? Será que ela acordaria de manhã e teria aquele brilho de romance nos olhos?

– Eu gostaria de voltar lá – disse ela. – Em Aberystwyth, quero dizer.

– Podemos ir. – Gethin tocou seu ombro gentilmente, e desta vez ela não recuou.

Eles se sentaram à mesa da cozinha com uma lata de Coca-Cola que estava na geladeira, e Gethin explicou que ele morava ali havia três anos, e que ela tinha se mudado cerca de oito meses antes.

– No começo eu dividia a casa com meu amigo Ricky – explicou ele. – Aí eu e você começamos a sair, o Ricky se mudou para Bristol, e você concluiu que precisava de uma mudança de ares, e veio pra cá. Foi um desses momentos de pura sincronia... nós conversamos muito sobre tudo isso, na verdade. Quando algo dá certo na nossa vida, todo o resto simplesmente se encaixa.

Alice girava a lata gelada nas mãos; aquela história toda soava cada vez melhor. Se ao menos ela pudesse se lembrar dela.

– E quando foi o tal retiro?

– Abril do ano passado.

– E eu me mudei para cá...?

– No dia 10 de setembro. – Ele pegou a mão dela. – Fica parecendo que nós apressamos as coisas, mas tem sido muito bom. A gente... a gente se faz muito feliz.

Alice pensou na foto deles na praia. Havia outras na cozinha: ela usando um short jeans e um chapéu de abas largas em um camping, ela e Gethin talvez em um festival de música. Parecia mesmo funcionar. Parecia que eles haviam se apaixonado loucamente.

Seu estômago se contraiu com a ideia de que em algum momento ela tinha vivido algo bom, algo único na vida, e agora não só tinha perdido isso, como também não conseguia se lembrar de como era.

Ela queria perguntar "O que foi que fez a gente se apaixonar?". Ela não sentia nenhuma atração física especial, mas atração era algo mais complicado que aquilo, não era? Era uma colagem de coincidências, lampejos de silêncios compreensivos, as palavras certas na hora exata, reações a momentos vividos e acabados para sempre. Recordações. Um milhão de minúsculas memórias compartilhadas.

– Você parece cansada, coelhinha – disse Gethin. – Quer ir pra cama?

Algo deve ter surgido em sua expressão, porque ele piscou e disse rapidamente:

– Eu não quero dizer assim, mas... É... desculpa. Eu quis dizer...

Ela se esforçou para encontrar as palavras certas. Apenas três semanas antes, eles eram o mais próximos possível, em paz com a pele, o gosto e o cheiro um do outro. Agora um completo estranho estava sugerindo que ela fosse para a cama com ele e tudo o que ela conseguia pensar era: *Não.*

– Eu entendi o que você quis dizer. – Ele era um cara legal, disse a si mesma. Podia ver isso nos olhos dele. Eles pareciam fazer sentido juntos nas fotos. Eram um casal. Não tinham vergonha de tirar selfies bregas.

Tudo voltaria. As lembranças ainda estavam lá, em algum lugar.

– Eu vou... eu vou só ao banheiro – disse ela. – Lá em cima, imagino?

– Primeira porta à esquerda. E a porta emperra, então não a tranque.

– Obrigada. Seria uma primeira noite inesquecível, ficar trancada no banheiro! A menos que eu já tenha feito isso. Já?

Gethin sorriu, mas não disse nada.

Alice fechou a porta do banheiro e tentou se recompor para conseguir lidar com o que estava por vir: a hora de ir para a cama.

Duas toalhas azuis sobre o toalheiro de aço inoxidável. Uma banheira branca. Grandes azulejos brancos, chão de granito. Libby aprovaria aquele banheiro. Ela se sentou na tampa do vaso sanitário, respirando fundo, olhando para o xampu para dar volume que devia ter comprado, uma escova de dentes que provavelmente era dela, e seus olhos pousaram em uma bolsa de maquiagem.

Eu não poderia estar fugindo para Longhampton se não levei minha bolsa de maquiagem, raciocinou, e sentiu um alívio inesperado. Era um fato. Um sólido tijolo de lógica com o qual construir.

Alice se levantou e despejou o conteúdo silenciosamente na pia: base, delineador, corretivo, rímel, lápis de sobrancelha. Produtos de qualidade, alguns caros. Ela não tinha usado maquiagem nas últimas semanas; Libby lhe ofereceu, mas ela não achou que precisava.

Alice pegou um pincel de blush e acariciou pensativamente todo o comprimento de sua mandíbula. Aquilo trouxe de volta uma memória distante das camadas de maquiagem que ela usava para o trabalho, acordando a pele de ressaca com iluminador, aplicando corretivo em olheiras escuras, maquiando o rosto com os olhos ainda semicerrados de sono. *Não vá embora*, pensou ela, e seus olhos se abriram.

Houve uma batida na porta do banheiro.

– Eu trouxe uma toalha limpa para você – disse Gethin. – Já deve ter água quente se quiser tomar um banho.

– Obrigada! – Ela esperou alguns segundos até ele ir embora e então lentamente abriu a porta. Uma toalha, com um pijama dobrado em cima.

Que atencioso. Ele tinha antecipado o que ela poderia estar sentindo.

Aquilo era um bom sinal.

Alice tomou um banho rápido, trocou de roupa e saiu do banheiro. Havia dois quartos no segundo andar, um de cada lado do banheiro; uma luz suave estava acesa em um deles e ela imaginou que era onde Gethin estava.

Nosso quarto.

Ela respirou fundo e entrou. Nada lhe era familiar: uma cama king size com cabeceira de ripas de madeira, edredom branco, mesa de cabeceira simples, duas grandes gravuras de uma praia nas paredes. Seixos, mar e céu.

Alice sabia que estava analisando os detalhes para evitar a questão: Gethin, de camiseta, sentado na cama esperando por ela.

– Tá tudo bem? – perguntou ele, animado.

– Sim. Tudo bem, obrigada.

A questão pairava entre eles. Ela sabia que precisava dar um passo à frente, ou dizer alguma coisa, ou…

Gethin resolveu o problema para ela.

– Ah, meu Deus, me desculpa – disse ele, jogando o edredom de lado. Gethin estava vestindo uma camiseta e uma cueca samba-canção azul; ele era musculoso. Quente, pensou Alice, tentando imaginá-lo abraçando-a, cobrindo-a. – Não sei o que estava pensando. Bem, eu sei o que eu estava pensando. Achei que você ia lembrar… que tudo voltaria…

– Acho que não vai ser tão fácil assim. – Alice fez uma pausa, desejando ser capaz de explicar. – Eu sinto muito.

Gethin estava constrangido, e agora ela também estava. Não que Alice não o achasse atraente – ele era –, mas o relacionamento deles obviamente não era desse tipo. Havia sido concebido em um retiro desses em que as pessoas abrem o coração e desnudam a alma; eles deviam ter se conectado em um nível mais profundo e particular, e ela não tinha como simplesmente... fingir.

– Eu vou dormir no quarto de hóspedes – disse ele, e com um gesto afastou os protestos dela. – Não, não, eu entendo. É... Eu deveria ter imaginado...

Seus grandes olhos castanhos estavam tristes demais; Alice se sentiu péssima. Ela segurou seu braço quando Gethin se aproximou, e então ele parou. Ficaram assim por um momento, a mão dela rodeando o antebraço dele, e então Gethin se moveu e passou os braços ao redor dela, muito gentilmente para não machucar suas costelas, inclinando-se para que não houvesse nenhum contato íntimo desagradável, mas mesmo assim envolvendo o corpo dela com o dele.

Alice deixou que ele fizesse aquilo porque queria deixar, e porque era, *sim*, reconfortante ser abraçada daquela maneira. *Uma coisa de cada vez*, pensou. O abraço dele era bom. Seu corpo finalmente começou a relaxar no dele, protegido.

– Desculpa – disse ele, afundado no cabelo dela. – Me desculpa.

– Pelo quê?

– Pelo acidente. Se eu pudesse voltar naquele dia...

– Que dia? O que aconteceu? – Havia algo na voz dele.

– Faz diferença agora?

– Sim – respondeu Alice, afastando-se para ler a expressão dele. – Faz. Eu preciso saber o que aconteceu. O médico disse que talvez eu nunca mais recupere as lembranças imediatamente anteriores ao acidente. Você é o único que pode me ajudar a reconstituir isso. – Mas será que ele era o único? Havia Luke.

– Não quero recomeçar com o pé esquerdo.

– Gethin, eu preciso saber.

Ele respirou fundo, então deu um tapinha na beirada da cama. Eles se sentaram, ambos de frente para as cortinas fechadas.

– Bem, para ser sincero, nós tivemos uma briga. – Ele cutucou uma unha desajeitadamente. – Íamos viajar de férias pela manhã... tínhamos planejado passar duas semanas na França, mas na verdade eu consegui fazer um upgrade na nossa viagem. Quinze dias na Tailândia.

– Tailândia? Uau.

Alice conseguia se imaginar em uma praia no País de Gales. Não na Tailândia.

Gethin deu um sorriso vacilante.

– Bem, era nosso aniversário de namoro. Uma *villa* cinco estrelas, resort de luxo, tudo a que tínhamos direito. Não era algo que já tínhamos feito antes, veja bem, antes que você comece a achar que somos viajantes do mundo. O Simon... é, o Simon é um amigo meu da faculdade. Não sei se você se lembra dele. Não? Enfim, o Simon tinha feito as reservas; só que as férias dele foram canceladas, então ele ofereceu pra gente, caso eu conseguisse providenciar os voos. Eu já tinha resolvido tudo... queria fazer uma surpresa para você.

– Ah. E aí? Não me diga que fiquei irritada com a ideia de passar férias incríveis na Tailândia.

Ele hesitou, mas a maneira como estendeu a mão para ela disse tudo. Gethin era legal demais para dizer "Sim, foi o que aconteceu", mas ela havia pedido que ele fosse honesto.

– Por algum motivo, você não quis ir – contou ele. Alice não esperava por isso.

– Por quê?

– Não importa mais. A gente nunca se aprofundou nisso. – Gethin mordeu o lábio. – A minha irmã disse que eu não pensei sobre a situação do seu ponto de vista. Que você teria feito as malas para outro tipo de férias. "Mulheres precisam de mais antecedência para tirar férias cinco estrelas na praia", foi o que ela falou, na verdade.

– Mas isso é muito estranho. Brigamos porque eu não gostei das férias que você programou?

– Eu não sei. Como eu disse, foi uma discussão idiota que fugiu do controle. Estávamos os dois cansados... Esse era um dos motivos pelos quais estávamos tirando férias. – Ele esfregou o rosto. – Vamos passar uma borracha nisso. Não importou na época, com certeza não importa agora.

Ela ficou sentada por um tempo, tentando processar aquela nova informação, mas distraída pelo constrangimento. Ela criara um grande caso por causa de um gesto muito carinhoso e generoso. Tinha estragado tudo. Por quê?

– Tá... mas e aí? – perguntou Alice.

– Ah, a gente discutiu, você falou para... é... para eu ir sozinho, e depois foi embora. Já que estamos sendo sinceros, eu liguei para o meu amigo Huw, ele comprou uma passagem em cima da hora e a gente até que se divertiu. – Gethin tocou a mão dela. – Não tanto quanto eu teria me divertido com você. Na terceira noite, o Huw já estava de saco cheio de me ouvir choramingar. Eu mandei tantas mensagens para você que ele escondeu o meu celular. – Ele olhou para ela de soslaio. – Você nunca respondeu. Eu achei que você estivesse *realmente* irritada comigo.

– Desculpa – disse Alice baixinho. – Eu não sei onde está o meu celular. Deve estar na minha bolsa.

– Não se preocupa com isso. A gente nunca discutia. Essa foi a primeira vez, e espero que a última. – Gethin virou-se para ela. Eles estavam bem próximos agora. Não perto o suficiente para se tocarem, mas o bastante para ela sentir o calor de sua perna nua perto da dela. – Mas eu tenho uma pergunta para você... Por que você estava em Longhampton?

– Eu não sei. Eu tinha o endereço do hotel no bolso, mas não sei por que estava indo pra lá.

– Não faz ideia?

– Não, nenhuma. Eu devo ter ouvido falar do hotel pelo Luke, mas eu não estava indo lá para nenhuma entrevista, porque eles não estavam me esperando...

– Luke? – Gethin pareceu confuso.

Eu nunca mencionei o Luke, pensou Alice, e algo se apertou dentro dela.

– Luke Corcoran. O irmão do Jason.

– Ele estava lá hoje à noite? – Ele franziu a testa, tentando se lembrar. – Achei que você tinha dito que não conhecia aquelas pessoas.

– Eu não conheço. O Luke se hospedou na White Horse no mês passado. Ele disse que me contou que o irmão dele e a cunhada tinham acabado de assumir a administração de um hotel. Que eles estavam reformando o local. E eu acho... – Ela tentou encontrar uma explicação melhor do que a que chacoalhava em sua cabeça. – Que ele pode ter me dito para ir lá conhecer?

Será que eu estava indo me encontrar com ele? Luke não estava lá, no entanto. Ele não esperava vê-la. Mas outras questões começavam a surgir.

– Quando você voltou de férias e eu não estava... você não se perguntou aonde eu tinha ido?

– Claro! Eu te liguei, mandei e-mail, mandei mensagem... você não respondeu. – Gethin ergueu as mãos, depois as deixou cair. – Eu achei que você tinha terminado comigo. Tipo, nós dissemos algumas coisas um para o outro no calor do momento, mas... Bem, o que eu poderia fazer além de deixar mensagens, já que você não me ligava de volta? De todo modo, eu só passava metade do dia em casa. A Cass... minha colega, Cass. Ela quebrou o punho no ensaio técnico e eu tive que assumir a turnê das escolas, então basicamente voltei do aeroporto e depois passei uma semana em Yorkshire. Eu presumi que você estaria de volta quando eu chegasse em casa. Ao menos, eu torcia para isso.

– E você continuou a ligar?

– Sim. – Ele a encarou com um olhar honesto. – Mesmo que você não tenha me ligado de volta. Eu sabia que você estava chateada com alguma coisa, mas... às vezes você fica muito sensível e eu sinto que não consigo me aproximar. Achei que era só um desses momentos.

Alice estava conhecendo uma versão de si mesma da qual não gostava muito.

Ela era o tipo de pessoa capaz de passar três semanas emburrada? Ou desaparecer completamente?

– Mas eu estava sem celular, Gethin. Nas últimas três semanas, não tenho ideia de quem sou ou do que está acontecendo. Se eu tivesse meu celular, poderia ter ido para casa horas depois.

– Desculpa. É muito difícil entender. – Ele passou a mão pelo cabelo volumoso.

O clima caloroso estava passando, e a cabeça de Alice doía. Ela ficava apavorada com as dores de cabeça; não podia deixar de temer que aquilo era seu cérebro interrompendo seu processo misterioso de cura, talvez até mesmo piorando, desfazendo os novos vínculos entre suas frágeis lembranças.

Eles continuaram sentados na cama, sem dizer nada.

De manhã, este quarto vai começar a parecer familiar novamente, disse a si mesma, olhando para os círculos amarelos nas cortinas cinza. *O que está faltando estará aqui. Vamos começar de novo.*

Ela se interrompeu. O que estava faltando? Alice sondou sua mente; a sensação saiu deslizando e por fim desapareceu. Era uma miragem. Não faltava nada. Exceto o relacionamento deles.

Gethin se levantou.

– Ok, então. Eu vou dormir no quarto de hóspedes. Você precisa de uma noite de sono decente. Provavelmente esqueceu que eu ronco. – A voz dele havia se tornado muito prática e gentil. – Nem pense em levantar antes de eu trazer o café da manhã na cama, por favor.

Alice sorriu, e ele tocou o rosto dela com os dedos. Ainda olhando para ela, moveu a mão até chegar na bochecha, acariciando a pele muito ternamente com o polegar.

– Alice, eu nem sei dizer como é bom ter você de volta em casa. – O coração dela derreteu. Ela se inclinou na carícia dele, exatamente como Lorde Bob fazia quando alguém coçava suas orelhas. – Eu achei... Estou tão feliz de você ter sofrido um acidente, em vez de terminar comigo – continuou ele e quase imediatamente um olhar de horror contorceu seu rosto. – Ah, meu Deus, isso soou mal. Desculpa. Deus, não foi isso que eu quis dizer, Alice...

Alice riu. A primeira risada espontânea deles. O alívio foi enorme e, ao vê-lo aliviado também, ela sentiu os primeiros sinais de confiança. Ficaria tudo bem, disse a si mesma.

Quando ele deu boa-noite e seus olhares se encontraram, por um segundo Alice se perguntou se talvez devesse dizer "Não, vem, dorme aqui na cama que a gente sempre dividiu". O que de tão ruim poderia acontecer? Ele era uma gracinha. Uma boa alma.

Ele estava agora com um velho roupão listrado bastante surrado. Será que ela o havia usado na primeira vez que passou a noite lá?

– Gethin – disse ela –, você... por que você não dorme aqui?

Ele parou.

– Tem certeza?

Ela assentiu e um olhar de verdadeira felicidade se espalhou pelo rosto dele.

Alice deslizou para debaixo do edredom e se acomodou, consciente do calor áspero de Gethin a centímetros de distância. Do peso dele no colchão. Ele se inclinou e beijou sua cabeça respeitosamente; ele cheirava a pasta de dente mentolada e a um xampu nada familiar.

– Boa noite, amor – disse Gethin e, quando sua respiração se aprofundou e ele adormeceu, Alice ficou olhando para o teto, deixando os pensamentos girarem dentro de sua cabeça como andorinhas se agrupando para um longo voo rumo ao sul, rodopiando no ar, formando redemoinhos em diferentes formatos, mais escuros, depois mais claros, que se espalhavam antes que ela pudesse agarrá-los.

Capítulo 18

Como havia prometido, na manhã seguinte Gethin levou para Alice uma xícara de chá na cama; depois, ela sugeriu que eles saíssem para dar um passeio. Parecia mais fácil andar e conversar do que ficar sentada em casa, cercada por fotos de si mesma vivendo uma vida da qual não se lembrava. Foram muitas as vezes em que ela esteve prestes a perguntar o que eles estavam fazendo ou pensando, mas a expressão atenciosa de Gethin acabava sempre por se desfazer um pouco, e ela se sentia mal novamente.

No domingo à noite, eles estavam prestes a começar a dividir uma porção de curry (um agradinho, do restaurante "deles") quando o telefone tocou. Gethin atendeu, e Alice não ficou surpresa ao ouvi-lo dizer:

– Sim, claro, Libby. Eu vou chamá-la.

– É a Libby, quer falar com você. – Ele cobriu o fone com a mão. – Eu falei que a gente acabou de sentar pra jantar. Ela disse que não vai demorar.

Alice sorriu e pegou o telefone.

– Oi, Alice! – Libby parecia aflita. – *Mil* desculpas por atrapalhar o jantar de vocês, mas eu queria pedir um favor imenso.

– Pode falar – disse Alice. – Eu devo pelo menos um grande favor a você, não?

– Você pode vir amanhã me dar uma mãozinha? Vamos instalar uma nova banda larga, mas o Jason tem que levar a mãe ao oftalmologista, *aparentemente*... – Alice sentiu que Jason não estava muito longe do telefone –, e estou completamente perdida. Eu sei que você entende de computadores. Não quero estragar aquela planilha que você quase terminou.

– Claro. Eu adoraria. Dá pra ir de trem, não é?

– Você *salvou* a minha vida. Muito obrigada! Como estão as coisas?

A voz de Libby baixou, e Alice sabia que ela estava ansiosa pelo "e viveram felizes para sempre".

– Tudo ótimo! – respondeu ela, ciente de que Gethin estava ouvindo. – Eu, é... A gente se vê amanhã!

Depois que elas acertaram alguns detalhes e desligaram, Gethin entregou um prato a Alice; sua porção era muito menor que a dele, mas ela imaginou que Gethin estivesse tentando não exagerar, já que ela era chata com comida. Ela sempre poderia repetir se quisesse mais. Talvez nos primeiros encontros ela tivesse fingido comer feito um passarinho, e depois disso nunca mais conseguira voltar atrás.

– O cheiro está ótimo! – disse ela. – O restaurante é tibetano, né, foi isso que você falou?

Gethin não estava prestando atenção no curry.

– Ela já está arrastando você de volta para lá, não está? – perguntou ele, e Alice ficou surpresa ao perceber que sua mandíbula estava tensa, de forma desafiadora.

– Não! Ela só precisa de uma mãozinha para configurar a nova banda larga. Eu fico feliz em poder ajudar. Por quê? Você tem algo planejado para amanhã?

– Não. Bem... não. É só que... – Ele parecia confuso, como se não soubesse se deveria ou não dizer o que estava pensando.

– O quê? – Alice parou de repente, com o garfo erguido.

Gethin franziu a testa.

– Espero que ela não se aproveite de você... tipo, do fato de você dever um favor a ela.

Alice riu com a ideia de Libby tirar proveito de alguém.

– Não é nada disso! Por que você está falando isso? Você conheceu a Libby. Ela é um amor!

– Eu sei que ela é. É só que... você é tão boa, as pessoas estão sempre se aproveitando. Com o Tony era assim, ele vivia te convencendo a fazer turnos extras de última hora. Eu sou igual... É uma das coisas que nós temos em comum. Ah, desculpa, isso não soou nada bem... Eu sei que você detesta dizer "não", então às vezes eu sinto que alguém precisa dizer por você. Você faz isso por mim. Somos uma equipe.

Aquilo despertou algo nas profundezas de Alice e ela ficou comovida diante do instinto protetor de Gethin.

– A Libby não é assim – explicou ela, tranquilizando-o.

– Tenho certeza que não. – Gethin empurrou o molho raita na direção dela. – Mas você é uma pessoa que se doa muito. Enfim, olha, alguém pode me julgar por querer cuidar de você? Depois do que aconteceu?

Ele sorriu, um sorriso doce, quase infantil, e Alice sorriu de volta, embora com a sensação inquietante de que ele estava sorrindo para alguém que conhecia, mas ela, não.

Libby estava esperando do lado de fora da estação com Lorde Bob ao seu lado preso à guia. Ela digitava no celular, franzia a testa e equilibrava um copo de café da barraquinha do parque, tudo ao mesmo tempo.

Bob abanou o rabo quando viu Alice cruzando o portão e ela acenou para ele. Ele se sacudiu com tanta força que deu um tranco em Libby, na mão que segurava o café. Ela deu um gritinho de susto, ergueu os olhos, e, ao ver Alice, uma expressão feliz iluminou seu rosto.

– Que recepção maravilhosa! Desculpa, Bob, não tenho nada para você aqui – acrescentou Alice, enquanto o cão tentava enfiar o focinho na bolsa dela.

Alice havia pegado a bolsa no armário, junto com o vestido e a jaqueta jeans. Tinha sido estranho olhar para suas roupas. Algumas imediatamente trouxeram de volta lembranças, como o terninho azul-marinho da Hobbs que ela se lembrou de ter comprado quando arrumou seu primeiro emprego em um escritório: sua cabeça foi instantaneamente invadida por dedos doloridos e um álbum do Coldplay que ela passou meses ouvindo todos os dias. Outras não tiveram nenhum significado, como o longo vestido preto que Gethin disse que ela havia comprado para a festa de fim de ano do trabalho. O vestido favorito dele. Mesmo quando ele lhe mostrou uma fotografia em que ela usava o vestido – os dois sob uma guirlanda de Natal, o braço dele em volta dela, o rosto dela na altura do dele –, ela não conseguiu se lembrar.

– Eu trouxe as suas roupas – acrescentou ela a Libby. – Lavadas e passadas. Muito obrigada. Por sua causa, agora eu adoro roupas caras de ioga.

– Ah, não precisava! Elas ficam muito melhores em você. Desculpa pelo Bob – disse apontando para o cachorro, que agora franzia as sobrancelhas para um esquilo. – Eu o trouxe para dar um passeio, assim conseguiria tirar nós dois do hotel. Os operários estão lá faz só dez minutos e já derrubaram a parede errada.

– Como assim?!

– Eu sei. Em vez de abrir a parede entre o quarto 5 e o 6 para fazer a suíte, eles conseguiram fazer um buraco no quarto 7. – Libby parecia frustrada. – Jason tentou dar um jeito de o Marek resolver isso antes de sair com a Margaret, mas ele não atende o telefone... A semana não começou bem.

– Não, mas, assim que a internet estiver instalada e funcionando, você vai se sentir melhor – disse Alice. – Aí você vai poder resolver a questão do site. Eu ligo para os designers se você quiser, finjo que sou sua assistente e dou uma pressionada neles.

Libby estava colocando Bob no carro.

– Estou muito feliz de você ter vindo hoje – comentou ela, parando com as patas enormes de Bob apoiadas no para-choque. – Tem certeza de que não preferia ficar em casa com o Gethin, colocando as coisas em dia?

– Ele está no trabalho. O que vou fazer em casa? Quanto mais cedo as coisas voltarem ao normal, maior a probabilidade de eu me sentir normal novamente.

– Se você acha melhor assim...

Alice entrou no carro e afivelou o cinto de segurança.

– Com certeza. Agora, vamos voltar antes que os operários derrubem mais paredes.

Libby trancou Bob e entrou pelo lado do motorista.

– Como estão as coisas? O fim de semana foi bom?

– Bem. – Aquilo não soou muito animado. – Bem! – repetiu com mais entusiasmo.

Libby olhou para ela, as sobrancelhas erguidas.

– Que anel é esse?

Alice olhou para suas mãos. Ela estava usando um anel que encontrara na penteadeira; colocá-lo não havia despertado nenhuma lembrança, mas Gethin pareceu contente ao vê-la usando-o, e aquilo havia indicado que tinha algum significado.

Entretanto, seu estômago revirou. Ela havia pensado em Luke, e nos segredos que nem sabia se estava guardando ou não. Essa não era a reação esperada, era?

Libby tinha ligado o motor, mas então o desligou e se virou para Alice.

– Vamos lá. Me conta. Antes de a gente voltar para o hotel. Ou você quer dar uma volta e conversar? Aquele ali está sempre pronto para se encontrar com os fãs e dar um oi. – Ela acenou com a cabeça para a traseira do carro.

– Sim – disse Alice. – Eu quero, sim.

Libby tirou Bob do carro e eles saíram da estação, descendo a rua em direção ao parque.

– A questão é – continuou Alice depois de contar sobre a conversa que ela e Gethin tiveram antes de dormir e o constrangimento que havia pairado ao longo de todo o final de semana – que nós obviamente tivemos... *temos* um relacionamento sério, e claramente um grande vínculo emocional. Ele fala o tempo todo sobre como a gente se entende. Sabe tudo sobre a morte da minha mãe e do meu pai, então ele deve ter me contado algumas coisas muito pessoais também. Que eu não consigo lembrar. Mas o pior é... – Ela parou de falar, corando.

Libby foi direto ao ponto sensível, como sempre.

– Você não gosta dele?

– Gosto! Quer dizer, na teoria, sim. Ele é um cara bonito, mas... – Alice mordeu o lábio. – Eu me lembro de coisas o suficiente para saber que já me machuquei com bonitões no passado. Em Londres, quando eu estava trabalhando lá. E o Gethin é diferente. O que quer que a gente tenha tido é mais profundo do que isso. Mais... sutil.

– Talvez vocês precisem viajar de novo. Àquele lugar onde vocês se conheceram, quem sabe?

– Pode ser. Eu pesquisei na internet... as fotos eram familiares. Quer dizer, mais ou menos. Havia muitos depoimentos de pessoas contando que o retiro as colocou em contato com quem realmente eram. Eu não me lembro de nada disso. Eu sei que estava estressada, com trabalho, acho, e por conta de um relacionamento que não terminou bem... – Alice parou. Aquilo era algo que ela sabia? Ou era apenas o que Gethin lhe dissera? Dava no mesmo. Suas memórias, armazenadas nele.

– Você não se lembra de estar lá?

Alice balançou a cabeça.

– Esse é o ponto em que me dá um branco. Não consigo me lembrar do Gethin, e não consigo recordar por que ele estava lá.

– Putz, difícil, hein?

– Eu vou ter que perguntar para ele. Estou pisando em ovos, com medo de falar alguma bobagem, sem conseguir me lembrar de algo pessoal que ele confidenciou a mim. Ele realmente parece ficar chateado quando eu esqueço detalhes sobre o nosso relacionamento. Acho que o Gethin está sofrendo com o fato de eu não reconhecê-lo. E ele sabe tudo a meu respeito.

Quase tudo. Gethin não sabia por que ela estava em Longhampton quando sofreu o acidente. Nem por que ela fora tão ingrata diante da adorável surpresa que ele fizera em relação às férias. Pequenos buracos que nenhum dos dois conseguia explicar, mas nos quais Alice achava que poderia cair a qualquer momento.

Libby olhou de lado para ela, a clássica expressão de "solução de problemas" no rosto.

– É só uma sugestão – disse ela –, mas por que não deixa o Gethin conquistar você de novo?

– Isso não é tão fácil quando a gente divide o banheiro com a pessoa.

– É isso que eu quero dizer... talvez seja melhor não compartilhar o banheiro por enquanto. Por que você não volta pra cá, passa uma semana ou mais, e sai para se encontrar com o Gethin? Voltar para lá obviamente não acionou a sua memória, então por que você não alivia a pressão deixando as coisas se desenrolarem em um ritmo mais lento? Aposto que ele vai adorar flertar com você. Ele parece ser do tipo romântico.

Alice ponderou. Não era má ideia – e Gethin *era* romântico. Ele era um galanteador à moda antiga, o que era fofo, e isso poderia dar a ele um pouco mais de controle sobre a situação bizarra em direção à qual havia sido empurrado.

– Eu não quero abusar de você e do Jason...

– Você não está abusando! Você estaria me fazendo um favor. E sentimos a sua falta. Não é, Bob? O que você acha? Fala com o Gethin, e aproveita o romance. Você já sabe que tem um final feliz... Parece o melhor para todo mundo.

– É verdade – disse Alice. – Talvez você tenha razão.

A reação de Gethin naquela noite foi exatamente como Alice havia imaginado: um lampejo de decepção cruzou seu rosto quando fez a proposta, mas ele rapidamente se recuperou.

– Vou mostrar por que fomos feitos um para o outro – disse ele, enquanto ela fazia a mala. – Temos muita sorte de ter a oportunidade de nos apaixonarmos de novo. Apenas aguarde.

O primeiro "encontro" deles foi na quinta-feira à noite. Alice pegou o trem de Longhampton para Stratton, e Gethin foi buscá-la na estação. Ele vestia um blazer desconhecido, em vez de sua camisa polo usual, e parecia ter feito algo no cabelo – os cachos rebeldes estavam domados e macios. Mas em vez de dirigir em direção à cidade, como ela esperava, ele voltou para casa.

– Fica aí – pediu ele, antes que Alice pudesse sair. – Eu só preciso fazer duas coisinhas...

Alice estava inquieta. Libby tinha ficado muito animada com a ideia do encontro e a ajudou a se arrumar; ambas presumiram que eles comeriam fora, veriam um filme ou algo assim, e ela se vestiu de acordo. Antes que ela tivesse tempo de pensar em como poderia fazer um downgrade em sua roupa, Gethin já estava abrindo a porta do carro e conduzindo-a para dentro da casa.

Lá dentro, o corredor tinha sido transformado por um mar tremeluzente de velinhas redondas, e um cheiro de alho e ervas vinha da cozinha, junto com o murmúrio suave de um álbum da Adele. A luz refletia nas fotos emolduradas dos dois na mesa do hall de entrada.

– Uau – disse Alice. – Isso é muito... romântico.

– Ótimo! Meu medo era você perguntar se a luz tinha sido cortada. – Gethin esfregou o queixo. – Acabei de colocar o jantar no forno. Deve levar cerca de uma hora.

– Ah! Desculpa... Quando você disse que estava planejando algo especial eu meio que presumi que iríamos sair. – Ela olhou para o blazer dele e para a calça elegante. Também não se lembrava dela.

– Não há nada de errado em se arrumar. – Ele estendeu a mão para pegar o casaco dela. – E você está linda!

– Obrigada.

Libby havia lhe emprestado um de seus vestidos de sair ("Você deveria caprichar no visual! Tem tempo de sobra para usar calça jeans depois") e, embora Alice tivesse zombado do vestido preto minúsculo pendurado no cabide, ele ficava muito diferente no corpo. Ela não tinha nada parecido em seu guarda-roupa, mas o corte combinava com ela, ajustando-se a suas curvas elegantes como se tivesse sido feito sob medida. Era *muito* justinho. "Você deveria ficar com esse vestido", dissera Libby com um suspiro. "Eu nunca fiquei gata desse jeito nele."

– Na verdade – continuou Gethin –, você está mais do que linda. Você está *incrível.*

Alice corou e deu uma voltinha constrangida, cambaleando de leve no final. Ela estava usando os sapatos verdes de salto agulha que havia encontrado em seu guarda-roupa, e claramente fazia tempo que não os calçava, pois estava totalmente sem equilíbrio.

Gethin estendeu as mãos para firmá-la e o toque repentino dos dedos dele em seu braço nu fez com que ela se sobressaltasse. Tocar alguém deveria ser algo fácil e natural, mas em vez disso ambos estavam hiperconscientes de cada movimento que faziam.

– Desculpa – disse ela com um pequeno sorriso. – Esses sapatos...

– Ah, eu nunca fui muito fã desses sapatos, para ser honesto. Não sei como você consegue andar neles.

– Bem, claramente eu não consigo. Mas eles são lindos, não são? Você costuma usar terno quando a gente sai? Porque deveria. – Ela colocou a mão na manga do blazer dele. Pareceu algo seguro de se fazer. – Combina com você.

Os olhos de cachorrinho de Gethin se arregalaram de surpresa e depois de satisfação.

– Não, eu costumo me vestir de um jeito mais casual. Mas se você gosta...

– Gosto, sim. – Finalmente parecia haver um clima de flerte entre eles. Alice sentiu seus músculos relaxarem alguns milímetros. Primeiros encontros sempre pareciam forçados.

– Então, quer entrar? – Ele apontou para a sala de estar. – Posso pegar uma bebida para você, só pra começar? O que você quer beber?

Há uma resposta certa para isso, pensou ela, *e eu não sei qual é.*

– O que costumo beber? – perguntou tentando fazer soar como uma piada.

– Na verdade, você gosta bastante de sidra – disse Gethin.

– Ah, é? – Alice não tinha sentido nenhuma vontade de tomar sidra, mas o médico havia lhe explicado que algumas coisas podiam mudar à medida que o cérebro reiniciasse. Ainda assim, pelo menos ela não teria que reaprender a gostar de cerveja artesanal ou algo do tipo.

– Você é uma espécie de *connoisseur* – continuou Gethin. – Fomos a um festival de sidra no verão passado, em Herefordshire. Acampamos para ir a uma degustação que levava o dia inteiro. Foi a primeira vez que viajamos juntos. – Seus olhos brilharam. – Barracas separadas. Você insistiu.

– É mesmo? – Aquela era uma boa informação para a lista dela. Padrões morais.

– Aham. E você me fez montar a sua barraca também. Pode sentar, eu volto em um segundo. Só preciso dar uma olhada no prato principal.

Ele parecia estar esperando que ela dissesse alguma coisa; como ela não o fez, ele passou a mão nos cabelos, soltando um cacho grosso do penteado cuidadosamente alisado. O nervosismo do gesto deixou Alice um pouco angustiada.

– Desculpa – disse ela. – Eu deveria...

Gethin olhou para ela, os lábios contraídos.

– Não, é que normalmente você me diria para relaxar. É muito bom que você não tenha feito isso.

– Nesse caso... relaxa, Gethin – recomendou ela com firmeza. – Aposto que o jantar vai ficar ótimo.

Ele sorriu de volta, agradecido, e, embora Alice tivesse precisado fingir, havia ficado contente em ter sido capaz de entender como ele se sentia. Comportamentos conhecidos estimulariam outros semelhantes. Ela não tinha lido isso na internet?

Ela entrou na sala de estar, tentando assimilar tudo à luz das velas. Ao lado da porta havia uma foto emoldurada de Gethin que ela não tinha visto antes, o rosto jovem e as bochechas coradas, com a beca da formatura. Onde era aquilo? Ela deveria saber. Alice olhou para o brasão. Universidade de Swansea. Ela fez uma nota mental. Swansea. 2004. Gethin Emrys Williams.

Havia muitos outros porta-retratos na sala de estar: ela e Gethin em um festival. Ela em um balanço, usando galochas e um vestido de verão. Ela e Gethin na praia de Aberystwyth. As únicas fotografias que haviam provocado em Alice uma onda de recordações eram as mais antigas – ela e o pai em Blackpool com um algodão-doce, ela com seu primeiro carro do lado de fora do prédio em Haringey onde dividia um apartamento, ela e a mãe em um cavalinho de carrossel chamado Dana – e elas estavam lá em cima, em seu álbum de fotos.

Ela pegou outra foto dela e de Gethin de pé, ao lado de uma fogueira brilhante, seus rostos assustadoramente iluminados pelo flash enquanto eles agitavam velas-estrela. Alice havia desenhado um coração com as faíscas; Gethin havia escrito um "G". *Faíscas*, ela pensou. *Como memórias – tão brilhantes, e de repente já se foram.*

– Essa, sim, foi uma noite fabulosa – comentou ele, e ela deu um pulo. Gethin estava atrás dela, segurando duas taças. – Noite das fogueiras, ano passado. Foi muito especial. Aqui – disse oferecendo-lhe uma taça gelada. – Old Rosie da Westons. Essa, preciso dizer, é a sua sidra favorita. – Ele parecia animado. – Vai em frente, dá um gole.

Alice não tirou os olhos dele. Gethin claramente esperava que ela tivesse uma experiência proustiana com a sidra. E ela queria que isso acontecesse – realmente queria.

Ela fechou os olhos e se concentrou. A taça gelada. O cheiro de maçã. Tentou evocar as barracas, a grama úmida, o ar da noite – nada veio, mas ela sorriu de qualquer maneira e tomou um gole.

Era uma boa sidra, mas não lhe trouxe nada de volta. Quando ela abriu os olhos, Gethin a encarava esperançosamente.

– Deliciosa! – exclamou ela, e acrescentou sem saber por quê: – Você disse que a gente foi a um festival de sidra, é isso?

– Fez você se lembrar de alguma coisa? – Os olhos dele se iluminaram e Alice se viu concordando. – Excelente! Muito bem! – Ele a conduziu até o sofá que ficava de frente para a imensa tela da televisão; ao lado havia um laptop e alguns cabos. Nas mesas laterais havia tigelas de pipoca, nachos e azeitonas – uma estranha mistura de petiscos e comida de cinema.

Gethin largou sua sidra e esfregou as mãos.

– Essa noite, coelhinha, eu vou proporcionar a você um encontro romântico multissensorial.

– Um o quê?

– Eu vou mostrar todo o nosso relacionamento usando comida, vinho, música, fotos e terminando com um filme. Quando chegarmos lá, espero que sua memória esteja totalmente recuperada.

Antes que Alice pudesse falar qualquer coisa, Gethin se ajoelhou na frente do sofá e pegou as mãos dela, entrelaçando seus dedos. Parecia um pouco demais, mas ela deixou rolar, porque aquilo claramente significava muito para ele.

– Eu sei que tudo isso *me* levou de volta ao passado, ver essas fotos e coisas. Alguns momentos realmente felizes. Espero que funcione para você. Não quero ser o único a me lembrar de tudo.

Alice não sabia o que dizer. Quanto mais melancólico Gethin soava sobre o relacionamento deles, mais culpada ela se sentia por nunca mais recuperar as lembranças de nada daquilo. Eles pareciam tão felizes. *Fish and chips*, praias, camping, férias...

– Parece maravilhoso – observou ela. – Um pouco estranho, preciso admitir, mas... maravilhoso.

Ela se acomodou no sofá de couro e o observou enquanto ele mexia no laptop.

– Gethin, por que você não tira o blazer? Tipo, estou lisonjeada por você estar bem-vestido e tudo mais, mas se você for se sentir mais confortável...

Ele se virou.

– Você não se importa?

– Claro que eu não me importo.

Já era muito difícil sentar no sofá molenga com aquele vestido apertado; as coxas de Alice estavam começando a doer por conta do esforço em manter os joelhos juntos. *Normalmente não nos vestimos assim*, pensou ela, gravando o fato em sua nova memória. *Ele está fazendo um esforço a mais. Para me mostrar o quanto isso é importante para ele.*

– Tim-tim! – Ele tirou o blazer, colocou-o cuidadosamente sobre o braço de uma poltrona próxima e se agachou, as coxas musculosas delineadas contra o tecido da calça. – Muito bem. Aqui vamos nós.

Ele apontou um controle remoto para o aparelho de som. Adele parou de cantar e Ellie Goulding a substituiu. Na tela da televisão, havia uma foto deles sorrindo para a câmera cercados por barracas, brandindo uma garrafa de sidra cada um enquanto o sol se punha. Embaixo estavam as palavras "Gethin e Alice".

– Não se preocupe – desculpou-se ele. – Nem tudo é brega desse jeito. A apresentação em slides me obrigou a fazer isso.

– É fofo! Foi quando a gente acampou em Herefordshire?

– Sim! – Gethin pareceu entusiasmado, então percebeu que ela estava se lembrando de algo que ele tinha acabado de dizer a ela.

Ele se levantou e se sentou ao lado de Alice no sofá.

– Então... Eu comecei com algumas fotos do retiro onde a gente se conheceu – explicou ele, enquanto a imagem desaparecia dando lugar a uma fotografia de alguns vinhedos, perfeitamente alinhados em direção a um céu lilás. – Você está lá na ponta. Eu estou sentado no muro.

Alice não conseguiu identificar ninguém no grupo além de si mesma – cerca de vinte jovens usando bermudas e vestidos de verão chamativos, estreitando os olhos contra a luz do sol. Ela parecia pesar mais na época e usava um chapéu de caubói de palha.

– Sou eu? Estou loira – disse surpresa.

– Sim, você era loira quando a gente se conheceu. Você dizia que era um *look* pós-término.

Aquilo acendeu um alerta. Alice sentiu algo clicar dentro dela, um slide se encaixando no fundo de sua mente. Olhos doloridos, tarde da noite, chorando do lado de fora de uma estação de metrô enquanto as pessoas passavam por ela e não se importavam com o que viam. Uma vontade imensa, imensa, imensa de poder falar com a mãe, só mais uma vez, mergulhar em seu colo.

– Gethin, pausa rapidinho, por favor?

Ele parou a apresentação de slides.

– Você se lembrou de alguma coisa?

– Talvez. – Alice apertou a testa, acima das sobrancelhas. – Só preciso entender melhor, antes de continuarmos. Eu estava estressada com o quê? Por que eu fui para o retiro?

Ele olhou para ela e pegou sua mão.

– Você já resolveu. Isso é relevante?

– Sim.

Gethin inspirou, depois expirou lentamente.

– Bem, você estava em uma encruzilhada. Você me disse que achava que deveria ter mirado mais alto do que arrumar apenas um trabalho temporário… que você era mais inteligente do que alguns dos seus gestores, mas o dinheiro era bom e você temia ter demorado demais para obter mais qualificações.

Alice franziu a testa. Parecia razoável. Seu guarda-roupa embasava aquilo.

– E você tinha terminado um relacionamento que… não ia dar em nada. – Ele baixou o olhar.

– Com um homem casado? – chutou Alice.

– Hmm, sim. Você não me contou nada sobre ele. Só que ele era casado. E que foi você que terminou.

– Ah. – Aquela não era uma coisa legal de descobrir sobre si mesma.

Parte dela se sentia envergonhada por Gethin saber aquilo a seu respeito. Ainda assim, se ele sabia desde o início e mesmo assim gostava dela…

– Eu tinha acabado de terminar com a minha namorada – continuou Gethin, para igualar as confissões – e estava pensando em mudar de emprego… A gente se encontrou na hora certa. – Ele olhou para ela com seu olhar simples e inocente. – Fomos o recomeço um do outro. Nascemos para ficar juntos. E desde o dia em que a gente se conheceu tudo começou a fazer sentido.

Alice sorriu, mas por dentro não estava tão calma.

Ele era adorável, e confiava nela, e ela seria uma idiota se estragasse aquele belíssimo relacionamento. Mas e se por acaso ela tivesse feito coisas das quais ele não tinha conhecimento, e elas acabassem voltando? Como seria?

Gethin apertou a mão dela com força.

– O que foi? – perguntou Alice.

– Estava só pensando. – Ele sorriu. – Como nós dois somos sortudos. Você e eu, nós somos feitos um para o outro.

Capítulo 19

Libby não sabia se tinha algo a ver com o fato de as obras no hotel estarem se intensificando ou com alguma crise alérgica fora de época causada pelo pólen vindo do jardim, mas já havia alguns dias que Margaret e Jason vinham agindo de maneira estranha, tendo comportamentos nada prestativos.

Alice estava mais ou menos recuperada e havia começado a cuidar das pequenas tarefas relacionadas ao hotel; desde então, o humor de Margaret havia piorado. Ela não estava infeliz, apenas vivia criticando tudo, apontando problemas – sempre de um modo excruciantemente educado – na obra, em relação à frequência com que Bob saía para passear, reclamando que não havia sido consultada antes que vários quadros fossem removidos… Toda e qualquer coisa. Libby estava grata pela presença diplomática de Alice, porque francamente as imprevisíveis explosões de Margaret estavam começando a afetar tanto a ela quanto a Jason, que já vinham com os nervos à flor da pele.

– O Donald devia ser um excelente ouvinte – apontou Alice depois que Margaret passou um jantar inteiro contando-lhes em detalhes a famosa abordagem de Donald ao "hóspede que reclamou porque não havia edredons", uma história que até Alice já ouvira três vezes. – Você acha que ela precisa de algo para fazer? Deve ser estranho estar aqui, vendo tudo mudar.

– Ela deveria estar descansando – respondeu Libby.

No entanto, Libby começava a achar que Alice talvez tivesse razão. O problema era que Margaret não queria ajudar com nenhuma das mudanças que estavam sendo realizadas no hotel, e Libby não conhecia pessoas suficientes na cidade a quem pudesse discretamente perguntar se havia algum projeto externo para o qual Margaret poderia ser cooptada.

Ao contrário de Jason. Ele tinha saído quase todas as noites naquela semana, tanto com o pessoal do rúgbi quanto com seus amigos, e, nas noites em que esteve por lá, havia passado o tempo inteiro no escritório de frente para o laptop "trabalhando nas contas". Ela não quis incomodá-lo porque não conseguia afastar suas preocupações em relação ao orçamento: por algum motivo, o fabricante ainda não havia recebido todo o pedido do banheiro, e ela vinha passando noites sem dormir pensando se teria ido longe demais com as exigências.

Mais uma vez, era uma bênção que Alice estivesse por perto, pensou Libby. Se não fosse por Alice, e sua tranquilidade em relação à instalação da internet, a operários barulhentos e a sogras mal-humoradas, e agora aos compromissos de Bob, Libby provavelmente teria enlouquecido.

– Você está fazendo um malabarismo gigantesco – disse Alice gentilmente. – O Bob deveria ter deixado por escrito a sua escala de motorista.

– Obrigada por me lembrar. Achei que a Margaret fosse levá-lo hoje para o hospital, mas aparentemente não.

– Quando você estiver lá, coloca assim na Árvore da Gentileza – sugeriu Alice, girando em sua cadeira atrás do balcão da recepção enquanto Libby corria para pegar toda a parafernália de Bob –: "Obrigada, Alice, por fazer um trabalho que você considera bem tranquilo, e que inclusive você fazia brincando quando era pequena."

– Eu não vou demorar. – Libby procurou sua bolsa. – A Margaret precisou ir a algum lugar com o Jason. Que *teve* que levá-la, aparentemente. – Ela olhou para cima, culpada. – Estou sendo uma megera, eu sei. Tenho a impressão de que é algum tipo de comemoração dela e do Donald, mas ela *sabia* que eu precisava do Jason aqui hoje para me ajudar a medir as janelas e resolver as cortinas. É como se ela quisesse provar que é prioridade. Ela está transformando isso em algum tipo de competição ou coisa assim, e isso não é uma competição.

– Com certeza ela não está fazendo isso de propósito. Quer dizer – Alice curvou os lábios –, provavelmente está. Mas dá um crédito para ela. Em quanto tempo você consegue mostrar outro quarto pronto? Falta pouco agora.

Libby pegou seu crachá e o pendurou no pescoço.

– Seria ótimo se o Jason dissesse alguma coisa, em vez de deixar essa função para mim o tempo inteiro.

Elas trocaram um olhar cansado. Jason, Libby tinha percebido, era excelente em evitar conflitos. Ele nunca estava na recepção quando os hóspedes queriam reclamar de alguma coisa ou quando os operários precisavam que alguma decisão fosse tomada.

– Não precisa voltar correndo do hospital – tranquilizou Alice. – Toma um café na cidade. Esquece um pouco esse lugar por uma hora. Eu vou ficar bem aqui... E nem estamos lotados.

– Obrigada. Talvez eu faça isso.

As estradas estavam vazias, o sol brilhava no céu e, quando Libby entrou no hospital com Bob, seu humor estava melhor. O final da primavera caía bem em Longhampton, como um belo vestido: as cercas-vivas estavam cheias de galhos novos e verdinhos, cordeiros brancos salpicavam os campos ao longe, e o ar fresco parecia ser capaz de purificar Libby de dentro para fora.

Ela sorria para todos enquanto passavam pelos corredores a caminho da ala geriátrica, e quando Bob fez sua entrada, para o deleite habitual dos pacientes, Libby se sentiu bastante orgulhosa dele. O cão usava uma gravata-borboleta de veludo que Jason havia comprado para uma festa à fantasia; dava-lhe um ar estiloso, porém professoral.

Bob foi de imediato até Doris, a velha governanta, e Libby o acompanhou obedientemente.

– Bom dia, Doris – cumprimentou ela, enquanto Bob se acomodava a seus pés, sua nobre cabeça erguida para ganhar atenção. – Como vai hoje?

– Como você acha que uma mulher de 93 anos se sente normalmente? Feliz por estar viva, só isso. Como vai, meu rapaz? – No começo Doris estava sendo rabugenta, mas seu humor foi melhorando consideravelmente ao ver Bob sentado ali. – Será que eu tenho um biscoito para você? Será?

Libby se sentou na cadeira ao lado de Doris e observou enquanto Bob recebia seu solene afago em troca de um biscoito recheado de origem ilícita. Do outro lado do salão do hospital, viu Gina sentada pacientemente enquanto duas senhorinhas em cadeiras de rodas conversavam animadamente com Buzz, seu galgo, que olhava fixamente de uma para a outra, as orelhas erguidas como se estivesse acompanhando a conversa.

Gina ergueu a mão em um cumprimento e Libby acenou de volta. *Outra amiga*, pensou ela, e isso lhe deu um brilho inesperado.

– Como estão as coisas no hotel? – perguntou Doris, e Libby se surpreendeu, já que a idosa sempre parecia mais interessada em Bob do que nela.

– Bem, obrigada. – Libby aproveitou a brecha. – Doris, você ia me contar algumas histórias de quando trabalhava lá...

– Ah, passaríamos o dia inteiro aqui, querida. Comecei a trabalhar lá quando os Hannifords transformaram aquilo num hotel. Isso foi em 1950.

– E antes disso o lugar era o quê?

Libby às vezes se perguntava a respeito da vida da casa antes de os xadrezes de Donald tomarem conta. Se os aparadores acolhiam travessas de prata com peixe defumado condimentado, ou *kedgeree*, em vez de potes de plástico cheios de cereais. Se o saguão tinha sido cenário de festas chiques, em vez do farfalhar entediado de pessoas lendo edições antigas da *Country Life*. O que os fantasmas daquelas pessoas achavam dos veados de olhos vidrados e das suítes cor de abacate que ela não gostava nem de visualizar.

– Era a casa do Dr. Cartwright. Era muito bonita também. Não era a casa mais elegante da região, mas quase isso. Grande demais para uma família depois da guerra, já que era impossível arrumar empregadas para fazer todo aquele trabalho doméstico, então ele a vendeu. Os Hannifords vieram de Birmingham e a transformaram em um hotel.

– E você era a governanta?

– Comecei como camareira e fui sendo promovida – contou Doris. – Aprendi a administrar o hotel com a velha governanta, a Srta. Greene. Ela era turca. Tinha sido freira em um antigo hospital da cidade. Muito exigente. As coisas eram bem mais difíceis naquela época, sabe? Ainda tínhamos lareiras nos quartos. A quantidade de grades que eu limpei naquele lugar... No dia em que a Sra. Corcoran mandou remover todas elas e substituir por aquecedores elétricos, eu agradeci de joelhos, por assim dizer.

– Que engraçado. Acabamos de tirar todos os aquecedores e de reabrir as lareiras. – Libby sorriu. – Como os tempos mudam, né?

Doris olhou para ela como se Libby estivesse louca.

– E quem vai limpar as grades?

– Ninguém! Vou preenchê-las com pinhas.

Doris murmurou algo e deu uma coçadinha extra nas orelhas de Bob.

– Então a Margaret e o Donald assumiram o hotel quando… em 1980?

– Mais ou menos nessa época, sim. E com dois bebezinhos além de tudo. Os dois com menos de 2 anos. – As rugas de Doris transmitiam o que Libby supôs ser espanto. Mas também podia ser um leve ar de reprovação. – Muito determinada, a Sra. Corcoran. Nunca vi uma organização como aquela. Parecia que tinha nascido para aquilo.

– Ela não trabalhava com hotelaria antes, né? – Libby sabia que não, mas Doris claramente gostava de lhe contar coisas que ela não sabia.

Libby tinha aprendido, entrevistando as pessoas, que aquela era a melhor maneira de descobrir fofocas.

– Ah, não. Não, eu acho que não. Eles vieram de Worcestershire. Curiosamente, minha prima Pamela era da mesma cidade que a Sra. Corcoran, então quando contei para quem eu estava trabalhando ela disse: "Ah, o nome de solteira dela é Maggie Jackson, por acaso?" E era. Pam havia estudado com ela na escola. Na mesma turma.

– Jura? Que mundo pequeno! – exclamou Libby. Não conseguia imaginar Margaret sendo chamada de "Maggie". Ela sem dúvida não tinha cara de Maggie.

– O mundo é de fato muito pequeno. – Os olhos de Doris brilharam. – E… – A bolsa de Libby apitou e ela enfiou a mão do lado de dentro, se desculpando.

– Desculpa, é o meu celular. Estou esperando as últimas banheiras novas chegarem hoje, e os operários disseram que me ligariam quando chegassem. Não vou conseguir relaxar até ter certeza de que elas estão lá.

Doris cruzou as mãos no colo e olhou para ela com uma expressão inescrutável de "velha sabe-tudo".

A mensagem era do novo telefone de Alice; Gethin havia arrumado um celular para ela e levado até lá algumas noites antes. Ele ficou para o jantar, é claro, e contou algumas histórias engraçadas sobre sua terrível turnê com a peça da escola. Libby gostava de Gethin; Margaret o adorava; ela o havia convidado para voltar "sempre que quisesse". A única pessoa que não estava tão interessada nele era Lorde Bob, provavelmente porque Gethin tinha conquistado seu lugar prioritário ao lado de Margaret.

Libby franziu o cenho. A mensagem era: *Volte o mais rápido possível. Problemas no hotel.*

Com os operários?, mandou ela de volta, e esperou. Mas não recebeu nenhuma resposta.

– Desculpa, Doris, você estava me contando sobre a Margaret. Trinta e cinco anos, né? Talvez devêssemos fazer uma festa quando a reforma terminar, o que acha? Para a equipe original?

– Eu adoraria – disse Doris. – Mal posso esperar para ver suas lareiras. Com as pinhas.

– E você tem que me contar todas as suas histórias sobre o hotel, aí quem sabe eu possa colocar todas em um livrinho? – A mente de Libby estava a mil; talvez ela pudesse dar isso de presente para Margaret? Uma celebração da história do hotel Swan, de 1980 até o futuro. Será que ela ficaria ofendida com isso?

– Ah, eu tenho muitas histórias – afirmou Doris, e o telefone de Libby tocou novamente.

Uma confusão séria entre Jason e os operários. Por favor, volte o mais rápido possível.

– Ah, não – disse Libby. – Acho que vamos ter que ir.

Ao chegar no hotel, Libby soube que algo estava acontecendo antes mesmo de descer do carro.

Três dos operários estavam do lado de fora carregando a van com os equipamentos de trabalho: serras circulares, potes de pincéis, lençóis. E eles faziam tudo isso duas vezes mais rápido do que quando tinham descarregado todo o material.

– O que está acontecendo? – perguntou ela em um tom amigável, mas eles acenaram em direção ao hotel.

Libby xingou por dentro; ao que parecia apenas dois dos operários tinham autorização para falar, e a maioria nem sequer fazia contato visual com ela se pudesse evitar. Ela correu para dentro com Lorde Bob e encontrou Alice meio dispersa diante do balcão, seu rosto nublado de ansiedade. Mais dois operários desmontavam os suportes que estavam usando para... uma coisa aqui, outra ali, e um outro passou com uma escada.

– Ei – chamou Libby. – Essa escada é nossa, não? – Irritado, ele a apoiou novamente na parede.

Libby lançou para ele um olhar de "Eu já venho me resolver com você" e se virou para Alice.

– O que está acontecendo?

– Eu não sei! Desculpa arrastar você para cá de volta do hospital, mas eu ouvi o Jason e o Simon gritando no segundo andar uma meia hora atrás, e logo depois os operários começaram a descer com os equipamentos. Perguntei ao Simon o que estava acontecendo e ele falou que eles estavam indo embora!

Simon era o encarregado responsável na ausência de Marek; ele não era muito seguro e passava bastante tempo ao telefone checando as coisas com o chefe.

Lorde Bob puxava a guia, tentando subir e investigar, então Libby o enfiou no escritório e fechou a porta, sem sequer se importar com o risco que ele representava para seus biscoitos.

– Por que eles estão indo embora?

Alice arregalou os olhos.

– Eu não sei. Ouvi o Jason gritando alguma coisa sobre dinheiro e pagamento, mas...

– O quê? – O coração de Libby acelerou. – Fica aí. Eu preciso descobrir o que está acontecendo.

Jason estava no andar de cima, no quarto 6, que agora tinha buracos irregulares em duas paredes. Ele apontava o dedo para Simon, que tinha as mãos levantadas de um jeito que conseguia ser ao mesmo tempo passivo e enraivecido.

– Você não pode fazer isso! – O rosto de Jason estava vermelho-vivo e dava a impressão de que a situação tinha saído do controle já havia algum tempo. – Você traz tudo aqui para dentro agora mesmo e fala para os seus homens continuarem trabalhando ou eu juro que vou processar vocês. Eu conheço vários ótimos advogados, e eles vão fazer uma festa...

– Ei, ei, ei, o que é isso, pessoal? Será que a gente pode falar sobre tudo isso com calma? – disse Libby, mas eles a ignoraram. Claramente as coisas tinham atingido um nível muito acima de uma discussão pacífica.

– Ordens de cima, Jason – respondeu Simon. – Estão precisando da gente em outro trabalho. Acontece.

– Mas vocês não terminaram *esse aqui*! Pelo amor de Deus! – Jason apontava freneticamente para os buracos nas paredes. – Você não pode deixar isso desse jeito!

– Não vai cair... são paredes internas. Além disso, o chefe é muito rigoroso com pagamentos atrasados. O que eu posso fazer? Sem pagamento, sem trabalho. Seja sensato. Você trabalha de graça?

Pagamentos atrasados. Sem pagamento. O estômago de Libby revirou. Tinha que haver uma boa explicação para aquilo tudo. Ela se virou para Jason, mas ele não encontrou seu olhar. O medo cresceu dentro dela.

– O que você pode fazer? – Jason parecia prestes a hiperventilar. – Porque eu não consigo acreditar que você não possa fazer nada.

– Jason, posso dar uma palavrinha com você? – Libby tentou manter a voz calma, mas dentro dela os alarmes soavam ao ver o desespero com que Jason estava conduzindo aquela discussão.

Ele era mestre em inverter a culpa. Conseguiu culpar a Bosch por fazer lava-louças que não aceitavam uma determinada marca de detergente. Quanto mais ele tentava fazer isso com Simon, mais o instinto de Libby lhe dizia que *ele* era o responsável por aquilo.

Além disso, raciocinou, não havia sentido em se juntar à gritaria até saber exatamente sobre o que eles estavam gritando.

– Escritório? – acrescentou ela, ao ver que ele e Simon continuavam a se encarar. Ela teve que puxar o braço de Jason, e então, finalmente, olhando feio para Simon, ele a acompanhou.

Enquanto desciam, tiveram de desviar de alguns operários que carregavam mais equipamentos em direção à porta da frente.

– Será que a gente pode fazer isso rápido antes que eles tirem tudo do hotel? – Jason falou alto, na direção deles, e Libby entrou a passos firmes no escritório e fechou a porta.

Bob estava demolindo o pacote de Jaffa Cakes que Libby havia comprado para dividir com Alice depois do almoço. Sentindo o clima pesado, ele abandonou as migalhas e se retirou para um lugar seguro debaixo da mesa.

– O que está acontecendo? – Libby gesticulou para a van sendo carregada do lado de fora. – O que Simon quis dizer com não terem sido pagos?

– Deve ter havido alguma confusão com o banco – começou Jason, mas assim que ele disse isso o coração de Libby apertou, porque ela sabia, pela maneira como os olhos dele se desviaram, que aquilo não era verdade.

– Não me enrola. Por favor. Quando a gente deveria ter feito o pagamento deles?

– Sexta-feira. Mas esse não é o ponto. – Jason enfiou a mão nos cabelos, parecendo evasivo. – Aposto que o Marek tinha outro trabalho planejado o tempo todo e está só usando isso como desculpa. Eu sabia que isso ia acontecer...

– *Sério?* Sexta-feira? – Libby tentava fazer as contas: pagamentos parcelados... materiais de construção... Quanto eles deviam? Ela se odiou por não saber. Isso significava que ela confiava em Jason ou que era preguiçosa? Ela sabia, no fundo, que nunca gostara de lidar com dinheiro. Aquilo tinha sido parte do problema. – É quase uma semana de atraso. De quanto estamos falando?

– O quê? Você está sugerindo que eu estou mentindo? – questionou Jason. – Ou que eu não sei o que estou fazendo?

– Nenhuma das duas coisas. Mas eles estão abandonando o trabalho. Eles não iam fazer isso por causa de uma merreca. O Marek é um cara razoável.

– Aparentemente não. O Simon teve a coragem de me dizer...

– Ah, pelo amor de Deus, agora não é hora de bancar o sabe-tudo sobre como os caras da obra devem se comportar – interrompeu Libby, impaciente. – Apenas faça o pagamento, Jason!

– Com que dinheiro?

As vozes estavam se erguendo e Libby fez um esforço para baixar o tom, não querendo que Alice ouvisse. Ou Margaret, se já estivesse de volta.

– Com o dinheiro reservado no orçamento para essa fase das obras – disse ela, soando mais sarcástica do que pretendia.

Jason a encarou. A veia em sua testa estava latejando.

– A conta da reforma – insistiu ela. – O dinheiro da venda da nossa casa que separamos para financiar esse projeto. Eu sei que você disse que essa grana estava presa e que a gente não ia conseguir mexer para pagar o pedido dos encanamentos, mas imagino que você tenha dado um jeito nisso, não?

Ele não disse nada e o coração dela quase parou.

Ah, não, pensou Libby. *Por favor, não.*

– Você está me dizendo que não tem dinheiro nenhum? – questionou ela. – Tem que ter... Eu vi na conta do hotel...

Quando? Quando ela tinha visto o dinheiro na conta? Ela andava tão ocupada ultimamente que não vinha acompanhando o extrato na internet.

– Caramba, Jason, só me fala o que está acontecendo.

Ele se sentou à mesa e apoiou a cabeça entre as mãos. O gesto provocou um calafrio por todo o corpo de Libby.

– Eu tive que pagar algumas coisas. – A voz dele estava abafada. – Pagamentos parcelados, o material, e o seguro… tudo acumulou. Daí eu descobri umas contas atrasadas que a mamãe não tinha pagado e que estavam prestes a ir parar na justiça. Ela estava muito chateada, é claro, então eu paguei.

– Por que *ela* não pagou?

– Ela não sabia como fazer isso. Vamos lá, ela nunca pagou uma conta quando o papai era vivo. Ela só colocava as coisas na gaveta e torcia para que desaparecessem.

Libby olhou para o vazio. Parecia que tudo aquilo estava acontecendo com outra pessoa. E *nenhum dos dois* havia contado a ela esse pequeno detalhe? *Nem Jason, nem Margaret?* O dinheiro *dela* também tinha sido usado para pagar a hipoteca de Margaret.

– Enfim, isso acabou com o nosso dinheiro. Incluindo o dinheiro que seu pai emprestou.

– O quê? Ah, meu Deus. E aí? – Libby o instigou. Ela não queria saber, e ainda assim perguntou.

Outra longa pausa.

– Aí que o Darren me ligou de novo. Sobre o tal negócio dos campos de petróleo.

– Aquele em que eu pedi para você *não* investir? – Os buracos nas paredes do segundo andar piscaram diante de Libby. As banheiras sem instalação. – Você tá de sacanagem? A tal oportunidade duvidosa na qual você *prometeu* que não arriscaria nosso único capital?

– Você sabe que não é *arriscado*. – Ele parecia irritado. – É uma pequena empresa que tem uma licença de mineração para…

– Não me fala o que eu já sei! – Libby queria chorar, mas seus olhos estavam estranhamente quentes e secos. – E não me vem com essa palhaçada de "você não entende nada de investimentos"! Depois do que você fez a gente passar, algumas pessoas talvez até não achassem irracional que eu pedisse para você *nunca mais fazer isso*, mas tudo que eu pedi, *tudo que eu queria*, para não ter que me preocupar daquele jeito mais uma vez, foi que você jurasse que não faria nada com o nosso dinheiro sem me avisar antes! Isso é tão difícil assim? – Ela afundou em uma cadeira, os joelhos de repente incapazes de sustentar seu corpo. – Então… fala pra mim… que aquele dinheiro na conta, da venda da casa. Fala que sobrou alguma coisa. – Sua voz estava irreconhecível. Cem mil libras. Uma bela quantia de dinheiro.

– Não. Acabou tudo.

– O quê? – Libby olhou fixamente para Jason. – Acabou? Como? – Um pensamento terrível lhe ocorreu. – Ah, meu Deus, esse não é o primeiro negócio que você faz, é? É isso? Esse foi só o primeiro que você me contou!

Ele mordeu o lábio e ela soube que tinha acertado em cheio; Jason sempre fora ruim em esconder as emoções. Libby cobriu a boca, uma onda de náusea a percorrendo. Os brincos. Claro. Devia ter sido resultado de algum negócio menor: Jason sempre gostou de presenteá-la quando estava com dinheiro. Ela deveria saber que não havia mil libras escondidas no forro do sofá. *Sua imbecil*, pensou.

– Ah, fala *sério*! – Havia um tom de desprezo na voz de Jason. – De que outra maneira você esperava que a gente fosse financiar o tipo de reforma que você tinha em mente? Não era tanto dinheiro assim. Você sabia quanto custavam aquelas banheiras.

Não. Esse não era o primeiro negócio secreto que ele havia feito.

– Você disse que nós tínhamos como pagar!

– Sim, e você não perguntou *como*.

– Por que eu deveria? Eu confiei em você quando você disse que ia dar tudo certo!

– Eu disse! E vai dar! Vamos lá, isso é o que eu faço da vida! Eu sou *bom* nisso!

– Tão bom que o banco decidiu demitir você para a segurança dos investidores?

Aquilo foi um golpe baixo. Jason se encolheu. Libby estava envergonhada, mas o pânico começava a tirar sua prudência. Aquilo não era mais só sobre o hotel. Era sobre uma traição que eles estavam cansados demais, abalados demais, para discutir. Que eles haviam enterrado sob acordos e listas com afazeres. Naquele momento, no entanto, todo medo que ela havia reprimido lutava para sair e não havia meios de detê-lo. Tudo o que ela podia fazer era tentar passar por aquela conversa terrível, sob a força de uma raiva destrutiva e avassaladora.

Com um esforço gigantesco, ela fez com que seu rosto ficasse calmo.

– Certo. Tudo bem. Você consegue reaver o investimento?

Jason olhou de cara feia para a mesa.

– Não.

– Com certeza você pode pedir para o Darren comprar a sua parte, já que é um negócio tão bom, não? – Os investidores colegas de Jason investiam seus bônus nesses negócios o tempo inteiro; o dinheiro de Jason seria um amendoim comparado com o que eles haviam apostado.

Tudo se resumia a orgulho, Libby sabia disso. Mas ela havia engolido o dela, recorrendo ao pai para conseguir dinheiro, não foi?

Outra pausa mais longa.

– Não.

– Por que não?

– Não é tão fácil assim. Não vale a pena desistir agora... eles podem estar prestes a obter um lucro imenso. *Imenso*. Daria para comprar cem hotéis iguais a esse...

Quando Libby olhou para cima, viu o brilho nos olhos de Jason e soube que, dali em diante, não havia mais o que debater. Jason só enxergava os valores rolando na tela, a aprovação imediata que receberia, a recompensa por estar certo e ousar apostar. Ele não conseguia enxergá-la. Ele não conseguia enxergar o hotel, as pessoas, os tijolos. Apenas os números.

A primeira vez que Libby havia notado aquele brilho nos olhos de menino do interior, ela presumiu que fosse empolgação. Jason estava no escritório de casa, na frente do laptop, com várias telas abertas, cada uma com um câmbio diferente – era divertido vê-lo fazer seu trabalho, sexy até, a maneira como seus dedos longos voavam confiantes sobre o teclado. Não eram jogos de aposta, assegurou ele, mostrando a ela o que tinha acabado de fazer enquanto ela assistia a *Mad Men*; exigia muito mais habilidade do que isso. Planejamento para o futuro, conhecimento, o momento certo – suas pesquisas, juntamente com um quê de sorte, faziam dele uma estrela em ascensão na equipe, então por que não usar um pouco disso em seus próprios investimentos? Haviam passado férias nas Ilhas Virgens com aquele dinheiro. E até aí tudo bem, pelo menos enquanto dava certo. Mas aí – embora Jason tenha deixado passar muito, muito tempo antes de contar para ela – começou a dar errado.

A cabeça de Libby pareceu pesada demais sobre seus ombros. *Uma última chance*, disse a si mesma, sem emoção.

– Jason – disse ela, olhando para as ranhuras do couro desgastado do velho tampo da mesa. – Por favor. Pelo bem do nosso casamento, liga para o Darren e pega o dinheiro de volta. A gente precisa pagar o pessoal da obra. Se não conseguirmos acabar essa reforma, estamos ferrados.

A pausa dava a impressão de que se estenderia pelo resto da vida deles.

– Não – respondeu ele por fim, e quando ergueu os olhos parecia furioso. – Eu não vou fazer isso. E, a propósito, estou chocado com sua falta de confiança em mim.

Libby olhou para aquele belo homem de 30 e poucos anos, que a havia conquistado com sua honestidade e modéstia quando ambos eram jovens demais para saber o quanto essas coisas importavam, e pensou: *Qual o objetivo disso?* Ela não conseguiria mais confiar nele. Libby havia colocado o casamento deles acima de tudo para ir até lá recomeçar; ele não fez o mesmo. Se ele não era capaz de enxergar o que isso estava causando a ela, minando toda a felicidade deles, então que chance havia? Quão pior a situação teria que ficar para que ele se desse conta disso tudo?

– Eu estou tentando confiar em você, Jason, mas aí você faz coisas desse tipo.

– Sério? Se você não confia em mim, então estamos perdendo nosso tempo. – Ele parecia indignado. – Eu trabalhei duro pra cacete... por *nós dois*... e você tem a coragem de me dizer que isso *não é* trabalhar duro? Você acha que foi a única a viver um inferno esse ano? Uma coisa é ter que abandonar o pilates e parar de comprar bolsas, outra é perder o emprego e o respeito por si mesmo!

– Isso não é justo. Eu sempre trabalhei até... – Ela começou a falar, mas Jason ainda estava exaltado, furioso por causa da discussão com os operários.

– Eu não vou ficar aqui parado levando sermão de alguém que não tem a menor ideia do que eu faço nem de como eu sou bom nisso – retrucou ele. – Você quer que eu vá embora? Tudo bem, eu vou. Vou ficar mais do que feliz em fazer isso.

Ele não vai embora, disse Libby a si mesma. *Ele só quer se impor.*

– Tudo bem, então – respondeu ela. – Vai lá. Deixa eu e a sua mãe aqui, junto com as suas responsabilidades. Imagino que a culpada serei eu, certo? Por expulsar você de casa?

Jason não disse nada. Então se virou e saiu do hotel.

Capítulo 20

Não havia mais nada que Libby pudesse fazer além de assistir aos construtores desmontando seus equipamentos e tirando tudo de lá. Às duas da tarde eles se foram, e o silêncio tomou conta do hotel.

Alice conseguira falar com Marek ao telefone, e Libby havia implorado, suplicado, mas ele apenas confirmou o que ela temia: Jason não tinha realizado o pagamento sequer da primeira parte do serviço.

– Desculpa, Libby, mas não posso fazer meus homens trabalharem de graça – disse ele. – Nós já fizemos muitas concessões porque vocês sempre foram bons clientes, mas o Jason... Olha, vamos mantendo contato, tá? Quem sabe a gente consegue fazer alguma coisa?

Ela não podia julgá-lo. Marek era um cara legal, mas era um homem de negócios. Ela e Jason poderiam até já ter sido bons clientes, mas àquela altura provavelmente já tinham ido parar em alguma lista de clientes indesejados do mundo dos empreiteiros.

A cozinha de Londres foi minha primeira e última cozinha planejada, pensou ela.

Libby subiu lentamente as escadas e parou diante do mar de lençóis abandonados, tentando fazer com que seu cérebro entorpecido avaliasse o quanto do trabalho havia sido feito, pelo menos até onde conseguia. Ela não queria começar a pensar em Jason, ou no que haviam dito um ao outro. Ou se ao menos ele voltaria.

Aquilo acontecera porque ela não quis atentar para os detalhes, então agora se forçava a olhar dentro de cada cômodo. Nenhum dos quartos do segundo andar estava terminado, e o quarto 4, o que eles tinham reformado, estava cheio de caixas e sacos de entulho. Quatro quartos tinham os banheiros montados, mas nem os azulejos nem o piso haviam sido colocados. Nos demais, as banheiras e os vasos sanitários tinham sido arrancados, deixando buracos horrorosos. Os quartos do térreo estavam exatamente como eram antes; Libby não teve forças para verificá-los.

Ela se abaixou para pegar uma bola de fita crepe descartada, então percebeu que não fazia sentido tentar arrumar. A enormidade daquilo com que precisavam lidar a deixou absolutamente sem fôlego. O velho e confortável hotel estava em ruínas, havia desaparecido para sempre. Ela entendia por que Margaret se recusava a subir; o caos parecia estimulante quando seu fim estava à vista, mas naquele momento parecia que os tijolos nus e os fios desencapados estavam tirando sarro dela. *Você realmente achou que seria capaz de coordenar tudo isso? Sem nenhuma experiência? Como você vai resolver isso agora? Sem dinheiro?*

Pensar que eles tinham aquele dinheiro nas mãos havia sido de grande conforto, a única coisa que tornara a mudança suportável. Quando Jason disse que eles precisavam pedir um empréstimo ao pai dela, Libby presumiu que fosse porque o acesso àquele dinheiro não fosse fácil. Não que não houvesse dinheiro. E agora tinha acabado, simples assim...

Libby olhou para o monte de fios saindo da parede acima do espaço onde deveria estar o rodapé – será que era perigoso? O que deveria ser feito ali? – e sua mente começou a formar as palavras "Jason, o que precisa...?".

Mas ele também tinha ido embora. Um ruído involuntário veio de algum lugar dentro dela. Libby nunca havia se sentido insignificante nem sozinha – ela sempre olhava o lado bom das coisas, acreditando que no final tudo daria certo –, mas não conseguia ver o lado bom daquilo. Tivera pesadelos menos surreais do que a cena diante de seus olhos. E ela lamentava muito pelo hotel que havia arruinado. Pela primeira vez, ela via o esqueleto da casa – não o elegante hotel butique que ela queria fazer dele, mas a antiga casa de família, acolhedora e confortável. *O que eu fiz?*, pensou Libby, aflita.

O sol se movia em meio às árvores do lado de fora, destacando a colcha de retalhos de listras lilás-acinzentadas no quarto de casal, e ela se viu testando tintas na parede como se fosse Maria Antonieta, enquanto Jason tentava ganhar tempo, sabendo que eles não tinham um centavo para pagar por nada daquilo, apostando com o futuro deles.

Ah, Libby, disse uma voz em sua cabeça. Muito parecida com a do pai. *Como você pôde ficar tão alheia a tudo isso?*

Ela se virou e correu escada abaixo.

Jason não reapareceu naquela tarde com um buquê de flores e um pedido de desculpas envergonhado, como tinha feito nas poucas vezes em que ele e Libby haviam discutido, nem sequer ligou ou mandou mensagem.

Libby não ia mandar mensagem para ele. Ela não sabia o que queria dizer. A raiva e a tristeza se revezavam, tentando ver quem tomava a dianteira. No entanto, o medo estava lá o tempo inteiro – espreitando ao fundo, aparecendo toda vez que ela batia os olhos em uma conta.

Era quase grande demais para sentir raiva.

Ela precisava que Jason voltasse e a ajudasse a resolver a confusão que ele havia criado, mas ao mesmo tempo Libby tivera de fato a intenção de dizer tudo aquilo sobre confiança e honestidade e, agora que todas aquelas duras palavras haviam saído, ela não iria retirar nenhuma delas. Precisavam ser ditas. Libby apenas desejou, amargamente, que Jason não tivesse escolhido o pior momento possível para obrigá-la a ter aquela conversa.

Ela ficou sentada sozinha no escritório, incapaz de se mexer, pensar ou falar, sem querer ver ninguém. Não sabia há quanto tempo estava lá quando Alice bateu e enfiou a cabeça pela porta.

– Ei. Você tá bem? Achei que precisava de um tempo para se acalmar – disse ela. Alice se esforçava bastante para disfarçar sua preocupação, embora não estivesse conseguindo ser muito convincente. – Mas aí eu pensei que talvez você precisasse conversar.

Libby afundou a cabeça nas mãos.

– Não sei se quero conversar. Só quero sair daqui e não voltar nunca mais.

Mas para onde ela iria? Para a casa de seus pais, impossível. Seu pai sempre acreditou piamente que desde os 11 anos suas filhas deveriam cometer seus próprios erros. Sua mãe não era das que passavam a mão na cabeça de ninguém; tinha os próprios problemas. E sua irmã estava em Hong Kong, superando um divórcio desagradável com um homem muito pior do que Jason.

A verdade, por mais difícil que fosse, era que ela não tinha para onde ir. Não tinha saída. Todo o seu dinheiro estava preso ao hotel, o que, naquele momento, era pior do que tê-lo perdido – o lugar estava destruído. A tristeza a paralisou, e ela não conseguia sequer reunir as palavras necessárias para pedir ajuda a Alice.

Alice esperou um pouco, e então disse gentilmente:

– Está bem. – E se retirou.

Libby teria passado a noite inteira sentada sozinha no escritório, enraizada na cadeira, enquanto sua mente girava em círculos, mas às seis ela foi forçada a ir ao segundo andar pela dupla necessidade de ir ao banheiro e tomar uma grande taça de vinho.

Margaret estava na cozinha, preparando um jantar farto para Bob, e gritou quando Libby passou sorrateiramente.

– Elizabeth? Eu procurei você por *toda parte*. O Jason vai sair hoje à noite? Eu esperava que ele me desse uma carona até a casa de Pat Hasting para o clube de jardinagem. Eu vi que o carro dele não está aí. Ele volta logo?

Libby mordeu o lábio. Obviamente Margaret não tinha se dado ao trabalho de procurar no único lugar em que o trabalho de verdade era feito de fato. Ela poderia acabar encontrando alguns boletos pendentes.

– Eu passei a tarde toda no escritório. Você bateu lá?

– Ah, eu achei que você estivesse lá em cima brincando com as suas tintas! – Ela despejou o conteúdo da panela na tigela de Bob e a colocou no chão na frente dele. – Vi a porta do escritório fechada e presumi que o Jason estivesse lá dentro resolvendo alguma coisa complicada, envolvendo as contas. Não quis incomodá-lo! – A risada autodepreciativa que acompanhou essa frase soou para Libby como unhas em um quadro-negro.

– O Jason foi embora – disse ela categoricamente. – Os operários também.

Margaret se endireitou.

– Perdão, querida, eu não entendi. O que Jason está fazendo com os operários?

– Nada, aparentemente.

Brincando com tintas? Jason a havia tratado feito uma idiota, e a opinião da mãe dele a respeito dela obviamente não era muito melhor.

– Ele não pagou os operários, então eles interromperam o trabalho. Abandonaram o serviço.

Aquilo tirou o sorriso do rosto de Margaret.

– Eu não estou entendendo.

– É muito simples. Nós tínhamos uma determinada quantia de dinheiro reservada para reformar o hotel. Uma pequena quantia foi para os operários. Jason usou uma parte considerável para pagar suas contas em atraso. A gente também vem pagando comida, eletricidade, os custos gerais de funcionamento para todos nós desde que nos mudamos, já que o hotel mal se mantém. E o resto… bem, o que tinha sobrado depois de pagarmos as dívidas que o Jason acumulou jogando todas as nossas economias nos mercados de câmbio… – Libby respirou fundo e continuou, tonta com a alegria de falar todas as coisas que queria dizer havia meses. – Ele investiu cada centavo que restava em um negócio qualquer. Não tenho como dar detalhes precisos porque eu estava com muita raiva para perguntar, mas o importante é que esse dinheiro não é mais nosso. Pode muito bem estar completamente perdido, e nós não temos mais nada. Ou seja, estamos ferrados.

O rosto de Margaret ficou flácido em razão do choque enquanto tentava assimilar tudo.

– Mas por que o Jason foi embora?

– Porque não consigo confiar nele, aparentemente. Não, aparentemente não. – Ela se corrigiu. – Eu não *posso* confiar nele. Além do pequeno detalhe que é ele ter perdido o nosso dinheiro, ele me prometeu que iria salvar o nosso casamento, e simplesmente estragou tudo. Ele saiu correndo daqui, e eu não tentei impedi-lo.

Margaret afundou em uma cadeira da cozinha.

– Tem certeza de que você sabe a história toda? – Abismada, Libby podia vê-la se esforçando para colocar Jason de volta em seu pedestal, apesar de tudo que tinha acabado de dizer. – É só dinheiro. Ele vai ter que perguntar para o pessoal na empresa onde ele trabalhava se é possível recuperar o emprego por alguns meses. – A expressão de Margaret se iluminou: problema resolvido. – Eu sei que ele prefere estar aqui, supervisionando todos os seus planos para o hotel, mas aposto que eles *adorariam* ter o Jason de volta por um tempo.

– Ele não tem como voltar para o antigo emprego.

– Por favor, não seja egoísta. – O tom de Margaret parecia reprovador. – É uma sorte que Jason tenha potencial para ganhar o suficiente para tirar vocês desse buraco. Na verdade, considerando os custos que vocês assumiram com todos esses planos, talvez tivesse sido melhor se vocês dois não tivessem se apressado em abandonar seus empregos...

Isso é loucura. Ela acha que é minha culpa, pensou Libby, lendo o rosto de Margaret. Ela acha que fui *eu* que convenci o Jason a largar o emprego dele, para que eu pudesse vir para cá brincar de designer de interiores. Isso vindo da mulher que escondia contas na gaveta em vez de lidar com elas.

A injustiça daquilo soltou a língua de Libby. Ela prometera a Jason que jamais contaria a verdade à mãe dele, mas a recusa deliberada de Margaret em enxergar qualquer defeito no filho, o filho que as havia abandonado *naquela* situação, anulou *toda* e qualquer decisão prévia.

– Margaret, o Jason não pode voltar. Ele foi *demitido*. E ele chegou bem perto – ela ergueu o polegar e o indicador, deixando um mínimo espaço entre eles –, *muito* perto de perder a licença quando descobriram quanto dinheiro ele havia perdido. Não o dinheiro dos clientes dele. O nosso dinheiro.

– O que ele escolhe fazer na vida pessoal não afeta o trabalho dele...

– Ah, afeta, sim. Se você passa o tempo inteiro preocupado com como vai resolver uma perda pessoal de milhares de libras, isso tende a tirar seu foco do trabalho. Os clientes notam. E eles transferem as carteiras para um investidor que esteja de olho. Uma hora seus chefes percebem e, quando você acidentalmente envia para um cliente um e-mail com os detalhes da negociação de outro cliente porque está *ao mesmo tempo num frenesi de apostas arriscadas pelo celular*, eles não têm escolha. Você é um inconveniente. Você é um risco. Você tem que limpar sua mesa e contar para sua esposa não só que perdeu o emprego, mas que precisa vender a casa porque gastou cada centavo que vocês tinham no banco!

Enquanto Libby falava, as imagens voltavam à sua mente, e desta vez ela não conseguiu afastá-las. Comprasse bolsas caras ou não, ela nunca tinha ficado completamente indiferente às quantias envolvidas. O descuido a deixara desconfortável. A arrogância. A forma como aquilo transformara uma parte de Jason em algo que ela não reconhecia; ele era ousado com o dinheiro de outras pessoas, mas ainda assim era dinheiro, não apenas números em uma tela. Esse era o brilho. O brilho que ofuscava o lado bom dele e que transformara as economias dos dois em números também. Nem mesmo voltar para lá poderia fazê-lo ignorar aquele brilho. Nem o hotel do pai dele. Nem as economias dela. Nem ela.

– Com certeza o Jason estava só dando o seu melhor – afirmou Margaret, teimosa. – Nenhuma de nós duas já trabalhou nessa área. Não devemos julgar.

– Eu não posso julgar quando meu marido arrisca e perde tudo o que a gente tinha? Tudo pelo que eu trabalhei também? Não, Margaret... O Jason foi ganancioso – disse Libby. – E isso o tornou imprudente, não apenas com dinheiro, mas com o nosso casamento e com o seu hotel.

Houve um longo silêncio. Até Bob havia parado de comer; ele se esgueirou sob a mesa, as orelhas para a frente, com apreensão.

Finalmente, pensou Libby, vendo Margaret brincar com seus anéis, *finalmente ela está se dando conta de que o Jason é tão capaz de cometer erros quanto todos nós. E que desta vez ele estragou tudo, para todo mundo.* Seus ombros relaxaram: o alívio de compartilhar o segredo que vinha carregando sozinha era físico. Margaret sempre fora muito gentil com ela. Certamente agora ela entenderia por que deixar o hotel em ordem era tão importante, não?

– Bom, a culpa é sua – acusou Margaret, suavemente.

– O quê? – A cabeça de Libby se ergueu de súbito, surpresa. – Como *assim* você está me culpando?

– Você tem gostos caros. Ele não tem. Nunca teve. Olha para ele agora, perfeitamente feliz com sua cerveja e suas partidas de rúgbi. Eu acho que o Jason estava apenas tentando ganhar dinheiro para poder manter todas as coisas que *você* queria. Basta olhar para o que você fez aqui. – Margaret apontou desdenhosamente em direção à porta. – Redecorar não era bom o suficiente. Não, não. Você teve que derrubar tudo e começar do zero. Banheiras caras. Torneiras caras. Que absurdo! Um absurdo bobo, autoindulgente. O Jason estava muito feliz em voltar com o hotel como fizemos por anos, mas não, você tinha que fazer algo *melhor*. Imagino que foi dez vezes pior em Londres, ter que se equiparar com seus amigos. O Jason deve ter sofrido uma pressão imensa tentando descobrir como pagar por tudo isso...

Libby balançou a cabeça, incrédula.

– Margaret, não o defenda. Por favor. Ele deixou *nós duas* na mão. O fato de o Jason nunca aceitar que está errado é a base de todos os problemas dele. Você está só reforçando isso.

– Você já pensou que *você* pode estar errada?

– Sim! – Ela riu de nervoso. – O tempo todo! Eu passo o tempo inteiro me perguntando se fiz a coisa certa... não só com o hotel, com tudo. Mas o Jason não. Ele *nunca* se faz essa pergunta. Ele não pode ser criticado, por mim ou por alguém do trabalho, nem por ninguém, e isso vem de ele nunca estar errado dentro dessa casa. E enquanto isso o coitado do Luke... Meu Deus, o coitado do Luke trabalha pra cacete, abre um negócio de sucesso e você não tem nada de bom a dizer sobre ele! Não sei o que você *vê* quando olha para esses dois.

– O que você sabe sobre ter filhos? – perguntou Margaret friamente. – Outra coisa sobre a qual você tem sido muito egoísta, na minha opinião. Você estava pressionando o Jason para dar conta disso também? Escolas particulares? Uma babá? Não é por isso que você vive adiando começar uma família?

As palavras de Margaret atingiram um ponto sensível, e Libby recuou. Jason havia debatido seus planos familiares com a mãe? Ele tinha se queixado para ela? Quantas conversas sobre seu casamento os dois haviam tido desde que ela largou tudo para se mudar para lá?

Margaret viu que tinha acertado um golpe e apertou os lábios.

– Na verdade – disse Libby –, eu fico aliviada por não termos trazido crianças para esta confusão. Foi com o futuro deles que o Jason apostou, foi isso que ele jogou fora. – Ela queria ser fria como Margaret, mas não conseguia; a realidade do que tinha acabado de dizer lhe deu vontade de chorar.

– Para de falar que ele apostou o dinheiro. – A boca de Margaret se contraiu. – Isso faz parecer tão... sórdido.

– Investir é apostar. É como esses caras que apostam o aluguel em corridas de cachorros. A diferença é que o investidor veste um terno para fazer isso.

– Ah, pelo amor de Deus! Não estamos numa novela! Acho que você precisa se acalmar, Elizabeth. – Margaret voltou ao tom condescendente. – Não é bom dizer coisas no calor do momento das quais depois podemos nos arrepender. Pode ser que o Jason volte por aquela porta hoje à noite com tudo resolvido. Imagina como ficaria o clima.

Você ia adorar isso, não é?, pensou Libby. Tudo resolvido, bonito e arrumado, sem que você precise fazer nada.

– Duvido muito que ele volte – disse ela em voz alta, em vez disso.

– Ele vai. Eu conheço o meu filho. Ele provavelmente saiu daqui para poder pensar. Como alguém consegue pensar nessa bagunça? O Jason é igual ao pai dele. Ele é um homem de negócios.

Ah, há tantas coisas que eu poderia contar sobre o Donald. Libby cravou as unhas nas palmas das mãos. Donald não fazia negócios coisa nenhuma. A única coisa que ele fazia era pedir a um amigo do banco autorização para refinanciamentos – seu senso para negócios era nulo.

Mas ela se obrigou a segurar a língua. Donald não estava lá para se defender. E Libby já podia ver como aquilo seria contado a Jason, um ataque maldoso à memória de seu falecido pai.

– Eu não criaria expectativas – respondeu ela. – Ele já se recusou a pegar o dinheiro de volta com o amigo. É orgulhoso demais para isso. Então ele foi embora. E nos deixou aqui para lidar com a confusão que ele criou.

– Que *você* criou – retrucou Margaret. – A confusão que *você* fez no *meu* hotel.

– Não – lembrou Libby. – No *nosso* hotel. A minha indenização cobriu o seu cheque especial. Eu estou na escritura, assim como o Jason.

Elas se encararam furiosamente. Libby não conseguia decidir se estava mais irritada por aquele pesadelo ser basicamente culpa de Margaret por mimar Jason, ou por Margaret considerá-la a responsável.

O problema é o ego do Jason, disse uma pequena voz em sua cabeça. *Ninguém o obrigou a investir esse dinheiro.*

– Parece que você já desistiu dele – alfinetou Margaret, de forma bastante dramática para alguém que descartava estar em uma novela. – Fico feliz por não compartilhar de sua falta de fé. Quando o Jason voltar, estarei no meu quarto. Vamos, Bob.

Então ela saiu, deixando Libby olhando para os móveis gastos da cozinha, arrasada demais para responder.

Na manhã seguinte, quando Alice entrou na cozinha na ponta dos pés, não havia ninguém além de Bob, sentado ao lado da geladeira esperando pacientemente pelo café da manhã.

– Ah, que ótimo – disse ela. – Pelo menos alguém está agindo normalmente.

Para seu enorme constrangimento, Alice tinha ouvido a briga entre Libby e Margaret do começo ao fim; ela esteve a ponto de intervir para tentar aliviar a tensão quando as coisas tomaram um rumo pessoal, mas ficou paralisada no patamar de tábuas barulhentas, incapaz de se mover sem chamar atenção, mas igualmente incapaz de ir embora enquanto elas lavavam toda aquela roupa suja.

Alice tinha conseguido se esgueirar no banheiro quando Margaret saiu, mas, ao chegar para confortar Libby, notou que ela estava mais apática e triste do que jamais tinha visto. Alice não sabia o que dizer, e Libby foi para seu quarto logo depois. Alice ficou acordada até tarde, esperando que Jason telefonasse ou que Libby aparecesse para conversar, mas o hotel ficou estranhamente silencioso pelo resto da noite, exceto pelo som terrível de Libby sufocando seu choro.

Bob bateu com o rabo no chão, depois bateu na geladeira com sua poderosa pata e pareceu esperançoso.

– Vamos dar uma volta – propôs Alice. – O café da manhã pode esperar.

Ela colocou Bob na coleira e o conduziu para trás do hotel e depois pela trilha. Era uma manhã fresca e com cheiro de grama, e o ânimo de Alice se elevou junto com as nuvens pálidas flutuando sobre as copas das árvores. Ela caminhou até que não pudessem mais ser ouvidos; em seguida, tirou o celular do bolso e discou o número em seu caderno.

Tocou três, quatro vezes, e então ele atendeu.

– Luke Corcoran.

Ela foi inundada de alívio. O som da voz de Luke, viva, familiar, varreu suas dúvidas; ela fez certo em ligar. Bem, ele era o único que poderia ajudar, não era?

– Luke, é Alice.

– Alice! – Ele pareceu contente. – Como você está? Tudo bem?

– Sim… não. – Ela parou de sorrir e se lembrou por que estava ligando. – Não. Os caras da obra abandonaram o trabalho ontem, por causa de algum problema de dinheiro, e aí o Jason e a Libby tiveram uma briga gigantesca, e ele foi embora. Depois a sua *mãe* e a Libby tiveram uma discussão, e as duas estão trancadas no quarto desde o jantar, e... – Alice parou de andar, subitamente tomada pela tristeza.

O pior de tudo era que aquelas não eram as pessoas que ela conhecia. A gentil e pomposa Margaret; a engraçada e estilosa Libby. Ela não conhecia aquelas mulheres maliciosas e raivosas atacando uma à outra. Sentia como se o chão estivesse se movendo sob ela novamente.

– Alice? Você está bem?

– Tudo bem. – Ela engoliu em seco, mas suas palavras saíram em um soluço.

Recomponha-se, disse a si mesma. *Imagine como Libby está se sentindo. Isso não tem a ver com você.*

– Eu provavelmente não deveria estar ligando, mas não sei o que fazer para melhorar essa situação, e quero ajudar – confessou ela. – A Libby está sozinha e o lugar, um caos. Será que a gente deveria procurar outras pessoas para fazer o serviço? Você pode vir aqui ajudá-la? Ou encontrar Jason? – As palavras se atropelavam. – Tipo, tem algum perigo em deixar a obra desse jeito? Será que não é *ilegal*?

– Certo, fica calma. Antes de mais nada – disse Luke –, você tem certeza de que o Jason não vai voltar?

– Eu não sei se a Libby vai deixá-lo entrar se ele voltar. Ela parece... que ou está prestes a chorar ou a socar alguma coisa.

– E os operários não vão voltar mesmo?

– Não tão cedo. Eu consegui falar com o Simon, o encarregado, enquanto eles estavam arrumando as coisas, e ele disse que o Marek os tirou desse serviço para reformar uma casa em Highgate. Ele acha que o Marek está tentando evitar perdas... Ele não acredita que o Jason tenha dinheiro para terminar o hotel. – Ela fez uma pausa. – Ele tem?

– Não faço a menor ideia. O Jason jamais conversaria comigo sobre um assunto como esse.

Alice observou Bob saltitar alegremente pela trilha ao sol da manhã, o monte de pelos cintilando enquanto suas patas robustas cobriam o chão de pegadas fundas, e ela teve um nítido *déjà-vu*. Ar puro, companhia silenciosa. *Passeios matinais com um cachorro me fazem feliz*, pensou. *Eu já estive aqui antes. Quando?* Ela se esforçou para encontrar a lembrança, mas não conseguiu.

Estava lá, no entanto. Lutava para atravessar a cortina.

– Você quer que eu vá aí? – perguntou Luke. – Estou fazendo um trabalho na Escócia, mas posso voltar lá pra... quinta-feira? É muito longe? Eu iria antes, mas o contrato exige que eu fique aqui o tempo todo.

Quando ele disse isso, Alice sentiu seu corpo inteiro responder "Sim, por favor, volte", mas obrigou sua mente a assumir o controle.

– Eu acho que Libby ia gostar de ter algum apoio – disse ela. – Nenhuma de nós sabe nada sobre obras, como você pode imaginar.

– E você? Está bem? Tudo bem com o Gethin? – O tom de Luke foi mais neutro, o que de alguma maneira fez com que ele soasse mais preocupado.

Alice não havia falado com Luke sobre seu novo acordo com Gethin, nem como tinha sido a noite romântica. Nem todas as coisas que ela descobrira a respeito dele, e dela mesma.

– Estou bem. Obrigada. A Libby me convidou para ficar no hotel enquanto eu e o Gethin nos conhecemos novamente... Acho que é uma coisa boa, né? Então, sim. Está tudo indo bem. É bom.

Aquela era uma mensagem dúbia, pensou ela, um tanto confusa quanto a suas intenções. Por um lado, Alice queria que Luke soubesse que ela estava de volta ao hotel, sozinha; por outro, ela precisava que ele soubesse que as coisas estavam indo bem com o namorado que claramente a amava. O namorado amoroso e acolhedor do qual ela precisava se lembrar.

Alice olhou para as árvores. *Não sei quem eu era*, pensou. *Esse é o problema. Só sei quem sou agora, e acho que algo não se encaixa. Por quê?*

– Podemos conversar mais na quinta – propôs Luke. – Não posso prometer que vou resolver qualquer coisa, mas... a gente pode tentar. Avisa para a Libby que eu vou, mas não conta nada para minha mãe.

– Tá bem – disse Alice, e o peso em seus ombros diminuiu um pouco. Elas não estavam completamente sozinhas. Luke saberia o que fazer.

O sol brilhava acima das árvores e dos campos de Longhampton. *Talvez não seja porque eu já estive aqui antes*, pensou. *Talvez aqui seja o lugar onde eu deveria estar o tempo inteiro*. Era uma sensação estranha, e ela a afastou depressa, antes de voltar correndo para o hotel.

Capítulo 21

Na manhã seguinte, Libby acordou em pânico achando que havia esquecido de se levantar para preparar o café da manhã, mas, quando seus pés descalços tocaram o carpete, os acontecimentos do dia anterior a invadiram e ela caiu sobre os travesseiros como se uma mão invisível a tivesse empurrado.

As coisas pareciam ainda mais desesperadoras agora que a adrenalina e a raiva haviam passado. Ela ficou encarando o teto e não conseguiu encontrar nada que pudesse olhar pelo lado positivo. Jason: *foi embora*. Os caras da obra: *foram embora*. O hotel: *destruído*. O dinheiro deles: *perdido*. A pedra que eles vinham empurrando colina acima juntos tinha rolado ladeira abaixo mais uma vez, até o final, e, considerando a maneira como o corpo inteiro de Libby doía naquele momento, a pedra havia também rolado por cima dela.

Ela se cobriu com o edredom para se sentir protegida e se enrolou em posição fetal, tentando deixar tudo do lado de fora.

Era simplesmente demais. Libby não fazia sequer ideia de por onde começar, e tinha que lidar com aquilo sozinha. Não, pior do que sozinha: presa naquele lugar com uma Margaret furiosa e enlutada que a culpava por tudo. Seu olhar gélido ao dizer todas aquelas coisas maldosas... Libby estremeceu, porque no fundo ela se perguntava se Margaret poderia ter razão: será que grande parte daquilo tudo era culpa dela?

Seu alarme disparou, mas ela o desligou com um tapa. Qual era o sentido de se levantar? Ficar deitada era o único pequeno prazer que lhe restava. Depois de meia hora, ouviu a porta do quarto se abrir. Como dificilmente Margaret lhe levaria café na cama, presumiu que fosse Alice verificando se ela estava acordada.

Libby não se sentia capaz de encarar a gentileza de Alice naquela manhã, então fingiu estar dormindo.

Pelo menos Alice estava lá. Ela podia ter voltado para Gethin – ele ligava todas as noites para saber se ela estava bem, para ouvi-la contar tudo o que vinha fazendo –, mas graças a Deus não tinha feito isso. *Ela é tão sortuda por ter encontrado Gethin*, pensou Libby. *Um homem estável, amoroso e confiável que a adora.*

Jason. Estável, amoroso, confiável, que a adora – dois dias antes, ela teria dito as mesmas coisas a respeito dele. Lágrimas brotaram de seus olhos mais uma vez.

Sem aviso, Libby sentiu um peso na beira da cama, então ouviu um leve grunhido e uma massaroca em forma de cachorro pulou sobre o colchão ao lado dela. Bem, o traseiro demorou um pouco para deslizar para cima.

– Sai daqui, Bob – disse ela, mas ele não deu atenção.

Em vez disso, Bob subiu e cheirou seu rosto molhado. Libby nunca tinha estado tão perto do cão nem sido tão íntima, mas seus braços estavam presos sob o edredom e ela não tinha como afastá-lo. Ele cheirava a biscoitos e sono. Ela estreitou os olhos para ele, surpresa com o quão intrincado era seu enorme nariz preto, os finos bigodes brancos em seu focinho. Delicadamente, ele lambeu as lágrimas que escorriam pela bochecha dela, deixando cair suas pelancas aveludadas sobre seu nariz; então, com um bufo quase humano, ele se acomodou ao redor da curva do corpo dela, usando seu quadril como apoio de braço e preenchendo a cavidade de suas pernas com seu corpo macio.

– Sai de cima de mim – ordenou, mas percebeu que não estava falando sério. Havia algo reconfortante no calor pesado de Bob.

Com outro bufo resmungão, ele deitou a cabeça ao longo do quadril dela, e para Libby aquilo pareceu um gesto de confiança tão grande – ela poderia ter se levantado e enxotado ele de lá a qualquer momento – que seu coração pareceu se partir. Bob ergueu seus sábios olhos castanhos para os dela, repletos de uma afeição esperançosa, e ela pensou: *Então é* isso *que aqueles velhinhos do hospital acham tão reconfortante*. Aquele amor tranquilo, simples e confiante na cara dele. Ancorando você no momento presente.

Estraguei tudo, pensou enquanto um nó se formava em sua garganta. *Mas na opinião de Bob eu fiz tudo certo*. Lorde Bob e Libby se entreolharam e em seguida ele pousou a cabeça em seu corpo. Ela tirou a mão de debaixo do edredom e enterrou os dedos em suas exuberantes dobras forradas de pelo quentinho.

– Não fique achando que de agora em diante é permitido cachorro nas camas, hein? – avisou. – Este é um caso isolado. Porque estou triste demais para expulsar você. Entendido?

Bob grunhiu alegremente e fechou os olhos.

Um pouco depois, houve uma batida à porta, e desta vez era Alice.

– Libby? Tá acordada? Eu trouxe um chazinho.

– Entra – disse Libby, mas Alice já estava abrindo a porta. Ela trazia uma caneca em cada mão e, quando viu Bob, precisou olhar duas vezes para ter certeza.

– Fora! – bradou ela. – Fora! Desculpa, Libby, eu acabei de levá-lo para passear. Não me dei conta de que...

– Tudo bem. – Libby lutou para se sentar enquanto Alice se empoleirou na beirada da cama e lhe entregou a caneca de chá. Felizmente não era a nova caneca do time de Longhampton que ela dera a Jason.

– Escuta, eu ouvi tudo ontem à noite – confessou ela. – Eu sinto muito.

Libby se encolheu de leve.

– Tudo?

– Praticamente. – O sorriso desconfortável, mas solidário de Alice dizia a Libby que ela não fazia nenhum julgamento, e lhe trouxe uma sensação de alívio não muito diferente do peso de Bob em suas pernas. Melhor do que palavras concretas. – O que você vai fazer?

– O que eu posso fazer? – Libby fechou os olhos, mas as imagens que surgiram em sua mente fizeram com que eles reabrissem de imediato. – Não faço a menor ideia de como começar, na verdade. Eu achava que sim, mas...

– Certo. Bom, para quem você pode pedir ajuda? Seus pais vivem por aqui?

– Não. E eles são as últimas pessoas a quem eu recorreria. – Ela se encolheu de novo; como diria ao pai que ele não receberia o dinheiro de volta tão cedo? – Não conheço ninguém por aqui, além de você e dos amigos da Margaret, acho. Mas duvido muito que qualquer um deles saiba instalar pisos e azulejos. Talvez a gente possa preencher os buracos nas paredes com alguns arranjos de flores bem grandes?

Alice batia em sua caneca com a unha.

– E a moça da pet terapia? Gina? A do galgo. O cartão dela diz que é gerente de projetos.

– Você ficou com o cartão dela?

– Sim – disse Alice pacientemente. – É para isso que eles servem. Eu comecei a organizar um arquivo de cartões para você no escritório. Não consigo entender por que não havia um desses aqui antes. Eu trabalhava como assistente pessoal, lembra? – acrescentou ao ver que Libby parecia impressionada. – É uma coisa bem básica.

Uma pontada de esperança surgiu em seu peito e se apagou quase imediatamente.

– Nós não temos como pagar uma gerente de projetos. – Ela pensou no homem que havia feito uma proposta para conduzir o trabalho dos funcionários de Marek em Londres; ele tinha pedido vinte por cento do orçamento.

Que teria sido o suficiente para concluir tudo aqui, pensou Libby pesarosa.

– Bom, você pode perguntar. De repente fazer isso bem na frente da Árvore da Gentileza para que ela pegue a deixa? – Alice a cutucou. – Você investiu muito do seu tempo levando Bob até o hospital. Se você disser a ela que está em apuros, aposto que ela vai conceder uma horinha de dicas para você. O que foi? Que cara é essa?

Libby estava se encolhendo.

– É que... eu odeio pensar que a cidade inteira vai ficar sabendo da bosta que a gente fez. Deveríamos ter contratado pessoas da região, não acha? Com certeza eles já estão falando por aí... esses londrinos vêm para cá, com seus planos extravagantes... Eu, envolvendo a pobre Margaret nessa confusão, arruinando o hotel dela. Isso antes mesmo de saberem que o Jason foi embora. Já, já o time de rúgbi inteiro vai ficar sabendo disso... – Ela tentava parecer tranquila, mas por dentro queria morrer. E se aquilo chegasse até Londres? Com quem Jason estava falando agora? No ombro de quem ele estava chorando?

Alice não disse nada, mas olhava para ela de seu jeito perceptivo de sempre, computando todos os pequenos detalhes.

– O que foi? – perguntou Libby. – No que você está pensando?

Alice balançou a cabeça.

– É que às vezes eu não entendo você. Por que se importa com o que pessoas que não te conhecem pensam? Eu entendo que essa situação é mesmo um pesadelo, mas, de verdade, ninguém vai te julgar. Não vão pensar: *Ah, essa tal de Libby Corcoran não vale nada… não pagou os funcionários, o marido desapareceu.* Será? Vão pensar: *Pobre Libby, os operários não eram confiáveis, e agora o marido dela teve que voltar para Londres, provavelmente para trabalhar.*

– Mas…

– Mas o quê?

Mas o quê? Libby tentou descobrir por que estava murchando por dentro. Era porque ela se sentia julgada. Julgada por ela mesma. O hotel ia ser uma coisa *deles*, o projeto que colocaria o casal de volta na mesma estrada, e, para os amigos, ela descreveu aquilo tudo como um grande projeto de vida, porque era isso que ela queria que fosse. Não podia ser apenas o que era – uma pousadinha no campo. Por quê?

Ela agarrou a caneca.

– Todo mundo que eu e o Jason conhecemos tem uma carreira incrível ou uma casa incrível ou filhos incríveis. A minha carreira estava indo bem, mas então a empresa começou a fazer uma série de demissões, e aí o Jason… fez essa confusão toda, e eu só queria provar que nós *poderíamos* fazer algo incrível…

Algo que pudesse impressionar as pessoas. *Ah, meu Deus, como eu sou superficial*, percebeu Libby. *Fútil e superficial. Tudo o que sempre odiei nas outras pessoas. Eu achava que era melhor que isso, mas não sou.*

Bob deu outro de seus expressivos suspiros e enfiou a cabeça ao longo do quadril dela. Libby podia sentir a perna começando a ficar dormente, mas não importava.

– Provar para quem? – perguntou Alice, e sua gentileza fez Libby querer chorar.

– Para as outras pessoas. – Libby fez uma pausa. Essa era a verdade, mas ela sabia que não era a resposta certa. – Para os meus amigos.

– Seus amigos, cujas postagens no Facebook você ignora? – Alice cutucou o edredom. – Amigos que deixam recados pedindo para você ligar e você nunca liga? Eu vivo dizendo que você está em mil reuniões, quando tem, tipo, dois hóspedes por semana aqui no hotel.

Libby não respondeu. Ela sabia que era uma idiotice. Toda vez que via um recado na elegante caligrafia de Alice, não conseguia acreditar que Erin, ou Becky, ou quem quer que fosse realmente quisesse falar com ela.

– Você não precisa que outras pessoas digam quem você é – afirmou Alice, e seu rosto tinha uma expressão séria e doce ao mesmo tempo. – Eu aprendi isso. A única pessoa que importa, a única pessoa que *realmente* te conhece é você. E, se você acha que é o tipo de pessoa que pode se recuperar depois de passar por algo assim, continuar e terminar o trabalho, então você é. Você só não tinha precisado fazer isso até agora. Não significa que não tenha sido essa pessoa o tempo todo.

Os olhos delas se encontraram, e Libby imediatamente se sentiu mais forte, só pela convicção absoluta que irradiava de Alice.

– Você tem razão – respondeu ela. – Você tem razão.

Gina Rowntree, voluntária do projeto Terapia Assistida por Animais e principal gerente de projetos de Longhampton, como mostrou uma pesquisa superficial no Google, chegou à tarde, acompanhada por um homem magro com longos cabelos escuros cacheados vestindo uma camiseta do Thin Lizzy. Não era seu marido, explicou ela; era seu funcionário mais confiável. O que não significava que ela não o valorizasse tanto quanto Nick, seu marido.

– Esse aqui é Lorcan Hennessey – apresentou ela depois de fazer os cumprimentos e se compadecer com a situação (brevemente). – Ele é marceneiro, principalmente. Veio comigo porque não quer que você pense que todo mundo que trabalha nesse meio é como esse grupo que deixou você na mão.

– Não mesmo. Alguns são piores – disse ele solenemente, com um forte sotaque irlandês, depois acrescentou: – Brincadeira.

Antes que Libby pudesse reagir, Gina lhe deu um falso olhar de horror.

– Não é hora para isso, Lorcan. – Ela transmitia certa serenidade quando estava com Buzz nas sessões de terapia, mas ali, trabalhando, agia muito mais como uma simpática monitora de escola: competente, firme, pragmática.

– Neste momento eu aceito todas as piadas – disse Libby. – Até as muito ruins.

– Nesse caso, Lorcan é o cara certo – comentou Gina. – Eu só o deixo ouvir esse rock horroroso dele no trabalho porque abafa as piadas. Agora, leve a gente até o seu pior quarto. É sempre o melhor lugar para começar.

Depois que Libby os apresentou ao pesadelo que era o quarto 6, com seus dois buracos nas paredes, eles inspecionaram o restante do primeiro andar, Libby explicando quais eram os planos inicialmente, e Lorcan fazendo cara feia para o serviço de marcenaria. Gina ouviu e fez perguntas que levaram Libby a se contorcer por dentro: não, ela não havia assinado um contrato com Marek definindo os prazos de entrega. Não, ela não tinha feito um fundo de contingência para despesas inesperadas. Não, não havia um plano de negócios. E assim por diante.

– Nós somos as pessoas mais sem noção que você já viu? – perguntou desesperada depois de Gina lhe explicar mais um conceito básico de construção.

– Não! De jeito nenhum. As mais ambiciosas, talvez. – As banheiras glamourosas despertaram *ooohs* e *aaahs* de Lorcan e Gina, e suspiros profundos logo após Libby confessar quanto haviam custado. – Mas você ficaria surpresa com a quantidade de casais que não discutem os orçamentos de maneira adequada quando começam essas coisas. – Gina fez uma careta ao ver um portal sem a porta. – De certa forma, é bom, pois caso contrário não precisariam me pagar para aparecer e resolver tudo depois.

– Mas você não acha isso irritante?

– Não. – Gina pôs a mão no ombro dela de um jeito consolador. – Para ser sincera, quanto pior o problema, mais satisfatória é a solução.

– Que bom – disse Libby. – Eu acho.

Depois de mais ou menos uma hora, Libby levou Gina e Lorcan para a cozinha e lhes ofereceu uma xícara de chá com os últimos biscoitos caros de Margaret. A sogra tinha ido a algum lugar, provavelmente para se encontrar com algum de seus comparsas na cidade e falar mal de sua nora egoísta.

Gina tomou um gole de chá, depois pegou um caderno preto e o abriu em uma página em branco. Algo naquele gesto tão prático acendeu uma pequena chama de otimismo no coração cansado de Libby. Chá, caderno, uma página em branco.

– Então, recapitulando – começou ela, clicando a caneta –, vocês têm um prazo, que é quando a tal jornalista chega no início de setembro. Vocês querem reabrir no início de julho. Já estamos quase em junho, ou seja, isso é cerca de cinco semanas. Tempo suficiente. E o orçamento de vocês é...?

– Mínimo. Podemos voltar nisso depois? – perguntou Libby corajosamente.

– Sem problemas – respondeu Gina, como se não fosse mesmo um problema. – Lorcan? Qual é o seu veredito?

Lorcan suspirou, apoiou os cotovelos na mesa e enfiou as mãos grandes em seus cachos negros.

– Tá, então...

Libby franziu a testa, desanimada.

– Ignora isso – disse Gina, vendo a reação dela. – Ele faz isso em todos os trabalhos. É como os empreiteiros pensam. O cérebro precisa se conectar com as mãos.

– Eu acho... que não é *tão* ruim quanto parece – sentenciou Lorcan. Ele se sentou e encontrou diretamente o olhar preocupado de Libby; tinha olhos desconcertantemente azul-escuros com cílios grossos e pretos, e seu sorriso começava bem ali antes de descer pelo restante do rosto. – Eles não fizeram um trabalho muito bom, mas, assim que a gente resolver a situação das paredes e da hidráulica dos banheiros, depois é moleza, só azulejo e pintura.

Moleza. Para Libby, aquilo poderia ser uma cirurgia neurológica.

– E depois você vai precisar colocar carpete. – Gina fazia anotações. – E o restante dos tecidos também, cortinas, forros... Você tinha um orçamento original em que eu possa dar uma olhada?

Libby deslizou as planilhas de Jason por cima da mesa e observou enquanto Gina as folheava com um olhar experiente, circulando coisas aqui e ali.

– Você disse que seu marido trabalha com finanças? – perguntou ela sem erguer os olhos dos papéis.

– Sim.

– Você sabia que ele não incluiu os impostos por produtos em nenhum desses cálculos?

– É sério isso? – grunhiu Libby.

– Não é à toa que você ficou sem dinheiro mais cedo do que pensava. Assim... a má notícia é que, de cara, acho que você vai ter que reduzir as expectativas. – Ela deu um sorriso solidário. – Mais uma vez, e eu digo isso pelo menos duas vezes por semana... você não é a primeira pessoa a estourar o orçamento e não será a última. Então, o meu conselho é assumir o controle de tudo isso. Ou você se concentra em deixar quatro quartos realmente bonitos e manter o resto das portas fechadas, ou assume uma abordagem mais básica no hotel inteiro.

Os lençóis de algodão egípcio e os detalhes luxuosos dos sonhos de Libby estavam se esvaindo bem diante de seus olhos.

– Quando você diz básico...?

– Eu quero dizer lixar e selar o chão de madeira em vez de colocar carpete, só para começar. Hmm, usar um material mais barato nas cortinas, mas com o forro certo. Usar tinta, em vez de papel de parede. Comprar louças mais simples para o restante das suítes, mas torneiras decentes. Eu posso analisar o seu orçamento e ver onde podemos economizar.

– Mas a jornalista acha que está vindo para um hotel butique! – Não apenas a jornalista, mas todos os amigos dela de Londres, que estariam folheando a revista ansiosamente para ver a fabulosa mudança de estilo de vida de Libby e Jason. Algo se revirou bruscamente dentro dela. Libby quase podia ouvir Rebecca Hamilton perguntando "Onde fica o spa, querida?", em seu tom de falsa preocupação.

– Não adianta nada se endividar para fazer *uma jornalista* feliz – disse Gina. – Se você não tem o dinheiro, simplesmente não tem o dinheiro. Siga em frente. Mude a questão para uma que você é capaz de resolver.

Libby olhou para a caneca, sua mente girando. Aquela semana tinha sido cheia de momentos decisivos. Ela sempre presumiu que os momentos decisivos de sua vida seriam sinalizados com bastante antecedência, como entroncamentos de rodovias, a fim de que ela pudesse se preparar para a grande guinada em direção a um novo destino, mas a realidade era que eles apenas brotavam na frente dela, com apenas uma fração de segundo para reagir, e logo em seguida ela já estava indo em uma direção que nem sabia ao certo se havia escolhido.

Jason perder o emprego havia sido sem aviso. Agora isso. Uma semana antes, ela achava que sabia o que queria. Mas o que ela queria agora? E, mesmo que soubesse, quão capaz era de fazer aquilo acontecer, sem dinheiro e sem experiência? Naquele momento, até mesmo ir ao supermercado na semana seguinte não parecia algo garantido. Ela estava se enganando ao acreditar que poderia fazer tudo aquilo sozinha? Deveria apenas jogar a toalha?

A voz em sua cabeça lhe mostrou que naquele momento ela estava sentada em volta de uma mesa com duas pessoas que a estavam ajudando simplesmente porque queriam ajudá-la, e que conversavam com *ela* sobre o que *ela* queria. A primeira vez, de fato, naquele projeto. Tinha finalmente a chance de assumir o controle.

Os olhos de Libby fitaram as planilhas de Jason e ela precisou desviar o olhar; aquele vislumbre enviou um fragmento de pura tristeza diretamente para seu peito.

– No que diz respeito a essa matéria – prosseguiu Gina, dobrando as planilhas sem tecer mais comentários –, e estou falando como uma leitora fiel desse tipo de revista, estou muito mais interessada em alguém que conseguiu realizar o projeto dos sonhos dentro do orçamento, sob uma megapressão, do que a esposa de um investidor qualquer que só colocou o dinheiro do marido na mão de uma meia dúzia de arquitetos, e depois entupiu o lugar com artigos de luxo só para montar um hotel sem graça igual a todos os outros hotéis sem graça que os amigos dela frequentam. Um pouco de atrito torna tudo muito mais interessante.

– Sim, quando você está lendo sobre outra pessoa. Quando é com você... – Libby sabia que sua voz soava chorosa, mas não conseguiu se conter.

Gina estendeu a mão para pegar a caneca de chá e apertou o punho de Libby no trajeto. Foi um aperto amigável, do tipo "vamos sair dessa".

– Libby, todos nós já passamos por momentos como este. Quando você e eu nos conhecermos melhor, vou encher o seu saco contando como as melhores coisas da minha vida vieram dos piores momentos. Sério. O Lorcan também.

– Verdade – assentiu Lorcan. – A vida tem um *timing* horroroso. Você não ia querer que ela organizasse uma festa para você.

– Ainda é uma grande oportunidade de ganhar visibilidade. Você só precisa decidir como entrar no jogo – continuou Gina. – Honestamente, esse lugar está uma joia! Eu amei as banheiras, e as cores que você escolheu são ótimas... E daí que você vai economizar? O que as pessoas realmente se lembram de um hotel? Os lençóis caros, ou o quão relaxadas elas se sentiam quando foram embora? Escolhe algumas coisas baratas para dar o seu toque.

Eu já recomendei o Swan para outras pessoas com base apenas nos quartos que aceitam cães... Esse é um atrativo muito forte, por exemplo.

Libby abriu a boca para dizer que aquilo não fazia parte de seu plano, na verdade, mas sabiamente mudou de ideia.

– No final, porém, a escolha é sua – disse Lorcan. Ele lançou um olhar de advertência para Gina. – É fácil pra *gente* ver isso como um projeto... mas imagino que seja mais complicado do que isso para você agora. Em termos emocionais.

– Tudo bem, vamos deixar as emoções de lado – propôs Gina. – Vamos concluir a obra e aí, se você quiser, lança o hotel no mercado de novo. Mas não dá para não fazer nada, certo?

Libby respirou fundo e tentou ver adiante. Ela podia não fazer e não conquistar nada, ou poderia estender a mão, pedir ajuda e ver aonde iria parar. Uma leveza encheu seu peito, como mil passarinhos a levantando mais e mais. O hotel merecia ser consertado. Ela queria ser a responsável por isso.

Eu vou fazer isso, pensou ela, *e vou mostrar ao Jason que ele estava errado, que não precisava apostar nosso dinheiro para pagar por nada disso. E, se for o caso, vou mostrar que também não preciso dele.*

Céus, aquele pensamento a deixou gelada e triste. Ela queria voltar atrás imediatamente, antes que o universo acreditasse em suas palavras.

– Tá bem – disse Libby, ignorando a dor no peito. – Como eu faço isso?

Capítulo 22

– … aí o Lorcan vai trazer os aprendizes dele. O hotel serve de treinamento para eles e os custos se mantêm baixos. – Alice habilmente juntou o dente de alho picado aos demais. – Todo mundo tá contribuindo… o Nick, marido da Gina, se ofereceu para fazer as fotos para o site, e uma outra voluntária da pet terapia trabalha em uma instituição de caridade que recolhe mobília, e ela vem estocando tapetes para Libby usar nos quartos. Eles vão dar um clima mais vintage, em vez do visual de butique.

Ela fez uma pausa, ciente de que havia passado os últimos trinta minutos falando sem parar, contando os planos de Libby para Gethin, e que ele mal dissera uma palavra.

– Mas o trabalho vai ser bem pesado – continuou ela. – Todo mundo está ajudando. Eu disse que poderia participar da pintura, se eles precisassem de um par de mãos extra.

– Será que isso é uma boa ideia? – Gethin parou de descascar uma cebola e se virou para ela, preocupado. – Você não deveria fazer tanto esforço.

Era hora do almoço, Gethin tinha tirado o dia de folga, e eles cortavam legumes lado a lado na cozinha. De acordo com o médico, sabores eram bons estímulos para a memória, então Gethin havia separado algumas receitas que às vezes faziam juntos; aparentemente aquele era o curry tailandês favorito dos dois, e eles costumavam prepará-lo "pelo menos uma vez por semana".

– Não se preocupa. – Ela o tranquilizou. – Eu cuido só das partes fáceis. E faço muito café.

Gethin inclinou a cabeça e olhou para ela através de sua franja desgrenhada.

– Era para você ter ajudado só naquele dia. Eu acho que agora eles estão se aproveitando.

– Não estão. – Alice fez uma pausa. "Eles" na verdade era só a Libby. Jason ainda estava sumido, Margaret mal falava com as pessoas e Luke só estaria lá na noite seguinte. Algo se expandiu dentro de seu peito ao pensar em Luke entrando pela porta da frente.

Ele havia mandado uma mensagem para checar se Alice estaria no hotel quando ele ligasse e o estômago dela revirou apenas com a visão do nome dele em seu telefone. Ela queria conversar com ele sobre seus planos, sobre as lembranças de seus pais... Sobre qualquer coisa, na verdade.

– A Libby não conhece ninguém por aqui... ela precisa de toda a ajuda que conseguir – comentou ela rapidamente para tirar Luke da cabeça.

Gethin abriu a boca para dizer algo, então a fechou.

– O que foi? – Alice reconheceu a tensão que atravessava o rosto de Gethin quando ele tinha que lembrá-la de alguma memória indesejada, de algo que ela precisava saber, mas que não ia gostar de ouvir. Era uma responsabilidade lamentável, pensou ela, que a pessoa que você mais amasse também tivesse de ser a mais honesta com você. – Fala.

– Eu só acho que você está sendo um pouco ingênua. Eles não têm dinheiro para pagar os funcionários, então é claro que vão aproveitar o fato de você ser grata à Libby. Eu não quero que você seja arrastada para nenhuma situação desagradável, principalmente considerando que ainda não superou completamente o acidente. E – acrescentou ele – talvez eu seja egoísta, mas quero você de volta aqui comigo, não pintando paredes de pessoas estranhas. Essa casa parece vazia sem você.

– Desculpa – disse Alice.

Gethin pegou outro tomate da pilha e o cortou ao meio, revelando seu coração de sementes.

– É difícil quando a gente se acostuma a dividir a vida com alguém – confessou ele, mantendo os olhos na tábua de corte – e de repente essa pessoa não está mais lá. – Ele mordeu o lábio. – E parece que ela não *quer* estar lá.

– Mas eu quero! – rebateu Alice de pronto. – Isso não é justo. Eu só estou... eu só estou me acostumando a tudo isso.

Ele não respondeu e Alice lançou um olhar de soslaio para ele. Gethin mordia o lábio e parecia... não triste, propriamente, mas quase ofendido, talvez? Ela presumiu que ele tinha motivo para isso.

Depois daquele primeiro encontro, Gethin havia deixado de lado as roupas elegantes e voltado para a despojada camisa polo e para a calça jeans. Ela gostava de seu visual ligeiramente moderno: fofo e amarrotado. Eles haviam se beijado na porta da última vez quando ela foi embora - não um beijo apaixonado, mas prolongado, terno, que até esquentou um pouco no final, as mãos dele enfiadas no cabelo dela. O suficiente para fazê-la ter esperança de que, talvez, em breve, seu corpo fosse capaz de se lembrar de alguma coisa.

Por fim ele olhou diretamente nos olhos dela.

- Quando você vai voltar?

A sinceridade de Gethin a pegou desprevenida; ela odiava a ideia de que ele pudesse enxergar a dúvida nela, ou os pensamentos mais perturbadores pairando nas bordas da cortina escura que encobria sua memória.

- Logo - respondeu ela.

Alice foi salva pelo telefone tocando no corredor.

Ele largou a faca.

- Eu atendo - disse ele. - Provavelmente é a minha chefe. Ela não entende o conceito de folga. Não vou demorar.

- Então tudo bem ela tirar proveito de você, mas a Libby tirar proveito de mim, não?

Alice disse isso tranquilamente, mas Gethin franziu a testa.

- Não faz isso.

Ela voltou para a pilha de dentes de alho e recomeçou a picá-los. *Aquilo era legal*, disse a si mesma. Uma taça de vinho, a lista que Gethin havia feito com as músicas "deles", a brisa de verão fluindo pelas grandes portas da...

Ai. A faca tinha chegado muito perto da junta de seu dedo enquanto ela cortava, tirando um pequeno, porém sangrento pedaço. Alice chupou a ferida. Uma gota de sangue vermelho-rubi já havia caído na tábua de corte.

- Gethin? - chamou ela, mas logo em seguida pensou: *Não, não interrompa a ligação dele.*

Onde estaria a caixa de primeiros socorros na cozinha? Alice começou a abrir alguns armários ao acaso. Embaixo da pia?

Havia muitos, muitos produtos de limpeza, mas nenhuma caixa de curativos à mão.

Ela chupava o dedo e ia abrindo as gavetas com a mão livre. Talheres... utensílios... panos de prato. Nenhum sinal de nada no armário ao lado da geladeira, apenas os Tupperwares de sempre com tampas pertencentes a outros potes.

Os preciosos segundos de dormência antes da dor estavam se esvaindo, e o gosto de ferro do sangue em sua língua lhe trouxe a lembrança desagradável do hospital. Próximo armário: kit para limpar sapatos, impermeabilizante de camurça, espanadores.

Por que um kit de primeiros socorros ficaria em um local tão difícil de ser encontrado? Restava apenas um armário, acima do exaustor. Alice pegou uma cadeira e estendeu a mão para abri-lo. A porta estava meio grudada e ela teve que puxar com força para que se movesse.

Dentro havia três tigelas de metal para cães, uma guia, dois brinquedinhos vermelhos, um faisão de apertar, uma coleira azul.

Alice congelou. Coisas de cachorro? Eles tinham um cachorro?

Ela estendeu a mão e puxou a coleira. Havia uma plaquinha de latão: nenhum nome de cachorro, mas o dela estava lá, com seu número de celular e um endereço diferente, King's Avenue, número 143A.

Alice apertou a coleira e, assim como o pingente trouxera de volta uma memória em seu coração, ela de repente soube, com absoluta certeza, que *tinha* um cão. Tinha um pequeno fox terrier branco, com uma mancha de pirata preta cobrindo um olho, e patas longas e retas, como um cão de Enid Blyton. Ela era a tutora de Fido.

– Fido – disse em voz alta, e o nome saiu como um soluço. – Fido.

Algo brilhou no fundo de sua cabeça, e memórias atravessaram sua consciência quase rápido demais para serem registradas: o chão de concreto do abrigo no norte de Londres, e a terrier magra alerta, implorando por atenção colada à cerca de arame, pateticamente correndo de um lado para outro, fazendo todas as gracinhas que sabia para cada visitante que passava – e o inesperado raio de amor que atingiu as duas ao mesmo tempo.

Caminhadas matinais antes do trabalho, a bolinha vermelha sendo arremessada em meio à névoa no parque.

Gladys, a enfermeira aposentada no apartamento que ficava embaixo do dela, dando as boas-vindas a Fido, que abanava o rabinho enquanto Alice se dirigia à estação de metrô.

Mas seu coração foi principalmente tomado por Fido, seus olhos pretos de botão, o rabo branco que nunca parava de balançar, o olhar de intensa devoção que ela dava constantemente a Alice, e a sensação de completude que Alice sentia em troca, não mais sozinha, mas ancorada naquela cidade grande por sua cachorrinha.

Mas onde ela estava? Por que Gethin não a mencionara? Alice sentiu um medo terrível de que algo ruim tivesse acontecido com Fido e tropeçou ao descer da cadeira, caindo no chão.

– Gethin! – chamou ela. Sua voz estava tremendo. – Gethin!

– O que houve? – Ele entrou correndo e viu o sangue na mão dela, pingando despercebido na superfície branca. – Você se cortou! Rápido, coloca a mão embaixo da torneira...

– Não, isso. – Alice mostrou-lhe a coleira, as tigelas. – Cadê a Fido? Por que você não me disse que eu a esqueci?

Como eu posso ter esquecido a Fido?, pensou ela, atormentada pela culpa.

Gethin esfregou o rosto e pareceu subitamente muito triste.

– Eu não queria contar até que você estivesse se sentindo melhor.

– Me conta agora. Eu preciso saber.

– Ela morreu – disse ele de uma vez, e Alice sentiu seu rosto se desfazer com o choque. – Ah, meu Deus, desculpa. Desculpa. Senta aqui – instruiu ele, e a guiou até a mesa.

As pernas de Alice bambearam e ele a abraçou por trás, balançando-a de um lado para outro suavemente. Ela não se importava com o contato naquele momento; mal o notava. Algo lhe dizia que aquela reação era estranhamente desproporcional – ela não se sentiu tão atordoada quando apresentada a um homem do qual não conseguia se lembrar –, mas seu cérebro não conseguiu se agarrar ao pensamento. Ele escorregou e deslizou para longe.

– Me conta o que aconteceu – pediu ela.

Gethin descansou sua bochecha na cabeça dela.

– Você estava passeando com a Fido no parque aqui em Stratton e ela estava sem a guia, dando uma volta.

– Você estava lá?

– Não, isso foi o que você me contou depois. A gente acredita que a bola deve ter quicado ou algo assim porque ela saiu correndo em direção à rua e, bem, ela deu de cara com um ônibus. Deve ter sido muito rápido.

Lágrimas inundaram os olhos de Alice, borrando as canecas sobre a mesa.

– Não – sussurrou ela. – Por que eu não a segurei?

– Não sei, coelhinha.

– Mas eu sempre ficava de olho nela. Eu jogava a bola para ela. Eu nunca a deixava sair da minha vista! Não em Londres!

Gethin a abraçou gentilmente, por causa de suas costelas.

– Alice, foi por isso que eu não contei. O que você pode fazer agora? Eu realmente odeio ter que dizer coisas ruins para você, bem como coisas boas. Isso é tão difícil. Talvez você estivesse mandando uma mensagem de texto ou falando no telefone com alguém ou algo do tipo. Você obviamente estava com a cabeça cheia na época... Para ser totalmente honesto, eu estava preocupado com você. Você não vinha sendo você mesma.

Alice fechou os olhos. Será que ela estava ao telefone... com Luke? Quando Fido foi atropelada? *Quem* ela vinha sendo naquelas semanas? Será que um acidente poderia tê-la transformado em alguém que ela nem sequer reconhecia agora? Os sinais estavam se acumulando à sua frente e ela não queria enxergar.

– Sinto muito – disse Gethin. – Eu realmente sinto muito. – Ele estendeu a mão por cima do ombro dela e tocou a plaquinha de latão na coleira que Alice ainda segurava. – Nós éramos uma família.

A palavra "família" disparou algo no fundo do coração de Alice e ela fechou os olhos diante de outra antiga dor: mais memórias flutuando, muito antigas, mas que pareciam recém-criadas. Barley. Barley, a Jack Russell terrier de pernas arqueadas que pegava carona no bolso do casaco do pai.

– Tínhamos uma cachorrinha quando eu era criança. A Fido me lembrava ela, a Barley. Foi por isso que a escolhi: ela me lembrava a Barley... – Era demais. Alice não conseguiu conter as lágrimas e, quando Gethin a puxou em direção a seus braços, ela não resistiu.

– Não chora, Alice. – Ele a acalmou. – Eu estou aqui com você. Eu estou aqui. Ainda somos uma família, eu e você. Você precisa ficar aqui essa noite, comigo. Acho que não deveria voltar para o hotel. – Ele se afastou a fim de que ela pudesse olhar seu rosto. Seus olhos de coelho estavam fixos nos dela. – Fica aqui, pra gente poder passar um tempo juntos.

– Mas a Libby precisa de mim...

– A Libby não precisa de você tanto quanto nós dois precisamos conversar – disse ele com um tom de voz que Alice não tinha ouvido antes. Não havia margem para discussão. Ela não sabia exatamente como reagir. Ele a segurava com bastante força. – Só estou pensando em você – continuou Gethin, impaciente. – Você tem que se priorizar. Priorizar *a gente*. Você não quer que as coisas voltem ao normal? Isso não vai acontecer se você passar o tempo inteiro com outras pessoas, né? Pessoas que nem conhecem você direito. – Ele fez uma pausa, e Alice se sentiu aliviada quando o rosto dele suavizou. – Só quero sentar no sofá e colocar o papo em dia. Ficar junto. Eu preciso disso. Eu senti tanta saudade. De você... e da Fido.

Fido. E Barley. O lábio de Alice tremeu, e Gethin a envolveu em seus braços novamente. Ela enterrou o rosto no ombro dele e a sensação de estar completamente sozinha desapareceu. Gethin a conhecia, e isso significava que as coisas que ela amava não tinham desaparecido completamente. De nenhum tempo de sua vida. Nem de seu passado, nem do presente, nem do futuro.

Fiel à sua palavra, Gina enviou um e-mail a Libby com um resumo do que achava que seria necessário para colocar o hotel nos eixos. Havia muito o que fazer, mas o cronograma sugerido por Gina tornava isso possível. E o mais importante, depois que Lorcan havia passado lá para explicar cada processo detalhadamente, pela primeira vez Libby conseguiu visualizar *como* tudo aconteceria.

Parecia ainda mais importante que ela entendesse agora, e que ela soubesse quanto custaria, centavo a centavo. Ela não queria se sentir pega de surpresa nem vulnerável nunca mais.

Mas, mesmo que as ideias repaginadas custassem uma fração do orçamento original de Libby, ainda era um dinheiro que ela não tinha. Ela se sentou à mesa do escritório quando Lorcan saiu e pressionou as têmporas com os polegares. De onde diabos ela iria tirar tudo aquilo?

Normalmente, teria recorrido diretamente a Jason, mas agora não podia fazer isso. Ele não havia telefonado desde a noite em que saiu de lá, três dias antes. Libby não queria ligar para ele: sabia que acabaria pedindo desculpas, assumindo a responsabilidade, e aquilo não era culpa dela. Queria que ele levasse a culpa pelo que tinha feito pelo menos uma vez na vida. Enquanto isso, as contas precisavam ser pagas. Ela precisava dar um jeito de arrumar o dinheiro. A simplicidade dessa conclusão era libertadora de um jeito engraçado – literalmente não havia alternativa a não ser seguir em frente.

Libby se obrigou a pensar de maneira lógica. Ela não podia fazer uma hipoteca; eles não conseguiriam um empréstimo. Então, o que poderia vender? Ela não tinha uma caixa transbordando de joias das quais pudesse se utilizar, mas podia começar com os diamantes que Jason havia comprado para ela: era doloroso demais olhar para eles naquele momento, usá-los mais ainda, e o presente tivera mais a ver com ele querer provar alguma coisa a si mesmo ao comprar na joalheria favorita da mãe do que com *ela* de fato querê-lo.

Nosso casamento se resume a isso?, perguntou-se friamente. Apenas aparência, nenhuma essência? Como Jason poderia ter perdido a noção de quem ela era a ponto de não perceber que Libby preferia que os serviços de Marek fossem pagos, em vez de ganhar um par de brincos? Ou ela havia se tornado essa pessoa? Mordeu o lábio. Talvez houvesse, sem se dar conta.

Libby pegou a caneta. Os brincos seriam um começo, mas ela precisava de muito mais do que isso. O que significava que teria que fazer uma ligação que de fato não queria, mas naquele momento ela não podia se dar ao luxo de ter orgulho.

Ela discou o número do pai antes que pudesse começar a ensaiar o diálogo em sua cabeça.

Colin Davies atendeu no quarto toque, o ponto exato em que ela sempre ficava angustiada e queria desligar, mas era tarde demais.

– Oi, pai. É a Libby – disse tentando parecer tranquila. – É um bom momento pra gente conversar?

Nunca era um bom momento, mas ela sempre tinha que perguntar. Se não o fizesse, ele a lembraria. Os obstáculos que ela precisava atravessar com ele aumentavam ano após ano.

– Se for rápido – respondeu ele, suspirando com prazer audível. – Eu estava saindo para jogar golfe.

– Ótimo. Eu queria falar com você sobre o hotel – começou ela, mas, como sempre, ele a interrompeu.

– Não me diga – disse ele com uma risada desagradável na voz. – Você já gastou todo o empréstimo que eu fiz para você e voltou para pedir mais.

Libby olhou atemorizada para as anotações de Gina.

– Eu...

– Eu sabia! – Ele parecia felicíssimo. – Eu falei para a Sophie: "Aposto dez libras com você que a mão da Libby está coçando para gastar esse dinheiro e antes do fim do mês ela vai me ligar dizendo que precisa de mais." Você é mesmo filha da sua mãe, Libby. Eu não consigo acreditar que uma mulher pode chegar à sua idade e ser tão sem noção em relação a orçamentos. Estou surpreso que Jason não tenha tomado a frente nisso.

– Pai, isso não é justo. Eu...

– Não é melhor eu falar diretamente com o Jason? Ou ele não sabe que você gastou o dinheiro? Talvez dessa vez devêssemos pensar em assinar algum tipo de acordo, se eu for investir nesse negócio. Que é efetivamente o que estou fazendo, né?

Meu Deus, pensou Libby. *Como ele consegue fazer isso? Como ele ainda consegue fazer com que eu me sinta uma adolescente idiota?*

É porque você deixa, disse a voz em sua cabeça. *Você o deixa ditar quem você é.*

Em um lampejo de lucidez, Libby viu que pedir mais dinheiro emprestado ao pai era uma ideia muito, muito ruim. Mesmo depois que a última libra fosse paga com juros, ele ainda se gabaria disso. Aquilo iria tachá-la para sempre como A Filha que Precisava de Salvação. Sempre uma menina de 18 anos, sempre irresponsável. Ela podia mudar; ele jamais iria.

Eu não vou pedir, pensou ela. *Vale mais a pena não contar para ele; vou arrumar esse dinheiro em outro lugar.* A decisão repentina enviou uma onda crescente, angustiante de pânico pelo corpo dela.

– Na verdade, até que isso não é má ideia – refletiu ele. – Coloca o Jason na linha, assim a gente pode debater isso direito.

– Eu não estava ligando para pedir dinheiro – disse Libby.

– Ah, não? – Seu pai soava quase decepcionado.

– Não, eu estava ligando para contar como as coisas estão indo *bem* por aqui. Como o hotel está lindo. Mas parece que você não quer ouvir nada de positivo, então não vou fazer você desperdiçar seu tempo. – Sua boca estava seca. – Eu ligo quando a gente for reabrir. Quem sabe a gente dá um desconto nas diárias para você passar um fim de semana? Tchau, pai. – Ela desligou enquanto ele ainda balbuciava com indignação, e afundou a cabeça nas mãos. Era a coisa certa a fazer, mas aquilo a obrigava a passar por outra ligação difícil.

Mais difícil, na verdade. Libby ainda não tinha certeza se devia fazer aquilo, mas suas opções eram limitadas.

Não há um jeito fácil de se pedir dinheiro, lembrou a si mesma enquanto discava o próximo número. Essa é a lição de hoje.

O telefone tocou e então uma voz familiar disse:

– Oi, sumida! Por onde você andou? – A voz de Erin era cálida e Libby sentiu uma pontada de culpa por ter adiado ligar até que precisasse de um favor. Ela era uma boa amiga. – Eu estava começando a achar que tinha dito alguma coisa errada – prosseguiu Erin em um tom mais sério. – Foi isso? É só porque ninguém tem notícias de você, e estamos todos um pouco… O que foi que a gente fez?

– Desculpa, só tem sido uma loucura por aqui – respondeu Libby de maneira automática. Então ela parou. – Não, na verdade, tem sido… Erin, olha, eu não sei um jeito melhor de fazer isso, então vou direto ao ponto. Eu preciso de um favor. Dos grandes.

Será que primeiro deveria contar a ela sobre Jason ter ido embora? Libby não tinha certeza se seria capaz de suportar o sentimento de pena vindo da amiga. Se ao menos ela apresentasse tudo aquilo como um assunto profissional, Erin ainda poderia se sentir no direito de dizer "não". Ela sentiu o rosto queimar.

– Manda ver! – Pelo som das risadas e gritos ao fundo, Erin estava obviamente em um parque infantil. – É a tia Libby! – acrescentou ela, dando explicações a uma criança invisível. – Dá um oi pra ela! Isso, pro telefone! Você pode fingir que está vendo o Tobias acenando, por favor?

Libby fechou os olhos com força. Tobias era um amor. Ela adorava ser a tia Libby dos gêmeos de Erin.

– Erin, preciso de dinheiro emprestado – disparou ela. – Só por alguns meses.

– Ah, não me diga… é o banco? – perguntou Erin. – Eu contei para você que eles transferiram o salário do Pete para a conta errada e não avisaram até estarmos milhares de libras no vermelho? – Libby podia imaginá-la revirando os olhos. – Eles negam tudo, é claro. O que eles fizeram com você?

Libby hesitou por um segundo. Erin estava lhe oferecendo a folha de figueira perfeita para cobrir sua vergonha, mas ela não aceitou. Precisava ser honesta. Foi fingir ser algo que não era que a fez terminar naquela situação. Erin merecia saber a verdade.

– Não – disse ela. – É... eu preciso de dinheiro para terminar uma obra aqui.

– Certo. – Erin parecia surpresa. – De quanto estamos falando?

Libby fechou os olhos. Aquilo tornaria a situação muito mais concreta.

– Dez mil?

Houve uma longa pausa do outro lado.

– Certo – disse Erin lentamente. – É só que... dez mil libras? É muito dinheiro, mas não é *muito* dinheiro, se é que você me entende. Achei que você tinha um bom orçamento... Vocês venderam a casa, não foi?

Libby olhou para o escritório, a sensação de aconchego emergindo lentamente da bagunça, e percebeu que mal conseguia se lembrar dos detalhes da casa na qual havia gastado tanto dinheiro. Era tudo bege, suave e cromado, não como aquele hotel, com seus cantinhos aconchegantes, assentos nas janelas e vitrais inesperados. O objetivo da reforma em Londres tinha sido agregar valor à propriedade já superfaturada; agora se tratava de trazer um refúgio de volta à vida.

– Libby? Você está bem, querida? – O ruído ao fundo havia diminuído; Erin se afastou discretamente do parque para impedir que as outras mães ouvissem. Foi muito sensível da parte dela se preocupar com o que poderiam pensar de Libby, mesmo agora. – Isso tem a ver com o hotel mesmo?

Tenho que contar tudo a Erin, pensou Libby de repente. *Ela merece ouvir tudo antes que eu lhe peça esse grande favor, mesmo que isso a faça pensar que eu não valho o risco*. Para sua surpresa, quando a ideia cruzou sua mente, outro peso saiu de seus ombros. Não ter que fingir mais. Apenas lidar com o que estava ali, naquele exato momento, do jeito que estava.

– O Jason me deixou – disse ela. Poucas palavras para uma dor tão grande. – O hotel está parecendo um canteiro de obras e o trabalho está parado. E nós não temos dinheiro porque ele voltou a investir no mercado financeiro e perdeu tudo. De novo.

– Como assim "de novo"? Meu Deus. – Erin parecia atordoada. – Você está bem? Me conta tudo.

Assim que Libby começou, tudo veio abaixo: as perdas de Jason, sua demissão, o verdadeiro motivo da venda da casa, tudo. Em vários momentos, Libby sentia como se estivesse falando de outra pessoa. Um cara workaholic que nunca falava de seus problemas, uma dona de casa que achava que bolsas eram um bom artifício para ter assunto com as vizinhas. Um casal que ela mal era capaz de reconhecer como a Libby e o Jason que haviam se apaixonado em bares barulhentos de Londres enquanto a chuva caía do lado de fora.

Quando terminou, houve uma longa pausa, e Libby sentiu-se à beira das lágrimas ao perceber como tudo havia murchado sem que ela se desse conta.

– Então, cá estamos – concluiu ela sem jeito. – Acho que sempre existe a opção de vender o hotel depois de pronto, o que significa que posso devolver seu investimento rapidamente. Antes do Natal talvez. Mas preciso terminar a obra, do jeito que for possível.

– Caramba, Libby. – Erin parecia chocada. – Por que você não me contou?

– Eu não queria que as pessoas soubessem como a gente tinha se ferrado. Foi tão... estúpido. Ter tudo isso e jogar fora.

– Mas não foi *você* que cometeu esse erro! E você não ficou num canto choramingando; você tem trabalhado pra caramba! Olha, para começar, não se preocupa com a questão do dinheiro. A gente empresta para você. Não, não discute! Eu sei que o Pete diria o mesmo. Eu tenho algumas economias... elas estão só lá paradas numa conta rendendo zero juro; eu prefiro que esse dinheiro esteja ajudando você. É só disso que você precisa? Tem certeza de que não precisa de mais?

Libby estremeceu. Pete tinha um bom emprego, mas era designer, não corretor da bolsa. Aquelas eram economias de verdade, não os bônus inesperados de Jason.

– Tem certeza, Erin? Mesmo? Eu não tenho experiência em hotelaria.

– Libby, é de *você* que estamos falando.

– Mas...

– Você se lembra da noite em que eu e o Pete nos mudamos para nossa casa? – A voz de Erin suavizou. – Eu estava grávida de sete meses e os entregadores se perderam, e o Pete estava com jet lag e ficava pegando no sono toda hora. E aí a gente se trancou do lado de fora e eu fiquei completamente histérica?

– Você não ficou histérica. Você estava grávida.

– Eu fiquei histérica, Libby. Mas você abriu a porta e me acolheu, e o Jason ligou para o irmão dele para que ele ajudasse o Pete a entrar em casa, e você emprestou roupas pra gente, nos deu comida, e não me deixou levantar um dedo até a van chegar. Sabe, quando meus amigos em Boston tentam insinuar que londrinos são hostis, eu conto *para eles* o que aconteceu naquela noite. – Ela fez uma pausa. – Você foi tão gentil com a gente. Há anos eu espero poder retribuir esse favor, e agora eu posso. Eu quero. Eu sei que você vai fazer desse hotel um sucesso. Quem não gostaria de se hospedar com você? Você faz completos desconhecidos se sentirem seus amigos.

– Obrigada. – Libby estava tão mergulhada em gratidão que mal conseguia pronunciar as palavras.

Vinda logo após seus dias de pânico total, a fé de Erin estava fazendo com que ela se sentisse tonta. Mas por que não deveria acreditar nela? *Esta é quem eu sou*, disse a si mesma. *Alguém em quem as pessoas confiam. Alguém em quem eu posso confiar.*

– Ei, não me agradeça – disse Erin. – Apenas garanta que eu e o Pete seremos as primeiras pessoas a se hospedarem aí quando você reabrir. Mal posso esperar para ver.

– Os primeiros – prometeu Libby. – Tenho o quarto perfeito para vocês. A banheira é incrível.

– Combinado! E escuta – a voz de Erin ganhou o tom mais severo que ela conseguia usar –, nunca mais esconda de mim problemas como esse, hein? Me *magoa* pensar que você não me considera uma amiga boa o suficiente para contar tudo. Me promete.

– Prometo – disse Libby. – Agora, me conta as novidades. Preciso me animar. – Enquanto Erin falava, Libby ouviu seu celular vibrar com uma mensagem. Ela enfiou a mão na bolsa e o agarrou, esperando que fosse Jason, e para seu alívio era.

Mas quando ela leu a mensagem – "Vou passar em casa para buscar algumas coisas hoje à noite. Não conta pra mamãe. Não quero uma cena. J" – seu coração apertou novamente.

– Querido, desce da... Ai, Lib, olha, acho que acabou o tempo de distração aqui. Tenho que ir, desculpa – falou Erin. – Me manda os seus dados bancários agora mesmo, tá? Faz isso! Eu ligo para você mais tarde!

Libby se despediu no piloto automático, ainda encarando a mensagem de Jason. Margaret estaria em seu grupo de leitura naquela noite, e Alice estava passando o dia com Gethin. Os dois estariam sozinhos para conversar. Sua mente parou. O que ela queria dizer a ele? O que ela queria que ele dissesse a ela?

Libby não sabia. Tudo parecia diferente. Nenhuma das antigas referências parecia se encaixar. Não era apenas Jason que ela não conhecia; sua própria mente parecia estranha, com pontos fortes, opiniões e limites que ela não percebera que tinha até aquele momento.

Ela estremeceu. "Tá bem, estarei aqui", escreveu de volta.

Alice mandou uma mensagem para dizer que ficaria na casa de Gethin – o que Libby tomou como um bom sinal – e Margaret entrou e saiu novamente sem falar com ela.

Jason chegou às oito e, desde o segundo em que entrou na cozinha, qualquer esperança que Libby tinha de que ele viesse se desculpar evaporou.

Seu rosto, com três dias de barba por fazer, estava totalmente inexpressivo, e ele mal lhe dirigiu a palavra antes de subir as escadas e voltar quase imediatamente com sua grande mala de rodinhas. As etiquetas da classe executiva da última viagem que eles haviam feito para esquiar flutuavam na alça da mala.

Libby estava parada na frente da pia, atordoada por conta do pânico. Muitas coisas passaram pela cabeça dela. Tudo o que conseguia pensar era: *Por favor, não vá. Por favor, vamos começar de novo.* Mas um orgulho teimoso impediu que qualquer coisa saísse de sua boca. Jason os colocara naquela situação; ele tinha que dar o primeiro passo para consertar as coisas. Ele poderia começar pedindo desculpas.

Jason não fez nada disso. Na verdade, parecia estar tendo dificuldades para dizer qualquer coisa.

Talvez ele também não soubesse por onde começar.

– Onde você está ficando? – perguntou Libby em determinado momento.

– Na casa do Steven – respondeu ele. – Por enquanto.

– Steven Taylor? Em Clapham? – Steve era um velho amigo dele da faculdade, também corretor da bolsa, com uma casa enorme, sem filhos e três Porsches.

Jason assentiu.

– Sim.

Outro silêncio agoniante.

A resistência de Libby cedeu.

– E o que você tem feito? Quando você vai voltar? Não vai nem perguntar como eu estou? Ou como estão as coisas por aqui?

Ele não conseguia olhar para Libby. O coração dela rasgava por dentro toda vez que Jason fitava o chão, o velho relógio de parede, qualquer lugar menos o rosto dela.

– Você parece estar bem sem mim. Preciso de um tempo para pensar.

Não tenho tempo para pensar, ela quis rugir. *Estou morando em um canteiro de obras. Estou tendo que lidar com a sua mãe. Estou administrando o nosso negócio. Estou tentando resolver tudo enquanto você foge de novo.*

Mas ela não diria nada disso. A garganta de Libby estava bloqueada por causa da única coisa que importava para ela naquele momento: o homem que ela amava a estava afastando. Libby ainda o amava, mais do que nunca, mais do que quando tudo era fácil. Ele estava abandonando cada esperança, memória e história que eles haviam compartilhado, cada plano para o futuro, e ela sabia que deveria estar irritada e revoltada, mas a ideia de perder tudo aquilo drenava sua energia. A decepção consigo mesma, com o fato de ter entendido tudo errado, era imensa.

Jason finalmente a encarou, e ela não reconheceu o homem taciturno e exausto vestindo as roupas de seu marido. Havia um vislumbre do velho Jason, um fantasma de um pedido de desculpas em seus olhos, mas, quando ele viu a postura dela, ele desapareceu, sendo substituído por uma dureza que não lhe agradava.

– Eu entro em contato – respondeu ele, e saiu.

Uma voz na cabeça de Libby, apesar de tudo, disse *Ótimo*.

Capítulo 23

– Nós vamos chegar atrasados – disse Alice dando um tapinha no relógio. – Os fãs do Bob não querem ter menos tempo da atenção dele porque você não consegue decidir a cor do *rejunte*, Libby.

– Mas o rejunte é importante. – Aquela era uma frase que Libby nunca pensou em ouvir saindo de sua boca, mas, depois de várias conversas com o paciente Lorcan, ela descobriu que se importava. – Se não podemos ter as coisas grandes, então quero que as pequenas sejam perfeitas. E você percebe esse tipo de coisa quando está relaxando dentro de uma banheira. Não é mesmo?

Lorcan cutucou o sofrido aprendiz, que segurava dez amostras de argamassa colorida, esperando até que Libby se decidisse.

– Tá vendo, Connor? *Alguém* está me ouvindo.

– Aquele ali – decidiu Libby, apontando para o cinza. – Vai ficar limpo por mais tempo. E isso vai ajudar a economizar produto de limpeza.

As primeiras suítes estavam sendo azulejadas naquele dia, e Libby mal podia esperar para vê-las concluídas. Ela havia se obrigado a se envolver com o orçamento nos mínimos detalhes e ficara acordada até de madrugada, fazendo e refazendo os planos a fim de aproveitar ao máximo o que tinha para conseguir restaurar o hotel e deixá-lo em condições de funcionamento. Cada centavo que ela economizava parecia uma vitória. Aquilo também distraía a parte de sua mente que não conseguia parar de se perguntar o que Jason estava fazendo.

– Finalmente! – disse Alice. – Agora vamos. Não quero me atrasar para o médico. – Ela fez uma pausa enquanto Lorcan conduzia seus aprendizes de volta ao segundo andar. – Você falou para a Margaret que nós vamos à cidade? Você acha que ela gostaria de vir?

Libby deu um suspiro.

– Não se eu estiver dirigindo. Na verdade, acho que ela está me evitando. – Desde o acesso de raiva de Margaret durante a conversa sobre Jason, ela e Libby mal haviam se falado. Libby tinha tentado construir pontes contando a ela sobre o planejamento de Gina e como logo as coisas estariam de volta ao normal, mas Margaret não lhe deu nenhum espaço.

"Não sei ao certo que utilidade minha opinião teria para você" foi tudo que Margaret dissera, o sorriso educado desaparecendo de seu rosto em um segundo, deixando-o frio e rígido.

É quase como se ela preferisse que o Swan afundasse sem Jason a me ver resolvendo isso, pensou Libby. A ironia era que agora ambas precisavam resolver tudo sem a ajuda dos maridos, e Libby achou que talvez isso pudesse aproximá-las, mas não – Margaret sentia claramente que agora havia ficado sem o marido, sem o hotel *e* sem o filho, e que a culpa de duas dessas perdas eram de Libby. Naquele momento, Margaret estava direcionando toda a energia que outrora era usada para manter a família unida para seu novo papel: a matriarca furiosa e decepcionada.

Alice tocou levemente o braço de Libby.

– Ela vai mudar de ideia. Provavelmente está se culpando por colocar vocês nesse buraco. E deve ser difícil para ela ver que o Jason estragou tudo.

– Ela *não* se culpa. E ela definitivamente não acha que o Jason estragou tudo. Pelo menos seu precioso cachorro não parece estar tomando partido. Ele sabe muito bem quem compra os biscoitos por aqui. Bob? Bob! Hora da terapia! – Libby entrou no escritório e pegou a guia de Bob. Ele deveria estar lá dentro deitado em sua caminha, mas não. Ela cruzou o hotel chamando por ele, até que finalmente o encontraram no saguão não utilizado, enrolado feito um feijão em um sofá de veludo do qual havia sido especificamente banido.

– Sai daí – ordenou Libby enquanto ele escorregava para o chão, deixando para trás uma auréola de pelo branco. Ela se virou para Alice em desespero. – Olha isso. Eu sei que a Gina insiste em dizer que aceitar cães é o diferencial do hotel, mas a gente precisa mesmo...?

Alice ergueu a mão em um gesto tranquilizador.

– Libby. Respira fundo. Você não tem como microgerenciar tudo. Deixa o Bob ser a única coisa que você vai deixar pra lá, sim? As pessoas vão para hotéis para relaxar. E o Bob é o rei do relaxamento.

Libby respirou fundo pelo nariz, o mais próximo que ela chegou de praticar ioga ultimamente. Lorcan calculou que levaria mais cinco semanas, talvez quatro, e então eles estariam prontos para reabrir. As coisas estavam caminhando. Lentamente, mas estavam caminhando. Bob estaria no site: Gina havia insistido. E Gina tinha acertado sobre todo o resto.

– Você tem razão – disse endireitando a coluna. – Vamos espalhar um pouco de amor de basset hound por Longhampton.

Alice foi para sua consulta de hipnoterapia, e Libby e Bob desceram o corredor até a ala da geriatria. Gina já estava conversando com Buzz quando eles chegaram. Buzz abanou o rabo quando os viu, e Libby se sentiu tocada por ele a ter reconhecido.

Gina parecia contente em vê-los também.

– Sei que ainda falta muito para você começar a decoração, mas eu fiz uma lista com alguns contatos que você pode achar úteis – disse pegando sua bolsa carteiro de couro. – Começa pela Michelle da Home Sweet Home na High Street. É uma loja de decoração realmente fantástica, vem gente do condado inteiro. Ela vai dar um desconto nas cortinas se você disser que foi indicação minha.

– Obrigada! – agradeceu Libby, e sua mente começou a procurar maneiras de retribuir o favor em seu orçamento limitado. – Eu estava pensando sobre uns pacotes temáticos de novo... Quem sabe eu crio uma página sobre compras em Longhampton? Existem lojinhas suficientes para que isso dê certo? – Ela se deu conta, envergonhada, de que quase não andara pela cidade desde que haviam chegado; Gina lhe contara sobre uma livraria incrível, alguns pubs ótimos e agora essa loja de decoração... e Libby não fazia ideia de onde ficava tudo isso.

Gina pareceu surpresa.

– Tem um monte de lojinhas novas... Você não tem circulado pela

High Street ultimamente? Não conhece a confeitaria nova? Há *quanto* tempo você está aqui?

– Eu tenho estado ocupada demais.

– Ocupada demais para bolo? Quem em sã consciência está ocupado demais para bolo?

Libby deu de ombros.

– Eu sei. Preciso arranjar tempo para um bolo.

– Bem, por que não nos encontramos para um café uma manhã dessas e damos uma volta juntas? – sugeriu Gina. – Vou apresentar você para algumas pessoas. É uma cidade pequena; logo, logo você já sabe quem é quem. As empresas locais gostam de apoiar umas às outras... Se você oferecer que o Natal da Associação de Comerciantes de Longhampton seja realizado no hotel, vai ter amigos para a vida inteira. Principalmente se você der desconto para eles passarem a noite lá.

Momentos como aquele faziam Libby sentir que a maré estava finalmente a seu favor, fluindo por baixo dela e ajudando-a; Gina poderia apresentá-la a alguns moradores de Longhampton, que não a conheceriam apenas como "a nora de Margaret". Pessoas a quem deveria ter sido apresentada havia muito tempo, se não estivesse tão preocupada com o que todos estariam pensando sobre ela e Jason assumindo o hotel de Donald.

– Não seja tão dura consigo mesma. – Gina percebeu Libby se martirizando. – É difícil lidar com tanta coisa de uma vez só. Uma das coisas mais cruéis da vida é que, quando a gente precisa sair para conhecer pessoas, é sempre quando a gente sente mais vontade de se esconder debaixo do edredom. – Gina tocou o braço dela. – Enfim, eu estou prendendo você. A Doris estava me contando que tem uma coisa para me mostrar...

Doris estava em sua poltrona habitual próximo à janela e pareceu encantada ao ver Lorde Bob. Tinha conseguido inclusive dar um sorriso para Libby.

– Olá, meu rapaz – cumprimentou ela, esticando os dedos em direção às orelhas aveludadas de Bob. Ele levantou a cabeça na expectativa de ganhar um carinho ou um biscoito. – Tenho um presente para você. Mas é melhor eu distrair a sua dona com isso aqui primeiro. – Ela entregou a Libby um livro com capa de couro que estava sobre a mesinha lateral. – Aqui, eu separei isso aqui para você. Achei que pudesse se interessar.

– Ah, é o seu álbum de fotos? – Libby se empoleirou na cadeira em frente e abriu o álbum fora de moda, virando cuidadosamente a folha de papel de seda. Dentro, as páginas eram de cartolina preta e grossa, e havia fotografias em preto e branco presas por cantoneiras de papel branco. A primeira mostrava uma escada bastante familiar. – Ah! – exclamou ela, encantada. – É o Swan? Na época em que você trabalhou lá?

Doris deu a Bob um biscoito recheado.

– É, sim. Está um pouco diferente hoje em dia, aposto.

– Um pouco. De quando são essas fotos?

Libby avistou uma Doris jovem (a mesma carinha de esquilo, mas os cabelos pretos presos em um coque alto), parada ao lado de várias outras mulheres em minivestidos, uma ao lado da outra na frente do balcão da recepção. A decoração parecia nova: a bancada de madeira brilhava e as paredes estavam forradas com um papel de parede estampado, decoradas com enfeites dourados e um relógio em formato de sol pontiagudo. Havia uma árvore de Natal em um canto, e grandes lanternas chinesas pendiam do teto. Todas as mulheres seguravam taças de champanhe timidamente, seus pés esquerdos à frente dos direitos em saltos agulha altíssimos.

Doris usava sapatilhas e parecia que as demais não estavam satisfeitas com isso.

– Acho que foi em 1960, então eu devia ter uns 30 e tantos anos. – Seus olhos se enrugaram.

– E isso foi na época em que os Hannifords estavam administrando o local? – Havia outra fotografia de Doris posando junto às portas foscas da sala; Libby sempre odiou a cafonice estilo anos 1960 do espaço que acreditava que deveria ser um elegante hall de entrada georgiano, mas, na verdade, vendo tudo novo, até que não era ruim. As portas até pareciam modernas, em seu estilo "era espacial" de meados do século XX. Uma grande escultura em baixo-relevo de um cisne tomava conta da parede, e havia impressionantes lustres em forma de globo pendurados no saguão. Era como ver uma versão mais jovem do hotel, assim como uma versão mais jovem de Doris. Libby se sentiu tocada por ele, e pelos alegres hóspedes vestindo calças boca de sino ao fundo.

– Acho que isso foi logo depois que eles reformaram tudo. Por isso as fotografias. O Sr. e a Sra. Hanniford estavam muito orgulhosos do hotel, sabe? – Doris franziu os lábios. – Você vai deixar tudo bem minimalista agora, não é? Ainda arrancando os papéis de parede?

– Não – disse Libby. – Mudança de planos. Não tenho certeza se o minimalismo realmente vai funcionar.

Embora aquele fosse um álbum de fotografias da família de Doris, o hotel aparecia de novo e de novo, em meio a fotos de férias e a uniformes escolares. O salão organizado para uma festa de 21 anos. A recepção decorada para uma noiva e um noivo com aparências jovens demais. Um aconchegante cômodo nos fundos que deve ter sido o bar, cheio de rostos felizes emergindo de camisas de gola alta, erguendo taças de sangria enquanto cachorrinhos espiavam debaixo das cadeiras. *Então os cachorros eram bem-vindos mesmo naquela época*, pensou Libby.

O preto e branco ganhou cores surpreendentes com a chegada da década de 1970, as estampas tangerina do papel de parede da recepção ganhando tanta vida que chegava a doer os olhos, mas a madeira sólida e a atmosfera amigável permaneciam.

– Parecia um lugar movimentado – observou ela.

– Ah, era, sim. Na época, todo mundo ia pra lá em ocasiões especiais – disse Doris, dando outro biscoito a Bob. – O quartinho dos fundos de Gerald Hanniford era famoso. Antes do bafômetro, é claro.

As ideias se desenrolavam na mente de Libby. Talvez *aquela* fosse a sensação que ela deveria estar buscando? Uma espécie de hospitalidade aconchegante estilo anos 1960 – com cores suaves e modernas atrás da escrivaninha antiquada e o tapete xadrez de Margaret, tudo pareceria elegante, não ultrapassado. Aquele relógio pontudo estava no escritório, não estava? Em um dos quartos, junto a uma parede simples, seria uma obra de arte. E a escultura de cisne era aquela coisa debaixo dos lençóis no porão que ela não havia ousado olhar muito de perto?

– Veja, essa é a Margaret antes de virar essa meger… antes de virar essa dondoca – corrigiu Doris enquanto Libby virava outra página.

– Ah! – Os planos de decoração de Libby foram interrompidos pela surpreendente imagem de Margaret usando ombreiras, e com permanente nos cabelos que se derramavam sobre os ombros como uma peruca jacobina. Ela nunca tinha visto muitas fotos antigas dos Corcorans; todo mundo sabia que Margaret sempre vetava fotos de si mesma e mantinha na lareira da sala de estar apenas duas fotografias: em uma, ela e de Donald em roupas de festa, celebrando as bodas de prata no Ferrari's; na outra, ela e Jason com os padrinhos de casamento.

Aquela era uma Margaret que ela definitivamente jamais tinha visto antes: uma jovem nervosa e cansada. Havia dois garotinhos junto com ela, um pendurado em sua saia, o outro afastado, olhando com uma cara de choro para a câmera. Jason e Luke, ambos de short vermelho e camiseta branca, Jason gorducho e loiro como o pai, Luke magro e moreno como a mãe. Donald estava ao lado dela e de Luke, sorrindo para as lentes, parecendo mais um simpático médico de família do que um dono de hotel.

– Isso deve ter sido bem antes de eles começarem *a grande* reforma – observou Doris. – Foi muito estressante na época, posso dizer. Redecorar tudo, sem economizar. A madame queria meter o dedo em tudo, e o Sr. Corcoran faria qualquer coisa que ela pedisse. Ele era um homem adorável. Cortava um dobrado, viu?

Libby sabia que deveria estar ouvindo, mas algo no olhar cansado embora desafiador de Margaret a capturou. *Margaret devia ter mais ou menos a mesma idade que eu tenho agora*, pensou. *Ela sabe o que eu estou passando. Será que ela esqueceu como tudo isso é estressante? E por que ela parece tão na defensiva?*

Talvez tivesse algo a ver com o pobre Luke, magricelo, de joelhos esfolados, mantendo-se fora do alcance, com olhar de choro em direção à mãe como se tivesse acabado de ser repreendido. Talvez tivesse a ver com Doris atrás da câmera, pegando Margaret em um momento em que ela não tinha tudo sob controle. Talvez fosse o carente Jason. Apenas Donald parecia incondicionalmente satisfeito com a vida.

Queria que Donald ainda estivesse vivo para que pudéssemos conversar, pensou Libby. *Há nove anos faço parte desta família e até hoje não entendo nenhum deles. Tanto silêncio, tantas caras feias.*

Mas agora ela via o hotel como parte daquilo, aparecendo ao fundo como um quinto membro da família – a tia solteira extrovertida que em algum momento foi muito divertida, mas agora era um inconveniente. E Jason cresceu naquela atmosfera de estresse e silêncio. Talvez aquele projeto estivesse despertando diferentes memórias de família em Jason, ela se deu conta. Talvez lembranças não totalmente felizes, levando em consideração a linguagem corporal de Margaret.

Mas ela tinha achado que eles eram capazes de superar esse tipo de desafio, que havia uma amizade na base de seu amor. Um respeito um pelo outro que os faria tentar falar sobre seus problemas, mesmo que fossem conversas difíceis. Será que durante todo esse tempo ela estava errada?

– Valeu de alguma coisa? – perguntou Doris ao erguer os olhos.

– Sim – respondeu Libby. – Isso foi mesmo muito útil.

Alice encontrou Libby no estacionamento do hospital. Ela colocava Lorde Bob no carro e conversava com Gina sobre onde poderia conseguir patos de madeira para decorar os quartos.

Depois que Gina se despediu, Alice ouviu educadamente enquanto Libby explicava sua ideia sobre a decoração do hotel, uma referência a seu apogeu nos anos 1960 – embora ela se perguntasse o que Margaret acharia de Libby reinstalar tudo que ela havia descartado –, e elas já estavam na metade do caminho para o hotel quando Libby perdeu o fôlego e percebeu que a amiga não dissera uma palavra sequer.

– Você está bem, Alice? – Ela olhou para o lado. – Desculpa, eu nem perguntei como foi a hipnoterapia. Você se lembrou de alguma coisa nova?

Alice balançou a cabeça.

– Não, tudo ainda trava cerca de um ano atrás. Tentamos alcançar o momento em que conheci Gethin, mas ainda não encontramos… nada. Eu contei para ela sobre ter encontrado a guia e os brinquedos da minha cachorra, então nós trabalhamos em alguns detalhes sobre a Fido e a Barley, mas, para ser sincera, isso só fez com que eu me sentisse pior. Pensar no meu pai e na minha mãe…

Gethin havia encontrado algumas fotos deles passeando com Fido e ela chorou no sofá junto com ele. Quando ela falou sobre arrumarem outro cachorro, porém, Gethin pareceu relutante.

“Eu sei que parece bobagem”, ele explicara, “mas posso ter você só para mim um pouco? Antes de nos envolvermos com outro cachorro?”

Aquilo pareceu *mesmo* bobagem para Alice, mas ele aparentemente estava falando sério, então ela não insistiu. Mas quanto mais pensava sobre o assunto, menos ela conseguia encaixar tudo aquilo a todas as coisas boas que Gethin havia dito sobre Fido ser parte de sua pequena família. Ele quase parecia sentir ciúmes dela.

Elas pararam no semáforo e Libby olhou Alice com mais atenção.

– Mas e aí? Eu sei que essa história da coitadinha da Fido é muito triste, mas… teve mais alguma coisa? Você está com uma cara péssima.

E havia mesmo algo.

Alice mordeu o lábio. Contar as coisas para Libby sempre fazia com que parecessem mais reais; Libby tinha um jeito tão prático de lidar com os problemas. Uma vez que as palavras saíssem…

– Fala – incitou Libby. – Não vai sair deste carro, seja lá o que for.

Alice olhou para o trânsito à frente. A estrada para o hospital – a fileira de árvores, os casarões pintados com as cores do sorvete napolitano, o posto Esso – trazia uma calma em sua familiaridade. Um mês antes, ela nunca tinha visto nada daquilo.

Um mês antes.

– Eu não menstruei desde o acidente – contou ela, devagar. – Perguntei à terapeuta hoje se o acidente poderia ter algum efeito sobre isso e ela disse que o choque pode às vezes interferir no ciclo, mas que ela não era especialista nisso. – Alice olhou para sua mão; estava usando o anel que Gethin lhe dera, mas na mão direita. – Ela se ofereceu para chamar uma enfermeira para fazer um teste, mas eu disse que não queria.

– Ok. – Libby parecia surpresa. – Por que você não quis?

Alice deu de ombros.

– Ela fez aquilo parecer… muito técnico. Só mais um exame. Acho que não queria descobrir algo assim sozinha.

O sinal ficou verde e Libby saiu com o carro.

– Uau. Você acha que pode estar grávida?

Como sempre, Libby havia verbalizado exatamente o que estava atormentando Alice. Como alguém pode não saber algo tão fundamental a seu próprio respeito? Como outro ser humano pode estar crescendo dentro de você e você não saber como ele chegou lá? Mas havia tanto sobre si mesma que ela não sabia. Sua memória tinha seus próprios segredos, e agora seu corpo também. Isso fez com que Alice sentisse como se não pudesse ter certeza de mais nada sobre si mesma.

– Eu não sei como é estar grávida.

– Nem eu – confessou Libby. – Você tem sentido enjoos? Seios doloridos? Vontade de comer carvão?

– Eu tenho me sentido bastante dolorida, acho, mas presumi que fosse só por causa do trabalho. E das minhas costelas.

– Suponho que a questão mais importante seja: você quer estar grávida?

Aquela era uma pergunta muito mais difícil de responder. Gethin ficaria animado demais. Alice era capaz de ver o rosto dele: emocionado, protetor, pronto para fazer uma playlist para tocar para o bebê. Mas, ao pensar no entusiasmo dele, Alice sentiu seu corpo recuar. Mesmo depois de todo o esforço naqueles encontros noturnos, ela ainda se sentia como se conhecesse Gethin há apenas quinze dias – e ele parecia conhecer uma mulher diferente da pessoa que ela sentia que era. Ele conhecia uma Alice que tinha perdido sua cachorra e se comportava de forma estranha e gostava de sidra e não tinha uma conta no Facebook porque não confiava na segurança do mundo virtual.

Aquela era a confirmação definitiva de que eles estavam em um relacionamento feliz, e mesmo assim...

Alice olhou pela janela. *Quem sou eu?*, pensou em desespero. Toda vez que sentia que estava começando a entender tudo aquilo, via que estava enganada. E se ela e Gethin fossem ter um bebê, ela seria outra pessoa. Para todo o sempre.

E Luke?

Alice sentiu um anseio curioso, muito parecido com o sentimento que tinha pela mãe e pelo pai. Não tão intenso, mas semelhante. *Pare com isso*, disse a si mesma.

Libby tomou seu silêncio como resposta.

– Bem, existe um jeito mais simples de tranquilizar a sua mente – disse ela acionando a seta para voltar ao caminho por onde elas tinham vindo. – Vamos fazer um teste. Vai ter que ser o do mercado e não o da farmácia, porque a última coisa de que preciso é que um conhecido diga a Margaret que ela precisa começar a tricotar.

Alice colocou a tampinha no teste em um gesto automático, deu a descarga e voltou para o quarto 8, onde Libby a aguardava com duas xícaras de café. Era surreal que algo tão importante pudesse ser decidido por um pedaço de plástico.

Ela o colocou no parapeito da janela, com o resultado para baixo.

– Tem que esperar dois minutos – explicou ela, e lutou contra a tentação de virá-lo de cabeça para cima.

– Então, em dois minutos você pode parar de se preocupar e seguir com a sua vida. – Libby entregou a xícara a ela; Alice estava satisfeita por ter algo para fazer com as mãos. – Quer dizer, minha menstruação atrasou quando o Jason foi demitido. O estresse provoca isso. É a maneira do seu corpo dizer "Uau, agora seria um momento muito ruim para ter um bebê, *sua tonta*!" Agora... enquanto a gente espera, posso contar meus planos empolgantes, porém econômicos, para este quarto?

Alice sabia que Libby ia falar sem parar, exatamente por dois minutos, para que ela não pensasse no teste, e ficou tão aliviada de ter esperado para descobrir ali, e não no ambiente impessoal de uma enfermaria, que piscou para conter as lágrimas repentinas.

– Ah, meu Deus, meus planos não são *tão* empolgantes assim – disse Libby. – Eu só estava pensando em paredes cor de lavanda e talvez num mural.

Alice deu um sorrisinho.

– Eu só... É como se estivesse acontecendo com outra pessoa. Bem, de certa forma, é isso mesmo.

– Não consigo imaginar quanto isso deve ser estranho para você – comentou Libby. – *De novo*. Mas você sabe que a gente vai ajudar, seja lá o que você decida, não sabe?

Ela assentiu.

– Obrigada. Hmm, todos os quartos terão patos de madeira nas paredes?

– Não! Mas a gente podia colocar um rádio antigo em cada quarto... – Libby repassou suas ideias de paleta de cores (todas as cortinas com os mesmos tons neutros e baratos, cada quarto com mesclado diferente), até que parou no meio da fala. – Muito bem, já devem ter passado dois minutos. Vai lá. A menos que você queira que eu olhe, quer?

Alice respirou fundo.

– Não – respondeu ela. – Eu vou. – Ela se obrigou a pegar o teste e virá-lo.

A resposta estava bem ali, exatamente como ela sabia que estaria: duas linhas azuis. Sua cabeça parecia prestes a explodir.

Estou grávida. Estou grávida e não me lembro. Como isso é possível?

Diante do silêncio, Libby foi até lá e olhou por cima do ombro de Alice.

– Uau. Ok. Certo.

Alice teve novamente a estranha sensação de estar flutuando. Ela tentou definir o que sentia: sempre havia imaginado que aquele momento seria diferente. Emocionante, esperado, antecipado, compartilhado com o pai, felicíssimo. Não como se estivesse acontecendo com outra pessoa.

Ela tentou imaginar o momento da concepção – se por acaso teria sido uma noite romântica em casa, os braços fortes de Gethin segurando-a, seu corpo forte preso ao dela, sua voz suave e urgente em seu ouvido, o corpo dela respondendo ao dele...?

Alice franziu a testa. Aquilo soava mais como algo que ela havia lido em um livro. Nada ecoava em seu corpo, não havia nenhuma resposta. Mas por que ela estava se preocupando com isso, quando a prova estava bem ali?

Libby pareceu preocupada.

– Alice, não quer se sentar? Seu rosto...

– Desculpa. É muita coisa para absorver. – Ela forçou a atenção de volta para o momento. *O presente*. – Bem, e agora? Vou ter que contar para o Gethin. Ele vai querer que eu volte a morar com ele. Não vai querer que eu continue trabalhando aqui... Ele não gosta que eu esteja aqui de qualquer maneira...

Voltar. Ir embora daquele lugar, longe de tudo que lhe era familiar, de seu trabalho, de sua rotina. Alice sabia o que *deveria* estar pensando, mas não era o que todos os seus instintos gritavam.

Libby a olhava de um jeito estranho.

– O que você quer dizer com "ele não gosta que eu esteja aqui"?

Alice se deu conta do que tinha dito e corou.

– Ah, não é nada. Ele não entende bem. Só quer que eu volte. Sente minha falta. Quer que tudo volte ao normal. E realmente eu não posso julgá-lo... – Ela fez uma pausa. – Só não sei o que é normal.

Libby pegou Alice pelos braços para que ela a olhasse nos olhos.

– Você não precisa contar *nada* para o Gethin, não até decidir o que *você* quer. Precisa se colocar em primeiro lugar. Deve ser muito cedo ainda, certamente teria aparecido nos exames de sangue que eles fizeram enquanto você estava no hospital, não?

– Eu imagino que sim. – Isso significava que teria acontecido pouco antes do acidente. Antes da briga misteriosa. Como você pode transar com alguém e então se recusar a sair de férias com essa pessoa logo depois? Será que tinha alguma coisa a ver com isso? O estômago de Alice revirou.

Ela percebeu que Libby parecia desconfortável.

– Não leve a mal, Alice – disse ela –, mas quando eu falei antes sobre o seu corpo saber se é um bom momento ou não para ter um filho... foi uma coisa boba de se dizer. Eu não sei quais são suas crenças, mas ninguém julgaria você por querer estar absolutamente recuperada antes... – Os olhos dela nublaram. – Bem, isso não significa que você *tem* que fazer alguma coisa.

Alice sabia o que Libby estava tentando dizer. Ela tocou seu braço em um reconhecimento silencioso, então pegou o bastão de plástico, meio que esperando que as duas linhas tivessem sumido. Mas elas ainda estavam lá. Mais escuras, como um sinal de igual. Um resultado. Gethin mais Alice é igual... a isto. Era um fato, e Alice tinha pouquíssimos fatos nos quais se fiar.

– Ah! Vocês estão aí! Posso...? – Elas se viraram.

Luke estava entrando no quarto, seus tênis silenciosos no piso de madeira, mas de repente ele parou. Alice podia ver claramente pela maneira como ele congelou, do outro lado do cômodo, que havia captado toda a cena: o choque dela, a preocupação de Libby e o teste de plástico branco que ela segurava na mão. O peito dela se apertou, depois se expandiu, como se um grande crisântemo laranja tivesse florescido em seu corpo.

Seus olhos se encontraram e por um momento o rosto misterioso de Luke foi tão fácil de ler quanto o de Libby.

Luke parecia apavorado, e a expressão no rosto dele de repente tornou tudo aquilo real. Alice sabia que deveria dizer alguma coisa, mas sua mente ficou vazia e, antes que ela ou Libby pudessem falar, ele se virou abruptamente e saiu do quarto.

Capítulo 24

Libby não conseguiu dormir direito de tanta preocupação com Alice, e quando se levantou, uma hora antes do alarme do despertador, já a encontrou na cozinha encarando uma xícara de café como se o objeto pudesse conter a resposta para tudo aquilo. Ela deu um pulo, como se estivesse esperando outra pessoa.

– Bom dia – disse Libby. – Como você está se sentindo?

– Nada bem. – Alice fez uma careta. – Não consegui dormir. Pensei em levar o Bob para passear logo cedo e tomar um pouco de ar fresco. Você precisa de alguma coisa?

Libby não precisava de nada, mas conseguia ver que Alice tinha uma grande necessidade de sair, caminhar e pensar.

– Por que você não pensa em um roteiro especial de passeio canino pela cidade para a gente colocar no site? – sugeriu ela.

Ver os cachorrinhos sob as mobílias no álbum de Doris – e ouvir os argumentos convincentes de Gina sobre esse ser um grande diferencial e sobre o custo de se bancar um hotel para cães durante uma viagem – finalmente a convencera de que essa poderia ser sua arma secreta. Assim como criar seus novos quartos vintage econômicos a fizera perceber que seu sonho dourado de ter um hotel butique jamais vingaria em Longhampton. Teria sido ridículo – os locais ficariam desconfiados diante dos detalhes extravagantes, que deixariam de ser fashion em pouco mais de seis meses. Aquilo já havia saído de moda mais uma vez; o que ela precisava fazer era manter tudo impecavelmente limpo e sem cheiro de cachorro.

Libby pegou sua câmera na mesa da cozinha.

– Se você puder, tire algumas fotos e veja em quais lojas consegue entrar com o Bob. Acho que poderíamos fazer uma página inteira sobre isso, exatamente como você sugeriu. E não precisa voltar correndo – acrescentou ela. – Não tem muita coisa que a gente possa fazer hoje. O Lorcan diz que é melhor não distrair os rapazes quando eles estiverem contando os azulejos.

Alice deu um sorriso fraco.

– Obrigada – disse ela, e Libby desejou afirmar que ficaria tudo bem. Ambas sabiam, porém, que não era tão fácil assim.

Assim que Alice e Lorde Bob saíram, Lorcan chegou com três aprendizes e mais argamassa. Libby deu as orientações sobre a próxima suíte na qual eles trabalhariam e havia voltado para a cozinha para preparar seu café da manhã quando Margaret apareceu na porta, vestida com uma blusa e saia largas, aparentemente selecionadas para combinar com seu humor e sua expressão.

– Bom dia – disse Libby, determinada a ser agradável. Como ela poderia recriar a atmosfera amigável do hotel se houvesse uma geada permanente entre os proprietários? – Quer uma xícara de chá? A chaleira acabou de ferver.

– Elizabeth, acho que chegou a hora de você me contar o que está acontecendo.

A expressão de Margaret não era fria, embora fosse fechada. *Como a de Luke*, pensou Libby. Ela tentou enxergar além das linhas esculpidas pela desaprovação, buscando o rosto daquela jovem mãe, bonita e cansada no álbum de fotos de Doris, mas era difícil. Aquela Margaret parecia ter sido completamente reestilizada: Margaret Corcoran, Pilar da Comunidade, Sempre Pronta para a Decepção.

– Com o hotel? Eu já contei para você exatamente o que está acontecendo – respondeu enquanto preparava um bule de chá fresco. – O Lorcan vai seguir em frente com os planos revisados, eu consegui alguns investimentos de curto prazo, e pretendemos reabrir até o início de julho, o que nos dá tempo de sobra para deixar tudo perfeito para a visita da jornalista no início de setembro. Na verdade – continuou ela, forçando-se a ser inclusiva, já que Alice havia gentilmente sugerido aquilo quando voltavam do hospital para casa –, ontem eu estava conversando com a Doris sobre como era o hotel no passado e fiquei pensando que você e eu poderíamos…

– Doris? Se eu fosse você não daria ouvidos às fofocas dela – rebateu Margaret. – O que ela andou dizendo?

Que você gostava de fazer as coisas do seu jeito? Que você sempre dificultou a vida do coitado do Donald? Que você também fez uma reforma gigantesca no hotel, não muito diferente desta para a qual está revirando os olhos agora?

Libby abafou seus pensamentos e respondeu:

– Ela me contou que o hotel era *o* lugar para se fazer festas e que houve uma época em que tinha um barzinho aqui. Achei que talvez devêssemos tentar conseguir uma licença para isso de novo. Para começar, poderíamos ter sempre o chá da tarde, e talvez abrir para festas de batizado, já que ficamos perto da igreja de St. Ethelred… – Ela fez uma pausa. – Margaret, eu realmente quero que esse hotel dê certo. Não só por mim, mas por todos nós. Inclusive pela cidade.

– Parece *esforço* demais, Elizabeth – disse Margaret com um suspiro. – Não sei se tenho energia para isso. Quanto mais penso nesse assunto, mais acho que talvez seja melhor terminar essa obra e depois vender.

– *O quê*? Não! – Libby ficou surpresa com sua própria reação. – Você não acha que seria um desperdício ter todo esse trabalho e deixar outra pessoa colher os frutos? De qualquer maneira, não podemos tomar nenhuma decisão como essa sem o Jason aqui… Ele também é sócio.

À menção do nome dele, o rosto de Margaret ganhou uma expressão aflita.

– Foi isso que eu quis dizer quando disse que precisava saber o que está acontecendo. Estou extremamente preocupada com o Jason. Onde ele está? Quando ele volta pra casa?

Libby mexeu os saquinhos de chá para que a bebida ficasse pronta mais rápido. Pelo menos Margaret parecia ter deixado de lado a atitude combativa. Já era alguma coisa.

– Ele está em Clapham, na casa de um amigo. Ele me disse que precisava de um tempo para pensar, e isso é tudo que eu sei.

– Não acredito que ele não me ligou. Eu sou mãe dele. – Ela parecia irritada.

– Não que eu esteja recebendo ligações dele todos os dias. Assim que eu – "a esposa dele", acrescentou Libby mentalmente – ficar sabendo de alguma coisa, te aviso. Não me impressiona nada que ele tenha abandonado a gente exatamente na pior fase. Ao contrário de Luke – acrescentou ela. Margaret mal havia percebido a presença de Luke. – Ele largou um trabalho para vir para cá ajudar.

Margaret aceitou graciosamente a xícara de chá que Libby lhe ofereceu, mas parecendo que fazia um favor.

– Sim, eu o ouvi ontem à noite, chegando bem tarde do pub, imagino. Ele disse que foi por isso que voltou?

Luke tinha saído logo depois de se deparar com Libby e Alice – para onde, Libby não sabia. Ela não pensou em perguntar. Quanto mais via Alice e Luke juntos, menos certeza tinha sobre toda aquela situação.

– Luke se ofereceu para resolver a parte elétrica de graça. Ele está ajudando a gente a economizar milhares de libras.

– Bem, essa é uma explicação caridosa, mas não tenho certeza se acredito nela. – Margaret tomou um gole de chá. – Ele nunca levantou um dedo antes, não quando eu e o pai precisávamos dele. Não, para mim tem algum outro motivo.

– Sério?

– Sim. Eu me preocupo com a Alice. – Margaret baixou a voz. – Aquela pobre garota está extremamente vulnerável, e o Luke sabe disso. Eu já notei o jeito que ele olha para ela, e não ficaria surpresa se ele estivesse aprontando alguma coisa quando ficou hospedado na tal pousada. Pelo menos Jason poderia conversar com ele se estivesse aqui. Acho que está na hora de a incentivarmos a voltar a morar com o namorado. O Gethin parece um rapaz adorável, e aquela é a casa dela…

Libby arregalou os olhos. Como ela podia pensar aquilo sobre o próprio filho?

– Não, Margaret, acho que devemos incentivar a Alice a conduzir esse relacionamento no próprio ritmo. Ela precisa de espaço para se reorganizar.

Margaret olhou fixamente para Libby, como se a nora estivesse escondendo alguma coisa. Então ergueu o queixo.

– Bem, há muitas mães nesta cidade que concordam comigo. Mas como não há nada útil que eu possa fazer, talvez o cachorro queira passear. Você viu o Bob por aí?

– A Alice acabou de levá-lo para passear, na verdade.

A boca dela tremeu.

– Eu realmente sou uma peça sobrando aqui, hoje em dia – disse ela em voz alta. – Não precisam de mim nem para passear com o meu próprio cachorro.

– A Alice precisava de um tempo para pensar... Não é nada pessoal – explicou Libby. – Aposto que ele adoraria outra caminhada mais tarde.

– Quem sabe você me coloca na lista de espera? – retrucou Margaret e, antes que Libby pudesse dizer algo mais cuidadoso, ela saiu, quase esbarrando em Luke, que estava entrando. Margaret lançou-lhe um olhar fulminante ao passar e ele recuou.

– Eu falei alguma coisa errada? – perguntou ele depois que a mãe bateu em retirada pelo corredor.

– Não, *eu* falei. – Libby esfregou os olhos. Ela estava começando a perceber o quanto Jason era sempre uma espécie de mediador entre Margaret e as outras pessoas. – Eu não queria que ela se sentisse pressionada a ajudar. Agora ela está agindo como se eu a estivesse deixando de fora. Eu nunca acerto.

– Uma hora você se acostuma. – Luke afastou o cabelo escuro do rosto com um sorriso irônico. – Depois de uns vinte anos mais ou menos.

Ele estava vestido para começar a trabalhar na parte elétrica do hotel – um macacão surrado com várias chaves de fenda, alicates e brocas nos bolsos, e uma camiseta cinza justa que revelava seus bíceps bronzeados. Libby só o tinha visto em suas roupas normais, mas em seu traje de trabalho ele parecia extremamente competente, mais interessante do que alguém que estivesse apenas ajeitando aquecedores. Ela podia imaginar Luke desativando bombas calmamente – ou saindo do bar e casualmente para ir pontuar no rúgbi.

Sua mente fugiu do controle por um momento. Se era daquele jeito que ele se vestia quando frequentava o bar da pousada onde Alice trabalhava, pensou Libby, era de se espantar que Alice tivesse conseguido abrir caminho entre o mar de mulheres e trocar uma palavra que fosse com ele.

– Então, você fez uma lista? – perguntou Luke. – O que precisa terminar?

Libby afastou os pensamentos.

– Toalheiros térmicos. E alguns pontos de luz. E você pode me ensinar como faz para trocar tomadas? Assim eu posso consertar alguns abajures.

– Como assim? Você não sabe como trocar uma tomada? – Ele fingiu parecer horrorizado. – Claro, eu mostro como faz. Você tem os toalheiros ou quer que eu compre? Acho que eu consigo um desconto.

– Isso seria ótimo! – exclamou Libby. – Eu tirei uma foto de alguns que eu vi... Ah. Estão na minha câmera.

– E?

– A câmera tá com a Alice. Ela saiu para dar uma voltinha com o Bob... Pedi que ela montasse um roteiro de passeio para o site. – Libby viu algo cruzar os olhos de Luke e se lembrou da rapidez com que ele se virou e saiu ao esbarrar com elas no segundo andar no dia anterior. O que ele tinha visto? O que ele havia presumido, para ser mais exata?

Ele hesitou, então perguntou mesmo assim:

– Ela tá...? A Alice tá bem?

Por um segundo Libby pensou em fingir que não havia nada de errado, mas Luke parecia genuinamente preocupado. E até então ele tinha sido muito atencioso com Alice. Ela não compartilhava das suspeitas de Margaret sobre ele atacar Alice feito um conquistador barato.

– Ela tem muita coisa em que pensar – disse ela. Era vago o suficiente. – Ela foi passear. Sozinha.

Ele não disse nada. Perguntas giravam na cabeça de Libby, a maioria delas estranhas demais para serem feitas. Mas Luke conhecia Alice melhor do que qualquer um deles, e se Libby queria ajudá-la...

– A Alice e o Gethin – começou ela ainda insegura. – Eles estavam bem, não estavam? Quer dizer, eu imagino que sim, se... bem, se a Alice está... – Ela franziu a testa. O que ela estava tentando dizer?

Houve uma pausa; então Luke disse:

– Ela não me falou muito sobre ele. Só que ele era um cara sensível, e que tinha passado por um momento difícil. Eu tive a sensação de que ela era bastante protetora.

– Ela é uma pessoa leal – concordou Libby.

– Muito leal. – Luke remexeu uma chave de fenda no bolso. – Escuta, eu ouvi um pouco do que a mamãe disse. Sobre eu estar "aprontando alguma coisa", e as insinuações sobre a Alice. – Ele ergueu a mão quando Libby começou a objetar. – Não, eu preciso esclarecer... Não foi nada disso, tá?

Suas maçãs do rosto proeminentes estavam rosadas, e ele parecia ofendido.

– Então foi o quê?

Ele franziu a testa e olhou para o chão, pensativo. Aquela era a conversa mais pessoal que Libby já tivera com Luke, e ela ficou fascinada com a energia dele. Luke era mais intenso do que Jason em todas as medidas, menos previsível, mais determinado. Para melhor ou para pior, tinha uma autoconfiança que Jason não tinha.

Luke passou a vida inteira tentando provar que não é o que as pessoas acham dele, pensou ela. *Jason teve o luxo de todos presumirem que ele é um bom menino logo de cara. Muito mais fácil. Ou será que era muito mais difícil atender a esse tipo de expectativa?*

– Conversar com a Alice era como conversar com alguém que eu conheci a vida inteira – disse ele, então se conteve. – Você acha que as coisas estão dando certo, então? Entre ela e o Gethin.

Libby não soube o que responder; o olhar intenso de Luke dizia mais do que suas palavras. Ela não queria compartilhar o segredo de Alice, mas esse mesmo segredo poderia ser uma resposta muito clara à pergunta dele.

– Não sei – disse ela. – Acho que sim. Ela já passou algumas noites lá...

Eles se encaravam, o momento se alongando entre os dois enquanto Libby tentava se decidir sobre o que dizer. Ele conhecia uma Alice que ela não conhecia.

– Que bom – respondeu Luke, pressionando os lábios. – Muito bem. Vou falar com o Lorcan sobre os toalheiros.

– Jura? Obrigada – disse ela e, quando ele se virou para ir embora, Libby se perguntou se realmente tinha ouvido a pergunta que ele gostaria de fazer, e principalmente se a tinha respondido.

Alice havia descido a colina, contornando a cidade – tirou uma bela fotografia panorâmica da colina e outra da cidade que se espalhava como um desenho infantil cheio de campanários e telhados –, e estava quase no parque quando ouviu alguém chamar seu nome.

Ela se virou e seu coração disparou. Luke vinha correndo em sua direção. Ele acenou, e ela parou de andar para que ele pudesse alcançá-la. Bob estava alheio a tudo, com a cara rente ao chão, farejando qualquer coisa, deixando que as substâncias químicas dançassem e explodissem por dentro de seu imenso focinho. Algo semelhante aconteceu dentro de Alice ao ver Luke se aproximando em seu traje de trabalho.

– Oi! – Ele não estava sequer ofegante. – Fiquei sabendo que você tá com a câmera da Libby, é isso?

Ah. Ele só queria a câmera.

– Tá comigo. Você precisa dela?

– Sim, as fotos dos toalheiros estão nela. Uns toalheiros específicos que ela viu em alguma loja. Vou ver se consigo encontrá-los.

Alice enfiou a mão na bolsa e passou a câmera para ele sem dizer nada. Ele a revirou nas mãos e em seguida olhou para cima, os olhos hesitantes.

– Na verdade, esse não é o único motivo de eu ter vindo atrás de você. Eu esperava poder encontrá-la sozinha.

– Ah! – Seu coração acelerou traiçoeiramente e ela lutou contra aquela sensação. *Pare de reagir a ele*, disse a si mesma. *Aja normalmente.*

– Sim, eu queria pedir desculpas. Por sair entrando ontem. – Luke parecia escolher suas palavras com cuidado; parecia determinado a dizer alguma coisa, mas da maneira correta. – Desculpa se interrompi você e a Libby.

Alice voltou para a trilha e começou a caminhar novamente. Ela se sentia mais confortável quando estava em movimento. Um pé na frente do outro. Indo para algum lugar. Não ter que olhar Luke nos olhos e correr o risco de deixar que ele percebesse toda a confusão ao redor dela. Não deveria haver *nenhuma* confusão. Era na verdade muito simples.

– E você está presumindo que aquele era um momento privado meu, e não da Libby? – perguntou ela.

– A sua expressão... meio que entregou você, para ser sincero.

Meu rosto diz coisas a meu respeito para todo mundo, pensou Alice. *A mim não diz nada.*

Ela olhou para a trilha, onde Bob perseguia seriamente algum odor, suas longas orelhas balançando de um lado para outro no ritmo de seu traseiro redondo.

– Você não interrompeu nada – disse ela. – Mas... não comenta com ninguém, por favor? Eu preciso de um tempo para pensar sobre isso.

– Claro.

Luke começou a andar, metade dentro, metade fora da trilha. Sua mão balançava a alguns centímetros da dela; ele não fez nenhuma menção de tocá-la, mas Alice estava consciente de sua proximidade. Teve que dizer a si mesma para não pegar na mão dele. Instintivamente, ela sabia que os dedos dele seriam reconfortantes ao redor dos dela, e que ele não se importaria, mas e aí? Quase como se pudesse sentir o desconforto dela, Luke enfiou as mãos nos bolsos do casaco. O silêncio cobriu os dois como um guarda-chuva compartilhado.

– Você se importa se eu for até a cidade com você? – acrescentou ele, como se só agora tivesse pensado nisso.

– Não, de jeito nenhum. – Alice tentou manter um tom leve. – Você acha que consegue encontrar os toalheiros da Libby no centro?

– Tenho certeza que sim. Está a fim de tomar um café? Posso levar o Bob de volta, se você preferir ficar sozinha.

– Não, não, tudo bem. – Ela sorriu. – Eu adoro a companhia dele, na verdade. Faz com que eu me sinta atlética.

A conversa foi sumindo enquanto eles caminhavam, mas era um silêncio tranquilo. Alice se sentia suspensa novamente, em algum lugar entre a pessoa que achava que era e a que tinha sido antes, aquela de quem não conseguia se lembrar. E essa nova pessoa no futuro. No entanto, de alguma forma, a presença de Luke estabilizava as coisas. Suavemente, de um jeito nada dramático, ele sabia exatamente quem ela era.

– Como está o Gethin? – perguntou ele.

– Bem. Ele me mandou uns e-mails hoje de manhã. De quando a gente se conheceu. – Ele não estava nem um pouco feliz com o fato de ela ficar no hotel; Alice teve que inventar uma desculpa sobre Libby estar doente.

– Você tem e-mail? – disse Luke. – Por que você não tem visto sua caixa de entrada?

– Não. – Será que Luke tinha enviado um e-mail para ela? Ela não havia respondido? – Quer dizer, eu tenho, mas não consigo lembrar a senha, e o meu laptop também é bloqueado. – Ela o fitou. – Muita tecnologia, né? Não, o Gethin imprimiu alguns e mandou pelo correio.

– Ah. Entendi. Eles te fizeram se lembrar de algo?

Alice balançou a cabeça. Ela não havia sequer reconhecido a letra pequena e elegante de Gethin no envelope quando o viu sobre o tapete junto com as correspondências do hotel, logo cedo. Lá dentro, divididas em várias partes, havia conversas desconexas entre eles depois do retiro italiano: as palavras e as histórias eram dela – a morte dos pais, a solidão, histórias sobre o trabalho e Fido –, mas Alice teve a curiosa sensação de ler a correspondência de outra pessoa. Eram e-mails românticos e cheios de esperança, intoxicados com o entusiasmo inicial de quando se desnuda a alma, mas seus olhos se fixaram em detalhes que desejava ter guardado para si mesma. O namorado casado. As ressacas. No fundo não gostava da versão de si mesma que expunha ali.

Mas aquilo havia provado uma coisa: ela e Gethin tiveram, *sim*, uma conexão muito intensa, um encontro de almas. Eles se apaixonaram sob a lua cheia na Itália. Ele enviou poemas para ela. Ela mandou músicas para que ele ouvisse. Havia aquele anel, a apresentação de slides com as fotos de férias, provas físicas da mulher que ele buscava quando olhava para ela.

– Não despertaram nada na minha memória – respondeu lentamente. – Mas são fatos. Eu não tenho muitos deles em que me basear.

Bem, exceto o *gigantesco* fato que agora ela precisava encarar.

– Gethin invadiu o seu e-mail para conseguir isso? – perguntou Luke.

– Não, ele só imprimiu do dele. – Alice não sabia ao certo o que Luke queria dizer. – Por quê?

– Só queria saber.

Alice balançou os braços. Os e-mails de Gethin eram um tipo de evidência, mas tudo que acontecia em seu corpo quando ela estava com Luke parecia outro tipo de prova: o relaxamento que ela sentia, a facilidade com que conversavam, a maneira inconsciente como acertavam o passo enquanto caminhavam. Era como se seu corpo estivesse tentando lhe apresentar uma versão diferente dos acontecimentos – mas eram apenas sensações. E se tivesse acontecido algo entre eles? Ela queria ser uma mulher que traía o namorado? Será que o acidente havia acontecido bem na hora que ia encontrá-lo?

– Ele deve estar muito animado com o bebê – comentou Luke. Ele olhava para a frente, com as mãos ainda nos bolsos.

Alice virou a cabeça para ele. Ouvir aquilo de sua boca, tão calmamente, foi um choque, mas ele continuou olhando adiante.

Ela olhou novamente para a frente também.

– Eu ainda não contei para o Gethin.

– Não?

– Não. Eu quero um dia ou dois para... pensar. Eu sei que ele está desesperado para que eu volte. Assim que eu contar, ele vai começar a fazer planos. Eu... – Lorde Bob a interrompeu com um latido imperioso que fez os dois darem um pulo. Alice procurou o que havia chamado a sua atenção e viu uma das passeadoras de cães com várias guias nas mãos, acompanhando alguns dos animais que haviam perturbado Bob antes. Ela trazia seis cães desta vez, e um dos branquinhos já pulava para cima e para baixo, esforçando-se para se aproximar de Bob para uma boa disputa de latidos.

– Ah, de novo, não. – A cabeça de Alice doía. – Não tenho energia para isso hoje.

– Vamos por aqui – sugeriu Luke com calma, desviando Bob por um caminho diferente. – Mas você vai ter que contar para o Gethin em breve, não? Ele não vai notar?

Alice foi pega desprevenida: os dias estavam passando, quer ela quisesse que desacelerassem ou não. Luke concluiria a parte elétrica da reforma e depois iria embora, e então ela teria que contar a Gethin sobre o bebê e pronto: ela voltaria para casa, nada de hotel, nada de Luke, só ela e Gethin. Dois estranhos e seu bebê.

– Luke – disse ela de repente, desesperada para falar algo que não conseguia expressar direito –, você me diria, né? Se... se houvesse alguma coisa que eu deveria saber?

Ele parou de andar e a encarou.

– Sobre o quê?

O peito de Alice parecia estar sendo comprimido: adrenalina, medo e esperança sendo bombeados através dele, tudo ao mesmo tempo. *Fala. Anda!*

– Sobre nós dois.

Luke não respondeu. Ele apenas olhou para ela, e Alice sentiu como se pudesse enxergar a mente dele. Sua expressão era tão confusa e triste que ela sentiu sua onda de tristeza. Ah, meu Deus, sim, *tinha* acontecido alguma coisa. Tinha, *sim*.

– Alice, eu não... – começou ele, mas então Lorde Bob se lançou para a frente, todos os seus trinta quilos quase a lançando ao chão, dando um puxão doloroso na articulação do braço dela.

Alice tropeçou, Luke a amparou, e ela mal teve tempo de registrar a chuva de faíscas que percorreu todo o seu corpo quando as mãos dele a seguraram, antes que percebesse um borrão branco vindo na direção deles por cima da grama onde era proibido pisar naquela época do ano.

Lorde Bob estava forçando a guia e Luke a tomou da mão dela.

– Isso aconteceu outro dia. – A voz de Alice não soava como a dela. – A Libby disse que são cães do abrigo do outro lado da colina.

Era um cachorro branco, percorrendo o chão entre eles como um foguete. Nenhum dos outros cães o seguiu, e Alice podia ver a passeadora disparando atrás dele, gritando desculpas enquanto ainda segurava as guias dos outros. Alguns deles não pareciam nada satisfeitos com a corrida forçada.

Alice ficou angustiada.

– Aquele cachorro é igualzinho à Fido, minha cadelinha – disse ela.

– Tem certeza que não é ela? Parece que ela conhece você.

– Não, a Fido foi atropelada – respondeu ela automaticamente, mas a cachorrinha não parecia estar indo na direção de Bob, como ela presumira. Corria diretamente para ela, caminhando de um jeito bastante familiar com as pernas rígidas, uma mancha escura sobre o olho e a determinação de um cachorro pequeno. Um animal que tinha visto alguém que temia ter perdido para sempre.

Um animal ao qual ela prometeu que nunca, nunca iria embora. Um animal que não esquecera essa promessa, que tinha esperanças, que vivia olhando ao redor, sentindo a falta dela, e cujo forte coração de terrier ousava agora explodir de alegria.

Alice levou a mão à boca, chocada demais para falar.

Aquela *era* a Fido.

A cachorra latia agora, latidos de felicidade incontroláveis, e, quando estava a cerca de um metro deles, ela se lançou diretamente nos braços de Alice – que haviam se aberto sem que ela se desse conta.

A terrier lambeu o rosto dela, latiu, depois lambeu mais, depois guinchou de felicidade, seu rabo abanando com tanta força que a cada solavanco seu corpo quase escapava do colo de Alice, que percebeu que chorava e ria ao mesmo tempo.

– Fido! – repetia ela sem parar, enfiando o nariz no corpo quente da cachorrinha. – Fido!

De todas as coisas estranhas e perturbadoras que haviam acontecido com Alice nas últimas semanas, aquela foi a única que fez seu coração explodir de felicidade.

Capítulo 25

– Mil desculpas! – A passeadora de cães, uma mulher alta, de cabelos escuros e colete, os alcançou bem no momento em que Fido cobria completamente o rosto de Alice com lambidas. – Me perdoe mesmo. Isso nunca aconteceu comigo antes, de verdade. Você tá bem? Ela escapou... olha só! – A mulher ergueu uma coleira vazia. – Ela devia estar muito ansiosa para ver você.

– Não se preocupe. – Fido estava aninhada no pescoço de Alice, esfregando sua cabeça em deleite contra o rosto dela. – Ela tá bem.

– Fido, você é muito travessa. – A mulher parecia mortificada. – Mas eu preciso dizer que é bom vê-la tão animada. A pobrezinha passa o dia todo deprimida num canto desde que chegou para a gente.

– Fido! Como você sabe que ela se chama Fido?

– Estava no chip. – A mulher a encarou com curiosidade. – Como *você* sabe que ela se chama Fido?

– Porque eu acho que ela é minha cachorra.

– O quê? Você é Alice Robinson? Da King's Avenue?

– Sim! Como você sabe?

Ela revirou os olhos com impaciência.

– Porque você se deu ao trabalho de colocar um chip na sua cachorra, mas não atualizou as informações depois que se mudou, né? As enfermeiras da clínica veterinária vêm tentando entrar em contato para informar que ela foi entregue lá, mas ninguém sabia nada de você *ou* da Fido.

Alice lutava para processar tudo aquilo.

– Veterinária? Ela estava no veterinário? Você não é do abrigo?

A passeadora de cães segurou as guias com uma das mãos e ofereceu a outra para Alice.

– Meu nome é Rachel Fenwick e, sim, eu administro o abrigo de cães no topo da colina. Meu marido, George, é o veterinário. A Fido foi atropelada por um carro, a gente acredita... Um cliente nosso que é fazendeiro a encontrou inconsciente em uma cerca e a trouxe pra gente. No final das contas foram só algumas lesões, mas ela estava em choque e muito desidratada. Se tivéssemos conseguido falar com você antes, poderíamos ter avisado.

Alice sentiu seu coração gelar. Gethin lhe dissera que um ônibus havia matado Fido imediatamente.

– Quando ela chegou até vocês?

– Ah, não tenho certeza. Eu estive fora... Umas seis semanas atrás, talvez? Ela está comigo desde o final de abril. Nós achamos que estar com outros cães a animaria, mas ela não está nada bem. – A expressão de Rachel ficava mais sombria. – Claramente ela sente mais sua falta do que você sentiu dela. Não há muitos abrigos para cães na região. E ninguém apareceu procurando por ela.

Luke tossiu.

– A Alice também sofreu um acidente. Ela ainda está se recuperando. – Ele colocou a mão protetora no ombro dela, mas Alice estava ocupada demais pensando para perceber.

– Nenhuma ligação? – Ela franziu a testa. Nada disso fazia sentido. Por que Gethin disse que Fido tinha morrido? Se ela simplesmente fugiu, por que ele não ligou para os veterinários e abrigos na região quando ela desapareceu?

Sua cabeça doía. Havia algo errado e ela não conseguia saber exatamente o quê. Os fatos deslizaram para longe, mas ela tinha chegado muito perto dessa vez. Outros estavam bem na frente da cortina escura, fatos que não se encaixavam.

– Ah, meu Deus. Não sei o que fazer agora – disse Rachel. – Quer dizer, eu sei que deveria pedir uma identificação, mas obviamente ela é sua. É impossível uma identificação melhor do que essa.

Fido estava enrolada nos braços de Alice, os olhos fechados em êxtase. Alice inalou seu cheirinho tão familiar e pensou *É exatamente assim que me sinto agora também*. Uma memória antiga e uma nova misturadas: o alívio que ela e Fido, sem precisarem de uma única palavra para explicar, sentiam por conhecerem muito bem uma à outra.

– Obrigada – disse ela simplesmente para Rachel. – Muito obrigada.

Luke se ofereceu para levar Alice e Fido de carro direto para Stratton, mas ela achou melhor pegar o trem. Precisava de algum tempo para pensar.

Rachel Fenwick emprestou a ela a guia que Fido havia arrebentado, e com a coleira agora refeita – embora Fido não desse nenhum indício de que sairia do lado de Alice, muito menos de que fugiria – elas partiram da estação para a casa de Gethin.

Caminhar com a terrier trotando logo abaixo de sua visão periférica, colando-se o mais perto possível de sua perna, fez Alice perceber o que sua mente vinha tentando mostrar toda vez que ela passeava com Lorde Bob: não era um *déjà-vu*; ela *adorava* passear com um cachorro. Aquilo fez com que se perguntasse o que mais seu cérebro lhe dizia sempre que ela não estava tentando se lembrar das coisas. A cada rua por onde passavam, flashes engraçados deslizavam pelo fundo de sua mente, como se o cheiro e a sensação de Fido os tivessem liberado: o primeiro passeio assustado de Fido na neve; um vendedor de jornal pelo qual passavam todas as manhãs, com seu bull terrier fofo e grisalho; a cachorrinha de seu pai, Barley, subindo na cama de Alice; sua mãe fazendo um tutu para o aniversário de Barley. Memórias felizes e agridoces que já não a faziam estremecer preocupada. Não agora que tinha o princípio de algo concreto a que se agarrar.

Mas por trás de sua felicidade ao encontrar Fido estava o fato inquietante de que Gethin havia mentido para ela. Por que ele a deixou pensar que Fido havia *morrido*? Era uma mentira tão grande e esquisita que fazia todo o resto parecer instável.

Ela passou o resto da tarde olhando novamente todas as fotos espalhadas pela casa, tentando entrar em seu laptop, imaginando o que mais ela não sabia, e, às cinco da tarde, ouviu a porta da frente se abrir.

Gethin ficou surpreso ao encontrá-la sentada à mesa da cozinha.

– Alice! Você voltou? – O rosto dele brilhou de alegria e Alice sentiu algumas de suas perguntas fervilhantes deslizarem sob a culpa que sentiu por duvidar das boas intenções de Gethin.

– Não – respondeu ela. – Mas tem alguém que voltou, sim. – Ela moveu a cadeira para o lado, revelando Fido, estirada debaixo da mesa, exausta. Quando a perna da cadeira raspou no piso, ela acordou, e, ao ver Gethin, Fido congelou, então latiu duas vezes, três vezes e parou, seu rabo abanando a meia velocidade, incerto.

Gethin congelou também, Alice notou. Aquilo era um lampejo de culpa? Vergonha? Dúvida?

– Encontrei a Fido hoje de manhã, no parque – explicou ela. – Ou melhor, ela me encontrou. Veio correndo.

– Tem certeza de que é ela? – Ele parecia atordoado. – Tipo, como você sabe...?

– Ela me reconheceu. E o veterinário que a encontrou escaneou o chip. – Alice o encarou por um longo momento. – Tenho certeza de que é ela.

– Claro que é você, não é, Fido?! – Ele se ajoelhou para acariciá-la, e Alice se perguntou se ele estava usando aquele momento para inventar uma história.

Fido o cheirou, olhou para Alice, e então timidamente lambeu a mão dele. Uma lambida muito educada.

Gethin acariciou as orelhas de Fido, fazendo cócegas sob seu queixo barbudo.

– Ah, Fido, é tão bom ver você...

Alice não conseguiu segurar. O que ele estava *fazendo*?

– Por que você me disse que ela tinha sido atropelada por um ônibus? Por que disse que ela havia morrido?

– Porque... – Ele se levantou e enfiou as mãos no cabelo rebelde. – Meu Deus, me perdoa. Você deve achar que eu sou completamente maluco. Eu não sei, só saiu. Ela fugiu um dia que você estava passeando com ela, e você estava no telefone e não viu para onde ela foi. Nós procuramos sem parar. Você estava absolutamente desesperada, se culpando... Eu fiquei tão preocupado com você. Fui na polícia informar e... – Ele fez uma pausa.

– E o quê?

Gethin parecia enjoado.

– A polícia me disse, em segredo, que alguns cães vinham sendo roubados por aqui, que as gangues estavam usando os pequenos como isca para cães de briga. E eu não queria que você achasse que isso poderia ter acontecido com a Fido. Eu não ia aguentar você preocupada desse jeito. *Eu* não podia aguentar. Então, quando você voltou e obviamente não conseguiu se lembrar dela, achei que seria mais fácil esconder todas as coisas dela, em vez de dizer que ainda estava perdida.

– Mas nós procuramos?

– Claro que procuramos!

Alice tentou acreditar. Ela queria acreditar. Mas, apesar da terrível lógica da história de Gethin, alguma coisa não se encaixava. Por que ela estava passeando com a Fido em Longhampton? Ela não conhecia ninguém em Longhampton antes do acidente. A menos que... A Fido estava com ela quando foi atropelada? Mas isso significaria que Gethin ainda estava mentindo. Por que ela não conseguia se lembrar? Ele olhava para Alice com muita ternura.

A faixa invisível em volta de sua cabeça apertou.

– A moça do abrigo disse que eles ficaram com ela por umas seis semanas. Não receberam nenhuma ligação.

– Ela estava em um abrigo? Onde?

– Longhampton. – Rachel não disse onde ficava a clínica veterinária de seu marido, mas certamente não poderia ficar longe do abrigo. – Como ela foi parar lá? A gente passeou por lá, talvez?

Gethin franziu a testa.

– Jura? Eu liguei para todos os veterinários e abrigos locais. Tenho certeza de que verifiquei até em Longhampton. Talvez você *tenha* ido lá. Você vinha fazendo passeios longos, nunca atendia o telefone. Eu até me preocupei algumas vezes. Mas olha só, agora ela está de volta, e isso é tudo que importa. Você não a perdeu!

Alice sentiu uma pontada de culpa.

– Em parte é minha culpa não a termos encontrado antes. Eu não atualizei os dados do chip. – Ela ergueu Fido, apoiando-a em seu joelho. – Eles poderiam tê-la trazido direto para cá se eu tivesse feito isso.

– Você me disse que tinha mudado. – Ele parecia magoado. – Não mudou? Eu fiquei bastante comovido... Foi um gesto importante, considerando o quanto você amava a Fido. Eu sei que ela é basicamente a única família que você tem, então... foi como me incluir como parte disso. Eu preferia que você não tivesse me contado isso agora.

Sem saber bem por quê, Alice se viu se apressando para pedir desculpas.

– Se eu disse que ia, tenho certeza que pretendia. Eu vou fazer isso agora. Vou falar com o veterinário. Mas você não vai mais a lugar nenhum, vai, Fido?

Gethin a abraçou por trás, segurando-a gentilmente.

– Bem, talvez isso seja um sinal – disse ele. – A Fido voltou para casa, e agora é hora de você voltar também. – Ele acariciou a orelha de Alice. – Você recebeu os e-mails?

– Aham.

Eu queria poder ler os meus outros *e-mails*, pensou Alice. Para entender o contexto. Ela pensava nas intermináveis mensagens que costumava trocar com colegas de trabalho; cada data analisada e discutida. Tomar decisões com base em sua própria análise oscilante era algo novo. E estranho. Mas por que ela sentia a necessidade de verificar? As provas não estavam todas lá?

Se ao menos ela pudesse abrir o laptop. Ou ter seu celular de volta, ou mesmo entrar no Facebook. O que aconteceu para ela decidir desativar sua conta do Facebook?

Algo se agitou no fundo de sua mente. Uma fotografia constrangedora... uma festa do trabalho, talvez? Houve algumas. Bares em Londres. Talvez suas configurações de privacidade fossem muito restritas. Talvez por causa do ex-namorado? Da esposa dele? Seu coração apertou. Ah, Deus, poderia ser isso.

– Então? – Gethin beijou o pescoço dela e a abraçou forte. – Que tal você tomar uma decisão? Podemos ir buscar suas coisas no hotel agora mesmo...

Ela quase disse que sim, mas seus olhos fitaram Fido e algo a deteve.

– Em breve – disse ela, e sentiu formas se movendo em sua mente, por trás da cortina escura.

Na sexta-feira de manhã, no escritório do hotel, Libby verificou novamente o site do banco, atualizou a página, mas ainda estava lá: havia quinhentas libras na conta, embora ela não soubesse do que se tratava.

Ela clicou nos detalhes e tentou descobrir de onde o dinheiro tinha vindo. Era sua nova rotina, verificar a conta do hotel todos os dias depois do café da manhã, equilibrando-a com seu orçamento apertado. A última coisa que queria era gastar um dinheiro que não tinha e depois ter que pagar de volta.

Mas não, aquilo sem dúvida era crédito. Tinha vindo de uma conta que ela não reconhecia... Corcoran.

Jason.

Ela franziu a testa. Jason tinha ido embora do hotel, não queria dizer a ela o que estava fazendo, mas estava fazendo depósitos na conta deles? E de onde ele estava tirando o dinheiro, em parcelas como aquela? Só podia estar apostando de novo. Será que o Steve havia deixado que ele fizesse alguns investimentos em sua conta pessoal? Certamente isso era ilegal.

– Argh. – Libby afundou a cabeça nas mãos.

Aquele não era o jeito certo de Jason fazer as pazes com ela. Aquela seria a pior maneira de isso acontecer. Não era possível que ele não soubesse disso. Ela preferia ficar sem aquele dinheiro a ter que passar por aquilo novamente.

Antes que pudesse pensar melhor, ela pegou o celular.

Tocou três, quatro vezes, depois caiu na caixa postal. Alguns segundos depois, ela recebeu uma mensagem: "Não posso falar. Estou em reunião."

Muito conveniente, pensou ela. Se ele estava reagindo do jeito que reagiu depois que o mundo deles desabou da última vez, provavelmente estava sentado sozinho em um cinema, comendo chocolate e chorando. Jason deixou que *ela* lidasse com os amigos deles. Foi ela que teve que dar explicações, até ele conseguir por fim se animar o suficiente com a ideia do hotel e sair contando para todo mundo sobre sua nova aventura.

"Você depositou dinheiro na conta do hotel?", escreveu na mensagem. Três segundos depois: "Sim."

Libby olhou para a tela. Será que deveria perguntar de onde vinha aquele dinheiro? Parecia tão estranho ter sua relação com Jason reduzida a perguntas por mensagens de texto. Mas ela não conseguia parar de compará-lo a Luke, que naquele momento estava no andar de cima, colocando a mão na massa para ajudá-la. Enquanto isso, Jason tinha fugido e depois simplesmente começou a tentar resolver o problema com dinheiro, como se essa fosse a solução.

Embora fosse, de fato, destacou uma voz em sua cabeça. Daria para pagar as compras do mês e parte da conta de luz. Significava que ela não teria que anunciar sua última bolsa cara no eBay. Por mais um mês. "Investimentos?", perguntou ela, e ficou feliz de a mensagem esconder seu tom de voz. Ao telefone, ela sabia que aquilo desencadearia uma discussão. Jason era muito sensível ao "tom".

Houve uma pausa. "Não."

A van de Lorcan parou do lado de fora, e ela também pôde ouvir a voz de Alice, que voltava do passeio com os cachorros. Entretanto, o dia agitado que se aproximava fez com que ela se sentisse mais forte; ela estava lidando com aquilo tudo, mesmo indo contra suas próprias expectativas. A partida de Jason tinha feito aquilo acontecer. E ele estava de fora.

Libby ouviu a voz de Alice, que ria com os aprendizes, e de repente sentiu vergonha de si mesma. *Seja gentil*, pensou ela.

"Obrigada", ela mandou na mensagem de volta, e seu dedo hesitou antes de acrescentar "beijos" no final.

Ela sentia muita falta dele. O que Jason estava fazendo? No que ele estava pensando? Libby quis perguntar, mas algo a deteve.

Ela sempre o havia persuadido a pedir desculpas, estimulando-o até que ele conseguisse. Dessa vez, ela queria que Jason desse o primeiro passo, só para mostrar que ele sabia *pelo que* deveria se desculpar.

Libby colocou o celular no modo silencioso e deu continuidade ao seu dia.

Era engraçado como Fido correspondia exatamente ao tipo de cachorra que Libby imaginava que Alice poderia ter: antiquada, peculiar e descontraída. Ela se encaixava muito bem com o estilo vintage da decoração.

– Não sei o que acho que me surpreende mais – disse ela. – O fato de haver espaço para dois cachorros naquela cesta ou de o Bob não parecer se importar com outro bicho se metendo no seu caminho.

Bob e Fido estavam enrolados na velha cama xadrez do escritório, Fido um yang branco muito pequeno para o ying preto e brilhante de Bob. Uma das longas orelhas de Bob transbordava para o lado, e o rabo de Fido estava em um ângulo estranho, mas nenhum dos dois parecia se importar.

– Nenhum dos dois é de fato surpreendente – disse Alice. – Surpreendente é você receber outro cachorro no hotel sem sequer mencionar os pelos brancos. Não se importa mesmo que ela fique comigo?

– Fala sério! Como eu poderia recusar um animal milagroso? – Libby ergueu uma sobrancelha. – Não é todo dia que um cão volta dos mortos.

– Não. Gethin não para de se desculpar. Eu acho que ele é um psicopata? Não! Eu acho que ele estava tentando me enganar? Não! Só acho que ele é um baita mentiroso.

– Engraçado, né? – falou Libby. – É bem coisa de homem, dizer a primeira coisa que vem à cabeça e depois piorar a história cada vez mais.

Alice pousou a pilha de faturas que estava separando na bandeja de entrada de Libby.

– De certa forma, é bom. Acho que esse é o ponto em que nos conhecemos de verdade, lado bom e lado ruim. O Gethin diz coisas idiotas quando está sob pressão, pronto. E ele é superprotetor comigo. – Ela parou, e Libby viu uma pequena ruga em sua testa. – Acho que isso não é uma coisa ruim.

– Você já… contou para ele? – Libby deliberadamente não havia mencionado a gravidez de Alice nos últimos dias, querendo dar à amiga tempo para pensar sobre o assunto, mas estava preocupada mesmo assim.

– Ainda não. – Alice parecia evasiva. – Fiz outro teste, um que diz o tempo de gestação. Só estou com oito semanas. É cedo o suficiente para que, bem, as coisas não deem certo por si sós. Eu criar esperanças em Gethin, voltar para casa e… tudo isso. – Ela desviou o olhar. – É tão definitivo. Eu queria muito saber se já havíamos conversado sobre começar uma família antes. Se isso foi planejado.

– Você não pode perguntar?

– Eu até poderia. – Seu rosto dizia o que ela não queria colocar em palavras. – Mas acho que sei o que ele diria. Ai, meu Deus. Isso faz de mim uma péssima pessoa?

– Não! De jeito nenhum. Como alguém pode saber o que faria no seu lugar? Mas e aqueles analgésicos que você estava tomando? Você não deveria consultar um médico para verificar se não são perigosos?

– Semana que vem. – Alice parecia assustada, mas determinada. – Vou lá na semana que vem. Eu prometo. Só não me *sinto* grávida. Eu não consigo me acostumar com essa ideia. É como se estivesse acontecendo com outra pessoa. Como se fosse parte da minha antiga vida, de alguma forma, algo que simplesmente... vai passar.

Libby encontrou seu olhar.

– Não vai passar, Alice.

– Eu sei. – Ela afundou na única poltrona boa do escritório e imediatamente Fido levantou as orelhas e se soltou do abraço enrugado de Bob para pular no joelho de Alice. – Eu sei.

– Você já pensou em... – Antes que Libby pudesse concluir, o telefone tocou e ela atendeu. No fundo de sua mente, ela sempre torcia para que fosse Jason ligando para se desculpar ou para se explicar... qualquer coisa em vez daquele silêncio.

– Bom dia. Hotel Swan. Como posso ajudar?

– Ah, oláááá – disse uma voz muito londrina. – Posso falar com Libby Corcoran?

– É ela.

– Ah, oláááá, Libby. Aqui é Tara Brady. Eu sou freelancer da *Inside Home*. Que vai visitar o seu hotel. Você falou com a minha editora, Katie, umas semanas atrás.

– Ah, oi! Como vai? – Ela gesticulou para o telefone tentando chamar a atenção de Alice, imitando uma jornalista usando uma máquina de escrever invisível.

Alice franziu a testa.

– Jools Holland? – murmurou ela.

Libby balançou a cabeça.

– Bem, obrigada – respondeu Tara. – Escute, espero que não seja uma grande questão para você, mas a minha editora reformulou a edição de Natal e agora acha que uma matéria sobre viajar para um hotel-barra-casa-de-campo funcionaria muito melhor na nossa edição de outubro. Folhas frescas e passeios aconchegantes e botas novas, sabe como é.

– Claro! Adoro outono! – disse Libby. Edição de outubro. Seria lançada em setembro, certo? – Então você teria que vir um pouco antes?

– Sim, na verdade bem antes, porque vou passar a maior parte do mês de julho em uma trilha de três semanas. Hmm, eu realmente esperava poder ir... daqui a mais ou menos umas duas semanas. Eu tenho que mandar a matéria até o final desse mês. Vocês vão estar prontos até lá?

Nós precisaríamos tirar fotos também, e se você pudesse criar um clima de outono seria ótimo.

Ela riu, e Libby também, embora não tivesse nenhuma vontade de rir naquele momento. Seu estômago embrulhou como se ela estivesse em uma montanha-russa.

O final de junho era dali a duas semanas. *Catorze dias*. Ela olhou para o calendário na parede à sua frente e empalideceu. Eles não tinham sequer começado a lixar o chão, muito menos pintar as paredes, e nenhum dos novos quartos tinha camas, muito menos as outras mobílias. Será que a tinta secava em tão pouco tempo? E se eles intoxicassem a jornalista com... o verniz do piso, ou o que quer que fosse? Ainda havia o quarto 4, mas eles dificilmente poderiam colocá-la em um quarto e manter todas as outras portas fechadas...

– Bom, se for um problema, eu entendo... – começou Tara, mas Libby nem a deixou concluir. Ela não podia deixar aquela oportunidade escapar. Eles teriam que dar um jeito de terminar tudo.

– De jeito nenhum. Adoraríamos ver você, hmm, daqui a umas duas semanas.

– *Duas semanas?* – murmurou Alice, horrorizada.

– Muito obrigada! Você é incrível. Eu estava torcendo para que desse tudo certo. A Erin estava muito animada com o seu projeto quando falei com ela. Acho que ela está com ciúmes porque eu vou me hospedar aí antes dela!

Merda. A postura de jovem empreendedora de Libby derreteu completa e abruptamente. Ela havia esquecido que Erin provavelmente dissera a Katie – que havia contratado Tara – que ela esperasse por uma Soho House com sidra. Aquilo definitivamente não era o que ela iria encontrar. Estaria mais para capinhas de tricô para bolsas de água quente e biscoitos caseiros, para desviar a atenção da roupa de cama básica e das mesinhas de cabeceira reformadas. Será que ela desistiria se soubesse disso? Eles não podiam se dar ao luxo de isso acontecer.

Os imensos olhos de Alice estavam tão arregalados que o branco de seus olhos parecia ter duplicado de tamanho. Libby teve que virar de costas para não correr o risco de seu pânico ser transmitido pelo telefone.

– Estamos ansiosos para receber você aqui, Tara! – disse ela, com um toque da velha Libby de Londres. – Eu tenho seus contatos... Vou enviar um e-mail de boas-vindas para você e, se puder confirmar uma data, teremos seu quarto pronto!

E-mail de boas-vindas. Essa era outra coisa que ela precisava fazer.

Na cadeira, Fido e Alice olhavam ansiosas para ela. Lorde Bob, a estrela involuntária do site, continuou dormindo como o marajá que era.

– O que foi isso? – perguntou Alice.

– Mudança de planos – disse desligando o telefone e imediatamente ligando a cafeteira. – A jornalista chega em aproximadamente catorze dias.

– O quê? Eu achei que tinha ouvido errado. Você encontrou uma máquina do tempo no porão ou algo assim?

– Eu sei. Mas o que eu podia fazer? A gente *precisa* dessa matéria. – Libby se sentou e levantou em seguida. Sua apreensão estava aumentando. Concordar alegremente com um novo calendário sem consultar Lorcan era ruim, mas enganar Katie sobre o estilo do hotel... – Será que eu deveria ter dito para Tara que não vamos mais investir naquela experiência de luxo? Ah, meu Deus. Ela vai entrar aqui e perguntar onde ficam as salas de massagem e a sauna, e tudo o que temos a oferecer vai ser o Bob sentado no joelho dela com o aquecimento ligado. – Libby colocou as mãos nas bochechas e puxou o rosto para baixo, em uma pose de *O grito*. – Você não acha que ela daria meia-volta e sairia imediatamente, acha?

– Não sem antes tomar uma xícara de chá. O caminho até aqui é muito longo para sair correndo depois. De qualquer maneira, você vai mandar para ela o e-mail de boas-vindas, não vai? Certamente isso dará uma ideia aproximada do que esperar.

– Mas... ela provavelmente foi informada de que o hotel Swan é um pedacinho do Soho no meio dos pomares de macieiras. E se essa for a história na qual ela está interessada? Casal moderninho de Londres em cima de um trator?

A expressão de Alice pareceu desconfortável.

– Nesse caso, eu ficaria mais preocupada com o fato de o Jason não estar aqui.

– Isso é um ponto muito importante. – Libby olhou para a grande pintura a óleo do veado solitário. Ela estava espalhando as melodramáticas coleções escocesas de Margaret e Donald por todo o hotel, que agora estava pintado em cores mais pálidas e tranquilizadoras, e todas as peças pareciam muito melhores isoladas do que em um rebanho sombrio. Talvez aquele drama enevoado tivesse um tom mais pacífico contra uma parede creme, em vez desse papel de parede vermelho-sangue. Seria possível focar nas colinas ondulantes, em vez de no veado condenado. – Como vou contornar isso?

– Talvez você possa dizer que ele é tímido? – sugeriu Alice. – Trancar o Luke em um quarto e fingir que ele é o Jason, e que ficou preso lá dentro? Dizer que ele está viajando?

Libby levantou as mãos, desesperada.

– Ela com certeza vai perguntar. E a Margaret? Bem, eu adoraria ler algo do tipo "Mulheres fazendo tudo sozinhas"... se fosse outra pessoa fazendo isso.

– Mas você está fazendo isso sem o Jason. Você está fazendo isso tudo com pouco dinheiro, sem seu marido... só para manter o negócio da família *dele* de pé.

– Assim parece até que ele morreu.

– Bem, se você fosse o Gethin, essa seria uma explicação perfeitamente aceitável. – Alice franziu a testa. – Basta ressuscitar o Jason quando ele convenientemente reaparecer vivo.

Libby riu, então colocou a mão sobre a boca.

– Desculpa. Eu não deveria rir.

– Não, ria – disse Alice. – É disso que eu e o Gethin precisamos. Piadas internas. – Ela pareceu melancólica. – É isso que une as pessoas, não é? Piadas e memórias.

– Sim – respondeu Libby. Ela odiava fazer a cama sozinha. *Era* mais rápido com Jason na outra ponta do edredom, sendo estupidamente competitivo para terminar primeiro. – Mas vamos lá, vamos nos concentrar no hotel. Precisamos dizer ao Lorcan que ele está com tempo contado. Traz a Fido. – Fido aparentemente fazia o sentimental Lorcan se lembrar de Minton, o terrier branco de sua esposa, Juliet. – Ele não consegue negar nada quando a Fido está com você.

Fido abanou seu longo rabo.

– Todo mundo faz sua parte nesse hotel, Fido – declarou Libby, e pegou seu caderno.

Capítulo 26

Lorcan estava supervisionando o acabamento do banheiro do quarto 7, que havia atingido um estágio delicado, quando soube que só tinha catorze dias para terminar todo o trabalho, mas recebeu a notícia com seu equilíbrio habitual.

– O quê? Isso não é uma pegadinha, é? – Ele coçou a barba por fazer, com uma expressão incerta. – Primeiro você faz um corte no orçamento; depois reduz o nosso tempo pela metade... Qual é o próximo passo, Sra. Corcoran? Contratar celebridades para fazer acabamentos chiques no gesso? Devo esperar que David Hasselhoff apareça aqui com uma espátula amanhã de manhã?

– Não, vou obrigar você a trabalhar com os olhos vendados – brincou Libby. – Sério, é possível? Só me diz o que preciso fazer e eu farei. Passo a noite inteira pintando paredes, se você pedir.

– Ah, pronto! Com todo o respeito, desse jeito a gente ia precisar de mais uns dez dias de trabalho.

– Estou falando sério – disse ela. – Embora provavelmente vá ser mais rápido se você não precisar refazer as coisas pela manhã.

Lorcan ergueu seus ombros largos, então os deixou cair, o que fez seus cachos saltitarem.

– Claro, é possível. A gente dá um jeito. Você já falou com a Gina?

– Eu pensei em te contar primeiro, para que pudesse me dar uma resposta sincera antes que ela o obrigasse a dizer que sim. Ela jamais recusaria, por uma questão de princípios.

– Ha! – Ele apontou para ela. – Você está aprendendo rápido. De qualquer maneira, quanto mais cedo o hotel estiver em funcionamento, mais cedo você ganhará dinheiro e todos nós poderemos ser pagos. Além disso, tenho certeza de que você prefere estar atrás do balcão de recepção lidando com os hóspedes do que emassando paredes no segundo andar.

– Exatamente. – Por dentro a confiança de Libby vacilou. Ela não tinha pensado como seria depois que a obra acabasse. Na verdade, administrar o hotel sozinha ia ser algo completamente diferente. Mas ela se obrigou a trazer seu foco de volta à questão atual.

– Eu fiz uma lista – disse ela, acenando com o caderno. – Uma coisa de cada vez, certo?

– Meu conselho é: liga para a Gina. – Lorcan deu um tapinha no ombro dela. – Não há prazo que ela não consiga destruir de manhã depois de quatro cafés.

Gina entrou em ação com uma enxurrada de sugestões e listas, e Libby se viu trabalhando, planejando e tomando decisões desde o momento em que se levantou até o segundo em que adormeceu. No fim das contas, tomar decisões era mais fácil quando não se tinha tempo para ruminá-las.

Os web designers estavam sediados no mesmo armazém próximo ao canal onde Gina tinha seu escritório; como era de se esperar, o rascunho do site magicamente se transformou em uma versão pronta para ser lançada vários dias antes do previsto. Era simples, porém elegante; eles desenvolveram um novo logotipo para o hotel, e um desenho a lápis de Lorde Bob vagava pela página especial dedicada aos hóspedes caninos. Libby havia pegado emprestado o álbum de Doris e, com sua permissão, usou algumas das fotografias antigas do hotel ao lado das novas fotos tiradas pelo marido de Gina, que havia conseguido fazer o lugar parecer muito mais finalizado do que realmente estava, e concordado em receber como pagamento um fim de semana na suíte nupcial.

Libby estava ficando muito boa em permutas.

Enquanto a decoração seguia em um ritmo frenético no segundo andar, Libby se trancou no escritório e escreveu o e-mail que seria enviado para todas as reservas – começando com a de Tara Brady. Aquela fora uma ideia que ela pegara emprestada de um refúgio romântico para o qual Jason a levara na comemoração de seu terceiro ano juntos; ela não poderia oferecer uma garrafa de champanhe de cortesia, mas um pouquinho de charme era grátis. Era um e-mail simpático, dando as boas-vindas ao hóspede e descrevendo as rotinas e as políticas de cancelamento do Swan, junto com um mapa com a localização pronto para ser impresso e sugestões de lugares próximos onde comer, já que eles não dispunham de um restaurante próprio. Ela criou um modelo para poder adicionar eventos da temporada e outras pequenas ideias que tornariam a estadia daquele hóspede o mais tranquila e agradável possível.

Libby conferiu o texto inúmeras vezes até que Alice, ao chegar com o almoço, acabou perdendo a paciência e enviando de vez o e-mail para Tara; no segundo em que a mensagem deixou a caixa de saída, elas trocaram olhares entusiasmados.

– Agora não tem mais volta – sentenciou Libby, e seu estômago revirou.

Eles tinham apenas sete dias.

Para garantir que tudo terminasse a tempo, Lorcan havia convocado algumas mãos extras – seus companheiros da época em que era *roadie*. Depois de um momento preocupante em que Libby teve a certeza de que o hotel iria de fato desmoronar enquanto o piso estava sendo lixado por dois homens carecas com camisetas do Metallica, os quartos começaram a ganhar vida. A cor subiu pelas paredes em tons suaves de lilás e creme, escolhidos por Michelle, a designer de interiores de Gina, que lhes forneceu cortinas em algodão cru resistente por um preço generosamente reduzido. Uma parte do restrito orçamento tinha sido reservada para roupas de cama decentes, e todo o resto teve que ser adquirido de maneiras mais criativas. Certa manhã, Gina chegou com uma van lotada de tapetes velhos da instituição de caridade, que, conforme instruiu aos aprendizes de Lorcan, deveriam ser lavados no jardim para voltarem à vida, enquanto Libby invadia as lojas de caridade locais para relógios de parede e espelhos vintage, pedindo a todos os funcionários que guardassem para o hotel qualquer decoração pontiaguda em formato de sol.

Eles trabalhavam até tarde e começavam cedo, alimentados pelo suprimento de café e sanduíches preparado por Alice e pelo suprimento igualmente ininterrupto de coletâneas de *soft metal* de Lorcan. Gethin não estava nem um pouco feliz com as horas extras que Alice vinha fazendo;

ele costumava passar lá no caminho de volta do trabalho para buscá-la, fazia sempre comentários incisivos sobre sua saúde, e houve um dia em que ela não apareceu, pois ele insistiu que Alice precisava de um dia de descanso de verdade. Mas, fora isso, o clima no hotel não era como nada que Libby já tivesse visto em um ambiente de trabalho. Todos estavam determinados a terminar a obra, felizes em ajudar no que pudessem. Sempre que ela tentava agradecer – as antigas recepcionistas de meio período de Margaret que apareciam lá para polir espelhos e limpar janelas, ou um fazendeiro próximo que ligava oferecendo amostras de produtos para café da manhã e uma nova proposta de fornecimento de leite fresco e legumes –, as pessoas simplesmente reagiam com um "deixa disso".

"Tudo isso é ótimo para a cidade", foi o comentário que ela ouviu repetidas vezes, o que a fez perceber que a Árvore da Gentileza não era algo que o hospital havia inventado. Longhampton não era sua cidade natal, mas, a cada gesto gentil, parecia cada vez mais um lugar ao qual ela se orgulhava de pertencer. Libby só estava triste por Jason não estar lá para compartilhar tudo aquilo com ela.

A única pessoa que não tinha sido capturada pela correria em prol da conclusão da reforma foi Margaret.

Com Jason ainda emburrado, Libby tinha feito um esforço sobre-humano para envolvê-la em todas as decisões que foi capaz de pensar, grandes e pequenas, mas o que quer que ela tentasse era recebido com uma teimosa falta de interesse. Libby não conseguia acreditar que Margaret realmente não sentisse nada, não quando o hotel estava começando a parecer tão incrível, e a magoava pensar que todo o trabalho que vinha fazendo para salvar os negócios da família de alguma maneira não era tão bom quanto teria sido se Jason estivesse lá.

– Talvez você devesse perguntar ao Jason – dizia ela sempre. E quando Libby explicava que era a opinião *dela* que queria, Margaret apenas bufava e murmurava algo sobre não estar alinhada com o que as pessoas gostavam. Além disso, ela ainda parecia estar levando a ausência de Jason para o lado pessoal com mais força do que Libby.

Mas à medida que o dia da visita de Tara se aproximava, Margaret inesperadamente começou a se interessar mais pelo que estava acontecendo. Libby estava no andar de cima, com os braços doloridos enquanto pendurava outro par de cortinas, quando percebeu Margaret atrás dela. Uma nuvem de Yardley Lavender, pelo de basset hound e reprovação.

– Gostou? – perguntou Libby. – Elas têm forro duplo para bloquear a luz e garantir uma boa noite de sono. Achei que isso seria mais importante do que um material chique.

– São bem simples… – Margaret esfregou o tecido entre o indicador e o polegar.

Bem, sim, pensou Libby, *em comparação com o caos floral de sua paleta de cores*. Pessoas já haviam enlouquecido em quartos mais minimalistas do que os de Margaret.

– …mas parecem bem-feitas. Suponho que esse visual rústico esteja na moda atualmente, não é?

– A ideia é essa: simples e com qualidade. – Libby desceu da escada. – Tem alguma coisa que eu possa fazer por você?

Margaret olhava ao redor do quarto; era um dos favoritos de Libby, pintado de verde-claro com uma cama de casal de madeira escura imaculada que encontrara em uma loja de caridade, com mesinhas de cabeceira e penteadeira combinando. Uma pechincha para o hotel, algumas centenas de libras para caridade. Libby colocou um agradecimento na Árvore da Gentileza para a pessoa que havia doado os móveis do quarto de sua avó.

Libby esperou que ela comentasse como tudo estava lindo, mas o elogio não veio. Em vez disso, Margaret disse:

– Eu estive conversando com Timothy Prentice, lá do clube, e ele disse que talvez não fosse má ideia chamar um corretor para avaliar o local quando a obra estiver terminada. Só para ter uma ideia do valor para o seguro – acrescentou alisando o aquecedor em busca de poeira.

Não havia poeira nenhuma. Libby tinha limpado.

– Mas nós não vamos vender – disse Libby. – Achei que já tínhamos discutido isso. Eu tenho todo um planejamento para o próximo ano. Gina e eu falamos muito sobre investir em divulgar o hotel localmente.

– Eu entendo por que você se sente assim, querida, mas dá muito trabalho. Você não tem ideia do quanto é exaustivo. E se o Jason não voltar…

A frase pairou no ar entre elas, mais pungente do que a tinta fresca.

– O Jason vai voltar – disse Libby, embora não tivesse certeza se acreditava nisso. – Ele só está... resolvendo algumas coisas. De todo modo, não podemos fazer nada sem a autorização dele, não legalmente. Ele é um dos proprietários.

Margaret inclinou a cabeça.

– Você vem dizendo isso há um tempo, e ele não voltou. E como *eu* não tive notícias dele, preciso me perguntar se você realmente sabe o que está acontecendo.

Libby vinha se esforçando muito em relação a Margaret, mas estava chegando ao seu limite. Luke tinha razão: ela mudava o tempo todo; não importava o quanto você tentasse agradá-la, era impossível vencer. Donald devia ter sido um *santo*.

– Eu agradeço o que você está dizendo, mas será que isso pode esperar? A jornalista vem no final da semana e quero que dê tudo certo com ela. E não quero que todos que se dedicaram a nos ajudar essa semana sintam que estávamos redecorando tudo apenas para vender. Só... seja otimista.

– Eu *estou sendo* otimista. O que fez você pensar o contrário? – Margaret parecia indignada e se virou para sair. – Ah – acrescentou por cima do ombro quando estava quase do lado de fora da porta –, você não passou uma das argolas no trilho.

Libby olhou para cima. Não tinha passado mesmo. Teria que começar de novo.

Saco.

Na sexta-feira, Tara Brady chegou em um Range Rover novinho em folha pouco antes da hora do almoço.

– Ela está aqui! – anunciou Alice, espiando através das cortinas de *voil* do escritório. – E... parece que ela trouxe um cachorro.

– De que tamanho? – Libby olhou para Lorde Bob e Fido, esparramados no chão em uma nesga de sol com as costas coladas uma na outra. – Pequeno o suficiente para o Bob esmagar?

– Está dentro de uma bolsa.

– Ah, meu Deus. Então é muito pequeno. – Libby sentiu o refluxo causado pelo café. – Ela não disse que ia trazer um cachorro.

– Isso é ótimo! Vai dar para testar o meu carrinho para cães. – O carrinho especial de Alice estava estacionado do lado de fora dos quatro quartos que Libby designara para cães: estava carregado de biscoitinhos, lenços umedecidos, sacolas, neutralizador de odores, toalhas vermelhas, tigelas de água novinhas e uma guia extra.

Libby bateu palmas, sem pensar.

– Certo, aos nossos lugares.

Ela não tinha conseguido se sentar desde o café da manhã às seis, andando de um quarto para outro, ajeitando almofadas, aspirando cantos, procurando fios de cabelo nos banheiros. A falta de dinheiro pelo menos significava que havia menos coisas para arrumar.

– Fica calma... você está me deixando nervosa – disse Alice pouco antes de Luke enfiar a cabeça pela porta do escritório.

– Acho que a sua jornalista chegou – avisou ele.

Ela notou a forma como os olhos de Luke deslizaram em direção a Alice, demorando-se por um instante, em seguida retornando conscientemente para ela. Lorcan havia precisado ir para outro serviço, então Luke estava novamente à disposição em caso de qualquer emergência durante a estadia de Tara.

Margaret, naturalmente, não enxergava as coisas dessa maneira. Libby descobriu que não se importava mais com o que Margaret achava.

– Vamos lá, então. Alice, você está pronta?

Alice, agora oficialmente a nova recepcionista do Swan, vestia um terninho azul-marinho liso com uma blusa de gola alta. Libby estava surpresa: parecia mais formal que suas roupas usuais, mas aparentemente Gethin havia escolhido o modelito; segundo Alice, ele gostava dela em trajes simples. Libby queria sugerir algo um pouco menos puritano que se encaixasse melhor ao hotel e à Alice, mas não hoje. Em um outro momento.

– Boa sorte, Libby – disse ela, e deu-lhe um abraço rápido. – Você vai se sair bem. Isso é só o começo.

Ela não mencionou Jason, nem o fato de ele não ter ligado, nem de Margaret ter anunciado que estaria "fora a manhã toda".

– Sim, Libby – acrescentou Luke. – Boa sorte. – Ele levantou dois dedos cruzados. – Nunca vi esse lugar tão lindo. Ela é louca se não gostar.

Libby respirou fundo algumas vezes, acenou em agradecimento e foi até lá receber Tara no novo hotel Swan.

– ... obviamente, nós não estamos ainda cem por cento abertos e você é nossa primeira hóspede, então, por favor, tenha um pouquinho de paciência conosco se por acaso tivermos esquecido algo...

Eu deveria calar a boca, pensou Libby. *Minha imagem de dona de hotel confiante não está convencendo sequer a mim mesma.* Ela mostrou a Tara o quarto 3, um dos quartos *dog-friendly*, com vista para o jardim e uma parede cheia de espelhos redondos da loja de caridade. Luke, encantadoramente, havia carregado as malas de Tara sem que lhe fosse solicitado. Ela percebeu a embalagem de um dos cobertores creme da loja de Michelle, entregues na noite anterior, largada no chão e a pegou enquanto Tara examinava os biscoitos na bandeja de chá.

Mas Tara não pareceu notar nada fora do lugar. Ela olhava ao redor com um sorriso surpreso e animado, correndo o olhar sobre as flores recém-colhidas em cima da cômoda e os sachês de lavanda sobre os travesseiros. Sua Yorkshire – Mitzi – deu ao quarto seu selo de aprovação pegando no sono em sua bolsa de transporte.

– É tudo tão adorável – comentou ela. – É mesmo muito tranquilo. Eu amo o fato de não haver televisão. Ou estão escondidas?

– Não, decidimos não ter aparelhos de TV. – Libby assentiu como se esse fosse de fato o plano, e não porque eles não tinham como comprá-los. – Aqui tudo tem a ver com relaxamento – disse ela, feliz por ter colocado seu próprio rádio retrô na penteadeira. – De volta à moda antiga.

– Perfeito! Bom, o meu quarto é incrível, mas o que eu realmente gostaria é poder voltar para aquele lindo saguão, tomar uma xícara de chá e conversar sobre você. Como você chegou aqui, qual é a sua história. Podemos fazer isso?

O coração de Libby, que tinha desacelerado enquanto mostrava o banheiro a Tara (o quarto 3 tinha uma das banheiras caras), acelerou novamente naquele momento. O entulho só havia sido removido do saguão na noite anterior; Lorcan não havia tido tempo de fazer mais do que dar uma rápida demão de tinta e colocar os sofás de volta no lugar.

– Ainda não está pronto de fato… – começou ela, mas uma voz em sua cabeça lhe disse para parar de chamar a atenção para os pontos negativos e se concentrar nos positivos. – Mas é claro. Me acompanhe.

Os limpadores de tapetes de Gina tinham feito um trabalho milagroso removendo todos os vestígios de Lorde Bob do saguão, e Tara dobrou as pernas compridas sob o corpo no grande sofá de veludo, afundando em suas profundezas com um suspiro de prazer.

– Você vai ter que imaginar a lareira acesa – disse Libby em um estalo. – Seria um pouco quente para junho! E podemos deixar este cômodo bem aconchegante com uma árvore de Natal. Ah, obrigada!

Alice tinha entrado com uma bandeja de chá e biscoitos. Ela lançou um olhar esperançoso na direção das duas e Libby ergueu um pouquinho as sobrancelhas para mostrar que as coisas estavam indo bem até aquele momento.

Tara apoiou o celular na mesa ao lado do bule para gravar a entrevista.

– Então – começou ela –, me conta como você veio parar aqui.

Libby respirou fundo.

– Bem, os pais do Jason, meu marido, administraram o Swan por trinta e cinco anos até que o pai dele infelizmente faleceu no ano passado, e decidimos que seria um bom momento para mudar para cá e ajudar a mãe dele.

Se Margaret tivesse concordado em falar sobre a entrevista, pensou Libby, ela poderia ter lhe perguntado como gostaria que a história fosse contada, mas a sogra se recusou sem pestanejar. "Não tenho nada com isso", dissera ela, parecendo uma mártir em busca de uma fogueira.

– Então é um negócio familiar – concluiu Tara. – Adorei.

– Sim, o Luke, que levou as suas malas lá para cima, é meu cunhado. Ele ajudou com a parte elétrica. Todos nós contribuímos. Até Lorde Bob, o cachorro da minha sogra, que você deve ter visto no site.

– Ah, sim. Conta mais sobre os cachorros. Isso é extraordinário!

Libby falou meticulosamente sobre o hotel, seus planos, entrando em todos os detalhes que havia anotado em seu roteiro, contornando os tópicos complicados envolvendo a ausência de Jason e a contribuição de Margaret, até que Tara pousou sua xícara de chá e tocou no assunto que Libby torcia para que não fosse abordado.

– Espero que você não se importe com o que vou dizer, mas o hotel é totalmente diferente da descrição que eu tinha no meu briefing. – Ela ergueu uma sobrancelha. – Acho que eu esperava algo um pouco mais... sofisticado? Essa é provavelmente a palavra errada.

Sofisticado? O rosto de Libby corou com aquela velha incerteza que arrepiava sua pele e costumava sentir quando estava em Londres cercada das ricas esposas de corretores da bolsa, antes de aprender sua linguagem singular envolvendo bolsas caras e caxemira. Naquele momento, desviando o olhar para esconder seu rubor, ela avistou Alice na recepção digitando alguma coisa sob a pintura de veado. O que Tara quis dizer com "sofisticado"? Elegante? Cem por cento metropolitano? Porque ela estava orgulhosa das contribuições *pessoais* para a reforma do hotel. Lorcan tinha ficado até meia-noite um dia para terminar a recepção. Alice passou um dia inteiro polindo o balcão com cera de abelha. Uma das faxineiras havia levado algumas luminárias originais dos anos 1960. Eles haviam transformado um hotel monótono e sem graça em um espaço aconchegante e estiloso, pronto para *crescer.*

Um pouco mais... sofisticado? O que isso significava afinal?

Em meio ao esgotamento e ao nervosismo, Libby sentiu uma pontada de indignação, em defesa do hotel.

– Bom, esse era o meu plano original, aquele clima de "butique" – começou. – Mas depois de já estar aqui há algum tempo, percebi que isso teria a ver *comigo* e não com o hotel. Uma boa experiência em um hotel não está relacionada a lençóis nem tapetes ridiculamente caros; mas a ser tratado com carinho, com a sensação de nunca estar incomodando. Estar rodeado de conforto e gentileza. Eu só entendi isso quando vi algumas fotos antigas do hotel na década de 1960 – prosseguiu percebendo o quanto aquilo era sincero. – Os hóspedes pareciam tão relaxados e felizes... Isso não tinha a ver com mármore italiano no banheiro, mas com a equipe e com o clima do lugar. É por isso que tomamos toda essa sensação dos anos 1960 como nosso ponto de partida e a misturamos com itens modernos que pudessem trazer ainda mais conforto. Mas o serviço à moda antiga é o nosso dogma.

– Você parece muito envolvida com tudo isso.

– Muito – confirmou Libby. Talvez fossem os galões de café que ela havia bebido para ficar acordada naquela semana, mas a afeição pelo Swan estava aflorando totalmente. – Tem sido uma verdadeira curva de aprendizagem, não apenas sobre como administrar um hotel, mas sobre mim, meus amigos, a cidade, tudo... Passamos por um grande revés com nossos primeiros empreiteiros, algo que me fez querer largar tudo, para ser honesta, mas fiquei impressionada com a ajuda que tive das pessoas daqui. Elas me fizeram acreditar que daria tudo certo. Eu não conhecia ninguém quando cheguei a Longhampton, mas a maneira como as pessoas se uniram a nós, para garantir que continuássemos... me fez mudar a maneira de enxergar as coisas. – Ela podia sentir as lágrimas embargando sua voz e teve que lutar para impedi-las de encher seus olhos.

– Então você planeja ficar?

– Sem dúvida – assentiu Libby. – Ainda estou começando a conhecer Longhampton, mas é como se todos esses anos eu estivesse apenas esperando para voltar para casa. Adoraria retribuir tudo isso fazendo do hotel um sucesso e apoiando os negócios de todos que nos ajudaram. – Ela sorriu, porque de repente soube que era verdade. Tudo o que ela precisava agora era que Jason voltasse e visse o que ela havia feito. Seu coração pareceu oscilar.

– Ah – disse Tara visivelmente emocionada. E ela não parecia o tipo de jornalista que se comovia facilmente. – Isso vai dar uma matéria *excelente*. Seu marido está por aqui? Será que ele poderia contar um pouco sobre o pesadelo que vocês passaram com os empreiteiros? Os leitores adoram esse tipo de coisa.

Libby titubeou. Ela não queria mentir, mas ao mesmo tempo não suportava a ideia de dizer que Jason tinha ido embora.

– A menos que isso seja... um problema... – O olhar jornalístico aguçado de Tara notou o desconforto de Libby.

– O Jason está trabalhando fora durante a semana. – Era verdade. – Mas ele me apoia muito. Eu acho que não teria feito isso tudo se ele estivesse por aqui... Definitivamente não sou a pessoa que eu era quando fui embora de Londres.

– É mesmo? Você me parece muito capaz. Pelo seu e-mail de boas-vindas eu jamais diria que este é o seu primeiro hotel.

Libby refletiu sobre isso.

– Talvez seja isso... A gente não sabe o que é capaz de fazer até de fato isso acontecer.

Ou quem você é até que alguém lhe diga.

Volte, Jason, pensou ela, pesarosa. *Volte e veja o que eu consegui fazer.*

– Bem, esse é um ótimo gancho para a matéria – disse Tara, pegando um biscoito. – Muitas vezes você lê sobre pessoas que saem da cidade, compram hotéis por uma mixaria, depois vendem e se desfazem quando está dando lucro. Gosto muito da ideia de você ter encontrado apoio na comunidade e querer retribuir isso.

Libby assentiu.

– Exatamente. Temos um lindo salão de eventos ainda desativado que eu adoraria preparar para fazer festas de batizado, chás beneficentes e...

Houve uma batida no portal de madeira do saguão e, ao olhar para cima, ela viu um homem careca de meia-idade vestindo um terno brilhante, um sorriso esperançoso sob o bigode.

– Estou procurando a Sra. Corcoran – disse ele.

Libby se levantou.

– Olá. Eu sou a Sra. Corcoran.

– Olá, olá. – Ele se apressou, fazendo malabarismos com a pasta e o celular para apertar a mão dela. – Norman Connor, da Connor Wilson. Prazer em conhecê-la.

– Prazer em conhecê-lo também – cumprimentou Libby educadamente. Connor Wilson... Quem eram eles? Fornecedores? Advogados? – Desculpa... não sei exatamente... Você gostaria de fazer uma reserva? Nossa recepcionista ficaria feliz em ajudar.

– Não! Meu Deus. Não, eu sou seu agente imobiliário. Tenho um horário marcado com você para avaliar a propriedade.

Libby sentiu seu corpo congelar; então um rubor inundou suas bochechas. Ele havia enfatizado as palavras "avaliar" e "propriedade" com extrema satisfação. Tão extrema que Tara não pôde deixar de ouvir.

– Acho que houve algum engano. Eu com certeza não marquei... Quer dizer, nós não estamos pensando em vender o imóvel. Mal reabrimos!

Ela olhou de volta para Tara, que nem fingia não estar ouvindo. E toda a conversa estava sendo gravada.

– Foi marcado para hoje, com toda certeza – insistiu ele. – Eu tenho aqui uma mensagem da minha secretária: Sra. Corcoran, hotel Swan, às duas e meia. Avaliação, possível venda do imóvel. Sinto muito interromper seu chá – acrescentou ele a Tara. – Peço desculpas.

– Imagina – respondeu a jornalista. Ela não parecia muito impressionada (*e não ficaria mesmo*, pensou Libby, *se achar que eu acabei de passar a última meia hora mentindo descaradamente*).

– Acho que você deve ter falado com a minha sogra – disse Libby com uma polidez sombria. – Definitivamente não estamos pensando em vender, mas talvez ela tenha se confundido...

– Ah! Olá! Você é o Norman?

Naquele momento, três cabeças viraram quando Margaret apareceu na porta de vidro fosco. Ela estava vestindo o terninho azul-claro que guardava para ocasiões especiais – Jason sempre fazia piada, dizia que era uma homenagem a Margaret Thatcher –, e seu cabelo havia sido recentemente penteado em ondas suaves ao redor da cabeça, os fios recém-prateados suavizados em meio ao castanho habitual.

Então foi lá que ela esteve a manhã toda enquanto eles poliam freneticamente o hotel: no cabeleireiro. Arrumando-se para seu grande número.

A cabeça de Libby latejava de fúria e constrangimento. *Ela fez isso de propósito*, pensou ela, *enfurecida. Isso é para me mostrar que ela ainda está no comando. Que posso planejar tudo o que quiser, mas no final das contas sempre estarei em algum lugar inferior hierarquicamente, abaixo de Jason, dos últimos desejos de Donald e provavelmente de Bob.*

Norman Connor ficou encantado ao ver Margaret. Ele trocou as pastas de mão novamente, a cumprimentou e se apresentou; o tempo todo Libby rezou para que Margaret visse Tara e explicasse que era tudo um mal-entendido.

Libby olhou para ela, suplicando com os olhos. Se ela fizesse qualquer pergunta, seria como se estivesse tentando disfarçar a situação.

Margaret não disse nada do tipo. Com uma expressão mesquinha de triunfo no olhar, ela sorriu para Libby e Tara, e disse:

– Sinto muito ter interrompido, Elizabeth! Com licença. – Então ela se virou para Norman e, quando saíram, Libby a ouviu dizer: – Devemos começar pelos quartos. Eles foram reformados recentemente.

Suas vozes desapareceram e Libby sentiu como se tivesse acabado de levar um chute no peito.

Tara estendeu a mão e interrompeu a gravação em seu celular com um olhar fulminante.

Capítulo 27

Libby olhou para Tara por cima da mesinha de centro e se perguntou se havia alguma coisa que pudesse dizer para reverter aquela situação.

– A minha sogra – gaguejou ela. – Eu realmente não faço ideia do que...

– Você deveria ter dito. – O rosto de Tara, tão acolhedor momentos antes, endureceu, e Libby percebeu que não sabia mais como lidar com esse tipo de constrangimento. Toda a experiência corporativa que um dia ela tivera havia desaparecido.

Antes que pudesse dizer qualquer coisa, houve outra batida e outra interrupção.

– Olá! Desculpa interromper! – Era Alice exibindo um sorriso radiante e hospitaleiro. – Só queria dizer que um dos serviços que oferecemos aos nossos hóspedes com cães é um passeio à tarde antes do chá. Ficarei feliz em levar Mitzi para dar uma volta no parque se você quiser ficar de pés para o ar, Tara, mas você é muito bem-vinda se quiser vir também. É o programa perfeito para um fim de semana de outono. Temos várias trilhas a pé, e uma delas passa por maravilhosas lojas locais independentes...

Por um momento Libby achou que Tara ia anunciar que estava indo para casa, mas ela deu um suspiro resignado e se levantou.

– Bem, já que eu vim até aqui...

– Excelente! Você precisa de uma guia? – Alice estava sendo supersolícita. Ela acompanhou Tara para fora do saguão e deixou Libby com os restos de seu chazinho aconchegante: um bule de prata maltratado e uma jarra de água quente do hotel original. Seu rosto parecia arranhado e deformado no reflexo, e era exatamente assim que ela se sentia.

Cada coisinha que ela vinha reprimindo, tentando ignorar, perdoando, deixando passar por conta do sofrimento de Margaret, irrompeu pelas margens desgastadas de seu autocontrole. Não havia outra maneira de enxergar aquilo: Margaret havia planejado a chegada de Norman, tinha sido de propósito.

A onda quente de fúria que varreu o peito de Libby foi estranhamente revigorante.

No momento em que Libby ouviu a porta da frente abrir e fechar, confirmando que Tara e Alice estavam do lado de fora do hotel, ela se levantou do sofá e saiu do saguão a passos firmes.

– Ei, ei!

Ela quase deu um encontrão em Luke, que descia as escadas. Ele ergueu as mãos.

– Aonde você vai com tanta pressa?

– Vou ter uma conversinha com a sua mãe – respondeu ela. – Já chega. Ela não fez *nada* para colocar este lugar em funcionamento de novo e, agora que eu consegui dar um jeito nas coisas, ela pede para um agente imobiliário vir aqui *hoje*, e faz com que eu pareça uma completa mentirosa! Se a Tara desistir da matéria, a culpa vai ser dela. E eu vou embora.

Luke apoiou as mãos nos braços dela e a encarou, seus olhos tranquilos como os de um soldado.

– Libby? Libby, me escuta. Me escuta. Não sai entrando lá desse jeito. Não vai ajudar em nada.

– Não! Não aguento mais essa família nunca conversar sobre nada. – Ela se soltou. – Ela precisa ouvir, e eu preciso falar. Já passou da hora.

O tour de Margaret pelo hotel havia chegado à valiosa suíte nupcial de Libby, onde, para extrema irritação da nora, ela mostrava a Norman Connor a luxuosa banheira e o fabuloso chuveiro – o único daquele modelo com o qual haviam conseguido ficar depois que metade do pedido voltou.

– ... tem o fator "Uau" para qualquer investidor em potencial – dizia ele, e Margaret se exibia como se ela própria tivesse instalado a porcaria do chuveiro.

A fúria de Libby chegou ao auge. Então suas catastróficas decisões em relação aos banheiros foram as culpadas pelo colapso de seu casamento, mas não havia problema em usá-los para vender o hotel?

– Margaret, posso dar uma palavrinha com você, por favor? – disse ela com firmeza.

Margaret se virou.

– Agora?

– Sim, por favor.

Ela tocou o braço de Norman.

– Me lembra de perguntar sobre aquele seu colega que jogava golfe com o Donald – disse ela e em seguida saiu do quarto.

Libby desceu o corredor até o quarto mais distante e fechou a porta depois que Margaret entrou.

– Que diabos ele está fazendo aqui?

– A conselho de um amigo, eu decidi seguir em frente e chamar alguém para poder me dizer quanto o hotel vale atualmente. – Parecia ensaiado, como se ela estivesse preparada para a reação de Libby e tivesse escolhido defender sua moral.

– Mas eu pedi para você esperar. Pelo menos até que a matéria fosse realizada!

Margaret ergueu o queixo.

– Você não é a única que pode tomar decisões por aqui, Elizabeth. Você não é a única proprietária.

– Pois eu poderia muito bem ser! – Libby estava aturdida e seus olhos se encheram de frustração. – Sou a única que está fazendo alguma coisa para manter esse lugar em funcionamento. Você não levantou um dedo desde que a gente chegou. O Jason me colocou nessa situação junto com ele, depois foi embora e você *me* culpa. O Luke tem trabalhado duro, sem receber um "obrigada" seu, e o Jason não fez nada até agora. Ele acha que mandar um dinheiro de vez em quando é o suficiente para cumprir com as obrigações dele, sendo que é culpa dele nós estarmos nessa situação!

– O Jason foi embora por causa das *suas* escolhas – retrucou Margaret. – Você destruiu esse lugar. Tudo que eu e o Donald construímos, você destruiu por capricho! Por que eu não deveria vender o hotel? Ele não significa mais nada pra mim. Graças a você.

Libby tentou ignorar a pontada de culpa que sentiu.

– Ótimo. Eu errei, e daí? Admiti que estava errada! Mas o hotel precisava ser remodelado... não dava para ficar preso ao passado. Você alguma vez parou para ver quanto dinheiro vocês estavam perdendo? Ou você esperava que a gente passasse o resto da vida pagando as suas dívidas?

Margaret respirou fundo, trêmula, e atirou seu trunfo.

– O Donald ficaria horrorizado ao ver o que você fez.

– Será? Tem certeza? Acho que não. – Libby enfiou as mãos no cabelo e se obrigou a modular a voz em um tom razoável. – Eu vim pra cá porque o Jason me convenceu de que esse era um negócio de família. Até agora, tudo o que eu vejo é um filho que não consegue lidar com o fato de estar errado, outro filho que não consegue fazer nada certo aos seus olhos e uma mãe que fica feliz por outra pessoa assumir a responsabilidade e fazer todo o trabalho, desde que ela fique no comando.

Ela encarou Margaret.

– Eu lamento que o Donald não esteja aqui. Sinto falta dele e sinto muito pela sua perda. Mas, no momento, acho que não é comigo que o Donald ficaria horrorizado, não é?

Em seguida, ela deu meia-volta e saiu obstinada para que Margaret não visse suas lágrimas de frustração e decepção – e vergonha.

Luke esperava por ela na base da escada.

– Não fala nada. – Ela ergueu as mãos antes que ele pudesse dizer qualquer coisa. – Eu disse algumas coisas difíceis, mas elas precisavam ser ditas. Não dá pra gente continuar com...

Libby não conseguiu concluir a frase, pois Luke começou a empurrá-la para dentro do escritório. Ele a conduziu até a poltrona confortável, onde a sentou, tirou um lenço do bolso de trás, depois voltou para a porta e a fechou.

– Tem uma coisa que você precisa entender sobre a minha mãe – disse ele.

Libby enxugou os olhos onde o rímel havia borrado. Seu coração ainda batia dolorosamente acelerado, como se ela tivesse acabado de fazer uma aula de spinning.

– Eu sei o que você vai dizer… ela ainda está de luto. Eu não sou um monstro. Mas é como se ela estivesse decidida a fazer com que as coisas não deem certo! Ela quer que a gente se encaixe na versão dela da realidade, na qual ela e o Jason são perfeitos, e você e eu somos egocêntricos e egoístas. Eu não entendo essa obsessão pela ideia de o hotel ser um negócio de família quando ela parece gostar apenas de metade da própria família! Sério, como você lida com isso?

Luke beliscou a ponte de seu nariz comprido, como se estivesse em um conflito interno.

– Não é isso. Tem uma coisa que você precisa saber sobre a minha mãe que eu nunca contaria em um milhão de anos se não achasse que o que está em jogo aqui não é só o hotel. Eu não quero que você vá embora. A mamãe não quer que você vá embora, no fundo não. O Jason definitivamente não vai. Eu aposto tudo o que tenho que ele está desesperado para você estar aqui quando ele finalmente voltar para casa.

– Se ele voltar.

– Ele vai. Ele é filho do pai dele.

– Sim, mas você também, Luke. Na verdade, do jeito que você tem me ajudado, eu diria que você é *mais* parecido com o Donald do que ele.

Uma sombra atravessou o rosto de Luke.

– Na verdade, essa é a questão. Eu não sou. Eu gostaria de ser, mas… Eu *não* sou filho do meu pai.

– O quê?

Ele se aproximou para sentar na cadeira perto dela.

– O motivo pelo qual a mamãe fica tão tensa em relação a esse hotel, ao papai, e ao que importa na cidade é… o Donald não ser meu pai.

Libby olhou para ele.

– Eu não estou entendendo. – Ela estava preparada para ouvir alguma revelação sobre Margaret perder dinheiro apostando em cavalos, ou talvez ter uma questão com xerez, mas não aquilo.

– Ele é pai do Jason, mas não o meu. A mamãe estava grávida quando ela e o papai se casaram, e uma das razões pelas quais eles se mudaram para cá e assumiram o hotel foi poder recomeçar em um lugar onde ninguém saberia disso.

– Você está brincando.

Luke balançou a cabeça.

– Não. Foi um choque para mim, posso te garantir. Mas, de repente, muitas coisas fizeram sentido.

– Então quem é o seu pai? E quem te contou isso?

– Meu pai me contou. Quer dizer, o Donald. O engraçado era que ele não sentia raiva. Nunca jogou na minha cara. Ele me contou porque queria que eu entendesse por que a mamãe... era desse jeito. – Luke olhou para o chão, então franziu a testa. – Eu era muito desobediente quando criança. Como muitos meninos são. Mas a mamãe sempre foi tão cruel comigo que isso se transformou em outra coisa. Eu não conseguia fazer nada certo, então parei de tentar. Claro, agora eles diriam que ter alguma atenção, ainda que daquele jeito, era melhor do que nada, mas eu era só um garoto raivoso, e não ajudava o fato de que nada do que Jason fazia estivesse errado. Na escola, eu fiz todo tipo de coisa que não deveria porque sabia que alguém teria que vir me buscar, e eu passaria a tarde em casa. E é claro que isso foi aumentando à medida que cresci o suficiente para me meter em problemas de verdade. A mamãe costumava ficar muito irritada: "Como você pode ser tão egoísta? Você não se importa com a reputação do seu pai?" Mas o papai nunca reagia. Ele só me buscava, não dizia nada, mas eu sabia que o tinha decepcionado e isso era pior do que ver minha mãe surtar.

– Então quando foi que ele contou para você? – Era difícil para Libby imaginar Donald em seu blazer de tweed e suas calças de veludo cotelê puxando um assunto polêmico como aquele, e praticamente impossível imaginar como poderia ter sido a conversa.

– Um policial certa vez me arrastou para a delegacia, achando que eu poderia dar algum nome a respeito de uns assaltos que vinham acontecendo. – Luke pegou uma caneta em cima da mesa e começou a girá-la entre os dedos. – Eu não sabia nada sobre roubo nenhum, mas sem dúvida aquele era o meu último aviso. O papai ficou sabendo por um dos amigos dele da polícia e foi lá me buscar, mas a mamãe tinha dito que, se houvesse mais algum incidente desses, já era. Esses episódios estavam atrapalhando os estudos do Jason, aparentemente. Eu achei que estávamos indo para casa para levar uma bronca, mas o papai me levou até o supermercado... estava deserto, tipo em um filme... e disse que a gente precisava ter uma conversa. Uma conversa de homem pra homem.

Luke olhou para cima. Seus olhos estavam tristes.

– Eu nunca vou esquecer o quão exausto o papai parecia. Ele disse: "Vou contar uma coisa que você precisa saber sobre a sua mãe, e estou confiando em você, na sua palavra, para manter isso em segredo. E eu vou saber se você não cumprir com a sua palavra, e isso vai ser péssimo para você e para mim." Eu disse "Vai em frente", achando que ele ia dizer que ela era bipolar ou algo do tipo, mas ele me contou que, bem... ele e a mamãe se conheceram quando ela era secretária do escritório de advocacia do pai dele em Oxfordshire e ele era advogado júnior. A mamãe era muito bonita e, embora ela tivesse saído com o papai algumas vezes, acho que na verdade ela estava atrás de alguém... melhor.

Libby pensou nas fotografias do álbum de Doris: uma Margaret cansada e bonita, com seus cabelos escuros e encaracolados, ombreiras e belas pernas. E Donald ao lado dela, um pouco mais velho, mas bonito do jeito dele.

– Melhor que o seu pai? – perguntou ela. – Não consigo imaginar que dê para encontrar alguém muito melhor do que ele. Ele era um cavalheiro.

– Pois é, exatamente. Um dia ele chegou no trabalho de manhã e ela estava aos prantos. Quando ele perguntou o que estava acontecendo, descobriu que ela estava com problemas, como ele mesmo disse. – Luke ergueu uma sobrancelha. – Ela "vinha saindo" com o craque do time de futebol local. Ele tinha sido emprestado para o time e, convenientemente, conseguiu uma transferência para Newcastle e nunca mais foi visto. Acho que ela o conheceu no escritório, uma vez em que ele foi atrás de orientação por conta de uma multa por excesso de velocidade. – Ele bufou, achando graça. – Foi o papai que orientou o cara. Trocou o serviço por um ingresso para um jogo da temporada.

– Eu acho isso bastante... difícil de imaginar – disse Libby lentamente. – Margaret se metendo nessa situação.

– Ela não nasceu em um clube conservador feminino, sabe? Boas garotas também fazem escolhas ruins quando se trata de homens. Quanto mais legais elas são, piores são as decisões que tomam. – Ele seguiu em frente rapidamente. *Muito rapidamente*, pensou Libby. – Enfim, o papai a pediu em casamento. Ela aceitou. E, em vez de ficarem na cidade e deixar que as pessoas somassem dois mais dois, ele comprou um hotel decadente a três condados de distância, e, veja só, menos de doze meses depois que eu nasci veio o Jason, pronto, eles tinham uma família.

– E uma muito feliz – disse Libby. – Olha, eu não quero reescrever o passado, mas a sua mãe e o seu pai se adoravam... dava para ver. Eu não acho que ele forçou algo que ela não quisesse. E ele amava você.

Luke desviou o olhar, depois se voltou para ela. Ele era bonito, pensou Libby. Bonito nível jogador de futebol.

– Eu sei. Essa foi uma coisa boa. Mas a mamãe estava sempre preocupada com o que ela poderia ter obrigado o papai a passar por me assumir. Que traços ruins poderiam surgir. O papai achava que, toda vez que ela pegava pesado comigo, não era sobre mim, mas sobre *ela*. Ela queria cortar pela raiz qualquer comportamento cafajeste. – Os lábios dele se curvaram. – Não ajudou em nada o fato de eu *ter sido* meio galinha quando era garoto. Eu sempre saía com várias meninas ao mesmo tempo... você sabe como é. Mas nunca engravidei ninguém. Nunca magoei ninguém. Mas é por isso que ela está tão preocupada com a Alice agora... é um hábito de uma vida inteira. Ela está com medo de que o cafajeste que mora em mim arruíne a vida da pobre Alice.

– Ah, mas isso é ridículo! – Libby estava indignada. Como Margaret era capaz de ter uma mentalidade tão... medieval? – Ninguém herda um *comportamento*. Você é você.

– Bem... você é? – Luke ergueu o rosto, seus olhos escuros e questionadores acima das maçãs angulosas. – Às vezes eu me pergunto. Uma vez eu pesquisei o meu pai verdadeiro no Google. – Ele fez uma careta. – Três esposas, falido aos 50. Meu estômago embrulhou. Não – acrescentou antes que Libby pudesse perguntar –, eu nunca quis entrar em contato com ele. Para mim, meu pai era o Donald e é isso.

O silêncio se instaurou entre eles. Libby tinha perguntas demais para conseguir decidir qual fazer primeiro. Mas, antes que ela pudesse ordenar seus pensamentos, Luke já havia voltado a falar.

– Eu sei que o meu pai queria que eu entendesse que, no fundo, a mamãe me amava, e eu entendo por que ele achou que isso poderia amenizar minha relação com ela, mas aquela história acabou comigo. E também significava que o Jason sempre teria algo que eu não teria. Eu jamais poderia ser o Jason, aos olhos deles. Então me alistei no Exército, onde ninguém me conhecia. Sem um passado. Sem expectativas. Claro, não foi o suficiente para mamãe, mas àquela altura eu não me importava tanto assim. E as coisas passaram a funcionar. – Ele parou de girar a caneta. – Quando eu não estou aqui.

Libby processou aquela nova informação em sua mente, com medo de dizer a coisa errada. Luke estava certo: isso mudava tudo. Bem, não mudava exatamente nada, mas explicava muita coisa. Jason, a recompensa rapidamente concebida como pagamento pelo resgate cavalheiresco protagonizado por Donald. Luke, a bomba-relógio da irresponsabilidade. E Margaret, constantemente preocupada – com a herança de Luke, com seu próprio caráter, talvez até com a possibilidade de Donald jogar na cara dela o favor que lhe fizera no passado.

– E a Margaret sabe que você sabe? Ou o Jason?

Luke balançou a cabeça.

– Não. Nenhum dos dois. Eu fiz uma promessa ao meu pai. E eu tive raiva dela por algum tempo, por ela ter contado essa mentira gigantesca e ainda assim ter me criticado por comportamentos idiotas de adolescente, mas à medida que fui crescendo percebi por que a mamãe era do jeito que era. Tudo isso por causa de um único erro que ela cometeu.

– Você não é um erro – rebateu Libby. – Você deu muito motivo de orgulho para os dois. A Margaret pode não conseguir demonstrar isso, seja por qual motivo for, mas eu sei que o Donald tinha muito orgulho de você.

Luke deu de ombros; ele não estava acostumado a receber elogios, percebeu Libby.

– Não sei. Mas eu só estou contando isso agora pelo mesmo motivo que o meu pai me contou um dia... Não quero que essas doideiras da mamãe te afastem do Jason e do hotel. Ela precisa de você. Todos nós precisamos. Então promete pra mim que isso não vai sair desse escritório.

– Claro, mas... – Libby virou as palmas das mãos para cima. – Você acha saudável varrer isso para debaixo do tapete? Eu entendo por que a Margaret se sentiria envergonhada trinta e tantos anos atrás, mas que diferença isso faz agora? Os efeitos colaterais são muito piores. O Jason não consegue lidar com o fracasso, e isso é porque Margaret o trata como um príncipe infalível. Sabia que ele levou três dias para me contar que tinha sido mandado embora? Ele saía de casa de terno e ia para a casa de um amigo em vez de me contar. A esposa dele.

– Você tá brincando. – Luke parecia incrédulo.

– Quem me dera. – Aquilo a havia magoado mais do que as piores traições. – Eu nem sei o que ele está fazendo agora. Ele continua depositando quinhentas libras na conta toda semana. Eu falei para ele que não quero dinheiro nenhum se ele estiver apostando de novo. Mas acho que ele vem dando conta das dívidas do hotel há anos... Eu examinei as contas e encontrei muitos depósitos misteriosos, geralmente para cobrir o pagamento da hipoteca.

– Bom, alguns desses depósitos foram meus. Não conta pra mamãe... ela não sabe. Eu fiz isso pelo papai.

– Como assim? Sério... – Libby soltou um longo suspiro. – Vocês realmente precisam começar a conversar uns com os outros.

– Eu sei. Mas isso tem que ficar entre nós dois, tudo bem? Eu nunca contei isso para ninguém. Nem para a Alice. – Luke se conteve, mas não antes que sua expressão o denunciasse.

– "Nem para a Alice"?

Ele parecia estar prestes a negar, então balançou a cabeça como se fosse um alívio ter deixado aquilo escapar.

– Eu quis contar, porque a Alice é a única pessoa que teria sido capaz de entender... Ela costumava falar sobre querer saber se puxou à mãe, mas não ter ninguém para perguntar. Se precisar ser tão independente era um fardo ou uma bênção. Eu poderia conversar com ela sobre qualquer coisa. Ela é a mulher mais extraordinária que já conheci. Conversamos sobre coisas que eu não sabia que sentia até ela tirá-las de mim. – Ele balançou a cabeça e Libby viu que seus lábios se curvaram em um sorriso inconsciente. – Acho que provavelmente é bom ela não conseguir se lembrar de algumas das conversas profundas e significativas que nós tivemos.

Então tinha sido uma paixão? Um romance de férias? Seja como for, devia ter sido difícil, pensou Libby, ver Gethin voltar, levando Alice embora. Principalmente se Luke sentia a pressão de ser um cara correto, de não viver de acordo com sua reputação e roubar a namorada de alguém.

– A Alice é incrível – disse ela. – Parece que vocês tiveram uma conexão verdadeira. – Libby fez uma pausa; como estavam sendo sinceros um com o outro, ela disse: – Bem, é óbvio que ainda têm. Mesmo que ela não se lembre de nenhuma dessas coisas que você disse para ela.

– Sabe aquela sensação de que você já conhecia uma pessoa? Eu acho que isso acontece quando alguém é tão parecido com você que você sente que já o conhece. É como olhar em um espelho. Vocês vibram na mesma frequência. – Luke ergueu os olhos. Ele tinha uma expressão vulnerável e Libby viu um Luke muito mais jovem em seus olhos. Aquele que sentia medo de quem era, do que poderia se tornar. – O bebê… você acha que ela vai ficar com o bebê?

Era inútil fingir; claramente Alice havia contado a ele.

– Não sei. Talvez ela e o Gethin estivessem planejando ter uma família. Eles estavam juntos há um tempo. E ela fala que o Gethin está ansioso para se casar; ela tem usado aquele anel que ele deu para ela…

Por que eu disse isso? Libby quis morrer. *Foi você que deu?*, ela queria perguntar. *Será que…?* Mas como ela perguntaria isso? Depois do que ele tinha acabado de dizer?

– Acho que sim. – Luke cerrou os lábios. – De qualquer forma, não é da minha conta. Enfim, tem algo mais que eu possa fazer antes de arrumar minha maleta de ferramentas e ir embora?

– Você já vai?

– Tenho um serviço em Surrey durante toda a semana que vem. Super--confidencial. – Pela cara de Luke, Libby suspeitou que ele tinha acabado de inventar aquilo. Ela sentiu que precisava entrar no jogo do cunhado, no entanto, em prol da dignidade dele.

Estou me transformando em um deles, pensou ela. *Por favor, não.*

– Não tenho mesmo nenhuma chance de convencê-lo a ficar para o jantar? – perguntou ela. – Em agradecimento por tudo o que você fez? Eu ia dar uma olhada em algumas opções de restaurante para pedir comida mais tarde, assim que lavasse a louça do café da manhã da Tara.

Ele balançou a cabeça.

– É melhor eu ir andando. De todo modo, você é mais do que capaz de administrar este lugar sozinha.

– Não tenho tanta certeza. – Libby ficava lisonjeada, mas não queria se enganar. – Eu tive muita ajuda. Não é algo que eu imaginei que acabaria fazendo, mas… me surpreendeu, acho.

– Bem, o negócio é o seguinte: como você vai saber se é boa em algo antes de tentar? – Luke se levantou e arqueou a sobrancelha para ela. – Como papai costumava dizer, o hotel é fácil. As pessoas dentro dele é que são um saco.

Sim, pensou Libby, *e acabei de me meter em uma confusão com a única pessoa que vive aqui permanentemente.*

Capítulo 28

Quando Alice voltou para o hotel com Tara depois de um passeio por Longhampton durante o qual ela enalteceu as virtudes de Libby e Jason, assim como o espírito comunitário que unia o hotel a ponto de quase soar como se as camas tivessem sido feitas por passarinhos, e criaturas da floresta tivessem contribuído com a instalação dos ladrilhos, ela ficou surpresa ao encontrar Gethin à sua espera dentro do carro do lado de fora.

– Vim levar vocês para casa! – Ele abriu um sorriso para Fido.

Tara, que no começo estava fechada, mas que se abriu para a conversa lá pela segunda delicatéssen, pareceu encantada. Gethin se apresentou, fez algumas perguntas aleatórias sobre revistas femininas, e então, antes que Alice tivesse de fato tempo para avisar Libby que iria embora, eles já estavam a caminho de casa.

No meio da confusão decorrente da visita de Tara, ela havia esquecido que eles teriam um encontro naquela noite.

– Vamos a algum lugar especial? – perguntou ela enquanto deixavam a cidade em direção a Stratton.

– Você não quer ficar em casa? Eu mal vi você essa semana.

– Desculpa, eu tenho estado muito ocupada com…

– Eu sei. – Gethin não tirou os olhos da estrada. – Por isso achei que seria bom passar um tempo juntos, relaxando. – Como ela não respondeu, ele acrescentou, mais solícito: – Você parece exausta, é por isso. Depois de trabalhar tanto. Você precisa descansar.

– Ah. – Alice se sentiu culpada. – Eu não estou tão cansada assim, se você quiser sair… Nada que um cafezinho não resolva.

– Temos várias séries para colocar em dia. E não consigo pensar em nada melhor do que uma noite inteira no sofá com você, uma pizza, uma garrafa ou duas de sidra…

– E a Fido – acrescentou Alice.

– E a Fido.

Uma vez acomodados no sofá macio com a cachorra entre eles, uma pizza no forno e seis episódios de *Homeland* na fila, Alice fez um esforço consciente para parar de se perguntar o que estaria acontecendo no hotel e aproveitar a noite. Porque era bom. Seguro, confortável e tranquilo.

Gethin tinha acabado de dar play no primeiro episódio quando o telefone tocou e, como sempre, ele se levantou para atender. Alice deu algumas Pringles para Fido, mas Gethin estava de volta antes que ela tivesse tempo de repetir o truque de dar a pata mais uma vez.

– Quem era? – perguntou Alice.

– Ah, ninguém. – Gethin se acomodou no sofá, passando o braço em volta dela.

– Deve ter sido alguém. – Alice não tinha certeza de quem, no entanto. Não tinha falado com seus colegas de trabalho desde que voltara para casa. Nem com qualquer integrante da família de Gethin, pensou ela. Ele disse que havia contado à mãe e à irmã o que acontecera (os detalhes foram editados: ele achava que elas não precisavam saber da briga dos dois), mas elas não tinham ligado para Alice nem enviado cartões desejando melhoras ou algo do tipo. Era estranho, considerando o quão maternal Margaret tinha sido, mas Gethin não parecia gostar de falar sobre sua família.

Ele olhou para ela de um jeito estranho.

– Por que você está tão incomodada?

– Porque eu achei que a Libby poderia ter ligado para dizer como as coisas estavam indo com a Tara. Eu sugeri alguns lugares onde elas poderiam jantar juntas hoje à noite.

Gethin hesitou.

– *Era* a Libby? – perguntou Alice.

Ele pareceu irritado.

– Sim, na verdade era.

– E ela não quis falar comigo?

Ele franziu a testa e deu play novamente no programa.

– Se você quer saber, ela queria que você fosse para lá amanhã ajudar, e eu disse que a gente tem compromisso.

– O quê? – Alice se virou no sofá para encará-lo. – Por quê?

– Porque ela não pode simplesmente estalar os dedos e esperar que você saia correndo.

Alice ficou surpresa com a expressão dele, o olhar sem sorriso que ele dirigia para a tela.

– Gethin, acho que você não entendeu muito bem a situação da Libby. Esse é um fim de semana muito importante para ela. Precisa que a Tara fique impressionada com o hotel, e hoje só ela, o Luke e a Margaret vão estar lá. É claro que quero ir e ajudar se ela precisar de mim!

– Luke?

Ela tentou controlar a expressão em seu rosto.

– Sim, ele está de plantão para o caso de qualquer emergência com a obra, eu acho.

O olhar de Gethin se deteve no dela por alguns segundos desconfortáveis. Em seguida, ele voltou para a televisão, aumentando o volume um pouco.

– E se eu precisar de você?

– Mas você não precisa de mim – retrucou Alice, tentando não parecer frustrada. – Uns dez minutos atrás você disse que queria ficar por aqui para resolver algumas pendências pela casa amanhã, não foi? É só durante o fim de semana.

– Existem diferentes tipos de necessidade.

– Ah, Gethin, *por favor*, não transforme isso em uma espécie de competição entre você e o meu trabalho.

Com isso, a dúvida incômoda se consolidou em certeza na mente de Alice. *Não tem como eu voltar a morar com ele*, pensou. *Se já estamos discutindo sobre o trabalho, com certeza brigávamos o tempo inteiro sobre as horas extras que eu fazia na White Horse...*

Sem aviso, Gethin colocou a televisão no mudo e se virou, o rosto contorcido de mágoa.

– Seja honesta. Você não me ama mais, é isso?

– O quê? Não! – A resposta saiu dela ricocheteando.

– Tem certeza? Porque você não está agindo normalmente. – Seus olhos estavam tristes, mas havia uma raiva inquietante por trás deles que despertou uma ansiedade dentro de Alice. Aquela sensação deslizou até a boca de seu estômago. – Você consegue imaginar como é conhecer uma pessoa pela qual esperou a vida inteira e, depois de apenas algumas semanas, ela estar olhando para você como se nem te conhecesse?

– Eu...

– Desculpa se é difícil ouvir isso, mas você está me magoando. – Gethin se encolheu, como se estivesse fazendo um esforço para controlar suas emoções. – Eu venho tentando *muito* ajudar você a se lembrar, mas agora está começando a parecer que você não quer que isso aconteça.

Como ele havia passado de chateado para aflito tão rapidamente? Alice entrou em pânico. O que ela não estava percebendo? O que ela tinha dito?

– Por favor, não fala isso.

Gethin parecia visivelmente chateado.

– Você sabe que eu não vou brincar com você como aqueles outros caras. Você não precisa me tratar mal para provar nada. Eu não sou assim. Você me disse que eu fiz você entender o que era o amor. Não consigo acreditar que isso simplesmente acabou.

O problema era ela. Não ele. *Ela.* Alice se encolheu: ela sabia que não tinha sido nenhuma santa no passado; ela não queria ser aquela pessoa novamente. Solitária, ansiosa demais para confiar em alguém, pulando de uma decepção para outra. Gethin a impedira de continuar a fazer isso. Não apenas com suas palavras, mas com todo o seu ser: ele a amava, e ela o amava.

– Não estou dizendo que eu salvei você. Nós salvamos *um ao outro* – prosseguiu ele. – Eu estava bem mal quando a gente se conheceu, nunca havia estado tão mal. Costumava ter crises de pânico, tomando antidepressivos... Você mudou tudo isso. Não sei onde estaria agora se nós não tivéssemos nos conhecido. De verdade.

– Não diga isso. – A voz de Alice não era mais que um sussurro.

Gethin pegou suas mãos rígidas e ela deixou que ele as segurasse: parecia muito mais fácil do que descobrir o que dizer.

– Odeio ter que contar coisas desse tipo, porque não é quem eu sou agora, e não quero que você pense que sou algum doido ou coisa assim, mas preciso que você veja como estarmos juntos mudou a vida de *nós dois*. Sabe por quê? Porque somos perfeitos um para o outro. A vida sem você seria... Bem, eu não gostaria que as coisas voltassem a ser como eram antes. Eu não conseguiria.

– Sério, não fala *isso* – pediu Alice, tentando introduzir um tom mais leve em sua voz, mas Gethin continuou olhando para ela como se não quisesse colocar algo terrível em palavras. Mesmo assim ainda queria que ela se lembrasse.

O silêncio se prolongou e um calafrio percorreu a pele de Alice. Era como se ele estivesse colocando toda a sua vida nas mãos dela, e aquela responsabilidade era paralisante.

Alice ficou imóvel, em pânico, até que um sorriso mais tranquilo e familiar aqueceu o olhar dele.

– Mas chega disso. Olha a gente falando sobre coisas tristes numa sexta-feira à noite! Não foi para isso que você voltou, foi?

Alice começou a reunir as palavras "Eu não voltei", mas descobriu que não conseguia. Não enquanto ele olhava para ela daquele jeito. Diante do silêncio de Alice, a expressão de Gethin mudou levemente, como se ele tivesse conquistado uma pequena mas importante vitória, embora não fosse fazer alarde sobre isso.

– Quer outra bebida? – ofereceu ele, vendo o copo vazio. – Vou aproveitar que a série já está pausada e dar uma olhada na pizza também.

– Hmm, sim, por favor – disse Alice. – Eu só... vou ao banheiro. Não comece a assistir sem mim.

Ele sorriu, e quando ela se levantou suas pernas tremeram levemente.

No andar de cima, Alice se trancou no banheiro e ligou para o hotel pelo celular. Ouvir a voz de Libby a preencheu com uma onda bem-vinda de segurança.

– Libby, sou eu, Alice.

– Ah! – Libby pareceu surpresa ao ouvi-la. – Sinto muito por ter ligado mais cedo! Do jeito que Gethin falou parecia que eu tinha interrompido vocês... você sabe... na cama! Desculpa!

Alice se sentiu tonta só de pensar naquilo.

– Meu Deus, não! A gente só estava vendo *Homeland*. Desculpa por amanhã. Eu posso ir...

– Não se preocupa. Não estamos precisando de ajuda, eu queria mais era um conselho seu. – Libby suspirou. – E, antes que diga qualquer coisa, eu não vou tirar você da sua noite romântica.

Quanto mais Libby falava, mais Alice podia detectar uma tensão em sua voz.

– O que aconteceu? Foi a Tara? Ela parecia bem feliz quando eu saí daí.

– Não sei o que você falou para ela, mas funcionou. Ela está só tomando um banho, e vou levá-la para jantar naquela hamburgueria nova na cidade. – Libby parecia para baixo e cansada. – Eu acabei de... Eu tive outra discussão com a Margaret hoje, o Luke foi embora e eu preciso falar com o Jason. Ele não atende o telefone.

– Então manda uma mensagem pra ele. A vida é curta... você pode ser atropelada por um carro e perder a memória amanhã. Se resolve com ele. – Alice aguçou os ouvidos: aquilo era Gethin subindo?

– Mas será que eu deveria fazer isso, sendo que ele se recusa a conversar?

– Libby, ele é muito orgulhoso. Sabe que fez besteira *e* que largou você nisso. Só diz para ele que vocês precisam conversar. E depois tente melhorar o clima com a Margaret. – Alice estava tagarelando, tentando falar bem rápido para conseguir dizer tudo o que precisava antes que Gethin a ouvisse. – Ela também está muito infeliz. E é muito orgulhosa. Dá pra ver bem a quem o Jason puxou.

– Você está bem? Você parece... estressada.

– Eu estou bem.

Gethin a chamou do andar de baixo.

– Alice? Alice, você já está acabando aí? A pizza está pronta!

– Mesmo? Você não parece bem.

Alice se viu no espelho do banheiro. Não parecia ela mesma. Parecia tensa e pálida.

Que diabos estou fazendo, ligando escondido para a minha amiga, me preocupando com o que Gethin vai pensar?, perguntou-se ela. *Quem eu sou exatamente? Quem eu era?*

O que eu vou fazer?

– Alice? – A voz de Libby veio ao mesmo tempo em que Gethin gritou escada acima.

A sensação de que o tempo a estava pressionando fez com que Alice sentisse uma fraqueza interna. Ela queria encontrar uma resposta sólida e confiante para sua própria pergunta, mas sua mente estava confusa, uma sensação que não estava lá quando ela deixou o Swan naquela tarde.

– Eu tenho que ir. Mas vejo você na segunda-feira – conseguiu dizer, e desligou.

No escritório do hotel, Libby olhou para o telefone e se perguntou se não havia *mesmo* interrompido Gethin e Alice na cama. Alice soara tão estranha.

Ela estava certa, no entanto. A vida era muito curta para esperar que Jason desse o primeiro passo; poderia levar meses, e Libby não estava mais a fim de seguir com esse joguinho. Depois do que Luke lhe contara naquela tarde sobre a infância deles, as preocupações de Jason com o fracasso fizeram um triste sentido. Não é de admirar que ele não fosse capaz de lidar com a possibilidade de decepcionar as pessoas, pensou ela, se inadvertidamente havia arcado com a ambição de Margaret em ser uma pessoa respeitável a vida inteira. Era um fardo tão cruel para se colocar em uma criança quanto os receios igualmente injustos que Margaret tinha quanto à bússola moral de Luke.

Antes que pudesse mudar de ideia, Libby mandou uma mensagem para ele: "Quero te ver – precisamos resolver essa situação. Vamos nos encontrar no domingo, na hora do almoço." E apertou enviar.

Ela olhou para o celular durante cinco minutos, mas não recebeu nenhuma resposta. Arrumou o escritório. Nada. Por fim, quatro horas depois, depois de levar Tara Brady para jantar, preparar o quarto dela, dar um biscoito de boa-noite para Mitzi, a terrier, e ir para a cama, Jason finalmente respondeu: "Ok. Nos encontramos no meio do caminho, almoço no domingo. Vou fazer uma reserva em algum lugar."

Libby estava prestes a perguntar "Por que não no hotel?" quando se deu conta de que não se importava. Ela só queria vê-lo.

Fazia mais de três semanas desde que Jason havia saído do Swan sem olhar para trás. Enquanto dirigia até o gastropub onde ele havia feito a reserva para o almoço, a meio caminho entre Longhampton e Londres, Libby se atormentava com o que ele vinha fazendo em Londres enquanto ela trabalhava horas a fio para deixar o hotel pronto. Saindo à noite? Bebendo com Steven? Flertando com mulheres que não o incomodavam sobre as contas?

Mas quando ele se aproximou do bar em Wheatsheaf, Libby ficou com o coração apertado, primeiro de alívio por vê-lo ali apesar de tudo, depois de preocupação com sua aparência.

Jason parecia ter envelhecido dez anos em pouquíssimas semanas. Sua jaqueta de veludo cotelê parecia um tamanho maior; seu cabelo escorrido havia perdido volume; seus olhos estavam mais tristes que os de Lorde Bob. E mais caídos e injetados. Libby teve que lutar contra o impulso de puxá-lo para os seus braços.

– Você deveria ter ido para o Swan – disse ela, incapaz de esconder sua preocupação quando ele voltou do balcão com as bebidas. – Eu teria preparado um café da manhã decente para você. Não tem comida na casa do Steven?

– Eu não tenho dormido muito. – Ele esfregou a mão no queixo. Sua barba por fazer deixou Libby chocada; ele sempre tinha sido muito meticuloso a respeito dela. – Nem comido.

– É, estou vendo. De volta à vida de solteiro. – Embora ela tivesse dito aquilo de um jeito tranquilo, acabou soando mal, e ele pareceu se encolher.

– Não – respondeu ele, e a recusa em levantar qualquer debate a afetou mais do que uma resposta mal-humorada.

Jason parecia tão infeliz que não havia sentido em lhe perguntar se ele lamentava tudo aquilo; estava escrito na testa dele. Libby esperava algum desafio, um pouco da velha atitude de "está todo mundo errado", mas isso não aconteceu. Muito pelo contrário.

– Por que você não quis encontrar comigo no hotel? – Libby podia ouvir a positividade alegre adentrar sua voz; ela soava como a mãe, tentando acalmar os ânimos de seu pai. – Está lindo. Você sabia que a jornalista veio esse fim de semana? Eu acho que ela gostou. Enfim, dedos cruzados.

– Eu sei. Eu vi o site finalizado. – Jason conseguiu dar um sorriso. – Você fez um ótimo trabalho. Parece estar indo muito bem sem mim.

– Bom, eu não fiz aquilo tudo sozinha. Eu não consigo nem acreditar como as pessoas foram generosas, se unindo a nós. – Libby estava sendo sincera; às vezes, em meio à exaustão, as ideias espontâneas de Gina e as horas extras do paciente Lorcan a faziam sentir-se à beira das lágrimas. – É incrível como todos estão dando força para o hotel. Devíamos ter pedido ajuda meses atrás.

– E a mamãe? Ela está esfregando o chão e polindo os talheres?

Libby respirou fundo e depois expirou. Se Jason não sabia dos planos de Margaret, ao menos eles não vinham tendo suas conversinhas de mãe e filho pelas costas dela.

– Não, na verdade, não. Ela levou um agente imobiliário lá na sexta-feira. Ela está falando em vender o hotel.

– Você está brincando. – Jason fez uma pausa, seu shandy a meio caminho da boca. – Mas aquele hotel é a vida dela. A meta da vida dela e do papai.

– Aparentemente, não mais. Eu o arruinei. O fato de você não estar lá é a única coisa que a impede de colocar o hotel à venda. – Libby se preparou; ela precisava abordar alguns assuntos difíceis. – Isso não está ajudando nem a mim nem à Margaret, não saber o que você está fazendo.

Ele largou o copo e adotou uma postura defensiva.

– Ah, não começa...

– Eu *preciso* começar, Jason. Tem várias pessoas dependendo de mim. Temos hóspedes fazendo reservas, fornecedores para pagar, turnos para organizar. Eu preciso saber o que você anda fazendo. Eu nem sei se você está trabalhando. Está?

– Tenho conversado com algumas pessoas. Você sabe, sondando. É complicado. – Ele estava sendo deliberadamente evasivo e isso irritou Libby. Não havia tempo para ser esnobe, para escolher a empresa "certa" ou um trabalho que se encaixasse perfeitamente ao perfil dele.

– Só me fala o que está acontecendo. Agradeço o dinheiro que você tem mandado, mas eu me preocupo, Jason. Eu me preocupo que você esteja voltando para aquele... – A voz dela sumiu e ela o encarou, sufocada por palavras que não queria ouvir saindo de sua boca.

Como haviam chegado àquele ponto? De aconchegantes finais de semana na cama em hotéis de luxo em Paris a conversas tensas em um pub qualquer, em menos de um ano? Mais ou menos um mês antes, estavam brindando seu novo começo no Ferrari's, ainda capazes de terminar as frases um do outro, de ler a mente um do outro, mas naquele momento Libby não fazia ideia do que Jason estava pensando. O vazio de seu desânimo o havia transformado em um estranho, ela não conseguia ler o marido.

A ideia de um futuro sem seu brilhante e adorável Jason de repente se tornou real demais para Libby e ela perdeu o ar. A vida dela, a vida dele, indo em direções diferentes. Existir, envelhecer, ver as coisas sem o outro. Conhecer outras pessoas. Aqueles poucos anos felizes se perdendo no passado.

Eles se encararam, tomados pela frieza de seus pensamentos, até que finalmente Jason falou.

– Desculpa, Lib. Eu estraguei tudo. – Ele parecia perdido, como se ainda não pudesse acreditar que aquilo tudo tinha acontecido. – A única coisa que eu precisava fazer, ganhar dinheiro pra gente... Eu estraguei tudo.

– Todo mundo erra às vezes. É humano. – Ela pegou as mãos dele.

Jason balançou a cabeça.

– Mas eu fiz coisas *estúpidas demais*. Tipo o dinheiro da reforma.

– O que tem o dinheiro da reforma?

– Nunca houve tanto quanto você achava, desde o início. Depois que nós pagamos os honorários do advogado e os custos da mudança, contas aqui e ali... o dinheiro continuou a sair; cada vez que eu verificava a conta, tinha cinco mil a menos. Mas eu convenci você sobre a ideia do hotel, e aquela parecia ser a única coisa que mantinha você em movimento, acreditar que nós tínhamos essa rede de segurança... Eu não podia contar. Eu ia fazer uns negócios rápidos para poder completar a quantia antes que você percebesse, talvez dobrar o valor. – Ele espalmou a mão na testa. – Mas eu fui adiando, adiando, e então fiquei nervoso, e mandei mal nas negociações. E depois que você perde o ritmo... – Jason fez uma pausa. – E o papai, sabe? Eu ficava pensando, eu tenho que contar para o meu pai, mas depois lembrei que ele não estava mais aqui... e também... sei lá. Eu deveria ter contado para você. Mas não consegui. Você foi muito legal em relação a tudo isso. Eu não podia decepcionar você de novo.

– Ah, Jase. – Libby sentiu o coração apertar. Claro que ele também estava sofrendo com a perda do pai; isso era muito mais importante do que dinheiro. Como ela não percebeu? Como havia deixado que seu pânico em relação ao trabalho dele a impedisse de enxergar tudo que Jason devia estar reprimindo?

– Por que você simplesmente não me contou? Você sabe que eu não gastaria tanto dinheiro em chuveiros. – Libby esfregou os olhos; ela estava exausta depois das últimas noites dormindo tarde e acordando cedo. Não tinha feito nenhuma diferença no final; o hotel ainda havia, de alguma maneira, voltado à vida, com o dobro de personalidade pela metade do orçamento original. – A culpa não foi só sua. Eu deveria ter prestado mais atenção.

– Por quê? – perguntou ele amargamente. – Esse era o meu trabalho. Cuidar das nossas finanças.

– Não, peraí. Nós sempre compartilhamos as tarefas. Fazíamos a cama juntos, não era? Nós dois tirávamos o lixo. Ser responsável pelo dinheiro não era um trabalho *apenas* seu. Eu deveria ter perguntado.

– Para de ser legal – disse Jason. – Isso não está fazendo com que eu me sinta melhor.

– Eu não estou tentando fazer você se sentir melhor. Estou tentando impedir que você sinta tanta pena de si mesmo… Não temos tempo para isso agora.

Ele girou seu copo sobre o apoio.

– Eu fico olhando para a casa do Steven e pensando: nós tínhamos isso. E agora não temos mais… Aquela vida. Eu a arruinei.

– E daí? Assim, era adorável… a casa, os mimos e o dinheiro, mas… – Libby tentou fazer com que ele olhasse para ela. – Eu não ligo para marcas, Jason. Aquilo servia só para ter assunto. Talvez eu sinta falta das *viagens*… das descobertas que fazíamos juntos. E talvez eu sinta falta de um gim de qualidade. E dos táxis. Mas não sinto falta das bolsas.

Ele abriu um sorriso discreto e sem graça, mais um reconhecimento do esforço dela do que uma indicação de que realmente acreditava naquilo.

– Mas eu estou falando do nosso casamento. Eu estraguei tudo.

Jason estava sendo dramático agora, e aquilo fez Libby lembrar de Margaret. O que era irônico o suficiente. Era muito difícil para Jason cair de tão alto, disse a si mesma. Ele nunca teve que se levantar antes; aquilo tudo era novo, o choque provocado pelo fracasso.

– *Poderia* ter estragado o nosso casamento – insistiu ela –, se nós tivéssemos jogado a toalha e deixado isso acontecer, mas não foi o que a gente fez, certo? Nós escolhemos fazer outra coisa. Juntos. – Ela estendeu a mão sobre a mesa, querendo desesperadamente um pouco do Jason arrogante de volta. Ela nunca o havia visto daquela maneira, tão inseguro, se sentindo tão mal consigo mesmo. – Como a gente pode saber o quão forte é o nosso casamento se nunca passarmos por nenhum teste? É o que está acontecendo agora. Não acaba até que um de nós desista.

Ela fez uma pausa, subitamente ciente de que tinha ido longe demais. Tão longe que teve que fazer a próxima, mas temida pergunta.

– A menos que... Você não quer desistir, quer?

Jason não conseguiu olhá-la nos olhos, e algo se encolheu no peito de Libby. *Não diga isso*, implorou ela silenciosamente. *Por favor, não diga isso.*

– Eu não sei mais o que eu quero – disse ele baixinho. – Mas você merece coisa melhor.

– Acho que quem decide isso sou eu.

Ele abaixou a cabeça.

– Eu não sou o homem com quem você se casou. – Se Jason não parecesse tão abalado, pensou Libby, ela definitivamente o sacudiria naquele momento. – Eu não me reconheço. Faço coisas que jamais pensei que faria. É estranho demais. Assustador.

– Eu sei que é assustador, mas é a vida – disse ela. – Você não sabe *quem* é até precisar ser essa pessoa. Escuta, eu implorei a Erin por um empréstimo. Negociei cinquenta por cento do nosso acordo original com o fornecedor dos azulejos. Eu até disse umas poucas e boas para sua mãe.

– O quê? – Jason levantou o olhar, surpreso.

– Depois que ela fez toda aquela palhaçada envolvendo o agente imobiliário na sexta-feira. – Libby podia sentir o calor voltando para suas bochechas. – Eu não consegui deixar passar. Ela tem sido impossível desde que você foi embora, me culpando por tudo, fazendo de conta que eu afastei você, que tudo isso é minha culpa. Eu falei que ela devia se enxergar também.

Ao ouvir suas próprias palavras, Libby estremeceu de remorso. Ela realmente havia atacado uma mulher em luto, ainda sofrendo com a ausência do homem que representava tudo em sua vida? *Vou ter que me desculpar*, pensou ela. Com certeza. Mas, ao mesmo tempo, percebeu uma voz em sua cabeça: o que dissera a Margaret era verdade, e talvez fosse hora de começar a ser honesta. Como aquela família teimosa poderia se curar de outra forma? Era como a umidade e as rachaduras nos quartos do hotel – só era possível consertar as paredes depois que o papel fosse retirado. E Libby queria que os Corcorans consertassem suas rachaduras; ela sabia que Luke queria isso, e, no fundo, Margaret também.

– Meu Deus. – Jason parecia atordoado. – E o que a mamãe disse?

– Que eu não tinha o direito de falar com ela assim, que eu arruinei o hotel dela. – Libby mordeu o lábio. – Eu vou pedir desculpas, obviamente. Mas não falei nada da boca para fora.

Ela não tinha certeza se Jason ficaria do lado de Margaret, mas ele não disse nada. Apenas afundou a cabeça nas mãos.

– Eu sinto que a decepcionei também. – Sua voz estava abafada. – E o papai.

Sua voz falhou quando ele disse "papai", e Libby quis muito abraçá-lo.

– Você só vai decepcioná-los se continuar fugindo – afirmou ela. – Você é humano. Você comete erros, e daí? Volta. Conserta as coisas. É o que seu pai gostaria que você fizesse. E eu preciso de você. *Nós* precisamos de você, Jason.

– Você? Será? Você fez todo o trabalho pesado naquele lugar. Eu não consigo nem cuidar da contabilidade. O Luke ajudou mais do que eu. Eu só criei mais problemas.

Libby fechou os olhos e tentou manter a voz baixa e calma.

– Posso dizer do que eu preciso? – perguntou ela. – Eu só preciso de um homem que faça o seu melhor. Um homem que é quem ele diz ser. Um homem que queira compartilhar uma vida comigo. Eu não estou pedindo mais do que isso. Você é *todas* essas coisas. Jason, eu sei que isso não tem a ver só com dinheiro... e, de qualquer forma, eu prometi ficar com você na riqueza e na pobreza, lembra? Podemos resolver tudo isso juntos. Mas eu preciso saber em que pé a gente está.

Ele ficou em silêncio por um bom tempo.

– Eu não sei em que pé eu estou comigo mesmo. Quer dizer, quem sou eu? Se tudo o que eu pensava a meu respeito acabou se mostrando um monte de idiotices.

– Ah, Jason, eu não tenho como responder a essa pergunta por você – disse ela, exausta. – Você tem que resolver isso sozinho.

Ele não respondeu, e seus ombros se curvaram.

Eu poderia ficar mais três horas aqui e dizer a ele o quanto eu o amo, o quanto acredito nele, pensou Libby, afundada em tristeza. *Mas não vai fazer um pingo de diferença. Ele está em outro lugar. Não há nada que eu possa fazer agora a não ser ir embora.*

Ela sentiu uma pontada de infelicidade no peito e afastou a cadeira da mesa.

– Eu trouxe umas roupas para você, estão no carro. Caso você precise. Ternos e afins.

– Você já está indo? – Ele parecia arrasado. – Não vai ainda.

– Eu não quero ir. – Libby olhou para seu rosto barbado e cansado. – Mas eu tenho muita coisa para fazer, preciso preparar tudo para a reabertura. – *E para quem estou fazendo isso?*, ela se perguntou. *Para ele? Para a mãe dele? Para mim? Para o banco?*

Ela tinha ficado tão obcecada em terminar a reforma, depois com a visita de Tara, que não havia pensado além desses prazos. Mas naquele momento a realidade bateu à sua porta: ela se deu conta de que iria administrar o Swan sozinha. A alegria havia passado, deixando apenas as responsabilidades maçantes que tomariam seu tempo da manhã até a noite, concretizadas em uma série de despertadores, ovos fritos e contas. Um trabalho árduo, árduo de verdade, não um projeto otimista em conjunto. E o que *ela* queria? Pela primeira vez Libby se perguntou se Margaret estava certa em vender o hotel. Aquele não era mais o hotel de Margaret e Donald. Talvez também não fosse o hotel dela e de Jason.

Se eles vendessem, dividissem o dinheiro que sobrou, para onde ela iria para recomeçar sozinha?

O pavor se formou na boca do estômago de Libby, e ela teve um lampejo inesperado de como Alice devia ter se sentido quando percebeu que havia perdido a memória. Com os olhos vendados, mas forçada a avançar para um futuro silencioso e sem forma. Sem Jason.

– Por favor – disse Jason.

Libby sentou-se novamente, mais por conta do choque provocado pela intensa tristeza que a invadiu, e quando ele sorriu, aliviado, seu coração acelerou.

– Vamos fazer uma festa no jardim para relançar os novos quartos – disse ela. – No próximo fim de semana. Acho que é tempo suficiente para você colocar a cabeça no lugar, não? Você sempre funcionou melhor com prazos apertados.

Jason olhou para ela e contraiu os lábios. Ele não respondeu, mas não disse que não ia.

– Esse é o nosso futuro, Jason. Não só o seu. O meu também. Se você me ama, pelo menos vai levar isso em consideração. – Uma última tentativa desesperada. Libby se forçou a sorrir. – Posso dizer a Margaret que você vai estar de volta para a festa?

Ele respirou fundo, e ela procurou no rosto dele o homem por quem se apaixonara do outro lado do vagão de trem. O brilho de sua autoconfiança cintilando entre os ternos sem graça que cheiravam a café. A pele macia que ela fantasiava em tocar ao estender a mão. O sorriso.

– Você sabe que eu te amo, Libby – disse ele, mas não respondeu à pergunta dela.

Capítulo 29

Quando Libby voltou ao hotel às cinco da tarde de domingo, a recepção estava deserta. Embora o espaço estivesse lindo – o tapete xadrez verde não competia mais com o papel de parede vermelho chamativo, e a lareira de pedra recém-esfregada no hall sugeria um futuro climinha aconchegante de inverno –, ela não conseguia reunir o entusiasmo que sabia que o espaço merecia.

Tudo em que conseguia pensar era se ela e Jason estariam lá no Natal para ver o fogo crepitando na lareira. Libby honestamente não sabia o que ele ia fazer. Isso era o que doía mais: estar diante de um desconhecido, olhando para ela por cima daquela mesa de bar, sem saber o que ele estava pensando, sem conseguir se conectar com ele para ajudá-lo.

Libby olhou fixamente seu reflexo nebuloso no balcão da recepção, polido e reluzente, e sentiu uma dor intensa. Ela se permitiu sentir aquela dor. Não tinha mais palavras para explicar como se sentia quando a tristeza fazia seu corpo inteiro pesar feito chumbo.

Continue andando, continue andando, disse a si mesma, seguindo em direção ao escritório. Ela precisava enviar ao jornal local o anúncio divulgando o *open day* do fim de semana seguinte, que deveria ser publicado pela manhã; havia e-mails para enviar, atualizações do site para escrever, as belas fotografias tiradas pelo marido de Gina, Nick, antes e depois da obra, para colocar em ordem, a fim de que todos pudessem ver a transformação que haviam realizado no hotel.

Ela também tinha que pedir desculpas a Margaret.

Libby não estava particularmente ansiosa por isso, mas sabia que precisava resolver a situação. Ela tinha sido cruel. Aquilo não representava quem era ela, independentemente do que a vida atirasse em seu caminho.

Seus olhos caíram no suéter de caxemira de Jason. Um que ela lhe dera de Natal alguns anos antes, quando ele começou a jogar golfe – o que durou cerca de três semanas. Libby o pegou do chão, lembrando-se de como eles riram do quão absurdo era o clube, de que em fevereiro Jason já o abandonara. Como não havia ninguém por perto, ela afundou em uma cadeira e colocou os pés em cima da mesa, pressionando o tecido macio contra o nariz. Ela inalou o cheiro familiar de Jason com voracidade e aquilo a mandou de volta para a sala de estar arejada, para a cama antiga deles, para um mundo de memórias que ela não suportaria perder.

Ao longe, Libby ouviu a porta do escritório se abrir sobre o carpete e nem sequer se deu ao trabalho de se virar; soava exatamente como Lorde Bob em uma de suas incursões furtivas atrás de biscoitos. Ou tão furtivas quanto as incursões de um basset hound de trinta quilos poderia ser.

– Bob, eu não estou muito bem – murmurou Libby. – Vai lá perturbar a Margaret se você estiver querendo ganhar um biscoito.

Alguém tossiu e não parecia em nada com Lorde Bob. Libby tomou um susto, quase caindo da cadeira.

– Elizabeth. É um bom momento para darmos uma palavrinha? – Era Margaret, seu queixo erguido em uma expressão determinada que Libby nunca tinha visto até ir morar lá, mas que agora conhecia muito bem.

Ah, meu Deus, pensou. *Ou ela vai me escorraçar daqui ou vai pedir desculpas sem se desculpar de fato como ela sempre faz.*

Ou talvez Jason tenha ligado para ela.

– Claro que é um bom momento... entra – disse ela, sentindo-se constrangida por Margaret ter pedido para entrar em seu próprio escritório.

Margaret entrou e se sentou na mesma cadeira que Luke havia ocupado alguns dias antes; ela e Luke se empoleiravam bem na beirada, com o mesmo ar ansioso. Libby tentou não pensar no que Luke lhe contara, mas era impossível não procurar traços daquela história no rosto dela. A jovem, bonita e mal-humorada Margaret parecia uma pessoa totalmente diferente da Margaret formal, desbotada e solitária à sua frente. Mas *aquela* Margaret parecia muito diferente da mulher generosa e gentil que a havia recebido todos os Natais desde que conhecera Jason. Ela também não existia mais.

Libby ficou de pé.

– Quer um café? Estou só repassando os planos para...

Margaret levantou a mão como se quisesse ir direto ao ponto.

– Quero me desculpar por interromper a sua entrevista na sexta-feira – disse ela. – Foi... foi insensível da minha parte. Me desculpa. Eu deveria ter tido mais consideração por você. Deveria estar agradecendo por todo o esforço que você fez para deixar o hotel pronto.

Aquilo era um pedido de desculpas. Havia tensão minando seu rosto.

– Na verdade, é à Alice que você deveria agradecer – respondeu Libby. – Foi ela que levou a Tara para passear pela cidade e disse a ela como o hotel era um negócio familiar incrível. Quer dizer, ainda é. Quando ela saiu daqui, já tinha mais ou menos convencido Tara do quanto todos nós amamos esse lugar.

Margaret olhava fixamente para algo na mesa. Libby se perguntou, cansada, se era a ausência das antiquadas fichas de cadastro que ficaram ali por vinte anos, sem nenhuma função além de servir como apoio para uma xícara de chá.

– Então, você chegou a alguma decisão? Em relação à venda? – perguntou Libby.

– Como você disse, essa não é uma decisão só minha, certo? – Havia um tormento na voz de Margaret que lembrou Libby da excessiva autocomiseração de Jason e aquilo exigiu ainda mais de sua empatia já quase inexistente. – Eu não tenho mais nenhuma função aqui.

– Margaret, isso não é verdade...

Ela olhou para Libby e ambas souberam que era. Libby se esforçou para encontrar a maneira correta de dizer "Pare de nos punir, deixe-me ajudá-la", mas estava cansada e, para ser honesta, magoada pela falta de consideração. Antes ela queria se desculpar, mas agora não tinha mais certeza se seria possível dizer qualquer coisa sem ser mal interpretada.

Elas olharam uma para a outra, sob o olhar maligno do veado solitário e condenado sobre a lareira.

– Bem... Eu já disse o que vim dizer. Vou deixar você em paz. Você provavelmente tem muito o que fazer. – Margaret levantou-se, mas ao sair colocou a mão inconscientemente no encosto da cadeira perto da porta onde Donald sempre jogava o paletó de tweed quando entrava; a ternura daquele gesto automático perfurou o coração de Libby.

Quantas vezes Margaret havia se sentado no escritório com Donald, um de cada lado da mesa, presidindo seu império de tarefas diárias? Os hóspedes iam e vinham, mas eles abriam e fechavam todos os dias juntos, milhares de cafés matinais, milhares de cafés da manhã perfeitos de Donald, milhares de beijos de boa-noite. E agora as rotinas estavam mudando, Donald havia partido e Margaret estava sozinha em um hotel que não era mais dela. Sentindo falta do cheiro dele, do toque dele, do paletó de tweed jogado naquela cadeira. Um fantasma em sua própria vida.

E Jason estava fazendo uma cena por perder o emprego aos 35 anos.

– Margaret – chamou ela e, quando Margaret se virou, Libby viu que seus olhos azuis estavam brilhando de lágrimas. – Margaret, volta aqui. – Ela se levantou de um salto e atravessou o escritório em dois passos, estendendo os braços para a sogra.

Margaret ficou imóvel por um momento, orgulhosa demais para ceder de imediato, e então Libby não lhe deu escolha, abraçando-a não só para confortá-la, mas em busca do conforto de que ela mesma precisava. Ambas estavam perdidas, desnorteadas pela dor causada pelas perdas que haviam ocorrido em suas vidas no espaço de tempo de uma respiração.

– Desculpa – disse, enquanto o corpo de Margaret tremia com um soluço silencioso.

Ela era muito menor do que Libby se lembrava, seus ossos salientes e frágeis despontando através da lã de seu casaco. O último ano a havia esgotado, e Libby se sentiu envergonhada por não ter se esforçado para entender, por ter deixado que suas próprias preocupações e seu pânico a impedissem de ver o quão infeliz Margaret estava. Como ela estava minguando sob as camadas de roupas sem graça, como sua cor havia desaparecido.

E então lentamente os braços de Margaret envolveram Libby, sua cabeça descansando no ombro da nora enquanto ela a abraçava e acalentava.

As duas ficaram abraçadas em meio ao silêncio do escritório, interrompido apenas pelo tique-taque do relógio de chão no canto, e Libby se sentiu cansada, jovem e velha, tudo ao mesmo tempo. Mas ela não se sentia tão sozinha como quando havia entrado ali, meia hora antes.

– Sinto muito, Elizabeth – disse Margaret, por fim. – Eu não ajudei em absolutamente nada. Fui só uma velha boba, encontrando defeitos em tudo.

– Não, nós viemos pra cá para ajudar *você* – corrigiu Libby. – A ideia era essa. – Ela apoiou as mãos nos ombros de Margaret com os braços esticados, o rosto pesaroso manchado de lágrimas. – E no fim das contas nós não ajudamos em nada, não é? Não da maneira que você realmente precisava. Nós só pioramos as coisas. Eu sinto muito.

Margaret suspirou e se sentou, tirando um pequeno lenço branco da manga.

– Vocês fizeram o que achavam melhor. Não tinham como me devolver a minha antiga vida.

– Nós tentamos. Por favor, acredite nisso, Margaret. Não importa o quão desajeitadamente a gente tenha feito isso, mas, de verdade, nós tentamos. Simplesmente não... não conseguimos pensar além das questões práticas. Perdemos de vista o que o hotel significava para *você*.

– Bem, você tinha seus próprios problemas com que se preocupar. – Ela olhou para a mesa e enxugou os olhos. – Eu não tinha percebido até você me contar o que realmente aconteceu com o trabalho de Jason. Não sei se teria deixado vocês investirem tanto no hotel se soubesse disso.

– Era o que nós queríamos fazer. É o que ainda queremos fazer.

Margaret não falou mais nada e Libby se perguntou se ela realmente entendia o que Jason tinha feito. Não cabia a ela dizer a Margaret as mentiras que ele contara. Mas será que ela acreditaria se Libby abrisse o jogo? Libby praticamente não se importava mais. O importante era o que ele faria *a partir de agora*.

– Eu sinto muito pelo Donald – comentou Libby baixinho. – Muitas vezes desejei que ele estivesse aqui, para pedir um conselho ou apenas ouvi-lo me dizer que algo que está me incomodando no fundo não importa. Não consigo sequer imaginar o quanto você deve sentir falta dele.

Margaret olhava meio sorridente, meio triste para o arquivo, como se décadas de tardes de domingo estivessem sendo projetadas nele, como um filme no cinema.

– É engraçado, eu consigo fazer as coisas do dia a dia sozinha, sempre consegui – disse ela. – Mas sinto falta de ter alguém com quem conversar no jardim. Ter alguém notando quando eu mudei meu cabelo. – Ela olhou para Libby. – Ter alguém para me dizer quando estou sendo uma velha ridícula. Como nesse fim de semana.

– Você não está sendo...

Margaret a encarou com um olhar suspeito, mas familiar.

– Donald teria me puxado para um canto e me perguntado o que *de fato* estava me incomodando. Com que eu estava fingindo não me importar enquanto arrumava confusões sem sentido, como o caso do agente imobiliário.

– E o que está incomodando você? – Libby se preparou para ouvir que Margaret precisava de netos para seguir adiante, ou que ela deveria ter apoiado os problemas financeiros de Jason.

A melancolia na resposta de Margaret a pegou de surpresa.

– Quando eu vejo você atrás daquele balcão da recepção, parece que eu nunca estive lá. Você mergulhou nisso com tanta naturalidade, e está transformando esse lugar no seu hotel... o que é justo, já que vocês dois pagaram por ele e o colocaram em funcionamento novamente. Não, sério, deixa eu concluir... Mas e eu? Eu fico como? Não sou mais esposa. Eu não sou mãe, agora os meninos estão crescidos. Achei que poderia ser avó... Isso me daria algo para fazer, mas... não aconteceu. – Ela parecia desolada. – E agora percebo que, em parte, é porque eu e o Donald colocamos esse lugar em uma situação tão difícil que você e o Jason precisaram trabalhar dia e noite para reestruturá-lo.

– Bem, até onde eu sei você fez isso com duas crianças pequenas... – começou Libby.

Margaret a deteve.

– Era muito cansativo, Elizabeth. Para ser sincera, eu vivia exausta. E eu não tinha escolha. Você tem.

Havia muito da autocomiseração de Jason no que ela dissera, mas Libby detectou uma força em Margaret – um desejo de encontrar sua identidade novamente, mesmo no meio da perplexidade que sentia pelo que não estava mais lá.

– Margaret, você sempre vai fazer parte desse hotel e você nunca *deixou* de ser nenhuma dessas outras coisas – ressaltou Libby. – Você ainda é esposa... trinta e cinco anos de casamento não desapareceram porque o Donald se foi.

– É muito gentil da sua parte dizer isso – afirmou Margaret.

– Mas é verdade. Ele está aqui, por todos os lados. O tapete escocês na recepção, para começar. Sempre que vejo aquele xadrez azul e verde, penso nele.

Margaret conseguiu dar um sorriso.

– E veja quanto apoio nós tivemos nas últimas semanas... Isso não tem a ver comigo – prosseguiu ela. – Tem a ver com *você*. O lugar que você ocupa na comunidade. Se as pessoas não se importassem com você nem quisessem que sua empresa prosperasse, não se dariam a esse trabalho. O Donald era obviamente muito importante para Longhampton, mas você também é, Margaret.

Conforme Libby falava, uma energia mais intensa parecia emergir através dela. Não era apenas porque tudo o que estava dizendo era verdade, mas porque ela se sentia melhor por dizer aquilo, melhor por direcionar a ela algo feliz, sincero e positivo, e ver a expressão de reconhecimento e agradecimento surgindo no rosto de Margaret.

– Esse pode ser um recomeço para você, agora que eu estou responsável pelos ovos fritos – continuou ela. – Você é ótima em organização e em *networking*, além de uma anfitriã fantástica. Todas essas qualidades ainda estão dentro de você; tem muita coisa boa para tirar dessa cidade.

– Pode ser...

– E você nunca vai deixar de ser mãe. – Libby fez uma pausa, sem saber se deveria contar a Margaret sobre seu encontro com Jason e sua frustração com ele. Não queria que a recente e frágil reconciliação fosse arruinada por uma briga sobre o príncipe Jason.

– Não sei. – O rosto de Margaret parou de se iluminar e ela pareceu triste. – Eu fiz o meu melhor, mas...

– O Luke e o Jason sempre vão precisar de você. Eles sentem falta do pai. É por isso que querem apoiá-la. Não é porque eles acham que você não é capaz ou que precisa de ajuda. Eles querem fazer o que o Donald teria feito. O Jason *e* o Luke.

– Eu amo muito os dois – disse ela. – Meus garotinhos.

Seus olhares se encontraram, e Libby se perguntou se Margaret estaria prestes a abrir seu coração em relação a Luke e os olhos em relação a Jason, com todos os seus defeitos e talentos. Donald deve ter tentado, à sua maneira gentil, mas, até que Margaret fosse capaz de enxergar por conta própria como seus filhos eram igualmente imperfeitos e perfeitos, nenhum dos dois deixaria de ser os adolescentes que ainda eram em tantos aspectos.

Margaret precisava se perdoar primeiro, percebeu Libby. Foi isso que levou Luke a duvidar de sua própria capacidade de amar e ficar ao lado de uma mulher, e fez com que Jason tivesse tanto medo de decepcioná-la. Margaret projetando neles os medos que tinha em relação a si mesma.

– Eles são homens muito bons, e os dois amam você – afirmou Libby. – Da mesma maneira.

– Eu sei. Talvez eu não saiba demonstrar isso bem, mas eu sei. Eu amo os dois. – Houve uma longa pausa; então Margaret acrescentou: – E você também. – Ela estendeu a mão para Libby. – Tem sido tão difícil, nas últimas semanas. Sentir que posso perder você também. A filha que eu sempre quis ter.

– Ah, Margaret. – Lágrimas quentes escorreram dos olhos de Libby; ela não esperava por aquilo.

Margaret assentiu.

– Eu sei que as pessoas dizem que as mães acham que nenhuma mulher é boa o suficiente para seu filho, mas eu não poderia ter uma nora melhor, Elizabeth. Você é gentil e paciente, e ficou ao lado do Jason depois que ele...

Libby prendeu a respiração.

Margaret parecia estar se preparando.

– Depois que ele decepcionou você desse jeito. Eu não consegui parar de pensar no que você disse. Foi tolice minha ignorar isso tudo. E egoísta... Eu amo muito o Jason e acho que vejo muito do Donald nele. Não é fácil para mim enxergar os pontos negativos dele, mas... o fato de ele não me ligar é muito ruim. Estou decepcionada com ele e nunca, nunca imaginei que diria isso.

– Eu me encontrei com ele hoje – contou Libby, incapaz de esconder. – Eu fui até depois de Oxford conversar com ele.

O rosto de Margaret se iluminou.

– Jura? Como ele está? Ele tá bem?

– Ele tá bem, mas... – Não, ele não estava bem. Sem mentiras. Libby começou de novo. – O Jason nunca precisou lidar com o fracasso até agora. Ele não enxerga isso como uma parte inevitável da vida... Ele vê isso como um reflexo de si mesmo. Ele decepcionou a gente; ele se decepcionou. Não é a criatura infalível que foi criado para acreditar que era. O Jason acha que não merece ser amado se ele não for perfeito. – Libby deixou que o silêncio se estendesse um pouco; Margaret não disse nada. – Este é um momento decisivo para ele – continuou. – Se ele conseguir se reerguer e começar de novo, vai conquistar o mundo. Se ele continuar pensando que toda a sua identidade se baseia em ser perfeito, então estamos todos em apuros.

– Você acha que é minha culpa? – Havia um tom defensivo na voz de Margaret, mas Libby não a julgou por isso.

– Eu acho que você é a única pessoa que pode fazer com que ele veja o quão incondicionalmente ele é amado. Se o Jason vai se dar conta do que está em jogo e se vai escolher dar um jeito nisso, aí é com ele.

E essa é a tarefa mais importante nesse momento, ela quis acrescentar, mas não o fez. Talvez Margaret não quisesse fazer aquilo. No fundo, era o mesmo que admitir que havia falhado como mãe com Jason tanto quanto falhara com Luke.

– Eu amo o Jason – disse Libby. – Mais do que qualquer coisa no mundo. Mas você é a mãe dele.

Elas ficaram sentadas no escritório silencioso, cercadas por quadros, arquivos e bugigangas havia muito esquecidas pelos hóspedes. Era o último cômodo que Libby planejava reformar e, embora estivesse muito mais organizado do que nos tempos de Donald, em aparência ainda era o que mais se aproximava do antigo hotel.

– E você? – Margaret olhou para ela por cima da mesa, com uma vivacidade que não exibia havia muito tempo. De repente, elas estavam olhando uma para a outra de um jeito diferente. – E se o Jason não voltar?

A questão foi deixada em aberto, e Libby pôde perceber vários tons diferentes nela. Ficar? Ir embora? Pedir o divórcio? Administrar o hotel com Margaret?

Libby não sabia a resposta.

– Vamos ver – respondeu, com um sorriso corajoso.

O sorriso que Margaret deu em resposta foi triste, mas não tão derrotado quanto Libby temia.

Capítulo 30

A semana entre a visita de Tara Brady e o *open day* dedicado à reabertura do Swan passou mais rápido do que todas as outras desde que Alice havia chegado ao Swan. Ela esteve ocupada todos os dias, desde o momento em que chegava até ir embora, organizando a festa do fim de semana e dando conta das primeiras reservas para os novos quartos agora que o site estava no ar e chamando a atenção. Cada telefonema levava séculos porque Libby não conseguia evitar descrever todas as opções disponíveis para garantir que o hóspede reservasse o quarto perfeito.

– Acho que você vai gostar do quarto 8 – dizia ela com entusiasmo. – Tem uma vista belíssima do jardim. Mas o quarto 3 tem o chuveiro cascata e uma banheira, então se for um fim de semana romântico...

Tudo imediatamente pareceu muito real. Um anúncio de meia página havia sido publicado no jornal de Longhampton, com uma das novas fotos da recepção ao lado da antiga foto de Doris, anunciando que o hotel estaria aberto ao público no sábado e todos eram bem-vindos para conhecer o novo Swan. Alice enviara e-mails para pessoas selecionadas, e atualizara o site com matérias informativas. Tinha um cargo definido: recepcionista-chefe, responsável pelas redes sociais. (Tradução: ela administrava a conta @LordBobOfficial no Twitter.) Embora só estivessem ela e Libby trabalhando no escritório – Margaret havia ido para a casa da irmã na quarta-feira passar uns dias e "pensar sobre as coisas" –, o clima nunca era de estresse ou pânico.

De modo geral, Alice estava muito feliz. A única coisa ruim era que Gethin não estava.

Até Libby havia feito um comentário irônico sobre o novo hábito de

Gethin de ir buscar Alice e Fido às cinco em ponto: esse era o acordo para que ela continuasse trabalhando no hotel, embora tivesse "prometido a ele" que não o faria. Ele começou a ficar emburrado toda vez que ela mencionava o trabalho, chegando a questioná-la quanto à antecedência com que o havia comunicado a respeito do *open day* no sábado.

Alice havia notado que Gethin era sensível a planos; as entregas do supermercado estavam sempre marcadas no calendário pendurado na parede da cozinha, e ele odiava qualquer tipo de mudança de última hora.

– Imagino que você ainda não tenha contado para ele – disse Libby.

Elas estavam sentadas no escritório na tarde de sexta-feira e dobravam panfletos enquanto a brisa suave de julho entrava pelas janelas abertas, trazendo o perfume das rosas do jardim.

– Contado para ele o quê?

Havia muitas coisas que Alice não havia contado a Gethin: as células que lentamente se transformavam em um bebê dentro dela, a preocupação de não ser a pessoa por quem ele se apaixonou, suas dúvidas crescentes a respeito dele. A maneira como seus pensamentos continuavam se desviando para Luke. Ela teve que deletar o número de Luke de seu celular para conter a tentação constante de ligar para ele.

Libby a encarou.

– Alice, você *tem que* contar para ele logo. Gethin vai notar. E ele precisa saber.

Ela soltou um longo suspiro.

– Desculpa. É que... é difícil fazer parecer real. Quando estou lá, é como se eu estivesse em um mundo diferente. Um mundo onde estava antes do acidente.

– Isso é um pouco estranho.

Alice não sabia muito bem como explicar.

– É, sim. É como se o Gethin conhecesse outra versão minha, e eu fico tentando *tanto* ser essa pessoa que não consigo seguir em frente, se é que você me entende. Estou sempre me questionando.

Libby pareceu surpresa.

– Mas você é quem você é. Você era realmente tão diferente assim?

Eu era apaixonada pelo Gethin, pensou Alice, passando a unha por uma dobra do papel para fazer o vinco. *Escrevi aqueles e-mails carentes e sentimentais para ele, que ele não para de me mostrar. Não se parecem nada com como eu me sinto agora. Mas eu os escrevi.*

– Talvez o amor transforme a gente em uma pessoa diferente. E aí, quando ele não está mais lá...

As palavras ficaram pairando no ar e Alice rezou para não ter falado besteira. Ainda não tinha havido nenhum sinal de Jason; Libby não dissera se ele estaria na reabertura do hotel ou não. Ela desejou que houvesse algo que pudesse fazer, mas Libby exibia uma expressão determinada e alegre durante a maior parte do tempo, e Alice não gostava de perguntar.

– Mas você vai continuar? – perguntou Libby. – Quer dizer, com o bebê?

Alice assentiu.

– Foi assim que essa parte da minha vida começou. Eu só sinto que é a coisa certa a fazer. Ele ou ela está comigo agora.

– Mesmo sem saber se quer ficar com o Gethin? – Libby franziu a testa. – Tem certeza de que isso faz sentido? Ou é sensato? Você ficará vinculada a ele para sempre.

– Eu não sei explicar. Só sei que é a coisa certa a fazer. – Alice tinha pensado e repensado tudo aquilo, levando seus instintos até o limite; restava apenas uma única certeza. Ela queria aquele bebê. Estava muito claro para ela, era um fato concreto de seu futuro.

– Então você definitivamente precisa contar para ele – disse Libby em um tom conclusivo. Pensar naquilo fez Alice se arrepiar de pânico e Libby ergueu uma sobrancelha. – O que foi?

– Acho que ele não vai aceitar muito bem – confessou Alice. – Ele já acha que eu estou me comportando de um jeito estranho, comparado a como eu era. Ele acha que eu ainda estou me reajustando. O Gethin é muito sensível – acrescentou. – Eu... eu encontrei uns antidepressivos no quarto. Ele disse que tinha parado, depois voltou, depois parou de novo. Não quero que ele volte a tomar remédios por causa disso.

Ele não estava mentindo sobre como ela o "salvara" da depressão, então. Aquilo fizera Alice se perguntar o que mais havia para descobrir.

– Então você vai ter que contar para ele em etapas. – A atitude de Libby reassumiu o tom mandão-amigável. – Fala para ele que você tem um novo emprego com atribuições de extrema importância, o que é verdade, e que inclui morar aqui durante a semana.

O alívio que tomou conta de Alice quando Libby disse isso a pegou de surpresa.

– Ele não vai gostar nem um pouco…

– Alice, você está tentando terminar com ele, não está? – Libby a olhou nos olhos, e Alice não pôde negar. Mais uma vez, o alívio de ouvir Libby dizer aquilo de maneira tão direta era extraordinário. – Pronto. Então, quando você já tiver saído de lá em segurança – continuou Libby –, com calma, você vai contar para ele sobre o bebê e que espera encontrar uma maneira de vocês criá-lo juntos. Como amigos.

– Você faz isso tudo parecer tão simples… – respondeu Alice.

Ela já se sentia assombrada pelo rosto de Gethin, perplexo e revoltado; como seria capaz de magoá-lo, seus olhos grandes e delicados pareciam dizer, enquanto ele fazia tanto esforço, sacrificando tanto de seus próprios sentimentos?

– Mas é simples. – Libby parou de dobrar os papéis e olhou para ela do outro lado da mesa. – É muito triste que você tenha sofrido esse acidente, mas alguma coisa mudou. É impossível forçar alguém a te amar. Se a sua memória voltar e você se lembrar de que Gethin é o amor da sua vida, ótimo. Mas se não… Ainda que você tivesse se *casado* com ele, mesmo assim poderia ir embora. Ficar não vale de nada se a pessoa não quer estar lá.

Alice abriu um sorriso triste.

– Eu vou contar pra ele depois do *open day*.

– Conta pra ele *no open day* – disse Libby. – Aí você pode ficar aqui. Ele não vai fazer uma cena, mas, se ele começar a chorar, a Margaret o leva para tomar chá e comer um bolo… Você sabe que ela gosta do Gethin. Assim você não vai precisar encontrar o momento certo quando estiver em casa nem lidar com a logística constrangedora de ir embora.

Alice esperava que Libby estivesse certa sobre ele não fazer uma grande cena. Ela tinha uma sensação preocupante de que não seria tão simples.

Libby não dormiu nada na sexta à noite. Ela observou a manhã do *open day* rastejar pelas bordas das cortinas – que não eram tão bem forradas quanto as do hotel – e verificou seu celular no caso de uma mensagem de Jason de alguma forma ter chegado sem que ela percebesse.

Não recebera nada.

Ela piscou e se obrigou a se concentrar na manhã que tinha pela frente. Muitas pessoas tinham confirmado presença, quase todo mundo que ela convidou. Os contatos de Margaret compunham a maior parte da lista, mas foi bom reconhecer os nomes de seus novos amigos, além de Erin e Pete, vindos de Londres para serem seus primeiros hóspedes de honra da suíte nupcial. As pessoas ou estavam ansiosas para ver o que eles tinham feito ou vinham em busca de um fim de semana tranquilo: o jornal local estaria presente, além de várias pessoas importantes da cidade, muitos dos comerciantes locais apresentados por Gina, todos os antigos funcionários, Lorcan e toda a sua equipe de construção... Luke havia generosamente se oferecido para "fornecer" o champanhe, e a esposa de Lorcan, que trabalhava com bufês, tinha oferecido alguns petiscos. Tudo indicava que aquele seria um dia agradável.

Faltava apenas uma pessoa. Jason.

Só de pensar no marido, Libby sentiu uma pontada no coração. Ela havia mandado uma mensagem para ele na quarta-feira novamente, falando sobre a festa, mas não teve resposta. Ela quase mandou outra mensagem na sexta-feira, mas, no momento em que estava prestes a pressionar "enviar", Margaret voltou de suas miniférias de tão bom humor e com um novo corte de cabelo tão surpreendentemente bonito que Libby acabou se distraindo.

Ela sorriu com a imagem mental de Margaret desfilando com seu corte de cabelo no escritório, amassando seus cachos mais curtos e mais claros com uma pontinha de um orgulho modesto. Era um pequeno passo, mas Libby esperava que aquilo significasse que Margaret estava começando a emergir das sombras de seu sofrimento, não exatamente como seu antigo eu, mas como um novo. A transformação se devia em parte à Linda, tia de Jason, que havia levado Margaret ao cabeleireiro em Banbury e insistido que ela desse um trato no visual para a reabertura do hotel.

– Não faz sentido nosso hotel estar lindo e eu, um desastre – afirmou ela, e Libby amou ouvi-la dizer "nosso hotel".

Então, quando Margaret lhe disse que estava pensando em se candidatar à prefeitura "para fazer algo sobre aqueles parques eólicos horrorosos em Wergins Hill", Libby a abraçou, principalmente para se forçar a parar de aplaudi-la.

Margaret não voltou a falar a respeito da conversa que tiveram sobre Jason. Outras quinhentas libras haviam sido depositadas na conta do hotel, mas sem nenhuma mensagem. Nenhum contato. Margaret lhe contou que também não tinha ouvido falar dele, o que lhe serviu de consolo. O que ela poderia fazer? Era isso mesmo? Ele não queria fazer nenhum esforço para recomeçar a vida com Libby?

Ela continuou deitada na cama, olhando para o teto, e deixou que a escuridão se espalhasse por seu corpo. Vinha mantendo tudo isso à distância, ocupando-se com tarefas e listas e sorrisos radiantes, mas quando ficava sozinha a tristeza se infiltrava pelas rachaduras. Tudo no hotel a lembrava de Jason. Das esperanças e dos planos deles. De seu recomeço, de quando eles sinceramente acreditavam que estavam construindo um. Se ele não voltasse...

Eu não preciso sair de Longhampton, pensou ela. *Mas talvez seja melhor encerrar minha história aqui e começar um capítulo só meu.* Ela havia descoberto novos pontos fortes, feito novos amigos e encontrado um propósito que não tivera até aquele momento.

Pensar nisso tudo a deixava triste demais.

Mas primeiro ela tinha que colocar o hotel em funcionamento. Libby jogou o edredom para o lado e foi para o chuveiro.

Os primeiros visitantes curiosos começaram a subir a entrada de cascalho do Swan pouco depois das dez, quando as bandejas de minicroissants já circulavam pela recepção.

Alice e Libby – com Lorde Bob e Fido – também circulavam, respondendo a perguntas, distribuindo cartões e informações, e sentindo-se justificadamente orgulhosas da forma como todos entravam e ficavam paralisados observando o saguão transformado. Cada membro do clube de jardinagem enviara uma caixa de flores de seus jardins para Margaret montar arranjos, e o cheiro de ervilhas-de-cheiro, rosas e peônias preenchia o ar, misturando-se com o odor de madeira polida e dos tapetes recém-lavados, fatias de limão e bolos fresquinhos.

Gethin havia combinado de ir até lá na hora do almoço, pois tinha "coisas para resolver". O estômago de Alice já estava embrulhado só de pensar na conversa que precisava ter com ele. Mesmo enquanto ensaiava o diálogo em sua cabeça, ela se perguntava se estava cometendo um erro. Ele era tão atencioso, tão doce e sensível... Será que ela estava se precipitando ao tomar uma decisão baseada em nada além de seus instintos esquisitos? E os hormônios, será que estavam bagunçando sua mente?

Se Alice fosse completamente honesta consigo mesma, havia apenas uma pessoa que ela queria ver no *open day*, e essa pessoa era Luke. Ela queria falar com ele, mesmo sem saber o que iria dizer. Uma certeza ganhava forma, fora do alcance de sua racionalidade: vê-lo de alguma maneira faria cada pensamento solto se encaixar, como um ímã lançado em limalha de ferro. Ela não conseguia explicar por quê, mas até mesmo pensar nele parecia acalmar o enxame de perguntas zumbindo em sua mente.

Fido estava lidando muito bem com a multidão, embora não tivesse a experiência de Bob, e Alice tinha acabado de trancá-la no salão para que ela pudesse ter um momento de calma quando Libby pegou seu braço.

– O Gethin chegou – avisou ela, apontando para ele com a cabeça. Gethin se encontrava parado ao lado da pintura de um veado triste. Ele não falava com ninguém e segurava nervosamente uma taça de champanhe.

– Você vem comigo? – perguntou Alice, e odiou o jeito que as palavras saíram de sua boca.

– Claro. – Libby olhou nos olhos dela e disse baixinho: – Não precisa ter medo de nada, Alice. Você não fez nada de errado.

Libby a acompanhou e, quando Gethin as viu se aproximando, sorriu – seu doce sorriso de "me amem" –, o que instantaneamente fez Alice temer que Libby a julgasse louca.

– Oi, Gethin! – cumprimentou Libby. – Que bom que você veio!

– Obrigado pelo convite – respondeu deslizando um braço ao redor da cintura de Alice. – Você fez um trabalho incrível. Parabéns.

– Eu tive muita sorte de conseguir tanta ajuda – disse Libby. – A Alice tem sido indispensável.

– Ela é incrível, né? – Gethin a apertou com orgulho e Alice achou aquilo irônico, considerando a maneira como ele reclamava sobre suas horas extras, e sobre Libby estar "se aproveitando" dela.

– Então, o que você tem feito no trabalho atualmente? – perguntou Libby em clima de coquetel. – Alguma turnê por vir? Ah, um segundo... o Luke chegou. Preciso dar uma palavrinha com ele – comentou ela, acenando para o cunhado.

Alice sentiu um pânico momentâneo, então disse a si mesma para não ser tão estúpida. *Vai ficar tudo bem. Vai ficar tudo bem.*

Mas seus instintos diziam outra coisa.

Luke vestira um terno para a ocasião. Alice nunca o vira sem roupas de trabalho ou jeans; o terno o fazia parecer mais sério, mas também bonito, as maçãs do rosto pronunciadas lhe dando um ar de galã. O terno era bem cortado, e a camisa azul-clara estava desabotoada no pescoço. De alguma maneira, saber que havia uma tatuagem de maçã escondida sob o punho da camisa fez sua pele formigar.

– Oi, Alice – cumprimentou ele, e ela se perguntou por que ele havia soado tão formal, mas logo os olhos dele deslizaram para Gethin.

– Luke, é verdade que você e o Gethin não se conhecem ainda? – indagou Libby. – Gethin, esse é o meu cunhado, Luke. Luke, esse é o Gethin.

Eles apertaram as mãos desajeitadamente. Ou melhor, Alice achou que Gethin parecia tenso e Luke parecia preferir estar em outro lugar.

– Mudou muito desde a última vez que você entrou aqui, não é, Gethin? – disse Libby.

Ele estava prestes a responder quando o rosto de Libby de repente se iluminou ao ver um casal se aproximando. Alice não sabia quem eram, mas levando em consideração suas roupas extremamente estilosas e casuais, e a forma como Libby deu um pulo para cumprimentá-los, ela presumiu que fossem velhos amigos de Londres.

– Erin! – chamou ela, abrindo bem os braços. – Erin! Você veio!

A mulher respondeu com um gritinho e um abraço também, e então Libby abraçou o homem, e se voltou para Alice e os outros.

– Essas duas pessoas maravilhosas são meus amigos Erin e Pete...

– Que estão *muito* animados de estarem aqui – acrescentou a mulher com sotaque americano.

Libby fez as apresentações, então tocou o braço de Alice delicadamente.

– Preciso pegar uma bebida para esses dois e mostrar o quarto deles. Eu já volto para ficar aqui com vocês. Tomem uma taça de champanhe!

Assim, Alice ficou sozinha com Gethin e Luke. E Bob.

Bob cheirou os tornozelos de Luke e começou a abanar com o rabo.

– Não existe comemoração sem você, né, Bob? – disse Luke, curvando-se para coçar a cabeça enrugada do cão. – Você é o verdadeiro anfitrião da família. É, sim!

– Você já ficou sabendo da nossa pequena família? – perguntou Gethin puxando conversa, e Alice sentiu um nó na garganta. O que ele queria dizer com aquilo? Estava falando do bebê? Como ele sabia? Ele a estava pressionando na frente de Luke?

Alice viu que Gethin estava olhando para Bob e se tranquilizou.

Não, ele estava se referindo a Fido. Fido era a pequena família deles.

Luke se endireitou, e seu rosto estava sem expressão. Então ele sorriu, mas era um sorriso tão diferente de seu sorriso habitual que Alice quase começou a chorar.

– Parabéns – disse ele. – Vocês dois devem estar muito animados.

– Saúde! Embora eu não saiba se merecemos parabéns por isso – respondeu Gethin. – Está mais para uma daquelas inacreditáveis coincidências. Foi muita sorte a Fido estar no mesmo parque onde a Alice estava passeando com o seu cachorro.

– Ah! Desculpa, eu achei que você estava falando do bebê. – Luke olhou para Alice e depois para Gethin.

Alice sentiu o chão sumir sob seus pés.

– Que bebê? – Gethin franziu a testa.

– O bebê de vocês. – Tarde demais, os olhos de Luke se arregalaram de compreensão e suas sobrancelhas se contraíram. Tarde demais.

– Alice? – Gethin olhou para ela, que não conseguiu mover a boca para responder.

– Desculpa – disse Luke. – Eu realmente achei que…

– Não precisa se desculpar, cara. – Gethin ainda parecia atordoado. – Essa é… é uma notícia incrível. Escuta, é… eu e a Alice precisamos conversar…

Luke levantou as mãos.

– Claro. Vou deixar vocês à vontade.

Não havia nada que ela pudesse fazer além de acompanhar Gethin quando ele agarrou sua mão e a levou para o salão, que estava pronto para o chá da tarde. Alice podia ver Fido cochilando em um dos sofás, uma bola de pelo branco.

Atrás da cortina escura da memória de Alice, algo começou a se mexer. Uma sensação de *déjà-vu*. Um lampejo de imagens: tulipas vermelhas. Um pano de prato com melros desenhados. A cozinha, na casa de Gethin. Ela não tinha visto aquele pano de prato desde então. Onde ele tinha ido parar?

– Gethin, você pode soltar o meu pulso, por favor? – pediu ela. – Está me machucando.

Ele a segurava com tanta força que a pulseira de metal de seu relógio estava quase cortando a pele próxima ao osso.

– Desculpa – disse ele, mas não a soltou até que eles estivessem no salão, onde fechou a porta de vidro.

Fido pulou do sofá imediatamente quando os viu e Alice se abaixou para acariciá-la, a fim de ganhar algum tempo. O que ela poderia dizer? Negar?

A hora é essa, pensou. *Fala para ele. Anda.* Mas algo a impedia.

– Então? – Gethin parecia animado. – O que está havendo? Você está grávida? Ou o Luke entendeu alguma coisa errado?

Alice assentiu lentamente.

– Meu Deus! Isso é incrível! Isso é absolutamente *incrível*!

Seu rosto brilhou e ele a abraçou com força, feliz demais para notar a ausência de resposta.

– Por que você não me contou? Você acabou de descobrir?

Fala para ele. Alice assentiu. Ele estava muito empolgado – como ela seria capaz de tirar dele aquela felicidade? Era como se a alegria dele a estivesse encurralando, desafiando-a a negar tudo.

– Mas... – Os olhos de Gethin deslizaram de cima a baixo sobre o corpo dela. – Não é de admirar que você não soubesse... Você não parece mesmo estar grávida. Deve estar com cinco, seis meses.

– Cinco ou seis meses?

– Sim. – Ele corou. – Foi a última vez que nós... você sabe. No seu aniversário, em fevereiro. As coisas não estavam muito boas nesse aspecto, para ser sincero, mas talvez fosse por isso. – A expressão dele se iluminou. – Isso explica também o quão instável e esquisita você andava. Por que você não gostava de ser tocada. Eu sabia que tinha que haver um motivo.

Isso não está certo, pensou Alice. Tem mesmo alguma coisa errada aqui. Será que ele estava dizendo a verdade? Fevereiro? Eles não dormiam juntos desde fevereiro?

– Eu ia esperar até você se mudar de vez, mas agora precisamos oficializar isso. Você sabe que sou um romântico à moda antiga. – Gethin começou a se ajoelhar e finalmente algo estalou na mente de Alice.

– Não! – disse ela em um tom agudo, alto demais para ser educado.

– O quê? – Gethin olhou para cima de sua desconfortável posição no chão. – Vamos lá, estou tentando fazer isso do jeito certo...

– Você não vai me pedir em casamento, vai?

– Com certeza eu vou. Você é a mãe do meu filho... Acho que o mínimo que posso fazer é me casar com você.

– Eu não posso me casar com você – respondeu Alice.

– Por quê? Eu não me importo com o que aconteceu no passado. Esquece isso. – Os olhos dele nunca pareceram tão grandes, a encarando. – Nós fomos feitos um para o outro. Eu venho dizendo isso para você desde o início.

– Mas eu não *conheço* você.

A expressão de Gethin se desfez.

– O quê? Alice, o que você quer dizer com não me conhece? Como você pode *dizer* isso? Você me *salvou*.

Seu coração martelava. Aquilo era muito cruel, pensou. As palavras vinham do nada e deslizavam em sua cabeça. O que vai acontecer com ele quando eu disser que não o amo mais? Vai ameaçar se matar, e a culpa será minha.

Espera. Ele já tinha ameaçado se matar, era isso? Aquilo era um *déjà-vu*? Algo em relação às palavras que passavam por sua mente era estranhamente familiar. *Eu já passei por isso antes*, pensou Alice. *Mas é impossível.*

Ela ficou paralisada, tentando lembrar o que Libby dissera quando tudo havia soado absolutamente razoável.

– Sinto muito, Gethin, mas o que quer que nós tínhamos... não existe mais agora. Eu não posso casar com você. Espero que possamos ser amigos e tentar tirar o melhor dessa situação, mas...

– Mas o bebê… Você não pode simplesmente me largar. Desistir da gente. Você não sabe o que está dizendo. São os hormônios. – Ele se levantou, ficando bem perto dela agora. – Talvez devêssemos ir para casa e conversar sobre isso.

Aos pés dela, Fido começou a choramingar.

– Eu não quero ir para casa. – A voz de Alice soava mais firme do que a maneira como de fato se sentia, mas algo nela fez Fido choramingar ainda mais forte.

– Cala a boca, Fido – retrucou Gethin.

Ele deu um passo em direção a Alice e o gemido de Fido se transformou imediatamente em um rosnado baixo, o rosnado de um cachorro muito maior.

– Shhh – disse ela, mas enquanto olhava para Fido, tentando tranquilizá-la, sentiu um movimento súbito perto de seu rosto.

Gethin havia agarrado seu cabelo bem na altura da nuca; para quem via pelo outro lado da porta, ele parecia estar acariciando carinhosamente o pescoço dela antes de lhe dar um beijo amoroso. Ele torceu o cabelo dela nos dedos e puxou com força, tanta que ela precisou inclinar a cabeça para trás.

– Isso é algum tipo de joguinho seu? – perguntou Gethin. Apesar da dor que causava nela, ele parecia confuso e magoado. – Você está me tratando como aqueles seus outros namorados de quem você me falou? Sendo cruel comigo para me manter interessado? É isso? É isso que você quer que eu faça? Porque eu não vou desistir de nós dois, Alice. A gente foi feito para se encontrar. Ninguém nunca vai amar você como eu.

Algo começou a se mover atrás da cortina na mente de Alice, memórias forçando a superfície, conectando-se a uma corrente que começava a fazer sentido. Ela podia sentir o cheiro de curry, por algum motivo. O curry cujo sabor ela detestava, de tanto que comeu. O curry deles.

Subitamente ela temeu por Fido, um pressentimento que a deixou tonta. Muitas coisas giravam dentro de sua cabeça enquanto os caminhos de seu cérebro a inundavam com muitas imagens, imagens demais para processar. Ela podia sentir o gosto de algo metálico. Ela teve a visão das tulipas. Tulipas espalhadas nos azulejos brancos da cozinha. Ela tentando correr de chinelos, tentando carregar Fido.

Fido continuou rosnando, e, quando Gethin puxou o cabelo de Alice mais forte e ela soltou um gemido de dor, Fido latiu, duas, três vezes em uma fúria protetora, pulando ao redor da perna dele.

– Não, Fido, não – implorou Alice, mas Gethin nem sequer abriu a boca. Sem aviso, ele chutou a pequena terrier com força na barriga, lançando-a até o outro lado da sala, onde ela caiu com um baque contra o sofá.

Alice engasgou, seus batimentos pareceram em suspenso. E naquele instante sua memória voltou, como uma inundação vertiginosa e repugnante.

Capítulo 31

Alice ficou paralisada, sentindo a cabeça tensa e ao mesmo tempo girando por conta da atividade mental frenética. Imagens confusas surgiram diante de seus olhos, muito mais rápido e mais forte do que quando ela encontrou as coisas de Fido no armário da cozinha. Eram memórias mais sombrias, medo e pânico, lembranças que faziam seu peito se encher de adrenalina.

A cortina havia desaparecido. Agora, ao olhar para dentro de si, sua mente encontrava memórias, sentimentos antigos, disparando e se conectando.

Ela não tinha planejado ir embora naquele dia. Decidira avisar Gethin que se mudaria de lá, porque dividir o apartamento com ele como amigos simplesmente não estava dando certo. O relacionamento tinha acabado, e ele seguiria adiante muito mais rapidamente se ela não estivesse por perto. Um deles tinha que lidar com o fato de que eram amigos, não amantes (e mesmo assim Alice sabia que estava sendo generosa).

– Você vai encontrar outra pessoa – afirmou ela. – Você é um cara adorável.

E ele era. Um cara adorável. Só que não para ela. Não quando ela não estava com a cara cheia de vinho italiano, banhada pelo sol e envolta por toda aquela vibe new age.

A expressão traída nos olhos de Gethin voltou para ela em um flash. Ele não tinha aceitado. Não aceitara que o relacionamento deles havia acabado no momento em que ela se mudou para o quarto de hóspedes. Ela estava lá havia meses. Eles só tinham dormido na mesma cama por seis, sete semanas, até que ela percebeu que não havia química entre eles, e ela gostava muito dele para fingir. Mas mesmo assim Gethin se recusava a desistir. Eles tinham uma conexão especial, insistia ele; eram almas gêmeas; não era só sobre sexo. Mas o amor dele drenava algo dela; quanto mais ele precisava dela, mais exausta Alice se sentia.

Ela havia tentado ir embora antes. Sozinha em um lugar novo, sem dinheiro suficiente para se mudar, com Fido para cuidar, um emprego para manter – e Gethin a lembrando o tempo todo do quanto precisava dela por perto. Alice acabou cedendo. Ele viu isso como um sinal de que ela secretamente queria ficar, e ocasionalmente a lembrava de que enxergava nela algo que seus outros namorados não tinham sido capazes de ver. Depois isso passou a acontecer não tão ocasionalmente assim. E foi se repetindo até Alice começar a achar que talvez ele tivesse razão.

Mas naquela manhã... Alice finalmente teve um motivo para ir embora. Um motivo tão bom que fez as palavras fluírem de sua boca, onde haviam ficado presas, cheias de culpa. Tinha conhecido outra pessoa. Alguém que não a fazia se sentir levemente envergonhada de quem ela era. Alguém que enviava faíscas incandescentes de alegria por todo o seu corpo. Ela havia lutado contra isso por um tempo, com medo de cometer o mesmo erro pela segunda vez, mas ele era diferente, e ela queria ser livre para admitir o que sentia.

A reação de Gethin foi pior do que ela esperava. Lágrimas, sim. Não aquela reação violenta. A força dele a pegou de surpresa.

– Como alguém pode amar você como eu te amo? – questionou ele, e o brilho em seus olhos transformou as preocupações indistintas de Alice em algo mais preciso. – Você não pode ir. A gente precisa falar sobre isso.

Você não pode ir. O apertão em seu pulso. O rosnado baixo de Fido.

Naquele momento, ele surgiu diante dos olhos dela como um filme que ela não conseguia pausar.

A tentativa chorosa de beijá-la. Ela o afastando. Mais rosnados de Fido.

Então o tremor, o momento em que ele a agarrou com raiva enquanto ela tentava encerrar a conversa. Fido latindo. Latindo, latindo, latindo.

Horrorizada, Alice fechou os olhos, mas aquilo só trouxe mais clareza àquelas lembranças. Gethin atacando Fido, gritando com ela cruelmente.

Foi nesse momento que ela percebeu que não conhecia Gethin. Que viu que não fazia ideia do que ele era capaz.

Foi nesse momento que ela saiu correndo, apenas com o que tinha no bolso, e seu cachorro choramingando debaixo do braço.

Foi nesse momento que ele lhe contou sobre as férias "surpresa" que havia programado, e ela saiu correndo de casa.

Alice deu um grito e tentou ir até Fido, que estava imóvel contra o sofá, mas Gethin ainda segurava seu cabelo.

– Me solta! – Alice conseguiu se libertar. Ela nem sequer sentiu a dor no couro cabeludo quando o empurrou.

Gethin cobriu a boca com as mãos, os olhos arregalados em choque.

– Eu não queria fazer isso! Você me obrigou, Alice. Eu me importo demais com você, é isso. Me desculpa.

Ele fez um movimento na direção dela, mas Alice ergueu as mãos.

– Encosta um dedo em mim e eu vou gritar até fazer esse lugar desmoronar – avisou ela, e não era da boca para fora.

Como verificar o pulso de um cachorro? Alice não sabia. Ela não sabia onde tocá-la, com medo de acidentalmente piorar algum ferimento. Os olhos de Fido eram duas linhas finas em seu rosto estreito; ela poderia estar dormindo, mas Alice sabia que não estava.

O pânico cresceu até deixá-la enjoada. Fido estava apenas a protegendo, fazendo o que podia...

Gethin deu mais um passo na direção dela, a cabeça inclinada para o lado.

– Desculpa, Alice. Desculpa mesmo. Eu não sei o que deu em mim. Tem sido tudo tão estranho, você não me reconhecer, não se lembrar da gente... Eu sinto que perdi tudo. Você me fez sentir completo e agora diz que não se lembra de nada... Isso está acabando comigo...

Ele havia mentido desde o princípio, pensou ela, enquanto memórias recém-descobertas se espalhavam aleatoriamente por sua mente. O encontro em Londres. A praia em Aberystwyth, fria e salgada. A barraca, beijos e grama. O que era verdade? Todas aquelas fotos, a apresentação de slides, as listas de música… *Não à toa tudo aquilo acabou no meu aniversário – foi quando eu disse para ele que não estava dando certo.* Gethin a deixou pensar que o relacionamento ainda existia, e ela acreditou nele. Ela sentiu a bile subir pela garganta. Ela teria ficado, ela e o bebê, para sempre. Perguntando-se por que não conseguia se lembrar de nada, cada vez mais presa na teia de carência dele. Transformando-se na versão que ele criou dela, perdendo-se cada vez mais.

– Sai de perto de mim – ordenou ela, o menos agressiva que conseguiu.

Gethin esticou o braço e agarrou a mão dela.

– A gente precisa conversar, você deve isso a nós dois.

– Eu não tenho nada para falar. – Ela se soltou dele, a raiva a inundando. – Eu estava indo embora! Você *sabia* que eu estava indo embora! Você só mentiu e mentiu… – Fido não estava se movendo. – Você me disse que a Fido tinha morrido para que eu me sentisse mal por tê-la perdido… Você *sabia* que isso não tinha acontecido! Você é doente! – Alice se afastou dele, olhando para a porta de vidro. Enquanto eles conversavam, mais convidados haviam chegado, e agora a recepção estava cheia de pessoas curtindo o clima de felicidade e o triunfo de Libby; ela não podia lavar sua roupa suja ali. Também não podia deixar Fido com ele. – Vai buscar ajuda, por favor. Rápido.

Gethin se posicionou entre ela e a porta.

– Não, vamos resolver isso. Eu quero ir lá e contar para todo mundo a nossa novidade… Você não vai me negar isso, né?

– O quê? Não! Não tem a menor possibilidade de você contar nada. – Alguém se aproximava da porta, um convidado provavelmente, querendo ver o novo salão. O coração de Alice bateu mais forte de alívio, mas Gethin viu a cabeça dela se virar e foi rapidamente em direção à porta, usando seu corpo para bloquear qualquer visão do cômodo.

– Desculpa, amigo – disse ele em seu afável sotaque galês, desprovido da raiva anterior. – Estamos só resolvendo umas coisinhas aqui… Você pode nos dar um minutinho? Momento especial na vida de um casal, e…

– Eu tenho que verificar a luz, aparentemente. Ordens da chefia.

Era Luke. Luke! Alice sentiu uma onda de alívio absoluto. Ela estava a salvo com Luke.

– Dá só um minutinho, amigo. – Gethin começou a fechar a porta, mas Alice deu um pulo.

– Luke – chamou ela, sua voz falhando. – A Fido está ferida. O Gethin deu um chute nela! A gente precisa de um veterinário, rápido!

– Deu um chute nela?

Gethin riu, como se estivesse surpreso.

– Por que eu chutaria a Fido? Ela está tirando uma soneca. Sério, você está se sentindo bem, coelhinha? – Ele olhou para Luke. – Será que tem algum médico aqui? Ela… – Ele não concluiu, mas ergueu as sobrancelhas.

– Por favor – implorou ela. – A Rachel está aqui, a moça do abrigo? O marido dela é veterinário.

– O grandalhão? Sim, eles estão no jardim, conversando com o Bob. – Luke não se mexeu, ficou parado observando tudo, e Alice sentiu como se algo a princípio suspenso estivesse se movendo novamente.

Eu estava saindo de casa para ficar com ele. Ela não precisava mais pensar. Quando ia em busca das memórias agora, elas já estavam em sua cabeça. *Eu estava saindo de casa porque queria fazer tudo do jeito certo para ficar com o Luke. Ele precisava que fosse assim. Ele insistiu. Depois daquele…* Alice respirou fundo quando a lembrança atravessou sua mente. Os olhos de Luke encontraram os dela e Alice entendeu que ele havia sentido aquilo também: estava lá em seu rosto, na preocupação que demonstrava. E ainda assim ele não dissera nada; ele estava esperando até que ela se lembrasse. Agora ela sabia o porquê, em uma colagem de momentos: o cheiro de cerveja, os longos dedos de Luke brincando com uma colher de café, seus olhos pousados nos dela, a luz do bar sombreando as maçãs do rosto dele. Eles haviam conversado sobre o passado dele, sobre sua má reputação quando era adolescente, o fato de sua família sempre esperar o pior dele e como ele tivera de trabalhar muito para não acabar sendo essa pessoa.

Ele e sua equipe haviam feito uma reserva na pousada por quinze dias. Alice e Luke compartilharam suas histórias e mesmo assim continuaram gostando um do outro. A tensão entre eles aumentava a cada noite, à medida que as conversas se tornavam mais longas, e os minúsculos impulsos elétricos entre eles construíam uma teia de atração, puxando-os para mais perto. Segredos, olhares, coincidências, música, o cheiro um do outro, o irresistível aperto no peito que ela sentia sempre que via seus olhos escuros observando-a, decifrando-a e gostando dela mesmo assim. A lua do lado de fora, crescendo a cada dia, até se tornar um disco opaco. Aquela noite. Eles a viram subir atrás das árvores.

Luke olhava para Alice naquele momento, e ela sabia o que tinha acontecido.

– Eu me lembrei – contou. A voz dela estava muito alta. – Eu me lembrei de tudo.

Ele ergueu as sobrancelhas, de um jeito mais esperançoso que questionador.

– De tudo?

E, por fim, Alice se lembrou: o ônibus perdido, a garrafa de vinho, suas mãos no cinto de couro dele, as mãos dele emaranhadas em seus cabelos, a sensação de que aquilo era tão certo, tão natural, apenas uma continuação da conversa, mas com seus corpos, a boca dele na pele macia atrás de sua orelha, a respiração pesada quando algo a ergueu para fora de seu próprio corpo, o remorso que ele sentiu depois, e sua decisão de fazer as coisas do jeito certo por ele. Para que ele pudesse se sentir como o homem decente que ela sabia que ele era.

– De tudo – respondeu ela, e sentiu o coração de Luke se expandir no peito, embora ela não estivesse sequer perto dele.

– E a cachorra? – disse Gethin, com petulância. – Como é esse cara, o veterinário? Eu vou atrás dele...

– Não, eu acho que você deveria ficar aqui – declarou Luke. O tom de advertência em sua voz foi suficiente. – Eu quero dar uma palavrinha com você. Alice, você vai lá. Corre! A Rachel disse que eles não podiam ficar muito tempo.

As pernas de Alice bambearam quando ela se levantou, a adrenalina ainda correndo em suas veias, e ela não soube como conseguiu chegar até a porta, mas chegou.

Libby achava que a festa estava indo muito, muito bem.

Tinha dado uma entrevista para o jornal e tirado uma foto com Margaret atrás do balcão da recepção. Quando Libby as comparou à dona do hotel na série de TV *Fawlty Towers*, Margaret disse "Ah, eu sei!", fazendo a melhor imitação de Sybil Fawlty que ela já ouvira. Aquilo foi tão inesperado que a fez gargalhar.

O fotógrafo lhe mostrara a foto na tela atrás da câmera: sua cabeça inclinada de prazer, Margaret olhando solenemente para a objetiva, perfeitamente consciente do que estava fazendo. Libby adorou. Resumia tudo o que ela queria que as pessoas pensassem sobre o hotel: alegre, elegante, amigável, um pouco surpreendente. Um negócio de família.

Margaret havia perguntado se poderia fazer um discurso e Libby disse que era óbvio que sim. Ela não se importava em permitir que Margaret tivesse seu momento de destaque. Era melhor, ponderou, agradecer pessoalmente a todas as pessoas que haviam sido tão gentis com ela. Um discurso tinha a ver de fato com ela, não com eles. E havia tantas pessoas presentes: Michelle, recebendo os elogios pela decoração; Lorcan e sua esposa, Juliet, dona do bufê, que havia chegado com bandejas de bolinhos cobertos de fondant dizendo que ficaria feliz em oferecer para o chá da tarde; todos os aprendizes de Lorcan, de banho tomado usando camisas limpas e parecendo crianças, com suas tatuagens cobertas. Até mesmo Doris fora levada por um dos cuidadores do hospital; ela estava sentada ao lado da recepção, sendo o centro das atenções e contando a todos histórias ultrajantes sobre o antigo circuito de xerez de Longhampton. Libby não tinha certeza do que Margaret achava disso.

E Erin. A surpresa de Erin com o quão lindo o hotel estava, o quão orgulhosa ela estava de Libby, o quão honrados eles estavam por serem os primeiros hóspedes oficiais – tudo isso fez Libby querer chorar de alívio e gratidão. Ela tinha amigos. Talvez o lado bom de toda aquela confusão tivesse sido descobrir exatamente como eles eram bons amigos.

Embora no começo houvesse uma preocupação de que ninguém aparecesse, agora havia um risco real de que o champanhe que Luke havia levado acabasse e que os carros tivessem que estacionar no terreno ao lado. Mas Libby tinha outro motivo para continuar se movendo, pensando, sorrindo – assim ela não precisava pensar no que aconteceria logo depois que ela abrisse as portas para os primeiros hóspedes.

Em segredo, sonhava acordada com Jason voltando para participar da festa, entrando e vendo o que ela havia feito. Seu rosto estaria impregnado de admiração, amor e desculpas, nessa ordem; ele imploraria para começar de novo, do jeito certo desta vez. Cada tweet, cada post no Facebook, cada atualização do site sobre a festa foi feito pensando nele; Libby queria acreditar que Jason estava em algum lugar acompanhando tudo.

Então, no momento em que servia uma bebida ao prefeito e à esposa dele, seu celular tocou. Ela o tirou do bolso com as mãos trêmulas e – sim! – era uma mensagem de Jason. Mas tudo o que dizia era: "Boa sorte hoje."

Era isso. Não era um "Estou indo praí". Na verdade, ele poderia muito bem ter dito "Não vou praí". A decepção de Libby fora tamanha que ela podia sentir o gosto amargo na boca. *Mas este ainda é um bom dia*, disse a si mesma. *Este é um bom dia. Donald ficaria satisfeito.*

O discurso de Margaret deveria acontecer ao meio-dia no jardim, e quando faltavam quinze minutos Libby achou melhor reunir Lorcan, Alice, Gina, Luke e qualquer outra pessoa a quem Margaret pudesse querer agradecer. Ela caminhava lentamente entre as pessoas quando quase esbarrou no marido de Rachel, George, saindo do salão com algo enrolado em uma toalha de banho. Uma toalha branca novinha em folha, de seu armário de roupas de cama.

– Ei! – disse ela, então viu Alice bem atrás dele, seu rosto manchado de lágrimas, e Luke e Gethin a seguindo. Luke estava tenso e tinha uma expressão obstinada, e Gethin parecia estar chorando também. – O que está acontecendo? – perguntou.

– É a Fido. – A voz de Alice falhou. – Ela...

– Ela sofreu um acidente – disse Gethin.

Para surpresa de Libby, Alice se virou para ele.

– Não, Gethin. Não foi um acidente. Para de mentir!

– Quietos, todos vocês. Não temos tempo pra isso – ordenou George, e continuou marchando em direção à porta.

Libby recuou um passo para deixá-lo passar.

– Fido?

– O Gethin a chutou. – Libby nunca tinha visto Alice com raiva, mas naquele momento ela estava praticamente tremendo. – Ele chutou a minha cachorra e agora o George acha que vai precisar fazer um raio X nela para ver se tem alguma lesão interna. E ele mentiu para mim sobre tudo.

– Alice... – começou Gethin, mas Luke o estava levando para a porta.

Luke mal o tocava, mas Libby podia dizer que ele estava se utilizando de alguma tática militar imperceptível ou algo do tipo.

– Acho que está na hora de você ir embora – disse ele suavemente.

– Não! Eu... Houve um grande engano.

– Não houve engano nenhum – rebateu Luke. – Agora, se você não se importa...

– Será que um de vocês pode abrir a maldita porta? – perguntou George. – Não veem que estou com os braços ocupados?

– Eu vou com você – disse Alice, mas ele balançou a cabeça.

– Não há nada que você possa fazer além de esperar no nosso centro cirúrgico incomodando os outros clientes. Eu ligo para você assim que souber de alguma coisa, mas, por favor, não se preocupe. – O rosto dele se suavizou. – A Rachel nunca me perdoaria se alguma coisa acontecesse com essa mocinha aqui. Mas pelo amor de Deus, atualize as informações no chip dela no futuro, tudo bem?

Luke deu outro cutucão em Gethin, e Libby observou enquanto ele o escoltava porta afora.

Ela se virou para Alice, perplexa.

– Você vai ter que me contar o que aconteceu lá dentro. Sinto que perdi algo extremamente importante.

– Eu também – respondeu Alice em um tom severo. – Mas agora encontrei.

Bem no meio de seu jardim perfeito, cercada por cerca de trinta convidados, Margaret corou quando uma onda espontânea de aplausos a saudou no momento em que ela subiu no palco montado às pressas (duas caixas do bufê cobertas com uma toalha de mesa). Atrás dela, abelhas se arrastavam de roseira em roseira, e o cheiro das madressilvas flutuava da grande árvore no canto. O jardim era inteiramente criação dela; era a estrela do fim de semana do Jardins Abertos de Longhampton, mas agora Margaret parecia tímida.

Libby nunca tinha visto a sogra tímida antes, mas ela sempre esteve lá com Donald, alegremente aninhada a ele, um passo atrás. Ali ela estava aparecendo sozinha pela primeira vez. *Bom para ela*, pensou Libby. Embora *com certeza* ela vá roubar a atenção.

– Discurso! – gritou alguém.

– Estou esperando um pouco de silêncio! – respondeu Margaret, e todos riram.

Luke deslizou para o espaço ao lado de Libby. Ele sorria de um jeito atordoado, e seu rosto estava mais tranquilo do que o normal.

– Já começou?

– Não, você chegou bem na hora. – Libby ergueu uma sobrancelha. – Que diabos foi aquilo? Com o Gethin?

– A Alice te contou?

– Ela disse que o Gethin inventou a maior parte do relacionamento deles para fazer com que ela ficasse. – Libby arregalou os olhos. – São sempre os mais quietinhos. Você sabia que ele era assim?

Luke balançou a cabeça.

– Não. Ela disse uma vez que estava preocupada com uma amiga que tinha um namorado possessivo que se recusava a aceitar um não como resposta e acho que… – O sorriso desapareceu. – Acho que eu sabia, mas não… – Ele enxugou o rosto com a mão. – Não sou muito bom em entender a mente feminina. Eu dei o endereço do hotel para ela e disse que, se a amiga dela precisasse fugir, sempre haveria uma cama lá para um amigo meu.

– Então ela foi atropelada enquanto vinha até nós? Ela estava saindo de casa para ficar com você? Por que você não disse nada quando ela voltou?

– Eu não sabia o que ela tinha dito para o Gethin. Quer dizer, sim, *aconteceu* algo entre a gente, mas eu falei que ela precisava resolver as coisas antes que seguíssemos adiante. – A expressão de Luke se alternava entre a culpa e o alívio. – Eu *quis* dizer alguma coisa quando ela voltou, mas a Alice não se lembrava de mim e eu não sabia o que estava acontecendo. Ela é muito leal… Se ela não conseguia se lembrar de nós dois, e as coisas estavam bem com o Gethin, eu achei que não tinha o direito de estragar tudo.

Libby observou enquanto Luke lutava contra ele mesmo; em outro momento, ela teria revirado os olhos e pensado *Medo de compromisso*, mas agora ela via Luke sob uma luz diferente. Seu pai. Seus genes. Seu livre-arbítrio.

– Mas e agora? Você vai ficar?

Luke olhou para baixo e, quando voltou a erguer o rosto, havia uma doce determinação em seus olhos escuros. Ele tinha a chance de corrigir um erro antigo, pensou Libby. A chance de ser o homem que seu pai biológico não tinha sido – em vez disso, ser a rocha que seu verdadeiro pai *era*.

– Eu não vou a lugar nenhum – disse ele. – Eu vou estar onde Alice quiser que eu esteja.

– Eu ouvi meu nome? Cheguei tarde demais? – Alice se esgueirou até uma brecha ao lado deles. – Desculpa, eu fui recolher algumas coisas.

Não era verdade, no entanto. Libby notou a maquiagem recém-aplicada, os cachos úmidos onde ela havia jogado água gelada no rosto. Luke passou um braço em volta dela, e Alice se recostou nele; silenciosamente, ele se moveu para que ela ficasse na frente dele e envolveu ambos os braços firmemente ao seu redor, encaixando seus corpos juntos como se tivessem sido feitos um para o outro. Os dois sorriram ao mesmo tempo, sem motivo algum, por vários motivos.

Libby abriu a boca para dizer algo, mas decidiu não fazê-lo. Haveria tempo mais tarde.

– Senhoras e senhores – anunciou Margaret com cautela, seu sotaque um pouco mais elegante do que o normal. A ficha em sua mão tremeu, mas ela não olhou para ela. – Velhos e novos hóspedes. Velhos e novos amigos. E, claro, cachorros.

– Ela esqueceu a família – murmurou Libby para Luke.

– Claro – murmurou ele de volta.

– Este não será um discurso longo, já que falar em público não é realmente o meu forte. Estou muito feliz por ver tantos de vocês aqui esta tarde, e agradecida por todos os comentários bondosos que fizeram sobre a reforma. Estou muito triste por Donald não estar aqui para ver o hotel tão bonito, mas sei que ele aprovaria plenamente. Algo novo foi trazido para o Swan e mesmo assim ele ainda parece o hotel que todos conhecemos e amamos.

– Isso aí – murmurou alguém.

– No entanto, não posso levar crédito por isso, e nem quero.

À medida que prosseguia, ela ia ficando menos formal.

– Tudo isso foi obra de uma pessoa… minha nora, extremamente talentosa, Elizabeth… Libby. Habilmente assistida por muitos de vocês aqui hoje, incluindo Alice Robinson, nossa recepcionista… e meu filho Luke.

Libby não esperava por aquilo. Seus olhos se encheram de lágrimas quando Margaret olhou na direção deles com um sorriso hesitante.

– Uma coisa que meu marido sempre me dizia era que era melhor ser o primeiro a chegar na festa do que ser o último a sair. – Embora a voz de Margaret fosse forte, seus olhos pareciam enevoados. – E este parece ser um bom momento para eu ir embora desta festa e passar as rédeas do hotel para a próxima geração. Obrigada a todos pelos anos de apoio que me deram e espero que continuem amando o Swan em sua esplendorosa nova encarnação.

Aplausos espontâneos irromperam e Margaret teve que esperar alguns segundos a fim de que eles diminuíssem o suficiente para que ela pudesse falar. Seu rosto estava envolto em uma espécie de prazer e perplexidade, como se tivesse se surpreendido consigo mesma e com a reação dos convidados.

– Agora, como presidente do clube de jardinagem, parece apropriado que eu distribua alguns buquês. Felizmente encontrei um assistente que está tão interessado quanto eu em reconhecer o trabalho pesado ao qual Libby se dedicou, em prol do hotel e da nossa família. – Ela deu um passo para trás e Libby percebeu que havia alguém parado nos fundos da multidão atrás de Margaret.

Era Jason. Ele vestia jeans e uma camisa branca, seu cabelo lavado e cortado mais curto. Ele olhava para ela com um misto de admiração e orgulho. E estava segurando o maior buquê de rosas cor-de-chá que ela já tinha visto.

– Sabia que a minha mãe nunca foi para Londres sozinha?

Jason e Libby estavam sentados no jardim, sob a treliça de jasmim, longe da multidão de convidados tomando o chá da tarde oferecido por Juliet.

– Ela foi visitar a gente – apontou Libby. – Quando a gente se casou.

– Sim, com o papai. E nós tivemos que encontrá-los no hotel. Aonde eles chegaram de táxi. Acho que os pés da mamãe jamais tocaram as calçadas de Londres aquele tempo todo.

– O que você quer dizer?

Jason olhou nos olhos dela.

– Ela foi lá me ver na casa do Steven. *Em Clapham*. Ela disse que o que tinha para me dizer não era algo que pudesse falar pelo telefone, e que ela precisava ter a certeza de que eu tinha ouvido. – Ele olhou para baixo e puxou a grama. – Ela também nunca tinha gritado comigo antes. A mamãe me disse que, se eu não me mexesse, acabaria perdendo você, e ela nunca me perdoaria por isso. E que você tinha feito um trabalho incrível no hotel, e que se meu pai estivesse aqui ele me daria uma bronca por ter feito você passar por tudo o que aconteceu no ano passado.

Uma semana antes, Libby teria achado aquilo algo impossível de imaginar. Agora, depois do discurso de Margaret e do novo corte de cabelo… talvez.

– E o que você disse?

– Bem, eu falei para ela que eu não estava exatamente sentado, sentindo pena de mim mesmo. Eu estava indo trabalhar todos os dias…

– Onde? – Aquilo era novidade para Libby.

– No departamento de marketing da Sanderson Keynes. Não é um trabalho incrível, mas é… um trabalho. Tenho que começar de novo em algum lugar. – Ele arrancou mais grama. – É um pouco constrangedor ter que passar por toda aquela situação de "Então, por que você saiu da Harris Hebden?", mas… Eu falei para eles que estava disposto a trabalhar duro e consegui algumas boas referências.

– Do Steven?

– Não! Do meu antigo chefe. Aparentemente todo mundo pode errar. Até a mamãe. – Ele ergueu os olhos e, pelo jeito sério com que encontrou o olhar dela, Libby sabia que Margaret havia lhe contado seu próprio erro, aquele que ela havia transformado em uma vida fantástica.

– Muito bem – disse ela. – Isso exige coragem.

Ele moveu a mão para que a ponta de seu dedo mindinho tocasse a dela.

– Eu nunca me importei em trabalhar pesado. Você sabe que pra mim nunca teve a ver com dinheiro, não sabe? Com o mercado de ações? Eu só queria ganhar algum dinheiro, voltar pra cá e ter uma vida boa. Com uma garota legal.

– Para que você pudesse comprar presentes da Tanners.

Ele resmungou.

– Hmm. Você devolveu os brincos?

– Tentei. Falei pra eles que não combinavam comigo. – Libby estremeceu com a lembrança daquela conversa constrangedora. Primeiro com o vendedor, depois com o subgerente, depois com o gerente. – Aparentemente eu poderia ficar com um crédito, mas achei que não seria possível pagar a conta de luz com isso, então... eles ainda estão lá em cima. – Ela fez uma pausa. – Vamos dá-los à sua mãe, no Natal. Para variar um pouco do óleo de banho de sempre.

Jason pegou a mão dela.

– Eu sou um idiota, Lib. Fiz você passar por todas essas coisas, e foi preciso você e a minha mãe para me fazer entender isso, e me assusta como eu quase estraguei a vida de todo mundo. Eu sei que é fácil dizer que quero tentar ser melhor, mas... a única coisa que eu posso fazer é mostrar isso. Porque nada disso tem significado nenhum pra mim sem você para compartilhar.

Ela olhou para ele e viu um novo Jason. Não o homem do trem, mas um homem envelhecido, com algumas marcas de expressão e um queixo diferente. Libby conseguia se imaginar envelhecendo ao lado dele, como Margaret e Donald, curvando-se em torno dos pontos fortes e fracos um do outro como as macieiras do jardim, crescendo em direção ao sol, resistindo à chuva, e seu peito doía com o quanto ela o amava.

– Jason?

– O quê?

Ela colocou a mão suavemente no queixo dele e virou seu rosto até ela.

– Sabe por que eu aguentei você? Porque você é o cara do trem que derrubou o café e arruinou meu cachecol. Um homem decente. Que também sabe cozinhar macarrão e lidar com entupimentos – acrescentou ela, para esclarecer. – O resto... o resto é consequência disso.

Jason tocou o rosto de Libby com a ponta do dedo, passando-o sobre o declive de seu nariz, a curva de sua bochecha, pousando-o em seu lábio inferior.

– Eu tenho uma confissão a fazer – disse ele solenemente.

O coração de Libby, que estava batendo mais rápido por causa do cheiro dele e do suave contorno de seu pescoço, tão perto dela agora, falhou.

– Outra?

Jason assentiu e suspirou.

– Eu derramei o café de propósito. – Ele acariciou seu lábio macio com o polegar. – Eu precisava chamar sua atenção de alguma forma. Eu era muito ruim em puxar conversa. Mas o resto... o resto foi verdade.

Libby se inclinou para a frente, mantendo os olhos fixos nos dele enquanto suas bocas se aproximavam cada vez mais, perto o suficiente para sentir o hálito quente sobre a pele. E então ela fechou os olhos, e sua cabeça se encheu de jasmim, madressilva e luz do sol, o gosto da boca de Jason, o cheiro de sua pele, e um único pensamento: *Voltei para casa sem nunca ter me dado conta de que havia saído.*

À Libby,

Obrigada por socorrer uma desconhecida
à sua porta e transformá-la em uma amiga.

Com amor,
Alice

À Alice,

Obrigada por trazer seu coração para nossa casa.
Às vezes é preciso que um desconhecido
nos diga quem realmente somos.

Com amor,
Libby

Agradecimentos

Tenho a sorte de estar cercada por pessoas verdadeiramente bondosas, e este parece um bom momento para agradecer a algumas delas por seus grandes e pequenos gestos de gentileza para comigo durante a escrita deste livro – todos eles fizeram do meu mundo um lugar melhor!

Eis o que a minha Árvore da Gentileza teria em seus galhos…

Francesca Best, minha editora maravilhosa, por ser paciente e me encorajar, marcando todas as nossas reuniões no meu café favorito, Honey & Co, e dividindo a sobremesa comigo.

A equipe da Hodder, em especial Naomi e Véro, pelo apoio criativo, pelo marketing inspirado, pelas belas capas e pelo entusiasmo contagiante.

Lizzy Kremer, por me deixar acreditar que suas sugestões geniais foram ideia minha, e por ser a conselheira mais gentil e sábia de todos os tempos e em todos os aspectos.

Harriet Moore, por sua primeira leitura inspiradora, eloquente e ponderada, e por uma carta que releio com frequência para me animar.

Chris Manby, rainha *soignée* da carta de vinhos, por me fazer rir diariamente, de várias maneiras.

Hulya Mustafa, pelas cartas-certas-no-momento-certo, e por ser simplesmente incrível de modo geral.

Dillon Bryden, por solucionar o problema no computador, consertar meu carro e encontrar a melhor luz para as fotos do livro.

Didrikson, por fazer uma roupinha para cães com um capuz que nunca cai e muitos bolsos.

James e Jan Wood, por serem o tipo de vizinhos simpáticos e atenciosos que você só encontra em Longhampton.

Sandra Allen, por aceitar tomar conta do meu basset de última hora e pelos melhores ovos caipiras de todos os tempos.

Cristóvão Colombo, por levar o chocolate para a Europa.

Meus amigos escritores, por seus bons conselhos e pelo apoio, e por sua generosa honestidade.

E, como sempre, minha mãe e meu pai, por estarem do outro lado da linha e lidando com ratoeiras, respectivamente.

Acima de tudo, obrigada a todos os leitores que são gentis o suficiente para escrever resenhas, twittar ou mandar mensagens – bastam apenas algumas palavras para iluminar o dia de uma escritora, e isso realmente significa muita coisa. Muito, muito obrigada!

Gestos de gentileza da vida real que alguns leitores já compartilharam com a autora:

Mamãe e eu notamos uma senhorinha admirando as flores do lado de fora de uma floricultura – nada extravagante, apenas narcisos e tulipas. Ela pegava a bolsa, olhava para dentro, depois para as flores novamente como se não conseguisse se decidir ou como se estivesse tentando resolver o quanto poderia gastar.

Mamãe disse que não demoraria, entrou na loja e, enquanto eu a observava, ela saiu com um buquê de flores da estação, disse alguma coisa para a senhora e as enfiou em sua sacola de compras.

A senhorinha parecia ter ganhado um milhão de libras. Lembro-me dela segurando a mão da minha mãe e sorrindo.

Jamais me esquecerei disso. Nunca me esquecerei do rosto daquela senhora nem da generosidade da minha mãe, pois nem a gente tinha muito dinheiro.

Lesley

Certa vez, quando minha filha era recém-nascida e eu ainda morava em Londres, optei por pegar um ônibus para levá-la para passear. Só que eu não sabia como dobrar o carrinho *e* segurar um bebê ao mesmo tempo, e, quanto mais o ônibus cheio de pessoas impacientes esperava que eu resolvesse a situação, mais confusa e enrolada eu ficava. Jamais esquecerei o gentil senhor que desceu do ônibus, dobrou o carrinho, me ajudou a subir, me cedeu seu lugar e ainda me deu um lenço limpo para assoar o nariz.

Rowan

Durante uma recente internação hospitalar, uma enfermeira notou meu Kindle na mesinha de cabeceira e me perguntou o que eu estava lendo. Na época, eu estava muito mal e não conseguia ler nada, mas, assim que a medicação começou a fazer efeito, fui transferida para outra enfermaria onde a mesma enfermeira trabalhava no turno da noite. Eu disse a ela que tinha conseguido ler um pouco naquele dia, e ela me perguntou sobre a história e até me recomendou um livro. Toques pessoais como esses podem tornar uma internação inesperada muito menos desagradável. Eu adoraria vê-la novamente e agradecer a) sua recomendação e b) sua gentileza.

Vicky

Quando eu estava tentando entrar na universidade, os professores da minha escola – um colégio para meninas em Gloucester – abriram mão de suas horas de almoço para me dar aulas extras a fim de que eu conseguisse passar no exame de admissão em Oxford. Só depois de adulta me dei conta do quão generosos eles foram. Eu gostaria muito de agradecer esse imenso gesto de gentileza que teve um impacto tão grande na minha vida.

Chris

Durante um mochilão, após me formar na faculdade, acabei me perdendo no meio de Singapura certa manhã, procurando o ponto de ônibus. Um homem em seus 20 e tantos anos, dirigindo uma grande 4x4, parou ao meu lado perguntando se eu estava bem. Nervosa, ignorei-o e continuei andando, mas ele foi persistente e amigável, continuou dirigindo ao meu lado dizendo que me levaria até a rodoviária – até que ele acabou me convencendo (eu sei, eu sei) e eu entrei no carro dele. No caminho, ele disse que me levaria até a fronteira da Malásia (algumas horas de carro), onde daria início à próxima etapa da minha jornada. Eu recusei – tanto por educação quanto por cautela –, mas ele insistiu dizendo que iria por aquele caminho de qualquer maneira.

Fomos conversando até a Malásia. Descobri que o nome dele é Zack, ele me contou sobre a vida dele, sobre sua família e – apesar das minhas várias recusas – pagou meu almoço, minha passagem de ônibus e me acompanhou até o ônibus para garantir minha segurança, parado ali e acenando para mim como um velho amigo.

Parece absurdo para outras pessoas o fato de eu fazer algo tão estúpido, sozinha, no meio de um lugar desconhecido, mas agora olho para trás, observo o risco que corri e sou muito grata pela bondade e pela pureza de Zack. Esse episódio me lembra de não ignorar meus instintos e também de não julgar as pessoas. Mais tarde, ouvi de outros viajantes o pesadelo que tinham sido suas complicadas viagens de ônibus de Singapura até a Malásia, e me senti ainda mais sortuda.

O que parte um pouco meu coração é que Zack me deu seu número para que eu ligasse avisando que tinha chegado a Kuala Lumpur em segurança, mas perdi o papel e nunca consegui ligar para agradecer e informar o quanto sua gentileza e sua ajuda tinham sido importantes para mim.

Katy

Meu pai morreu há cinco anos. Foi muito repentino e eu estava na Itália a trabalho; voltei para o Reino Unido horas antes de acontecer. Eu passaria um dia trabalhando, na Itália, e depois tiraria duas semanas de férias. Todo esse período foi tomado pela organização do velório e pelo cuidado com minha mãe. Eu tive que pegar um trem e seguir rumo ao norte até Lancashire para resolver tudo para ela.

Duas coisas muito bonitas aconteceram. Meu namorado (agora meu marido) cruzou o país inteiro às cinco da manhã; em vez de chegar "em algum momento" ao longo dos dias seguintes, ele estava lá assim que me levantei. Ele deu muito apoio a mim e à minha mãe por duas semanas quando tudo estava desmoronando.

A segunda coisa aconteceu quando voltei ao trabalho. As pessoas me protegeram das perguntas do tipo "você se divertiu?" e fizeram de tudo para que eu não precisasse contar a história várias vezes. Mas uma pessoa com quem eu trabalhava não disse nada, apenas me deu rosas amarelas que levei como lembrança, coloquei na minha mesa e sequei depois que morreram. Ainda tenho as pétalas. Foi um gesto pequeno, encorajador e atencioso, no qual penso toda vez que olho para elas.

Mandi

Fui madrinha de casamento de uma velha amiga há muitos anos. Eu não tinha família e não dirigia, então fui para a recepção em um dos carros disponibilizados pelos noivos. A recepção ficava a cerca de uma hora da minha casa e presumi que pegaria um ônibus ou trem de volta mais tarde.

No final da noite, percebi que não tinha dinheiro suficiente comigo, e era muito tarde. A mãe do noivo, a quem havia sido apresentada naquele mesmo dia, pagou um táxi para me levar até em casa. Eu achei aquilo incrivelmente gentil vindo de alguém que eu mal conhecia. Ela nem sequer me deixou pagar de volta.

Gill

Jane, uma ceramista local, há anos me concede seu tempo e seus sorrisos toda vez que a encho de perguntas; inclusive acabei de voltar de outra sessão com ela. Gostaria de agradecer por seu apoio e seus conselhos enquanto embarco em uma nova vida/direção.

Fiona

Semana passada levei meu casaco à lavanderia. Caía uma tempestade do lado de fora, e obviamente meu melhor casaco não estava disponível. (Eu estava usando outro bem ruinzinho, que não era impermeável.) O cara que me atendeu na loja – um jovem de cerca de 25 anos – me emprestou seu guarda-chuva e disse que eu poderia usá-lo. Eu achei muito fofo.

Katy

Quando meus pais compraram a casa deles, herdaram a inquilina, uma senhora aposentada maravilhosa que se tornou uma espécie de madrinha para mim e minha irmã. Ela não tinha filhos, mas nos amava como se fôssemos de sua família. Ao longo dos anos, meus pais retribuíram esse amor cuidando dela, visitando-a em sua residência e, em geral, certificando-se de que ela soubesse o quanto significava para todos nós – essas gentilezas silenciosas dos meus pais foram um verdadeiro exemplo para mim.

Victoria

Sobre a Terapia Assistida por Animais

Seu cachorro (ou gato, ou burro!) é capaz de trazer um pouco de luz para a vida de novas pessoas, ao estilo Lorde Bob? Se o seu cão é calmo e sociável, adulto e topa usar um coletinho com identificação, por que não pensar em inscrevê-lo em um programa de pet terapia?

Animais em programas desse tipo comprovadamente melhoram a saúde e o bem-estar da comunidade por meio de visitas e apoio, seja em internações prolongadas ou tratamentos em casa, hospitais, clínicas psiquiátricas, casas de repouso, escolas para pessoas com necessidades especiais e vários outros locais.

A Terapia Assistida por Animais:

- Melhora a qualidade de vida nas comunidades, oferecendo companhia e amor, e ajudando a combater a solidão.
- Melhora a vida das pessoas que sofrem de transtornos psíquicos, condições físicas debilitantes e doenças, como derrames. Os animais podem inclusive participar de intervenções como parte de uma abordagem holística do tratamento.
- Acelera a alfabetização das crianças, desenvolvendo sua confiança, seu interesse e seu prazer na leitura.

Abaixo listamos algumas organizações onde você pode se informar sobre como a Terapia Assistida por Animais tem auxiliado tratamentos no Brasil, como usar os serviços e como apoiar ou ser voluntário:

- www.ibetaa.org.br – Instituto Brasileiro de Educação e Terapia Assistida por Animais
- www.inataa.org.br – Instituto Nacional de Ações e Terapia Assistida por Animais
- www.patastherapeutas.org
- www.peloproximo.com.br

CONHEÇA OS LIVROS DE LUCY DILLON

Lições inesperadas sobre o amor

100 pedaços de mim

Um pequeno gesto de gentileza

Para saber mais sobre os títulos e autores da Editora Arqueiro,
visite o nosso site e siga as nossas redes sociais.
Além de informações sobre os próximos lançamentos,
você terá acesso a conteúdos exclusivos
e poderá participar de promoções e sorteios.

editoraarqueiro.com.br